इंडियन मुजाहिदीन
एवं
भीतरी शत्रु

इंडियन मुजाहिदीन
एवं
भीतरी शत्रु

शिशिर गुप्ता

प्रभात
पेपरबैक्स
www.prabhatbooks.com

प्रकाशक

प्रभात पेपरबैक्स

4/19 आसफ अली रोड, नई दिल्ली-110002

फोन : 23289777 • हेल्पलाइन नं. : 7827007777

इ-मेल : prabhatbooks@gmail.com ❖ वेब ठिकाना : www.prabhatbooks.com

संस्करण

प्रथम, 2018

मूल्य

दो सौ पच्चीस रुपए

अनुवाद

राजेंद्र कुमार 'राज'

अ.मा.पु.स. 978-93-5266-732-1

मुद्रक

आर-टेक ऑफसेट प्रिंटर्स, दिल्ली

INDIAN MUJAHIDEEN EVAM BHEETRI SHATRU
by Shishir Gupta
(HINDI TRANSLATION OF 'INDIAN MUJAHIDEEN')

Published by **PRABHAT PAPERBACKS**
4/19 Asaf Ali Road, New Delhi-110002

by arrangement with Hachette Book Publishing India Pvt. Ltd.

ISBN 978-93-5266-732-1

₹225.00

मेरे माता-पिता

डॉ. मृदुला गुप्ता

और

जगदीश प्रकाश गुप्ता

को समर्पित

आजमगढ़ जानेवाली सड़क

भारत सरकार घर में पल-बढ़ रहे आतंकवाद को कई साल तक नकारती रही थी, जब तक उत्तर प्रदेश के वाराणसी में 7 मार्च, 2006 को और महाराष्ट्र के मालेगाँव में 28 सितंबर, 2008 को बम विस्फोट नहीं हो गए, और इनके साथ ही इस भुलावे का अंत हुआ। इन घटनाओं के प्रति दिल्ली सरकार की प्रतिक्रिया प्रत्याशित थी; पहली फॉरेंसिक रिपोर्ट आने से भी पहले पाकिस्तान स्थित इसलामी समूहों पर आरोप लगा दिए गए।

यद्यपि 2005 में पूर्वी उत्तर प्रदेश में विस्फोटों की शृंखला और 2005 में ही दीवाली के अवसर पर नई दिल्ली में सीरियल विस्फोटों ने पाकिस्तान में लाहौर के पास मुरीदके में स्थित लश्कर-ए-तय्यबा (एल.ई.टी.) की बजाय देश के भीतर मौजूद इसलामी कट्टरपंथियों के शामिल होने की ओर संकेत दे दिया था। सरकार की प्रारंभिक प्रतिक्रिया यह थी कि कुछ अल्पसंख्यक लड़के भटक गए हैं। इसी प्रकार जब 2007 में अजमेर में अजमेर शरीफ, हैदराबाद में मक्का मसजिद और 2008 में महाराष्ट्र में मालेगाँव को सीरियल धमाकों ने दहला दिया था, तो पुलिस का मानना था कि ये धमाके हिंदू अतिवादियों की काररवाई की बजाय विभिन्न मुसलिम गुटों के बीच की आपसी रंजिश का परिणाम थे। देश में वोट-बैंक की राजनीति ने ऐसे अपुष्ट दावों को बनाए रखने में मदद की, क्योंकि दोनों समुदायों के राजनीतिक नेतृत्व ने इन घटनाओं की तह तक जाने के लिए पुलिस पर पर्याप्त दबाव नहीं बनाया था।

पिछले एक दशक में हमने देखा है कि जब तक भारतीय युवा इसमें शामिल नहीं हुए थे, जनता इस विचार को आसानी से स्वीकार करती रही कि देश में आतंकवाद पाकिस्तान-अफगानिस्तान क्षेत्र से या बँगलादेश और नेपाल में स्थित प्रॉक्सी समूहों के माध्यम से निर्यात किया जा रहा है। हालाँकि 2008 की घटनाओं ने इन धारणाओं को बदल दिया और देश के भीतर की बीमारी को उजागर किया। इंडियन मुजाहिदीन ने नई दिल्ली के जामिया नगर में बटला हाउस पर पुलिस मुठभेड़ में सामने आने से

पहले सितंबर में तत्परता से राजधानी में किए गए सीरियल धमाकों सहित अनेक बड़े शहरों पर प्रहार किया था। लगभग इसी समय 29 सितंबर, 2008 को मालेगाँव में हुए बम विस्फोट, जिसमें आठ लोगों ने अपनी जानें गँवाई थीं, की जाँच से एक हिंदू आतंकवादी समूह 'अभिनव भारत' का पता चला। एक सेवारत मिलिटरी इंटेलीजेंस ऑफिसर, लेफ्टीनेंट जनरल प्रसाद श्रीकांत पुरोहित के दिमाग की उपज, अभिनव भारत कट्टरवादी इसलामी समूहों का एक हिंदू जवान था। इसके कार्यकर्ताओं की जाँच अब अजमेर शरीफ, मक्का मसजिद में बम विस्फोट और यहाँ तक कि 18 फरवरी, 2007 को हरियाणा में पानीपत के पास लाहौर जानेवाली समझौता एक्सप्रेस में अग्नि बम से हमले में भी की जा रही है। अभिनव भारत के सामने आने और 19 सितंबर, 2008 को बटला हाउस मुठभेड़ में इंडियन मुजाहिदीन मॉड्यूल को नष्ट कर दिए जाने के बाद अब यह स्पष्ट है कि इन आतंकवादी बम विस्फोटों में से कई इन सांप्रदायिक कट्टरवादी समूहों की प्रतिक्रियाओं और जवाबी प्रतिक्रियाओं का परिणाम थे। मुश्किल से दो महीने बाद 26 नवंबर, 2008 को लश्कर-ए-तय्यबा के दस बंदूकधारियों द्वारा मुंबई में किए गए भीषण हमले, उसके बाद हमलावरों में से एक अजमल कसाब की गिरफ्तारी और पाकिस्तानी आकाओं तथा हमलावर आतंकवादियों के बीच हुए संचार के टेलीफोन इंटरसेप्ट से पता चला कि आतंकवादी समूह पाकिस्तान द्वारा रणनीतिक रूप से रोकने के लिए प्रयुक्त हथियारों का हिस्सा थे। इन आतंकवादी हमलों ने इस गलतफहमी की धज्जियाँ उड़ा दीं कि भारतीय युवा वैश्विक आतंकी घटनाओं से पृथक् था और उनके पास अतिवाद के लिए समय ही नहीं था।

यह पुस्तक भारत में अब इंडियन मुजाहिदीन के नेतृत्व में चल रहे देसी इसलामी कट्टरवाद के उदय और 1992 में हिंदू कट्टरवादियों द्वारा बाबरी मसजिद को गिराए जाने के बाद से घर में पनप रहे इसलामी जिहादियों पर ध्यान केंद्रित करती है। 1992 की घटना के बाद हुए सांप्रदायिक दंगे, स्टूडेंट इसलामिक मूवमेंट ऑफ इंडिया और सीमा पार की शक्तियों की मदद से महत्त्वाकांक्षी मुसलिम नौजवानों के एक वर्ग का आतंकवादी बन जाना इस पुस्तक का दायरा है। घर में पनपे जिहादियों की कहानी टेढ़ी बन गई होती, यदि पाकिस्तान इंटर सर्विसेज इंटेलीजेंस (आई.एस.आई.), शीर्ष लश्कर-ए-तय्यबा नेतृत्व, अल कायदा और कराची प्रोजेक्ट, जिसके दिमाग की उपज यह इंडियन मुजाहिदीन है, के शामिल होने पर डेविड कोलमैन हैडली और सरफराज नवाज उर्फ सरफर नवाज की गवाही सामने नहीं आती। यह पुस्तक संपूर्ण भारत के जिहादियों में संबंध स्थापित करने और पाकिस्तान, नेपाल, श्रीलंका, बँगलादेश, संयुक्त अरब अमीरात, ओमान, यमन तथा सऊदी अरब में स्थित आतंकवादियों के

साथ उनके संबंधों की तलाश करने का सबसे पहला प्रयास है।

आतंकवाद एक कठिन विषय है, पाठ में घटनाओं के सविस्तार या संपादकीय स्वतंत्रता का उपयोग नहीं किया गया है; बहुसंख्यक या अल्पसंख्यक धर्म के नाम पर मुद्दों पर कोई नरम रुख अपनाए बिना विषय का सामना किया गया है। वरिष्ठ पुलिस अधिकारियों द्वारा दिए गए बयानों के अलावा सार्वजनिक क्षेत्र में इंडियन मुजाहिदीन के बारे में बहुत कम जानकारी उपलब्ध होने के साथ यह पुस्तक इस समय सारे देश में कड़ी सुरक्षावाली जेलों में रह रहे इन अतिवादियों के व्यक्तिगत जीवन-सफर और अनुभवों को एकत्र करती है। इसमें इन शिक्षित मुसलिम युवकों को अतिवादी बना देनेवाली पृष्ठभूमियों, सामाजिक-आर्थिक तथा राजनीतिक कारकों व कारणों का औचित्य सिद्ध करते हुए अध्ययन किया गया है। यह कार्य सैकड़ों जिहादी समूहों, हजारों व्यक्तियों और उनके अनेक उपनामों के साथ किसी भूल-भुलैया में से अपना मार्ग ढूँढ़ने जैसा है। बहुत सी बिखरी कड़ियाँ हैं और सभी कारवाइयाँ या संबंध किसी परिणाम पर नहीं पहुँचते हैं। भारतीय जिहादी आंदोलन को मापने का कोई एक पैमाना, फॉर्मूला या समीकरण नहीं है, किंतु असुरक्षा और बुनियादी अस्तित्व की एक अंतर्निहित चिंता है। एक ऐसी भावना, जिसका सारे देश में व्यवस्था द्वारा दोहन किया जाता रहा है और इसके साथ खेला जाना जारी रहेगा, जब तक भारतीय राजनीतिक नेतृत्व आतंकवाद को राजनीति से पृथक् नहीं कर देता। इस पुस्तक की रचना राजनीतिक नेताओं, पुलिस और इंटेलीजेंस प्रमुखों, नौकरशाहों, कूटनीतिकों, भूतपूर्व स्टूडेंट्स, इसलामिक मूवमेंट ऑफ इंडिया कार्यकर्ताओं और अधिकारियों के साथ अनेक साक्षात्कारों के साथ-साथ बाबरी मसजिद विध्वंस, कारगिल युद्ध, उड़ान आई.सी.-814 के अपहरण, 9/11 के हमले, 13 दिसंबर, 2001 को संसद् पर हमले, ऑपरेशन 'पराक्रम' के क्रियान्वयन, 26/11 को मुंबई में आतंकी हमले और समय-समय पर देश के विभिन्न भागों में हुए बम धमाकों जैसी घटनाओं को कवर करने के मेरे अनुभव के आधार पर हुई है। जहाँ विशेष रूप से उल्लेख किया गया हो, उसको छोड़कर सभी साक्षात्कार गोपनीयता की शर्त पर किए गए थे। मैंने गिरफ्तार हुए आतंकियों से पूछताछ की रिपोर्टों, इंटेलीजेंस इनपुट, जिन बम विस्फोट मामलों में इंडियन मुजाहिदीन शामिल था, उन सभी में दायर किए गए आरोप-पत्रों और सच की तह तक पहुँचने के लिए जून 2010 में शिकागो में डेविड कोलमैन हैडली से की गई पूछताछ पर राष्ट्रीय अनुसंधान एजेंसी की रिपोर्ट को पढ़ा और उनका विश्लेषण किया। साक्षात्कार देनेवालों द्वारा किए गए दावों का सत्यापन करने के लिए मैं आजमगढ़, इंदौर, भोपाल, बेंगलुरु, मुंबई, वाराणसी, लखनऊ, पुणे, भटकल और हैदराबाद गया।

यह पुस्तक इंडियन मुजाहिदीन और भारत में सक्रिय अन्य जिहादियों की प्रेरणाओं तथा कैसे निहित स्वार्थों और विघटनकारियों द्वारा देश में हिंसा को उचित ठहराने के लिए जान-बूझकर धर्म की गलत व्याख्या की गई, इसका अध्ययन करने का प्रयास करती है। सार्वजनिक मान्यता के विपरीत इंडियन मुजाहिदीन के उदय से शायद ही धर्म का कोई लेना-देना है और इसकी बेहतर व्याख्या अल्पसंख्यक समुदाय में व्याप्त खतरों और पक्षपात की धारणा का बदला लेने की एक काररवाई के रूप में की जा सकती है। समाधान विशेष रूप से भारत में धर्मगुरुओं के पास न होकर आर्थिक विकास, सुशासन, बेहतर संरचना, अधिक सुरक्षा और कानून की प्रवर्तक एजेंसियों के हाथों निर्दोष के उत्पीड़न को रोकने के लिए बेहतर अन्वेषण साधनों में है। यही उत्पीड़न, दादागिरी और असुरक्षा है, जिसने घर में पले जिहाद के बीज बोए, बाहरी ताकतें तो विषवृक्ष को सींचने और उसे अपने ही लोगों पर हमलों के लिए प्रोत्साहित करने के लिए तैयार बैठी थीं। भारतीय उलेमाओं, खासकर वे जो देवबंद, उत्तर प्रदेश में दारुल उलूम से संबद्ध हैं, के 2008 में खुलकर आतंकवाद के विरुद्ध सामने आने के बाद यह आंतरिक सुरक्षा व्यवस्था का दायित्व हो जाता है कि आतंकवादियों के बारे में एक ज्यादा सक्रिय रवैया अपनाए। आतंकवाद के खिलाफ भारतीय लड़ाई लंबी चलनेवाली है, जब तक पाकिस्तान में स्थिरता नहीं आ जाती और शासक सामंती राजनीतिक परिवारों की आड़ में देश पर राज कर रही वर्तमान सैनिक तानाशाही पर लोकतंत्र विजय नहीं पा लेता।

इस पुस्तक का आकार लेना उन अनगिनत अधिकारियों और राजनीतिक नेताओं के बिना संभव नहीं हो सकता था, जिन्होंने न केवल आगे का रास्ता दिखाया, वरन् अपनी धारणाओं और विश्लेषणों को यह जानते हुए भी मेरे साथ साझा किया कि जिन संगठनों के वे प्रमुख थे, वे भी इस पुस्तक के स्कैनर की परिधि में आ सकते थे। मैं भारतीय जिहादी दृश्य को अधिक पारदर्शी बनाने के लिए और इन आतंकवादियों के भूत, वर्तमान और भविष्य पर स्पष्टीकरण प्रदान करने के लिए भी आभारी हूँ।

भारतीय जिहादी आंदोलन से संबंधित जानकारी एकत्र करने में मेरी सहायता करने और मेरी भ्रांतियों व विसंगतियों को दूर करने के लिए अंत तक इस जटिल विषय पर चर्चा करते रहने के लिए मैं 'हिंदुस्तान टाइम्स' के वरिष्ठ सहायक संपादक श्री स्तवन देसाई को धन्यवाद देना चाहता हूँ।

इजराइल में भारत के राजदूत श्री नवतेज सरमा; प्रकाशक और वरिष्ठ संपादक नंदिता अग्रवाल, जिन्होंने जानकारियों के इस जाल में मेरा मार्ग सुगम किया और मेरे ध्यान को इंडियन मुजाहिदीन पर पुनर्निर्देशित किया, के साथ मेरी चर्चाएँ अमूल्य हैं

और मैं उनकी अंतर्दृष्टियों और सहायता की सराहना करता हूँ।

अंत में मैं अपनी प्रिय पत्नी डॉ. शैलजा वैद्य गुप्ता, पुत्र आदित्य विक्रम, पुत्री अनुकृति गौरा और पिल्ले कीकी को मेरे सामान्य रूप से सठियाए स्वभाव को सहन करने और उनके संपूर्ण सहयोग के लिए धन्यवाद देना चाहता हूँ। इस पुस्तक में अगर कोई दोष या गलतियाँ हैं तो वे केवल मेरी हैं।

—शिशिर गुप्ता

अनुक्रम

बाबरी विध्वंस और सिमी अग्नि बम (टिंडर बॉक्स)

बाबरी उत्प्रेरक और स्टूडेंट्स इसलामिक मूवमेंट ऑफ इंडिया का बारूद

10 जनवरी, 2001 की ठंडी और कुहासी सुबह, दिल्ली पुलिस के एक बीट कॉन्सटेबल ने ओखला में जामिया मिलिया इसलामिया विश्वविद्यालय के एस.आर.के. छात्रावास की प्रहरी चौकी के पास स्टूडेंट्स इसलामिक मूवमेंट ऑफ इंडिया (एस.आई.एम.आई.) के मोनोग्रामवाला एक स्टिकर चिपका हुआ देखा। मोनोग्राम में तीन मसजिदें दिखाई गई थीं—स्पेन में कुर्तबा मसजिद, अयोध्या में बाबरी मसजिद और यरूशलम में अल अक्सा मसजिद, जिनके साथ में था एक क्रॉस (ईसाइयत को चित्रित करते हुए), एक स्वस्तिक (हिंदू धर्म के लिए) और कुरान की आयत संख्या 2:114 के हिंदी अनुवाद, जो व्यक्ति किसी को नमाज अदा करने से रोकता है और मसजिद को नुकसान पहुँचाता है, वह क्रूरतम आदमी है। 19 मई, 2001 को न्यू फ्रेंड्स कॉलोनी पुलिस स्टेशन में यह कहते हुए सांप्रदायिकता भड़काने का एक मामला दर्ज किया गया था कि इस स्टिकर का मकसद मुसलिमों को इन मसजिदों को मुक्त करवाने के लिए भड़काना है। भाजपा-नीत राष्ट्रीय लोकतांत्रिक गठबंधन (एन.डी.ए.) सरकार द्वारा गैरकानूनी गतिविधि (रोकथाम) अधिनियम, 1967 के अधीन इस संगठन पर प्रतिबंध लगाए जाने के एक दिन बाद ही इसके कारण 28 सितंबर, 2001 को स्टूडेंट्स इसलामिक मूवमेंट ऑफ इंडिया के अध्यक्ष डॉ. शाहिद बद्र फलाही को गिरफ्तार कर लिया गया। प्रतिबंध में यह भी स्वीकार कर लिया कि खुली विद्रोहात्मक गतिविधियों और बयानों के लिए, खासकर 11 सितंबर, 2001 को जुड़वाँ मीनारों पर किए गए बम विस्फोटों के बाद से सरकार तथा लोगों की सहनशीलता घटी थी।

फलाही को सी-151/9, जाकिर नगर से एक प्रेस वार्त्ता करते हुए गिरफ्तार किया गया था। दक्षिणी दिल्ली में स्टूडेंट्स इसलामिक मूवमेंट ऑफ इंडिया के मुख्यालय पर पुलिस के छापे के दौरान स्टूडेंट्स इसलामिक मूवमेंट ऑफ इंडिया के अनेक कार्यकर्ता

निकल भागे थे। पुलिस ने उनकी पहचान अब्दुल्ला दानिश, हनीफ शेख, अब्दुस सुभान (संपादक, इसलामिक मूवमेंट) और शाहबाज हुसैन उर्फ शन्नो (संपादक, तहरीक और प्रेस सचिव, स्टूडेंट्स इसलामिक मूवमेंट ऑफ इंडिया) के रूप में की तथा उन्हें अपराधी घोषित कर दिया। इनमें से मुंबई से एक सॉफ्टवेयर इंजीनियर अब्दुस सुभान कुरैशी बाद में इंडियन मुजाहिदीन के लिए बम बनानेवाला और 2008 में अहमदाबाद में हुए सीरियल धमाकों के प्रमुख आयोजक के रूप में कुख्यात हुआ। जिन अन्य को अपराधी घोषित किया गया था, उनमें स्टूडेंट्स इसलामिक मूवमेंट ऑफ इंडिया का महासचिव और इसकी हिंदी पत्रिका का मुख्य संपादक सफदर नागौरी भी था, जिसने अप्रैल 2001 में एक प्रमुख अंग्रेजी समाचार-पत्र को दिए साक्षात्कार में खुले रूप से स्वीकार किया था कि वह अलकायदा चीफ ओसामा बिन लादेन का प्रशंसक है और उसके मन में महात्मा गांधी या जवाहरलाल नेहरू के लिए कोई सम्मान नहीं है। यह कहते हुए कि एक भारतीय होने पर उसे पीड़ा है, नागौरी ने कहा, ''केवल स्टूडेंट्स इसलामिक मूवमेंट ऑफ इंडिया ही नहीं, हम मुसलिम नेताओं को आदर्श के रूप में नहीं मानते। केवल एक ही सच्चा खुदा है, एक सच्चा आदर्श।'' उसने स्वीकार किया कि हम पूरे भारत में स्टूडेंट्स इसलामिक मूवमेंट ऑफ इंडिया की बैठकों और टेलीफोन के माध्यम से सम्मेलनों में जमात-ए-इसलामी पाकिस्तान के काजी हुसैन अहमद के भाषणों को बजाते रहे हैं, क्योंकि वह कट्टरपंथी नेता चाहता था कि हम इसलाम को गैर-मुसलिमों तक ले जाएँ। नागौरी ने यह भी सुझाया था कि अगर आर.एस.एस. ने भारत में अल्पसंख्यक मुसलिमों पर दबाव बनाना जारी रखा, तो मुसलमानों के पास हथियार उठाने के सिवा कोई चारा नहीं रहेगा। यहाँ तक कि नागौरी ने प्रथम प्रधानमंत्री जवाहरलाल नेहरू का इसलिए विरोध किया कि उन्होंने सुन्नी मुसलमानों द्वारा विधर्मी या काफिर माने जानेवाले गुलाम अहमद कादियानी को एक पैगंबर के रूप में अहमदिया संप्रदाय का संस्थापक मानने के लिए मुसलमानों को उकसाया था।

स्टूडेंट्स इसलामिक मूवमेंट ऑफ इंडिया का पूर्व महासचिव उसके संगठन को गैरकानूनी घोषित किए जाने के बाद सात साल तक कानून की आँखों में धूल झोंकता रहा और 27 मार्च, 2008 को मध्य प्रदेश के प्रीतमपुर में गिरफ्तार हुआ। नागौरी को अहमदाबाद सीरियल धमाकों से संबंधित मामलों में भी आरोपी बनाया गया था। यहाँ तक कि स्टूडेंट्स इसलामिक मूवमेंट ऑफ इंडिया के कार्यकर्ताओं या उनके हिमायतियों में यह आम धारणा है कि यह नागौरी ही था, जिसने पूरे संगठन को जिहाद की दिशा में कट्टरपंथी बना दिया और उनको हथियार उठाने की ओर धकेल दिया। जमानत पर बाहर आने पर स्टूडेंट्स इसलामिक मूवमेंट ऑफ इंडिया के पूर्व अध्यक्ष शाहिद फलाही ने 10 फरवरी, 2010 को एक समाचार वेबसाइट को दिए साक्षात्कार में कहा कि उसने

नागौरी को महासचिव नियुक्त किया था और जब हम एक साथ थे तो नागौरी किसी गैरकानूनी गतिविधि के लिए जिम्मेदार नहीं था। हालाँकि, उसने कहा कि 2001 में उसे जेल में डाल दिए जाने के बाद से नागौरी की गतिविधियों के बारे में कुछ पता नहीं था। भले ही फलाही ने नागौरी का बचाव करने की कोशिश की हो, लेकिन भड़काऊ और विद्रोही भाषणों को प्रोत्साहित करने और गैर-मुसलिमों के खिलाफ जिहाद में शामिल होने के लिए अन्य स्टूडेंट्स इसलामिक मूवमेंट ऑफ इंडिया के कार्यकर्ताओं को प्रेरित करने में वह भी पीछे नहीं था। स्टूडेंट्स इसलामिक मूवमेंट ऑफ इंडिया के कट्टरवाद की सीमा का एक उदाहरण पश्चिम बंगाल के उप महानिरीक्षक पुलिस, इंटेलीजेंस शिशु रंजन पाल द्वारा गैरकानूनी गतिविधि (रोकथाम) ट्रिब्यूनल के समक्ष 11 मई, 2010 को दायर किए गए हलफनामे से प्रकट होता है। हलफनामे में 24 सितंबर, 2001 को ग्रांट हॉल, बरहामपुर, जिला मुर्शिदाबाद, पश्चिम बंगाल में आयोजित एक स्टूडेंट्स इसलामिक मूवमेंट ऑफ इंडिया सम्मेलन का उल्लेख किया गया है। सम्मेलन का आयोजन कुनो अंसार अल्लाह अभिजान के बैनर तले किया गया था और इसमें शाहिद बद्र फलाही सहित लगभग 2000 स्टूडेंट्स इसलामिक मूवमेंट ऑफ इंडिया कार्यकर्ताओं ने भाग लिया था। इसमें कहा गया है, अन्य लोगों के साथ शाहिद बद्र फलाही ने 11 सितंबर, 2001 को अमरीका में आतंकी हमलों का समर्थन करते हुए सभा को संबोधित किया था और आतंकवाद के खिलाफ अमरीकी अभियान का समर्थन करने के लिए भारत सरकार की जोरदार ढंग से आलोचना की थी।

सभी वक्ताओं ने इसलाम के मसीहा, ओसामा बिन लादेन की गतिविधियों की प्रशंसा की और देश के हर कोने में संगठित होकर गैर-मुसलिमों के खिलाफ जिहाद छेड़ने का मुसलमानों से अनुरोध किया। हलफनामे में आगे कहा गया है कि बाबरी मसजिद के विध्वंस के लिए प्रधानमंत्री अटल बिहारी वाजपेयी और गृहमंत्री लालकृष्ण आडवाणी पर मुकदमा चलाया जाना चाहिए और उन्हें आतंकवादी माना जाना चाहिए। स्टूडेंट्स इसलामिक मूवमेंट ऑफ इंडिया के वक्ताओं ने कश्मीर में मुसलमानों की कथित हत्या के खिलाफ चेतावनी दी। अमरीका, वाजपेयी, आडवाणी तथा अजान के लिए लाउड स्पीकरों के उपयोग पर प्रस्तावित प्रतिबंध के खिलाफ और गोहत्या के समर्थन में नारे लगाए गए। स्टूडेंट्स इसलामिक मूवमेंट ऑफ इंडिया सदस्यों ने व्यवस्थित ढंग से भड़काऊ भाषणों के माध्यम से उन्माद भड़काया। वरिष्ठ पुलिस अधिकारी ने कहा कि उकसाने और सांप्रदायिक घृणा फैलाने के लिए 27 सितंबर, 2001 को बरहामपुर पुलिस द्वारा एक मामला दर्ज किया गया और तेईस लोगों को गिरफ्तार कर लिया गया, क्योंकि उसी दिन स्टूडेंट्स इसलामिक मूवमेंट ऑफ इंडिया को एन.डी.ए. सरकार द्वारा प्रतिबंधित कर दिया था। शाहिद बद्र फलाही, जो भड़काऊ भाषण देने के बाद बरहामपुर

से दिल्ली चला गया था, को अगले दिन दिल्ली पुलिस द्वारा जाकिर नगर में गिरफ्तार कर लिया गया।

शुरुआत

स्टूडेंट्स इसलामिक मूवमेंट ऑफ इंडिया की स्थापना 25 अप्रैल, 1977 को अलीगढ़ में इसके पहले अध्यक्ष मोहम्मद मोहमदुल्लाह सिद्दकी द्वारा की गई थी, जो बाद में अमरीका चला गया था और वहाँ पश्चिमी इलिनॉइस विश्वविद्यालय में अंग्रेजी और पत्रकारिता का प्रोफेसर बन गया था। भले ही इसकी स्थापना जमात-ए-इसलामी हिंद की एक छात्र विंग के रूप में की गई थी, कुछ समय बाद ही पितृ संगठन और उसकी युवा सहयोगी के बीच में, खासकर 1979 में अफगानिस्तान में सोवियत आक्रमण को लेकर मतभेद उत्पन्न हो गए थे। जब स्टूडेंट्स इसलामिक मूवमेंट ऑफ इंडिया के कार्यकर्ताओं ने 1981 में फिलिस्तीन मुक्ति संगठन (पी.एल.ओ.) के मुखिया यासर अराफात के भारत दौरे के खिलाफ प्रदर्शन किया और नई दिल्ली में उनका काले झंडों से स्वागत किया तो मामला खुलकर सामने आया। स्टूडेंट्स इसलामिक मूवमेंट ऑफ इंडिया यासर अराफात को एक पश्चिमी कठपुतली के रूप में देखता था, लेकिन जमात-ए-इसलामी हिंद के लिए वे फिलिस्तीनी उद्देश्य और उसके लोगों के लिए एक चैंपियन थे। इजराइल के विरुद्ध हमास की लड़ाई में उसका खुला समर्थन और उसके संस्थापक शेख अहमद यासीन की प्रशंसा भी गुरु और शिष्य के बीच अलगाव के अन्य कारण थे। **जमात-ए-इसलामी हिंद ने 1982 में अपने खुद के छात्रों के इसलामिक संगठन (एस.आई.ओ.)**, क्योंकि इसको लगा कि स्टूडेंट्स इसलामिक मूवमेंट ऑफ इंडिया अत्यधिक कट्टरवादी था। स्टूडेंट्स इसलामिक मूवमेंट ऑफ इंडिया ने बाद में खुद को मुसलिम युवाओं की वैश्विक सभा, रियाद (सऊदी अरब) और छात्र संगठनों के अंतरराष्ट्रीय इसलामिक संघ, कुवैत से संबद्ध कर लिया था और इसे शिकागो स्थित भारतीय मुसलमानों की परामर्श समिति से भी इसे नैतिक तथा वित्तीय सहयोग प्राप्त हुआ। 1993 में बाबरी मसजिद विध्वंस पर स्टूडेंट्स इसलामिक मूवमेंट ऑफ इंडिया ने अपने कथित लक्ष्य घोषित किए—

- पवित्र कुरान के आधार पर मानव जीवन का संचालन,
- इसलाम का प्रसार,
- इसलाम के लिए जिहाद।

राष्ट्रवाद का विनाश और इसलामी शासन या खिलाफत की स्थापना

यह 1996 और 2001 के बीच का समय था, जब स्टूडेंट्स इसलामिक मूवमेंट

ऑफ इंडिया नेतृत्व ने सबसे पहले मुसलिम समुदाय के लिए खिलाफत राज के लिए समर्थन जुटाने के लिए एक राष्ट्रीय आंदोलन शुरू किया था और जम्मू-कश्मीर में उग्रवादी तथा अलगाववादी समूहों के साथ इसके तार जुड़े। कश्मीर के लिए आत्म-निर्णय की हिमायत करते हुए स्टूडेंट्स इसलामिक मूवमेंट ऑफ इंडिया के कार्यकर्ताओं को हथियारों के प्रशिक्षण के लिए पाक अधिकृत कश्मीर में स्थित एक निषिद्ध आतंकवादी संगठन हिजबुल मुजाहिदीन के पास भेजने का आरोप है। अल्पसंख्यक समुदाय की असुरक्षाओं पर पलकर थोड़े समय में ही स्टूडेंट्स इसलामिक मूवमेंट ऑफ इंडिया ने उत्तर प्रदेश से लेकर केरल तक महत्त्वपूर्ण नगरों में नेटवर्क के साथ लगभग 400 अंसारों (पूर्णकालिक कार्यकर्ता) और 20,000 से ज्यादा इखवानों (नियमित सदस्य) तक विस्तार कर लिया। इसकी विचारधारा जिहाद-ए-इंसाफ के संस्थापक मौलाना अनुल अल मौदूदी के लेखों पर आधारित थी; खासकर लाहौर में 13 अप्रैल, 1939 का जिहाद फी सबील्लाह (इसलाम में जिहाद) भाषण। वास्तव में इसलाम एक क्रांतिकारी विचारधारा और कार्यक्रम है, जो संपूर्ण दुनिया की सामाजिक व्यवस्था को बदलना और इसके अपने सिद्धांतों और आदर्शों के अनुरूप इसका पुनर्निर्माण करना चाहता है। अपने क्रांतिकारी कार्यक्रम को क्रियान्वित करने के लिए मुसलिम इसलाम द्वारा संगठित उस अंतरराष्ट्रीय क्रांतिकारी पार्टी का नाम है और जिहाद उस क्रांतिकारी संघर्ष और चरम प्रयास को बताता है, जो इसलामिक पार्टी अपने उद्देश्यों की प्राप्ति के लिए काम में लेती है। यह अतिवादी विचारधारा उम्माह से राज्य की शक्ति छीनने का आह्वान करती है। एक बुरी सरकार के संरक्षण के अधीन एक बुरा सिस्टम जन्म लेता है और फलता-फूलता है तथा एक पवित्र सांस्कृतिक व्यवस्था कभी भी स्थापित नहीं हो सकती, जब तक राज करने का अधिकार शैतान से छीन न लिया जाए और सुधारकों के हाथों में हस्तांतरित न कर दिया जाए। यह संगठन मिस्र के विद्वानों मुसलिम ब्रदरहुड के संस्थापक, हसन अल बन्ना तथा पतनोन्मुखी पश्चिमी संस्कृति का विरोध करनेवाले तथा अल कायदा के वर्तमान नेतृत्व को अपने लेखन से प्रभावित करनेवाले सैयद कुतुब से भी प्रभावित था।

एक इसलामिक शासन के संरक्षण में धिम्मियों और नास्तिकों की स्थिति पर मौदूदी के लेखों, उसके 1939 के निबंध से यह पूरी तरह से स्पष्ट हो जाता है कि स्टूडेंट्स इसलामिक मूवमेंट ऑफ इंडिया का पोषण इसलाम की एक अतिवादी और कट्टरपंथी व्याख्या पर हुआ था। यह धार्मिक व्याख्या अफगानिस्तान-पाकिस्तान सीमा पर प्रभावी तालिबान की विचारधारा के निकट है, जिसने सोवियत संघ से लड़नेवाले अरबों से वहाबी अति-रूढ़िवादी प्रभाव ग्रहण किया था और फिर बीसवीं सदी के अंतिम भाग में अफगान गृहयुद्ध में भाग लिया था। मौदूदी का कहना है। उदाहरण के लिए, जैसे ही इसलाम के उम्माह राज्य की शक्ति पर कब्जा करेंगे, यह सूदखोरी या ब्याज के

आधार पर चलनेवाले कारोबार के सभी रूपों पर प्रतिबंध लगा देगा; यह जुआ खेलने की इजाजत नहीं देगा; यह कारोबार और वित्तीय सौदों के उन सब तरीकों को रोक देगा, जो इसलामिक कानून के अनुसार वर्जित हैं। यह गैर-मुसलिम महिलाओं के लिए विनम्रता के न्यूनतम मानकों का पालन करना अनिवार्य बना देगा।

हालाँकि स्टूडेंट्स इसलामिक मूवमेंट ऑफ इंडिया के कट्टरपन का बढ़ना और सारे देश में खासकर हिंदू बहुल क्षेत्र में 1990 के दशक में रामजन्मभूमि आंदोलन के दौरान विश्व हिंदू परिषद् और बजरंग दल के कार्यकर्ताओं द्वारा अल्पसंख्यक समुदाय के प्रति उतने ही आक्रामक व्यवहार के प्रदर्शन से हिंदू कट्टरवाद की लहर का फैलना एक ही समय में हुआ था। शाहिद फलाही और सफदर नागौरी दोनों ही ने खुले रूप में भारतीय राजनीतिक नेतृत्व पर भेदभाव और बम धमाकों एवं आक्रामक व्यवहार के माध्यम से अल्पसंख्यक समुदाय को निशाना बना रहे हिंदू कट्टरपंथी समूहों के प्रति पक्षपात का आरोप लगाया। जब मुसलिम आवाज को दबाया जाता है, जब हम पर गोलियाँ चलाई जाती हैं और हत्याएँ की जाती हैं, जैसा कानपुर में हुआ, जब आप संघ परिवार को यह कहते हुए पाते हैं कि अयोध्या में मार्च 2002 तक राम मंदिर बनाया जाएगा, तब मैं कह सकता हूँ कि मुसलमान इसे चुपचाप नहीं सहेंगे। परिणामों के बारे में मुझे बहुत ज्यादा यकीन नहीं है। सफदर नागौरी ने 2001 में एक साक्षात्कार में कहा था, स्टूडेंट्स इसलामिक मूवमेंट ऑफ इंडिया के शेष बचे नेतृत्व का अब विश्वास है कि उनके संगठन को चुनकर प्रतिबंधित किया गया और निशाना बनाया गया था, जबकि 2008 में मालेगाँव धमाकों के आरोपी, अभिनव भारत जैसे हिंदू अतिवादी समूहों को अपराधी घोषित नहीं किया गया। इसमें सच्चाई का एक स्वाभाविक अंश है, सिवाय इसके कि हिंदू समूह जिस राष्ट्रवाद की वकालत करते हैं, जिसकी करीबी पहचान एक बृहत्तर भारत है, लेकिन स्टूडेंट्स इसलामिक मूवमेंट ऑफ इंडिया राष्ट्र राज्य में नहीं, केवल एक इसलामिक राज्य में विश्वास करता है। दोनों समाज के एक सूक्ष्म भाग की महत्त्वाकांक्षाओं का प्रतिनिधित्व करते हैं, क्योंकि भारत में अधिकतर लोग अपने धार्मिक विचारों का सड़कों पर प्रचार करने के अनिच्छुक होते हैं और रोजाना अपने अस्तित्व और शांति के लिए संघर्ष करते हैं। फिर भी दोनों बिल्कुल विपरीत अतिवादी समूह अपने संबंधित समुदाय के दिलों में दूसरे का डर बिठाकर अपने-अपने धर्मों के स्व-नियुक्त रक्षक बन गए।

ऐसा नहीं है कि हथियार उठाने या अतिवाद को लेकर स्टूडेंट्स इसलामिक मूवमेंट ऑफ इंडिया नेतृत्व में एक मत रहा हो, किंतु बाबरी मसजिद विध्वंस और गुजरात में गोधरा दंगों के बाद अल्पसंख्यक समुदाय में वास्तविक असुरक्षा और क्रोध प्रतीत होता है। वडोदरा निवासी और 2008 के अहमदाबाद सीरियल धमाकों के मुख्य आरोपी

कयामुद्दीन कपाड़िया द्वारा किए गए कथित खुलासे पर भारतीय मुसलमानों की क्या प्रतिक्रिया होनी चाहिए, इस पर हमें स्टूडेंट्स इसलामिक मूवमेंट ऑफ इंडिया के भीतर उठ रही बहस की झलक मिलती है। स्टूडेंट्स इसलामिक मूवमेंट ऑफ इंडिया नेताओं से ऑफ द रिकॉर्ड बात करो तो वे सफदर नागौरी पर संगठन को उग्रवादी बनाने और भारत के बाहर की अतिवादी ताकतों से जुड़ने का आरोप लगाते हैं। कपाड़िया, जो 2003 में स्टूडेंट्स इसलामिक मूवमेंट ऑफ इंडिया में शामिल हुआ था, ने संगठन को दो धड़ों में विभाजित पाया था—शाहिद फलाही के नेतृत्ववाला मध्यममार्गी धड़ा और नागौरी के नेतृत्ववाला उग्रवादी समूह। अन्य उत्साही नौजवानों की तरह कपाड़िया ने उग्रवादी समूह को चुना। हालाँकि 2001 में फलाही की गिरफ्तारी (उसे बाद में 2004 में जमानत पर छोड़ दिया गया था) के बाद नागौरी समूह प्रतिबंध, जो बाद में स्टूडेंट्स इसलामिक मूवमेंट ऑफ इंडिया तक विस्तारित हुआ, के कारण भूमिगत हो गया था।

स्टूडेंट्स इसलामिक मूवमेंट ऑफ इंडिया इसकी शाखाओं के भीतर क्या हुआ, इसको 2001-08 के दौरान जमानत पर छूटे प्रतिबंधित संगठन के नेताओं, जमीनी कार्यकर्ताओं के साथ अनौपचारिक बातचीत, शीर्ष स्टूडेंट्स इसलामिक मूवमेंट ऑफ इंडिया नेताओं की अन्वेषण रिपोर्टों और इस दौरान घटी घटनाओं की श्रृंखला के माध्यम से खोजा जा सकता है। शाहिद फलाही, उत्तर प्रदेश राज्य अध्यक्ष हुमा अहमद सिद्दीकी और मोहम्मद यासीन पटेल जैसे स्टूडेंट्स इसलामिक मूवमेंट ऑफ इंडिया नेता, यद्यपि बाबरी मसजिद विध्वंस से गुस्से में खौल रहे थे, उन्होंने हथियारों या हिंसा का मार्ग नहीं चुना, लेकिन अन्य लोग थे, जो भारतीय गैर-मुसलिमों के विरुद्ध जिहाद के लिए आतंकवादी बन गए। एर्नाकुलम का चंचेरांबिल मोहम्मद बशीर उर्फ सी.ए.एम. बशीर और नजीमाबाद का आजम गौरी ऐसे ही दो कार्यकर्ता थे, जिनके रास्ते सऊदी अरब में भारतवंशी सऊदी अरब के नागरिक और घोषित आतंकवादी महमूद मोहम्मद अहमद बहाजिक, जो अब लश्कर-ए-तय्यबा का मुख्य वित्त-पोषक है और जिसके प्रतिबंधित समूह के शीर्ष नेताओं के साथ सीधे संबंध हैं, के साथ टकराए थे। बशीर और गौरी ने पिछले दो दशकों में बम धमाकों की एक श्रृंखला से भारत को दहला दिया था।

दक्षिण से स्टूडेंट्स इसलामिक मूवमेंट ऑफ इंडिया के लोग

1960 में जनमा सी.ए.एम. बशीर केरल के एर्नाकुलम जिले, जहाँ अयोध्या कांड के बाद या गोधरा कांड के बाद कभी कोई सांप्रदायिक दंगा नहीं हुआ था, में अलुवा से आया था। बशीर ने अपने गृहनगर के निकट ही चलाकुडी में एरोनॉटिकल इजीनियरिंग कॉलेज में पढ़ाई की थी और मुंबई अंतरराष्ट्रीय हवाई अड्डे पर कार्य ग्रहण करने से पहले बेंगलुरु में एक उड़ान प्रशिक्षण कार्यक्रम पूरा किया था। वह कॉलेज में ही स्टूडेंट्स

इसलामिक मूवमेंट ऑफ इंडिया का सदस्य बन गया था और 1987 में इसका राज्य अध्यक्ष बना। हालाँकि भारत में मुसलिमों के साथ भेदभाव समाप्त करने के लिए हिंसा का समर्थन मुंबई आकर करना शुरू किया था। 1991 में बशीर ने हवाई अड्डे की अपनी नौकरी छोड़ दी और जिस समय बी.जे.पी. का रामजन्मभूमि आंदोलन अपने चरम पर था, उस समय स्टूडेंट्स इसलामिक मूवमेंट ऑफ इंडिया में पूर्णकालिक कार्यकर्ता के रूप में शामिल हुआ था। उसी साल उसने मुंबई में बांद्रा रिक्लेमेशन ग्राउंड में अब तक की 'स्टूडेंट्स इसलामिक मूवमेंट ऑफ इंडिया' की सबसे बड़ी रैलियाँ आयोजित करने में मदद की थी, जिसमें 10,000 से अधिक स्टूडेंट्स इसलामिक मूवमेंट ऑफ इंडिया के सदस्यों ने भाग लिया था। बाबरी मसजिद के विध्वंस के बाद बशीर बदला लेने के लिए उतावले स्टूडेंट्स इसलामिक मूवमेंट ऑफ इंडिया कट्टरवादियों में शामिल हो गया था। पुलिस के राडार पर उसका नाम सबसे पहले 1992 में अहमदाबाद को निशाना बनानेवाले आतंकी षड्यंत्र में और उसके बाद 1993 में बाबरी मसजिद विध्वंस की पहली सालगिरह पर उत्तरी भारत में ट्रेनों में सीरियल धमाकों के संबंध में फिर से आया था।

मुंबई धमाकों के बाद 1993 में बशीर दुबई होता हुआ सऊदी अरब भाग गया और वहाँ धमाकों के मुख्य आरोपी मुंबई डॉन दाउद इब्राहीम से जा मिला, जिसने पाकिस्तान में आई.एस.आई. और लश्कर-ए-तय्यबा के नेताओं से उसका परिचय कराया। सऊदी अरब और खाड़ी से समन्वय करते हुए बशीर ने आतंकी प्रशिक्षण के लिए केरल के मुसलमानों को भरती करना और उग्रतावादी गतिविधियों के लिए वित्त-पोषण करना शुरू कर दिया। 2001 में स्टूडेंट्स इसलामिक मूवमेंट ऑफ इंडिया पर प्रतिबंध लग जाने के बाद उसने दाऊद और सऊदी अरब में महमूद बहाजीक के साथ अपने संबंधों के माध्यम से भारत में आतंकी मॉड्यूलों के लिए वित्त-पोषण सुनिश्चित करने में महत्त्वपूर्ण भूमिका निभाई थी। बशीर की वित्तीय सहायता ने ही स्टूडेंट्स इसलामिक मूवमेंट ऑफ इंडिया कॉमरेड-इन-आर्म्स मोहम्मद सकीब नचान को मुलुंद, मुंबई में 2003 के सीरियल बम धमाकों की योजना बनाने और उसे क्रियान्वित करने में मदद की थी।

जिहादी आतंकवाद : 'सऊदी संबंध' शीर्षकवाले अपने एक लेख में बी. रामन पूर्व अतिरिक्त सचिव, अनुसंधान एवं विश्लेषण विंग (रॉ), एक पूछताछ रिपोर्ट, जिसमें जमात-ए-इसलामी नेतृत्व ने बशीर से 1980 के दशक में प्रशिक्षण के लिए अधिक स्टूडेंट्स इसलामिक मूवमेंट ऑफ इंडिया सदस्य भेजने को कहा था और स्टूडेंट्स इसलामिक मूवमेंट ऑफ इंडिया को अंतरराष्ट्रीय सिख यूथ फेडरेशन (आई.एस.वाई.एफ.) के साथ मिलकर पंजाब के सिखों और जम्मू व कश्मीर के कश्मीरियों को आजाद कराने के लिए योजना के बारे में भी बातचीत के लिए कहा था। इस योजना को के-2 या खालिस्तान और कश्मीर कहा गया था तथा इस षड्यंत्र का भंडाफोड़

16 जुलाई, 1992 को दादर रेलवे स्टेशन से आई.एस.वाई.एफ. के इंदर पाल सिंह की नाटकीय गिरफ्तारी से हुआ था। अदालत के अभिलेख बताते हैं कि सिंह वास्तव में सबसे पहले तो पुनर्गठन आयोजित करने और उसके बाद मुंबई स्टॉक एक्सचेंज सहित मुख्य भवनों को निशाना बनाने की योजना के साथ बशीर, सकीब नचान और अन्यों के संपर्क में था। रमन के अनुसार बशीर ने सऊदी अरब में अपना निवास बना लिया था और स्टूडेंट्स इसलामिक मूवमेंट ऑफ इंडिया को भारत में और इसकी शाखाओं को खाड़ी देशों में एक छद्म नाम 'मुसलिम डिफेंस फोर्स' के नाम से निर्देशित कर रहा था।

महमूद बहाजीक, जिसे संयुक्त राष्ट्र द्वारा एक आतंकवादी घोषित किया हुआ है और जिसका नाम सुरक्षा परिषद् के आदेश–1267, अल–कायदा और तालिबान समिति या सरल शब्दों में 1267 समिति में आया था, ने न केवल बशीर को, बल्कि 'स्टूडेंट्स इसलामिक मूवमेंट ऑफ इंडिया' के साथी कार्यकर्ता आजम गौरी को भी वित्तीय और रसद संबंधी सहायता पहुँचाई थी। गौरी मुंबई का एक डॉक्टर जलेस अंसारी और उत्तर प्रदेश के एक गैंगस्टर से लश्कर–ए–तय्यबा का बम फेंकनेवाला बना अब्दुल करीम टुंडा 1993 में मुंबई में हुए सीरियल बम धमाकों का मुख्य आरोपी था। जब 1985 में सारे देश में सांप्रदायिक तनाव फैला हुआ था, तब भी गौरी और टुंडा मुंबई में मिले थे। अहल–ए–हदीस के नेताओं के एक अत्यंत कट्टरवादी गुट के निर्देशन में सांप्रदायिक दंगों के दौरान मुसलमानों की रक्षा के लिए समर्पित एक संगठन 'तंजीम मुसलिमीन' (टी.आई.एम.) का गठन किया। नए संगठन ने मुसलमान युवकों को मुंबई में मोमिनपुरा के अल्पसंख्यक बहुल इलाके में बिना हथियार के शारीरिक लड़ाई और लाठी चलाने में प्रशिक्षित किया।

उत्तर प्रदेश मूल के डॉ. जलेस अंसारी ने इन सत्रों में उत्साह के साथ भाग लिया था। सायन मेडिकल कॉलेज से एम.बी.बी.एस. की डिग्री प्राप्त करने के बाद अंसारी ने बृहत् मुंबई नगर निगम में एक जूनियर डॉक्टर के रूप में काम करना शुरू किया था, लेकिन जल्दी ही महाराष्ट्र में मुसलिमों के साथ उनके हिंदू साथियों द्वारा भेदभाव किए जाने की धारणा के कारण वह उत्तेजित हो गया था। 1985 के भिवंडी दंगों ने उसे एक कट्टरवादी बना दिया और उसके बाद बाबरी मसजिद विध्वंस ने उसे हिंदुओं से बदला लेने के लिए उद्यत किया। गौरी और टुंडा के निर्देशन में अंसारी ने मुंबई, हैदराबाद में तैंतालीस बम धमाकों तथा ट्रेनों पर सात अन्य धमाकों की शृंखला आरंभ की थी। लेकिन अंसारी अगले महीने सीरियल धमाके करने के काम को पूरा कर पाता, इससे पहले ही 13 जनवरी, 1994 को केंद्रीय जाँच ब्यूरो (सी.बी.आई.) द्वारा गिरफ्तार कर लिया गया। टुंडा और गौरी पुलिस से बच निकलने और भागने में सफल हो गए थे।

गाजियाबाद जिले के पिलखुआ में पैदा हुआ टुंडा सीमा पार करके ढाका चला गया। उसने लश्कर–ए–तय्यबा के चीफ मिलिट्री कमांडर जकी–उर–रहमान लखवी के

निर्देशन में दिल्ली, रोहतक और जालंधर में धमाकों की एक श्रृंखला को अंजाम दिया। वह 1990 के पूरे दशक में सक्रिय रहा और पूछताछ रिपोर्ट के आधार पर कुछ लोगों का संदेह है कि अब वह रिटायर हो गया है और मुरीदके में लश्कर-ए-तय्यबा के मुख्यालय के बाहर एक इत्र की दुकान चलाता है। दूसरी तरफ गौरी 1995 में बहाजीक की मदद से एक जाली पासपोर्ट पर पाकिस्तान के रास्ते सऊदी अरब का सफर करने में कामयाब होने तक आंध्र प्रदेश में ही रहा था। वह पाकिस्तान में प्रशिक्षण लेने के बाद 1998 में भारत वापस आया और हिंदू नेताओं को निशाना बनाने तथा आतंकी हमलों को संगठित करने के लिए अपने पुराने संपर्कों को ताजा करने की कोशिश करने लगा। जबरन वसूली और हत्याओं के अपने कारोबार को चलाते समय गौरी ने नवंबर 1999 में महाराष्ट्र के औरंगाबाद में स्टूडेंट्स इसलामिक मूवमेंट ऑफ इंडिया की बैठक में भाग लिया और लश्कर-ए-तय्यबा के संरक्षण में एक दल इंडियन मुसलिम मोहम्मदी मुजाहिदीन (आई.एम.एम.एम.) का गठन किया। भारत पर पश्चिमी संस्कृति के व्यापक प्रभाव को दूर करने के अलावा इस कट्टरपंथी समूह का लक्ष्य हैदराबाद और जूनागढ़ को आजाद कराना था। समूह के कारोबार में पहले नंबर पर राष्ट्रीय स्वयंसेवक संघ के एक स्वयंसेवक देवेंदर शर्मा की हत्या करना था, जिसके बाद स्टूडेंट्स इसलामिक मूवमेंट ऑफ इंडिया के हिमायती से उग्रवादी बने इस संगठन की योजना के अनुसार घटनाओं की जैसे बाढ़ आ गई। मोगलपुरा में राष्ट्रीय स्वयंसेवक संघ के एक समर्थक की मीट की दुकान पर, करीमनगर और नांदेड़ में सिनेमा हॉल पर बम विस्फोट; और एक उच्च सुरक्षावाले रक्षा अनुसंधान एवं विकास संगठन (डी.आर.डी.ओ.) की प्रयोगशाला के निकट दो बिना फटे बम प्लांट किए गए थे। 6 फरवरी, 2000 को लश्कर-ए-तय्यबा के कश्मीर एकता दिवस भाषण में गौरी को इंडियन मुसलिम मोहम्मदी मुजाहिदीन के कमांडर के रूप में पहचाने जाने के बाद आंध्र स्पेशल टास्क फोर्स (एस.टी.एफ.) द्वारा उसका पीछा किया गया और करीमनगर में एक एनकाउंटर में उसे मार गिराया गया।

सी.ए.एम. बशीर और आजम गौरी इस बिंदु को चित्रित करते हैं कि स्टूडेंट्स इसलामिक मूवमेंट ऑफ इंडिया का शीर्ष नेतृत्व अभी भी बाबरी मसजिद ध्वंस का कारण बननेवाली सांप्रदायिक घटनाओं की श्रृंखला के प्रति अपने जवाब पर बहस कर रहा था, इसके कुछ रंगरूटों ने पहले ही भारत में कथित मुसलिम-विरोधी पूर्वग्रह का बदला लेने के लिए हिंसा को अपना लिया था। सबसे पहले लश्कर-ए-तय्यबा द्वारा दाऊद इब्राहिम के माध्यम से इन कट्टरपंथियों की तलाश की गई थी और उसके गैंग द्वारा अलगाववादी प्रशिक्षण के लिए मुसलिम युवक भरती किए गए थे, लेकिन बाद में जब भारत में सांप्रदायिक नासूर बहुत गहरा हो गया था, तब स्टूडेंट्स इसलामिक मूवमेंट ऑफ इंडिया खुद आतंकवादी संगठन के लिए स्रोत बन चुका था।

स्टूडेंट्स इसलामिक मूवमेंट ऑफ इंडिया के लिए पाकिस्तानी घुसपैठ

1990 के दशक में अब्दुल करीम टुंडा के संरक्षण में पाकिस्तानी नागरिकों की घुसपैठ का एक सिलसिला देखने में आया था, जिन्होंने भारत के भीतर बाद में हमले करने के लिए स्लीपर सेल स्थापित कर लिये थे। स्थानीय हिमायतियों की मदद से इन घुसपैठियों ने वैध भारतीय दस्तावेज हासिल कर लिये और यहाँ तक कि अपनी असली राष्ट्रीयता को प्रकट किए बिना भारतीय लड़कियों से विवाह करने में भी कामयाब हो गए थे।

सलीम जुनैद, जो हैदराबाद के कट्टरपंथी राजनीतिक मुसलिम संगठन में शामिल हुआ था, गिरफ्तार होने से पहले स्टूडेंट्स इसलामिक मूवमेंट ऑफ इंडिया का पदाधिकारी बनने के करीब था, ऐसा ही एक पाकिस्तानी था। पाकिस्तान के झेलम में कलाँ गुजराँ में एक दुकानदार के बेटे जुनैद ने अफगानिस्तान में पशाद में लश्कर-ए-तय्यबा के प्रशिक्षण शिविर में जाने और जकी-उर-रहमान लखवी के अधीन दौरा-ए-खास के नाम से जानेवाले तीन महीने के कमांडो कोर्स में नाम लिखाने के लिए अपने परिवार से बगावत कर दी थी। 1994 में लश्कर के समूहों के साथ दो बार सीमा पार कर भारत में प्रवेश करने में असफल रहने के बाद जुनैद 1995 में जम्मू सीमा से भारत में प्रवेश करने में कामयाब हो गया। वह दिल्ली आया और भारत में लश्कर-ए-तय्यबा के अभियान के लिए एक अत्यंत रूढ़िवादी इसलामी समूह, मरकज तबलीगी जमात से समर्थन हासिल करने की कोशिश की, लेकिन सफल नहीं हुआ। उसके बाद जुनैद नेपाल चला गया और जब लौटा तो उसने मुंबई, भिवंडी और दिल्ली में नए संपर्क बना लिए थे, जिन्हें तत्कालीन हिमालयी राजधानी में बसे उसके लश्कर-ए-तय्यबा के संचालकों द्वारा उसके लिए स्थापित किया था। लेकिन इन लश्कर-ए-तय्यबा के समर्थकों ने भी जुनैद का समर्थन न करने का फैसला किया। अंत में वह मुंबई के प्रेसीडेंट होटल में महमूद बहाजीक से मिला, जिसने उसे पैसा और हैदराबाद में संपर्क मुहैया कराया। बहाजीक के संपर्कों के माध्यम से जुनैद के लिए नंबर ए 0685880 वाला एक फर्जी भारतीय पासपोर्ट और एक ड्राइविंग लाइसेंस हासिल किया गया और वह हैदराबाद जाने के लिए पूरी तरह से तैयार था।

दिसंबर 1995 में किसी समय, सफेद कुरता-पायजामा पहने जुनैद कट्टरपंथी जे.ई.एल. पदाधिकारी नसीर भाई के वर्कशॉप में पहुँचा और हरियाणा के एक व्यापारी के रूप में खुद का परिचय दिया तथा जे.ई.एल. की सिकंदराबाद इकाई के अमीर को लुभाने के लिए बाजार से काफी कम कीमत पर डीजल वॉल्व और अन्य मोटर स्पेयर पार्ट बेचने की पेशकश की। नसीर भाई को इसमें कुछ भी असहज नहीं लगा, क्योंकि सिरसा के व्यापारी मोटरवाहन स्पेयर पार्ट खरीदने के लिए अकसर हैदराबाद आते रहते

थे। दोनों की दोस्ती जल्दी ही जम गई, क्योंकि नसीर भाई खुद भी कट्टरपंथी था, जिसने 1 जनवरी, 1994 को बाबरी मसजिद ध्वंस के विरोध में प्रदर्शन करने के लिए स्टूडेंट्स इसलामिक मूवमेंट ऑफ इंडिया और दरगाह जिहाद-ओ-शहादत (डी.जे.एस.) सहित तमाम संगठनों से करीब 200 युवकों को संगठित किया था। 4 दिसंबर, 1983 को हैदराबाद में स्थापित कुरान और शरई कानूनों पर कड़ाई से जोर देनेवाला दरगाह जिहाद-ओ-शहादत मुसलिम समुदाय और मसजिदों का स्वयंभू रक्षक था। जुनैद पंद्रह दिन बाद नसीर भाई से मिलने आया और उससे नामपल्ली के निकट एक मीनार होटल के पीछे ब्लू स्टार लॉज में अपने कमरे पर आने के लिए कहा। जब नसीर भाई लॉज में पहुँचा तो मोआजमजाही बाजार में मसकीन होटल के मालिक अब्दुल कयूम से उसकी मुलाकात हुई, जिसने कहा कि जुनैद खाना खाने के लिए उसके होटल में आया करता था। कयूम ने नसीर भाई से जुनैद का परिचय एक कश्मीरी मुजाहिदीन के रूप में कराया, जो घाटी से आया था। पंजाबी लहजे में उर्दू बोलनेवाले जुनैद ने कहा कि उसके माता-पिता कश्मीर में मारे गए थे और उसकी सारी संपत्ति छिन गई थी। पहले से कट्टरपंथी और कश्मीरी बगावत से सहानुभूति रखनेवाले नसीर भाई ने जुनैद को हैदराबाद में स्थापित होने में सहायता करने और इसकी पत्नी के रूप में कोई स्थानीय लड़की तलाशने का निर्णय कर लिया।

जब उन्होंने जुनैद के लिए दुलहन तलाशने की कोशिश की तो मिलनेवाली प्रतिक्रियाओं से वे दंग रह गए; नसीर के खुद के भाई मोहम्मद जलालुद्दीन ने अपनी बेटी का निकाह एक कश्मीरी मुजाहिदीन से करने से इनकार कर दिया। हिंदुत्ववादी कार्यकर्ताओं द्वारा फैलाए गए इस मिथक को ध्वस्त करते हुए कि सभी मुसलमान जिहाद के निष्क्रिय समर्थक हैं, यहाँ तक कि खुद नसीर भाई के दामाद अब्दुल असीम खालिद ने जुनैद की पृष्ठभूमि के बारे में बताए जाने के बाद अपनी बरतनों की दुकान में जुनैद की खातिर करने से मना कर दिया था, जहाँ वह अपनी शादी के लिए खरीदारी करने गया था। संभवत: खालिद और अधिक क्रुद्ध हुआ होता, यदि उसे पता चल जाता कि जुनैद विघटनकारी गतिविधियों के लिए प्रशिक्षित एक पाकिस्तानी नागरिक है। मुजाहिदीनों के प्रति सहज रोष को देखते हुए नसीर और जुनैद ने हरियाणा के व्यापारीवाली कहानी पर ही टिके रहने का निर्णय किया। उसके बाद ही जुनैद हरियाणा के एक भूतपूर्व सैनिक मोहम्मद अली खान की दूसरी बेटी से सगाई करने में सफल हो सका। ईद-उल-फितर से कुछ दिन पहले ही जुनैद और मोमिना खातून का निकाह कुतुबशाही मसजिद में संपन्न हुआ। इस समारोह में पाकिस्तान में प्रशिक्षित सलीम मुजाहिद इसलाही के पिता मौलाना अब्दुल अलीम इसलाही और इंडियन मुजाहिदीन के प्रेरक सह-संस्थापक सदीक इसरार शेख शामिल हुए थे। शादी के रिसेप्शन में दुलहन के पिता को छोड़कर

हर किसी को बताया गया कि जुनैद एक कश्मीरी मुजाहिद है और उसे यहाँ स्थापित होने में मदद की जानी है।

शादी के बाद जुनैद अपने रास्ते पर चलने लगा और नसीर भाई से चेतावनियों के बावजूद कि उसका चरित्र एक मुजाहिद के लायक नहीं है और अगर उसने अपने तरीकों को नहीं सुधारा तो मोहम्मद अली खान उसकी पहचान पर शक करने लगेगा, उसने काम करने से इनकार कर दिया। एक साल के अंदर ही जुनैद के एक लड़का पैदा हुआ और उसने एक टाटा 409 ट्रक खरीद लिया और नसीर भाई द्वारा उधार दिए गए 15,000 के साथ ट्रांसपोर्ट कारोबार में प्रवेश किया। चार महीने बाद उसने 20,000 का नुकसान उठाते हुए 1.80 लाख में ट्रक बेच दिया। 1997 की पहली तिमाही में जुनैद ने एक ऐसी पहचान से एक सेल फोन खरीदा, जिसका पता नहीं लगाया जा सकता था और टोली चौकी, हैदराबाद में इलेक्ट्रिक पॉइंट नाम से बिजली के सामान की दुकान खोलनेवाले अब्दुल कयूम के भाई मोहम्मद इस्माइल का करीबी दोस्त बन गया। यह 1997 की शुरुआत का समय था, जब नसीर भाई को जुनैद पर पाकिस्तानी नागरिक होने का शक होने लगा था, क्योंकि उसने बिना रजिस्ट्रेशन का एक महँगा मोबाइल फोन प्राप्त करने का दावा किया था, जबकि अधिकतर कश्मीरी मुजाहिदीन गरीब होते थे, क्योंकि उन्हें तो भारतीय अर्द्ध-सैनिक बलों द्वारा कुचला गया था। जुनैद पंजाबी लहजे में उर्दू भी बोलता था, जिससे नसीर को यकीन होने लगा था कि वह अपने कश्मीरी पृष्ठभूमि के बारे में झूठ बोल रहा है और असल में वह पाकिस्तानी है। इसके बावजूद उसने जुनैद की मदद करना चुना, क्योंकि वह इसलाम को कायम रखने के लिए प्रतिबद्ध था। एक महीने के भीतर ही जुनैद ने महाराष्ट्र से एक मित्सुबिशी कैंटर ट्रक खरीदा और 1 जनवरी, 1998 के आस-पास कुर्नूल के रास्ते में एक स्टेशनरी वैन को ठोक देने के बाद वह पुलिस के राडार पर आ गया था।

यह वह समय था, जब नसीर भाई को अस्पताल में भरती होना पड़ा था और वह 6 जून, 1998 तक जुनैद की गतिविधियों से अनभिज्ञ रहा था। इस दौरान जुनैद ने नसीर भाई द्वारा बताए गए कट्टरपंथी संपर्कों को मजबूत किया और खुद को हैदराबाद में स्थानीय जे.ई.एल., स्टूडेंट्स इसलामिक मूवमेंट ऑफ इंडिया और एस.आई.ओ. नेताओं की कृपा का पात्र बना लिया। हैदराबाद की चहारदीवारी में समुदाय की असुरक्षा की भावनाओं से खेलते हुए उसने दरगाह जिहाद-ओ-शहादत से युवकों को बँगलादेश और पाकिस्तान में प्रशिक्षण के लिए भरती करना शुरू कर दिया। जब नसीर भाई मोगलपुरा में इसलामी मिशन स्कूल में एक स्टूडेंट्स इसलामिक मूवमेंट ऑफ इंडिया प्रशिक्षण शिविर को संबोधित करने पहुँचा तो उसने जुनैद को स्टूडेंट्स इसलामिक मूवमेंट ऑफ इंडिया के स्थानीय और केंद्रीय नेताओं के साथ ही मद्रासत इसलाही के मौलाना इसलाही के

साथ मंच पर बैठे देखा। जुनैद ने न केवल हैदराबाद में रूढ़िवादी मुसलिम समाज में प्रामाणिकता हासिल कर ली थी, बल्कि स्टूडेंट्स इसलामिक मूवमेंट ऑफ इंडिया के नेताओं के बीच अपना रास्ता भी बना लिया था। गिरफ्तार होने से एक दिन पहले जुनैद भरती किए गए युवाओं को सीमा पार भेजने में मदद लेने के लिए नसीर भाई से मिलने पहुँचा था। 1 जुलाई, 1998 को उसके बेटे ने बताया कि जुनैद को पुलिस ने पकड़ लिया है। जबकि बाद में हैदराबाद पुलिस के सामने नसीर भाई ने दावा किया कि उसे जुनैद द्वारा विस्फोटक प्राप्त करने की योजनाओं के बारे में कुछ भी पता नहीं था, यह सिद्ध हो गया था कि जुलाई 1997 में देहरादून में आर.डी.एक्स. और स्विचों की आपूर्ति करने के लिए उसके ट्रक का उपयोग किया गया था, जिन्हें बाद में देहरादून-दिल्ली एक्सप्रेस ट्रेन के भारतीय सेना के लिए आरक्षित डिब्बे में प्लांट किया गया था। जबकि नसीर भाई ने सोचा था कि जुनैद अपने ट्रांसपोर्ट कारोबार के लिए कोई व्यापारिक सामान ले जा रहा था, वास्तव में वह आजम चीमा से गुजरात में भुज की सीमा से हथियार और विस्फोटक को ले जा रहा था।

जुनैद के साथ दो अन्य पाकिस्तानी नागरिक गिरफ्तार हुए थे, क्योंकि हैदराबाद में विघटनकारी पाकिस्तानी मॉड्यूल का भंडाफोड़ हुआ था। तमिलनाडु में मुसलिम हितों की रक्षा के लिए स्थापित एक कट्टरपंथी संगठन अल उम्माह के कुछ कार्यकर्ताओं से 1998 में कोयंबटूर में हुए सीरियल बम धमाकों के बारे में की गई पूछताछ में पुलिस ने यह जाना कि स्टूडेंट्स इसलामिक मूवमेंट ऑफ इंडिया के एक शीर्ष नेता द्वारा जुनैद को उसके मूल और गतिविधियों के बावजूद आंध्र प्रदेश में संगठन का नेतृत्व देने की पेशकश की गई थी। यह स्पष्ट संकेत था कि स्टूडेंट्स इसलामिक मूवमेंट ऑफ इंडिया के कुछ नेताओं को भारत में अपने मकसद की पूर्ति के लिए खुद को पाकिस्तान में रह रहे आतंकी समूहों से जोड़ने में कोई गुरेज नहीं था। 1998 के अंत में राजामुँदरी से गिरफ्तार हुए अल उम्माह के मुखिया और कोयंबटूर के इमारती लकड़ी के व्यापारी सैयद अहमद बाशा और उसके बेटे ने कहा कि अगले साल जुनैद को संगठन का मुखिया बनाया जाना था। हैदराबाद पुलिस और सुरक्षा एजेंसियों का मानना है कि जुनैद ने इस पेशकश को ठुकरा दिया था, क्योंकि लश्कर-ए-तय्यबा के संचालन कमांडर आजम चीमा द्वारा उसे देश के अलग-अलग भागों में बड़ी मात्रा में हथियार और विस्फोटक के जखीरे जमा करने के लिए निर्देश दिया गया था। जुनैद ने लश्कर-ए-तय्यबा द्वारा किए गए भारत में व्यवस्थित ढंग से तबाही के पहले प्रयास को निरूपित किया था, लेकिन धन्यवाद उस युवा घुसपैठिये को, जिसे भारत-पाक सीमा पर गिरफ्तार किया गया था और उसकी गवाही की वजह से वह कामयाब नहीं हो सका। अगर जुनैद गिरफ्तार नहीं हुआ होता तो वह भारत में लश्कर-ए-तय्यबा का अखिल भारतीय कमांडर बन गया होता। जब

उसे मजिस्ट्रेट के समक्ष प्रस्तुत करने के लिए विमान से दिल्ली ले जाया जा रहा था तो जुनैद ने पूछताछ करनेवालों से स्पष्ट रूप से कहा था कि टोली चौकी में इलेक्ट्रिक पॉइंट के रोल होनेवाले शटर के पीछे विशेष रूप से खोदे गए गड्ढे में हथियारों का एक जखीरा रखा हुआ है। हैदराबाद पुलिस की एक टीम तुरंत टोली चौकी की तरफ दौड़ी और वहाँ से एके-47 और 20 किलोग्राम से अधिक आर.डी.एक्स. तथा अन्य असलाह बरामद किया गया। जुनैद के बयानों के आधार पर उत्तर में खुर्जा से लेकर दक्षिण में भिवंडी तक, पूरे भारत में कई स्थानों से हथियार और असलाह बरामद किया गया और संबंधित स्लीपर सेलों को खोज निकाला गया था।

यह प्रकरण प्रकट करता है कि लश्कर-ए-तय्यबा ने किस हद तक भारत में कट्टरपंथी मुसलिम संगठनों में घुसपैठ कर ली थी और इसलाम के रक्षकों के नाम पर ऐसे छद्म विघटनकारियों की सहायता की थी। उनके शिकार केवल वे ही नहीं हैं, जिन्हें हमलों में निशाना बनाया गया है, बल्कि वे सब मुसलमान भी हैं, जिन्हें उनके समुदाय पर की गई ज्यादतियों के नाम पर हिंसा के लिए भड़काया जाता है। सी.ए.एम. बशीर, करीम टुंडा और जुनैद स्टूडेंट्स इसलामिक मूवमेंट ऑफ इंडिया के उन नेताओं और कार्यकर्ताओं के उदाहरण हैं, जो एक आपराधिक नेटवर्क की सहायता से आतंकवादी बन गए थे। लेकिन तसवीर का दूसरा पक्ष यह है कि स्टूडेंट्स इसलामिक मूवमेंट ऑफ इंडिया में सभी वास्तव में दोनों तरफ से गंभीर भड़कावे के बावजूद हिंसा में या सीमा पार के विघटनकारियों के साथ हाथ मिलाने पर विश्वास नहीं करते थे। इस विरोधाभास को समझने का एक तरीका स्टूडेंट्स इसलामिक मूवमेंट ऑफ इंडिया के रूपांतरण और जाकिर नगर, दिल्ली में संगठन के मुख्यालय पर 2001 के छापे में बच निकलने के बाद सफदर नागौरी के सफर के माध्यम से हो सकता है।

स्टूडेंट्स इसलामिक मूवमेंट ऑफ इंडिया का तेज-तर्रार विचारक

सफदर नागौरी का जन्म 3 अप्रैल, 1970 को उज्जैन में मध्य प्रदेश के एक पुलिस कॉन्सटेबल जहीर-उल-हसन के यहाँ हुआ था। अपनी प्राथमिक शिक्षा नागदा में और माध्यमिक शिक्षा बड़नगर में पूरी करने के बाद वह उज्जैन लौट आया और 1988 में मेकैनिकल इंजीनियरिंग में डिप्लोमा हासिल किया। सफदर ने 1985 में धार्मिक प्रवचनों में जाना शुरू किया था और उज्जैन में फतेह मसजिद के एक इमाम हफीज नियामुल्लाह के मार्गदर्शन में 1986 में वह स्टूडेंट्स इसलामिक मूवमेंट ऑफ इंडिया में शामिल हुआ था। धीरे-धीरे पदों पर ऊपर उठते हुए नागौरी 1990 में मध्य प्रदेश शूरा (परिषद्) का सदस्य बन गया और 1991 में राज्य इकाई के सचिव के रूप में मुंबई में हुई स्टूडेंट्स इसलामिक मूवमेंट ऑफ इंडिया की विशाल बैठक के पीछे वह प्रमुख संगठनकर्ताओं

में से एक था। अगले साल नागौरी इकाई का अध्यक्ष बन गया और आंदोलन के लिए इखवानों की भारी संख्या में भरती करने में उसने बड़ी भूमिका निभाई थी। इस पर भी नागौरी जाकिर नगर, दिल्ली में केंद्रित स्टूडेंट्स इसलामिक मूवमेंट ऑफ इंडिया की मुख्य गतिविधियों में शामिल नहीं था; वास्तव में 6 दिसंबर, 1992 को जब हिंदू कट्टरपंथियों ने बाबरी मसजिद को ध्वस्त किया था, वह भोपाल और जबलपुर के एक निरीक्षण दौरे पर था। अगस्त 1994 में स्टूडेंट्स इसलामिक मूवमेंट ऑफ इंडिया के शीर्ष नेता अब्दुल अजीज सलाफी द्वारा उसे दिल्ली बुलाया गया और अगले साल घरेलू हिंदी पत्रिका 'तहरीक' का मुख्य संपादक नियुक्त कर दिया गया। बाबरी मसजिद विध्वंस के मुद्दे को चलाने के लिए स्टूडेंट्स इसलामिक मूवमेंट ऑफ इंडिया की राजनीतिक बयानबाजी और कठोर हो गई तथा भारत के केंद्रीय क्षेत्र में आक्रामक हिंदू तेवर का मुकाबला करने लगी। संयम रखने के सुझाव और दोनों समुदायों के बीच बातचीत की सलाह को ठुकराते हुए स्टूडेंट्स इसलामिक मूवमेंट ऑफ इंडिया ने घोषणा की कि चूँकि देश में इसलाम खतरे में था, इसलिए मुसलमानों के लिए भारतीय हुकूमत (या हिंदुओं) के खिलाफ जिहाद छेड़ने का वक्त आ गया है।

हिंदू कट्टरपंथियों द्वारा भारत के धर्म निरपेक्ष ताने-बाने पर डाले जा रहे दबाव के चलते स्टूडेंट्स इसलामिक मूवमेंट ऑफ इंडिया ने अलग-थलग हाशिये पर पड़े कट्टरपंथी मुसलिम समूह बने रहने की बजाय मुसलिमों के प्रतिनिधि के रूप में मान्यता हासिल करने के लिए अल्पसंख्यक समुदाय में व्याप्त डर की भावना से यह खेल खेला। फरवरी 1991 में स्टूडेंट्स इसलामिक मूवमेंट ऑफ इंडिया ने हिंदू उग्रवादियों द्वारा अयोध्या में विवादित मसजिद को ध्वस्त किए जाने के प्रयासों के विरुद्ध बाबरी मसजिद दिवस का आयोजन किया था। चूँकि इसे आक्रामक हिंदू रुख का अपने खुद की उन्मत्त बयानबाजी से जवाब देनेवाले के रूप में देखा गया था, उत्तर प्रदेश, बिहार और मध्य प्रदेश में अल्पसंख्यक-बहुल इलाकों के भीतर स्टूडेंट्स इसलामिक मूवमेंट ऑफ इंडिया की लोकप्रियता बढ़ गई, क्योंकि संगठन ने धर्म निरपेक्ष दलों को नकार दिया था और अपनी स्वयं की राजनीतिक पहचान बनाने का एक प्रयास किया था।

1996 में पाकिस्तान सरकार और आई.एस.आई. के सहयोग से अफगानिस्तान में तालिबान द्वारा एक कट्टर इसलामी राज्य की स्थापना के साथ ही स्टूडेंट्स इसलामिक मूवमेंट ऑफ इंडिया को एक नैतिक प्रोत्साहन मिल गया। संगठन ने यह कहते हुए एक बयान जारी किया कि चूँकि लोकतंत्र और धर्म निरपेक्षता मुसलमानों के अधिकारों की रक्षा करने में विफल हो गए हैं, खलीफत या खलीफा शासन की स्थापना के लिए संघर्ष करने के अलावा कोई चारा नहीं बचा है। इसने गैर-मुसलमानों से यह समझने की अपील भी की कि राष्ट्रवाद या पश्चिमीकरण देश की बहुआयामी समस्याओं का

जवाब नहीं है और तर्क दिया कि एकमात्र हल इसलामी राजनीतिक व्यवस्था है, जो कि ठीक वही है, जिसकी मौलाना मौदूदी ने 1939 में वकालत की थी। लेकिन जे.आई.एच. का पूरा जोर 1990 के दशक में स्टूडेंट्स इसलामिक मूवमेंट ऑफ इंडिया द्वारा तत्काल काररवाई पर दबाव की बजाय क्रमिक सुधार पर था। अयोध्या में सफलता का स्वाद चखने के बाद अब काशी विश्वनाथ मंदिर और मथुरा के मंदिरों को मुक्त करवाने की बात कर रहे हिंदू कट्टरपंथियों की बराबरी करते हुए स्टूडेंट्स इसलामिक मूवमेंट ऑफ इंडिया ने मुसलिमों का ग्यारहवीं शताब्दी के इसलामी विजेता गजनी के महमूद के रास्ते का अनुकरण करते हुए अपने भाइयों की मौतों का बदला लेने के लिए आह्वान किया। अफगान विजेता को भारत में मुसलिम प्रत्युत्तर का प्रतीक बनाकर स्टूडेंट्स इसलामिक मूवमेंट ऑफ इंडिया ने दो समुदायों के बीच पुराने घावों को कुरेद दिया था, विशेष रूप से हिंदुओं के, क्योंकि गजनी भारत पर कई हमलों के दौरान गुजरात में सोमनाथ मंदिर सहित अनेक मंदिरों को ध्वस्त करने के लिए जिम्मेदार था।

जबकि फलाही और सलाफी जैसे नेताओं ने खुले रूप से मुसलमानों से संगठित होने और अपने समुदाय की रक्षा करने के लिए कहा था। नागौरी अपने स्तर पर काम कर रहा था, वह चुपचाप ऑल पार्टी हुरियत कॉन्फ्रेंस (ए.पी.एच.सी.) के झंडे तले कश्मीर घाटी में कार्य कर रही अन्य मुसलिम विघटनकारी तनजीमों के पास पहुँचा और अंतरराष्ट्रीय समर्थन के लिए प्रचार करना शुरू कर दिया। नागौरी राजधानी में कश्मीर अवेयरनेस ब्यूरो में ए.पी.एच.सी. के अध्यक्ष पाकिस्तान-समर्थक सैयद अली शाह गिलानी से मिला। वह अगले दो सालों में मौलवी अब्बास अंसारी और मीरवायज उमर फारूक से भी मिला और उसी स्थान पर जम्मू और कश्मीर लिबरेशन फ्रंट (जे.के.एल.एफ.) अध्यक्ष यासीन मलिक के साथ भी शिष्टाचार विमर्श किया था। 2000 में रमजान के दौरान नागौरी, साकिब नचान और अब्दुस सुभान, जिसने उस समय तक अंग्रेजी पत्र इसलामी आंदोलन क्या है, के संपादक का कार्य सँभाल लिया था, पाकिस्तान के उच्चायुक्त रियाज खोखर द्वारा दी गई इफ्तार पार्टी में भारतीय मुसलमान संगठनों के प्रतिनिधियों के रूप में शामिल हुए थे। पुलिस और इंटेलीजेंस के दावे भी हैं कि स्टूडेंट्स इसलामिक मूवमेंट ऑफ इंडिया ने पाकिस्तान द्वारा प्रायोजित कश्मीरी आतंकी समूह हिजबुल मुजाहिदीन के साथ साँठ-गाँठ की और कम-से-कम तीन जलगाँव, महाराष्ट्र के निवासियों को 2000 में किश्तवाड़ में हथियारों का प्रशिक्षण प्राप्त करने के अभियान पर भेजा था। तीनों के तीनों सुरक्षा बलों के साथ एनकाउंटर में मारे गए थे।

2001 में न्यूयॉर्क में जुड़वाँ मीनारों पर हुए हमले के बाद ओसामा बिन लादेन स्टूडेंट्स इसलामिक मूवमेंट ऑफ इंडिया का वैश्विक आइकन बन गया था, जिसे भारत में देशव्यापी प्रदर्शनों में एक सच्चे मुजाहिद और एक काफिरों से लड़नेवाले नायक के

रूप में पेश किया गया। प्रदर्शनों में तालिबान द्वारा बामियन को ध्वस्त करने को अपना पूर्ण समर्थन व्यक्त करते हुए इरानी धर्मगुरु आयातुल्ला खोमेनी के शब्दों का उपयोग करते हुए अमरीका को शैतान का एक एजेंट और इसलाम का दुश्मन कहा गया। यह एक विडंबना ही है कि शिया मतवाला ईरान अफगानिस्तान में तालिबान शासन के पूरी तरह से विरुद्ध था। हिंदू और ईसाई दोनों के विरुद्ध इसे जहरीली बयानबाजी का रूप देते हुए और 9/11 के बाद इसलामी कट्टरवाद के प्रति निम्न वैश्विक सहिष्णुता के चलते राष्ट्रीय लोकतांत्रिक गठबंधन (एन.डी.ए.) सरकार, जो पहले से कारगिल पर पाकिस्तान द्वारा अचानक किए गए हमले की टीस झेल रही थी और कांधार में विमान अपहरण में जैश-ए-मोहम्मद के भावी मुखिया मसूद अजहर सहित आतंकियों को रिहा करने के लिए ब्लैकमेल की जा रही थी, के पास स्टूडेंट्स इसलामिक मूवमेंट ऑफ इंडिया पर प्रतिबंध लगाने के लिए मंच तैयार था। सरकार की त्वरित काररवाई 27 सितंबर, 2001 को लश्कर-ए-तय्यबा और हिजबुल मुजाहिदीन के साथ तमाम इसलामी उग्रवादी समूहों से संदिग्ध वित्तपोषण में कथित संबंध होने और विघटन को प्रोत्साहन देने तथा भारतीय राष्ट्रवाद, धर्मनिरपेक्षता और लोकतंत्र की खुली अस्वीकृति के लिए स्टूडेंट्स इसलामिक मूवमेंट ऑफ इंडिया पर प्रतिबंध के बाद सामने आई। धर्मनिरपेक्ष और वामपंथियों ने ठोस साक्ष्यों के अभाव के आधार पर इस प्रतिबंध का विरोध किया; स्टूडेंट्स इसलामिक मूवमेंट ऑफ इंडिया के कार्यकर्ताओं और उनके समर्थकों ने बेईमानी का रोना रोया और सरकार पर भेदभाव का आरोप लगाया, क्योंकि किसी भी हिंदू उग्रवादी समूह को उसी श्रेणी में नहीं डाला गया था। शाहिद फलाही जैसे स्टूडेंट्स इसलामिक मूवमेंट ऑफ इंडिया के नेताओं ने चतुराई से दावा किया कि संगठन हिंसा और आतंकवादी गतिविधियों के पूरी तरह से खिलाफ था, जबकि दूसरों ने कहा कि स्टूडेंट्स इसलामिक मूवमेंट ऑफ इंडिया शांतिपूर्ण और लोकतांत्रिक तरीकों में विशवास करता है।

हालाँकि आदेश पारित किया जा चुका था। नागौरी, जो उसके पुलिस डॉजियर में चाय और कुरआन का शौकीन बताया जाता है, प्रतिबंध लगने के दिन जाकिर नगर के मुख्यालय में मौजूद था। मुसलिम पर्सनल लॉ बोर्ड के एक वरिष्ठ नेता ने नागौरी को पड़नेवाले छापे के बारे में चेतावनी दी, स्टूडेंट्स इसलामिक मूवमेंट ऑफ इंडिया के सांगठनिक कोष से उसकी जेब में लगभग 50,000 रुपए डालकर उसे बच निकलकर पूर्वी दिल्ली में सीलमपुर भाग जाने का पर्याप्त समय दिया। वह वहाँ फरवरी 2002 तक रहा, लेकिन फिर कुर्ला के निकट कपाड़िया नगर में एक इलियास बुरहानपुर के साथ अपने फ्लैट में रहने के लिए मुंबई चला गया। मुंबई में रहते हुए नागौरी ने स्टूडेंट्स इसलामिक मूवमेंट ऑफ इंडिया के कार्य में अपनी सक्रियता जारी रखी। वह महाराष्ट्र

इकाई के अपने समपदस्थ एहतशाम सिद्दीकी, जिस पर अब 11 जुलाई, 2006 को मुंबई में सीरियल बम धमाकों का आरोप है, के संपर्क में था और यहाँ तक कि केरल के अलुवा जिले में शिलबी पीडिकल उर्फ सबीत से और बीजापुर, कर्नाटक और कोलकाता में अन्य शूरा के सदस्यों से मिलने भी गया था। नवंबर 2003 में वह मटिया बुर्ज, कोलकाता पहुँच गया, जहाँ उज्जैन में उनहेल से स्टूडेंट्स इसलामिक मूवमेंट ऑफ इंडिया के साथी आमिल परवेज को जेल में रखा गया था। नागौरी सितंबर 2007 तक पश्चिम बंगाल में रहा।

इसी अवधि में उसने उत्तर प्रदेश, महाराष्ट्र, केरल, तमिलनाडु, बिहार, राजस्थान और मध्य प्रदेश की व्यापक रूप से यात्राएँ कीं और मध्य प्रदेश में उज्जैन तथा इंदौर और कर्नाटक में कैसल रॉक, हुबली में गुप्त रूप से आयोजित हुई स्टूडेंट्स इसलामिक मूवमेंट ऑफ इंडिया की तीन प्रमुख बैठकों में उपस्थित रहा था। हालाँकि एहतशाम सिद्दीकी पर मुंबई पुलिस द्वारा सीरियल बम धमाकों का आरोप लगाया गया है। शीर्ष स्टूडेंट्स इसलामिक मूवमेंट ऑफ इंडिया कार्यकर्ता दावा करते हैं कि सिद्दीकी 5-6 जुलाई, 2006 को उज्जैन से बाहर सफदर नागौरी के एक मित्र और 2008 के अहमदाबाद सीरियल बम धमाकों में सह-अभियुक्त, कमरुद्दीन नागौरी के फार्म पर एक दो-दिवसीय बैठक में भाग ले रहा था। उस महत्त्वपूर्ण बैठक में भाग लेनेवाले अन्य लोगों में अब्दुस सुभान कुरेशी, इकरार शेख, मोहम्मद हफीज, शहबाज हुसैन (अब 2008 के जयपुर सीरियल बम धमाकों में एक आरोपी) और शिलबी पीडिकल शामिल थे। कुर्ला के सर्जिल के रूप में एक मुंबई निवासी ने भी बैठक में भाग लिया था, उसके पूर्ववृत्त का अभी भी महाराष्ट्र के आतंकवाद-निरोधक दस्ते द्वारा सत्यापन किया जा रहा है।

चर्चा के मुख्य विषय भारत और विदेशों में विद्यमान राजनीतिक स्थिति, गुजरात दंगे और महाराष्ट्र में 1992-93 में हुए सांप्रदायिक दंगों की जाँच करनेवाली न्यायमूर्ति श्रीकृष्ण समिति की सिफारिशें थीं। स्टूडेंट्स इसलामिक मूवमेंट ऑफ इंडिया कार्यकर्ताओं के साथ साक्षात्कारों और नागौरी द्वारा किए गए खुलासों से पता चलता है कि बैठक में बाबरी मसजिद गिराने के लिए जिम्मेदार बजरंग दल और अन्य हिंदू कट्टरपंथी संगठनों के सदस्यों को ए.के.-47 असॉल्ट राइफलों, जैसे हथियारों का उपयोग करके निशाना बनाने/कत्ल करने का फैसला किया गया था। देश में बम विस्फोट करने के बारे में कोई चर्चा नहीं हुई थी। स्टूडेंट्स इसलामिक मूवमेंट ऑफ इंडिया नेतृत्व की अगली बैठक 25 अप्रैल, 2007 को कैसल रॉक, हुबली के जंगल में आयोजित हुई थी, जहाँ एक टाटा 407 ट्रक में अट्ठाईस कार्यकर्ता लाए गए थे। बैठक में मुख्य विचार संगठन के भीतर मतभेदों को दूर करना था, क्योंकि कई नेता कट्टरपंथी काररवाई की वकालत कर रहे थे और मात्र जहरीले भाषणों और नारों से आगे बढ़ना चाहते थे। इस बैठक में

पी.ए. शाहदुली और उसके भाई शिबली पीडिकल, मोहम्मद हफीज, अंसार मौलवी, मोहम्मद यासीन, अहमद बेग, शकील अहमद, कमरुद्दीन नागौरी, शाहबाज हुसैन, याह्या कामाकुट्टी, डॉ. एच.ए. असदुल्ला उर्फ असद, मोहम्मद आसिफ, मोहम्मद यूसुफ, अब्दुस सुभान और मोहम्मद अली उपस्थित थे। फिर से चर्चा उग्रता से उन लोगों को दंडित करने पर केंद्रित थी, जिन्होंने बाबरी मसजिद गिराई थी और स्टूडेंट्स इसलामिक मूवमेंट ऑफ इंडिया की मुख्य विचारधारा को मजबूत करते हुए उन्हें निशाना बनाने का फैसला किया गया। हालाँकि इस बैठक में निम्न कुछ महत्त्वपूर्ण फैसले भी लिये गए थे—

1. शाहबाज हुसैन को प्रतिबंधित समूह का अमीर चुना गया।
2. स्टूडेंट्स इसलामिक मूवमेंट ऑफ इंडिया से स्टूडेंट और इंडिया को निकालकर समूह का नाम बदलकर इसलामिक मूवमेंट कर दिया गया।
3. तीस वर्ष की अधिकतम सीमा हटा दी गई और सदस्यता को सबके लिए खोल दिया गया।
4. विदेश जाने के समय अंसारों को निलंबित करने का नियम खत्म कर दिया गया।
5. इसलामिक मूवमेंट किसी राजनीतिक समूह के साथ मेल नहीं करेगा।
6. सेक्रेटरी जनरल सफदर नागौरी वाली केंद्रीय समिति को समाप्त कर दिया गया और शाहबाज की सहायता करने के लिए तीन अलग समितियाँ क्रमशः कमरुद्दीन नागौरी, शिबली पीडिकल और अदनान की अध्यक्षता में गठित की गईं। अदनान का संबंध बीजापुर से था और वह कर्नाटक इकाई का कोषाध्यक्ष था।
7. शिबली को महाराष्ट्र और उत्तर प्रदेश का प्रभार दिया गया, हफीज से दक्षिणी भारत को सँभालने को कहा गया और कमरुद्दीन नागौरी से इखवानों के प्रशिक्षण की देखरेख करने और मध्य प्रदेश के संचालन को सँभालने के लिए कहा गया।
8. अब्दुल सुभान से हिंदू समूहों के विरुद्ध काररवाई के लिए समर्थन जुटाने के लिए विभिन्न उल्लेमाओं से संपर्क करने के लिए कहा गया।

स्टूडेंट्स इसलामिक मूवमेंट ऑफ इंडिया की तीसरी बैठक अक्तूबर, 2007 में इंदौर–खंडवा सड़क परसिमरोल/कोरल के जंगलों में आयोजित हुई थी। केंद्र का चयन आमिल परवेज ने किया था। बैठक में इंदौर से एक टाटा सूमो में आए चौदह और मोटर साइकिलों पर आए दो स्टूडेंट्स इसलामिक मूवमेंट ऑफ इंडिया के नेताओं ने भाग लिया था। बैठक में भाग लेनेवालों में आमिल परवेज, अब्दुस सुभान, मोहम्मद अली, हाफिज हुसैन मुल्ला उर्फ अदनान, शाहबाज हुसैन, अंसार मौलवी, पी.ए. शाहदुली, मोहम्मद यासीन, कामरान सिद्दीकी, अलमजेब आफरीदी और अब्बास भाई थे। नागौरी

जुलाई 2006 बैठक से ही स्टूडेंट्स इसलामिक मूवमेंट ऑफ इंडिया कार्यकर्ताओं के लिए शारीरिक प्रशिक्षण और हथियारों के प्रशिक्षण के बारे में बात करता रहा था। नागौरी के कोलकाता से इंदौर लौटने के बाद 2007 में रमजान के दौरान यह समूह का अधिभावी विषय बन गया था। अगले दो महीने कमरुद्दीन के साथ रहते हुए नागौरी जमानत पर छूटे हुए आमिल परवेज से मिला और स्टूडेंट्स इसलामिक मूवमेंट ऑफ इंडिया कार्यकर्ताओं को प्रशिक्षण देने की उसी योजना पर चर्चा की। शारीरिक प्रशिक्षण के लिए प्रस्तावित कार्यक्रम में पालथी लगाना, डुबकी लगाना, दौड़ना, तैरना, रस्सी पर चढ़ना, जूड़ो, कराटे और अन्य गतिविधियाँ शामिल थीं। हथियार प्रशिक्षण में एयरगन से निशानेबाजी और उसके बाद वास्तविक फायरिंग अनुभव, जो केवल अगले दो सालों में या 2009 तक आरंभ होगा। शायद नागौरी अभी भी स्टूडेंट्स इसलामिक मूवमेंट ऑफ इंडिया कार्यकर्ताओं द्वारा हथियार उठाने के लिए तैयार नहीं था, यह सितंबर 2001 के प्रतिबंध के बाद नागौरी और रियाजुद्दीन के बीच आयोजित की गई एक महत्त्वपूर्ण बैठक से स्पष्ट होता है। मंसूरी, वास्तव में राजस्थान के कोटा आया था और एक फर्जी नाम से वहाँ रह रहा था। एक डॉक्टर के मकान में रहते हुए उसने स्टूडेंट्स इसलामिक मूवमेंट ऑफ इंडिया के एजेंडे को आगे बढ़ाने के लिए स्थानीय निवासियों के साथ एक कोर ग्रुप बनाया था। 2005-08 के दौरान कोटा, बारां, सवाई माधोपुर, बूँदी, जयपुर, जोधपुर और अजमेर से स्टूडेंट्स इसलामिक मूवमेंट ऑफ इंडिया में शामिल करने के लिए ताजा भरती किए गए लोगों के साथ कोर ग्रुप की बैठकें राजस्थान के विभिन्न शहरों में कई बार हुई थीं। कोटा और जोधपुर में आयोजित कुछ प्रमुख बैठकों में एक इसलामी सरकार की स्थापना पर चर्चा करने के लिए अबुल बशर, शिबली पीडिकल, अब्दुस सुभान और आमिल परवेज ने भाग लिया था। शपथ-पत्र में कहा गया है कि उग्रवादी प्रशिक्षण के प्रयोजन के लिए इमरान शेख, अतीक-उर-रहमान और साजिद मंसूरी कोर ग्रुप के मेहँदी हसन को गुजरात के हलोल में 12 से 14 जनवरी 2008 को एक दो दिवसीय प्रशिक्षण पाठ्यक्रम में भाग लेने के लिए भेजा गया था, जिसमें बम बनाना, राइफल शूटिंग और निशानेबाजी का अभ्यास, चट्टानों पर चढ़ाई तथा तेज गति से मोटरसाइकिल चलाना शामिल थे। हलोल शिविर में नागौरी, अब्दुल बशर और अब्दुस सुभान जैसे कट्टरवादी नेताओं की उपस्थिति की कयामुद्दीन कपाड़िया ने पुष्टि की थी।

हालाँकि न्यायमूर्ति गीता मित्तल की अध्यक्षतावाले ट्रिब्यूनल ने 5 अगस्त, 2008 को स्टूडेंट्स इसलामिक मूवमेंट ऑफ इंडिया पर से प्रतिबंध हटा दिया था, इसकी रिपोर्ट उस स्तर पर स्टूडेंट्स इसलामिक मूवमेंट ऑफ इंडिया कार्यकर्ताओं के विरुद्ध पुलिस साक्ष्यों में एक गहरी अंतर्दृष्टि प्रदान करती है। न्यायमूर्ति मित्तल के आदेश को उच्चतम न्यायालय द्वारा 6 अगस्त, 2008 को स्थगित कर दिया गया था। स्टूडेंट्स

इसलामिक मूवमेंट ऑफ इंडिया के विरुद्ध साक्ष्य शीर्षक के अंतर्गत निम्नलिखित की पहचान स्टूडेंट्स इसलामिक मूवमेंट ऑफ इंडिया के कार्यकर्ताओं के रूप में की गई थी, जो प्रतिबंध का उल्लंघन करके देश भर में गुप्त बैठकें आयोजित कर रहे थे और उनमें शामिल भी हो रहे थे। मोहम्मद आसिफ, रियाजुद्दीन नासिर, एच.ए. असदुल्ला, अदनान, शकील अहमद माली, अल्लाह बक्श यादवदा, अहमद बेग, शिबली पीडिकल, याह्या कामाकुट्टी, सफदर नागौरी, सैयद सादिक समीर, कमरुद्दीन नागौरी, मोहम्मद यासीन, मोहम्मद अंसार, मनरोज जमां और पी.ए. शाहदुली। इन स्टूडेंट्स इसलामिक मूवमेंट ऑफ इंडिया नेताओं में से अधिकतर उच्च शिक्षित थे। शाहदुली एक इंजीनियर है, याह्या कामाकुट्टी एक सॉफ्टवेयर इंजीनियर है और शिबली एक सॉफ्टवेयर विशेषज्ञ है, जो कर्नाटक और केरल में स्टूडेंट्स इसलामिक मूवमेंट ऑफ इंडिया के विस्तार का काम देखता है।

शिबली और शाहदुली दोनों को इंदौर में 27 मार्च, 2008 को उस समय गिरफ्तार किया गया था, जब केरल पुलिस ने कोट्टायम जिले में इराथुपेट्टा में उनके घरों पर एक साथ छापा मारा था। पुलिस ने शाहदुली के घर से एक कंप्यूटर और 27 सीडी जब्त की थीं, जिनमें स्टूडेंट्स इसलामिक मूवमेंट ऑफ इंडिया की सामग्री थी, जबकि शिबली के घर से एक कंप्यूटर, तीन सीडी और एक डायरी बरामद की थी। अपनी रिपोर्ट में पुलिस ने दावा किया कि ये व्यक्ति प्रतिबंध के बावजूद स्टूडेंट्स इसलामिक मूवमेंट ऑफ इंडिया गतिविधियाँ जारी रखे हुए हैं और इन्होंने उत्तर हुबली शहर, कर्नाटक में कैसल रॉक, धारवाड़ के निकट हलियाल सड़क पर एक फार्म हाउस में अप्रैल 2007 से दिसंबर 2007 तक अनेक बैठकें की हैं। रिपोर्ट में कहा गया है कि इन बैठकों में वे गुजरात तथा अन्य कहीं भी मुसलमानों के विरुद्ध कथित ज्यादतियों, बाबरी मसजिद के ध्वंस, 9/11 के बाद अमरीका और ब्रिटेन द्वारा अफगानिस्तान और इराक पर हमला तथा पश्चिमी देशों द्वारा समर्थित फिलिस्तीन और इजराइल के बीच लगातार संघर्ष के बारे में चर्चा होती थी। इसमें आगे कहा गया है कि वगामॉन, उज्जैन और इंदौर के निकट केरल में शारीरिक तंदुरुस्ती, ट्रेकिंग, हथियारों के प्रशिक्षण, मोटरसाइकिल सवारी, प्रतिस्पर्धा, तैराकी और पेट्रोल बम के उपयोग के लिए कई षड्यंत्रकारी बैठकें आयोजित की गई थीं।

रिपोर्ट के अनुसार, होसपेट, हुबली के एच.ए. असदुल्ला और हैदराबाद निवासी रियाजुद्दीन नासिर को बाद में कर्नाटक पुलिस द्वारा 11 जनवरी, 2008 को कथित रूप से एक चोरी की मोटरसाइकिल, कई फर्जी नंबर प्लेटों और दो फर्जी पहचान-पत्रों सहित गिरफ्तार किया गया था। रिपोर्ट में यह भी बताया गया है कि लश्कर-ए-तय्यबा और आई.एस.आई. के साथ रियाजुद्दीन नासिर ने पाकिस्तान में अठारह महीने का प्रशिक्षण प्राप्त किया था, जहाँ उसने हमला करनेवाले हथियारों का उपयोग करना और परिष्कृत

विस्फोटक उपकरणों (आई.ई.डी.) को असेंबल करना सीखा था। उसने और असदुल्ला ने गोवा के बागा, मिरामार एवं कैलेंग्यूट समुद्र तटों तथा मैंगलोर में इंफोसिस टेक्नोलॉजीज पर लक्ष्यों का सर्वेक्षण किया था और आई.ई.डी. को असेंबल करने के लिए हाइड्रोजन पर ऑक्साइड खरीदने के प्रयास किए थे। उन्होंने यह भी खुलासा किया कि बेंगुलुरु में आई.बी.एम. और डेल का सर्वेक्षण करने के आरोपी एक मेडिकल छात्र आसिफ और अदनान भी अपने जिहादी कार्यक्रम के भाग के रूप में हुबली और पीरागढ़ी दरगाह में हुई स्टूडेंट्स इसलामिक मूवमेंट ऑफ इंडिया की गुप्त बैठकों में उपस्थित थे। ट्रिब्यूनल के सामने बयान देते हुए कर्नाटक के उप पुलिस अधीक्षक, एस.एस. खोट ने कहा कि मोहम्मद आसिफ को 30 जनवरी, 2008 को गोकुल रोड पर गिरफ्तार किया गया था।

कर्नाटक इंस्टीट्यूट ऑफ मेडिकल साइंस (के.आई.एम.एस.) के एम.बी.बी.एस. अंतिम वर्ष के छात्र, आसिफ ने रियाजुद्दीन नासिर और असदुल्ला सहित अन्य स्टूडेंट्स इसलामिक मूवमेंट ऑफ इंडिया सदस्यों के नामों का खुलासा किया था। उसने कहा कि स्टूडेंट्स इसलामिक मूवमेंट ऑफ इंडिया कर्नाटक में सीरियल बम धमाके करने की योजना बना रहा था, जिसके लिए हुबली और कैसल रॉक के आस-पास कई बैठकें आयोजित की गई थीं। आसिफ रियाजुद्दीन और असदुल्ला को सैन्य सहायता प्रदान करने के साथ ही गुप्त बैठकें आयोजित करने का भी आरोपी था। आसिफ के बयान के आधार पर कर्नाटक पुलिस ने धारवाड़ के जंगलों में छुपाए गए विस्फोटक, इलेक्ट्रिक डेटोनेटर और जिलेटिन छड़ें बरामद की थीं। आसिफ को 2010 में अदालत की विशेष अनुमति से आई.एम.एस. में चिकित्सालयी अध्ययन की अनुमति दी गई थी। सिमी काडर के रूप में पहचाने गए अन्य लोगों में शकील अहमद के पास इलेक्ट्रिकल इंजीनियरिंग में डिप्लोमा था और अल्लाह बक्श 2008 में के.आई.एम.एस. में एक और एम.बी.बी.एस. अंतिम वर्ष का छात्र था। रिपोर्ट में कहा गया है कि अदनान ने इंजीनियरिंग और मेडिकल के छात्रों को सिमी के जिहादी कार्यक्रम में शामिल होने के लिए आकर्षित किया था। ट्रिब्यूनल की रिपोर्ट में पुलिस गवाहों ने कहा कि सिमी कार्यकर्ताओं ने अपने गैरकानूनी और निषिद्ध गतिविधियों को चलाते रहने के लिए अनेक संगठन बना रखे थे। रिपोर्ट में उन संगठनों की पहचान इस प्रकार की गई थी—

वहादत-ए-इसलामी, जिसका अगुआ तहरीक तहाफ्फुज-ए-शायर-ए-इसलाम (टी.टी.एस.आई.), हैदराबाद का महासचिव अताउर रहमान वादी था।

- मुसलिम युवा मोरचा और मिल्ली काररवाई समिति
- मुसलिम कर्नावेद
- नव मुसलिम सहाय संस्था
- राष्ट्रीय अल्पसंख्यक युवा समन्वय समिति

'तहरीक-ए-मिल्लत', कोटा से प्रकाशित होनेवाली सिमी की एक पत्रिका, जिसमें फलाही और नागौरी के लेख छपे थे।

स्टूडेंट इसलामी मिशन (सफदर नागौरी गुट)

न्यायमूर्ति मित्तल की रिपोर्ट में जोड़े गए पृष्ठभूमि दस्तावेज के अनुसार, सिमी के पहचाने जा चुके मोरचा संगठनों में से तेईस केरल में, आठ महाराष्ट्र में, सात पश्चिमी बंगाल में, तीन बिहार में, दो उत्तर प्रदेश में, एक कर्नाटक में और एक दिल्ली में था, जिनको धन इकट्ठा करने, साहित्य बाँटने और नए भरती हुए लोगों का पुनर्समूहीकरण करने का काम दिया जाता था। एक अन्य वरिष्ठ पुलिस अधिकारी, तत्कालीन संयुक्त पुलिस आयुक्त, मुंबई ने बयान दिया कि 2001 के प्रतिबंध के बाद सिमी ने अपने सदस्यता रजिस्टरों और संगठनात्मक अभिलेखों को नष्ट करना शुरू कर दिया है। उन्होंने यह भी कहा कि कुछ सिमी सदस्य 2006 के मुंबई सीरियल ट्रेन बम धमाकों, मालेगाँव विस्फोट और औरंगाबाद हथियार जखीरे में शामिल थे, जहाँ से महाराष्ट्र आतंकवाद-विरोधी दस्ते ने 9 से 11 मई के बीच सोलह एके-47, 43 किलोग्राम आरडीएक्स, एम्युनेशेन के 3200 राउंड और पचास हैंडग्रेनेड बरामद किए थे। इस मामले में मुख्य अभियुक्त, एक भूतपूर्व सिमी कार्यकर्ता मोहम्मद आमिर शकील अहमद था, जिसके तार लश्कर-ए-तय्यबा से जुड़े थे। उल्लेखनीय रूप से इस मामले में अन्य प्रमुख आरोपी थे—सैयद जबीउद्दीन अंसारी, फय्याज जुल्फिकार कागजी, शेख इजाजशेख और मसूद अहमद, सबके सब आज पाकिस्तान में शरण लिये हुए हैं और कराची प्रोजेक्ट में लश्कर-ए-तय्यबा-आई.एस.आई.के. लिए काम कर रहे हैं। जबी अंसारी, जो फरवरी 2006 में अहमदाबाद रेलवे स्टेशन विस्फोट में भी आरोपी है, उसी साल अब्दुल अजीज उर्फ रेहान उर्फ वली और अमजद उर्फ खाजा के रूप में पहचाने गए लश्कर-ए-तय्यबा के गुर्गों की मदद से बँगलादेश होते हुए पाकिस्तान भाग गए थे। जबी अंसारी पर मुंबई में 26/11 के आतंकी हमलों का निर्देशन करनेवाले कराची के लश्कर-ए-तय्यबा आई.एस.आई. के नियंत्रण कक्ष में मौजूद अकेला भारतीय होने का भी संदेह है।

फैयाज कागजी, जो अहमदाबाद रेलवे स्टेशन मामले में भी सह-आरोपी है, ईरान होकर पाकिस्तान भागा था। 25 फरवरी, 2010 को पाकिस्तान को सौंपे गए पाकिस्तान में बसे और भारत में वारदातों में शामिल आतंकवादियों पर एक डॉजियर में आई.एस.आई. के लिए काम करनेवाले लश्कर-ए-तय्यबा के सभी चारों आतंकवादियों के नाम लिये गए हैं। पी.के. जैन ने बयान दिया। सिमी सदस्यों का झुकाव अहल-ए-हदीस संप्रदाय की तरफ है, जो इसलाम के कट्टर अनुयायियों का एक समूह माना जाता है। कहा गया है कि सिमी कार्यकर्ताओं द्वारा इंटरनेट का उपयोग संचार के एक तरीके के रूप में किया

जाता था और उनसे जिहाद फी सिबिल्लाह तथा जिहादी असगर सहित सांप्रदायिक रूप से भड़काऊ पुस्तकें जब्त की गई हैं। कुछ आरोपी लोगों ने, जो सिमी कार्यकर्ता हैं और उन्होंने पाकिस्तान तथा पाक अधिकृत कश्मीर में सैन्य प्रशिक्षण प्राप्त किया था। सिमी कार्यकर्ता लश्कर, हरकत-उल-जिहाद-अल-इसलामी (एच.यू.जे.आई.) और कुछ विदेशी तत्त्वों के संपर्क में हैं। पृष्ठभूमि के नोट में सिमी कार्यकर्ताओं पर भड़काऊ टेप बजाकर और अलकायदा प्रमुख ओसामा बिन लादेन तथा जैश-ए-मोहम्मद प्रमुख मौलाना मसूद अजहर, जो रिहाई के बाद से ही भारत के विरुद्ध जहर उगल रहा था, के वीडियो दिखाकर मुसलिम समुदाय को उकसाने का आरोप है। पूरे देश में जगह-जगह सिमी की बैठकों में चलाए गए इन टेपों में मुसलमानों से जिहाद में शामिल होने की अपील की गई थी और बार-बार बाबरी मसजिद गिराए जाने का जिक्र किया गया था। सिमी कट्टरवाद के मूल जिहाद और भारतीय अल्पसंख्यकों के बीच में एकमात्र शत-प्रतिशत सच्चे मुसलिम समूह के रूप में अपनी पहचान की स्थापना को आजमगढ़ और हैदराबाद के मदरसों की दुनिया में होनेवाली घटनाओं में देखा जा सकता है। इस पुस्तक के मुख्य किरदारों के संबंध सराय मीर में मदरासत-अल-इशाही, आजमगढ़ में जे.ई.एल. द्वारा स्थापित जमियत-उल-फलाह और हैदराबाद में मदरसा शेख-अल-मौदूदी से हैं।

उम्माह बनाम भारतीय लोकतंत्र

अपनी पुस्तक 'भारत में इसलाम और लोकतंत्र : जमात-ए-इसलामी' के रूपांतरण में डॉ. इरफान ने आजमगढ़ में जमिय-तुल-फलाह मदरसे के सूक्ष्म दर्शन के माध्यम से बाबरी मसजिद मुद्दे पर सिमी और एस.आई.ओ. के बीच सैद्धांतिक मतभेद और मुठभेड़ को प्रकट किया है। पुस्तक में स्पष्ट रूप से संकेत दिया गया है कि भले ही बाबरी ध्वंस के बाद से अल्पसंख्यक राजनीति पर सिमी का कट्टरवादी एजेंडा छाया रहा है, मुसलिम समुदाय का एक बड़ा भाग उनके और कट्टरवादी दक्षिणपंथी बजरंग दल के बीच का अंतर नहीं देखता था। 1962 में जे.ई.एल. द्वारा बेलरियागंज में अपनी स्थापना के बाद से फलाह मदरसे ने सिमी को उसके तेरह अध्यक्षों के साथ ही सिमी का उम्मीदवार बनाया, जो मंदिर-मसजिद आंदोलन के रथ पर सवार होकर अलीगढ़ मुसलिम विश्वविद्यालय छात्र संघ (ए.एम.यू.एस.यू.) का अध्यक्ष बना। अहमद कहते हैं कि फलाह की साधारण मदरसा नहीं है और जे.ई.एल. के मदरसों जैसा भी नहीं है, जहाँ मुसलमान मुफ्त शिक्षा और आवास पाते हैं। यहाँ धन पूरी तरह से धर्मार्थ दान और जनता से प्राप्त होता है। उनके अनुसार, छात्र फलाह में शिक्षा प्राप्त करने लिए औसत से अधिक शिक्षण शुल्क और आवास शुल्क का भुगतान करते थे और विश्वविद्यालयों में उच्च शिक्षा पाने का लक्ष्य रखते थे। ये छात्र शहरी मध्यम-वर्ग की पृष्ठभूमि से आए थे

और इनके माता-पिता शिक्षित थे। इसलिए गैर-जे.ई.एल. मदरसों के विपरीत फलाह के छात्र, खासकर सिमी के सदस्य, न केवल अपने कर्तव्यों की तुलना में अपने अधिकारों के लिए अधिक जागरूक थे, अपितु वे अकसर अपने वैधानिक अधिकारों की माँग भी करते थे। इसके कारण फलाह के प्रशासन को केंद्र सरकार द्वारा प्रतिबंधित किए जाने से बहुत पहले 1991 में जिहाद का आह्वान करने के लिए कट्टरपंथी समूह को अपने परिसर में प्रतिबंधित करना पड़ा था।

सिमी और एस.आई.ओ. के बीच अन्य मतभेदों के अलावा बुनियादी झगड़ा हिंदुत्व की आक्रामक शक्तियों के जवाब की तैयारी को लेकर उठा था। सिमी ने मुसलमानों के जिहाद में शामिल होने पर जोर डाला था, जबकि इसके सर्वथा विपरीत एस.आई.ओ. इसलाम के शांति के संदेश को फैलाना चाहता था, जिससे बहुसंख्यक समाज को समावेशन और बातचीत से अपने पक्ष में लाया जा सके। मतभेद इतने अधिक थे कि फलाह के पूर्व-छात्र संघ (अंजुमन तालबा-ए-कादिम) में 1999 के सत्र में विभाजन हो गया, जिसमें एस.आई.ओ. ने तंजीम तालबा-ए-कादिम नाम का एक समानांतर संगठन खड़ा कर दिया, जिसे पूर्व-छात्रों का आंदोलन कहा जा सकता है। डॉ. अहमद के अनुसार, यह कोई अचानक हुआ विस्फोट नहीं था, बल्कि फलाह के प्रिंसीपल और जे.ई.एल. सदस्य मौलाना रहमानी को एक पुस्तक लिखने के लिए व्यवस्थित रूप से निशाना बनाने और उनका चरित्र हनन करने के कारण हुई घटनाओं का परिणाम था। इस पुस्तक में मौलाना ने तर्क दिया था कि किसी भी व्यभिचार के दोषी विवाहित व्यक्ति को पत्थरों से मारकर खत्म करने का शरीआ का प्रावधान संदर्भ-विशिष्ट है, जो अब प्रासंगिक नहीं रहा था। भावुक सिमी छात्रों के गुस्से को और बढ़ाने का काम किया फलाह के घरेलू प्रकाशन हयात-ए-नौ में छपे एक लेख ने। रहमानी ने यह भी कहा कि बाबरी मसजिद का फिर से निर्माण करने के लिए सिमी का जिहाद का आह्वान गैर-इसलामिक है, यहाँ तक कि आत्मघातक है।

अहमद यह भी लिखते हैं कि 2001 में एस.आई.ओ. ने अपने प्रकाशन 'खबरनामा' में कहा, तंजीम के समर्थक कट्टा (देसी पिस्तौल) संस्कृति (सिमी की) नहीं अपना सकते। यह हमारे लिए अपराध है। हम उस कदम का समर्थन नहीं करते और न ही उस जिहाद का, जिसकी शराब वे (सिमी) पी चुके हैं। हम मानते हैं कि जिहाद इसलाम (दीन), मुसलमान (मिल्लत) और मुल्क (देश) तथा सबके लिए के लिए घातक है। इसलिए कोई आश्चर्य की बात नहीं थी कि जिस दिन सिमी पर प्रतिबंध लगा था, उस दिन जब पुलिस फलाह में सिमी कार्यकर्ताओं को गिरफ्तार करने आई थी तो एस.आई.ओ. समर्थकों का प्रतिरोध बहुत हलका था। लेकिन सिमी ने जिहाद के शेर पर सवारी करने का फैसला किया और बाबरी मसजिद के ध्वंस को हिंदू उग्रवादियों द्वारा मुसलिम समुदाय

के सामूहिक बलात्कार के रूप में चित्रित करके मुसलमानों का ध्रुवीकरण करने के लिए पूरे देश में छात्रों को, खास तौर से अलीगढ़ मुसलिम विश्वविद्यालय (ए.एम.यू.) में उकसाने का काम किया। इस समूह ने 1992-93 के देशव्यापी दंगों के दौरान मुसलिम महिलाओं के साथ हिंदू कट्टरवादियों द्वारा दुराचार और बलात्कार की तसवीरें तैयार करके मुसलिम युवाओं की भावनाओं के साथ खिलवाड़ किया।

लगभग उसी समय फलाह के करीब ही आजमगढ़ के सराय मीर में मौलाना अब्दुल अलीम इस्लाही को मदरासत-उल-इस्लाही से प्रतिबंधित कर दिया गया और अतिवादी इसलामी सिद्धांतों को प्रतिपादित करनेवाली पुस्तक लिखने के कारण जे.ई.एल. से निष्कासित कर दिया गया था। इस्लाही ने आजमगढ़ छोड़ दिया और हैदराबाद चला गया, जहाँ उसने जे.ई.एल. के संस्थापक के नाम पर मदरसा शेख-उल-मौदूदी स्थापित किया। एक दशक बाद युवा सिमी कार्यकर्ता अबुल बशर का भी अपने कट्टरपंथी दृष्टिकोण के कारण मदरासत-अल-इस्लाही के साथ इसी प्रकार का झगड़ा हुआ था। 2001 में सिमी में प्रवेश करनेवाले बशर ने आजमगढ़ छोड़ दिया और आगे अध्ययन के लिए सहारनपुर में देवबंद चला गया। उसे 2005 में मौलाना इस्लाही के अधीन मदरसा शेख-अल-मौदूदी में अध्यापक के रूप में नियुक्त किया गया था। यह हैदराबाद की बात है कि बशर की मुलाकात मौलाना इस्लाही के बेटे सलीम से हुई, जिसने उसका परिचय सादिक इसरार शेख से करवाया, जो आगे जाकर इंडियन मुजाहिदीन के सह-संस्थापकों में से एक बना। दूसरी तरफ, सलीम को 31 अक्तूबर, 2004 को हैदराबाद में आंध्र प्रदेश के अतिरिक्त महानिदेशक एस.टी.एफ. के कार्यालय के बाहर गुजरात पुलिस द्वारा मार गिराया गया था। मौलाना नसीरुद्दीन की गिरफ्तारी और सलीम की मृत्यु ने शहर में अन्य समर्थकों को गुस्से से भर दिया, वे सलीम की मृत्यु का बदला लेने के लिए खून के प्यासे हो उठे थे। नसीरुद्दीन के एक अनुयायी और बाद में एक शीर्ष हूजी उग्रवादी शाहिद बिलाल ने एक आत्मघाती बमधारक का उपयोग करके स्पेशल टास्क फोर्स के मुख्यालय को उड़ाने और सलीम पर कथित रूप से गोली चलानेवाले पुलिस अधिकारी नरेंद्र कुमार अमीन को निशाना बनाने का फैसला किया। अपने हूजी-बँगलादेश के संपर्कों की सहायता से शाहिद को अपनी कमर पर विस्फोटक बाँधने और 12 अक्तूबर, 2005 को एस.टी.एफ. मुख्यालय के सामने स्वयं को उड़ा देने के लिए एक बँगलादेशी नागरिक मोहतासिम बिल्लाह उर्फ दलीन मिला। उस बम धमाके में एक होम गार्ड मारा गया था। दो साल बाद शाहिद को कराची में संदिग्ध परिस्थितियों में मार गिराया गया।

आजमगढ़-हैदराबाद संबंध ने सिमी को नैसर्गिक भागीदार के रूप में टी.टी.एस.आई., जिसका अध्यक्ष मौलाना नसरुद्दीन था और डी.जे.एस., जिसका अध्यक्ष शेख महबूब अली था, क्योंकि दोनों ही संगठन अपने दृष्टिकोण में समान रूप

से कट्टरवादी और आक्रामक थे तथा उन्होंने चारमीनार के इर्द-गिर्द पुराने शहर में उदार मुसलिम दृष्टिकोण को चुनौती दी थी। जब 27 मार्च, 2008 को उसकी गिरफ्तारी के बाद आंध्र प्रदेश पुलिस द्वारा उससे हैदराबाद में सिमी की हलकी उपस्थिति के बारे में सवाल किया गया तो नागौरी ने कहा कि टी.टी.एस.आई. अपना काम कर रहा था। सिमी और नसीरुद्दीन के टी.टी.एस.आई. के बीच संबंधों का खुलासा 5 अगस्त, 2008 को मित्तल ट्रिब्यूनल की रिपोर्ट में संयुक्त पुलिस आयुक्त, अमित गर्ग के बयान से हुआ। इसमें कहा गया है कि मौलाना इस्लाही का दूसरा बेटा मोहतासिम बिल्ला (इसी नाम के आत्मघाती बमधारक को लेकर भ्रमित न हों) एक प्रमुख जमात सदस्य और सिमी का सलाहकार था। बिल्ला 15 जून, 2007 को हैदराबाद के गोपालपुरम् पुलिस थाने में पंजीकृत हुए अपराधों में आरोपी था और हैदराबाद में ही सैफाबाद पुलिस थाने में एक अलग मामला पंजीकृत किया गया था।

बिल्ला को 5 मार्च, 2008 को टी.टी.एस.आई. द्वारा आयोजित एक प्रदर्शन के बीच में हैदराबाद पुलिस द्वारा इन दो मामलों में गिरफ्तार किया गया था। गर्ग ने कहा कि बिल्ला ने अपनी अपराध स्वीकृति में कहा था कि उसके पिता नसीरुद्दीन जे.आई.एच. के एक सक्रिय नेता थे और हैदराबाद में सिमी के प्रसार में एक महत्त्वपूर्ण सेतु थे। 2004 में बिल्ला को यह कहते हुए उद्धृत किया गया है कि सफदर नागौरी, शाहिद बद्र फलाही, अबुल बशर, औरंगाबाद का जिया-उर-रहमान, राजस्थान का साजिद सेहराई और लखनऊ का मोहम्मद अनीस अवरोधक तथा राष्ट्र-विरोधी गतिविधियों की एक कार्य योजना तैयार करने के लिए नसीरुद्दीन और सिमी के स्थानीय कार्यकर्ताओं से मिलने हैदराबाद आए थे। जबकि अपने बयान में अमित गर्ग द्वारा विध्वंसकारी गतिविधियों का स्पष्टीकरण नहीं दिया है। सिमी ने हैदराबाद में नसीरुद्दीन के संरक्षण और केरल में पीपल्स डेमोक्रेटिक पार्टी (पी.डी.पी.) प्रमुख अब्दुल नासिर मदनी, जो अब दक्षिणी भारत को अलग-थलग करने के लिए 1008 में बेंगलुरु में हुए सीरियल बम विस्फोटों में आरोपी है, के राजनीतिक प्रभाव का उपयोग किया। वर्षों तक केरल और आंध्र प्रदेश में कट्टरपंथी सिमी कार्यकर्ता इन कट्टरवादी सामुदायिक नेताओं की ओर आकर्षित होते रहे और उनकी छत्रच्छाया और प्रभाव में उग्रवाद की तरफ बढ़ते रहे।

गुमराह इसलामी कट्टरपंथी या जबरन मन-परिवर्तित जिहादी?

हालाँकि, मार्च 2008 में अपनी गिरफ्तारी के बाद सफदर नागौरी ने मध्य प्रदेश पुलिस को बताया कि सिमी के न तो आई.एस.आई. से कोई संबंध थे और न ही उसका 2006 के मुंबई धमाकों या 2007 के हैदराबाद धमाकों में कोई हाथ था, कयामुद्दीन कपाड़िया का पुलिस को दिया गया बयान इसके विपरीत था। मुसलिम एजुकेशन

सोसाइटी, वडोदरा से मैट्रिकुलेट कपाड़िया 2002 के गुजरात दंगों का बदला लेने के लिए 2003 में सिमी में शामिल हुआ था। 12 फरवरी, 2009 को इंडियन एक्सप्रेस को दिए एक साक्षात्कार में जब वह सूरत में पुलिस अभिरक्षा में था, कपाड़िया ने कहा था कि अहमदाबाद और सूरत में बम लगाने का फैसला जनवरी 2008 में वडोदरा के निकट हलोल में हुई सिमी की एक गुप्त बैठक में लिया गया था, जिसमें नागौरी स्वयं शामिल हुआ था।

कपाड़िया ने अत्यंत तीव्र प्रेरणा और मतारोपण की कहानियाँ सुनाते हुए अपने साधारण सपनोंवाले और एक परिवारवाले साधारण मुसलमान युवक से एक आतंकी संदिग्ध के रूप में रूपांतरण की बात भी ही थी। संभवत: कुछ ऐसा ही उन सभी सिमी कार्यकर्ताओं के साथ हुआ था, जो कानून की उस ओर चले गए थे और इंडियन मुजाहिदीन जैसे सभी इसलामी आतंकी समूहों के एजेंटों के मोहरे बन गए। कपाड़िया की शिकायत सिस्टम के खिलाफ थी कि बाबरी मसजिद ध्वस्त करनेवालों और गुजरात दंगों के दोषियों को दंड क्यों नहीं दिया गया। पहले तो उसने इराक, अफगानिस्तान और उन सभी स्थानों पर, जहाँ मुसलमानों पर कथित रूप से ज्यादतियाँ की जा रही थीं, पर अपने क्रोध को एक वैश्विक पैमाने पर केंद्रित रखा था, उसके बाद उसने खुद को आश्वस्त किया कि एकमात्र समाधान सिस्टम से बदला लेना था, भले ही यह मासूम जिंदगियों की कीमत पर ही क्यों न हो। 1982 में जनमा कपाड़िया अपने पिता शरफुद्दीन कपाड़िया के साथ वडोदरा में स्वामीनारायण मंदिर के पीछे रहता था। वह 2003 में सिमी में शामिल होने के बाद धार्मिक बना था। उसका एक जिहादी में रूपांतरण अहमदाबाद एक अन्य सिमी सहकर्मी, साजिद मंसूरी के साथ संयोग से हुई एक बैठक में हुआ था।

कपाड़िया ने कहा, ''मैं साजिद से दिसंबर 2007 में मिला था और हम जल्दी ही दोस्त बन गए। वह और मैं, दोनों निजी तौर पर वडोदरा में इसलामी प्रचार का काम कर रहे थे। बाद में उसने मेरा अब्दुल बशर और वहाँ पहले से मौजूद कुछ अन्य युवकों से परिचय कराया था। साजिद के जाने के बाद अब्दुस के साथ रहे थे।'' कपाड़िया ने कहा कि अब्दुस सुभान के कमरे में दिन में तीन मजलिसें (धार्मिक सभाएँ) आयोजित करता था और सहभागियों को नमाज तक के लिए बाहर जाने की इजाजत नहीं थी। मजलिस के सत्र गंभीर होते थे, जो मजबूती से मंत्रमुग्ध श्रोताओं के धार्मिक, भावनात्मक और बौद्धिक मनोभावों की अपील करते थे। कपाड़िया ने कहा कि हर सत्र अब्दुल बशर द्वारा पवित्र कुरआन के पाठ से शुरू होता था और उसके बाद अब्दुस सुभान श्रोताओं को दुनिया में इसलाम की रक्षा करने के लिए पैगंबर मुहम्मद द्वारा मंजूर की गई जंग के बारे में याद दिलाता था। उसके बाद चर्चा तेज हो जाती थी और उसका विस्तार दुनिया में मुसलमानों की वर्तमान स्थिति तक कर दिया जाता था। श्रोताओं की असुरक्षा

की भावना का दोहन करते हुए अब्दुस सुभान और बशर उनको यकीन दिलाते थे कि हर जगह मुसलमानों को सताया और मारा जा रहा था। वे फिलिस्तीन और अमरीकी सैनिकों द्वारा मासूम इराकियों के उत्पीड़न की बातें करते थे। उसके बाद वक्ता भारत पर ध्यान केंद्रित करते थे। वे हमें बाबरी मसजिद ध्वस्त किए जाने और 2002 के गुजरात दंगों की याद दिलाते रहते थे। वे हमें सांप्रदायिक हिंसा में जलाई गई या क्रूरता से मारी गई मुसलिम महिलाओं और बच्चों की लाशों के चित्र दिखाते थे। वे हम में से उन उत्साही युवकों को चुनते थे, जो शारीरिक और भावनात्मक रूप से दृढ थे और उनकी मुख्य विचारधारा के वफादार थे। वे निरंतर हमें यकीन दिलाते रहते थे कि समुदाय में से ही किसी को बदला लेना होगा और एक संप्रदाय विशेष के लोगों को मारना होगा। मैं अब्दुल द्वारा चुने गए कुछ लोगों में से था और उसने तीन महीने तक मुझे अपने पास रखा था। कपाड़िया ने 'इंडियन एक्सप्रेस' के साथ साक्षात्कार में इसी दौरान महाराष्ट्र, गुजरात, उत्तर प्रदेश और मध्य प्रदेश जाना स्वीकार किया।

इस मतारोपण की बात करते हुए कपाड़िया ने खुलासा किया कि नए भरती सदस्यों को एकांत स्थान में रखा जाता था और उन्हें परिवार के सदस्यों से भी मिलने की अनुमति नहीं दी जाती थी। मजलिस के दौरान वे कुरआन की आयतों का अर्थ समझाते थे और हमें यह समझाने के लिए उनकी व्याख्या करते थे कि हमें बदला लेना चाहिए और उत्पीड़न का उपयुक्त जवाब देना जरूरी है। बाद में मुझे पता चला कि कुरआन के जिस विशेष खंड को वे पढ़ा करते और व्याख्या किया करते थे, वह बाजार में उपलब्ध संस्करण से बिल्कुल अलग था। कपाड़िया के साक्षात्कार से हमें अब्दुस सुभान के बारे में रोचक विवरण मिलता है, जो एक समय अंग्रेजी इसलामिक मूवमेंट का संपादक था। कयामुद्दीन ने कहा कि सुभान धाराप्रवाह अंग्रेजी बोलता था, नियमित रूप से अंग्रेजी पत्रिकाएँ पढ़ता था और टेलीविजन पर अंतरराष्ट्रीय घटनाओं को देखता रहता था। वह विशेष रूप से अन्य देशों में मुसलमानों पर अत्याचार के समाचारों की तलाश में रहता था और हर चीज को गुप्त रखता था। उसने मुझे अपनी कार्य-शैली के बारे में साजिद मंसूरी को भी न बताने की चेतावनी दी थी।

कपाड़िया के संचालकों की मानसिकता अब्दुल बशर से उत्तर प्रदेश पुलिस द्वारा पूछताछ के बारे में मीडिया रिपोर्टों से स्पष्ट हो जाती है। राज्य में अदालत में सीरियल बम धमाकों में शामिल होने के सिलसिले में मोहम्मद तारिक कासिम नाम के एक संदिग्ध की गिरफ्तारी के बाद 14 अगस्त, 2008 को बशर को उत्तर प्रदेश आतंकवाद-निरोधक दस्ते द्वारा पकड़ा गया था। बशर ने उत्तर प्रदेश पुलिस को बताया कि वह निजाम-ए-मुस्तफा (शरीआ का शासन) में विश्वास करता था और इसलाम ही एकमात्र हल था। उसने भारतीय राजनीतिज्ञों की आलोचना की और उनसे मुसलिम समुदाय को धोखा नहीं

देने के लिए कहा और कहा कि भारतीय संविधान की कोई जरूरत नहीं थी।

हालाँकि, आज सिमी इन लोगों और जिहादी गतिविधियों में उनकी भागीदारी से खुद को अलग करता है। सिमी का कहना है कि उसपर सरकार द्वारा 27 सितंबर, 2001 को प्रतिबंध लगाए जाने के परिणामस्वरूप संगठन का अस्तित्व ही नहीं रहा था और किसी गतिविधि या काररवाई से उसका कोई लेना-देना नहीं है।

सिमी की सच्चाई

5 जून, 2010 को उत्तर प्रदेश सिमी के अध्यक्ष हुमाम अहमद सिद्दीकी और सिमी के पूर्व नेता मुर्शिदाबाद (पश्चिम बंगाल) के निवासी मिसबाहुल इसलाम ने केंद्र सरकार के प्रतिबंध को दो वर्ष के लिए और बढ़ाने के निर्णय को चुनौती देने के लिए गैरकानूनी गतिविधि (निवारण) ट्रिब्यूनल के न्यायमूर्ति संजीव खन्ना के समक्ष एक हलफनामा दाखिल किया। जबकि हलफनामा इस आधार पर सिमी के विरुद्ध सभी आरोपों से इनकार करता है कि 27 सितंबर, 2001 को प्रतिबंध लगाए जाने के बाद संगठन अस्तित्व में ही नहीं रहा था, फिर भी इसका संकेत देता है कि इसके पूर्व सदस्यों के अनुसार इसलामी संस्था किस उद्देश्य के लिए खड़ी थी और अंत में वह क्या बन गई। हलफनामा इसे पूरी तरह से नकारता है कि सिमी का आतंक से कोई लेना-देना था या कि यह भारतीय संविधान के खिलाफ था या कि यह समर्पण की स्थापना में विश्वास रखता था और मुहम्मद मानवमात्र का मार्गदर्शन करने के लिए खुदा के द्वारा भेजे गए उसके अंतिम पैगंबर थे। इसका लक्ष्य अल्लाह द्वारा अपने संदेशवाहक के माध्यम से दिए गए मार्गदर्शन के अनुसार मानव जीवन की पुनर्संरचना के द्वारा अल्लाह की प्रसन्नता को हासिल करना है।

अल्लाह की किताब, कुरआन और अल्लाह का सुन्नाह, मुहम्मद सभी मामलों में संगठन का मार्गदर्शन करेंगे।

सिमी की गतिविधियाँ हमेशा खुली और कानूनी रही हैं। अपने अस्तित्व के पच्चीस सालों में ऐसा कोई भी अवसर नहीं आया है, जब संगठन की गतिविधियों के परिणामस्वरूप देश के किसी भी भाग में हिंसा, संघर्ष या गड़बड़ी हुई हो।

सिमी ने कभी भी देश की क्षेत्रीय अखंडता को चुनौती नहीं दी है और न ही देश में सांप्रदायिक हिंसा भड़कानेवाली कोई बात कही है। इसका भारतीय न्याय व्यवस्था में पूरा विश्वास है और यह कानून का अनुपालक रहा है तथा इसकी कानूनी संबद्धताएँ हैं। सिमी ने व्यापक सामाजिक कार्य किए हैं और 26 जनवरी, 2001 को गुजरात में आए भूकंप के पीड़ितों को राहत प्रदान की है।

1977 से 2001 तक सिमी का धर्म निरपेक्ष भारत, जिसमें उसका अचल विश्वास

है, के संदर्भ में सभी समुदायों के लिए असाधारण सेवा का विशिष्ट रिकॉर्ड रहा था। वर्ष 2000 और उसके आस-पास एन.डी.ए. के नेतृत्ववाली पिछली राजनीतिक व्यवस्था, जो सिमी जैसे मुसलिम अल्पसंख्यक संगठनों के प्रतिकूल थी, ने मिथ्या आरोप लगाने व उत्पीड़न करने का एक घातक अभियान शुरू किया और अंतत: संगठन पर प्रतिबंध लगा दिया।

आवश्यक रूप से सिमी ने अपने पूर्व सदस्यों और पदाधिकारियों से संबंधित हर दुष्कृत्य से संबंध को नकार दिया था। इस पर विचार करें—

- इससे इनकार किया गया है कि संगठन युवाओं और छात्रों का एक मुखौटा संगठन था, जो जे.आई.एच. में विश्वास करता था और कि संगठन कभी भी वर्ल्ड एसोसिएशन ऑफ मुसलिम यूथ से संबद्ध रहा था।
- इससे इनकार किया गया है कि सिमी ने कभी भी इसलामी इनकलाब के माध्यम से शरीआ-आधारित इसलामी शासन की स्थापना करने पर जोर दिया था। यह कहना गलत है कि सिमी राष्ट्र-राज्य या संविधान या धर्मनिरपेक्षता में विश्वास नहीं करता है या यह मूर्तिपूजा को कोई पाप या इसे समाप्त करने को अपना पाक फर्ज समझता है।
- इससे भी इनकार किया गया है कि सिमी के लिए संसाधन दान, सदस्यता या खाड़ी देशों या दुनिया में कहीं से भी प्रदान की गई वित्तीय सहायता के माध्यम से जुटाए जाते हैं। इसलिए प्रतिबंधित किए जाने से पहले संगठन ने एक निर्णय लिया था कि यह कभी भी देश के बाहर के किसी व्यक्ति, निकाय या संस्था से धन स्वीकार नहीं करेगा, क्योंकि संगठन भारत के छात्रों के बीच कार्य करने के लिए प्रतिबद्ध था। यह निर्णय 1983 में सिमी की केंद्रीय प्रतिनिधि परिषद् द्वारा लिया गया था।
- सिमी के पाकिस्तान, अफगानिस्तान, सऊदी अरब, नेपाल और बँगलादेश में कोई संपर्क नहीं हैं। इससे इनकार किया गया है कि पाकिस्तान में स्थित लश्कर-ए-तय्यबा या हिज्ब-उल-मुजाहिदीन जैसे कट्टरवादी/आतंकी दलों ने अपने लक्ष्यों की प्राप्ति के लिए सिमी में सेंध लगा ली है।

हलफनामे में 2001 में एक भारतीय पत्रिका को दिए साक्षात्कार में सफदर नागौरी द्वारा महात्मा गांधी और जवाहरलाल नेहरू के बारे में निंदात्मक बयान दिए जाने से इनकार किया गया है। इसमें इस दावे को भी अस्वीकार किया गया है कि सिमी ने नवंबर 1996 से तथाकथित खलीफत शासन के लिए समर्थन जुटाने के लिए देशव्यापी अभियान शुरू किया था या सिमी भारतीय राष्ट्रवाद के विरुद्ध था और इसे अंतरराष्ट्रीय इसलामी व्यवस्था से प्रतिस्थापित करना उसका लक्ष्य था। यह फिर से दुहराया जाता है

कि खिलाफत इसलामी अध्यात्म का एक अभिन्न भाग है और इसका उल्लेख कुरआन तथा हदीथ में मिलता है और अन्य लोगों के साथ, गांधीजी और जवाहरलाल नेहरू द्वारा इसका सम्मान किया गया था, हलफनामे में कहा गया था। सिमी अब कहता है—खिलाफत एक अवधारणा है, जिसके द्वारा नस्ल और रंग के भेद के बिना कुरआन और सुन्नाह की सच्ची शिक्षाओं से जीवन संचालित होता है। हर मुसलमान खिलाफा में यकीन करता है, क्योंकि यह उसके धार्मिक विश्वास का एक आवश्यक अंग है। खिलाफत का अर्थ नफरत नहीं है या कानून द्वारा स्थापित सरकार को उखाड़ फेंकना नहीं है और इसमें घृणा या दूसरे धर्मों के प्रति शत्रुता भड़काना शामिल नहीं है। यह निवेदन किया गया है कि 1996 में सिमी ने कुरआन और सुन्नाह में वर्णित खिलाफत की अवधारणा के बारे में लोगों को समझाने के लिए एक दस-दिवसीय अभियान चलाया था। यह केवल दस-दिवसीय अभियान था।

हलफनामे में कश्मीर मुद्दे में सिमी के नेताओं के शामिल होने के साथ-साथ इस दावे से भी इनकार किया गया है कि संगठन ने कश्मीर में आत्म-निर्णय की वकालत की थी या हिज्ब-उल-मुजाहिदीन या जम्मू-कश्मीर लिबरेशन फ्रंट जैसे पाकिस्तान समर्थकों सहित कश्मीरी उग्रवादियों के निकट संपर्क में था। अब सिमी का पूर्व नेतृत्व इससे से भी इनकार करता है कि संगठन ने कभी भी पंजाब या जम्मू और कश्मीर में उग्रवादियों का समर्थन किया था। सिमी ने एक विशेष अनुमति याचिका (सं. 9208/2003) के माध्यम से केंद्र सरकार द्वारा लगाए गए प्रतिबंध को भी चुनौती दी थी और वर्तमान में समाधान की प्रतीक्षा कर रहा है। विशिष्ट आरोपों का जवाब देते हुए हलफनामे में इससे इनकार किया गया है कि 2 दिसंबर, 2002 को घाटकोपर में या 12 मार्च, 2003 को मुलुंड में हुए बम विस्फोट में सिमी शामिल था। हालाँकि सिमी के सदस्य सकीब नचान को अप्रैल 2003 में उसके मुलुंड विस्फोट के मामले में शामिल होने के कारण गिरफ्तार किया गया था; 31 जनवरी, 2011 को आतंकवादी गतिविधि रोकथाम अधिनियम (पी.ओ.ए.टी.ए.) की विशेष अदालत द्वारा जमानत दे दी गई थी, क्योंकि अभी तक सुनवाई भी शुरू नहीं हो सकी थी। इससे इनकार किया गया है कि सिमी अध्यक्ष डॉ. शाहिद बद्र फलाही ने 7 अप्रैल, 2004 को जमानत पर रिहा किए जाने के बाद संगठन को पुनर्जीवित करने का संकल्प लिया था और संघर्ष जारी रखा था। हलफनामे में कहा गया है, यह फिर कहा जाता है कि डॉ. शाहिद फलाही अपनी अध्यक्ष की और बाद में सिमी के भूतपूर्व अध्यक्ष की निजी हैसियत में हमेशा भारत के संविधान में पूर्ण विश्वास और श्रद्धा रखते हुए इस देश के एक कानून-अनुपालक नागरिक रहे हैं।

हालाँकि मुंबई में सिमी के एक अधिवेशन में नेतृत्व ने ओसामा बिन लादेन को एक सच्चा मुजाहिद कहकर तारीफ की थी। हलफनामे में अब कहा गया है कि संगठन

का ओसामा बिन लादेन या मसूद अजहर से कोई संबंध या सहानुभूति नहीं है। सिमी उनके संदेश का प्रसार करने के आरोप को नकारता है। हलफनामे में केंद्र सरकार पर बिना किसी ठोस सबूत के निराधार एवं अपुष्ट आरोप गढ़कर न केवल सिमी, बल्कि सभी मुसलिम गैर-सरकारी इदारों के प्रति भेदभाव दिखाने का आरोप लगाया गया है। इसमें इस दावे को भी नकारा गया है कि केरल में सिमी सदस्यों ने अनेक जिलों में कार्यशालाएँ आयोजित की थीं और अन्य कार्य समूहों या मुसलिम गैर-सरकारी संस्थाओं से स्थानीय मुद्दों को उठाने के लिए संपर्क स्थापित करने के लिए अपने कार्यकर्ताओं पर दबाव डाला था। सिमी ने कहा, इसके अलावा यह भी गलत है कि राज्य के भूतपूर्व अध्यक्ष शमीनुल इसलाम की रिहाई के बाद नए रंगरूटों की पहचान करने या नई इकाइयाँ स्थापित करने के लिए एक दस सदस्यीय कोर समिति का गठन किया गया था। इससे इनकार किया गया है कि अगस्त 2004 में एक गुप्त बैठक में अलग-अलग नामों के तहत सिमी की गतिविधियों को पुन: सक्रिय करने पर जोर दिया गया था। हालाँकि केंद्र की पृष्ठभूमि टिप्पणी के अनुच्छेद चौदह में कहा गया है कि जनवरी 2005 में कोलकाता में सिमी कार्यकर्ताओं की एक गुप्त बैठक में कार्यकर्ताओं से संगठन को जीवित रखने के लिए कहा गया था।

टिप्पणी में कहा गया है कि सिमी नेताओं ने स्थानीय इकाइयों के अध्यक्षों की नियुक्ति करने और नए सदस्यों की भरती करने तथा उन्हें आगे प्रशिक्षण के लिए भेजने के लिए महाराष्ट्र का दौरा किया था। इसमें कहा गया है कि सिमी नेताओं से नए भरती होनेवाले कार्यकर्ताओं को भारत में मुसलमानों की तकलीफों, हिंदू उग्रवादियों के गलत मंसूबों और विश्व हिंदू परिषद्, राष्ट्रीय स्वयंसेवक संघ तथा बजरंग दल जैसे संगठनों, गुजरात नरसंहार और बाबरी मसजिद गिराए जाने को रेखांकित करते हुए भाषणों के माध्यम से प्रेरित करने के लिए कहा गया था। इसमें यह भी कहा गया था कि सिमी नेताओं को संभावित रंगरूटों के पूर्ववत् तथा पृष्ठभूमि की जाँच करने की सलाह दी गई थी, ताकि यह सुनिश्चित किया जा सके कि उनका कोई संपर्क, मित्र या रिश्तेदार सुरक्षा बलों में नहीं है। और यद्यपि सिमी के हलफनामे में इन दावों का खंडन किया गया है, केंद्र की टिप्पणी से यह स्पष्ट है कि खास तौर से 2001 में इसे प्रतिबंधित किए जाने के बाद सिमी का कोई हितकारी एजेंडा नहीं था और संगठन मुसलिम नौजवानों की धार्मिक असुरक्षा की भावना से खेलकर उन्हें उग्रवादी बनाने पर कृत संकल्प था। केंद्र की टिप्पणी में सिमी पर दिल्ली से प्रकाशित 'मिल्लत-अल-यौम' पत्रिका में राष्ट्रीय लोकतांत्रिक धर्मनिरपेक्ष राज्य और इसलामी दृष्टिकोण शीर्षकवाला एक लेख लिखने और लखनऊ से एक अन्य पत्रिका 'इस्तकबाल' शुरू करने तथा बाबरी मसजिद विध्वंस के दृश्यों और मौलाना मसूद अजहर के भड़काऊ भाषणोंवाली 'जिहाद-ए-हिंदुस्तान'

शीर्षकवाली एक वी.सी.डी. प्रचारित करने का भी आरोप लगाया गया है।

टिप्पणी में आरोप लगाया गया है कि सिमी ने युवाओं को भड़काने के लिए प्रचार सामग्री के रूप में केरल में एक पुस्तिका, 'तहदकिरा' (अनुस्मारक) की थी, जिसमें भारत और इजरायल में समानताएँ दिखाई गई थीं, पश्चिम बंगाल से एक त्रैमासिक पत्रिका 'अल मुर्शिद' और एक तमिल द्विमासिक, 'मीलाइवू' प्रचारित की थीं। केंद्र सरकार ने सिमी पर जकात (इसलामी कर), धनी मुसलमानों से दान और जानवरों की खालों की बिक्री से पैसा जुटाने का भी आरोप लगाया गया है। टिप्पणी में कहा गया है कि पैसा जुटाने के लिए 2004 में दिल्ली में पूर्व सिमी सदस्यों की एक अन्य बैठक आयोजित की गई थी। सिमी ने अल इसलाम और इशत-ए-दीन के झंडे तले महाराष्ट्र के धनी मुसलमानों से भी धन इकट्ठा किया था, हालाँकि संगठन ने लिखित रूप से कहा है कि बाहरी स्रोतों से धन इकट्ठा करना निषिद्ध है।

राज्यों से ठोस तथ्य

सिमी के हलफनामे में 7 फरवरी, 2008 को आखिरी बार प्रतिबंध घोषित किए जाने के बाद से पुलिस द्वारा इसके कार्यकर्ताओं की किसी भी ताजा गिरफ्तारी का यह कहते हुए खंडन किया गया है कि 2001 में संगठन पर प्रतिबंध लगने के बाद यह समाप्त हो गया था। हालाँकि राज्यों के अलग-अलग दावे हैं—

- मध्य प्रदेश ने अपने हलफनामे में कहा कि 2008 के प्रतिबंध से पहले सिमी कार्यकर्ताओं के विरुद्ध तिरासी मामले दर्ज किए गए थे और 308 आरोपियों को गिरफ्तार किया गया था। 2008 के बाद तीस ताजे मामले दर्ज किए गए थे और 85 लोगों को गिरफ्तार किया गया था। सिमी के हलफनामे में कहा गया, यह भी गलत है और जानकारी के अभाव में इससे इनकार किया जाता है कि सफदर हुसैन नागौरी सहित फरार चल रहे तेरह खूँखार सिमी कार्यकर्ताओं को हथियारों और आपत्तिजनक साहित्य, विभिन्न स्थानों पर विस्फोट करने के लक्ष्यवाली सिमी की प्रशिक्षण पुस्तकों सहित गिरफ्तार किया गया था।
- महाराष्ट्र सरकार ने कहा कि 2008 के प्रतिबंध से पहले 351 गिरफ्तारियों, सतहत्तर भगोड़ों और सुनवाई के लिए बकाया दर्ज उनसठ मामलों सहित इक्यानबे मामले सिमी कार्यकर्ताओं के विरुद्ध दर्ज किए गए थे। 2008 से सरकार ने चौदह गिरफ्तारियों सहित तीन और मामले दर्ज किए हैं तथा दो फरार चल रहे हैं।

गुजरात सरकार के अनुसार, 2008 से पहले चौदह मामले दर्ज हुए थे, जिनके

परिणामस्वरूप 192 सिमी कार्यकर्ता गिरफ्तार किए गए थे और छप्पन अन्य आरोपी फरार हैं तथा ग्यारह मामले सुनवाई के लिए लंबित हैं। 2008 के प्रतिबंध के बाद गुजरात में सिमी कार्यकर्ताओं की संलिप्ततावाले पच्चीस मामले और दर्ज किए गए हैं। अहमदाबाद शहर में 26 जुलाई, 2008 के विस्फोट के संबंध में अहमदाबाद अपराध शाखा द्वारा बीस मामले दर्ज किए गए थे, जिनमें षड्यंत्र के आरोप में सिमी के 62 आरोपी कार्यकर्ता गिरफ्तार किए गए थे, जिन पर बाद में आरोप लगाए गए। सिमी कार्यकर्ता दो दिन बाद सूरत में सीरियल धमाकों के विफल प्रयास में भी शामिल थे। इसमें कहा गया कि सिमी सदस्य अभी भी गैर-कानूनी और राष्ट्रविरोधी गतिविधियों में लगातार शामिल रहे थे और यह जनहित में था कि प्रतिबंधित संगठन पर प्रतिबंध को आगे बढ़ा दिया जाए।

- दिल्ली सरकार ने कहा कि 2008 तक सिमी कार्यकर्ताओं के विरुद्ध सात मामले दर्ज किए गए थे और उन्नीस आरोपी गिरफ्तार किए गए थे, जिनमें से सात मामलों में सुनवाई लंबित थी और तीन मामलों में सजा सुनाई जा चुकी थी। 13 सितंबर 2008 को दिल्ली में पाँच बम विस्फोटों में शामिल आरोपियों के उनके द्वारा इंडियन मुजाहिदीन का गठन करने से पूर्व सिमी से संबंध थे।
- केरल सरकार के पास 7 फरवरी, 2008 के प्रतिबंध से पूर्व तक सिमी कार्यकर्ताओं के विरुद्ध अठारह मामले दर्ज थे और पचास आरोपी अभिरक्षा में थे। चार मामले अभी भी सुनवाई में थे और एक मामला जाँच के अधीन था। 2008 के बाद से दो मामले दर्ज हुए हैं और वर्तमान में संयुक्त जाँच दल द्वारा जाँच की जा रही है, जिसने कहा कि यदि प्रतिबंध हटा दिया गया तो सिमी इसलामी ऐकांतिकता (एस.आई.सी.) पर लक्षित अपनी गतिविधियाँ फिर से आरंभ कर देगा।
- राजस्थान सरकार ने सिमी के विरुद्ध 2008 से पहले दस मामले दर्ज किए थे, जिनमें से छह मामलों में सुनवाई लंबित है। जयपुर में सीरियल बम धमाकों के संबंध में पूर्व सिमी सदस्यों के विरुद्ध विशेष संचालन दल द्वारा एक नया मामला दर्ज किया गया है।
- तमिलनाडु सरकार ने सूचना दी थी कि 2008 से पहले सिमी के उग्रवादियों के विरुद्ध ग्यारह मामले दर्ज थे और इक्कीस आरोपी पकड़े गए थे। एक मामले में सुनवाई लंबित थी।
- उत्तर प्रदेश सरकार ने 7 फरवरी, 2015 से पहले चार आरोपियों के विरुद्ध तीन मामले दर्ज किए थे, उन सभी में अदालतों में सुनवाई लंबित थी। उसके बाद से एक आरोपी के विरुद्ध एक मामला और दर्ज किया गया था। राज्य

सरकार ने भविष्य में सिमी की राष्ट्रविरोधी और विभाजनकारी गतिविधियों की आशंका प्रकट की थी।

- पश्चिम बंगाल सरकार ने 2008 के प्रतिबंध से पहले सिमी कार्यकर्ताओं के विरुद्ध ग्यारह मामले दर्ज किए थे और बहत्तर आरोपियों को गिरफ्तार किया था। चार मामले सुनवाई के लिए लंबित हैं। सरकारी अधिकारियों के अनुसार सिमी ने अपनी गतिविधियों को जारी रखने के लिए एक मुखौटा संगठन बना लिया है।
- कर्नाटक सरकार के अनुसार, 2008 से पहले सिमी के आरोपित कार्यकर्ताओं के विरुद्ध चार मामले दर्ज किए गए थे और आठ आरोपी गिरफ्तार किए गए थे, किंतु तब से सभी आठ आरोपियों को अदालतों द्वारा बरी कर दिया गया है। अड़सठ व्यक्तियों को गिरफ्तार किया गया है। 2008 के बाद सिमी के पूर्व सदस्यों के खिलाफ पंद्रह नए मामले दर्ज किए गए हैं, जिनमें से नौ मामले बेंगलुरु में हुए सीरियल बम विस्फोटों से संबंधित हैं, जिनमें तीन सिमी के पूर्व सदस्य हैं। इन मामलों में अड़सठ व्यक्ति गिरफ्तार किए गए हैं और तेईस अभी भी फरार हैं।

फरवरी 2008 से पहले आंध्र प्रदेश सरकार ने सिमी कार्यकर्ताओं के विरुद्ध चौदह मामले दर्ज किए थे और अस्सी लोग हिरासत में लिये गए थे। बाईस अन्य आरोपी फरार हैं। 2008 से पूर्व सिमी सदस्यों के विरुद्ध चार मामले दर्ज किए गए हैं और इकतालीस आरोपी गिरफ्तार किए गए हैं, सभी मामलों में अभी भी जाँच चल रही है। जबकि सिमी के हलफनामे में 2001 के प्रतिबंध के बाद से सभी घटनाओं को नकारा गया है, आंध्र प्रदेश सरकार ने कहा कि सफदर नागौरी ने अपने बयान में खुलासा किया था कि मौलाना अब्दुल अलीम इस्लाही ने सिमी को वैचारिक आधार प्रदान किया था। आंध्र प्रदेश के हलफनामे के अनुसार मकीमुद्दीन यासर, बलीकुद्दीन जाबर, रियाजुद्दीन नासिर (अब कर्नाटक में जेल में), मोहतासिम बिल्ला, अहमद हुसैन और अतहर कुरेशी जैसे अन्य सहानुभूति रखनेवालों ने संगठन के लिए वित्तीय सहायता और रसद की मदद प्रदान की थी।

हलफनामे में कहा गया है कि 10 मार्च, 2008 को गिरफ्तार किए गए मोहतासिम बिल्ला ने खुलासा किया था कि सिमी के कार्यकर्ताओं ने अल उम्मा कार्यकर्ताओं को वित्तीय सहायता प्रदान की थी। आंध्र प्रदेश सरकार ने यह भी कहा था कि सिमी नेता अब्दुस सुभान का इंडियन मुजाहिदीन से संबंध था और वह 2005 से देश भर में कई विस्फोटों में शामिल था। इसमें यह भी कहा गया था कि 30 अक्तूबर, 2008 को मध्य प्रदेश पुलिस द्वारा गिरफ्तार किए गए कयामुद्दीन कपाड़िया ने स्वीकार किया था कि

रियाज भटकल और यासीन भटकल के साथ में उसने भी अब्दुल सत्तार की मदद से आश्रय लेने के लिए हैदराबाद का दौरा किया था। आंध्र प्रदेश के हलफनामे में कहा गया है कि सितंबर 2008 में दिल्ली और मुंबई में इंडियन मुजाहिदीन के सदस्यों को गिरफ्तार करने से यह खुलासा भी हुआ कि इस समूह में सिमी के पूर्व सदस्य शामिल थे, जिन्होंने अंडरवर्ल्ड के संचालकों तथा एच.यू.जे.आई. और लश्कर-ए-तय्यबा जैसे आतंकी समूहों से संपर्क स्थापित किए थे और पिछले तीन साल से सीरियल विस्फोट कर रहे थे। सिमी के सदस्य सक्रिय हैं और फिर से समूहित होने के अवसर की प्रतीक्षा कर रहे हैं और तोड़-फोड़ तथा विघटनकारी गतिविधियों में शामिल होना जारी रखे हुए हैं, आंध्र सरकार ने लिखित में कहा है।

□

अखिल-इसलामी जिहादियों के लिए विद्रोहियों से सोद्देश्य घातक रूपांतरण

मोहम्मद वलीउल्लाह की आयु मात्र बत्तीस वर्ष थी, जब उसे 7 मार्च, 2006 को वाराणसी में सीरियल बम धमाकों के लिए जिम्मेदार आतंकियों को शरण देने के आरोप में गोसाईं गंज, इलाहाबाद से गिरफ्तार किया गया था। वलीउल्लाह इलाहाबाद से कोई 34 किलोमीटर दूर फूलपुर में एक मसजिद में मौलवी था, जिसके एच.यू.जे.आई. से मजबूत संबंध थे और सिमी के साथ पिछली संबद्धता थी। पूछताछ के लिए पुलिस अभिरक्षा में लिये जाने पर वलीउल्लाह ने जाँच अधिकारियों को बताया कि उसी ने उन तीन आतंकियों, जिन पर उस समय बँगलादेशी नागरिक होने का संदेह किया गया था, से लक्ष्य-सूची में वाराणसी कैंटोनमेंट रेलवे स्टेशन को शामिल करने के लिए कहा था। उस शाम लक्षित किए गए दो अन्य स्थान थे—हिंदू भगवान् हनुमान को समर्पित एक प्रसिद्ध मंदिर, संकट मोचन मंदिर तथा वाराणसी में भीड़-भाड़वाला गौधुलिया बाजार। जब उससे यह पूछा गया कि उसने कैंटोनमेंट स्टेशन को क्यों चुना था तो वलीउल्लाह ने जाँचकर्ताओं को यह कहकर चौंका दिया था कि स्टेशन का वास्तु उसे किसी हिंदू मंदिर की याद दिलाता था।

वाराणसी कैंट रेलवे स्टेशन के मुख्य द्वार के ऊपर एक शिखर है और हिंदू मंदिरों के नागरा-शैली के स्थापत्य की याद दिलाता है। फूलपुर के मौलवी की हिंदू प्रतीकों के लिए घृणा बाबरी मसजिद विध्वंस और 2002 के गुजरात दंगों के बाद उसके द्वारा अनुभव किए गए दु:ख और पीड़ा से उपजी थी। जबकि वलीउल्लाह को 2008 में उसकी भूमिका के लिए दस वर्ष के कठोर कारावास का दंड दिया गया है। तीन बँगलादेशी नागरिकों, जिनकी पहचान मुस्तकीन, बशीर और शमीम के रूप में की गई थी, पुलिस के आरोप-पत्र के अनुसार इन्होंने ही बम फेंके थे, घोषित भगोड़े थे तथा जूबैर के नाम से पहचाना गया एक अन्य पुलिस के साथ मुठभेड़ में मारा गया था। हमले के चार वर्ष से अधिक बाद सुरक्षा एजेंसियों को अब यकीन है कि वाराणसी बम विस्फोट इंडियन

मुजाहिदीन के आजमगढ़ मॉड्यूल की कारगुजारी थे, न कि किसी विदेशी समूह के, और यह कि वलीउल्लाह की भूमिका केवल एक सुविधा प्रदान करनेवाले की रही होगी, इससे अधिक कुछ नहीं। लेकिन वलीउल्लाह का एक सिमी के हिमायती से एक साइकिल रिक्शे पर पवित्र शहर की रेकी करने में इंडियन मुजाहिदीन के बमधारियों की मदद करनेवाले एक समर्पित आतंकवादी में रूपांतरण उस कायापलट का परिचायक है, जिससे पिछले दो दशकों में अनेक मुसलिम युवा गुजरे थे, सभी ने आक्रामक हिंदू उग्रवादियों को कायराना कृत्यों के लिए और राजनीतिक नेतृत्व को उनका प्रतिकार करने में विफलता के लिए दोषी ठहराया था।

इस रूपांतरण को समझने का एक तरीका इंडियन मुजाहिदीन के सह-संस्थापकों मुंबई का कंप्यूटर ऑपरेटर मोहम्मद सादिक इसरार शेख; सिमी-इंडियन मुजाहिदीन का संपर्क-सूत्र सॉफ्टवेयर इंजीनियर अब्दुस सुभान कुरेशी; इंडियन मुजाहिदीन के कमांडर रियाज और इकबाल भटकल तथा शीर्ष अलगाववादी और एजेंट अमीर रजा खान की कहानियों के माध्यम से है। 24 सितंबर, 2008 को आतंक-निरोधक दस्ते द्वारा गिरफ्तार किए जानेवाले सादिक शेख का बयान इंडियन के भीतर गहरी अंतर्दृष्टि प्रदान करता है।

आजमगढ़ में 1978 में उसके जन्म के कुछ वर्ष बाद सादिक शेख के माता-पिता बेहतर आर्थिक स्थिति की तलाश में मुंबई चले आए थे। मुंबई में जिस जमीन पर उनकी झोंपड़पट्टी स्थित थी, उसका भाभा परमाणु अनुसंधान केंद्र (बी.ए.आर.सी.) द्वारा अधिग्रहण कर लिये जाने के बाद परिवार ने सी/11, चीता कैंप, ट्रॉम्बे को अपना घर बनाया था। सादिक ने दो वर्ष अपनी प्राथमिक शिक्षा स्थानीय मदरसे सहित आजमगढ़ में प्राप्त की थी और उसके बाद ग्यारहवीं कक्षा तक मुंबई में शिक्षा जारी रखी। नौकरी पाने के लिए उसने डोंगरी, मुंबई में हबीब टेक्निकल इंस्टीट्यूट से रेफ्रिजरेशन और एयर-कंडीशनिंग कोर्स किया। लेकिन बाबरी मसजिद विध्वंस और उसके बाद मुंबई में सैकड़ों को मौत के घाट उतारने या घायल करने तथा आर्थिक रूप से तबाह कर देनेवाली सांप्रदायिक हिंसा के बाद सादिक की जिंदगी हमेशा के लिए बदल गई। यही वह समय था, जब सादिक ने अपना पासपोर्ट बनवाने और विदेश में काम करने का फैसला किया था।

लगभग इसी समय सादिक सिमी आंदोलन की ओर आकर्षित हुआ था और पड़ोस में तथा वैकल्पिक चिकित्सा के एक डॉक्टर तय्यब अली के निवास तथा क्लीनिक में इसकी बैठकों में शामिल हुआ था। कुरआन, हदीथ, हिंदू-मुसलिम दंगों और बाबरी मसजिद के ढहाए जाने पर उत्तेजित सिमी की चर्चाओं से युवा सादिक प्रेरित हुआ था। इन बैठकों में भाग लेनेवालों में अब्दुस सुभान कुरेशी, तारिक इस्माइल, रियाज इस्माइल शाहबंदरी भटकल और इकबाल इस्माइल शाहबंदरी भटकल शामिल थे।

युवा सिमी कार्यकर्ताओं की गतिविधियों का यह केंद्र ही आगे चलकर इंडियन मुजाहिदीन का केंद्र बना और पूरे देश में मौत और तबाही लाने के लिए जिम्मेदार रहा।

एक असुरक्षित और संवेदनशील सादिक को जिहाद में शामिल होने के लिए उसकी भाभी के एक रिश्तेदार, मुजाहिद सलीम इस्लाही ने प्रेरित किया था, जो 2000 में उनके चीता कैंपवाले घर आया था। सादिक और सलीम ने काफी समय भारत में मुसलमानों पर अत्याचारों, 1992-93 के मुंबई दंगों और बाबरी मसजिद विध्वंस की जाँच करनेवाले श्रीकृष्ण आयोग पर चर्चा करते हुए बिताया था। इसी मुलाकात के दौरान सलीम ने सादिक को आसिफ रजा खान का इ-मेल पता दिया था और उससे संपर्क करने के लिए कहा था। एक बार संपर्क स्थापित हो जाने पर आसिफ रजा खान ने उससे चीता कैंप में मिलने के लिए कहा था, जहाँ उन्होंने रात में जिहाद पर चर्चा की थी।

तीन महीने बाद अप्रैल 2000 में सादिक कोलकाता में प्रसिद्ध टीपू सुल्तान मसजिद गया, जहाँ उसका स्वागत 2002 के अमरीकन सेंटर हमले में मुख्य आरोपी आफताब अंसारी ने किया। आफताब ने सादिक को अब्दुल खालिक नामक एक अन्य बंगाली मुसलमान से मिलवाने से पहले से एक सप्ताह तक कोलकाता के एक फ्लैट में रखा था। खालिक ने ही भारत-बँगलादेश सीमा पार करने और जैसोर के रास्ते ढाका पहुँचने में सादिक की मदद की थी। सादिक लगभग दो महीने तक किसी इकबाल के घर में सुरक्षित रहा और उसके बाद चार अन्य युवकों के साथ एमिरेट्स की उड़ान पकड़कर ढाका से कराची चला गया। उन सबके पास पाकिस्तानी पासपोर्ट और यात्रा के दस्तावेज थे। सादिक को एक पाकिस्तानी नागरिक शहादत हुसैन, जिसका पासपोर्ट बँगलादेश में खो गया था, के नाम से इस बंदरगाह नगर में भेजा गया था। उसे वास्तव में इकबाल द्वारा ढाका में बनाए गए एक आपातकालीन यात्रा प्रमाण-पत्र के आधार पर निर्वासित किया गया था।

कराची में सादिक का स्वागत एक फरहाद नामक व्यक्ति द्वारा किया गया था, जिसने नए भरती हुए युवकों को एक बस में बिठाकर दक्षिणी पंजाब में बहावलपुर भेज दिया। बहावलपुर में नए भरती हुए युवकों को लश्कर-ए-तय्यबा के स्थानीय कार्यालय ले जाया गया, जहाँ सादिक शीर्ष आतंकी कमांडर आजम चीमा से मिला। उसके बाद सादिक और अन्य को उमुलकुरा कैंप में एक महीने के हथियारों और विस्फोटकों के प्रशिक्षण के लिए मुजफ्फराबाद रवाना कर दिया गया। प्रशिक्षण के दौरान सादिक को असॉल्ट राइफल, लाइट मशीनगन और पिस्तौल चलाना सिखाया गया, जिसमें इस पर खास ध्यान दिया गया कि हथियारों को शुरू से असेंबल कैसे किया जाता है और कैसे चलाया जाता है। इसके बाद बच्चों को बहावलपुर के रास्ते एक रेगिस्तान में भेज दिया गया, जहाँ उन्हें विस्फोटकों का उपयोग करने, परिष्कृत डिवाइस, स्विच टाइमर, डेटोनेटर

और सर्किट बनाने का प्रशिक्षण दिया गया। मार्च 2001 में सादिक को काठमांडू, नेपाल की एक उड़ान में बिठा दिया गया और वापस घर भेज दिया गया। वह बीरगंज-रक्सौल पर भारत-नेपाल सीमा पार करके पटना के रास्ते आजमगढ़ लौट आया। वापसी में सादिक चीता कैंप के पड़ोसी अंसार बादशाह से मिला, जिससे वह पहले बहावलपुर में मिल चुका था, वह भी पाकिस्तान में विघटनकारी प्रशिक्षण प्राप्त कर लौट रहा था।

यह दिखाता है कि इस मामले में तमाम अंतरराष्ट्रीय दबावों के बावजूद पाकिस्तान में जिहादी फैक्टरी ने कभी भी काम करना बंद नहीं किया था और यह कि जिहाद के लिए भरती में वृद्धि होती जा रही थी और एक-दूसरे से भिन्न अलग-अलग स्थानों पर हुई थी। सादिक अपने पुश्तैनी गाँव बीना पाड़ा में लगभग दो महीने रहा, जिसके दौरान वह बार-बार संजारपुर में अपने मामा से मिलने गया और संगठन पर प्रतिबंध के बावजूद सिमी के साथियों से मिलता रहा। आरिफ बद्र, जो बाद में इंडियन मुजाहिदीन के लिए एक विशेषज्ञ बम निर्माता बना, सिमी का एक इखवान था, जो पड़ोस के एक गाँव सराय मीर में बिजली के सामान की एक दुकान चलाता था। सिमी के दोनों कट्टर सदस्य विस्तार से भारतीय मुसलमानों पर ज्यादतियों की चर्चा करते थे; सादिक ने बाबरी मसजिद विध्वंस, मुंबई के सांप्रदायिक दंगों और श्रीकृष्ण आयोग की रिपोर्ट, जिसमें महाराष्ट्र आधारित हिंदू अंधराष्ट्रवादी पार्टी शिवसेना को बड़े पैमाने पर सांप्रदायिक हिंसा के लिए दोषी पाया गया था, के क्रियान्वयन में विलंब का बदला लेने के लिए अधिक मुसलमान युवकों को भरती करने का फैसला किया। सादिक ने ही पाकिस्तान में अपने प्रशिक्षण के बारे में बताकर आरिफ को उकसाया था और यह कहकर औचित्य सिद्ध किया था कि यह सब मुसलमानों की रक्षा और जिहाद के लिए था। पहले से कट्टरपंथी बन चुके आरिफ का पाकिस्तान में प्रशिक्षण के लिए अधिक युवकों को भेजने की माँग से सहमत होने के लिए ब्रेनवॉश किया गया था।

जुलाई 2001 में, आसिफ रजा खान ने सादिक को एक बार फिर कोलकाता भेज दिया, जहाँ वह आपराधिक गतिविधियों में शामिल हो गया। यह तथ्य कि सादिक ने प्रसिद्ध पार्थो बर्मन अपहरण में अपने शामिल होने के बारे में किसी को नहीं बताया था, यह दरशाता है कि आसिफ मुख्य सिपहसालारों के रूप में आफताब अंसारी और उसके भाई आमिर रजा के साथ कई सेलों को संचालित कर रहा था। आसिफ रजा को हीरा व्यापारियों के एक बचकाने अपहरण के दौरान अक्तूबर 2001 में गुजरात पुलिस द्वारा मार गिराया गया था। आसिफ की मौत का बदला लेने के लिए आमिर रजा ने आसिफ रजा कमांडो फोर्स जॉइन किया, जो इंडियन मुजाहिदीन का पूर्वगामी था और पाकिस्तानी नागरिकों जाहिद, सलीम, कोलकाता निवासियों नासिर और फहीम और आफताब अंसारी की सहायता से अमरीकी केंद्र पर हमला करने की योजना बनाई। 22 जनवरी, 2004

को सादिक सहित आमिर रजा के चारों साथियों ने अमरीकी केंद्र पर एक-47 असॉल्ट राइफलों से हमला कर दिया। एक अंतरराष्ट्रीय सनसनी उत्पन्न कर दी, जिसकी दुनिया भर में भर्त्सना की गई थी। बाद में जाहिद और सलीम नेपाल भागने की कोशिश करते हुए बिहार पुलिस से मुठभेड़ में मारे गए थे। आफताब अंसारी जो बचकर दुबई भाग गया था, को आबू-धाबी में संयुक्त अरब अमीरात पर अमरीकी दबाव के चलते फरवरी 2002 में वापस भारत भेज दिया गया। केंद्रीय जाँच ब्यूरो के अनुरोध पर विदेश मंत्रालय के सहयोग से घटना के कुछ ही सप्ताह में लौटाए जानेवाला अंसारी पहला अपराधी था। सादिक आजमगढ़ लौट आया और कुछ महीने तक पुलिस की नजरों से दूर रहा।

अपनी इ-मेल देखते समय सादिक ने पाया कि कोई अजीज भाई उससे संपर्क करने की कोशिश कर रहा था। सादिक ने अजीज भाई को बताया कि उसके पास पैसा खत्म हो गया है और उसके पास कोई काम भी नहीं है। अजीज ने उसे दुबई में एक काम की पेशकश की, जिसे सादिक ने खुशी से स्वीकार कर लिया। जून 2002 में सादिक ने दुबई जाने के लिए दस्तावेज पूरे करने के लिए जरूरी जानकारी अजीज को भेजी और अगले महीने अजीज ने उसे 20,000 रुपए और एक पर्यटक वीजा भेज दिया। सादिक अगस्त 2000 में उड़कर मध्य-पूर्व में जा पहुँचा और अजीज के निर्देश पर दुबई के मेहराज होटल में ठहरा। होटल पहुँचकर उसने अजीज को एक मेल भेजा, जिसका उसे आमिर रजा खान से तुरंत जवाब मिला, जिसमें सादिक के होटल के नाम और कमरा नंबर सहित उसकी स्थिति पूछी गई थी और उसे अगले निर्देश का इंतजार करने को कहा गया था। कुछ देर बाद एक आदमी होटल में आया और सादिक को लेकर किसी नए ठिकाने पर ले गया। सितंबर में जाकर अजीज ने सादिक से फिर संपर्क किया और उसे दुबई एयरपोर्ट पर मिलने के लिए कहा। सादिक को एयरपोर्ट तक लेकर आनेवाला व्यक्ति सिमी का एक पुराना कॉमरेड था। अजीज भाई कोई और नहीं, बल्कि रियाज भटकल ही था। कुछ दिन बाद रियाज सादिक को आमिर रजा खान से मिलाने के लिए स्थानीय मछली बाजार ले गया था। जबकि रियाज पाकिस्तान में प्रशिक्षण के लिए और अधिक युवकों को भरती करने के लिए मुंबई चला गया था, आमिर रजा ने 'याह्या इलेक्ट्रॉनिक्स' के नाम से शारजाह में एक इलेक्ट्रॉनिक सामान की दुकान स्थापित करने में सादिक की मदद की थी। सादिक आमिर रजा खान और मोहम्मद याह्या के नाम से पहचाना गया एक पाकिस्तानी नागरिक दुकान में सेल्समैन का काम करता था। जब सादिक का वीजा समाप्त हो गया तो उसका नवीकरण होने तक उसने दुबई के निकट ही फारस की खाड़ी में ईरान के एक टापू किश आइलैंड पर शरण ली थी। उसी दुकान पर आठ महीने और काम करने के बाद वह अपनी पारिवारिक जिम्मेदारियों के चलते भारत लौट आया था। लखनऊ की उड़ान पकड़ने से पहले आमिर रजा खान सादिक

से मिलने आया और एक नया समूह खड़ा करने की योजनाओं के बारे में बताया और उससे प्रशिक्षण के लिए भारतीय युवकों को भरती करने को कहा।

भारत वापसी, आगे हमले करने की तैयारियाँ

2003 के आरंभ में बीना पाड़ा गाँव में लौटने के बाद सादिक आतंकी शिविरों के लिए भरती की चर्चा करने के लिए सराय मीर गाँव में आरिफ बद्र से मिलने गया। बद्र ने सादिक को बताया कि बहुत सारे मुसलमान युवक पाकिस्तान में प्रशिक्षण के लिए जाने को तैयार हैं। जिस तरह से सबकुछ चल रहा था, उससे सादिक खुश हुआ और उसने बद्र को नए भरती युवकों के लिए जल्दी से पासपोर्ट बनवाने के लिए 10,000 रुपए दिए। उसने बद्र को भविष्य में संपर्क के लिए दुबई में आमिर रजा खान और शारजाह में इलेक्ट्रॉनिक्स की दुकान का फोन नंबर भी दिया। लेकिन दुबई लौटने से पहले सादिक लखनऊ में एक निजी अस्पताल में चिकित्सक डॉ. शाहनवाज आलम से मिला था। वह 2008 के दिल्ली बम विस्फोट के आरोपी मोहम्मद सैफ का बड़ा भाई है। विदेश मंत्रालय के पाकिस्तान में स्थित और भारत में मामलों में शामिल आतंकवादियों पर डॉजियर के अनुसार, डॉ. शाहनवाज ने 2003 के मध्य में पाकिस्तान में लश्कर-ए-तय्यबा के ठिकाने से हथियार और विस्फोटक प्राप्त किए थे और काठमांडू के जरिए भारत लौट आया था। वह वाराणसी में गंगा के पवित्र दशाश्वमेध घाट में 23 फरवरी, 2005 को, मुंबई की लोकल ट्रेनों में 11 जुलाई, 2006 को और दिल्ली में 13 सितंबर, 2008 को विभिन्न स्थानों पर आई.ई.डी. प्लांट करने में शामिल था, जिसके परिणामस्वरूप भारी संख्या में जनहानि हुई थी। वह दिल्ली केस में आरोपी है और फरार है तथा घटना के बाद फिर से पाकिस्तान भाग गया है। उसने दिसंबर 2009 में कराची में आई.एस.आई. से प्रशिक्षण प्राप्त किया था, ऐसा दस्तावेज में कहा गया है।

जबकि भारत सरकार के दस्तावेज में मोटा-मोटा विवरण दिया गया है, सादिक के बयान से ही सूक्ष्म विवरणों का पता चलता है। डॉ. शाहनवाज और कोई रशीद सादिक के पीछे-पीछे दुबई गए और वहाँ से तीनों फर्जी पाकिस्तानी पासपोर्ट पर कराची पहुँच गए। जहाँ डॉ. शाहनवाज को जिन्नाह एयरपोर्ट से ही प्रशिक्षण केंद्र के लिए रवाना कर दिया गया था, सादिक कराची में पॉश क्षेत्र डिफेंस कॉलोनी में रहा था। चूँकि आमिर रजा खान के पाकिस्तानी सेना से करीबी संबंध थे, एक पाकिस्तानी कर्नल आतिफ, संभवत: किसी भी आई.एस.आई. एजेंट के लिए एक सामान्य नाम, उससे मिलने आया और उसे आमिर रजा खान को देने के लिए दो लिफाफे दिए, जिनमें संभवत: भारत में आतंकी हमलों के लिए पैसा था। पाकिस्तान में पैंतालीस दिन का प्रशिक्षण पूर्ण कर डॉ. शाहनवाज और रशीद भारत लौट आए। और आरिफ बद्र ने मध्य-पूर्व में बेहतर आर्थिक संभावनाओं

के बहाने से भरती किए गए युवकों के अगले जत्थे को भेज दिया था।

सादिक 2003 में मुंबई लौट आया और अगले साल आजमगढ़ चला गया जहाँ वह बद्र के ताजातरीन भरती किए गए युवकों आतिफ अमीन शेख, जो आगे जाकर आजमगढ़ मॉड्यूल का आतंकी लीडर बना, जाकिर शेख और शरीफुद्दीन दिलदार से मिला। हालाँकि, केवल आतिफ अमीन और शरीफुद्दीन दिलदार को आमिर रजा खान के एच.यू.जे.आई. और पाकिस्तानी संपर्कों की सहायता से ढाका के रास्ते दो महीने के प्रशिक्षण के लिए पाकिस्तान भेजा गया था।

आजमगढ़ में समूह का विस्तार हो चुका था, जिसमें असदुल्लाह अख्तर उर्फ हड्डी, मिर्जा शादाब बेग, आरिज खान उर्फ जुनैद, मोहम्मद शकील, डॉ. शाहनवाज का भाई मोहम्मद सईद और अबु रशीद शामिल थे, जिन सबको आरिफ बद्र और बाद में आतिफ अमीन द्वारा भरती किया गया था। मई 2005 में आरिफ बद्र और उसके दोस्त जाकिर शेख को प्रशिक्षण के लिए ढाका के रास्ते पाकिस्तान भेजा गया था और वे दो महीने बाद भारत लौट आए थे। 2007 से जिसे इंडियन मुजाहिदीन के नाम से जाना गया, उसका मुख्य समूह तैयार हो चुका था; आजमगढ़ मॉड्यूल में पंद्रह से सत्रह प्रशिक्षित कार्यकर्ता थे, जबकि रियाज भटकल ने पुणे, बेंगलुरु और मैंगलोर से बहुत से अन्य भरती किए थे। इकबाल भटकल भी समूह में शामिल हो गया था। 2005 में आजमगढ़ के लड़कों के लश्कर-ए-तय्यबा से प्रशिक्षण लेकर पाकिस्तान से लौटने के साथ ही आमिर रजा ने सादिक से कुछ आतिशबाजी करके दिखाने को कहा। जबकि कोलकाता में जनवरी 2002 को अमरीकी केंद्र पर हमला आमिर रजा के समूह और सादिक के द्वारा किया जानेवाला पहला हमला था, 23 फरवरी, 2005 को वाराणसी में दशाश्वमेध घाट विस्फोट आजमगढ़ मॉड्यूल द्वारा किया गया पहला आतंकी हमला था।

इंडियन मुजाहिदीन का आतंकी कमांडर अब्दुस सुभान उस्मान कुरेशी

महाराष्ट्र सिमी में सादिक का कॉमरेड और राज्य की पुलिस और मीडिया द्वारा गलती से इंडियन मुजाहिदीन का प्रमुख बम निर्माता बताया गया व्यक्ति था, अब्दुस सुभान कुरेशी। अंग्रेजी इसलामिक मूवमेंट का संपादक होने से लेकर एक शीर्ष आतंकवादी बनने की दौड़ में अब्दुस सुभान कुरेशी अभी भी एक आशावान भविष्यवाले बुद्धिमान शिक्षित युवक को बहकाए जाने और फिर एक सांप्रदायिक रूप से जहरीली पृष्ठभूमि में हिंसा के लिए उकसाए जाने का एक और उदाहरण है।

यद्यपि मुंबई के मीरा रोड निवासी कुरेशी को भारत का ओसामा बिन लादेन, इंडियन मुजाहिदीन का शीर्ष बम निर्माता या समूह का मुखिया बताया जाता है, इस बात का भी कोई सबूत नहीं है कि उसे सशस्त्र आक्रमण और विस्फोटक उपकरणों के निर्माण में

प्रशिक्षित किया गया था। उत्तर प्रदेश के रामपुर से आए निम्न–मध्यम वर्गीय प्रवासियों में जनमे कुरेशी ने दसवीं कक्षा तक भायकुला में इसलामिक ट्रस्ट एजुकेशनल इंस्टीट्यूशन में अध्ययन किया था और उसके बाद उसने अपनी बारहवीं कक्षा एंटोनियो डिसूजा हाई स्कूल से 1988 में औसत से ऊपर अंकों से उत्तीर्ण की थी। उसके तीन भाई और तीन बहनें सभी अच्छे शिक्षित थे और उनका सिमी या धार्मिक अतिवाद से कोई लेना–देना नहीं था। 2008 के दिल्ली सीरियल बम धमाकों के बाद उसकी माँ जुबेदा कुरेशी ने एक सार्वजनिक बयान दिया था कि उसने पिछले सात सालों से अपने बेटे को नहीं देखा था और अगर वह दोषी था तो उसे फाँसी पर लटका दिया जाना चाहिए। हम जानते हैं, सुभान निर्दोष है। हम चाहते हैं कि वह सामने आए और अपनी सफाई दे, उसने कहा।

कुरेशी ने 1992 में नवी मुंबई में भारतीय विद्यापीठ में प्रवेश लिया और मजगाँव में स्ट्रिंग कंप्यूटर्स में एक अंशकालिक नौकरी सहित इंडस्ट्रियल इलेक्ट्रॉनिक्स में डिप्लोमा प्राप्त किया। 1996 में उसने ग्रेटर मुंबई में मरोल में सी.एम.एस. इंस्टीट्यूट में प्रवेश लिया, जहाँ उसने विशेषीकृत सॉफ्टवेयर मेंटिनेंस प्रशिक्षण प्राप्त किया और उसके बाद नवंबर 1996 में एक कंप्यूटर फर्म रैडिकल सॉल्यूशंस में नौकरी शुरू की। उसने 1999 में भारत की एक बड़ी तेल कंपनी भारत पेट्रो–केमिकल्स लिमिटेड के लिए एक बड़ी सॉफ्टवेयर कंपनी विप्रो द्वारा निष्पादित इंट्रानेट सहित अनेक परियोजनाओं में काम किया और उसके बाद एक अन्य कंपनी डेटामैटिक्स में नौकरी कर ली। 26 मार्च, 2001 को उसने यह कहते हुए नौकरी से त्यागपत्र दे दिया कि मैं आपको यह सूचित करना चाहता हूँ कि मैंने धार्मिक और आध्यात्मिक मामलों पर काम करने के लिए एक पूरा साल अर्पित करने का फैसला किया है। अगस्त 2001 में उसने सिमी के एक प्रेस सम्मेलन में भाग लिया था और उसकी सफदर नागौरी के बगल में बैठे हुए वीडियो रिकॉर्डिंग की गई थी। दिल्ली पुलिस के दल ने जब जाकिर नगर में 28 सितंबर, 2001 को सिमी के मुख्यालय पर धावा बोला था और शाहिद बद्र फलाही को गिरफ्तार किया था, अब्दुस सुभान और सफदर नागौरी पुलिस के जाल को तोड़कर बच निकलने में सफल हो गए थे। महाराष्ट्र पुलिस का कहना है कि अब्दुस सुभान 1998 तक एक समर्पित सिमी कार्यकर्ता था और उसने 1999 में औरंगाबाद में तथा 2001 में मुंबई में बड़े पैमाने पर सम्मेलन आयोजित करने में मदद की थी। इन्हीं सम्मेलनों में ही सिमी वक्ताओं ने राजद्रोही और भड़काऊ भाषण दिए तथा खुले रूप से खिलाफत स्थापित करने के लिए जिहाद हेतु आह्वान किया।

रिकॉर्ड में अंतरालों के कारण अब्दुस सुभान कुरेशी के सिमी से संबंध संदेह के दायरे में हैं, लेकिन यह स्पष्ट है कि वह शहर की जनसंख्या को प्रभावित करनेवाले 1992–93 के मुंबई दंगों और उसके बाद होनेवाले सीरियल बम विस्फोटों से प्रभावित

था। सादिक शेख ने चीता कैंप में डॉ. तय्यब अली की यूनानी फार्मेसी पर सिमी की मजलिस में भाग लेनेवालों में रियाज और इकबाल भटकल के साथ कुरेशी का नाम लिया है। यही समय था, जब कुरेशी दिल्ली चला आया था और अंततः सफदर नागौरी का निकट सहयोगी बन गया, जबकि रियाज, इकबाल और सादिक ने आमिर रजा खान की मदद से और भारत के विरुद्ध कारवाई में अधिक उग्रवादी रास्ता चुना। अब्दुस सुभान ने इसलामी आंदोलन के माध्यम से सिमी के विरोध को स्वर देना चुना और सफदर नागौरी तथा सिमी के कार्यालय-सह-सर्कुलेशन प्रबंधक, सैफ नचान के साथ भारत में पाकिस्तान के उच्चायुक्त, रियाज खोकर द्वारा सभी भारतीय मुसलिम संगठनों के लिए आयोजित इफ्तार पार्टी में गया था। सिमी पर प्रतिबंध लगने के बाद से अब्दुस सुभान का आमिर रजा के आतंकी समूह से संबंध दरशानेवाला शायद ही कोई साक्ष्य है, हालाँकि उसने भटकल भाइयों के साथ अपने संचार सूत्रों को जीवंत रखा था।

कुरेशी नागौरी समूह का एक प्रमुख सदस्य बन गया था और उज्जैन, हुबली और चरोल के जंगलों में हुई बैठकों में उपस्थित था, जहाँ चर्चाएँ बाबरी मसजिद ढहानेवालों और 2002 में गुजरात दंगों में भाग लेनेवालों को लक्षित करने पर केंद्रित थीं। अब्दुस सुभान और उसकी गतिविधियों के बारे में इतने प्रचार के बावजूद उसका इंडियन मुजाहिदीन से पहला संपर्क 27 मार्च, 2008 को इंदौर में सफदर नागौरी की गिरफ्तारी के बाद हुआ प्रतीत होता है। वरिष्ठ पुलिस और इंटेलीजेंस अधिकारियों के अनुसार, अब्दुस सुभान ने 2002 के गोधरा दंगों का बदला लेने के लिए कयामुद्दीन कपाड़िया जैसे गुजरात के पुराने सिमी कार्यकर्ताओं के कहने पर मई 2008 में भटकल भाइयों से संपर्क किया था। अपने साथी सफदर नागौरी की गिरफ्तारी से नाराज सुभान ने 2002 के गुजरात दंगों के लिए जिम्मेदार लोगों को निशाना बनाने के उद्देश्य से रियाज भटकल से छोटे हथियार प्राप्त करने के लिए कहा था। जबकि इसे सरकारी रिकॉर्ड या जाँच रिपोर्टों में दर्ज नहीं किया गया होगा, पुलिस का विश्वास है कि यह रियाज ही था, जिसने सुभान से गुजरात के शहरों में सीरियल हमले शुरू करके एक कहीं अधिक हिंसक और जोरदार कारवाई करने का प्रस्ताव किया था। यह इसलामी विचारक मुफ्ती अबुल बशर, जिसे सुभान द्वारा जून 2008 में सिमी कार्यकर्ताओं को प्रेरक प्रवचन देने के लिए अहमदाबाद बुलाया था। हालाँकि कुरेशी ने बशर को बताया था कि वे जल्दी ही गुजरात दंगों का बदला ले लेंगे, आजमगढ़ के मुफ्ती को इंडियन मुजाहिदीन के बम फेंकनेवाले या नेताओं की पहचान के बारे में पता नहीं था। तो एक तरह से अब्दुस सुभान कुरेशी सिमी गुजरात और इंडियन मुजाहिदीन के बीच में एक संपर्क-व्यक्ति था। वरिष्ठ पुलिस अधिकारियों का कहना है कि अब्दुस सुभान ने अहमदाबाद में सीरियल धमाकों से मात्र दो दिन पहले मुंबई छोड़ी थी। जबकि आज उसके ठिकाने के बारे में कोई स्पष्टता नहीं

है, भारतीय खुफिया एजेंसियों का मानना है कि 2008 के दिल्ली धमाकों के बाद कुछ महीने राँची में छुपा था और उसके बाद बिहार होते हुए नेपाल में प्रवेश कर गया था। अब्दुस सुभान के धमाकों से पहले अहमदाबाद से बाहर चले जाने और किस प्रकार गुस्साए सिमी कार्यकर्ताओं को भड़काया गया और हिंसा के लिए प्रेरित किया गया। इसके बारे में सबूत अपने अनुयायियों को प्रेरित करने में सफदर नागौरी के समूह की मदद करने में अबुल बशर द्वारा निभाई गई भूमिका में स्पष्ट रूप से सामने आता है।

आजमगढ़ का जिहाद उपदेशक

10 फरवरी, 1982 को जन्मा अबुल बशर आजमगढ़ जिले के सराय मीर में बीना पाड़ा गाँव के अबुल बकर और शकीरा बानो का बेटा है और छह बच्चों में सबसे बड़ा है। मदरसत-उल-इसलाही, सराय मीर और सहारनपुर के निकट दारुल उलूम देवबंद की उपज, बशर धार्मिक कार्यों में शामिल हो जाने के कारण मौलाना आजाद उर्दू नेशनल यूनिवर्सिटी, हैदराबाद में बी.ए. (प्राचीन इसलामी इतिहास) के अंतिम वर्ष की परीक्षा नहीं दे सका था। पाँच फुट तीन इंच लंबा और हलके बदनवाला बशर कभी भी सक्रिय नहीं रहा था, लेकिन वह पाक कुरआन के अपने श्रेष्ठ ज्ञान और धाराप्रवाह उर्दू, फारसी, अरबी, हिंदी तथा अंग्रेजी से जिहादियों के मन पर छाते हुए पूरे भारत में सिमी सदस्यों का इसलामी उपदेशक और विचारक बन गया।

बशर इसलाम में दृढ आस्था रखता है और चाहता था कि सारी दुनिया में इसलामी शासन खिलाफत स्थापित हो। हालाँकि, यह आजमगढ़ में मोबाइल फोन की दुकान चलानेवाला सराय मीर का एक स्थानीय सिमी कार्यकर्ता, खालिद खरेबा था, जिसने युवा आंदोलन के बारे में समझाने के बाद बशर को सिमी में शामिल होने के लिए प्रेरित किया था। खरेबा आतिफ अमीन को भड़काने के लिए भी जिम्मेदार था। बशर के साथ इन लंबे सत्रों में खरेबा ने यह यकीन दिलाने के लिए युवकों का ब्रेनवॉश किया कि इसलामी शासन लोकतांत्रिक तरीके से संभव नहीं था, किंतु इसे केवल जिहाद के माध्यम से ही हासिल किया जा सकता था। उस समय सिमी कट्टरपंथियों द्वारा की जा रही जिहाद के माध्यम से खिलाफत की स्थापना की खुली हिमायत बशर सितंबर 2001 में प्रतिबंध लगने से पहले ही संगठन में शामिल हो गया था। दो महीने बाद उसने आजमगढ़ छोड़ दिया और अगले चार साल उत्तर प्रदेश में दारुल उलूम, देवबंद, सहारनपुर में अध्ययन करते हुए बिताए। फरवरी 2005 में बशर सिमी सदस्य अदनान से मिला, जो खरेबा से मिलने दिल्ली से आया था। अदनान के निमंत्रण पर बशर अगले महीने दिल्ली गया और इसलाम का संदेश फैलाते हुए दो महीने तक ओखला में अबु फजल एन्क्लेव में रहा।

मई 2005 में उनके आजमगढ़ के दिनों के बशर के पिता के एक मित्र मौलाना

इस्लाही ने बशर को हैदराबाद में मदरसा शेख-उल-मौदूदी में नौकरी की पेशकश की। बशर ने जून 2005 से अप्रैल 2007 तक दीनी तालीम (इसलामी शिक्षा) दी। अपनी बौद्धिक क्षमताओं के अनुरूप उसने इसलामी पत्रिका *'निशान-ए-राह'* का संपादन भी किया था। पत्रिका का नाम मिस्र के एक इसलामी विद्वान और मुसलिम ब्रदरहुड आंदोलन के प्रणेताओं में से एक, सैयद कुत्ब, जिसका ओसामा बिन लादेन सहित अल-कायदा नेताओं द्वारा सम्मान किया जाता है, मई 2007 में विवाह होने तक बशर नियमित रूप से आजमगढ़ जाता था और खरेबा के निर्देशानुसार उसने भूमिगत सिमी कार्यकर्ताओं को लगातार अनेक प्रेरक व्याख्यान दिए थे। विवाह के बाद जब वह हैदराबाद लौटा तो मौलाना इस्लाही ने बशर को बताया कि उसका नाम पुराने शहर में 18 मई, 2007 को हुए मक्का मसजिद विस्फोट में आ गया है और पुलिस उसकी तलाश कर रही है। अपनी सुरक्षा के डर से बशर ने तुरंत हैदराबाद छोड़ दिया और अदनान की मदद से पड़ोसी कर्नाटक राज्य में गुलबर्गा आ गया था और ख्वाजा गरीब नवाज विश्वविद्यालय के निकट सिमी द्वारा संचालित इसलामी पुस्तकालय के पास रहने लगा था।

यहाँ बशर संगठन के एक अन्य अंसार, सिमी कट्टरपंथी यासीन से मिला, जिसने उसका परिचय बेलगाम, कर्नाटक से एक सिमी सदस्य डॉ. मॉनरोज से करवाया। बेलगाम में बशर ने कम-से-कम दस युवकों को प्रेरक व्याख्यान दिए, जिनमें से कई उच्च शिक्षित थे और राज्य में सॉफ्टवेयर उद्योग में कार्य कर रहे थे। यह कट्टरपंथी उपदेशक जून 2007 में यासीन के साथ गुलबर्गा लौट आया और समीउल्लाह के लॉज में ठहरा था, जो अभी सफदर नागौरी के साथ जेल में है। जुलाई से अक्तूबर 2007 के दौरान बशर यासीन और हुबली कॉलेज के एक अध्यापक अल्लाबख्श जैसे अन्य लोगों की मदद से जिहाद और इसलामी राज्य की स्थापना पर प्रवचन देते हुए संपूर्ण कर्नाटक में एक धर्मांतरण अभियान पर गया था। वह अक्तूबर में आजमगढ़ लौटा, लेकिन उसे खंडवा से उत्तर में कोई 30 किलोमीटर दूर आयोजित सिमी के एक पाँच-दिवसीय शिविर में प्रवचन देने के लिए खंडवा भेज दिया गया था। इस शिविर में अब्दुस सुभान कुरेशी, मोहम्मद अली, एच. ए. असदुल्लाह, कमरुद्दीन नागौरी, कयामुद्दीन कपाड़िया उर्फ अशफाक, अजहर अमान, आमिल परवेज और आरिफ कागजी सहित सिमी के लगभग सभी शीर्ष अंसारों ने भाग लिया था। उन्होंने स्पष्ट रूप से संकेत दिया था कि बशर सफदर नागौरीवाले धड़े में ऊपर उठ गया था और उसे एक अंसार का पद दिया गया था। इस शिविर में सफदर नागौरी, शिबली पीडिकल और अदनान के प्रवचन हुए थे, जिनमें से सब ने 2002 के गुजरात दंगों के लिए देश में इसलाम-विरोधी ताकतों से बदला लेने के कसम खा रखी थी। इस शिविर में ही सफदर नागौरी ने बशर का अब्दुस सुभान कुरेशी से परिचय कराया था।

कयामुद्दीन कपाड़िया और अन्य सिमी कार्यकर्ताओं की भाँति बशर ने भी यह पाया कि 2001 के प्रतिबंध के बाद से सिमी दो धड़ों, हिंसा समर्थक कट्टरवादी नागौरी धड़े और शाहिद बद्र फलाही के नेतृत्ववाले मध्यममार्गी धड़े में विभाजित हो गया था। नागौरी धड़े के प्रमुख सदस्य, जिनसे बशर का काम पड़ा था, अदनान, शिबली पीडिकल, आमिल परवेज, कमरुद्दीन नागौरी, मोहम्मद अली, समीर सलीम, शाहबाज हुसैन, असदुल्ला, मोहम्मद यासीन, डॉ. मुनरोज, शमसुद्दीन शेख, यूनुस मंसूरी, अब्दुल रजिक मंसूरी, आलम जेब अफरीदी, आरिफ कागजी, जाहिद शेख, इमरान शेख, उस्मान अगरबत्तीवाला, कयामुद्दीन कपाड़िया, इकरार शेख और महबूब मलिक थे। नागौरी के बाद प्रमुख नेता निर्विवाद रूप से अब्दुस सुभान कुरेशी था, जिसने मार्च 2008 में इंदौर पुलिस द्वारा सफदर नागौरी की गिरफ्तारी के बाद समूह का नेतृत्व सँभाल लिया था। बशर के अनुसार, शाहिद फलाही समूह में संगठन पर प्रतिबंध के विरुद्ध कानूनी लड़ाई लड़ रहा बंगाल से पूर्व सिमी सदस्य मिसबाहुल इसलाम, आमिर महफूज और हुमा अहमद सिद्दीकी शामिल थे। खंडवा शिविर के बाद बशर को केरल में एर्नाकुलम में नागौरी समूह द्वारा आयोजित एक शारीरिक प्रशिक्षण शिविर में आमंत्रित किया गया था। बशर जबलपुर, इंदौर, कोटा, राजस्थान गया और उसके बाद इंदौर लौटकर 27 जनवरी, 2008 को अहमदाबाद में इसलाम पर प्रवचन देने के लिए शांति एक्सप्रेस पकड़ ली थी। वह सिमी कार्यकर्ताओं को जिहाद के लिए उकसाने के लिए सिमी अंसारों के साथ रहा था। वह पुराने अहमदाबाद शहर में तबलीगी जमात के व्यापक प्रभाव वाली एक मुसलिम बस्ती जुहापुरा में भी ठहरा था। जहाँ उसने आरिफ कागजी, मोहम्मद यूनुस और जाहिद की मदद से दैनिक आधार पर एक चयनित समूह को खिलाफा पर प्रवचन दिए।

बशर केरल में एर्नाकुलम में 31 जनवरी, 2008 को आया था, जहाँ नागौरी ने एक तीन दिवसीय शिविर के लिए घने जंगलों में अनेक तंबू लगाए थे, जिसमें कम-से-कम पैंतीस सिमी अंसारों और इखवानों ने भाग लिया था। नागौरी और कुरेशी सहित अनेक वक्ताओं ने इसलामी राज और गुजरात दंगों का बदला लेने तथा हत्या और लूट-पाट के माध्यम से दोषियों को निशाना बनाने के लिए अपनी योजनाओं पर बोला था। अदनान ने एक समूह को मोटरसाइकिल से लोगों को निशाना बनाना, मोलोटोव कॉकटेल या पेट्रोल बम बनाना और उपयोग करना सिखाया था और आरडीएक्स तथा टीएनटी जैसे विभिन्न विस्फोटकों के बारे में बताया था। घने जंगलों में शिबली पीडिकल ने अंसारों और इखवानों को एयरगन का उपयोग करना तथा डॉ. अरशद उल्लाह ने तैराकी, ट्रैकिंग और रस्सी पर चढ़ने के शारीरिक प्रशिक्षण की निगरानी की थी। हालाँकि नागौरी समूह भारत सरकार के साथ एक हिंसक संघर्ष की ओर बढ़ रहा था, सच्चाई यह है कि जनवरी 2008 तक उनकी योजनाएँ केवल कागज तक सीमित थी। बेशक कार्यकर्ताओं के बीच

काफी चर्चा हुई थी और 2002 के गुजरात दंगों के लिए जिम्मेदार लोगों को निशाना बनाने का फैसला लिया जा चुका था, लेकिन धरातल पर कोई गतिविधि नहीं हुई थी। यह सब इंडियन मुजाहिदीन समूह के प्रमुख तत्त्वों के 2002 से लगातार सक्रिय रहने और 2005 में वाराणसी घाट पर हमला किए जाने के बावजूद था। लेकिन मार्च 2008 में इंदौर में सफदर नागौरी और प्रमुख सिमी नेताओं की गिरफ्तारी के बाद यह सब बदल गया। पुलिस के तेजी से फैलते जाल से बचने के लिए सिमी के शेष नेता भूमिगत हो गए।

बशर अपने गाँव में मई 2008 तक रहा, उसे खालिद खरेबा ने फोन पर यह कहा कि सुभान कुरेशी चाहता है कि वह तुरंत अहमदाबाद चला आए। जब बशर 6 जून को अहमदाबाद पहुँचा तो रेलवे स्टेशन पर उसे साथी सिमी कार्यकर्ता जाहिद मिला, जो उसे शमसुद्दीन के घर ले गया। अगले दिन सुभान, यूनुस और आरिफ कागजी बशर से मिलने आए; चर्चा केवल नागौरी की गिरफ्तारी पर केंद्रित रही। सभी व्यावहारिक प्रयोजनों के लिए सिमी की कमान सँभाल चुके नाराज कुरेशी ने उन्हें बताया, नागौरी और शिबली को हर कीमत पर रिहा कराना है और 2002 के दंगों का बदला लेना है। उसने उन्हें बताया कि वह पहले से इंडियन मुजाहिदीन के संपर्क में था तथा योजना का परिणाम जल्दी आनेवाला था। तब कुरेशी ने बशर से कार्यकर्ताओं को प्रेरित करने और समूह को इकट्ठा रखने में उसकी सहायता करने के लिए कहा। उसने बशर को बताया कि नागौरी को आजाद कराने के लिए एक बड़ी काररवाई की योजना बनाई जा रही है, लेकिन उससे पहले समूह को उन कार्यकर्ताओं के परिवारों की देखभाल करनी थी, जिन्हें पुलिस के द्वारा गिरफ्तार किया गया है। अब तक समूह का आध्यात्मिक मार्गदर्शक बन चुका बशर 8 जून को वडोदरा के दौरे पर गया और उसने इंदौर जाने से पहले अगले तीन दिनों में अहमदाबाद धमाकों में आरोपी उस्मान अगरबत्तीवाला सहित अनेक कार्यकर्ताओं को सांत्वना दी। इंदौर, भोपाल, जबलपुर, करौली से रायपुर से खंडवा तक बशर बड़ी संख्या में सिमी कार्यकर्ताओं से मिला और गिरफ्तारी पर उन्हें सांत्वना दी तथा उन्हें भारतीय राज्य के विरुद्ध प्रतिकार के लिए उकसाया। उधर इंदौर में बशर जानता था कि अन्य सिमी कार्यकर्ताओं की खोज में कानून प्रवर्तन एजेंसियाँ अभी भी पड़ी हुई थीं, इसलिए उसने 29 जून, 2008 को अहमदाबाद के लिए रवाना होने का फैसला किया। कुरेशी उसी शाम बशर से मिला और उसे बताया कि उसने इंडियन मुजाहिदीन से पहले ही संपर्क स्थापित कर लिया है और कुछ अन्य ने शहर में भीड़-भाड़वाले स्थानों की पहचान कर ली है। विस्फोट 1 से 15 अगस्त, 2008 के बीच में कभी भी हो सकते हैं और कपाड़िया द्वारा योजना का समन्वय किया जा रहा है।

सिमी नेता ने बशर को बताया कि इंडियन मुजाहिदीन कट्टरपंथी भूतपूर्व सिमी कार्यकर्ताओं का एक समूह है, जिनको पुलिस, सुरक्षा एजेंसियों तथा कुछ अन्य द्वारा

प्रताड़ित किया गया और निशाना बनाया गया है। बशर यह सुनकर खुश हुआ कि इंडियन मुजाहिदीन में नए भरती कार्यकर्ता शरीआ में आस्था रखते हैं और काफी समय से गुजरात दंगों का बदला लेने की योजना बना रहे हैं। 3 जुलाई, 2008 को आजमगढ़ लौटने तक बशर ने सुभान कुरेशी द्वारा एकत्र किए गए युवाओं को प्रेरक भाषण देना जारी रखा था। भारतीय खुफिया एजेंसियों का मानना है कि आतिफ अमीन सहित अहमदाबाद में बम रखनेवाले भी इन सभाओं में उपस्थित रहते थे और गुजरात सरकार के विरुद्ध जिहाद के लिए बशर की बातों को सुनते थे।

बशर अलीगढ़ जाने से पहले एक पखवाड़े तक आजमगढ़ में रहा था। अलीगढ़ से 23 जुलाई को दिल्ली के लिए रवाना होने से पूर्व अलीगढ़ मुसलिम यूनिवर्सिटी के होस्टल में कुछ दिन तक एक रिश्तेदार के पास रुका था। उसने एक फोन बूथ से कुरेशी को फोन किया था तो कपाड़िया द्वारा जवाब में उसे बताया गया कि काम दो दिन में हो जाएगा और कि कुरेशी खालिद खरेबा के साथ आजमगढ़ में था। जिस समय बशर दिल्ली में था, अगले तीन दिन में बेंगलुरु और अहमदाबाद इन शहरों में सब जगह हुए बम विस्फोटों के कारण आतंक से दहल गए थे। हालाँकि सूरत में ऑपरेशन विफल रहा था, बशर तथा समूह के अन्य सदस्य खुश थे कि वे गुजरात दंगों का बदला लेने में सफल हुए।

बशर 28 जुलाई को दिल्ली से लखनऊ गया था और 31 जुलाई को आजमगढ़ लौट आया था। 14 अगस्त को गुजरात पुलिस और उत्तर प्रदेश आतंक-विरोधी दस्ते के संयुक्त कार्यबल दल ने मोबाइल फोन रिकॉर्ड के आधार पर बशर को इसके बीना पाड़ा गाँव से उठा लिया था। हालाँकि गुजरात सरकार द्वारा किराए पर लिया गया एक निजी जेट विमान बशर को अहमदाबाद ले जाने के लिए वाराणसी के बाबतपुर हवाई अड्डे पर खड़ा था, किंतु उत्तर प्रदेश सरकार ने इसकी अनुमति नहीं दी, क्योंकि इस गिरफ्तारी को लेकर आजमगढ़ और आस-पास के इलाकों में गंभीर सांप्रदायिक तनाव था। चूँकि अगले दिन 15 अगस्त को स्वतंत्रता दिवस का राष्ट्रीय अवकाश था, बशर को आधिकारिक रूप से 16 अगस्त को हिरासत में लिया गया और विमान से अहमदाबाद ले जाया गया था।

यही कट्टरपंथी उपदेशक था, जिसने वास्तव में पूरे ऑपरेशन का गुजरात पुलिस के सामने खुलासा किया था और जिसके परिणामस्वरूप कयामुद्दीन कपाड़िया सहित कई लोगों की गिरफ्तारी हुई थी। सीरियल धमाकों के बाद अब्दुस सुभान कुरेशी अहमदाबाद नहीं लौटा था और दो महीने तक छुपकर बैठने के लिए राँची भाग गया था। हालाँकि अब्दुस सुभान के बारे में यह धारणा रही है कि वह आमिर रजा खान, रियाज और इकबाल भटकल जैसा पाकिस्तान में प्रशिक्षित इंडियन मुजाहिदीन का कमांडर था, सच्चाई

यही है कि अहमदाबाद सीरियल बम धमाकों में शामिल होने के अलावा वह सफदर नागौरी के समूह के साथ रहा 2008 में भारत को दहला देनेवाले धमाकों से उसका कम ही लेना-देना था। लेकिन ऐसा उसके इंडियन मुजाहिदीन के अन्य साथियों भटकल के रियाज अहमद मोहम्मद इस्माइल शाहबंदरी और इकबाल इस्माइल शाहबंदरी के बारे में नहीं कहा जा सकता है।

भटकल से जिहादी

इंडियन मुजाहिदीन के इन दोनों भाइयों ने जब समूह बनाया था तो उनके दिमाग में केवल एक लक्ष्य था—खुफिया एजेंसियों और पाकिस्तान में समस्त इसलामी जिहादी समूहों तथा उनके बँगलादेश स्थित ठिकानों की सहायता से भारतीय मुसलमानों पर हुए अत्याचारों का बदला लेना। दोनों भाइयों में से बड़ा, इकबाल शाहबंदरी मुंबई, पुणे, बेंगलुरु और भटकल के अनेक शिक्षित मुसलिम युवकों के लिए एक प्रेरक या इसलामी प्रेरक नेता अधिक है और रियाज शाहबंदरी को आतंकी ऑपरेशनों के क्रियान्वयन में शामिल सक्रिय व्यक्ति माना जाता है।

हालाँकि, ये मुंबई और मंगलूरु के बीच शांत बंदरगाह का शहर भटकल से संबंधित हैं, लेकिन इन दोनों भाइयों की जिंदगी पर मुंबई में राजनीतिक घटनाओं का आवश्यक रूप से प्रभाव पड़ा। उनके पिता इस्माइल शाहबंदरी फातिमे मंजिल, तेंगिनगुंडी चौराहा, भटकल से कोई तीन दशक पहले मुंबई में कारदार बिल्डिंग में आए थे, जहाँ उन्होंने मुंबई के कुर्ला में एक चमड़ा शोधन फैक्टरी स्थापित की थी। रियाज ने मुंबई के उपनगरीय अंग्रेजी माध्यम स्कूलों में पढ़ाई की और एक निजी रूप से संचालित साबू सिद्दीकी इंजीनियरिंग कॉलेज से सिविल इंजीनियरिंग में डिग्री हासिल कर ली थी। अपनी डिग्री हासिल करने के बाद उसने भटकल के दुबई बाजार में एक इलेक्ट्रॉनिक्स स्टोर के मालिक की बेटी नौशा इस्माइल से शादी कर ली। इंडियन मुजाहिदीन के अन्य सह-संस्थापकों की ही भाँति, रियाज भी बाबरी मसजिद को ढहाए जाने और उसके बाद 1993 में मुंबई में होनेवाले दंगों, जिनकी परिणति शहर में सीरियल बम धमाकों में हुई थी, से बुरी तरह से परेशान हुआ था।

सन् 2002 में फजल-उर-रहमान गैंग से अपने संबंधों के चलते रियाज का पुलिस से टकराव हुआ था। पुलिस रिकॉर्ड से पता चलता है कि रियाज के विरुद्ध जबरन वसूली और कुर्ला के एक व्यापारी दीपक फरसानवाला के कत्ल की कोशिश के लिए आपराधिक मुकदमा चलाया गया था। खुफिया अधिकारियों का कहना है कि मुंबई पुलिस के बार-बार रियाज की खोज में उसके घर आने से इस्माइल मुंबई पुलिस से इतना नाराज था कि परिवार वापस भटकल चला गया। अपनी आपराधिक पृष्ठभूमि के

साये में रियाज भटकल पहले सिमी में शामिल हुआ और जब सिमी ने इसलाम के नाम पर हिंसक बदले की कारवाइयों का समर्थन करना बंद कर दिया तो वह आतंकवादी गतिविधियों की तरफ मुड़ गया। भारतीय मुसलिम समाज में असुरक्षा की भावना व्याप्त हो गई थी, जिसका सीधा मतलब यह था कि लगभग सभी मुसलिम घरों में सांप्रदायिक दंगे चर्चा का विषय बन गए थे।

1990 के दशक में सिमी से आकर्षित होकर भटकल बंधु एहतेशाम सिद्दीकी और सादिक शेख चीता कैंप में डॉ. तैयब अली फार्मेसी में होनेवाली गरमागरम बहसों का नियमित हिस्सा बन गए थे। भटकल बंधु अत्यंत रूढ़िवादी मुसलिम आंदोलन तबलीगी जमात से भी प्रभावित थे, जो किसी भी तरह से गैर-मुसलिमों के विरुद्ध हिंसा का समर्थन नहीं करता है; लेकिन दुर्भाग्य से कुछ लोगों द्वारा उसे भी दक्षिण एशिया में जिहाद को उचित ठहराने के लिए घसीट लिया गया।

25 फरवरी, 2010 को विदेश सचिव-स्तर की वार्त्ता के दौरान भारतीय विदेश सचिव निरुपमा राव द्वारा पाकिस्तानी विदेश सचिव सलमान बशीर को सौंपे गए भारतीय विदेश मंत्रालय के दस्तावेज, पाकिस्तान में बसे और भारत में मामलों में शामिल आतंकवादियों पर डॉजियर में दोनों भटकल बंधुओं का विवरण है। रियाज भटकल के बारे में कहा गया है : पेशे से इंजीनियर रियाज ने 35 किलोग्राम विस्फोटक पहुँचाने की व्यवस्था की थी, जिनका इस्तेमाल 11 जुलाई, 2006 को मुंबई में सीरियल ट्रेन धमाकों में किया गया था। वह हैदराबाद, जयपुर, अहमदाबाद और दिल्ली में सीरियल धमाकों का मास्टरमाइंड और उनकी योजना बनाने, क्रियान्वित करने और पैसे की व्यवस्था करने के लिए जिम्मेदार था। रियाज भटकल के निर्देश पर मुंबई के साँपदा क्षेत्र (26 जुलाई, 2008), माटुंगा क्षेत्र (26 अगस्त, 2008) और चेंबूर क्षेत्र (13 सितंबर, 2008) से विभिन्न मीडिया चैनलों को सीरियल धमाकों से पहले वाई-फाई नेटवर्क को हैक करके आतंकवादी इ-मेल भेजे गए थे। अहमदाबाद धमाकों में एक प्रमुख आरोपी, मंसूर पीरभॉय ने रियाज भटकल की इ-मेल पर गुरु अल-हिंदी के रूप में और इकबाल भटकल की अल-उर्दू के रूप में हस्ताक्षर करनेवालों के रूप में पहचान की।

डॉजियर में इकबाल भटकल का वर्णन भी इंडियन मुजाहिदीन के एक विचारक और धमाकों से पहले भेजे गए इ-मेल के लेखक के रूप में किया गया है। इ-मेल में भारत के बहुसंख्यक हिंदू समाज, राजनीतिक नेतृत्व के विरुद्ध और कुछ पुलिस अधिकारियों के विरुद्ध उनके नाम से भेजे गए इ-मेल में प्रयुक्त विक्षिप्त भाषा हिंदू भारत के लिए भटकल भाइयों की घृणा को प्रकट करती है। यह स्पष्ट है कि भटकल में सांप्रदायिक तनाव और शिवसेना द्वारा की गई भारी हिंसा और उसकी 1992 के बाद आज के वैश्विक आतंकवादी दाऊद इब्राहीम द्वारा जवाबी कारवाई का दोनों भाइयों पर

बहुत गहरा प्रभाव पड़ा था। कोंकण तट पर सामान्यत: एक आरामदायक बंदरगाह नगर के रूप में जाना जानेवाले और मुंबई और मंगलुरु के बीच में एक बड़े रेलवे स्टेशन की जनसंख्या 45,000 से अधिक नहीं है, जो 2001 की जनगणना के अनुसार 31,785 थी। यहाँ नवायत मुसलमानों की अच्छी-खासी संख्या है, जिनका मूल दक्षिण यमन के हद्रामौत क्षेत्र में है। सदियों तक मध्य-पूर्व के साथ बड़ी मात्रा में समुद्री व्यापार करते रहे नवायतों का जन्म अरब व्यापारियों और जैन या कोंकणी महिलाओं के बीच हुए विवाहों से हुआ था। भटकल में दूसरा प्रमुख समुदाय है, हिंदू नामधारियों का। जहाँ नवायत पारंपरिक भू-स्वामी है, हिंदू नामधारी भटकल में और भटकल के आस-पास उनकी भूमियों के चौकीदार थे। सत्रहवीं शताब्दी के बाद से नवायतों ने अपने किराएदार नामधारियों के लिए स्कूल और परमार्थ ट्रस्ट खोलकर भटकल को चमका दिया है। 1919 में स्थापित अंजुमन हमी-ए-मुसलिमीन के झंडे तले नवायतों ने इक्कीस कॉलेज और स्कूल स्थापित किए हैं, जिनमें 7,500 से अधिक छात्र पढ़ते हैं। 1983 तक सबकुछ शांत और शांतिपूर्ण था, जब राज्य और खास तौर से भटकल में राजनीतिक पटल पर छाए रहनेवाला एस.एम. याह्या विधानसभा चुनाव में हार गया था। हिंदू नामधारियों ने खुद को राजनीतिक रूप से राष्ट्रीय स्वयंसेवक संघ की दक्षिणपंथी ताकतों के साथ खड़ा करके भटकल में मुसलिम बहुल समाज को और ध्रुवीकृत किया।

नामधारियों के आर्थिक और राजनीतिक प्रभुत्व ने नवायतों के स्थापित प्रभुत्व और वित्तीय ताकत को खंडित कर दिया था। जहाँ नवायत अब सांप्रदायिक तनाव के लिए संघ परिवार, खास तौर से बजरंग दल को दोष देते हैं, वहीं हिंदू दाऊद इब्राहिम और आई.एस.आई. दोनों को भटकल में इन सब बुराइयों के लिए दोष देते हैं, वहाँ सांप्रदायिक तनाव नवायतों और नामधारियों द्वारा एक-दूसरे की सामाजिक और ऐतिहासिक पृष्ठभूमियों में सामंजस्य बिठा पाने में विफलता का परिणाम है। दोनों समुदायों में पहला टकराव बाबरी मसजिद के ध्वंस के साथ हुआ; यह बंदरगाह नगर 1992-93 में दाऊद इब्राहिम द्वारा संचालित मुंबई दंगों और सीरियल धमाकों के बाद लगभग नौ महीनों तक सांप्रदायिक दंगों की आग में झुलसता रहा था। पुलिस रिकॉर्ड के अनुसार सत्रह व्यक्ति मारे गए, नब्बे घायल हुए, 226 घर जला दिए गए थे, 143 दुकानें लूट ली गई थीं और 15 करोड़ रुपए से अधिक की सार्वजनिक संपत्ति की क्षति हुई थी। हिंसा से सदमे में आई कर्नाटक सरकार ने हिंसा की जाँच करने के लिए उच्चतम न्यायालय के न्यायमूर्ति के. जगन्नाथ शेट्टी की अध्यक्षता में एक आयोग गठित कर दिया। हालाँकि रिपोर्ट अभी तक पटल पर नहीं रखी गई है, राज्य के समस्त मीडिया में ऐसा अनुमान है कि न्यायमूर्ति शेट्टी ने 1993 के बड़े पैमाने पर हुए दंगों में मुसलमानों को सहायता पहुँचाने के लिए आई.एस.आई. के एजेंटों और दाऊद इब्राहिम

को दोषी ठहराया था। लेकिन भटकल में सांप्रदायिक तनाव यहीं समाप्त नहीं हुआ। 10 अप्रैल, 1996 को भारतीय जनता पार्टी के तत्कालीन विधायक यू. चितरंजन की दो अनजान गनमैनों द्वारा हत्या कर दी गई। इसके जवाब में त्वरित काररवाई सामने आई, जब अनियंत्रित हिंदू भीड़ ने दो नवायत मुसलमानों की पत्थर मार-मारकर हत्या कर दी। 2004 में, भारतीय जनता पार्टी के एक अन्य नेता थिम्मप्पा नाइक की हत्या कर दी गई, जब वे विधानसभा चुनावों के लिए प्रचार कर रहे थे। इससे सांप्रदायिक टकराव का एक और दौर शुरू हो गया।

भटकल के सांप्रदायिक इतिहास पर नजर डा डालने का एक बुनियादी कारण पाठकों के सामने रियाज और इकबाल भटकल के दिलों में बहुसंख्यक समाज और भारत के प्रति गुस्से के संभावित कारण रखना है। नगर का एक सुखद समुद्र तटीय रिजॉर्ट के रूप में चित्रण किए जाने के बावजूद यह नगर वास्तव में दो पूरी तरह से विभाजित समुदायों की एक सांप्रदायिक बारूद की पेटी है। नामधारी आई.एस.आई. पर आरोप लगाते हैं तो नवायत राष्ट्रीय स्वयंसेवक संघ पर और धीरे-धीरे यहाँ की कहानी भी महाराष्ट्र और उत्तर प्रदेश के अनेक छोटे-छोटे, सांप्रदायिक रूप से संवेदनशील नगरों के जैसी दिखने लगी। शीर्ष खुफिया अधिकारियों का कहना है कि भटकल बंधु, खासतौर से इकबाल 2005-2006 के दौरान जॉली बीच पर स्थानीय रूप से भरती किए गए युवकों के लिए जिहाद पर धार्मिक भाषण और शारीरिक प्रशिक्षण शिविर आयोजित किया करता था। जबकि इस बात का कोई स्पष्ट प्रमाण नहीं है कि भटकल भाइयों को कराची परियोजना में लश्कर-ए-तय्यबा और आई.एस.आई. द्वारा कैसे भरती किया गया था, क्षेत्र में दाऊद इब्राहिम के प्रतिभा खोजियों की उपस्थिति और मध्य-पूर्व, खास तौर से दुबई में उसके प्रभाव से लगता है कि वैश्विक आतंकवादियों की भी कोई भूमिका रही होगी। हालाँकि, हमें इकबाल भटकल की प्रेरक शक्तियों और जिहाद के नाम पर अपनी तमाम निजी और पेशेवर विशेषज्ञताओं को झोंक देनेवाले, याहू में सॉफ्टवेयर विशेषज्ञ, मोहम्मद मंसूर असगर पीरभॉय के माध्यम से भारतीय मुसलमान युवकों का ब्रेनवॉश करने की उसकी क्षमता का पता चलता है।

कंप्यूटर विशेषज्ञ से एक जिहादी तक

मोहम्मद मंसूर असगर पीरभॉय को उसके 26 जुलाई, 2008 को अहमदाबाद सीरियल बम धमाकों में शामिल होने के कारण 27 सितंबर, 2008 को गिरफ्तार किया गया था। एक जिहादी बनने से पहले पीरभॉय वह सब था, जो एक भारतीय युवक बनना चाहता है। 1977 में जनमा पीरभॉय विश्वकर्मा इंस्टीट्यूट ऑफ टेक्नोलॉजी, बिब्वेवाड़ी (पुणे) से कंप्यूटर इंजीनियरिंग में स्नातक था। स्नातक की डिग्री के बाद उसने साइबर

मीडिया सॉफ्टवेयर प्राइवेट लिमिटेड, बाइंड व्यू (इंडिया) प्राइवेट लिमिटेड, पैंटा कंप्यूटर्स और उसके बाद जिंब्रा सॉफ्टवेयर एशिया पैसिफिक में काम किया था। जब आखिरी कंपनी का याहू द्वारा अधिग्रहण कर लिया गया तो पीरभॉय कंपनी में प्रधान इंजीनियर बन गया था। मजहब से आकर्षित होकर पीरभॉय ने कुरआन फाउंडेशन में अरबी के दो-वर्षीय पाठ्यक्रम में प्रवेश ले लिया था। यहीं पर उसकी मुलाकात भटकल समूह के सदस्यों आसिफ शेख और अनीक सैयद से हुई थी। अगले दो सालों में शेख और सैयद ने जिहाद में शामिल होने के लिए पीरभॉय का ब्रेनवॉश कर डाला। अंतत: 2006 में रमजान के महीने में जब पीरभॉय पुणे शिविर में जामा मसजिद में इतिकाफ (एक पवित्र धार्मिक प्रथा, जिसमें रोजादार रमजान के महीने में बीसवें दिन सूर्यास्त से पहले मसजिद में आकर रहता है और आखिरी दिन, नए चाँदवाले दिन ही बाहर आता है) में था, शेख और सैयद ने पीरभॉय को जिहाद पर धार्मिक शिक्षा दी और उसे बताया कि सारी दुनिया में, खास तौर से गुजरात में मुसलमानों का दमन किया जा रहा है। रमजान के बाद लोग पीरभॉय के घर पर आए और उसे जिहाद पर किताबें दीं। उन किताबों ने पीरभॉय को प्रभावित किया कि हर मुसलमान के लिए जिहाद अनिवार्य है। अच्छी तरह से प्रभाव में आ जाने के बाद ऑसिफ जनवरी 2007 में पुणे कैंप में पीरभॉय से मिला और उसे अपने घर ले गया, जहाँ इकबाल भटकल, रियाज भटकल, अकबर चौधरी, अब्दुल्ला, माजिद शेख उर्फ नाजिम और अनीक इंतजार कर रहे थे। (इस समय अहमदाबाद धमाकों में अपनी भूमिका के कारण अहमदाबाद की साबरमती जेल में कैद अकबर चौधरी, जर्मन बेकरी केस में मुख्य अभियुक्त मोहसिन चौधरी का छोटा भाई है। दोनों भाई लश्कर-ए-तय्यबा से जुड़े हुए हैं और पुणे बेकरी केस के मुख्य अभियुक्त हिमायत बेग तथा रियाज भटकल के बीच 2006 में मुलाकात की व्यवस्था करने में इनकी भूमिका थी।) आसिफ ने पूरे समूह से पीरभॉय का परिचय करवाया और घोषणा की कि इकबाल भटकल उनका अमीर या नेता है। इस बिंदु पर रियाज भटकल आगे आया और बोला कि गुजरात के मुसलमानों को कुचला गया है और समूह उनके लिए लड़ने को तैयार है। भटकल ने पीरभॉय को बताया कि समूह को उसकी सहायता की जरूरत थी, क्योंकि वह कंप्यूटर में अच्छा था और दक्षता से इंटरनेट चला सकता था। पीरभॉय के सहायता करने को राजी हो जाने के बाद इकबाल भटकल ने उसे कुरआन में से जिहाद से संबंधित आयतों को समझाना शुरू कर दिया। रियाज ने पीरभॉय से यह खोज करने के लिए कहा कि पहचाने जाने से बचने के लिए नियमित चैट को कैसे कोडित किया जा सकता है।

उसके बाद पीरभॉय, माजिद, अकबर और भटकल भाई अकसर मिलते रहे, कभी सैयद की एकमे प्रिंटर दुकान पर या कभी शेख के घर में। इन बैठकों में रियाज

ने कंप्यूटर और डेटा सुरक्षा के संबंध में तकनीकी प्रश्न करके पीरभॉय की जाँच करनी शुरू कर दी थी। पीरभॉय ने उसे विस्तार से समझाया और नेट से डाउनलोड किए गए सॉफ्टवेयर के साथ चैट कोडित करने के तरीके पर निर्देश भी दिए। मार्च-अप्रैल 2007 में, रियाज के निर्देश पर पीरभॉय ने हटाए गए डेटा की रिकवरी का परीक्षण करने के लिए एक 160 जी.बी. हार्ड डिस्क खरीदी। इन परीक्षणों के पीछे बुनियादी इरादा यह पता लगाना था कि डेटा रिट्रीव करनेवाली किसी विशेषज्ञ कंपनी द्वारा हटाए गए डेटा को कहाँ तक रिकवर किया जा सकता था। यह स्पष्ट रूप से इस बात की तरफ इशारा करता है कि भटकल भाई और उनके सारे संरक्षक वेब चैट और मेसेंजर सुरक्षा के बारे में चिंतित थे और अपनी आतंकी योजनाओं के लिए इंटरनेट का उपयोग करना चाहते थे। मई 2007 के आरंभ में रियाज भटकल ने पीरभॉय को 14-19 मई, 2007 के दौरान ई2 लैबोरेट्रीज और जोन-एच द्वारा हैदराबाद में आयोजित किए जा रहे हैकिंग पर एक छह-दिवसीय कोर्स में शामिल होने को कहा। पीरभॉय ने कार्यालय से एक सप्ताह की छुट्टी ली और अपने परिवार को बताया कि वह काम से हैदराबाद जा रहा है। पीरभॉय की अपने उद्देश्य के लिए प्रतिबद्धता इस बात से भी प्रकट होती है कि कंप्यूटर इंजीनियर ने 1,05,000 रुपए के कोर्स के लिए 35,000 रुपए की छूट के बाद 70,000 रुपए अपनी जेब से दिए थे।

जब पीरभॉय बस स्टैंड पर पहुँचा तो वहाँ उसे अपने छोटे भाई का एक सहपाठी मुबीन शेख इंतजार करता हुआ मिला। भटकल द्वारा मुबीन से कोर्स में भाग लेने के लिए कहा गया था और यद्यपि वह इसकी फीस नहीं दे सका था, फिर भी वह पीरभॉय के साथ हैदराबाद तक गया। दोनों कोर्स के दौरान नामपल्ली में ए.पी. लॉज में ठहरे थे। 15 मई, 2007 को पीरभॉय तथा कोर्स के दो अन्य लोग हैदराबाद में एक मसजिद में नमाज के लिए गए थे। वापस आते समय लगभग 1.30 बजे तीनों ने हैदराबाद में मक्का मसजिद में बम विस्फोट का समाचार सुना और उसके बाद भगदड़ मच गई। पीरभॉय ने अपना मोबाइल फोन लॉज में ही छोड़ दिया था, इसलिए वह न तो मुबीन से और न ही अपने परिवारवालों से संपर्क कर सका, जो उसकी कुशलता के बारे में जानने के लिए बार-बार उसे फोन कर रहे थे। कोई एक घंटे बाद ही मुबीन ने लॉज से उसके फोन का उत्तर दिया और उसे बताया कि उसे नींद आ गई थी, इसलिए उसकी नमाज चूक गई। उस दिन अपनी क्लासें पूरी करने के बाद पीरभॉय और मुबीन बम विस्फोटों के पीड़ितों को देखने के लिए स्थानीय अस्पतालों में गए। घायलों, जिनमें से कुछ तो विस्फोटों में प्रयुक्त आर.डी.एक्स. के कारण भयंकर रूप से जल गए थे, की तकलीफों और ऐतिहासिक चारमीनार के शीर्ष पर लहराते केसरिया झंडे को देखकर कुपित पीरभॉय को यकीन हो गया कि भटकल भाइयों ने भारत में मुसलमानों पर ज्यादतियों

के बारे में जो कुछ कहा था, उसमें सच्चाई है। उल्लेखनीय रूप से अन्वेषणकर्ता अभी तक मक्का मसजिद पर हमले के पीछे के पूरे षड्यंत्र को बेनकाब करने में सफल नहीं हुए हैं, लेकिन केंद्रीय जाँच ब्यूरो का मानना है कि इन घटनाओं के पीछे हिंदू उग्रवादी समूह 'अभिनव भारत' हो सकता है। जबकि निदेशक अश्विनी कुमार ने लिखित रूप से कहा है कि मक्का मसजिद विस्फोट के लिए रसद अभिनव भारत द्वारा प्रदान की गई, आई.ई.डी. लगाने और निर्माण करनेवालों का अभी तक तो नहीं लगा है। इस विलंब ने अल्पसंख्यक समुदाय के मन में इस दृष्टिकोण को जन्म दिया है कि मुसलिम कार्य समूहों के विपरीत हिंदू समूहों की जाँच नहीं की जा रही है।

20 मई, 2007 को पीरभॉय पुणे लौट आया और पूरा मॉड्यूल फिर से नगर में एक किराए के फ्लैट में इकट्ठा हो गया। इस बार जब कुरआन और हदीस पर चर्चा हुई तो मोहसिन चौधरी, यासर और डॉ. अनवर बगवान भी शामिल थे। कुछ महीने बाद पीरभॉय को कंपनी द्वारा संयुक्त राज्य अमरीका भेजा गया। उसके रवाना होने से पहले इकबाल भटकल ने पीरभॉय को एक स्वर परिवर्तक सॉफ्टवेयर, एक खुफिया कैमरा डिटेक्टर और एक रेडियो फ्रीक्वेंसी (आर.एफ.) डिटेक्टर खरीदने के लिए कहा, जिनका उपयोग ध्वनि रिकॉर्डिंग उपकरणों और माइक्रोफोन का पता लगाने के लिए किया जाता है। हालाँकि, पीरभॉय एक खुफिया कैमरा डिटेक्टर और आर.एफ. सिग्नल डिटेक्टर की ही व्यवस्था कर सका। उसके लौटने पर पीरभॉय, आसिफ, अनीक और इकबाल अपनी रणनीति की योजना बनाने के लिए किराए के एक नए फ्लैट पर नियमित रूप से मिला करते थे। यह काफी स्पष्ट था कि भटकल भाई मुबिन शेख को पीरभाई के एक विकल्प के रूप में तैयार करना चाहते थे, क्योंकि इकबाल ने समूह से उसके लिए एच.सी.एल. का एक लैपटॉप खरीदवाया था। लैपटॉप 29,000 रुपए की रियायती दर पर खरीदा गया था; इकबाल ने 10,000 रुपए दिए थे, जबकि पीरभॉय ने शेष 19,000 रुपए दिए। जनवरी 2008 में पीरभॉय कंपनी के कार्य से पुनः संयुक्त राज्य अमरीका गया और इस बार इकबाल ने उससे अपने खुद के उपयोग के लिए एक कंप्यूटर खरीदने को कहा। इकबाल ने पीरभॉय से दुबई से लैपटॉप खरीदने को कहा था, इसलिए उसने चार-दिवसीय दुबई वीजा के लिए आवेदन किया और तदनुसार अपनी उड़ान योजना में परिवर्तन किया। इकबाल ने पीरभॉय को दुबई में एक अफीफ नामक व्यक्ति का मोबाइल नंबर दिया था, जिसने अपेक्षित कॉनफिगरेशन वाला एक एसर लैपटॉप खरीदने में पीरभॉय की मदद की थी।

अहमदाबाद सीरियल धमाकों की तारीख नजदीक आने के साथ ही रियाज भटकल ने आसिफ के माध्यम से पीरभॉय को किराए वाले फ्लैट पर आने के लिए एक संदेश भेजा। रियाज ने पीरभॉय को बताया कि चूँकि साइबर कैफे से इ-मेल भेजना दिन-पर-

दिन अधिक जोखिम भरा होता जा रहा है, अगली बार वाई–फाई के माध्यम से इ–मेल भेजने का काम उसका होगा। उसने उससे उपयुक्त इंटरनेट कनेक्टिविटी और पर्याप्त स्पीडवाले वाई–फाई नेटवर्कों की पहचान करने के लिए भी कहा था, ताकि वे नगर में अपना हैकिंग संचालन और आतंकी इ–मेल स्थापित कर सकें। मुबीन के एच.सी.एल. वाले लैपटॉप और अपने निजी आईटच का उपयोग करते हुए पीरभॉय असुरक्षित इंटरनेट कनेक्शनों का पता लगाने के लिए हर शनिवार को मुंबई जाता था। इन दोनों ने चैंबूर उपनगर, ताज होटल, छत्रपति शिवाजी टर्मिनस और माटुंगा उपनगर में खालसा कॉलेज में इंटरनेट नेटवर्क का पता लगाया।

जब चौकन्ने रियाज को इस पूरी कारगुजारी का पता लगा तो उसने मुबीन के लैपटॉप और आईपॉड टच का उपयोग करने के लिए दोनों को फटकारा; उसने अपने रंगरूटों को बताया कि उनके इस प्रयोग ने साइबर चिह्न पीछे छोड़ दिए हैं और अब तकनीकी साक्ष्य उपलब्ध हैं, जिनकी सहायता से उन तक पहुँचा जा सकता था। उसने पीरभॉय और सलमान को एक नए लैपटॉप और आईटच के साथ फिर से शुरू करने के निर्देश दिए। इस बार की यात्रा में ही पीरभॉय और सलमान को नवी मुंबई में संपदा में एक आरक्षित वायरलेस नेटवर्क मिला। यही वह कनेक्शन था, जिसका उपयोग इंडियन मुजाहिदीन ने अहमदाबाद सीरियल धमाकों के इ–मेल भारतीय मीडिया को भेजने के लिए किया था।

20 जुलाई को इकबाल भटकल फ्लैट पर पीरभॉय से मिला और उसे बताया कि गुजरात में सीरियल धमाकों के लिए निर्धारित दिन 26 जुलाई, 2008 है और अब इ–मेल तैयार करने का समय आ गया है। उसने बोलकर पत्र का मजमून लिखवाया, जिसमें पूरे भारत में मुसलमानों पर अत्याचारों का उल्लेख किया गया था और कहा गया था कि पाँच मिनट के भीतर गुजरात में विस्फोट होगा और सुरक्षा एजेंसियों को इसे रोकने की चुनौती दी गई थी। इस प्रारूप में इंडियन मुजाहिदीन ने विस्फोट की जिम्मेदारी ली थी और पाकिस्तान में स्थित आतंकी समूहों, खासकर लश्कर–ए–तय्यबा से अनुरोध किया कि वे बम विस्फोट का श्रेय न लें। मुबिन ने वेब से डाउनलोड की गई छवियों का उपयोग करते हुए इंडियन मुजाहिदीन के लिए लोगो तैयार किया। रियाज और इकबाल ने पत्र पर क्रमश: गुरु–अल–हिंदी और अल–अरबी के रूप में हस्ताक्षर किए। पीरभॉय द्वारा व्याकरण और वर्तनी के संशोधन किए जाने के बाद 7–10 पृष्ठ लंबा यह पत्र 25 जुलाई, 2008 को तैयार किया गया था। यह और बात है कि उसके इतने प्रयासों के बाद भी इ–मेल के वाक्य–विन्यास में काफी कमी रह गई थी। समूह ने संदेश की एक पी.डी.एफ. फाइल बनाई और उसके बाद उसी पाठ संदेश की एक वीडियो फाइल तैयार की और उसे यू–ट्यूब जैसी वीडियो शेयरिंग साइटों पर अपलोड

कर दिया। उन्होंने इंडिया टी.वी., आज तक जैसे हिंदी समाचार चैनलों तथा महाराष्ट्र ए.टी.एस. के पते इंटरनेट से एकत्र किए और उन्हें इ-मेल भेज दिए। उन्होंने आतंकी हमलों के बाद सुरक्षा एजेंसियों द्वारा पता लगाए जाने से बचना सुरक्षित करने के लिए लैपटॉप के मीडिया एक्सेस नियंत्रण पते को बदल दिया था।

हमला पूर्ण होने के बाद पीरभॉय को यहाँ तक कि गिरफ्तार होने के बाद भी अपने किए पर कोई पछतावा नहीं था। एक खाते-पीते घर के शिक्षित पीरभॉय की धार्मिक भावनाएँ केरल की एक बिल्कुल भिन्न शैक्षिक एवं आर्थिक पृष्ठभूमियों से आनेवाले साथी जिहादियों से अलग नहीं थीं। पीरभॉय, जिसने न तो अहमादबाद के लिए आई.ई.डी. तैयार किए थे और न ही विस्फोटक सामग्री खरीदी थी, के विपरीत केरल में जनमा 57 वर्षीय अब्दुल सत्तार ही वह आदमी था, जिसने सूरत के असफल सीरियल धमाकों के लिए दोषयुक्त माइक्रोचिप टाइमर तैयार किए थे। सूफी मतावलंबी सत्तार स्थानीय धार्मिक कट्टरवादियों की प्रेरणा से मध्यपूर्व से आर्थिक सहायता और इस धारणा के कारण इंडियन मुजाहिदीन का आतंकी बन गया था कि भारत में मुसलमानों के साथ बुरा बरताव किया जा रहा था।

एक सूफी गिटारवादक का एक जिहादी में रूपांतरण

अब्दुल सत्तार का जन्म 15 अगस्त, 1951 को केरल के मलप्पुरम जिले में एक गरीब किसान ई.टी. मोहम्मद और आयशा के यहाँ हुआ था। सत्तार ने सातवीं कक्षा में स्कूल छोड़ दिया था और अगले दस साल तक नागरिक आपूर्ति की एक उचित मूल्य की दुकान पर काम किया था। 1975 में उसने केरल कांग्रेस पार्टी के लिए एक राजनीतिक कार्यकर्ता के रूप में भी अपने हाथ आजमाए थे और खाली समय में गिटार बजाना सीखा था। जबकि उसने कई कामों में अपनी किस्मत आजमाई थी, उसने इस दौरान मलप्पुरम के फारूक कॉलेज ऑफ फाइन आर्ट्स में गिटार सिखाया, लेकिन इसमें भी वह बहुत सफल नहीं हुआ। आगे उसने तकनीकी पुस्तकों की सहायता से रेडियो रिपेयर करना सीखा और 1976 में रेडियो रिपेयर की एक दुकान खोली। उस दुकान के मालिक अब्दुल रहमान और उस भवन के मालिक फजल हाजी ने उसे धर्म की तरफ प्रेरित किया। 1978 में सत्तार का नफीसा से निकाह हुआ और वह मल्लपुरम में मौलाना सैयद नूर-उल-शाह चिश्ती अल कादरी द्वारा स्थापित एक सूफी संप्रदाय नूरिशा तरीरक्वात की ओर आकर्षित हुआ, जिसका मुख्यालय हैदराबाद में था। 1979 में सत्तार सऊदी अरब में जद्दाह चला गया और एक कोल्ड स्टोर इकाई में काम करना शुरू कर दिया, लेकिन दमा बिगड़ने के कारण उसे 1981 में भारत लौटने के लिए मजबूर होना पड़ा। उसने कोंडोत्ती में एक बार फिर रेडियो की दुकान खोली, जिसे उस समय लूट

लिया गया था, जब वह हैदराबाद में नूरिशा ट्रस्ट में गया हुआ था। इस लूट ने सत्तार को सुरक्षा अलार्मों और ऐसे ट्रिगरों पर काम करने के लिए प्रेरित किया, जो छेड़छाड़ होते ही किसी अलार्म को ट्रिगर कर दें। टाइमरों और इलेक्ट्रॉनिक डिवाइसों का यही अनुभव था, जिसका बाद में सत्तार ने सूरत और बेंगलुरु के सीरियल धमाकों के लिए डेटोनेटर बनाने में उपयोग किया था।

आरंभ में सत्तार 1980 के दशक में अब्दुल नासिर मदनी द्वारा कुटिल रूप से आर.एस.एस. की तर्ज पर स्थापित कट्टरवादी इसलामिक सेवक संघ (आई.एस.एस.) से प्रभावित हुआ था। मदनी ने बाद में आई.एस.एस. का नाम बदलकर पी.डी.पी. रख दिया था। इस समय मदनी कर्नाटक की जेल में है और उसपर 2008 के बेंगलुरु सीरियल बम धमाकों में शामिल होने का आरोप है। यही वह समय था, जब मदनी के निर्देशन में सत्तार, अब दुबई में बस चुके सुहेब सोहेल के नेतृत्व में केरल में आर.एस.एस. की गतिविधियों का जवाब देने के लिए स्थापित इस समूह का हिस्सा बन गया था। सिमी के सदस्य और इंडियन मुजाहिदीन से संबद्ध सुहेब ने सत्तार का परिचय रियाज भटकल से करवाया था और उसकी आतंकवादी गतिविधियों में आर्थिक मदद भी की थी। सत्तार का जिहाद में प्रवेश 1990 के दशक के प्रारंभ में हुआ, जब पी.डी.पी. के अब्दुल बशीर द्वारा पाइप बम बनाने के लिए उससे संपर्क किया गया। इस बम का उपयोग केरल में एक शराब की दुकान को निशाना बनाने के लिए किया गया था। बशीर, सत्तार और सुहेब के एक रिश्तेदार मोहिन कुट्टी द्वारा तैयार किए गए पाइप बमों का उपयोग 1990-95 में इस समूह द्वारा आर.एस.एस. के कार्यकर्ताओं को निशाना बनाने के लिए किया गया था। 1995 में कोट्टाक्कल, मलप्पुरम में एक नदी के किनारे पाइप बम के परीक्षण के सिलसिले में जब पुलिस सत्तार से पूछताछ करने पहुँच गई तो वह राजस्थान में अजमेर भाग गया और अगले तीन साल तक वहाँ सलीम बनकर छुपा रहा। सत्तार 1998 में केरल लौट आया और जल्दी ही कथित रूप से पी.डी.पी. के नेता मदनी द्वारा बनाई गई केरल के तत्कालीन मुख्यमंत्री ई.के. नयनार की हत्या की साजिश में शामिल हो गया।

सत्तार ने अमोनियम नाइट्रेट और चारकोल को एक नारियल के आकार में जूट की रस्सियों से बाँधकर पाँच बम तैयार किए थे और उन्हें मदनी के सुरक्षा गार्ड यूसुफ को सौंप दिया था। योजना मुख्यमंत्री की रैली में पाँच भिन्न दिशाओं से बम फेंकने की थी। इस षड्यंत्र में तादियेंदा अविदे नासिर उर्फ उमर हाजी, जो एक कट्टरवादी था और बाद में लश्कर-ए-तय्यबा से जुड़ गया था और जिस पर बेंगलुरु सीरियल बम धमाकों का आरोप है, के.पी. सबीर, के.टी. सबीर और इस्माइल शामिल थे। लेकिन केरल पुलिस को योजना की भनक लग गई और इस्माइल को पकड़ लिया गया, उसके बाद सारी योजना तार-तार हो गई। नयनार पर हमले के विफल होने के बाद सत्तार

हैदराबाद चला गया और वहाँ अशरफुन्निसा से यह कहकर निकाह कर लिया कि केरल में उसकी पहली बीवी ने उसे छोड़ दिया है और वह लोगों के बीच अपने अपमान को नहीं सह सकता। यही पर उमर हाजी ने सत्तार का परिचय अब्दुल रहीम से करवाया था, जो बाद में जाकर सत्तार का दामाद बना था और जो 1999 से 2005 के बीच हुए जम्मू और कश्मीर में नियंत्रण रेखा (एल.ओ.सी.) को पार करके पाक अधिकृत कश्मीर में प्रवेश करने का प्रयास करते समय सुरक्षा बलों के साथ मुठभेड़ में मारा गया था। सत्तार ने लिमरा फैन और रिया फैन जैसी स्थानीय कंपनियों के लिए स्पेयर पाट्र्स के कारोबार में अपने हाथ आजमाए।

हालाँकि, सत्तार और उमर हाजी नूरिशा सूफी संप्रदाय के पक्के अनुयायी थे, फिर भी उन्होंने हैदराबाद में गुप्त बैठकें करना जारी रखा। वास्तव में केरल के नूरिशा तरीरक्वात में उमर हाजी और अब्दुल रहीम के नेतृत्व में एक उग्रवादी समूह विकसित हो गया था। मलप्पुरम, कन्नूर और कोझीकोड जिलों में सूफी संप्रदाय के आवरण का उपयोग करते हुए हाजी, रहीम, मोहम्मद फय्याज, पी. फैज, पी. मुजीब, एन. बदरुद्दीन, अब्दुल जब्बार, उमर फारूक और शफस शमसुद्दीन उग्रवादी केंद्रीय समूह का हिस्सा बन गए थे, जिसे लश्कर-ए-तय्यबा द्वारा खाड़ी में बसे आप्रवासियों से प्राप्त धन से चुपचाप मदद दी जा रही थी। हालाँकि, अप्रैल 2008 में सत्तार कानून की पकड़ में आ गया था; उसके बेटे ने उसे सूचना दे दी थी कि केरल पुलिस ने उसके मकान पर एक नोटिस चिपकाया है, जिसमें उसे पाइप बम मामले में तुरंत आत्मसमर्पण करने के लिए कहा गया था। सत्तार ने तत्काल हैदराबाद में अपना मकान खाली किया और एर्नाकुलम के अलुवा में जब्बार के मकान में रहने चला गया और रहीम से जमानत और जमानतदारों की प्रक्रिया के बारे में वकीलों से बात करने के लिए कहा। इस अनिश्चितता के माहौल में सत्तार के पास रियाज भटकल का फोन आया, जिसमें कहा गया था कि वह कालीकट आ जाए। सत्तार आगे कोई मुसीबत मोल नहीं लेना चाहता था, इसलिए उसने कालीकट की बैठक में भाग लेने से मना कर दिया, लेकिन फिर से फोन आने पर रियाज भटकल से बात जरूर की। हालाँकि वे दोनों केरल के कुट्टीपुरम में मिले भी थे, जहाँ सत्तार अपने धार्मिक गुरु की पुण्यतिथि में शामिल होने गया था। 22 जून, 2008 को सत्तार उमर हाजी और रहीम कुट्टीपुरम में ऐश्वर्या लॉज में गए और वहाँ अब्दुल सलाम के नाम से एक कमरा बुक किया। सत्तार ने कालीकट से आए रियाज भटकल का रेलवे स्टेशन पर स्वागत किया और फिर उसका हाजी और रहीम से परिचय करवाया। उसके बाद इंडियन मुजाहिदीन के कमांडर ने सत्तार से गुजरात में इस्तेमाल करने के लिए चालीस टाइमर डिवाइस बनाने के लिए कहा, साथ ही मिशन में और भी मदद देने के लिए भी कहा।

सत्तार, हाजी और रहीम ने इस प्रस्ताव को तुरंत स्वीकार कि लिया, क्योंकि वे भी गुजरात दंगों का बदला लेना और मुख्यमंत्री नरेंद्र मोदी पर वार करना चाहते थे। हालाँकि, सत्तार ने जिहादी उद्देश्य के लिए अन्य युवकों को भरती करने में अपनी असमर्थता जताई थी और टाइमर डिवाइस तैयार करना स्वीकार कर लिया था। सत्तार ने ही रियाज को सामान्य क्वार्ट्ज टाइमरों के स्थान पर माइक्रोचिप टाइमरों का उपयोग करने का सुझाव दिया था, क्योंकि माइक्रोचिप टाइमर न केवल आकार में छोटे थे, बल्कि सटीक भी अधिक थे। यह तय किया गया कि जहाँ सत्तार टाइमरों के लिए इंटीग्रेटेड सर्किट प्राप्त करेगा, वहीं रहीम और उसका दोस्त अब्दुल रहमान सर्किट तैयार करेंगे और टाइमरों को प्रोग्राम करेंगे। रियाज भटकल ने अगले पखवाड़े में चालीस टाइमर डिवाइस बनाने के लिए सत्तार को 5,000 रुपए दिए और कुट्टीपुरम रवाना हो गया। रहीम ने चिपों को प्रोग्राम करने के लिए रहमान को यह झूठ बोलकर तैयार किया कि इनका इस्तेमाल उत्सव पर रोशनी के लिए किया जाएगा। टाइमर डिवाइसों को बाद में रहीम द्वारा संशोधित किया गया और हाजी द्वारा उनके पावर आउटपुट में वृद्धि की गई। टाइमर सर्किटों को तैयार करने में प्रयुक्त सारी सामग्री त्रिशूर में केरल सहकारी भंडारों से खरीदी गई थी। बेंगलुरु और अहमदाबाद विस्फोटों के बाद पुलिस के अन्वेषण में पता लगा कि सत्तार त्रिशूर से साठ इंटीग्रेटेड चिप और अन्य सामान लाया था और चालीस चिपों को उसी नगर में असेंबल किया था तथा शेष बीस को बेंगलुरु के निकट विराजपेट के पास असेंबल किया था। उसके बाद उसने रहीम को टाइमर बम बनाने के तरीके के बारे में रहीम को निर्देश दिए थे।

कुछ दिन बाद रियाज ने सत्तार को यह जानने के लिए फोन किया कि टाइमरों की प्रगति कैसी है, किंतु उसे बताया गया कि टाइमरों को तैयार होने में अभी कुछ दिन और लगेंगे। इंडियन मुजाहिदीन कमांडर ने सत्तार से कहा कि उसे ये टाइमर उसके एक आदमी को सौंपने होंगे। सैयद नौशाद एक कल्पित नाम से 14 जुलाई, 2008 को कन्नूर रेलवे स्टेशन के निकट अभिलाष होटल में आकर ठहरा। दो दिन बाद रहीम और उमर फारूक ने टाइमर नौशाद को सौंप दिए, जो उन्हें रियाज के पास मंगलूरु ले गया।

पुलिस अन्वेषण से पता लगा है कि यह समूह सही प्रकार के टाइमर डिवाइस प्रदान करने में असफल रहा था। अब यह स्पष्ट हो गया है कि उमर हाजी और रहीम का अपना निजी एजेंडा था और चालीस में से पंद्रह टाइमर डिवाइसों का इस्तेमाल 25 जुलाई, 2008 को बेंगलुरु धमाकों में किया गया था। शेष पच्चीस का इस्तेमाल रियाज द्वारा सूरत में किया गया था, जो किसी तकनीकी खराबी के कारण आई.ई.डी. को ट्रिगर करने में विफल रहे। हाजी और रहीम द्वारा सत्तार और रियाज को बेंगलुरु सीरियल धमाकों के षड्यंत्र से अलग रखा जाना इंडियन मुजाहिदीन कमांडर के लिए शर्मिंदगी भरा था,

जिसकी कराची में बैठे आई.एस.आई. लश्कर-ए-तय्यबा के सरबराहों की नजर में साख चली गई थी। वास्तव में रियाज ने बेंगलुरु धमाकों के एक सप्ताह बाद सत्तार को फोन कर सूचित किया था कि उसे चालीस के स्थान पर केवल पच्चीस टाइमर डिवाइस प्राप्त हुए हैं और भारी नुकसान हुआ है, क्योंकि सूरत में वे फटने में विफल रहे थे। अहमदाबाद सीरियल धमाकों के बाद के तीन दिनों में गुजरात पुलिस और भारतीय सुरक्षा एजेंसियों ने कुल तेईस आई.ई.डी., जो दोषयुक्त माइक्रोचिप टाइमर डिवाइसों के कारण फट नहीं सके थे, को निष्क्रिय कर दिया था। हालाँकि टाइमर डिवाइस बेंगलुरु पहुँचाने के लिए सत्तार रहीम और उमर हाजी से नाराज था। अहमदाबाद और सूरत में बम विस्फोटों का स्तर शैतानी था, गुजरात के प्रति सिमी और इंडियन मुजाहिदीन के उग्रवादी कार्यकर्ताओं की शिकायत को छोड़ दें, तब भी अहमदाबाद-सूरत में विस्फोटों की विशाल योजना एक अन्य सांप्रदायिक आग भड़काने और मुख्यमंत्री नरेंद्र मोदी के विरुद्ध जिहादी बदले का एक उदाहरण बनाने की थी। जब सत्तार ने रहीम से पूछा कि टाइमर डिवाइस बेंगलुरु विस्फोट क्यों भेज दिए गए थे तो रहीम ने कहा कि उनके पास पहले से कुछ विस्फोटक पड़ा था, इसलिए उसने और हाजी ने शहर में प्रत्यक्ष विदेशी निवेश को कुंद करने के इरादे से बेंगलुरु के आर्थिक केंद्र को निशाना बनाने का फैसला किया था।

सत्तार-हाजी मॉड्यूल बेंगलुरु और गुजरात विस्फोटों पर ही नहीं रुका, वह केरल के युवकों को तोड़-फोड़ और विघटनकारी प्रशिक्षण के लिए सीमा पार लश्कर-ए-तय्यबा के शिविरों में भेजे जाने की एक बड़ी योजना का भी हिस्सा था। इस ऑपरेशन की योजना उमर हाजी द्वारा लश्कर-ए-तय्यबा के रशीद अब्दुल्ला, सरफराज नवाज और एक ओमानी नागरिक अली अब्दुल अजीज हूती के साथ मिलकर बनाया था। हूती जिसे बाद में ओमानी अधिकारियों द्वारा गिरफ्तार कर लिया गया था, लश्कर-ए-तय्यबा का एक वित्त पोषक था, जो भारत के विरुद्ध अनेक जिहादी हमलों में शामिल रहा था। हालाँकि सत्तार ने कहा कि उसके दामाद अब्दुल रहीम सहित पाँच युवकों को कश्मीर भेजे जाने की योजना के बारे में केवल वही जानता था, लेकिन इसके कार्यान्वयन स्तर पर वह शामिल नहीं था। उसने यह जानकारी मिलने का दावा किया कि उमर हाजी का उग्रवादी समूह सितंबर 2008 के पहले सप्ताह में बंदलागुडा में नूरिशा दरगाह में एक सूफी कार्यक्रम में शामिल होने के बहाने से दो सप्ताह के लिए हैदराबाद में एकत्र हुए थे। केरल से आंध्र प्रदेश की यात्रा के दौरान कोई शक न हो, इसलिए हाजी अपने साथ सत्तार की आठ साल की बेटी फजीला (सत्तार की दूसरी पत्नी से) को भी लेकर हैदराबाद आया था। सत्तार ने पूछताछ करनेवालों को बताया कि रहीम ने कहा था कि वह अपने घर पर उमर हाजी और मुजफ्फराबाद के प्रशिक्षण शिविरों में जानेवाले युवकों के लिए एक इफ्तार की दावत के बाद कारोबारी उद्देश्य से दिल्ली जा रहा था। पाँच

में से रहीम सहित चार व्यक्ति नियंत्रण रेखा पर मुठभेड़ में मारे गए थे। पाँचवाँ अब्दुल जब्बार गिरफ्तार कर लिया गया था। सत्तार ने दावा किया कि उसे युवकों की मृत्यु के बारे में समाचार पत्रों से ही पता चला था और इसके सिवाय उसे जब्बार की कोई पूर्व जानकारी नहीं थी कि वह भी नूरिशा दरगाह में एक साथी उपासक था, बावजूद इसके कि जब्बार का निकाह उसकी पत्नी की बहन से हुआ था और वे दोनों नवंबर 2008 में बकरीद से पहले अपनी ससुराल में मिले थे।

रहीम की मृत्यु के बाद सत्तार ने रियाज भटकल सहित अपने साथियों से अपने दामाद की हत्या के सवालों के जवाब खोजे, लेकिन कोई फायदा नहीं हुआ। उसे 20 जनवरी, 2009 को गिरफ्तार कर लिया गया। यह स्पष्ट है कि अनिवासी भारतीयों और मध्य-पूर्व में बसे लश्कर-ए-तय्यबा के वित्त-पोषकों ने केरल के युवकों को आतंक के मार्ग पर प्रेरित करने और भड़काने में बड़ी भूमिका निभाई थी। मलप्पुरम, कन्नूर, थम्मानम और वायनाड के अर्धशिक्षित युवकों को या तो खाड़ी में उनके संघर्ष के दौरान एक पाकिस्तानी योजना के हिस्से के रूप में उनके दिमाग परिवर्तित किए गए या उनके खुद के साथियों द्वारा जिहाद में भरती किया गया था। हमें लश्कर के दक्षिण भारत के कमांडर और जिहादी उमर हाजी की कहानी के माध्यम से पूरे संचालन की एक झलक मिल जाती है। एक स्थानीय गुंडे से पश्चिम एशिया में संबंधों के साथ एक शीर्ष लश्कर और बाद में इंडियन मुजाहिदीन का कमांडर बनना भारत में पाकिस्तान द्वारा प्रायोजित दुर्भावना की सीमा को दरशाता है।

मदनी के एक गुंडे से अदरक किसान तक

पाँच फुट कद और हलके बदन के उमर हाजी का व्यक्तित्व कोई प्रभावशाली नहीं है। 23 मार्च, 1976 को कन्नूर में जन्मे हाजी ने सीनियर सेकेंडरी की परीक्षा मोडियप्पिलन्नाड हाई स्कूल से पास की थी और उसके बाद मध्य-पूर्व में किसी नौकरी की दृष्टि से कॉसमॉस कॉलेज से एयर कंडीशनिंग तकनीशियन का कोर्स किया था। कोर्स के बाद हाजी ने दो साल तक एक पेंटर के रूप में काम किया, जिसके दौरान वह पड़ोस के अलीम के स्वामित्ववाले स्पोर्ट्स क्लब में स्थानीय गुंडों के.पी. सबीर, मोहम्मद सबीर, सैयद नौशाद, बदरुद्दीन एन., अब्दुल हलीम उर्फ अलीम और इच्चपू रफीक के संपर्क में आया, जहाँ धार्मिक उपदेश देने के लिए थय्यील मदरसे से एक स्थानीय मौलवी जलील उस्ताद आया करता था। आरंभ में हाजी समर्पित जिहादी नहीं था, और एक स्थानीय दादा अधिक था, जो जरा सी बात पर लड़ने को तैयार हो जाता था। इक्कीस साल की उम्र में हाजी किसी आजाद की हत्या के षड्यंत्र में शामिल था, जिसे समुद्र तट पर लाठियों से पीट-पीटकर मार डाला गया था। 1997 में हाजी का

अपने दोस्त नौशाद की माँ के साथ चक्कर चला था। सभी आरोपी पुलिस द्वारा गिरफ्तार कर लिये गए थे, लेकिन दो महीने बाद जमानत पर छूट गए थे। 2002 में रिहाई के साथ यह मामला समाप्त हो गया।

आजादवाले मामले के दो साल बाद कन्नूर इकाई के मंडल अध्यक्ष हाशिम अब्दुल्ला द्वारा प्रेरित होकर हाजी पी.डी.पी. में शामिल हो गया। उस समय आई.एस.एस. जबलपुर, भागलपुर, मुंबई और गुजरात में मुसलमानों पर सभी ज्यादतियों के लिए हिंदू संगठनों पर आरोप लगाकर आर.एस.एस. के विरुद्ध केरल के युवाओं को प्रेरित किया करता था। मदनी के उग्र भाषणों और भारत में सांप्रदायिक आग भड़काने में आर.एस.एस. की भूमिका को ऑडियो और वीडियो कैसेटों में भरा गया था, जिनकी राज्य के कट्टरवादी युवकों में भारी माँग थी। हाजी ने हमीद मसीह, जो पार्टी की बैठकों में भाग लेने के लिए कन्नूर आया करता था, के कहने पर धार्मिक कट्टरवाद की दिशा में कुछ अस्थायी कदम उठाए थे। कट्टरपंथी हमीद मसीह ने के.पी. सबीर, ताजुद्दीन अब्दुल रसक, बॉम्ब इस्माइल, पी.ए. अनस और हाजी का एक समूह बनाया और कन्नूर में पालीकोंडू रोड पर एक किराए के कमरे में धार्मिक प्रवचन देना शुरू कर दिया। हाजी का पुलिस से सामना होना जारी रहा, क्योंकि मुख्यमंत्री ई.के. नयनार की हत्या के षड्यंत्र में पूरा समूह गिरफ्तार कर लिया गया था। एक पखवाड़े बाद कन्नूर सेंट्रल जेल से रिहा किए जाने के बाद हाजी अपने पेंटर के पुराने काम पर लग गया। लेकिन समूह ने कन्नूर में थय्यील मसजिद में अब्दुल सत्तार के दामाद अब्दुल रहीम से मिलना जारी रखा, जिसने उन्हें आई.ई.डी. बनाना सिखाया। हाजी के कोर समूह में अब रहीम, के.पी. सबीर, इस्माइल, अब्दुल जब्बार, सलीम, ए.ई. मनाफ, पी. फैज और सुहैब, जो दुबई चला गया था और जो सत्तार व रियाज भटकल के बीच की कड़ी था तथा अगस्त 1999 में जाली भारतीय मुद्रा चलाने के जुर्म में पकड़ा गया था, शामिल थे।

दिसंबर 2002 में हाजी के समूह ने पी.डी.पी. नेता मदनी को रिहा करने के लिए सरकार पर दबाव बनाने की गरज से तमिलनाडु में कोयंबतूर प्रेस क्लब के बाहर एक बम लगाने का फैसला किया। मदनी 14 फरवरी, 1998 को कोयंबतूर में भारतीय जनता पार्टी अध्यक्ष लालकृष्ण आडवाणी की रैली के स्थल पर सीरियल बम धमाकों में शामिल होने के कारण जेल में बंद था। इन धमाकों में तैंतीस लोगों की जान गई थी। यह 2002 की बात है, जब हाजी, सबीर और इस्माइल एर्नाकुलम के खनन क्षेत्र के एक व्यापारी से मिले और विस्फोटक घोल, सेफ्टी फ्यूज तथा विस्फोटक डिटेनेटर प्राप्त करने में सफल हुए। 20 दिसंबर, 2002 को हाजी समूह कोझीकोड बस स्टैंड के निकट मरकज मसजिद में इस बात पर चर्चा करने के लिए एकत्र हुए कि मदनी को जेल से कैसे रिहा करवाया जाए। बैठक की समाप्ति पर हाजी, नौशाद, रहीम और के.पी. सबीर ने बिना

किसी राजनीतिक नेता ने अलग से एक बैठक की और प्रचार पाने के लिए कोयंबतूर प्रेस क्लब के सामने एक आई.ई.डी. प्लांट करने का फैसला किया। नौशाद और के.पी. सबीर द्वारा 30 दिसंबर, 2002 को कोयंबतूर प्रेस क्लब की रेकी की गई। सबीर, हाजी और रहीम कुन्नूर के लिए रात की ट्रेन पकड़कर सुबह 6 बजे कोयंबतूर पहुँचे तीनों ने के.पी. सबीर के पहचान-पत्र का उपयोग करते हुए उसके नाम से मोबाइल फोन के लिए एक सिम कार्ड खरीदा। उसके बाद समूह प्रेस क्लब के भीतर ही कोई स्थानीय कॉल करने के बहाने से एक फोन बूथ पर पहुँचा। सबीर ने एक प्लास्टिक बैग में लिपटा हुआ बम एक पत्र के साथ पी.सी.ओ. बॉक्स में रख दिया, जिसमें कहा गया था कि यदि मदनी को जेल से रिहा नहीं किया गया तो समूह सीरियल धमाके करेगा। उसके बाद नए सिम कार्ड का उपयोग करते हुए उन्होंने पुलिस और प्रेस क्लब के कर्मचारियों को फोन करके बम के बारे में सूचना दी और मदनी को रिहा करने की माँग की। फोन कॉल पूरी होते ही सबीर ने सिम कार्ड नष्ट कर फेंक दिया। उसके बाद वह कोझीकोड तथा हाजी और रहीम कन्नूर चले गए। सौभाग्य से आई.ई.डी. बेकार निकला और वह फटा ही नहीं।

एक महीने बाद नौशाद जो केवल षड्यंत्र में शामिल था, को तमिलनाडु पुलिस द्वारा पकड़ लिया गया। नौशाद ने सह-षड्यंत्रकारियों के रूप में हाजी और सबीर के नाम लिये। जबकि पुलिस ने हाजी की खोज शुरू कर दी थी, उसके पिता अब्दुल मजीद ने अपने बेटे को बचाने के लिए एक आखिरी कोशिश की; उसने एक लाख रुपया खर्च किया और हाजी के लिए सऊदी अरब के लिए वीजा प्राप्त किया और उसे दूर भेज दिया। सऊदी अरब में ही पाकिस्तान में स्थापित तमाम जिहादी समूहों के साथ संबंध रखनेवाले प्रवासी भारतीय नागरिकों की सहायता से हाजी जिहाद में और आगे प्रवृत्त हुआ। हाजी को एक मोहम्मद अली के पास एयर-कंडीशनर तकनीशियन-सह-ड्राइवर की नौकरी मिल गई। दो महीने बाद उसे कन्नूर का सहयोगी शबीर मिल गया। शबीर के बहनोई मुनीर के माध्यम से ही हाजी बेंगलुरु सीरियल धमाकों के पीछे रहे प्रवासी भारतीय नागरिक सरफराज नवाज के संपर्क में आया था।

सन् 1977 में एर्नाकुलम में जनमा सरफराज नवाज 1995 में सिमी में शामिल हुआ था। नवाज ने एर्नाकुलम छोड़ दिया और लखनऊ में दारुल उलूम नदवातुल उलामामकतब में पढ़ने चला गया। हालाँकि, नवाज ने मकतब छोड़ दिया और अच्छी नौकरी की संभावनाओं के लिए वापस ऐसेल कंप्यूटर्स में पढ़ने चला गया और सिमी से जुड़ी मलयालम पत्रिका *'नेरारिव'* और नेशनल डवलपमेंट फ्रंट (एनडीएफ) समर्थक समाचार पत्र *'तेजस'* में लेख लिखना शुरू कर दिया। मार्च 2000 तक नवाज जाकिर नगर, दिल्ली में सिमी का कार्यालय सचिव बन चुका था। 2001 में सिमी पर प्रतिबंध लागू होने से पहले नवाज को ओमान में एक कंप्यूटर सेवा कंपनी फ्यूचर आउटलुक्स

में नौकरी मिल गई। बाद में उसने दुबई में इब्न सिना मेडिकल इंस्टीट्यूट में जन-संपर्क अधिकारी के रूप में नौकरी कर ली, जिसे केरल इकाई के पूर्व अध्यक्ष अब्दुल गफूर द्वारा संचालित किया जा रहा था। दुबई में रहते हुए नवाज कई बार कंपनी के काम से और धार्मिक यात्रा के लिए सऊदी अरब गया तथा जुलाई 2007 में मस्कट, ओमान में अल-नूर एजुकेशनल ट्रस्ट में चला गया। बेंगलुरु पुलिस के मुखिया शंकर बिदरी के अनुसार सरफराज लश्कर-ए-तय्यबा के कमांडर रेहान से मस्कट में मिला और भारत की आई.टी. राजधानी को निशाना बनाने में प्रतिबंधित समूह की मदद करने का फैसला किया। बेंगलुरु पुलिस के अनुसार नवाज ने दिसंबर 2008 में मस्कट के व्यापारी अब्दुल हूती की सहायता से लश्कर-ए-तय्यबा के दो सदस्यों मोहम्मद जेसेम और मालदीव के नागरिक अली अश्शामा के साथ भारत के प्रमुख वैज्ञानिकों और अन्य लोगों को निशाना बनाने के दो षड्यंत्र भी रचे थे।

पुलिस ने दावा किया कि हूती के साथ जेसेम और अली अश्शामा ने लश्कर-ए-तय्यबा के कार्यकर्ता फहीम अंसारी की 26/11 के हमले से पहले मुंबई की रेकी करने के प्रयास में आर्थिक मदद की थी। बेंगलुरु पुलिस ने पहले ही अब्दुल हूती और हमारिया, मस्कट के 66 वर्षीय जाहिद को 2008 के सीरियल धमाकों को लिए आरोपित किया हुआ है। जबकि हूती को ओमान के अधिकारियों द्वारा 2009 में एक आतंकविरोधी अभियान में गिरफ्तार कर लिया गया था, जाहिद अभी भी एक घोषित भगोड़ा है। पुलिस दावा करती है कि एक सफल मोटरवाहन पार्ट्स डीलर और अनेक इंटरनेट कैफे चलानेवाला अब्दुल हूती हथियारों और विस्फोटकों के प्रशिक्षण के लिए दो बार पाकिस्तान में लश्कर-ए-तय्यबा के शिविरों में जा चुका था और वह ओमान में लश्कर-ए-तय्यबा का संपर्क सूत्र था। वह 10 और 17 नवंबर, 2008 के बीच महाराष्ट्र में मिरज में अपनी माँ के गृहनगर जाने के लिए मुंबई गया था। वह पूरे देश में आतंकवादी नेटवर्क का एक हिस्सा था और अब 26/11 के हमले में उसकी भूमिका की जाँच की जा रही है। बेंगलुरु पुलिस और भारतीय जाँच एजेंसियों का मानना है कि अब्दुल हूती ही वह व्यक्ति है, जिसने सरफराज नवाज को मस्कट में लश्कर-ए-तय्यबा के कमांडर रशीद अब्दुल्ला से मिलवाया था।

1990 के दशक में अपने सिमी के दिनों में पहले ही कट्टरपंथी बन चुका और उग्र हिंदुत्व तथा रामजन्मभूमि आंदोलन एवं सफदर नागौरी के जिहाद के आह्वान के बीच तनाव के कारण उत्तर भारत में सांप्रदायिक अशांति का गवाह, नवाज ओमान जाने से भी पहले आतंकवाद का एक तैयार रंगरूट था। केरल के साथियों और लश्कर-ए-तय्यबा के कहने पर भारतीय युवकों को भरती कर रहे सिमी के भूतपूर्व पदाधिकारी सी.ए.एम. बशीर के साथ नवाज प्रतिबंधित पाकिस्तानी प्रतिभा खोजनेवालों के लिए एक आसान

लक्ष्य रहा होगा। वास्तव में नवाज इसका एक उत्कृष्ट उदाहरण है कि लश्कर ने कैसे पारिवारिक, मित्रों और निजी संबंधों के माध्यम से उनको धन और मध्य-पूर्व में नौकरी दिलाने का लालच देकर भारतीय युवकों को भरती किया और उसके बाद एक बड़े आतंकवादी उद्देश्य के लिए इन बहुत से प्रकोष्ठों को परस्पर जोड़ दिया। 1990 के दशक में आंध्र प्रदेश को छोड़कर केरल और अन्य दक्षिण भारतीय राज्यों में मुसलमान युवकों को कट्टर बनाया जाना सांप्रदायिक हिंसा की बजाय खाड़ी के डॉलरों और शुद्धतावादी इसलामी विचारों का परिणाम अधिक था। ऐतिहासिक दृष्टि से भी उत्तर भारत की घटनाओं का विंध्याचल के दूसरी तरफ के लोगों पर शायद ही कोई प्रभाव पड़ा था, क्योंकि दिल्ली या लखनऊ में राजनीतिक संदर्भ तिरुअनंतपुरम या चेन्नई से भिन्न होता है। हालाँकि नवाज ने खुद पाकिस्तान में प्रशिक्षण नहीं लिया था, उसने बेंगलुरु में हमले के लिए उमर हाजी और उसके गैंग को भरती किया था।

कट्टरपंथी विचारधारा और शुद्धतावादी सलाफीवाद के गहरे प्रभाव के अधीन, हाजी पूरी तरह से आतंकवाद के अपने रास्ते पर था। कोयंबतूर प्रेस क्लब में असफल बमकांड के बाद रियाद में लगभग दो साल के अपने प्रवास के दौरान हाजी ने पारंपरिक सलाफीवाद को अपनाया और लगभग बीस बार उमरा किया। पहले से अधिक कट्टर हाजी 2004 में रियाद से विमान से कोझीकोड पहुँचा, जहाँ वह के.पी. सबीर और शफस से मिला। हाजी और सबीर मदनी के घर गए और उसकी पत्नी सूफिया को मक्का से लाया पवित्र जल (जम जम) दिया, ताकि वह कैंसरग्रस्त पी.डी.पी. नेता को दे सके।

सन् 2005 में हाजी का कन्नूर जिले में कडाचेरा की फहमीदा से निकाह हो गया और 2008 तक उसके तीन लड़के हो गए। इसी समय के दौरान उसने अपने नियोक्ता मोहम्मद अली के भाई मोहम्मद मुस्तफा की सहायता से सबीर और तोप्पन नजर के साथ मडिकेरी, कर्नाटक में अदरक की खेती में हाथ आजमाने की कोशिश की थी। मोहम्मद मुस्तफा ने तीनों को अदरक उगाने के लिए एक लाख रुपए दिए, लेकिन काम चल नहीं सका और समूह ने इस गतिविधि का उपयोग भावी हमलों की योजना बनाने के लिए किया। हाजी का समूह वास्तव में संरक्षण के लिए और दूसरे लोगों पर खुद की नैतिक व्याख्याएँ थोपने के लिए कई तरह से मदनी की पी.डी.पी. से संबंधित एक आपराधिक गैंग था। उदाहरण के लिए हाजी गैंग कन्नूर में एक मुसलमान लड़की को भगा ले जाने के लिए विनोद नामक एक हिंदू युवक की हत्या में शामिल था। जबकि अलीम, हाजी और शफस कन्नूर शहर में थय्यील मसजिद से योजना की निगरानी कर रहे थे, के. ए. अनूप अबू सहित हाजी गैंग के सदस्यों ने विनोद पर हमला कर दिया और उसे मार डाला था। जबकि विनोद मर्डर मामले में अनूप गिरफ्तार हो गया था, हाजी अपने गैंग के प्रमुख साथियों सहित विराजपेट भागकर कर्नाटक में अदरक के खेतों में चला गया,

उसके बाद एर्नाकुलम गया और अंततः हैदराबाद पहुँच गया।

पीछे कन्नूर में महीनों के भीतर हाजी, इस्माइल, सबीर और अलीम ने तमिलनाडु सड़क परिवहन निगम (टी.एन.आर.टी.सी.) की एक बस का अपहरण करने और सरकार को मदनी को रिहा करने की धमकी देने की कट्टरवादी योजना बना डाली। इस योजना पर 9 सितंबर, 2006 को अमल किया गया, जिसे बाद में कालामासेरी बस अपहरण कांड के नाम से जाना गया, जिसमें पुलिस ने मदनी की पत्नी सूफिया को आरोपी बनाया था। बस अपहरण के षड्यंत्र में हाजी, सबीर, अलीम, इस्माइल, मोहम्मद नवाज, शफीक हमसा, ताजुद्दीन अब्दुल रसक, तोप्पन नजर, उमर फारूक और दो अन्य शामिल थे। समूह पहले एक पेट्रोल पंप पर गया और बोतलों में पेट्रोल भरकर मोलोटोव कॉकटेल बनाया और उसके बाद तीन मोटरसाइकिलों पर बस स्टैंड की तरफ चल दिया। हाजी, सबीर, अलीम, इस्माइल, नवास, शफीक और यूसुफ सलेम जानेवाली बस पर चढ़ गए और कोच्चि से त्रिशूर के लिए टिकट खरीदे। ताजुद्दीन, अनूप और नजर ने मोटरसाइकिलों पर बस का पीछा किया। अलीम तथा अन्य ने बस पर काबू कर लिया। अलीम ने बस ड्राइवर के गले पर चाकू रख दिया और हाजी ने दरवाजे पर पहरेदारी की, जबकि शेष ने यात्रियों को रोककर रखा। जब यात्रियों में से किसी ने भागने की कोशिश की तो शफीक ने उस पर पेट्रोल उड़ेल दिया और धमकी दी कि अगर अन्य यात्रियों ने कोई हरकत की तो वह उसे आग लगा देगा। टी.एन.आर.टी.सी. की बस को कोच्चि के एक उपनगर कलामासेरी में शाम को करीब 6 बजे एच.एम.टी. फैक्टरी के सामने ले जाया गया। यात्रियों से उतर जाने के लिए कहा गया और बस को आग लगा दी गई। उस समय हाजी और उसका समूह मदनी की रिहाई के बारे में नारे लगा रहे थे। इस हादसे को स्थानीय और राष्ट्रीय मीडिया में भारी कवरेज मिला, महीनों के भीतर ही राज्य पुलिस ने इस्माइल को गिरफ्तार कर लिया, जिसने कलामासेरी अपहरण में शामिल अन्य लोगों के नामों का खुलासा कर दिया।

हालाँकि पुलिस गैंग के पीछे पड़ी थी, हाजी ने अपने तौर-तरीके नहीं बदले। 2006 में उसके गैंग ने कन्नूर से 250 किमी दूर एक कोल्लम निवासी रहीम पुकदशेरी को एक पुस्तक प्रकाशित करने के लिए निशाना बनाया, जिसे समूह ने इसलाम के खिलाफ समझा था। इस तथ्य के बावजूद कि अब्दुल रहीम इलेक्ट्रॉनिक्स की जानकारी से पुकदशेरी की पुराने ट्रांसफार्मर बेचने में मदद कर रहा था, उसने और हाजी ने ई.टी. शरफुद्दीन, अब्दुल सत्तार के बेटे, मनाफ, अनस, शफीक, एम.एच. फैसल और पी. मुजीब के साथ इसलाम-विरोधी पुस्तक के लेखक की हत्या का षड्यंत्र रचा था। योजना के अनुसार हाजी ने फर्जी नाम से एक सिम कार्ड खरीदा और पुकदशेरी को उससे पुराने ट्रांसफॉर्मर खरीदना चाह रहे एक संभावित ग्राहक के रूप में फोन किया। उस अभागे

दिन शफीक बाइक पर आया, जबकि हाजी, रहीम, शरफुद्दीन, अनस, रैसल, मनाफ और फैस एक किराए की जीप में आए थे। दो हैंड ग्रेनेड और चाकुओं से लैस हाजी और फैस दोपहर बाद लगभग 3 बजे पुकदशेरी से मिले और जब वह शफीक से बात कर रहा था, तब उसपर हमला कर दिया। ग्रेनेड फट नहीं सके; रहीम स्कॉर्पियो से बाहर नहीं आया, क्योंकि पुकदशेरी उसे पहचानता था और संक्षिप्त संघर्ष के बाद भाग निकलने में सफल हो गया। घटना के बाद शफीक सऊदी अरब भाग गया और हाजी पुलिस की सरगरमी से बचने के लिए कर्नाटक में अपने अदरक के खेतों में लौट आया। लेकिन पूरा षड्यंत्र उस समय उजागर हो गया, जब पुलिस ने 2007 में इस्माइल को फिर से गिरफ्तार किया। 2006 में इस्माइल को कलामासेरी कांड में उसकी गिरफ्तारी के दो महीने की भीतर ही जमानत पर रिहा कर दिया गया था और भले ही वह हाजी की अन्य योजनाओं के बारे में जानता था, उसने अपनी गतिविधियाँ सीमित रखी थीं।

गल्फ के पैसे से भारत में जिहाद

ओमेर हाजी और उसके दल का जीवन 2008 में बदल गया, जब जनवरी में सरफराज ओमन से एक महीने की छुट्टियाँ बिताने हिंदुस्तान आया। हाजी उसे लेने के लिए कोच्चि हवाई अड्डे गया और उसे अपने साथ कन्नूर ले आया। सरफराज के.पी. सबीर को भी जानता था, क्योंकि दोनों पेरंबावूर के रहनेवाले थे। इस तरह तीनों ने भारत में जिहादी गतिविधियों पर चर्चा करने और बढ़ाने के लिए बेंगलुरु और अन्य शहरों में सिलसिलेवार धमाके करने की योजना बनाई। नवाज ने आर्थिक मदद करने का जिम्मा लेते हुए पहले बेंगलुरु में विस्फोट करने पर जोर दिया। इसके बाद हाजी सरफराज और उसके परिवार को घुमाने के साथ-साथ शहर में धमाकों के स्थलों को चुनने तथा उनका सर्वेक्षण करने के लिए बेंगलुरु ले गया।

हाजी, सरफराज और उसकी बीवी पेरंबाबूर से रात में चलकर दूसरे दिन विराजपेट में अदरक के खेतों को देखते हुए बेंगलुरु पहुँचे, जहाँ से सरफराज और उसकी पत्नी अपने रिश्तेदारों से मिलने चले गए और हाजी ने उसने लौटने तक उलसूर रोड पर गाड़ी खड़ी करके उसी में रात बिताई। दूसरे दिन सरफराज, हाजी और शफीक (जो आजकल सऊदी अरब में रह रहा है) मदीवाला मसजिद में इकट्ठे हुए, जहाँ से उन्होंने धमाकों के लिए उपयुक्त स्थलों को चुनने के लिए महात्मा रोड स्थित यशवंत पुरम मार्केट, पुणे रोड विधान सभा और राज्य सरकार के सचिवालय के इर्द-गिर्द घूमकर सर्वेक्षण किया। नवाज चाहता था कि दो से तीन धमाके मजेस्टिक मार्केट में भी किए जाएँ और इसके लिए उसने दो लाख रुपए देना स्वीकार किया। उसने हाजी से कहा कि उसे यह रकम रशीद अब्दुल्ला नाम के शख्स के जरिए पहुँचा दी जाएगी।

यह रशीद अब्दुल्ला वही सरगना है, जिसका जिक्र भारत ने पाकिस्तान को दिए गए 'डोसियर' में किया है। डोसियर के अनुसार अब्दुल्ला पढ़ा-लिखा है और लश्कर-ए-तय्यबा का एक सीनियर कमांडर है, जिसका जन्म 18 अक्तूबर, 1977 को पाकिस्तान के फैसलाबाद में हुआ और जिसने दुबई से ओमान स्थित सरफराज को बेंगलुरु में 2008 में हुए धमाकों के लिए एक बड़ी रकम भेजी थी। इसके अलावा अब्दुल्ला भारत, बँगलादेश, नेपाल और यूनाइटेड अरब एमीरेट्स (यू.ए.ई.) में लश्कर की गतिविधियों की कमान सँभाले हुए है। 'डोसियर' के अनुसार दिसंबर, 2008 में पकड़े गए लश्कर के बँगलादेश के एक सरगना मुबशिर शाहिद उर्फ याहया ने जाँच-पड़ताल के दौरान बताया कि वह पाकिस्तान स्थित एक शख्स वली उर्फ रेहन के अधीन काम करता है, जो पूरे भारत में चलाए जा रहे लश्करी कारनामों के कमांडर यूसुफ उर्फ मुजाम्मिल बट्ट से आदेश प्राप्त करता है। जुलाई 2008 में मुबाशिर शाहिद उर्फ याहया ने रेहन उर्फ वली के आदेश पर भारत विरोधी काररवाइयों को अंजाम देने के लिए हमद नामक एक शख्स को एक बड़ी रकम दी। उसने याहया के अधीने चलनेवाली गतिविधियों समेत बँगलादेश में लश्कर का जाल बिछाया और असलम कश्मीरी उर्फ मोहम्मद यूयुफ नामक एक भारतीय नागरिक को पाकिस्तानी नागरिक की बोगस पहचान देकर उसे ढाका के जरिए पश्चिमी भारत में धमाकों को अंजाम देने के लिए भेजा।

'डोसियर' न सिर्फ रशीद अब्दुल्ला को बेंगलुरु में हुए धमाकों का आरोपी करार देता है, बल्कि उसे मुंबई में हुए आतंकी हमलों से पूर्व की साजिश के दौरान आतंकी हमलों के कर्णधारों के साथ पाकिस्तान अधिकृत कश्मीर स्थित मुजफ्फराबाद में लश्कर के शिविर में मौजूद होने का भी आरोप लगाता है। उसने जुलाई 2008 में बेंगलुरु में हुए आतंकी हमलों के लिए दुबई से ओमान में सरफराज को पैसा भेजा और खुद भी उन हमलों में शामिल हुआ। 'डोसियर' के अनुसार वह बँगलादेश में आतंकी हमलों के लिए आरोपी टी. नासिर (ओमेर हाजी) और शफस को पैसा भेजने के लिए जिम्मेदार है।

रशीद अब्दुल्ला के एर्नाकुलम में जनमे सरफराज से संबंध इस सबूत को और पक्का करता है कि पाकिस्तान के और भारतीय मुजाहिदीन के आतंकी सरगनों का गठजोड़ है, क्योंकि आतंकी नेता दोनों ही ग्रुपों के लिए एक ही हैं। यह सबूत और भी पुख्ता हो जाता है, जब बेंगलुरु में हुए धमाकों के कुछ ही दिन बाद अहमदाबाद धमाकों में इस्तेमाल किए गए माइक्रोचिप टाइमर डिवाइस चालीस डिवाइसों के उस स्टॉक से ही निकाले गए थे, जिनका निर्माण अब्दुल सत्तार और उसके दामाद अब्दुल रहीम की फैक्टरी में किया गया था और ये दोनों ही ओमेर हाजी और सरफराज के संपर्क में थे।

बेंगलुरु की रेकी करने के बाद हाजी ने सरफराज और शरीफ को उनके घर छोड़ दिया और अपनी गाड़ी उलसुर रोड पर लगाकर रात में उसी में सो गया। दो दिन बाद

हाजी, सरफराज तथा उसके परिवार बेंगलुरु के निकट वायनाड, मैसूर घूमकर और अपने दोस्त, रिश्तेदारों से मिलने के बाद पेरंबवूर, एर्नाकुलम लौट गए। इसके बाद बेंगलुरु में धमाके की योजना बनाने के लिए तीनों—हाजी, सरफराज और अब्दुल रहीम की बैठक हुई, जिसके बाद अब्दुल सत्तार का बेटा और हत्या के प्रयास का आरोपी रहीम पुकादशेरी सरफराज को ओमेन जाने के लिए कोच्चि हवाई अड्डे छोड़कर गए। पुलिस के अनुसार विमान में बैठने से पूर्व सरफराज ने कार के किराए के रूप में 10,000 और 7000 रुपए के दो चैक दिए।

बेंगलुरु धमाकों के दूसरे चरण में हाजी, अलीम, इस्माइल, मुनाफ, रायसल और रहीम ने पेरंबावूर की एक दुकान को लूटकर खानों में इस्तेमाल होनेवाले विस्फोटक पदार्थ अमोनियम नाइट्रेट चुराया। अलीम, रायसल और मुनाफ दुकान का ताला तोड़कर अंदर घुसे, जबकि हाजी ही इस्माइल के साथ दुकान के बाहर एक पीले रंग के चुराए गए कार्गो डी-600 मिनी ट्रक में इंतजार करते रहे और रहीम इस पूरी काररवाई पर नजर रखता रहा। इन लोगों ने कुल मिलाकर लगभग 15 के.जी. अमोनियम नाइट्रेट के बोरे, सेफ्टी फ्यूजिज, दो बोरे फ्यूज वायर, चालीस डिटोनेटर्स तथा पंद्रह जेलेटिन (डायनामाइट) स्टिक्स को अपने कब्जे में ले लिया। यह सारा विस्फोटक पदार्थ दुकान से 20 किलोमीटर दूर अलुवा में अब्दुल जब्बार के घर में रखा गया। इन्होंने मिनी ट्रक का रजिस्ट्रेशन सर्टिफिकेट और दुकानदार का फोटो आइडेंटिटी कार्ड भी चुरा लिया और बाद में दोनों मालिकों को धमकी दी कि पुलिस में रिपोर्ट नहीं दर्ज करवाएँ। सुरक्षा की दृष्टि से यह सारा विस्फोटक सामान एक से दूसरे घर में स्थानांतरण किया जाता रहा और अंत में उसे उलसूर रोड स्थित एक किराए के मकान में रख दिया गया। इसी बीच हाजी 'नूरिशा तरीरकत' नामक धार्मिक मीटिंग में भाग लेने के लिए कुटीपुरम गया। इस मीटिंग में अब्दुल सत्तार ने हाजी को खबर भिजवाई कि वह उससे उसी क्षेत्र में स्थित ऐश्वर्या लॉज में आकर मिले। हाजी जब लॉज में पहुँचा तो उसने देखा कि रहीम और सत्तार पहले से ही वहाँ मौजूद हैं। इनके साथ एक अजनबी भी था, जिसका परिचय सत्तार ने रियाज भटकल के रूप में दिया। रियाज चूँकि जिहादी गतिविधियाँ बढ़ाने के लिए बड़े पैमाने पर युवकों की भरती करना चाहता था, इसलिए सत्तार ने उसे बुलाया था, ताकि वह भारतीय मुजाहिदीन के साथ अपने गैंग का गठजोड़ बना सके, लेकिन उस समय हाजी अपनी ही समस्याओं में उलझा हुआ था। सरफराज ने अपने वायदे के मुताबिक आतंकी हमले के लिए दो लाख रुपए भेज दिए थे, लेकिन हाजी 'माइक्रोचिप टाइमर डिवाइस' को तैयार करना नहीं जानता था और सत्तार ने यह कहकर कि वह व्यस्त है, मदद करने से इनकार कर दिया था। सरफराज नवाज चूँकि विस्फोटों को जल्दी ही अंजाम देना चाहता था, इसलिए हाजी ने रहीम से इस काम में मदद करने को कहा।

जैसा कि भारतीय प्रायद्वीप में चलन है, नवाज ने गैर-कानूनी रूप से हवाला चैनल के जरिए ओमान से कन्नूर के समीर फजानस के जरिए रुपया शफस को भेजा। शफस ने दो लाख में से 50,000 रुपए देकर बेंगलुरु आतंकी हमलों के तीसरे चरण को पूरा कर दिया। 15 जुलाई, 2008 को सुहैब, रहीम, ओमर फारूक, फैस, अब्दुल जब्बार और हाजी नीले रंग की स्कॉर्पिओ एस.यू.वी. (रजिस्ट्रेशन नंबर के. एल. 9 एम. 5900) में बैठकर कन्नूर से बेंगलुरु पहुँचे और उलसूर रोड स्थित एक मकान में रुके, जिसे 3500 रुपए प्रतिमाह के हिसाब से किराए पर लिया गया था। एस.यू.वी. 15,000 एडवांस देकर 24,000 रुपए के किराए पर लीज पर ली थी। इस गैंग ने सीमेंट, पेट्रोलियम जैली (अमोनियम नाइट्रेट कोर चार्ज को चिपकाने के लिए) पंद्रह लोहे के कंटेनर्स के अतिरिक्त दो बड़े मेटल कंटेनर्स खरीदे। सत्तार ने कर्नाटक और केरल पुलिस को दिए गए बयानों में टाइमर डिवाइसों के बेंगलुरु विस्फोटों के लिए सूरत मिशन से भेजे जाने की जानकारी से इनकार किया, जबकि सुरक्षा एजेंसियों के अनुसार हाजी ने इस तथ्य को तसदीक किया कि सत्तार ने टाइमर डिवाइसों को अपने बेटे शरीफुद्दीन और बेटी हाजरा को दिए थे, जो बाद में जाकर रहीम के जरिए उसे मिल गए थे।

बेंगलुरु मिशन की असफलता के कारण (मरनेवालों की संख्या और नुकसान लक्ष्य के मुकाबले नगण्य था) हाजी का गैंग जिहादी चंगुल और भी फँस गया, क्योंकि नवाज ने हाजी को अपने गुर्गों को विस्फोटों के प्रशिक्षण के लिए पाक अधिकृत कश्मीर में मुजफ्फराबाद में चलनेवाले लश्कर-ए-तय्यबा के शिविर में भेजने को कहा। यह लश्कर के 'पैन-इसलामिक' अभियान का एक अंग था क्योंकि शिविर में बम बनाने में प्रशिक्षण प्राप्त सरगनाओं में से केवल दो भारत आने थे। शेष तीन को अफगानिस्तान में इराक और अमरीका के विरुद्ध चल जिहादी युद्ध में सहायता पहुँचाने के लिए जाना था। इस प्लान के मुताबिक इन दो प्रशिक्षण प्राप्त बम बनानेवाले सरगनों को हाजी के गैंग के सदस्यों के साथ-साथ नए बहाल हुए भारतीय मुसलिम आतंकवादियों को 'आई.ई.डी. फैब्रिकेशन ट्रेनिंग' देनी थी।

सितंबर-अगस्त 2008 में हाजी, के.पी. सबीर, यूसुफ, अब्दुल रहीम, यासीन, जब्बार, फैस और सी. फिरोज रमजान के दौरान बंलागुड में आयोजित धार्मिक अनुष्ठान 'नूरिशा तरीरकत' में भाग लेने के लिए हैदराबाद में एकत्र हुए। चूँकि अब्दुल सत्तार भी इस कार्यक्रम में आया था, हाजी ने उससे मुलाकात की, पर उसे इस कार्यक्रम में बने आतंकी प्रशिक्षण प्लान से अवगत नहीं कराया गया। इसके लिए हाजी ने एक दूसरी मीटिंग बुलाई, जिसमें उसने अब्दुल जब्बार, रहीम, फैस, यासीन, फैयाज और के.पी. सबीर को बुलाया। इस प्रकार पाकिस्तान के प्रशिक्षण शिविर के लिए यासीन, फैस, फैयाज, रहीम और अब्दुल समेत पाँच लोगों को चुना गया। हाजी ने इन लोगों को ट्रेनिंग

कैंप के बारे में तो बताया, पर यह नहीं बताया कि यह ट्रेनिंग कहाँ होगी। इसके बाद सबीर और उसकी बीवी आगे के इंतजाम के लिए जब दिल्ली चले गए तो हाजी ने सरफराज को सूचित किया कि सभी लड़के ट्रेनिंग के लिए तैयार हो गए हैं और यह पूछा कि वह उसे उस कश्मीरी आतंकवादी का संपर्क नंबर बता दे, जो उन्हें आतंकवाद से ग्रस्त राज्य में सीमा पार करने में मदद देनेवाला है। हाजी ने खुद न जाकर उन लड़कों को ट्रेन से दिल्ली भेज दिया और खुद केरल लौट गया। लड़कों का दल जब दिल्ली पहुँचा, तब सबीर वहाँ मौजूद था। उसकी मदद से लड़कों के निजामुद्दीन में मुसलिम आबादी में अवस्थित एक मसजिद में रुकने का इंतजाम हो गया। इसके बाद सबीर दिल्ली में अपने पुराने दोस्त और पी.डी.पी. के मित्र यूसुफ से मिलने चला गया। इस बीच रहीम ने सरफराज से संपर्क करके कश्मीरी आतंकवादी का नंबर ले लिया।

इसके तुरंत बाद लड़कों का यह दल कश्मीर के लिए रवाना हो गया, लेकिन कश्मीर पहुँचकर यासीन और फैयाज ने आगे जाने से इनकार कर दिया। जब यह बात सरफराज को मालूम हुई तो उसने हाजी से शिकायत की और उसके चुनाव पर सवालिया निशान लगाया। रहीम ने हाजी को लड़कों को तैयार करने के लिए दूसरे उपाय के लिए के.वी. अब्दुल जलील, इब्राहीम मौलवी और के.वी. सबीर से संपर्क करने को कहा, ताकि मामला सुरक्षा की दृष्टि से विस्फोटक न हो जाए। इसी प्रक्रिया में नासिर ने एक पब्लिक बूथ से रहीम को फोन करके मोहम्मद यासीन और मोहम्मद फैयाज से संपर्क करके कहा कि जिस काम के लिए वे निकले हैं, यह अल्लाह की ख्वाहिश है और 'दीन का हुक्म' है और दोनों ही चाहते हैं कि वे ट्रेनिंग लेने कैंप में जाएँ; यदि वे अल्लाह और 'दीन का हुक्म' के खिलाफ जाते हैं तो उन पर अल्लाह का कहर टूटेगा। इन धार्मिक बातों से दोनों लड़के दीनी-हुक्म के भय से ट्रेनिंग के लिए मुजफ्फराबाद जाने के लिए तैयार हो गए। अक्तूबर, 2008 के पहले सप्ताह में सरफराज ने हाजी को खबर दी कि कश्मीर के कुपवाड़ा में भारतीय सुरक्षा सेना की एक मुठभेड़ में यासीन, फैयाज, फैस और अब्दुल रहीम की मौत हो गई, जबकि नेशनल इंटेलिजेंस एजेंसी (एन.आई.ए.) द्वारा फाइल की गई चार्जशीट के अनुसार घटना इस प्रकार हुई—के.पी. सबीर ने अब्दुल जब्बार समेत पाँचों लड़कों को उमेर कश्मीरी नामक शख्स को सौंप दिया, जिसने उन्हें डल लेक के निकट एक लॉज से टाटा सूमो में उठाया। इसके बाद उन्हें लश्कर की एक महिला आतंकवादी की अगुवाई में कुपवाड़ा के जंगलों में स्थित जिहादी कैंप में ले जाया गया और वहाँ से उन्हें लोलब घाटी होकर सीमा पार करके पाक अधिकृत कश्मीर में ले जाने का प्रयास किया गया। मारे गए लड़कों में अब्दुल जब्बार किसी प्रकार सुरक्षा एजेंसियों से बचकर घायल अवस्था में भागने में सफल हो गया। एन.आई.ए. की चार्जशीट के अनुसार जब्बार का उपचार एर्नाकुलम के वतीहट

अस्पताल में अनूप के नाम से कराया गया।

इस समाचार ने कि केरल के युवाओं को पाक अधिकृत आतंकी कैंपों में प्रशिक्षण के लिए भेजा जा रहा है, भारतीय सुरक्षा प्रतिष्ठानों को जड़ से हिला दिया। यह खतरे की घंटी थी कि केरल में इसलामी आतंकवाद बढ़ता जा रहा है। केरल पुलिस की नजर हाजी की गतिविधियों पर जम गई, जबकि केंद्रीय सुरक्षा एजेंसियों से सरकार ने घटना की तह में जाकर पूरे षड्यंत्र का पता लगाने के आदेश दिए। केरल के इन युवकों की मौत के कुछ ही दिनों के बाद केरल पुलिस ने के.वी. अब्दुल जलील से उसके जम्मू-कश्मीर से फोन के बारे में पूछताछ की तो उसने बताया कि फोन अब्दुल रहीम का था, जो हाजी से बात करना चाह रहा था। पुलिस ने हाजी के खिलाफ एडक्कड पुलिस स्टेशन में हाजी और उसके गैंग के खिलाफ षड्यंत्र का केस रजिस्टर किया, जबकि हाजी और उसके सरगना पुलिस की गिरफ्त से भागने में लगे हुए थे। अक्तूबर, 2008 में आखिर में पहले सबीर, शफस और हाजी बेंगलुरु भागे। वहाँ कुछ दिन रहकर वे बस से मुंबई पहुँचे। यहाँ सबीर ने कुछ पैसों का इंतजाम किया, जिससे हाजी और शफस ने मुंबई के डोंगरी होटल में वेटर का काम पकड़ा। बाद में दोनों सिओन के एक पेइंग गेस्ट में, जिसका मालिक केरल का शंकर नामक व्यक्ति था, यह कहकर मिले कि वे गल्फ देशों में नौकरी ढूँढ़ रहे हैं। इस दरम्यान हाजी लगातार सरफराज के संपर्क में था, क्योंकि वह राज्य की पुलिस की पकड़ से दूर विदेश भाग जाना चाहता था। उसने सरफराज से कहा कि उसको गल्फ जाने के लिए वीजा का प्रबंध कर दे, जिसके उत्तर में सरफराज ने कहा कि इसके लिए पहले उसे बँगलादेश जाना होगा। साथ ही सरफराज ने हाजी को अपनी यह शर्त भी बता दी कि इस बीच यदि वे सब कहीं पकड़े गए तो वह उन्हें पहचानने से इनकार कर देगा। इसके बाद सरफराज के इशारे पर सबीर ने हाजी और शफस को बँगलादेश जाने के लिए 18 नवंबर, 2008 को कल्याण से हावड़ा जानेवाली ट्रेन के एयर कंडीशंड कोच में फर्जी नामों से टिकट बुक करा दिए।

केरल के जिहादियों की उड़ान का अंत

हाजी और शफस दूसरे दिन के अलस्सुबह हावड़ा पहुँचे, जहाँ से उन्होंने मस्कट स्थित सरफराज से संपर्क कर आगे की योजना जाननी चाही। सरफराज ने जैनुद्दीन उर्फ शैफुल नाम के व्यक्ति का नंबर दिया, जिसने उन्हें निर्देश दिया कि बनगाँव के लिए, जो कोलकाता से डेढ़ घंटे के रास्ते पर है, बस पकड़कर वहाँ पहुँचें। बनगाँव बँगलादेश के बॉर्डर पर स्थित भारतीय सीमा के पेट्रापोल से केवल एक किलोमीटर की दूरी पर स्थित है और दोनों ओर से बीनापोल से जुड़ा हुआ है। बनगाँव में शैफुल उन दोनों से मिला और उसने उन्हें एक होटल में ठहराया, जहाँ पर उन्होंने हाथ-मुँह धोकर खाना

खाया। शैफुल ने उनसे कहा कि वे अपने पास की भारतीय करेंसी को उसे दे दें, ताकि बॉर्डर पार करने में असुविधा न हो। जो भी हुआ हो, पर उन तीनों ने अंतरराष्ट्रीय सीमा के जरिए बॉर्डर क्रॉस करने का इरादा बदल दिया और उसकी जगह गैरकानूनी रास्ता चुना, जिसमें ट्रांसबॉर्डर सरगना की सहायता से सीमा पानी के रास्ते पार कराई जाती है। ये छोटी-छोटी नदियाँ दोनों देश की सीमाओं को विभक्त करती हैं। हाजी और शफस रात का सफर तय करके दूसरे दिन सुबह नौ बजे सीमांत कस्बे बीनापोल पहुँचे। उन्हें वहाँ एक होटल में ठहराया गया, जहाँ दादा जैसे दिखनेवाले एक बलिष्ठ व्यक्ति ने सरफराज के बारे में पूछताछ करके हाजी से कहा कि वह उसके सामने सरफराज से संपर्क करे, ताकि उसे इत्मीनान हो सके कि वे सही आदमी हैं। जब उसे इत्मीनान हो गया तो उसने उन्हें खाना खिलाया और ढाका का टिकट देकर उन्हें बस में बैठा दिया। दस घंटे की इस यात्रा में उन्हें पद्मा और मेघना नदियों को पार करना पड़ा। रात भर के सफर के बाद वे ढाका पहुँचे। वहाँ उन्हें शमसू नामक एक व्यक्ति मिला, जो उन्हें एक होटल में ले गया। दोनों केरलवासियों को वहाँ पाकिस्तानी इंजीनियरों की पहचान दी गई और कहा गया कि वे इंजीनियरिंग के छात्र हैं। कुछ घंटों बाद उन्हें सरफराज के एक नजदीकी सरगने ने बताया कि उनके नए पासपोर्ट बनने तक उन्हें वहीं रुकना पड़ेगा।

तीन दिन के ढाका प्रवास के बाद उन्हें दस घंटे के सफर में ढाका से 444 किलोमीटर दूर चिटगाँव डिवीजन में स्थित कोक्स बाजार पहुँचाया गया। यह शहर पर्यटन, नशीली दवाओं, हथियारों की सप्लाई, मानव तस्करी तथा आतंकी षड्यंत्रों के अड्डे के नाम से बदनाम है, जहाँ दक्षिण एशियाई देशों के इन गैर-कानूनी कृत्यों के लिए जमावड़ा हरदम बना रहता है। यही वह मुख्य रास्ता है, जहाँ म्याँमार समुद्री सीमा अथवा अराकान के पहाड़ी रास्तों के जरिए दक्षिण-पूर्व एशियाई देशों से हथियारों की सप्लाई भारत के उत्तर-पूर्वी राज्यों में की जाती है। यह बदनाम कस्बा भारतीय, पाकिस्तानी, बँगलादेशी, म्याँमारी और चीनी खुफिया एजेंसियों का एक प्रकार से युद्धक्षेत्र भी है। इन सभी खूबियों को देखते हुए हाजी और शफस के लिए छिपे रहने की यह जगह बिल्कुल माकूल थी। वे दस दिनों तक यहाँ के 'बीच' स्थित एक बर्मी शरणार्थियों के होटल में रहे। इस दौरान शमसू ने अपने हमसफर पाकिस्तानी कूरियर आसिफ से संपर्क साधा, जिसने उन्हें वापस ढाका जाने का निर्देश दिया।

हाजी ढाका लौट आया। वहाँ एक अन्य लशकरी गुर्गे ने, जिसका नाम सलीम था, उसके लिए चार दिनों तक रहने की व्यवस्था की। उसके बाद वह दुबारा नहीं मिला और दो महीने बाद उन्हें शमसू से पता चला कि बँगलादेश की पुलिस ने सलीम को पकड़कर वापस पाकिस्तान भेज दिया है। सलीम की गिरफ्तारी के बाद शमसू हाजी और शफस को लेकर ढाका से सात घंटे के सफर के बाद सिलहट पहुँचा। सिलहट उस समय भारत

के उत्तर-पूर्वी राज्यों में विद्रोही गुटों का केंद्र था। यहीं रहकर हाजी और शफस के लिए बँगलादेशी नकली पासपोर्ट क्रमशः अली हैदर और शफीक खालिद के नाम से तैयार किए गए। लेकिन, चूँकि इन नकली पासपोर्टों का जल्दी ही पर्दाफाश हो गया, इसलिए उनके लिए इस बार पाकिस्तान के एक नकली पासपोर्ट बनानेवाले हमजा नाम के व्यक्ति ने पाकिस्तानी पासपोर्ट बनाए, जिनमें शफस और हाली को क्रमशः अब्दुल कय्यूम और मोहम्मद अली का नाम दिया गया। ये पासपोर्ट 2009 में रमजान के दौरान बनाए गए।

इन दोनों को हालाँकि बँगलादेश में रहना पड़ा था, फिर भी वे केरल की गतिविधियों को जानने के लिए इंटरनेट पर मलयाला मनोरमा पढ़ते थे, जिसके माध्यम से ही उन्हें पता लगा कि अब्दुल जब्बार जम्मू व कश्मीर में पकड़ा गया। इसी प्रकार अब्दुल सत्तार भी हैदराबाद में पकड़ा गया। इसी माध्यम से उन्हें पता चला कि कैसे सरफराज ओमान में भारतीय एजेंसी 'रॉ' के हत्थे चढ़ा और किस प्रकार उसे बेंगलुरु लाकर गिरफ्तार किया गया। इतना सब करने के बाद भी शफस और हाजी के भाग्य ने साथ नहीं दिया। वे दोनों बँगलादेश पुलिस द्वारा होटल पर मारे गए एक छापे में पकड़े गए। पूछताछ के दौरान वे बँगला नहीं बोल पाए, इसलिए उन्हें उनकी इस दलील के बावजूद कि वे म्याँमार के नागरिक हैं, उन्हें भारतीय घोषित किया गया और सीमा पर स्थित भारतीय पुलिस को सौंप दिया गया। उनकी गिरफ्तारी बॉर्डर के निकट नवंबर 2009 में दिखाई गई।

इस पूरे अध्याय में यह स्पष्ट रूप से उजागर हो गया कि भारत के अतिरिक्त दक्षिण एशिया के देशों सहित गल्फ देशों में किस सीमा तक लश्कर-ए-तय्यबा ने अपनी जड़ें स्थापित कर ली हैं। 'पेन-इसलामिक' आतंकवादी संगठन, जिसे लाहौर और पंजाब तथा इसके अन्य क्षेत्रों में बड़े पैमाने पर स्थानीय सहायता व सहयोग मिल रहा है, अब भारत पर छुटपुट हमला करके नुकसान पहुँचाने का पाकिस्तान का एक बड़ा सामरिक हथियार बन गया है। सादिक शेख के कारनामों से उजागर हो गया है कि किस प्रकार आमिर रजा खान और रियाज भटकल जैसे अपराधियों के माध्यम से लश्कर-ए-तय्यबा ने भारत के अपराधियों के जाल में अपनी जगह बनाई और बाद में चलकर किस प्रकार उन्होंने मासूम भारतीय मुसलिम युवाओं को मजहब के नाम पर बरगलाया और उग्रवादी हिंदुत्व के खिलाफ मोरचे के रूप में इस्तेमाल करना शुरू कर दिया। हालाँकि लश्कर-ए-तय्यबा की शुरुआत इसलामाबाद के सहयोग से कश्मीर में भारतीय सुरक्षा सेनाओं के खिलाफ युद्ध करने के उद्देश्य से की गई थी, लेकिन पिछले दशक की घटनाओं से यह स्पष्ट हो जाता है कि लश्कर की गतिविधियाँ भारत के भीतरी भागों में गहराई तक घुस चुकी हैं, जहाँ वह आजमगढ़, हैदराबाद, मुंबई, कन्नूर, मलापुरम, कोजीकोड, कोलकाता और दिल्ली जैसे इलाकों के मुसलिम अल्पमतवाले क्षेत्रों में भारत विरोधी काररवाइयों को तैयार करने और उन्हें उकसाने के काम पर लग गया है।

यद्यपि अमरीका के विदेश विभाग के सहयोग से प्रकाशित एक लेख में लश्कर के कारनामों का खुलासा करते हुए लश्कर के वार्षिक बजट को बावन लाख डॉलर बताया गया है, लेकिन लश्कर की इतने बड़े पैमाने पर होनेवाली काररवाइयों को देखते हुए यह स्पष्ट हो जाता है कि ये लश्कर के पीछे पाकिस्तानी आई.एस.आई. का हाथ है। भारत में अब तक जितने आतंकी हमले हुए हैं, उनकी प्लानिंग, ऊँची ताल-मेल, मिलनेवाली आर्थिक मदद का बहूद्देशीय रूप के अलावा जिस सामरिक कौशल से इन घटनाओं को शुरू से आखिर तक अंजाम दिया गया, यह सब पाकिस्तानी आई.एस.आई. की ओर संकेत करता है। इसके ज्वलंत उदाहरणों के रूप में बेंगलुरु धमाकों से लेकर ओमेर हाजी के सफर की कहानी को देखा जा सकता है। यह सब लश्कर-ए-तय्यबा की अपार क्षमताओं को दरशाने के साथ-साथ भारत के आनेवाले खतरों की ओर भी चेतावनी देता है। जिस प्रकार भारतीय सुरक्षा एजेंसियाँ और पुलिस भारतीय मुसलिम युवाओं में फैलते हुए इस जहर की रोकथाम करने में अब तक कामयाब नहीं हो पाई हैं और न ही लश्कर-ए-तय्यबा और आई.एस.आई. की संयुक्त चुनौती का कारगर ढंग से जवाब नहीं दे पाई हैं, उन्हें देखते हुए 26-11-2008 में मुंबई में भयानक आतंकी हमले का होना कोई ताज्जुब की बात नहीं रह जाती।

□

सिमी सरगना, तस्कर, माफिया, देशद्रोही और जिहादी कारखाना

22 जून, 2007 की रात 11:55 बजे हावड़ा स्टेशन। ट्रेन नंबर 2331, हिमगिरी एक्सप्रेस ने जम्मू कश्मीर के जम्मू तवी स्टेशन के लिए अपनी 2,200 किलोमीटर की यात्रा शुरू कर दी। ट्रेन अपने पहले स्टॉप आसनसोल रात 2:26 बजे पहुँची, जहाँ उसके जनरल कंपार्टमेंट में एक विशेष यात्री सवार हुआ। चालीस साल के इस यात्री ने ट्रेन को पकड़ने के लिए सारी रात पश्चिम बंगाल के मालदा से सफर तय किया था। उसे आसनसोल में इस ट्रेन को पकड़कर लखनऊ पहुँचना था, जहाँ उसे रॉकी नाम के कोड-नाम को एक खास डिलीवरी पहुँचानी थी। उसके साथ ही आसनसोल में इंटेलीजेंस ब्यूरो (आई.बी.) की एक टीम भी ट्रेन में सवार हुई, जिसे इस विशेष यात्री को पकड़ने का काम सौंपा गया था। पहचान के नाम पर आई.बी. अधिकारियों के पास केवल यात्री का मोबाइल नंबर था, जो वह मालदा में इस्तेमाल कर रहा था और आकृति का सामान्य ब्योरा : मुँह पर दाढ़ी, गठीला शरीर। आई.बी. की टीम ने चलती ट्रेन के दौरान विशेष यात्री की खोज में पूरी ट्रेन छान मारी। दूसरे दिन (23 जून, 2007) ट्रेन मुगलसराय पहुँचने पर उत्तर प्रदेश एस.टी.एफ. की आतंक-विरोधी टीम भी इस मुहिम में जुड़ गई। पूरी ट्रेन में तीन ऐसे व्यक्ति थे, जो विशेष यात्री की पहचान के ब्योरे से मेल खाते थे। ट्रेन तेजी से लखनऊ की ओर बढ़ रही थी। इसलिए यह फैसला किया गया कि विशेष यात्री के नंबर पर फोन किया जाए और जो भी फोन उठाता है, उसे पकड़ लिया जाए। दूसरा उपाय यह सोचा गया कि तीनों संदिग्ध व्यक्तियों को हिरासत में ले लिया जाए और फिर पूछताछ में पता लगाया जाए। लेकिन सुरक्षा की दृष्टि से पहला उपाय ही किया गया। भाग्य से जनरल कंपार्टमेंटवाले विशेष यात्री ने ही फोन उठाया और वह पकड़ा गया।

एस.टी.एफ. टीम ने उसे लखनऊ स्टेशन से पहले ही उतार लिया, जबकि आई.बी. की टीम उसे रॉकी नामवाले व्यक्ति को पकड़ने में चुग्गे के रूप में इस्तेमाल

करना चाहती थी। यदि उस रात 7:30 बजे, जब ट्रेन लखनऊ स्टेशन पहुँची थी, रॉकी पकड़ा गया होता तो संभव है कि नवंबर 2007 में उत्तर प्रदेश में हुए धमाके कभी होते ही नहीं, क्योंकि आई.बी. और पुलिस आज जान पाई है कि यह रॉकी और कोई नहीं, बल्कि भारतीय मुजाहिदीन आतिफ अमीन था, जो 19 सितंबर, 2008 को दिल्ली पुलिस की एक मुठभेड़ में मारा गया। उस वक्त तक आतिफ अमीन पुलिस रडार पर आया ही नहीं था, क्योंकि तब तक सुरक्षा एजेंसियों को यह विश्वास था कि अब तक जितने बम धमाके हुए हैं, उनके पीछे पाकिस्तानी आतंकवादी गुटों का हाथ है।

विशेष यात्री ने पूछताछ के दौरान अपना नाम बाबूभाई और पश्चिम बंगाल में 24 परगना के भीलपाड़ा का रहनेवाला बताया। वह अपने साथ जो खास डिलीवरी का सामान ले जा रहा था, उसमें 16 किग्रा. आर.डी.एक्स., एक ए.के. 47 राइफिल, 60 राउंड गोला-बारूद, दस डेटोनेटर्स, पाँच हथगोले, एक अलार्म घड़ी, दो अतिरिक्त ए.के. मैगजीन शामिल थीं। बाबूभाई की तालीम मदरसे में हुई थी और लगभग दो साल से आई.बी. के रडार पर था, क्योंकि भारत-बँगलादेश सीमा पर स्थित इलेक्ट्रॉनिक इंटरसेप्टर ने उसकी पहचान भारत में होनेवाले आतंकी हमलों में आतंकी लिंक के रूप में कर ली थी। तकनीकी खबरों ने यह भी पुष्ट किया था भारत में काम करनेवाले जिहादियों के लिए वह बँगलादेश स्थित 'हुजी' का डिलीवरी मैन है। आई.बी. की टीम उसे पकड़ने का बराबर प्रयास कर रही थी। हर बार वह बच जाता था। यहाँ तक एक बार आई.बी. ने 24 परगना से उसके नाम पर एक गलत आदमी तक को भी पकड़ा, लेकिन जून 2007 में आखिरकार आई.बी. को मालदा में उसके साथी से उसका मोबाइल नंबर मिल गया। लेकिन जैसे ही आई.बी. टीम उसे पकड़ने चली, वह हिमगिरी एक्सप्रेस पकड़ने के लिए मालदा से चल दिया। उसका पीछा करते हुए आई.बी. की टीम भी आसनसोल से हिमगिरी एक्सप्रेस में सवार हो गई। बाबूभाई के पास से जो 16 किग्रा. आर.डी.एक्स. मिला और उसके बाद पूरे उत्तर प्रदेश में जिस प्रकार छापों में आतंकियों और उनके स्लीपर सेलों को गिरफ्तार किया गया, उसने आतंकी गुटों की हरिद्वार सहित प्रदेश के अन्य धार्मिक स्थलों पर सिलसिलेवार आतंकी योजना को पूर्णत: ध्वस्त कर दिया।

कोड नाम : बाबूभाई

जलालुद्दीन मुल्लाह, जो बाबूभाई के नाम से जाना जाता था, पश्चिम बंगाल के 24 परगना (साउथ) के अब्दुल रशीद मुल्लाह और अमिया बीबी का बेटा था। एक गरीब मदरसे में पढ़ा यह बालक एक ज्वलंत उदाहरण है कि किस प्रकार क्राइम माफिया द्वारा बाबरी मसजिद के ढहाए जाने तथा धर्म के नाम पर बरगलाकर उसे पाक अधिकृत कश्मीर

के मुजफ्फराबाद ले जाया गया, जहाँ लश्कर-ए-तय्यबा और आई.एस.आई. के ट्रेनिंग कैंप में उसे कट्टर आतंकी बनाया गया। बाबूभाई 'सिमी' का सदस्य नहीं था, बल्कि माफिया के आकाओं ने उसे लालच देकर कोलकाता के अपराधी गुटों में शामिल किया था। बाद में चलकर माफिया के आका नेपाल अथवा बँगलादेश के जरिए पाकिस्तान भाग गए और वहाँ जाकर उन्होंने आई.एस.आई. की मदद से भारत के खिलाफ भारतीय मुजाहिदीन संगठन की नींव डाली। बाबूभाई का काम आतंकी हमला करने अथवा बुनियादी इसलामिक कट्टरता के प्रति उसकी प्रतिबद्धता नहीं थी। उसका काम सिर्फ बँगलादेश स्थित अपने 'हूजी' संपर्क से बड़े पैमाने पर आर.डी.एक्स. तथा हथियारों को तस्करी के माध्यम से भारत में लाना था। जिहादियों के 'हूजी' संपर्क पाकिस्तान से काबुल में अफगानिस्तान पर रूसी सेनाओं के कब्जा होने के जमाने से चले आ रहे थे। 'हूजी' बी, जैसा कि उसे जाना जाता है, की औपचारिक रूप से स्थापना 1992 में ओसामा बिन लादेन की मदद से हुई थी।

यह बहिष्कृत संगठन, जिसका मुख्य उद्देश्य तालिबान को मदद करके बँगलादेश में इसलामिक रूल स्थापित करना है, 1990 में अफगानिस्तान के गृह युद्ध में लड़ा था। तभी से आई.एस.आई. और लश्कर-ए-तय्यबा के जिहादी गुटों से इसके मजबूत संबंध रहे थे और वह इन गुटों को भारत पर हमला करने में हथियारों और योजनाबद्ध तरीकों से सहायता करता रहा है। इन कामों में 'हूजी' बी शेख हसीना की आगामी नेशनल पार्टी को छोड़कर सभी राजनीतिक पार्टियों से सहायता लेता है और इस बात की परवाह नहीं करता कि उसके कामों से, विशेष रूप बँगलादेश और आम तौर भारत को कोई खतरा होता है या नहीं। बाबूभाई को इन गुटों से जोड़ने में गैंगस्टर और जिहादी आसिफ रजा खान के बँगलादेश के सरगनाओं का बड़ा हाथ है। बाबूभाई का, जो इस समय लखनऊ जेल में है, जिहादी सफर हालाँकि हिमगिरी एक्सप्रेस में समाप्त हो गया, फिर भी यह स्पष्ट उजागर करता है कि पाकिस्तान और बँगलादेश किस प्रकार संपूर्ण विश्व के आतंकवादी अड्डों में तब्दील हो गए हैं।

बाबूभाई ने चौथी कक्षा तक 24 परगना के ग्राम भीलपाड़ा में शिक्षा पाई। इसके बाद उसने अपने चाचा के कहने पर ढाका के माधोपुर में मदरसा जामिआ सिद्दीकी में दाखिला लिया। उसका चाचा बँगलादेशी नागरिक था, लेकिन काम-धंधे के सिलसिले में सीमा पार भारत आया-जाया करता था। एक वर्ष बाद 1984 में बाबूभाई ने मालीबाग, ढाका के मदरसे जामिआ रहमानिया में प्रवेश ले लिया, जहाँ उसने अगले दस वर्षों तक पढ़ाई की। यहीं बाबूभाई की मुलाकात मुनीर-उल-इसलाम और (मार्च, 2006 में) वाराणसी के संकटमोचन मंदिर में हुए बम धमाकों में शामिल मेराज बादल (तत्कालीन बँगलादेश के परिवहन मंत्री का भाई) से हुई। ये दोनों ही 'हूजी' के सरगना थे। 1993-94

के दौरान मेराज ने बाबूभाई की मुलाकात आसिफ रजा खान से करवाई, जो कोलकाता के पार्क सर्कस में जूते की दुकान चलाता था। इस मुलाकात में आसिफ और मेराज ने बाबूभाई को हिंदू उग्रवादियों द्वारा ढहाई गई बाबरी मसजिद का बदला लेने के लिए उकसाया। आसिफ रजा खान ने बाबूभाई को तफसील से समझाया कि दुनिया भर में मुसलमानों पर कैसा क्रूरतापूर्ण व्यवहार किया जा रहा है और बाबूभाई को इसके खिलाफ जिहाद में शामिल होने के लिए उकसाया।

उसने बाबूभाई से उसका स्थायी पता देने को कहा। शायद इसलिए कि वह बाबूभाई के बारे में पूरी तरह इत्मीनान करना चाहता था। उसने बाबूभाई से कोलकाता में उससे मुलाकात करने को कहा। 1996 में बाबूभाई की शादी अखतरिया बेगम से हो गई। उसके बाद उसने कोलकाता के न्यू मार्केट के ऑपरेटिव ऑफिस के बाहर फलों का ठेला लगाना शुरू कर दिया। इसके छह वर्ष बाद 2000 में आसिफ रजा खान बाबूभाई से मिलने आया और उसके सामने अपने जूते की दुकान के गोदाम में 2000 रुपए प्रतिमाह पर नौकरी करने का प्रस्ताव रखा, जिसे बाबूभाई ने फौरन स्वीकार कर लिया और पार्क सर्कस की उसकी दुकान पर काम करने लगा। आसिफ बाबूभाई को अकसर बँगला में लिखी जिहादी किताबें देता रहता था और पाकिस्तान में हथियारों की ट्रेनिंग लेने के लिए उकसाता था। आखिरकार बाबूभाई ट्रेनिंग के लिए तैयार हो गया। जाने से पहले आसिफ ने बाबूभाई की मुलाकात एक दूसरे अपराधी से जिहादी बने आफताब अंसारी (2002 में कोलकाता के अमरीकन सेंटर पर हुए हमले का गुनहगार) तथा पाकिस्तान में ट्रेनिंग प्राप्त जिहादी जहाँगीर से कराई।

बाबूभाई ने पाकिस्तान जाने के लिए 2000 रुपए के जेबखर्च तथा प्रमुख 'हूजी' सरगना खुर्रम खय्याम उर्फ कमर नाटा के सेलफोन नंबर के साथ बँगलादेश का बॉर्डर पार किया। इस कमर नाटा से बाबूभाई पहले भी ढाका के पद्दोपुर में घोसिया मसजिद में मिल चुका था।

बँगलादेश की सीमा गैरकानूनी ढंग से पार करके बाबूभाई ने जब दिए गए नंबर से संपर्क किया तो उसकी बात आसिफ रजा से हुई। आसिफ ने बाबूभाई को ढाका की न्यू मार्केट की मसजिद में बुलाकर उसकी मुलाकात खुर्रम से कराई। यहाँ बाबूभाई को जिहाद पर 'न्यू रिक्रूट' के धार्मिक भाषण दिए गए। उसके बाद खुर्रम बाबूभाई को मीरपुर, ढाका स्थित अपने मकान पर ले गया, जहाँ उसने चौदह दिन गुजारे। इस दौरान बाबूभाई के लिए जैसोर के जावेद सलीम के नाम से बँगलादेशी पासपोर्ट बनाया गया। अप्रैल, 2001 में कमर नाटा ने बाबूभाई को 100 डॉलर देकर ढाका एयरपोर्ट से इसलामाबाद (पाकिस्तान) जानेवाली सुबह की फ्लाइट में बैठा दिया, जो दोपहर तक इसलामाबाद इंटरनेशनल एयरपोर्ट पर उतरी। हवाई अड्डे के बाहर बाबूभाई को अबूउबेदाह नाम

का व्यक्ति मिला, जो बाबूभाई को पाकिस्तान अधिकृत कश्मीर स्थित कोटली ले गया। एक बार जब बाबूभाई कोटली ट्रेनिंग कैंप पहुँच गया तो अबुउबेदाह ने बाबूभाई से 100 डॉलर, पासपोर्ट और उसके कपड़े ले लिये और उसे 'हूजी इंस्ट्रक्टर' के हवाले कर दिया।

पाकिस्तान अधिकृत कश्मीर में जिहाद का व्यापक रूप

बाबूभाई ने कोटली के हूजी-लश्कर कैंप का जो वर्णन किया, उससे भारत के श्रेष्ठ इंटेरोगेटर और भारतीय पुलिस के उच्च अधिकारी भी आश्चर्यचकित हैं। पाकिस्तानी एजेंसियाँ और आतंकवादी ये कैंप न केवल भारत, बल्कि संपूर्ण विश्व के खिलाफ जिहाद छेड़ने के लिए चला रही हैं। बाबूभाई के अनुसार, कोटली के 50 दिन के कैंप में 25 प्रशिक्षार्थी थे, जिनकी आयु 20 से 25 वर्ष के दरिम्यान थी। उनमें अधिकतर फिलीस्तीनी थे और शेष मलेशिया, दक्षिण अफ्रीका तथा पाकिस्तानी थे। केवल मैं ही भारतीय था। उन्हें कच्ची मिट्टी के बने तीन कमरों में रखा जाता था। ट्रेनिंग तड़के सुबह से शुरू होकर देर रात तक चलती थी। दैनिक रुटीन सुबह पाँच बजे की नमाज से शुरू होता था, जिसके बाद आधे घंटे के गैप में दो बार शारीरिक प्रशिक्षण दिया जाता था। दोपहर में लंच के लिए ट्रेनिंग रुकती थी, जो दो बजे की नमाज के बाद फिर शुरू हो जाती थी, जिसमें प्रशिक्षार्थियों को चार बैचों में विभक्त कर उन्हें मौलवियों द्वारा जिहाद और कट्टर इसलामी पाठ पढ़ाकर उनके मस्तिष्कों को तैयार किया जाता था।

उन्हें तरह-तरह के हथियारों को इस्तेमाल करने की ट्रेनिंग दी जाती थी, जिनमें 303 ली एनफील्ड राइफिल, ए.के.-47 व एम.एम. पिस्तौल तथा एच.ई. हथगोले शामिल थे। उन्हें बंदूकों के पुरजों को अलग करना, फिर उन्हें जोड़ने के साथ राइफिल तथा पिस्तौल चलाने की प्रैक्टिस भी कराई जाती थी। प्रशिक्षार्थियों को आई.ई.डी., टाइमर बम और स्थानीय केमिकल्स जैसे चारकोल, सल्फर तथा पोटैशियम फ्लोराइड से चलनेवाले रिमोट कंट्रोल डिवाइसिस के इस्तेमाल की भी ट्रेनिंग दी जाती थी। उन्हें 4 सेमटेक्स, पी.ई.टी.एन., आर.डी.एक्स. और टी.एन.टी. जैसे सैनिक ग्रेड विस्फोटकों के बारे में सिखाया जाता था। ट्रेनिंग में उदाहरण के रूप में भारतीय सेना से कैसे मुठभेड़ की जाए के बारे में तफसील से बताया जाता था। ट्रेनिंग के दौरान प्रशिक्षणार्थियों को काले अथवा सफेद सलवार सूट पहने दो या तीन अधिकारियों से मुखातिब किया जाता था, जो बताते थे कि इन्हें मुसलमानों की हिफाजत करने तथा इसलाम के दुश्मनों के खिलाफ लड़ने के लिए प्रशिक्षण देकर तैयार किया जा रहा है।

बाबूभाई ने अपनी कोटली की ट्रेनिंग मई 2001 में पूरी कर ली। उसके बाद उसे एक सुरक्षित वैन से इसलामाबाद इंटरनेशनल एयरपोर्ट ले जाया गया। उससे कहा गया कि उसे एयरपोर्ट के एक कमरे में तीन दिन रुकना पड़ेगा। इसके दौरान साफ-सुथरे कपड़ों

में पाकिस्तान सरकार के दो अधिकारी, जो संभवतः आई.एस.आई. एजेंट थे, उससे मिलने आए। उन्होंने बाबूभाई को जिहाद के लिए प्रेरित किया और इसलाम की सुरक्षा की जरूरत के बारे में बताया। तीसरे दिन अबू उबेदाह ने बाबूभाई को टिकट, कपड़े तथा डॉलर लौटाकर ढाका जानेवाली फ्लाइट में बैठा दिया। ढाका में उसे 'हूजी' प्रशिक्षण सरगना कमर नाटा मिला, जिसने बाबूभाई से पैसे और नकली पासपोर्ट लेकर उसे वापस कोलकाता भेज दिया। जाते समय उसने बाबूभाई को 50,000 बँगलादेशी रुपए दिए। जून 2001 में बाबूभाई को आसिफ रजा खान मिला, जिसने उसे पश्चिम बंगाल के 'हूजी' आमिर, मिजनूर रहमान उर्फ शाहजहाँ और मौलाना मसूद के साथ जाकर बदूरिया ग्राम में एक मकान की मरम्मत करने को कहा। यह मकान शाहजहाँ के नाम से खरीदा गया था। अगले महीने में आसिफ रजा ने बाबूभाई को बताया कि एक व्यक्ति, जिसे उन्होंने अगुआ कर लिया है, उस मकान में फिरौती मिलने तक रहेगा। बाद में जाकर बाबूभाई को पता चला कि जिसे अगुआ किया गया था, वह पार्थो राय बर्मन था, जो खादिम शू कंपनी का वाइस चेयरमैन था। बर्मन का अपहरण 25 जुलाई को किया गया था। उसकी रिहाई 2 अगस्त, 2001 में की गई, जब फिरौती के 3.5 करोड़ मिल गए। नौ दिन का यह अपहरण, जिसका कोड नाम 'ऑपरेशन उमेर' था, अपराधियों और इंडियन मुजाहिदीन के गठजोड़ का एक ज्वलंत उदाहरण है। इस 'ऑपरेशन उमेर' के दौरान ही बाबूभाई की भेंट आफताब अंसारी, सादिक शेख, बबलू जफर, मोहम्मद इदरीस तथा अन्य अपहरण में शामिल लोगों से हुई। आसिफ रजा ने फिरौती की रकम में से 50,000 रुपए बाबूभाई को दिए, जिसके बाद बाबूभाई अपने गाँव लौट आया। पश्चिम बंगाल पुलिस ने पार्थो बर्मन के वापस आ जाने के तुरंत बाद ही अपहरण में शामिल अपराधियों की धरपकड़ शुरू कर दी। शाहजहाँ भागकर बँगलादेश के ग्राम खेड़ा में छुप गया। बाबूभाई पकड़े जाने के भय से घर से भाग गया और करीब दो साल तक छिपा रहा।

भारत में अपहरण का उद्योग और दुनिया में फैलता जिहाद

इस वृत्तांत के पश्चात् अब मैं बाबूभाई की कहानी से हटकर 1990 के शुरुआती वर्षों में दिल्ली के तिहाड़ जेल में पैदा हुए अपराधी के संबंधों पर प्रकाश डालना चाहता हूँ, जिसने आनेवाले वर्षों में भारत और दुनिया में विनाश का तांडव मचा दिया। अगर भारतीय मुजाहिदीन को सही पहलू से देखा जाए तो भारत में पनपे इन बीजों की तलाश के लिए इन अपराधी संबंधों पर गौर करना होगा, जिन्हें बोनेवालों में ओमर सईद शेख, आफताब अंसारी और आसिफ रजा खान जैसे अपराधी थे।

पूर्व पाकिस्तानी प्रेसीडेंट परवेज मुशर्रफ ने अपनी पुस्तक 'इन दि लाइन ऑफ फायर' एक संस्मरण में ओमर सईद शेख को एक धूर्त एजेंट करार दिया है। ब्रिटिश

नागरिक सईद के, जिसे 'वॉल स्ट्रीट जरनल' के रिपोर्टर डैनियल पर्ल की हत्या के जुर्म में फाँसी की सजा सुनाई गई है, हरकत-उल-मुजाहिदीन, जैश-ए-मोहम्मद, तालिबान के अलावा आई.एस.आई. तथा एम.आई-6 से गहरे संबंध थे। लंदन स्कूल ऑफ इकोनॉमिक्स के इस पूर्व-छात्र ने ही आफताब अंसारी और आरिफ रजा खान को भारत के खिलाफ जिहाद के लिए तैयार किया था। उस वक्त वह अक्तूबर, 1994 में भारत में चार विदेशी नागरिकों के अपहरण के जुर्म में पकड़े जाने के बाद तिहाड़ जेल में था। तोड़-फोड़ और विद्रोही काररवाई के अफगानिस्तान में प्रशिक्षित शेख भारत में आतंकवादी काररवाइयों को अंजाम देने के सिलसिले में कई बार पाकिस्तान के चक्कर लगा चुका था। वहाँ वह अपने आकाओं से आदेश प्राप्त करता था। 1994 में वह आई.एस.आई. के निर्देश पर पाकिस्तानी वीजा पर भारत आया था। उसका काम था विदेशी नागरिकों का अपहरण करके भारत सरकार पर हरकत-उल-अंसार का सरपरस्त (बाद में जिसने जैश-ए-मोहम्मद की भी नींव डाली) मौलाना मसूद अजहर को जेल से छोड़ने का दबाव बनाया जा सके। अजहर को, जो पुर्तगाली पासपोर्ट पर भारत आया था, भारतीय सुरक्षा सेनाओं ने श्रीनगर के पास फरवरी, 1994 में गिरफ्तार किया था और वह जम्मू में कोट बिलावल जेल में कड़ी सुरक्षा में बंद था। पाकिस्तान सरकार ने उसको रिहा करने के लिए भारत सरकार को पत्र भी लिखा था। ओगेर शेख 1994 में दिल्ली आकर पुरानी दिल्ली के जामा मसजिद क्षेत्र में स्थित इशाक गेस्ट हाउस में रुका। उसने आतंकी सरगनाओं के स्लीपर सेल से संपर्क करके दिल्ली के पास गाजियाबाद और उत्तर प्रदेश में सहारनपुर में छिपने की जगह बनाई। उसके बाद उसने तीन ब्रिटिश और एक अमरीकी नागरिकों का अपहरण किया तथा चिट्ठी लिखकर माँग की कि भारतीय जेलों में बंद मसूद अजहर समेत दस खूँखार आतंकियों को रिहा किया जाए। उसने दिल्ली में स्थित ब्रिटिश और अमरीकी दूतावास दोनों को धमकी दी कि यदि उसकी माँग तीन दिन में पूरी नहीं की जाती तो वह सभी अपहृत नागरिकों की हत्या कर देगा। 31 अक्तूबर, 1994 को गाजियाबाद जिले के मसूरी में शेख और भारतीय सुरक्षा एजेंसियों के बीच गोलियाँ चलीं, जिसमें चारों अपहृत विदेशी नागरिकों को छुड़ा लिया गया। शेख घायलावस्था में उत्तर प्रदेश पुलिस द्वारा पकड़ा गया, जबकि उसका सहयोगी और अलकायदा का प्रमुख नेता मोहम्मद इल्यास कश्मीरी उर्फ शाहजी भारत से बाहर भागने में कामयाब हो गया। 1994 के अपहरण केस में कुल मिलाकर नौ लोग गिरफ्तार हुए, जिनमें तीन नाजिर खान, अब्दुल रहीम और नासिर मोहम्मद सोडोजी पाकिस्तानी नागरिक पाए गए। इन तीनों को मौत की सजा दी गई।

आखिरकार भारत सरकार को दिसंबर 1999 इंडियन एयरलाइंस फ्लाइट-814 के हाइजेक होने पर उनके यात्रियों की सुरक्षित रिहाई के एवज में मजबूर होकर शेख,

मौलाना मसूद अजहर और कश्मीरी आतंकवादी मुश्ताक जगर लट्रामिन को रिहा करना पड़ा। यह फ्लाइट काठमांडू से दिल्ली जा रही थी, जिसे हाइजेक करके अफगानिस्तान में कंधार ले जाया गया था। शेख की कैद के दौरान आफताब अंसारी, जो तिहाड़ जेल से 1998 में रिहा किया गया तथा आसिफ रजा, जो अगस्त 1999 में रिहा हुआ, कोर्ट की सुनवाइयों के दौरान आपस में संपर्क करते रहे थे। ओमेर शेख की रिहाई के बाद आसिफ रजा खान नकली पासपोर्ट पर (जो पटना के रीजनल पासपोर्ट ऑफिस में जान-पहचान के जरिए बनवाया गया था) भारत से भाग निकला और दुबई होते हुए पाकिस्तान पहुँचा। उसके पाकिस्तान पहुँचने के बाद वह आफताब अंसारी आजम चीमा के नेतृत्व में लश्कर-ए-तय्यबा में शामिल हो गया। आजम चीमा उस समय सीनियरिटी में हाफिज सईद तथा ऑपरेशनल कमांडर जकी-उर-लखवी के बाद नंबर तीन पर था। चीमा फैसलाबाद (पाकिस्तान) के जरावाला डिग्री कॉलेज में प्रोफेसर है और इसलामियल विषय पढ़ाता है। वह फैसलाबाद का ही रहनेवाला है और आई.एस.आई. के कहने पर बहावलपुर ट्रेनिंग कैंप में हथियारों व विस्फोटों के प्रशिक्षणार्थियों को वापस भारत भेजे जाने से पूर्व जिहादी लेक्चर देता है। चीमा को संयुक्त राष्ट्र सुरक्षा परिषद् ने विश्व को आतंकी घोषित किया है और नवंबर 2010 में अमरीका ने उसपर अनेक पाबंदियाँ भी लगाई हैं। वह भारत में हुए अनेक बम धमाकों का मास्टर माइंड रहता आया है, जिसमें विशेष रूप से 11 जुलाई, 2006 को मुंबई लोकल ट्रेन में हुए धमाके भी शामिल हैं।

पाकिस्तान में रहकर आफताब अंसार, ओमेर शेख, आजम चीमा और अन्य आतंकियों ने भारत के विभिन्न जेलों में बंद हूजी कमांडर नसरुल्ला लंगरायल समेत कुछ और आतंकवादियों को छुड़ाने के लिए षड्यंत्र रचा। इसको अमल में लाने के लिए आफताब अंसारी बराबर आमिर रजा खान और आसिफ अली खान से संपर्क बनाए हुए था। उसने दोनों भाइयों से मोहम्मद अर्शद खान से संपर्क करने को कहा, जो पाकिस्तानी नागरिक होने के अलावा विस्फोटकों और हथियारों का अच्छा जानकार भी था। इस प्रकार तीनों ने मिलकर कोलकाता और गुजरात में बड़े उद्योगपतियों को धमकाकर उगाही तथा अपहरण करने का सिलसिला शुरू कर दिया। उद्देश्य था कि जो पैसा इकट्ठा हो, वह जिहाद में तथा आजम चीमा के ट्रेनिंग कैंपों में लगाया जा सके।

अपहरण के इस सिलसिले की सही तसवीर 9/11 के आतंकी हमले के बाद सामने आई, तब पता चला कि ओमेर सईद शेख ने दस लाख डॉलर की रकम मोहम्मद अट्टा नामक सऊदी अरब के नागरिक को भेजे थे, जो उन 19 सऊदी अरब के नागरिकों में शामिल था, जिन्होंने न्यूयॉर्क में वर्ल्ड ट्रेड सेंटर पर हमला किया था। यह भी पता चला कि जो रकम मोहम्मद अट्टा को भेजी गई थी, वह पार्थो राय की फिरौती से प्राप्त रकम का ही एक भाग था। सईद शेख को यह रकम आफताब अंसारी और रजा खान

के अपहरण कांडों से प्राप्त हुई थी, जो 1999 में आसिफ के तिहाड़ जेल से छूटने के बाद से बड़े पैमाने पर कामयाबी हासिल कर रहे थे। सईद ने भारत में रह रहे अन्य आतंकियों से भी संपर्क साधना शुरू किया, जिनमें पाकिस्तानी नागरिक जाहिद और सलीम तथा भारतीय नागरिक जमालुद्दीन नासिर शामिल हैं। आसिफ के निर्देश पर ही नासिर ने कोलकाता की तिलीजाला लेन में अपहरण में साझीदार नियाज अहमद के नाम पर फ्लैट खरीदा तथा अपहरण के काम में आनेवाली गाड़ियाँ भी खरीदी थीं। यह फ्लैट आसिफ रजा के अपहरणों और धमकाकर पैसे उगाही का हेडक्वार्टर बन गया। इस दल में आपस में संपर्क का काम मोबाइल पर नहीं, बल्कि इ-मेल के जरिए होता था। आफताब का रजा खान से संपर्क करने का इ-मेल का आई.डी. क्रमशः बहजाद था। मोहम्मद सादिक इसरार शेख कोलकाता में तब सदाकत के नाम से उसका आई.डी. था। मेलों में आफताब अंसारी को सम्मान के लिए भाईसाहब के नाम से संबोधित किया गया है।

जाहिद, नासिर तथा सादिक सहित पूरा गुट ही इ-मेल से संपर्क करता था। अपहरण के पैसे बढ़ते जाने पर नासिर ने 2009 में हजारीबाग में एक दूसरा फ्लैट किराए पर ले लिया, जिसकी रसीद में नासिर, सादिक और जाहिद के नाम हैं। फ्लैट के तैयार हो जाने पर नासिर ने जाहिद और सालिम, जो आगरा से आए थे, को उस फ्लैट में रख दिया। कुछ महीनों बाद उन्होंने एक दूसरा फ्लैट खरीदा। साथ ही सादिक और जाहिद के लिए मोटरसाइकिल भी खरीदी। 2001 को पार्थो बर्मन के घर लौटने के बाद प्रमुख राज्यों की पुलिस और आई.बी. ने अपहरण करनेवालों को धड़-पकड़ की मुहिम शुरू कर दी। आसिफ और मोहम्मद अरशद 30 अक्तूबर, 2010 को दिल्ली पुलिस द्वारा पकड़े गए। उनका केस तुगलक रोड पुलिस स्टेशन में रजिस्टर किया गया। उनके बयानों के आधार पर 'हूजी' और लश्कर के पाकिस्तान-प्रशिक्षित आतंकवादियों को गिरफ्तार किया गया। साथ ही बड़े पैमाने पर हथियार गोला-बारूद भी पकड़ा गया। पश्चिम बंगाल सी.आई.डी. ने 13 अक्तूबर, 2001 को आसिफ अली को पार्थो बर्मन के अपहरण के अपराध में गिरफ्तार किया। उसके बाद 27 नवंबर, 2001 को गुजरात पुलिस उसे ट्रांसिट रिमांड पर राजकोट ले गई, जहाँ उसपर मालवीय नगर पुलिस थाने में केस रजिस्टर था। गुजरात पुलिस के अनुसार 7 दिसंबर, 2001 को आसिफ रजा खान भागने के प्रयास के दौरान एक मुठभेड़ में मारा गया। आसिफ रजा की गिरफ्तारी के समय आफताब और आमिर रजा क्रमशः पाकिस्तान और दुबई में थे। आसिफ की गिरफ्तारी के दौरान आफताब नासिर और दूसरे सदस्यों को निर्देश देता था।

आफताब के आदेश पर ही नासिर जयपुर के प्रमुख ज्वैलर से धमकी से उगाही रकम दो लाख रुपए लेने जयपुर गया था। वहाँ से नासिर का दल जैसलमेर गया, जहाँ

उन्होंने एक महिंद्रा जीप 4×4 खरीदी। उनका दूसरा पड़ाव जोधपुर था। जहाँ से उन्हें 15 किग्रा. आर.डी.एक्स. खरीदना था, लेकिन आफताब के कहने पर अंतिम समय पर खरीदारी रोक दी गई। 8 दिसंबर, 2001 को जोधपुर से नासिर कोलकाता आया, जहाँ इ-मेल के जरिए उसे आसिफ के मारे जाने की खबर मिली।

अप्रैल 2001 के अंतिम सप्ताह में हजारी बाग फ्लैट में एक मीटिंग हुई, जिसमें जाहिद, सादिक, नासिर और सालिम शामिल हुए। मीटिंग में तय हुआ कि आसिफ की मौत का बदला लेने और सरकार को यह सबक देने के लिए कि जिहादियों का मुकाबला करने का क्या अंजाम होता है, एक पुलिस पार्टी पर हमला किया जाए। जाहिद और सादिक ने तो दो ए.के.-47 राइफिल तथा उसमें इस्तेमाल होनेवाले बारूद के चिप्स भी दिखा दिए। जो भी हो, इस योजना को आफताब अंसारी से हरी झंडी मिलने तक मुल्तवी कर दिया गया। 14 जनवरी, 2001 को आफताब ने आसिफ की बीवी को चिट्ठी लिखकर पुलिस की गिरफ्त में हुई आसिफ की मौत पर दु:ख का इजहार किया। उसने बताया कि दल के नए नेता आमिर रजा खान ने इस घटना को अपने ऊपर लिया है और इसका बदला लेने का फैसला किया है। इसी दल ने कोलकाता में अमरीकी सेंटर पर हमला करके इसका बदला ले ही लिया।

आर.डी.एक्स. की तस्करी और जिहाद की तैयारी

बर्मन अपहृत केस संबंधी जाँच-पड़ताल तब शांत हो गई, जब 2003 में बाबूभाई भीलपाड़ा ग्राम लौट गया। आने के साथ ही उसे बँगलादेश में खुर्रम से संपर्क करने को कहा गया। 'हूजी' सरगना ने बाबूभाई को फौरन ढाका आकर मीरपुर में अपने फ्लैट में आने को कहा। बाबूभाई के आने पर उसकी मुलाकात आमिर रजा खान से हुई, जिसने बाबूभाई को बताया कि अब भारत पर निशाना बँगलादेश से लगाया जाएगा और यह भी कहा कि उसे इस संबंध में संबंधित पाकिस्तानी अधिकारियों से स्वीकृति मिल गई है। बाबूभाई को जो हिदायतें दी गईं, उनमें कहा गया कि वह पाकिस्तान के आतंकी शिविरों के लिए भारतीय मुसलिमों को तैयार करे और 'हूजी' जिहादियों को भारतीय सीमा में प्रवेश में सहायता पहुँचाकर उनके लिए जिहादी हमले के लिए सुरक्षित आवास का इंतजाम करे। आमिर ने बाबूभाई को यह भी कहा कि वह बँगलादेश से आर.डी.एक्स. तस्करी से लाने की व्यवस्था करे और जितनी जल्दी हो सके इंटरनेट चलाना सीख ले। दूसरे दिन खुर्रम बाबूभाई को नजदीकी साइबर कैफे में ले गया और उसे नेट चलाना सिखाया। उसने तीन इ-मेल आइडेंटि तैयार कीं, दो अपने लिए और तीसरी आमिर रजा के लिए, ताकि वह उससे संपर्क कर सके। ये तीन इ-मेल इस प्रकार थे, अगले कुछ ही महीनों में बाबूभाई ने पश्चिमी उत्तर प्रदेश और पश्चिमी बंगाल से तेईस भारतीय

मुसलिमों को ट्रेनिंग के लिए पाकिस्तान भेजा। पूरी योजना बहुत ही एहतियात से बनाई गई। ढाका में एक 'हूजी' आतंकी को भारत में स्लीपर सेलों के लिए आतंकियों को भेजने की जिम्मेदारी सौंपी गई और दूसरे ग्रुप को बँगलादेश से विस्फोटक पदार्थों को भारत भेजने को कहा गया। खुर्रम की मदद से बाबूभाई ने ईमादूर तौफीक और नूर इसलाम नामक दो बँगलादेशी नागरिकों को 'हूजी' सरगनाओं और सामग्री ढाका से कोलकाता ले जाने और लाने के लिए बहाल किया। उसी वर्ष बाबूभाई ने पाकिस्तानी 'हूजी' आतंकियों को सुरक्षित रूप से ट्रेन द्वारा मुंबई के मकानों में भेजने की भी व्यवस्था की। 2004 बाबूभाई ने मोहम्मद आतिफ अमीन, सुलतान और नूर इसलाम को ढाका के जरिए ट्रेनिंग के लिए पाकिस्तान भेजा।

सुरक्षा अधिकारियों के अनुसार, जिन्होंने बाबूभाई से पूछताछ की थी तथा पूछताछ की रिपोर्ट के अनुसार 'हूजी' आतंकी का इस्तेमाल स्वतंत्र स्मगलर के रूप में किया गया, जो मानव तस्करी और गोला-बारूद की तस्करी करता था। बड़ी सफाई से कहीं भी उसका संपर्क या संबंध किसी जाने-पहचाने आतंकी ग्रुप से नहीं दिखाया गया था। मेराज और मुनीर द्वारा भारतीय युवकों को पाकिस्तान में ट्रेनिंग में भेजा जाता था। इन्होंने ही बाबूभाई को युवकों की ट्रेनिंग के लिए 50 हजार के नकली नोट दिए थे। 2004 से 2007 के बीच के वर्षों में बाबूभाई आर.डी.एक्स. की तस्करी में जोर-शोर से लगा हुआ था। उसने अपनी गिरफ्तारी से पहले ही देख लिया कि किस प्रकार पूरे भारत में विस्फोटों का सिलसिला चल निकला है। यह इस तथ्य का भी द्योतक है कि भारतीय मुजाहिदीन ने किस सीमा तक देश में अपनी जड़ें जमा ली हैं। भारतीय सुरक्षा एजेंसियों ने विस्फोटों की जाँच-पड़ताल के बाद उनकी जिम्मेदारी तय करने के लिए जिहादी ग्रुपों को एक-दूसरे से अलग करने की कोशिश की, परंतु तथ्य यह था 'हूजी' ही भारतीय मुजाहिदीन और पाकिस्तानी जिहादी ग्रुपों को हथियार, विस्फोटक पदार्थ और अन्य सामान पूर्व नियोजित योजना के अनुसार सप्लाई कर रहा था।

सन् 2004 के शुरू में खुर्रम ने बाबूभाई को तौफिक के जरिए आर.डी.एक्स. के बीस पैकेट (प्रत्येक पैकेट का भार 500 ग्राम था) इस आदेश के साथ भेजे कि वह उन्हें वाराणसी जाकर राजू नाम के आदमी को देकर आए। बाबूभाई हावड़ा से जम्मू-तवी एक्सप्रेस से वाराणसी पहुँचा और फर्जी नाम से वाराणसी के गौदोलिया चौक स्थित होटल सागर में रुका। उसे राजू से मिलने के लिए दो दिन इंतजार करना पड़ा। भारतीय जाँच दल का शक है कि राजू और कोई नहीं, बल्कि भारतीय मुजाहिदीन का सह-संस्थापक सादिक इसरार शेख था। ये विस्फोटक 2005 में वाराणसी के दशाश्वमेध घाट पर हुए आतंकी हमले में 'आजमगढ़ मॉड्यूल्' के नाम से इस्तेमाल किए गए। इसके बाद बाबूभाई ने चार उग्रवादियों को, जिसमें बिजनौर का नौशाद हफीज, नई दिल्ली की

बाबरी मसजिद का अब्दुल रहमान शामिल थे, ढाका के जरिए ट्रेनिंग के लिए पाकिस्तान भेजा। 2004 के जून–जुलाई महीनों में खुर्रम ने बाबूभाई को आर.डी.एक्स. के बीस और पैकेट के साथ 15,000 रुपए भेजे, जिसे मुंबई के रवि को पहुँचाने को कहा। बाबूभाई उन्हें लेकर मुंबई मेल से मुंबई पहुँचा और सामान देकर उसी दिन वापस कोलकाता आ गया। हालाँकि भारतीय एजेंसियाँ रवि के बारे में पता नहीं कर पाई हैं, लेकिन उनका विश्वास है कि विस्फोटकों की इस खेप का इस्तेमाल भारतीय मुजाहिदीन द्वारा जुलाई, 2006 में मुंबई की लोकल ट्रेन पर हुए आतंकी हमले में किया गया था। उसी वर्ष बाबूभाई ने चार लोगों को तीन दिल्ली के तथा एक पश्चिम बंगाल के महबूब मंडल को पाकिस्तान में शस्त्रों की ट्रेनिंग के लिए भेजा।

फरवरी 2005 में बाबूभाई तौफीक और महबूब को अलग–अलग विस्फोटक के दस पैकेट के साथ 400 डॉलर और 2900 रुपए लाने के लिए ढाका भेजा। वापसी में महबूब भारतीय बी.एस.एफ. द्वारा पकड़ा गया, जबकि तौफीक विस्फोटक और नकदी लेकर भाग गया। एक महीने बाद आतिफ अमीन बाबूभाई से फोन पर संपर्क करके उससे कोलकाता में मिलने आया। खुर्रम के आदेशानुसार बाबूभाई ने 600 डॉलर अमीन को दे दिए। जून, 2005 में नौशाद बिजनौर के मोहम्मद याकूब और नासिर खान को आतंकी हमलों में ट्रेनिंग के लिए बहाल करके कोलकाता लाया। बाबूभाई ने नौशाद को 6 पैकेट आर.डी.एक्स. और 25,000 रुपए देकर वापस उत्तर प्रदेश भेज दिया। याकूब और नासिर पाकिस्तान जाने के लिए बँगलादेश आए और ट्रेनिंग के बाद अगस्त 2005 में वापस चले गए। जुलाई 2007 में उत्तर प्रदेश की सुरक्षा फोर्स ने नौशाद, याकूब और नासिर को लखनऊ में गिरफ्तार कर लिया। पश्चिमी उत्तर प्रदेश में 'स्लीपर सेल' बनाना दिल्ली में आतंकी हमले की योजना का ही एक अंग था। खुर्रम नाटा के प्रयास से ही बाबूभाई को बँगलादेश से हवाला के जरिए 50,000 रुपए मिले थे, जिससे उत्तर प्रदेश के बिजनौर के पास धामपुर में नौशाद के नाम पर एक सुरक्षित मकान किराए पर लिया जाना था। नौशाद ने बताया कि बाबूभाई ने जुलाई 2005 के आस–पास आर.डी.एक्स. के 6 पैकेट यह कहकर दिए थे कि उन्हें दिल्ली पहुँचाया जाना है। 2005 के अगस्त–सितंबर में रमजान से पहले बाबूभाई ने एक बार फिर 20 के.जी. आर.डी.एक्स., जिसे पाकिस्तान–प्रशिक्षित जिहादी नूर इसलाम ने खुर्रम से लिया था, मोहम्मद आतिफ को पुरानी दिल्ली में जामा मसजिद के बाहर दिया। अनुमान लगाया जाता है कि भारतीय मुजाहिदीन ने विस्फोटक की इस खेप का इस्तेमाल 2005 में हुए विस्फोटकों के सिलसिलेवार हमलों में किया था, जबकि बमों के इस्तेमाल के लिए अब्दुल रहमान की डाबरी का प्रयोग किया गया।

बाबूभाई नवंबर–दिसंबर 2005 में फिर से आतिफ अमीन से मिलने दिल्ली आया। वह कालका मेल में सवार हुआ, पर अमीन के कहने पर वह दिल्ली पहुँचने से पहले

ही शाहदरा में उतर गया। एक होटल में रुककर उसे अमीन से मिलने के लिए तीन दिन तक रुकना पड़ा। इससे पहले भी अमीन द्वारा बाबूभाई जैसे वरिष्ठ आतंकी को वाराणसी में इंतजार कराना इस बात का संकेत था कि अमीन उस समय का एक प्रमुख जिहादी लीडर था। अमीन ने बाबूभाई से दिल्ली में दीवाली पर हुए विस्फोट के दो अपराधियों को बँगलादेश भागने में मदद चाही, पर ऐन मौके पर अज्ञात कारणवश वह मुकर गया और बाबूभाई को अकेले ही कोलकाता लौटना पड़ा। खुर्रम को अकेले ही कोलकाता लौटना पड़ा। खुर्रम और बाबूभाई का विस्फोटों और नकदी पहुँचाने का यह धंधा धड़ल्ले से चलता रहा। इसी कड़ी में जनवरी 2006 में बाबूभाई ने नौशाद को 16 किलो आर.डी.एक्स. और उसी वर्ष दिसंबर में हवाला के जरिए मुंबई के रवि को एक लाख रुपए पहुँचाए।

यहाँ यह स्पष्ट हो जाता है, भारतीय सीमा सुरक्षा एजेंसियों और खुफिया प्रतिष्ठानों की काररवाइयों के बावजूद 'हूजी' जिहादियों की बहाली और विस्फोटकों की सुरक्षित डिलीवरी का धंधा बखूबी चल रहा था।

जिस आसानी से जिहादी और विस्फोटक पदार्थ भारत की सीमा में दाखिल हो रहे थे, उसको देखते हुए आश्चर्य होता है कि भारतीय सीमा पर आतंकी व्यापार पर कोई नियंत्रण था भी या नहीं? आज सुरक्षा एजेंसियों ने बाबूभाई के अड्डे और उसकी कारस्तानियों का जड़ से सफाया कर दिया है, पर यह ध्यान देनेवाली बात है कि उसका यह देशव्यापी खतरनाक काम पूरे चार साल बिना बाधा के चलता रहा था। लेकिन यह जरूर है कि उसकी गिरफ्तारी एक बड़ी सफलता मानी जा सकती है, क्योंकि 2007 में उसकी गिरफ्तारी के बाद भारतीय मुजाहिदीन के हमलों में आर.डी.एक्स. का इस्तेमाल बंद हो गया और उसके स्थान पर कोरचार्जर के रूप में अमोनियम नाइट्रेट, ईंधन ऑयल और जिलाटिन स्टिक्स का इस्तेमाल होने लगा। यह सामान कर्नाटक की ओपन कास्ट खदानों से गैरकानूनी ढंग से चुराया जाने लगा और टाइमर्स तथा डेटोनेटर्स स्थानीय स्तर पर तैयार किए जाने लगे थे।

जाँच-पड़ताल में यह दिलचस्प बात सामने आई है कि लश्कर-ए-तय्यबा और जैश-ए-मोहम्मद तथा आई.एस.आई. की शह पर भारत में एक नहीं, ऐसे अनेक बाबूभाई भारतीय सीमाओं पर काम कर रहे थे, जिनका काम ही था जिहाद के लिए भारतीय युवकों और हथियारों को हमलों की ट्रेनिंग के लिए पाकिस्तान भेजना और विदेशों से विस्फोटक पदार्थ को भारत में लाना।

यह खुलासा जनवरी 2010 में तब हुआ, जब श्रीलंका के कोलंबो इंटरनेशनल एयरपोर्ट पर हैदराबाद का शेख अब्दुल खाजा पकड़ा गया। कॉन्वेंट स्कूल में शिक्षित खाजा हैदराबाद में अपने मोहल्ले का दादा था, जो बाद में लश्कर का प्रमुख जिहादी बन गया।

खाजा को जिहादी बनने की प्रेरणा टी.टी.एस.आई. के मुखिया मौलाना नसीरुद्दीन, उसके बेटों जिहादी रियाजुद्दीन और मोहतसिम बिल्लाह तथा 'हूजी' प्रशिक्षित जिहादी शाहिद बिलाल के भाषणों से मिली। जिहादी बनकर खाजा दस वर्षों तक बँगलादेश, सऊदी अरब, पाकिस्तान और श्रीलंका में काम करता रहा। वह कराची के भूमिगत माफिया, आतंकवादियों और खुफिया एजेंसियों के बीच में खतरनाक कड़ी के रूप में काम करता था, जिसका एकमात्र उद्देश्य भारत पर हर दम हमला करके चोट पहुँचाना था। वह न केवल भारतीय मुजाहिदीन के नेतृत्व से संपर्क बनाए हुए था, बल्कि उसे विस्फोटों के लिए माल तथा चलाने के लिए नकदी की खेपें भी भेजा करता था।

हैदराबाद के दादा से जिहादी बनने तक का सफर

अन्य जिहादियों की तरह शेख अब्दुल खाजा अपने बचपन में न कभी मदरसा गया और न ही उसने मजहब की अलग से कोई पढ़ाई की। 26 जून, 1983 को जनमे खाजा ने दसवीं तक मूसरामबाद्य स्थित संत एस कॉन्वेंट में शिक्षा पाई और 1999 में सीनियर स्कूल सर्टिफिकेट परीक्षा पास की। इंटरमीडिएट स्तर की शिक्षा एक सरकारी जूनियर कॉलेज में प्राप्त करके उसने एक प्राइवेट सॉफ्टवेयर ट्रेनिंग इंस्टीट्यूट में दाखिला लिया। आर्थिक समस्याओं के कारण खाजा को 2003 में अपनी पढ़ाई छोड़ देनी पड़ी और बी.कॉम. के दूसरे वर्ष की परीक्षा में भाग लेने के बाद उसने मोबाइल फोन बेचने और मरम्मत करने का काम शुरू कर दिया। 2001 से 2003 में हैदराबाद के नई मल्लेपल्ली स्थित अनवर-उल-लूम कॉलेज में बी.कॉम. की पढ़ाई के दौरान खाजा की मुलाकात शाहिद बिलाल और अब्दुल रहीम से हुई। इसके बाद उसने दारूल शिफा मैदान में टी.टी.एस.आई. के मौलाना नसीरुद्दीन के मजहबी लैक्चर सुनने शुरू किए, जिनमें फिलीस्तीन, चेचन्या, इजरायल में मुसलमानों पर दूसरे समुदायों द्वारा किए गए अत्याचारों का ब्योरा दिया जाता था। उन भाषणों में प्रमुख मुद्दा बाबरी मसजिद होता था, जिसमें मौलाना हैदराबाद के युवकों को अयोध्या जाकर बाबरी मसजिद को दुबारा बनाने के लिए प्रेरित करता था। खाजा और उसके दोस्त डी.जे.एस. गतिविधियों में भी भाग लेकर स्थानीय नौजवानों को प्रेरित करने का काम किया करते थे। जो भी हो, खाजा कॉलेज छोड़ने के बाद से आस-पास के इलाकों में दोस्तों के साथ दादागिरी करने लगा और अपने समुदाय के लोगों के हितों की हिफाजत करनेवालों में खुद मुख्तार बन गया। खाजा ने शाहिद तथा एक अन्य व्यक्ति से मिलकर एक स्थानीय गैंगस्टर रंजीत बाबजी की तथाकथित हत्या का प्रयास भी किया, जो एक स्थानीय मसजिद की नमाजों में दखल करने के प्रयास के साथ उसके मूसराम बाग इलाके में मंदिर बनाने के लिए जमीन को हड़पना चाहता था।

शाहिद, जो 2002 में सऊदी अरब चला गया था, बराबर जाहिद और रहीम से संपर्क रखता था। बाद में ये दोनों जश-ए-मोहम्मद की सहायता से लीडर इंद्रसेन रेड्डी की हत्या की साजिश रचने के जुर्म में हैदराबाद में पकड़े गए थे। खाजा के रंजीत की हत्या के प्रयास में पकड़े जाने के बाद उसके भविष्य के प्लान भी समाप्त हो गए, लेकिन जाहिद और शाहिद ने खाजा को उसपर हुए अत्याचारों का बदला लेने के लिए जिहाद की शरण में आने के लिए उकसाया। मौलाना नसीरुद्दीन के मजहबी जिहादी लैक्चरों का भी उसपर असर पड़ा और इस प्रकार 2005 में खाजा की जिहादी यात्रा शुरू हुई। खाजा की कहानी भी बाबूभाई जैसी ही है, केवल चरित्रों में फर्क था, जबकि लक्ष्य दोनों का एक ही था। मक्का में 'उमराह' अदा करने के लिए खाजा ने सऊदी अरब जाने के लिए एक महीने के वीजा का इंतजाम कर लिया और जमानत पर छूटने के बाद सऊदी अरब भाग गया। जेद्दा में उसने शाहिद के बड़े भाई एम.ए. मजीद के साथ काम किया और एक स्थानीय कंपनी में सेल्समैन बन गया। यहाँ रहकर शाहिद ने ही उसे रसूल खान 'पार्टी' की मदद से जेद्दा से कराची जानेवाली फ्लाइट में बैठाया। 'पार्टी' गुजरात में व्यापारी या सौदा करनेवाले के लिए प्रचलित शब्द है। नई दिल्ली द्वारा पाकिस्तान को सौंपे गए डोजियर के अनुसार रसूल खान भी एक उदाहरण है, जो पाकिस्तान की सहायता से अपराधी से जिहादी में तब्दील हो गया। 1962 में मेहसाणा जिले के ग्राम मालक में जनमा 'पार्टी' गैंगस्टर अब्दुल लतीफ शेख का प्रमुख सहायक था, जबकि लतीफ गुजरात में मशहूर अंडरवर्ल्ड दाऊद इब्राहीम का गुर्गा था। रसूल धमकाकर पैसा वसूलना, अपहरण, हत्या, हथियारों तथा गैरकानूनी चीजों की तस्करी जैसे अनेक अपराधों में शामिल था। यहाँ तक कि 3 सितंबर, 1993 को उसके नाम पर इंटरपोल ने रेड कॉर्नर नोटिस भी जारी कर दिया। रसूल खान तथा अहमदाबाद का मौलवी मौलाना सूफियाना पतंगिया हरेन पंड्या हत्या कांड में मार्च, 2003 में फरार हो गए। रसूल कराची भागा और वहाँ जाकर लश्कर कैंप में ट्रेनिंग के लिए भारतीय युवकों की बहाली और उन्हें कराची लाने के काम में लग गया। डोजियर तथा खाजा के बयानों के अनुसार वह बिग्रेडियर अमानुल्ला प्राचा जैसे आई.एस.आई. कार्यकर्ता की मदद से भारत में नकली नोट चलाने में लगा हुआ है।

खाजा के कराची में जिन्ना इंटरनेशनल एयरपोर्ट पहुँचने पर उसे शाहिद मिला, जो उसे गुरु मंदिर के निकट अपने मकान में ले गया। दो दिन बाद शाहिद खाजा को ट्रेन से लाहौर और वहाँ से मुरीदके में लश्कर-ए-तय्यबा के हेडक्वार्टर ले गया। यह नया रिक्रूट पाकिस्तानी रिक्रूटों के साथ एक महीने तक ट्रेनिंग लेता रहा। ट्रेनिंग का प्रोग्राम बाबूभाई की ट्रेनिंग से अलग नहीं था। जोर केवल इलेक्ट्रिकल और नॉन इलेक्ट्रिकल आई.ई.डी. बनाने पर दिया जाता था। बमों की ट्रेनिंग में स्थानीय रूप से प्राप्त मिलिटरी

ग्रेड के विस्फोटक, जैसे टी.एन.टी., सी-4 और आर.डी.एक्स. शामिल थे। प्रशिक्षण के बाद खाजा एक महीने तक शाहिद के घर रहा। इस दौरान मोहम्मद फरान के नाम से उसका पाकिस्तानी जाली पासपोर्ट तैयार कर दिया गया, ताकि वह ढाका पहुँच सके। उसके साथ शाहिद भी गया। खाजा के पास दो पासपोर्ट और थे। हैदराबाद रीजनल पासपोर्ट में तैयार किया गया भारतीय पासपोर्ट, जिसमें उसका नाम शेख अब्दुल खाजा सुपुत्र ओसमान अली और दूसरा राजाशाही बँगलादेश निवासी मोहम्मद अमजद के नाम से था। ढाका एयरपोर्ट पर खाजा से मिलने शाहिद, गुलाम यजदानी और अहसानुल्ला हसन काजल आए। उसे काजल के घर मीरपुर में ले जाया गया, लेकिन बाद में भविष्य की योजना बनाने के लिए उसे अफगान युद्ध के एक 'हूजी' सरदार व शाहिद के आका अब्दुल मुतालिब के घर रुकवाया गया। गुलाम याजदानी और काजल वाराणसी में संकटमोचन मंदिर में हुए बम विस्फोट के दो दिन बाद दिल्ली में हुई मुठभेड़ में मारे गए और मुतालिब 2009 में बँगलादेश पुलिस द्वारा पकड़ा गया।

जिहादी फैक्टरी बँगलादेश में जोर-शोर से चल रही थी, जिसमें शरीफ कंचन, इब्राहीम हाजी और कलीम अरशद जैसे नए रिक्रूटों ने भरती ली थी। इनमें से शरीफ ने आई.ई.डी. बनाने तथा सेलफोन से चलनेवाले विस्फोटकों को तैयार करने में दक्षता हासिल की थी। इसके अलावा वह 'हूजी' तथा लश्कर के गुर्गों के लिए भारत की सीमा में प्रवेश करके हथियारों को लाने का काम भी करता था। भारतीय सुरक्षा एजेंसियों द्वारा पूछताछ में खाजा और रियाजुद्दीन दोनों ने शरीफ की पृष्ठभूमि और उसकी गतिविधियों की पूरी जानकारी दी। खाजा के अनुसार शाहिद को हथियारों और विस्फोटकों का प्रमुख सप्लायर शरीफ था, जो यह काम चटगाँव स्थित अपने गुर्गों की मारफत करता था। 2000 तक चटगाँव का बंदरगाह बंगाल की खाड़ी में उत्तर-पूर्वी राज्यों तथा श्रीलंका के तमिल ईलम टाइगर्स को शस्त्र पहुँचाने का प्रमुख केंद्र था। बँगलादेश में 'हूजी' सरगने यहाँ से शस्त्रों की सप्लाई म्याँमार में मुसलिम बहुल अराकान आर्मी और मणिपुर पीपल्स यूनाइटेड लिबरेशन को भेजते थे। यहाँ बननेवाली पिस्तौल मय 6 से 8 राउंड मैगजीन के 15,000 से 20,000 रुपए तक में मिल जाती थी। चीन निर्मित हथगोलों का मूल्य 1500 से 2000 रुपए के बीच पड़ता था। 'हूजी' नेटवर्क और शरीफ राजशाही विश्वविद्यालय के छात्रों से एक तय मूल्य पर सल्फ्यूरिक एसिड, हाइड्रोजन पेराक्सॉइड और यूरिया जैसा कच्चा माल मुहैया करते थे। खाजा ने पूछताछ के दौरान खुलासा किया कि कश्मीरी उग्रवादी और असम के उल्फा विद्रोही विस्फोटकों की एक तयशुदा कीमत बाँट लेते थे। विस्फोटक पदार्थ और जाली नोट भारत-बँगलादेश सीमा के तस्करों के माध्यम से देश में आता था।,

हैदराबाद में एस.टी.एफ. हमला और जिहादी की मौत

बँगलादेश में ही शाहिद ने मुजाहिद सलीम इस्लाही की मौत का बदला लेने के लिए हैदराबाद स्थित आंध्र प्रदेश एस.टी.एफ. के दफ्तर को बम से उड़ा देने का फैसला किया। इसके लिए उसने मोहतसिम बिल्ला को 'सुसाइड जैकेट' पहनना सिखाया। दोनों को एहतियात बरतने के लिए कहा गया, क्योंकि उन्हें यह भय था कि उनकी पहचान यदि मीडिया को हो गई तो प्लान फेल हो जाएगा। योजना के अमल के लिए शरीफ, कलीम और दलील सीमा पार करके मालदा पहुँचे, जहाँ से वे पटना होते हुए विजयवाड़ा पहुँचे। शरीफ वहाँ से लौट आया, जबकि दोनों फियादीन हैदराबाद चले गए। अक्तूबर, 2005 में हुए इस आत्मघाती हमले में एक सिक्योरिटी गार्ड मारा गया, पर कलीम पकड़ा गया। लेकिन बदला अभी खत्म नहीं हुआ था, क्योंकि शाहिद ने खाजा को इस आदेश के साथ अहमदाबाद भेजा कि वह वहाँ जाकर पुलिस के ए.सी.पी. नरेंद्र अमीन की गतिविधियों को नोट करे, जिसने हैदराबाद में मौलाना नसीरुद्दीन की गिरफ्तारी के समय सलीम पर तथाकथित गोली चलाई थी। किंतु अमीन पर हमले की योजना सफल नहीं हो पाई। आज नरेंद्र अमीन लश्कर-ए-तय्यबा से संपर्क रखनेवाले गैंगस्टर सोहराबुद्दीन की मुठभेड़ में हत्या के अपराध में पुलिस हिरासत में है।

शाहिद बँगलादेश में ही रहा, जबकि उसके भाई अब्दुल समृद्ध ने शेख नजीबुल्ला और रियाजुद्दीन को, जो मौलाना नसीरुद्दीन का बेटा था और उस समय सऊदी अरब में था, एक महीने की ट्रेनिंग के लिए पाकिस्तान भेजा। इसमें रसूल खान पार्टी ने मदद की। ट्रेनिंग समाप्त करके दोनों कराची लौट आए और शाहिद के घर पर रुके। लेकिन नजीबुल्ला को अपने माँ-बाप के दबाव में सऊदी अरब लौट जाना पड़ा। रियाजुद्दीन नासिर को मुजफ्फराबाद में लश्कर-ए-तय्यबा के पास एडवांस ट्रेनिंग के लिए भेज दिया गया। वहाँ लश्कर के टॉप कमांडर जकी-उर-रहमान लखवी और मुजम्मिल बट्ट भारत से आने वाले ताजा रिकरूटों को ट्रेनिंग देने में लगे हुए थे। पाकिस्तान में दूसरे ट्रेनिंग कैंप पंजाब के बहावलपुर और सरगोधा में थे। शाहिद भारत और बँगलादेश से नए रिकरूट तैयार करके पाकिस्तानी ट्रेनिंग कैंपों में भेजने में लगा रहा। शाहिद की रिकरूटों को चुनने की प्रक्रिया दो भागों में थी। पहली में वह उन लोगों को चुनता था, जिनका रुझान मजहब की ओर होता था और जो जिहाद में रुचि रखते थे। दूसरे भाग में वह उनकी पहचान के ब्योरे लश्कर के स्थानीय सरगनाओं से क्रॉसचेक कराता था। उसके पकड़े जाने के बाद यह काम रियाजुद्दीन नासिर करने लगा। बँगलादेश में रिक्रूट का काम गुलाम यजदानी और उसके बाद शरीफ और अब्दुल मुतालिब करने लगे। बँगलादेश की खुफिया एजेंसियों की नजर से बचने के लिए खाजा अपने कराची जाने के ट्रिपों को एक व्यापारी का जामा पहनाता था, जिसे कपड़े, जेवरात, सिगरेट तथा गोल

टोपी के व्यापार के सिलसिले में वहाँ आना-जाना पड़ता है। रियाजुद्दीन नासिर के ट्रेनिंग कैंप से लौटने पर उसके लिए अब्दुल रजाक के नाम से जाली पासपोर्ट बनवाने के लिए शाहिद ने खाजा को भेजा। उसके बाद रियाजुद्दीन बँगलादेश से भारत में नेपाल होकर घुसा। जनवरी, 2008 में वह कर्नाटक पुलिस द्वारा पकड़ा गया। उसके बाद खाजा कराची वापस आ गया, लेकिन बँगलादेश नहीं जा पाया, क्योंकि तब तक इंटरपोल ने उसके खिलाफ रेड-कॉर्नर नोटिस जारी कर दिया था। आतंकी कामों के लिए हमेशा पैसे की जरूरत पड़ती है, इसलिए यह पैसा उसे सऊदी अरब में असद खान, सिद्दीकी बिन ओस्मान, फराहतुल्ला घौरी और अब्दुल समद से मिलता रहा। सिद्दीकी ने अबू हँजाला को रियाद के पास बटाह में 'दर्स-ए-कुरान' (कुरान पर धार्मिक भाषण) आयोजित करके पैसा इकट्ठा करने को कहा।

सन् 2007 में खाजा ने देखा कि कराची में शाहिद की गतिविधियों पर पाबंदी लगा दी गई है, क्योंकि कुछ अधिकारियों से उसकी तकरार हो गई है। अब्दुल समद सऊदी अरब से आया और 30 अगस्त, 2007 के अब्दुल और शाहिद मौलाना सुफियाना पतंगिया उससे मिलने उसके घर गए। दो घंटे बाद जब गुरु मसजिद स्थित अपने घर लौट रहे थे, तब कुछ अज्ञात लोगों ने दोनों की हत्या कर दी। कराची पुलिस ने शाहिद के सेलफोन में खाजा का नंबर पाया, इसलिए उसे शिनाख्त करने के लिए अस्पताल में बुलाया। शाहिद को आठ और अब्दुल समद को पाँच गोलियाँ लगी थीं। यह अनुमान लगाया गया कि दोनों भाइयों की हत्या मुत्तहिदी कौमी मूवमेंट (एम.क्यू.ए.) के लोगों ने की है, जो खाजा के विचारों के अनुसार भारतीय खुफिया एजेंसियों की सहायता से चलाया जाता है। यहाँ तक कि खाजा और शेख नजीबुल्ला (जो पहले सऊदी अरब चला गया था) ने मिलकर अंग्रेजी और उर्दू में एक आर्टिकल तैयार कर उसे भेजा, जिसमें कहा गया कि शाहिद और समद की हत्या के पीछे भारतीय खुफिया एजेंसियों का हाथ है। शाहिद की मौत के बाद खाजा ने रसूल पार्टी के संपर्कों के जरिए मारनेवालों के बारे में जानकारी लेनी चाही थी, किंतु उसे कुछ नहीं मिला।

शाहिद के चले जाने के बाद खाजा ने उसका काम सँभालने के लिए उसूल खान और आई.एस.आई. के अधिकारियों की मीटिंग में जाना शुरू कर दिया। उसकी मुलाकात लश्कर के टॉप कमांडर मुज्जमिल बट्ट से हुई, जिसने खाजा के भारतीय युवकों को जिहादी ट्रेनिंग में लाने के लिए 30,000 रुपए प्रति माह देने की पेशकश की, पर जब उसने मुज्जमिल से शाहिद की हत्या के बारे में पूछा तो उसने उसे सऊदी अरब जाकर गुप्त रूप से पूछताछ करने को कहा। संदेश स्पष्ट था कि वह आगे जानकारी हासिल न करे। यह इस बात का संकेत था शाहिद को उसको पालनहारों ने ही मारा है।

फ्रीलांस जिहाद और जाली नोट

शाहिद और समद की मौत से भारत ने राहत की साँस ली। चूँकि उस वक्त तक भारतीय खुफिया एजेंसियाँ भारतीय मुजाहिदीन की वास्तविकता के बारे में अनजान थी, उनका विश्वास था कि 26 अगस्त, 2007 को अनेक नगरों में हुए विस्फोटों तथा हैदराबाद स्थित लुंबिनी पार्क के ऑडिटोरियम और गोकुल चाट भंडार में विस्फोट के पीछे शाहिद का हाथ था, जिसने यह काम पाकिस्तानी ग्रुपों की मदद से किया है। 2005 से लेकर 2007 के बीच लगातार होते विस्फोटों के अपराधियों को न पकड़ पाने पर भारतीय पुलिस ने मक्का मसजिद और अजमेर शरीफ में हुए विस्फोटों के लिए शाहिद को जिम्मेदार ठहराया। हालाँकि पुलिस को शाहिद की कराची में हुई मौत की खबर लग चुकी थी। फिर भी उसे यह जाँच करके विश्वास करने में एक वर्ष लग गया कि कराची में जिस शाहिद की हत्या हुई, वह वही शाहिद है, जिसकी भारतीय पुलिस को तलाश है।

शाहिद की मौत का असर खाजा के भविष्य पर भी पड़ा, क्योंकि जल्दी ही उसे काम से अलग कर दिया गया। कारण लश्कर और आई.एस.आई. के आकाओं का उसपर से विश्वास उठ गया था। परिणामस्वरूप अपनी रोजी-रोटी के लिए उसने पाकिस्तानी ग्रुपों से मिलकर जाली मुद्रा के व्यापार का काम हाथ में ले लिया। जैसे-जैसे इसलामी उग्रवादियों में बाबरी मसजिद के ढहाने पर शुरू हुआ उन्माद ढीला पड़ने लगा, वैसे-वैसे खाजा में भी भ्रम का फोबिया उसके दिमाग से हटने लगा। लेकिन उसमें बैठा कट्टरपन अब भी उसे जिहाद की ओर उकसाता रहा। इसी झोंक में खाजा ने अप्रैल 2009 में अपने पुराने दोस्तों शाहिद मुतालिब के साथ-साथ शरीफ की सहायता से कोलकाता में आर.एस.एस. और बी.जे.पी. के कार्यालयों में बम विस्फोट करने का प्लान बनाया। इसके लिए उसने शरीफ से कोलकाता जाकर जाँच-पड़ताल करने तथा एक-दूसरे व्यक्ति को एक स्कूटर को आई.ई.डी. बम में तब्दील करने के लिए कहा, लेकिन यह प्लान शरीफ के बँगलादेश पुलिस द्वारा नकदी सहित पकड़े जाने से फेल हो गया। हालाँकि शरीफ एक साल बाद छूटकर आ गया, लेकिन खाजा के हौसले पस्त हो चुके थे। आई.एस.आई. के बदले की काररवाई से डरकर खाजा जुलाई 2009 में रियाद भाग गया और वहाँ नौकरी कर शांति से जीवनयापन करने की कोशिश करने लगा। लेकिन रियाद में खासा की कोशिशों का कोई अंजाम न मिलने के कारण उसके पास कराची लौटने के अलावा और कोई उपाय नहीं था। तीन महीने बाद ही वह कराची लौट आया और पाकिस्तान में रोजी-रोटी के लिए उसने फिर से नकली नोटों की भारत में तस्करी का धंधा शुरू कर दिया।

अक्तूबर 2009 में उसने एक बँगलादेशी नागरिक से संपर्क करके कोलकाता में नकली नोटों के व्यापारी का पता लगाने को कहा। अनवर द्वारा व्यापारी के पता लग जाने के बाद खाजा ने 33 लाख के नकली नोट अनवर के सरगना को मोटादिल, ढाका

में पहुँचा दिए, लेकिन पार्टी नोट लेने नहीं पहुँची, इसलिए अनवर ने उस रकम को छोटे-छोटे भागों में कोलकाता में चलाने की योजना बनाई, लेकिन नवंबर 2009 में कोलकाता पुलिस ने तीन बँगलादेशी नागरिकों को भारत के नकली नोटों के साथ पकड़ लिया और उनसे 33 लाख के पूरे नोट बरामद कर लिये। अनवर बँगलादेश भागने में सफल हो गया, लेकिन खाजा को 16 लाख रुपए की चपत लग गई, क्योंकि पाकिस्तानी एजेंट ने अपने पैसों के लिए उसपर दबाव बनाना शुरू कर दिया। किसमत और पैसे दोनों से मजबूर खाजा ने भारत में अपने भाई खादेर से संपर्क किया। उसने खासा को पाकिस्तानी एजेंट को फिलहाल 3 लाख रुपए देने के लिए रुपए भिजवा दिए। आखिरी कोशिश के रूप में खाजा ने जश-ए-मोहम्मद के एक सरगने हकीम के कहने पर भारत में जिहादी हमलों के लिए भारत के सामरिक महत्त्व के मुख्य केंद्रों जैसे पावर स्टेशन, ऑयल रिफाइनरी, पेट्रोगुड ढोती हुई मालगाड़ी, हाइड्रोइलेक्ट्रिक पावर स्टेशन, बाँध और गुजरात के मुख्यमंत्री नरेंद्र मोदी पर रेकी करने का काम हाथ में लिया।

हकीम का प्लान पाकिस्तानी आई.एस.आई. के प्रमुख लक्ष्य का ही एक हिस्सा था—भारत के आर्थिक तंत्र को नुकसान पहुँचाना। खाजा ने अहमदाबाद विशाखापत्तनम और सिकंदराबाद में ऑयल रिफाइनरी और गोदामों को इंटरनेट पर ढूँढ़ना शुरू कर दिया। उसके भविष्य के प्लान में जिन स्थानों पर जिहादी हमले होने थे, वे थे—आंध्र प्रदेश के आला पुलिस अधिकारी, दिल्ली में रॉ हेडक्वार्टर, वे पुलिस अधिकारी, जिन्होंने हैदराबाद में मक्का मसजिद विस्फोट के बाद मुसलिम युवकों को सताया था, गुजरात पुलिस अधिकारी नरेंद्र कुमार अमीन, हैदराबाद में पुलिस अधिकारियों के आराम और मनोरंजन केंद्रस्थल (एस.टी.एफ. फ्लैट)। लेकिन ये सभी प्लान धीरे-धीरे फेल हो गए, क्योंकि अब तक आई.एस.आई. से उसके बीच की दरार सार्वजनिक हो गई थी और पाकिस्तानी जिहादी ग्रुपों की वरीयता सूची में उसका नाम था ही नहीं।

इसी बीच बँगलादेश सरकार ने विशेष अभियान चलाकर जिहादी गुटों की धर-पकड़ शुरू कर दी। इसे देखते हुए अनवर ने खाजा को सलाह दी कि वह कोलंबो जाकर पनाह ले और उसके पाकिस्तानी पासपोर्ट से कोलंबो के लिए टिकट की भी व्यवस्था कर दी। खाजा 16 जनवरी, 2010 को कोलंबो पहुँचा, लेकिन उसके खिलाफ इंटरपोल के रेड-कॉर्नर नोटिस ने उसकी सारी उड़ानों पर पानी फेर दिया। उसे हवाई अड्डे पर पकड़ लिया गया और भारतीय सुरक्षा एजेंसियों की गिरफ्त में चेन्नई भेज दिया गया, जहाँ बाद में आंध्र प्रदेश पुलिस ने उसे बाकायदा गिरफ्तार कर लिया। खाजा का कोलंबो में पकड़ा जाना और उसका भारत लाया जाना भारतीय सुरक्षा एजेंसियों के लिए एक बड़ी सफलता मानी गई, क्योंकि उसने पूछताछ के दौरान बँगलादेश और पाकिस्तान में फैले जिहादी जाल का जो विवरण दिया, उससे भारतीय सुरक्षा एजेंसियों को यह विश्वास

हो गया कि मुंबई 26/11 के हमले के बाद भी भारत के खिलाफ पाकिस्तानी जिहादी नेटवर्क खत्म नहीं हुआ, बल्कि ज्यों-का-त्यों बना हुआ है। खाजा ने बताया कि विस्फोटों के बाद अनेक जिहादी ग्रुप पकड़े गए, लेकिन दोनों भटकल भाई पाकिस्तान भाग जाने में कामयाब हो गए। उसने बताया कि हैदराबाद, वाराणसी, जयपुर, अहमदाबाद और दिल्ली में जो विस्फोट हुए, उनके पीछे प्रमुख रूप से भटकल भाइयों का ही हाथ था, जबकि बेंगलुरु का विस्फोट केरल के ग्रुप द्वारा किया गया था। उसने बताया कि कर्नल मोहम्मद के आई.सी.आई. ग्रुप का प्रमुख मुखिया हो जाने पर इकबाल भटकल आमिर रजा खान के स्थान पर प्रमुख कार्यकर्ता बन गया था। आमिर और इकबाल दोनों दुबई के बाहर काम कर रहे थे, जबकि रियाज भटकल कराची के डिफेंस एरिया में रह रहा था। खाजा ने पाकिस्तान में काम करनेवाले अन्य जिहादी ग्रुपों के बारे में भी जानकारियाँ दीं और बताया कि उग्रवादी और जिहादी सब आपस में जुड़े हुए हैं। इसी प्रकार उनको चलानेवाले पाकिस्तानी आका भी बराबर एक-दूसरे के संपर्क में रहते हैं। यह सब इस तथ्य से साबित होता है कि खाजा 2006 औरंगाबाद में हथियारों का जखीरा पहुँचानेवाले अपराधी जबीउद्दीन अंसारी उर्फ साहिब जबीउद्दीन उर्फ जबी अंसारी, फैयाज कागजी, जुल्फिकार अहमद उर्फ फैयाज कागजी, नासिर, अजहर से मिला था, जो लश्कर-ए-तय्यबा के कमांडर-मुजम्मिल के मातहत काम कर रहे थे और पाकिस्तान अधिकृत कश्मीर के मुजफ्फराबाद में अवस्थित थे।

मोहसिन चौधरी और उसका छोटा भाई अनवर 2004 में हिमायत बेग से तब मिले थे, जब वह पुणे म्यूनिसिपल लाइब्रेरी में काम करता था। बाद में उन्होंने 2005 में उसे भटकल भाइयों, रियाज तथा इकबाल से मिलवाने के साथ लश्कर-ए-तय्यबा से भी संपर्क करवाया। अकबर चौधरी 2008 मुंबई पुलिस द्वारा पकड़ा गया, लेकिन मोहसिन अब तक फरार है। अकबर का मुंबई कोर्ट में 24 अक्तूबर, 2008 को दिया गया बयान भटकल भाइयों की आतंकी काररवाइयों की व्यापकता को आँख खोलकर देखने के लिए मजबूर करता है। बयान के अनुसार भटकल भाई न केवल मजहबी मुसलिम युवकों को जिहाद के लिए प्रेरित करते थे, बल्कि भटकल में हथियारों की ट्रेनिंग के अलावा उन्हें हथियार भी मुहैया कराते थे। धर्म की आड़ में और लश्कर तथा आई.एस.आई. के सहयोग से भटकल भाइयों ने देश में ही जिहादी कारखाना जैसा पूरा तामझाम स्थापित कर लिया था। सादिक शेख ने आजमगढ़ी सरगने की मदद से भारतीय मुजाहिदीन का पहला जत्था ट्रेनिंग के लिए भेजा था, जबकि इकबाल भटकल और उनकी पाकिस्तानी प्रशिक्षित टीम ने बड़े पैमाने पर पुणे, मुंबई और मंगलौर से आए नए रिकरूटों को प्रशिक्षित किया था। यह देसी जिहादी कारखाना जिहाद की प्रेरणा से स्थापित किया गया था, किंतु इसका प्रमुख उद्देश्य बम विस्फोटों, हत्याओं और अपहरणों से भारत में अस्थिरता पैदा करना

था। आजमगढ़ का आतिफ अमीन गैंग गोली चलाना और हत्या करने की तैयारी कर ही रहा था कि वह दिल्ली पुलिस के निशाने पर आ गया। उधर अकबर चौधरी और उसके पुणे के गैंग ने नगर के बड़े जौहरियों और बिल्डरों को अपना लक्ष्य बना लिया।

रोबोट, जिहाद और अपराध

पुणे में अकबर उस्मान चौधरी यदि भटकल भाइयों के जिहादी जाल में न फँसता तो वह भी भारत में रोजगार की तलाश करते लाखों युवकों में से एक होता। चौधरी पुणे में खोंदवा खुर्द का रहनेवाला था और शहर के प्रसिद्ध एंग्लो-उर्दू स्कूल में पढ़ा था। 2005 में उसके भाई मोहसिन ने उसका परिचय रियाज भटकल से कराया। उस समय रियाज पुणे में ऑटो मोबाइल इंजीनियारिंग का कोर्स कर रहा था। रियाज ने चौधरी को मजहब के प्रति उसके दायित्वों की याद दिलाई और कुरान के बारे में पूछताछ करके पता किया कि वह एक आदर्श मुसलमान की तरह पाँच बार नमाज पढ़ता है या नहीं। उसने चौधरी को अपने भटकल गाँव आने की दावत दी। मई 2005 में चौधरी रियाज के गाँव आया, जहाँ पर उसने इकबाल भटकल के मजहबी भाषण 'दर्स-ए-कुरान' में भाग लिया। कुरान को अरबी भाषा में पढ़ने में उसमें भी रुचि पैदा हुई। उसने अरबी भाषा की पढ़ाई करने की मंशा बताई। एक सप्ताह गाँव में रहने के बाद पुणे में अकबर और उसके दोस्तों—पुणे के गुलटेकड़ी के अनिक शफीक सय्याद और आसिफ बशीर शेख से अरबी भाषा सीखने लगा। सय्याद और शेख की इस क्लास में जो और लड़के थे, उनमें मजीद शेख, फारूक तर्कश, मंसूर असगर पीरभाय और मोबिन शेख शामिल थे। इस तरह पढ़ाई का यह केंद्र स्थल पुणे में भारतीय मुजाहिदीन का अड्डा बन गया। शीघ्र ही डॉ. अनवर अब्दुल गनी बगवान (जो जोंगवाड़ी, पुणे स्थित प्राइमरी हेल्थ सेंटर का ग्रैजुएट डॉक्टर था) और मोहसिन का दूसरा मित्र फज्ले रहमान भी इसमें शामिल हो गए। सभी लोग तब भटकल गाँव गए, जहाँ उन्होंने 'दर्स-ए-कुरान' प्रोग्राम में हिस्सा लिया। इकबाल के 'हड़ित' और जिहाद पर भाषणों को सुना। इकबाल ने इस दौरान युवकों को फिल्म दिखाकर और छपा हुआ लिटरेचर देकर यह दिखाया कि किस प्रकार गुजरात, जम्मू व कश्मीर और भारत के अन्य भागों में मुसलमानों पर अत्याचार हो रहा है। उसने युवकों को जिहाद में भाग लेने को कहा, जो हर मुसलमान का फर्ज है। उसने युवकों को व्यावहारिक प्रशिक्षण देकर मोबाइल चलाने का तरीका और उसे सुरक्षा एजेंसियों की नजर से दूर रखने की तरकीब भी बताई।

युवकों को बताया गया कि आपस में जब बात करें तो पी.सी.ओ. की मार्फत करने की कोशिश करें। सीधा अर्थ यह था कि उनकी बातचीत स्थानीय पुलिस तथा सुरक्षा एजेंसियों द्वारा मोबाइल डाटा पर 'ट्रैक' न हो सके। 2006 में रमजान के महीने में रियाज

और इकबाल भटकल पुणे आए और खोंडवा स्थित डॉ. अनवर के कमलदीप अपार्टमेंट में रुके। यही फ्लैट अगले दो वर्षों के लिए भारतीय मुजाहिदीन का केंद्र बन गया, जहाँ पर हैदराबाद, जयपुर, अहमदाबाद और दिल्ली में हुए सीरियल विस्फोटों के लिए आई.ई.डी. तैयार किया गया। शक की नजरों से दूर रखने के लिए अकबर और अनिक सय्याद ने 'एकमे कंप्यूटर्स' नाम की एक फर्जी कंपनी खोलकर उसका ऑफिस पुणे में न्यू मोदी खाना के मेफेयर कॉम्प्लेक्स में किराए पर ले लिया, जहाँ रियाज और इकबाल भटकल अकसर आकर प्लान बनाते और सूचनाओं का आदान-प्रदान करते। कुछ ही समय में इस ग्रुप ने बड़ी संख्या में मुसलिम युवकों को अपने साथ जोड़ लिया, जिनमें यासिर शेख, मोबिन शेख, अतिक मोहम्मद और दस्तगीर फिरोज मूजावर शामिल हैं। इन युवकों के मस्तिष्क में मजहबी फितूर पैदा करने की कोशिश के साथ-साथ भटकल भाइयों ने अकबर, अनिक, मजीद, फारूक, आसिफ, मंसूर पीरभाय और असगर बगवान से दाढ़ी साफ करा देने की सलाह दी, ताकि आमतौर पर उन्हें मुसलिम न समझा जाए। रियाज और इकबाल भटकल जब अपने कामों पर पुणे और मुंबई के चक्कर लगा रहे थे, तब खोंडवा के फ्लैट में मंगलौर से नए रिकरूटों का आना शुरू हो गया। इनमें सैयाद मोहम्मद नौशाद, अहमद अबू बाकर बावा और वसीम भाई थे। भारतीय मुजाहिदीन धीरे-धीरे बढ़ रहा था। उत्तर में सादिक, आरिफ बदर और आतिफ अमीन बहाली कर रहे थे। भटकल भाई पुणे-महाराष्ट्र में मुजाहिदीन को बढ़ा रहे थे। केरल कर्नाटक क्षेत्र में ओमेर हाजी और अब्दुल सत्तार तथा हैदराबाद में मौलाना नसीरुद्दीन मुजाहिदीन की जमीन पुख्ता करने में लगे हुए थे। मुजाहिदीन का बुनियादी गुट पाकिस्तान के लश्कर कैंपों में प्रशिक्षित हो चुका था, इसलिए अब केवल नए मुसलमान युवकों को मुजाहिदीन बनाने का काम रह गया था।

अप्रैल 2007 में भटकल भाइयों के निर्देश पर अहमद यासिन से शस्त्र और विस्फोटकों का प्रशिक्षण लेने के लिए अकबर और सय्याद को भटकल जाने के लिए बेंगलुरु और चिकमंगलूर से होकर जाने को कहा गया। अहमद यासिन जर्मन बेकरी विस्फोट का प्रमुख आरोपी था, जबकि प्रशिक्षण के लिए गोला-बारूद का इंतजाम अहमद अबू बाकर बाबा ने किया। प्रशिक्षण के दौरान 18 मई, 2007 को हैदराबाद की चार मीनार के निकट मक्का मसजिद में सेलफोन चालित एक बम का विस्फोट हुआ, जिसमें 16 नमाजी मारे गए। विस्फोट के बाद हिंसक भीड़ पर नियंत्रण करने में कुछ और लोगों की मौत हो गई। स्थानीय पुलिस और सुरक्षा एजेंसियों ने तुरंत इस कांड के लिए 'हूजी' को दोषी ठहरा दिया, हालाँकि अब पूर्णत: संभावित अनुमानों के अनुसार संदेह यह किया जा रहा है कि इस कांड के पीछे हिंदू उग्रवादी दल का हाथ था। जो भी हो, भारतीय सुरक्षा एजेंसियाँ सुराग पाने की कोशिश में लगी हुई हैं, भटकल भाइयों को

विश्वास हो गया था कि इस कांड के पीछे किसका हाथ है ? जब वे प्रशिक्षण से वापस आए तो उन्होंने अकबर और अनिक से मक्का मसजिद विस्फोट तथा गोली कांड में मारे गए मुसलिमों का बदला लेने को कहा। मक्का मसजिद विस्फोट ने भारतीय मुजाहिदीन के उन सभी संदिग्ध रिकरूटों के मस्तिष्कों को अब नई दिशा प्रदान करने में सहायता पहुँचाई, जो अभी तक बॉर्डर लाइन पर बैठे थे। इसने इस सिद्धांत को नई जमीन दे दी कि भारत में इसलाम पर हमला हो रहा है। भारतीय मुसलिम युवकों को जिहाद की ओर प्रेरित करने का काम और भी आसान हो गया। जिस तरह से जिहादी रिकरूटों की गिनती में तेजी आ रहा थी, उसे देखते हुए भटकल भाइयों को अब दायरा बढ़ाने के लिए नई जगहों की जरूरत पड़ने लगी। नई जगह चुनने के लिए उन्होंने मोहसिन चौधरी के दोस्त फज्ले रहमान मुस्सादिकान दुर्रानी को लगाया, जो परबनी का रहनेवाला था और अहमदाबाद व सूरत में विस्फोटों का प्रमुख आरोपी था।

थोड़ी सी तलाश के बाद ही उन्होंने 1 अगस्त, 2007 से डॉ. बगवान के नाम पर खोंडवा में अशोका म्यूज में किराए पर एक नया फ्लैट ले लिया। इस प्रकार उनके पास तीन स्थान हो गए, जिनमें से दो का किराया भटकल भाइयों ने देना शुरू कर दिया। भटकल भाइयों ने मक्का मसजिद कांड का जो बदला 25 अगस्त, 2007 को लिया, उसमें काफी जान-माल का नुकसान हुआ। बयालीस व्यक्ति मारे गए। केंद्र सरकार पर राजनीतिक दबाव इस हत्याकांड की जिम्मेदारी तय करने के लिए हालाँकि बढ़ता ही रहा, तथापि भटकल भाइयों ने बड़ी चालाकी से अपने को पुलिस की नजर से बचाए रखा। भारतीय सुरक्षा एजेंसियों ने उस समय इस कांड के लिए लिए हैदराबाद के 'हूजी' जिहादी शाहिद को सिलसिलेवार विस्फोटों के लिए जिम्मेदार ठहराया था, लेकिन पाँच दिन बाद ही 30 अगस्त, 2007 को जब शाहिद अपने भाई अब्दुल समद के साथ कराची में अज्ञात व्यक्ति द्वारा मारा गया तो भारतीय एजेंसियों ने मन-ही-मन संतोष की साँस ली। लेकिन इस संतोष में वे भटकल और उसके जिहादी ग्रुपों और गुजरात में जिहादी फैक्टरी को देख ही नहीं पाए और हैदराबाद बम केस सुलझ गया, मानकर उसे बंद कर दिया। अपने बदले से खुश भटकल भाइयों ने फिलहाल कोई गतिविधि न करके यह दिखाया कि अब सबकुछ सामान्य हो गया है। इस दौरान उन्होंने घरेलू बातों पर ध्यान दिया। सेलफोन मरम्मत करना जैसे प्रशिक्षण में लगे रहे, जो इकबाल के दोस्त तारिक यूसुफ ने उन्हें चार महीनों तक सिखाया। 2007 दिसंबर में जाकर उन्होंने महाराष्ट्र में अस्थिरता और जिहादी विस्फोट करने का प्रोग्राम बनाया। इसके लिए उन्होंने पुणे के धनी व्यापारी के बेटों और बेटियों का अपहरण करने का फैसला किया। इसके लिए डॉ. अनवर बगवान ने के.ई.एस. अस्पताल की फार्मेसी से एनेस्थिटिक्स चुराई, ताकि अपहृत शिकार को कुछ देर के लिए बेहोशी में रखा जा सके। उन्होंने अशोक म्यूस के

फ्लैट में दवा को स्टोर किया और डॉ. बगवान ने अनिक को 'एनेस्थीसिया' देने की प्रक्रिया को समझाकर उसके सामने अकबर पर प्रत्यक्ष प्रदर्शन करके भी दिखाया। उसके बाद वह अपने परिवार सहित हैदराबाद अपना काम शुरू करने के उद्‌देश्य से चला गया।

फरबरी 2008 में रियाज ने अकबर और अनिक को पुणे के एक प्रमुख बिल्डर तथा रियल एस्टेट डेवलपर्स 'लंकड बिल्डर्स' के बेटे पर नजर रखने को कहा। लेकिन चूँकि उसका बेटा सार्वजनिक स्थलों पर बहुत ही कम दिखता था, इसलिए उसे छोड़कर उन्होंने 'राँका ज्वैलर्स' के मालिक पर निशाना लगाया। लेकिन यह प्लान भी सफल नहीं हो पाया। इसे देखते हुए रियाज ने अपहरण करने का प्लान ही ड्रॉप कर दिया। इसी बीच इकबाल ने अकबर और उसके दोस्तों को 9 एम.एम. पिस्तौल चलाने की ट्रेनिंग दी। मई 2008 से लेकर अक्तूबर 2008 में हुई अपनी गिरफ्तारी तक अकबर जयपुर, अहमदाबाद और दिल्ली में हुए विस्फोटों की प्लानिंग और हमलों में भटकल भाइयों के साथ लगा रहा। इस सबसे यह स्पष्ट हो जाता है कि मुजाहिदीन लड़के भारतीय मुजाहिदीन के केवल सिपाही थे, जबकि सारे निर्णय और कदम भटकल भाई ही उठाते थे। लेकिन चूँकि यह सारा काम जिहाद और तथाकथित मुसलमानों पर होनेवाले अत्याचारों के बदला लेने के नाम पर किया जा रहा था, इसलिए किसी ने भटकल की सरदारी पर कभी कोई सवाल नहीं उठाया। यह अपराधियों, अपहरणकर्ताओं, सॉफ्टवेयर इंजीनियरों और गोली चलानेवाले शूटरों की एक खतरनाक सेना थी, जिसे अपने ही भारतीय नागरिकों को मारने या अधमरा कर देने में जरा भी गम नहीं था। जयपुर और हैदराबाद के बम विस्फोटों के बाद पुणे के अशोक म्यूस फ्लैट में जो जश्न मनाया गया, वह भारतीय मुजाहिदीन की अपने ही देश के प्रति नफरत की एक जिंदा मिसाल है।

□

सीधी कारवाई
भारतीय मुजाहिदीन का हमला

भारतीय मुहाहिदीन के युवक सरगना संजारपुर के सलमान शेख अहमद के पास यदि उसके लीडर रियाज भटकल का फोन न आया होता तो वह भारत पर दूसरा हमला करने की तैयारी में जुट गया होता। उस फोन कॉल की वजह से ही वह 6 मार्च, 2010 को पकड़ा गया। सलमान आजमगढ़ के जिहादी मोहम्मद आतिफ अमीन का प्रमुख शार्गिद था। भारतीय सुरक्षा एजेंसियाँ जर्मन बेकरी में 13 फरवरी, 2010 के बम धमाके को भारतीय मुजाहिदीन की वापसी मानकर उसकी तह में जाकर सच्चाई जानने की कोशिश में लगी हुई थी। इसी कोशिश के दौरान भारतीय एजेंसियों ने कराची से नेपाल के सनसरी जिले के रामनगर में की गई कॉल को 'इंटरसेप्ट' किया। रामनगर गाँव भारत की सीमा से केवल 30 किलोमीटर दूर स्थित है। कराची से 'कॉल' करनेवाला भारतीय मुजाहिदीन का खूँखार जिहादी कमांडर रियाज भटकल था, जो सनसरी के अपने जिहादी साथी को बधाई दे रहा था। उत्तर प्रदेश पुलिस का मत था है कि बधाई जर्मन बेकरी बम कांड की सफलता के लिए थी, जबकि सुरक्षा एजेंसियों का कहना है कि बधाई पाकिस्तान में जिहादी ट्रेनिंग पूरी करने के लिए दी गई थी। जो भी हो, उस कॉल ने यह पक्का कर दिया कि रामनगर में 'कॉल' रिसीव करनेवाला सलमान है, जिसकी खोज भारतीय पुलिस दिल्ली और जयपुर में हुए बम विस्फोटों के लिए कर रही थी। उस समय सलमान अहमद नेपाल भाग गया था, जहाँ से रियाज भटकल की मदद से वह दुबई होते हुए कराची पहुँचा था, क्योंकि पुलिस ने विस्फोटों के तुरंत बाद आजमगढ़ के सरगनाओं की धरपकड़ जोर-शोर से शुरू कर दी थी। नेपाल में एक लश्करी शुभचिंतक रामनगर के खुर्शीद आलम की मदद से सलमान को नेपाली पासपोर्ट नं. 4533855 अंसारी मोहम्मद फहद के फर्जी नाम से मिल गया था। उत्तर प्रदेश पुलिस की माँग पर नेपाली पुलिस ने सलमान को गिरफ्तार करके सिद्धार्थ नगर के निकट भारतीय पुलिस को सौंप दिया। यह सरगना सलमान ही था, जो भारतीय मुजाहिदीन की गूढ़ पहेलियों

को सुलझाता था और आजमगढ़ी सरगनों के जिहादी कारनामों को अंजाम देने में अहम भूमिका निभाता था।

आजमगढ़ के संजारपुर के मुसलिम मोहल्ले में पैदा हुआ सलमान मोहम्मद शकील अहमद और इशरत जहाँ का सबसे बड़ा बेटा था। तीन भाइयों और एक बहन में सबसे बड़ा होने के नाते सलमान मुंबई के ईस्ट बांद्रा स्थित अपने नाना-नानी के पास पढ़ा था, जबकि छोटे भाई गाँव के मदरसे जाते रहे। उसकी शुरुआती पढ़ाई खेरनगर के सरकारी अंग्रेजी मीडियम स्कूल में हुई। लेकिन आठवें स्टैंडर्ड में फेल हो जाने पर उसने सरायमीर जाकर डेमरी इंटरकॉलेज में दाखिला लिया, जहाँ से उसने सीनियर सेकेंडरी परीक्षा पास की और लखनऊ में सिक्किम-मनीपाल यूनिवर्सिटी के बी.सी.ए. कोर्स में भरती हो गया। मुंबई की मिश्रित संस्कृति में पले-बढ़े सलमान को आजमगढ़ जाने के बाद ही पता लगा कि मुसलिम संस्कृति क्या है ? यहाँ उसके दोस्तों और बाद में मोहम्मद सैफ ने उसे मजहबी तालीम देनी शुरू की। सैफ ने मजहबी दृष्टिकोण से सलमान को दुनिया दिखाई और उसे मजहब की ओर आकर्षित किया। उसने सलमान पर दिन में पाँच बार नमाज पढ़ने के लिए जोर दिया और उसके सामने इसलाम के कट्टरपन का वर्णन किया। सैफ के बड़े भाई डॉ. शाहनवाज ने, जो लखनऊ नर्सिंग होम में डॉक्टर था और जो आज भारतीय मुजाहिदीन के 'कोर' ग्रुप का एक सदस्य है, सलमान को धार्मिक पुस्तक का हवाला देते हुए जिहाद का पाठ पढ़ाया। उसने सलमान को उकसाने के लिए बताया कि कभी भी यदि मुसलमानों पर अत्याचार होता है तो उसका बदला लेना चाहिए। अपने भाषणों को सही साबित करने के लिए उसने जिहादी ट्रेनिंग, गुजरात के दंगों, बाबरी मसजिद को ढहाने और अमरीका के वर्ल्ड ट्रेड सेंटर पर हुए हमलों के वीडियो दिखाए। 2005 में सैफ ने सलमान की मुलाकात सादिक शेख से कराई, जो रियाज भटकल और आमिर रजा खान के नाम पर जिहादियों को बहाल करने के काम पर निकला था। शेख ने भी सलमान को पूरी दुनिया में मुसलमानों पर होनेवाले अत्याचारों पर भाषण दिए। उसके बाद सैफ ने सलमान को मोहम्मद आतिफ अमीन से मिलवाया, जिसने अपने हिसाब से सलमान को जिहाद में भाग लेने के लिए प्रेरित किया। इतना सब होने के बाद सलमान को धार्मिक कट्टरपन में दाखिल होकर जिहादी बनने में ज्यादा देर नहीं लगी।

यद्यपि भारतीय मुजाहिदीन ने नवंबर 2007 में अपनी मौजूदगी का बकायदा ऐलान लखनऊ, वाराणसी तथा फैजाबाद कोर्ट हुए सिलसिलेवार बम विस्फोटों से किया था, उसके कोर ग्रुप ने 9/11 के हमले के बाद ही काम शुरू कर दिया था, जिसके मातहत आई.एस.आई. और लश्कर-ए-तय्यबा ने 'कराची प्रोजेक्ट' की स्थापना की थी। इस प्रोजेक्ट के अनुसार भारतीय मुजाहिदीन को अब गरीबी भोग रहे निचले तबके के

मुसलिम युवकों को बहाल करके; उन्हें जिहादी कामों के लिए तैयार करके उनका ही इस्तेमाल करना था। दूसरे, चूँकि 13 दिसंबर, 2001 को हुए भारतीय संसद् पर हमले और भारतीय सेनाओं की भारत-पाक सीमा पर बहाली के बाद पाकिस्तान से संपर्क रखना संभव नहीं रह गया था, इसलिए यह फैसला किया गया कि भारतीय मुजाहिदीन पाकिस्तान से मदद माँगना अब बंद कर देगा और अपने बूते पर ही जिहाद चलाएगा। भारत पाकिस्तान दोनों ही देशों के पास परमाणु शस्त्रों की मौजूदगी ने विश्व के अन्य देश विशेष रूप से अमरीका जिहादी विस्फोटों को देखते हुए हरकत में आ गया। उसने दबाव में आकर पाकिस्तान के प्रेसीडेंट परवेज मुशर्रफ को 12 जनवरी, 2002 को वह मशहूर बयान जारी करना पड़ा, जिसमें परवेज ने कहा कि पाकिस्तान भारत पर आतंकी हमले के लिए पाकिस्तान की जमीन का इस्तेमाल नहीं करने देगा। लेकिन आई.एस.आई. के आका आफताब अंसारी और अमीर रजा खान का, जो भारतीय मुजाहिदीन के सरपरस्त थे, कुछ दूसरा ही प्लान था और उन्होंने पहला आतंकी हमला उसी महीने में कर दिया।

22 जनवरी, 2002 का अमेरिकन कल्चरल सेंटर पर हमला

जैसा कि पिछले अध्याय में चर्चा की जा चुकी है कि आसिफ रजा खान की मौत का बदला लेने के लिए कोलकाता स्थित तिलीजाला लेन में हुई बैठक में मोहम्मद सादिक इसरार शेख, शेख जाहिद ने पुलिस पर हमला करने का प्लान बनाया था और आफताब अंसारी और आमिर रजा खान ने अपनी मंजूरी दी थी। अंसारी ने सादिक, नासिर और जाहिद से कहा कि वे कोलकाता में ऐसी किसी इमारत की तलाश करें, जहाँ हमला करने से अमरीका तथा भारतीय पुलिस को नुकसान पहुँचे। इन तीनों ने पूरे शहर की रेकी करके अमरीका कल्चरल सेंटर का चुनाव किया। नासिर ने निशाने के रूटचार्ट का ब्योरा आफताब को इ-मेल के जरिए भेज दिया। 22 जनवरी, 2002 की सुबह 6:30 बजे जाहिद और सादिक मोटरसाइकिल पर अमरीकन सेंटर गए और सेंटर पर तैनात पुलिस के लोगों पर 9 एम.एम. पिस्तौल तथा ए.के.-47 राइफिल से अंधाधुंध गोलियाँ बरसाना शुरू कर दीं। उनके साथी नासिर और सालिम मारुति में रिपन रोड क्रॉसिंग पर इंतजार कर रहे थे। गोलीबारी के बाद सादिक मोटरसाइकिल से उतरकर मारुति में बैठ गया और कार हवा से बात करने लगी। जाहिद उसके पीछे मोटरसाइकिल दौड़ाता जा रहा था। 26 जनवरी, 2002 को नासिर, जाहिद, सादिक और सालिम ने हजारीबाग के फ्लैट में हमले की सफलता का जश्न मनाया।

इस हमले की पूरी दुनिया में निंदा होने की वजह से भारतीय सुरक्षा एजेंसियाँ तुरंत हरकत में आ गईं और हमले के दो दिनों के अंदर ही पुलिस ने हजारीबाग के फ्लैट को घेर लिया तथा मुठभेड़ में दो आतंकियों को मार गिराया। जाहिद ने अपनी मौत के

समय पुलिस को दिए गए बयानों में खुद को मुलतान, पाकिस्तान का रहनेवाला और दूसरे मरनेवाले आतंकी सालिम को पाकिस्तान के पंजाब का नागरिक बताया। उसने यह भी बताया कि सादिक भी, जो भागने में सफल हो गया, सेंटर पर हमले में शामिल था। हमले के बाद उसके अपराधियों को पकड़ने में अमरीका का इतना दबाव था कि हमले के दूसरे ही दिन आफताब अंसारी दुबई हवाई अड्डे पर पकड़ लिया गया और 9 फरवरी, 2002 को भारत भेज दिया गया। जमालुद्दीन नासिर को 29 जनवरी, 2002 को गिरफ्तार किया गया। उसके बयान पर कोलकाता हाईकोर्ट ने केस को आधारित किया। सादिक अगले छह वर्षों तक पुलिस की गिरफ्त से बचकर भारतीय मुजाहिदीन को अपने ही देश के विरुद्ध हमले करने में मुखिया का रोल अदा करता रहा, लेकिन 24 सितंबर, 2008 को मुंबई में पकड़ा गया।

भारतीय सुरक्षा एजेंसियों ने आतंकी तामझाम को जिस प्रकार से तहस-नहस करके बेकार कर दिया था, उसे फिर से चालू करने के लिए आई.एस.आई. और लश्कर-ए-तय्यबा को पूरे तीन साल लग गए। इस दौरान उन्होंने भारत में स्थापित आतंकी सेलों को फिर से सक्रिय बनाया, ताकि वे फिर से हमला कर सकें और फरवरी, 2005 में अमरीकी सेंटर के बाद पहला हमला किया। सादिक शेख 2004 में पाकिस्तान में आई.ई.डी. तैयार करने की ट्रेनिंग लेकर आजमगढ़ लौट आया था। उसने आमिर रजा खान और रियाज भटकल की सहायता से आजमगढ़ में आसिफ अमीन मॉड्यूल की स्थापना की। अमरीकन सेंटर के बाद इस मॉड्यूल का पहला हमला लगभग नजरअंदाज हो गया होता, यदि सलमान उसकी चर्चा उत्तर प्रदेश पुलिस को दिए गए बयान में न करता। आजमगढ़ मॉड्यूल ने टिफिन बॉक्स में अमोनियम नाइट्रेट तथा टाइमर रखकर आई.डी.डी. को तैयार किया था। इस टिफिन बॉक्स को 2005 के प्रारंभ में ही उत्तर प्रदेश रोडवेज की वाराणसी से इलाहाबाद जानेवाली बस में रखकर छोड़ दिया गया था। लेकिन शायद टाइमर के खराब हो जाने के कारण विस्फोट हो नहीं पाया और बस कंडक्टर उस टिफिन बॉक्स को उठाकर अपने इस्तेमाल के लिए घर ले गया।

दशाश्वमेध घाट, वाराणसी, 23 फरवरी, 2005

वाराणसी में प्रसिद्ध विश्वनाथ मंदिर के पास गंगा तट पर बना हुआ दशाश्वमेध घाट हिंदुओं का पवित्रतम नहाने का स्थल है। इसका शाब्दिक अनुवाद 'दस अश्व यानी घोड़े' है। किंवदंती के अनुसार इस घाट पर सृष्टिकर्ता ब्रह्मा ने दस घोड़ों की बलि दी थी। प्रत्येक दिन शाम को इस घाट पर अग्निपूजा की जाती है, जिसमें हजारों श्रद्धालु और पर्यटक भाग लेते हैं। विश्वनाथ मंदिर और दशाश्वमेध घाट तथा इन दोनों को जोड़नेवाला बाजार हमेशा तीर्थयात्रियों से भरा रहता है। यह जानते हुए कि वाराणसी हिंदुओं के लिए

मुसलमानों के मक्का जैसा पवित्र स्थल है, भारतीय मुजाहिदीन ने इस तीर्थस्थल पर तीन बार हमले सिर्फ इसलिए नहीं किए, इनमें अधिक-से-अधिक हिंदू मारे जाएँगे, बल्कि इसलिए कि शहर में सांप्रदायिक दंगे फैल जाएँ। वे अपने प्रयासों में सफल भी हो जाते, यदि शहर की पुलिस मुस्तैद न होती और प्रदेश में राज्य सरकार ने सजगता न दिखाई होती; हालाँकि तत्कालीन सरकार समाजवादी दल की थी, जो अल्पसंख्यक विशेष रूप से मुसलिम संरक्षक मानी जाती थी। उस समय प्रदेश के मुख्यमंत्री मुलायम सिंह यादव थे। जहाँ तक राज्य पुलिस का संबंध है, दशाश्वमेध घाट दुर्घटना कुकिंग गैस सिलेंडर के विस्फोट के कारण हुई, जिसके लिए घाट पर एक चाय की दुकानवाले को लीक करनेवाला सिलेंडर रखने के अपराध में गिरफ्तार किया गया। सिलेंडर से रिसनेवाली गैस से आग लगी और विस्फोट हुआ, जिसमें पाँच लोग मारे गए और अनेक घायल हुए। आग बुझाने के लिए नदी के पानी का इस्तेमाल किया गया। पुलिस ने इस दुर्घटना के लिए किसी पर आक्षेप नहीं लगाया और केस बंद कर दिया गया।

आज भी दशाश्वमेध घाट बम विस्फोट उत्तर प्रदेश पुलिस के अभिलेखागार में सिलेंडर विस्फोट घटना के नाम से दर्ज है। लेकिन सच्चाई बहुत ही खूँखार है, जैसा कि भारतीय मुजाहिदीन के कमांडर सादिक इसरार शेख ने 2008 में अपने पकड़े जाने के बाद अपने बयान में खुलासा किया। सुरक्षा एजेंसियों को 'सरकारी' वर्जन के बावजूद अब विश्वास हो गया है सादिक, शरीफुद्दीन और आतिफ अमीन ने घाट पर दो प्रेशर कुकर रखे थे, जिनमें आई.ई.डी. का प्रयोग किया गया था। ये आई.ई.डी. टाइमर और आर.डी.एक्स. विस्फोटक से बनाए गए थे। स्थानीय पुलिस अधिकारियों के अनुसार, जिन्होंने केस की जाँच-पड़ताल की थी, एक ही आई.ई.डी. का विस्फोट हुआ, जिसका असर ऊपर की ओर ज्यादा था और चारों ओर कम रहा। दूसरा प्रेशर कुकर, जिसमें आई.ई.डी. चला ही नहीं, उसे थाने का पुलिस सब इंस्पेक्टर अपने घर ले गया, क्योंकि कुकर कीमती एल्युमिनियम से बना हुआ था। घर जाकर जब उसने उसके अंदर बारूद वगैरह देखा तो उसने कुकर को गंगा में फेंक दिया। बाद की जाँच-पड़ताल में पाया गया कि दशाश्वमेध घाट विस्फोट में जो आर.डी.एक्स. का इस्तेमाल हुआ था, वह बाबूभाई द्वारा बँगलादेश से लाया गया था। बाबूभाई ने उस माल को 2004 में वाराणसी के गौदोलिया चौक में राजू नाम के सरगना (संभावित आतिफ अमीन) को दिया था। विस्फोट होने के बाद सादिक और आतिफ आजमगढ़ लौट गए।

तत्कालीन राज्य सरकार ने इस विस्फोट के संबंध में अल्पसंख्यक समुदाय को लेकर आगे जाँच-पड़ताल करने में कोई सक्रियता नहीं दिखाई। उधर नवनिर्मित कांग्रेसी नेतृत्व जनित यू.पी.ए. की केंद्र सरकार ने भी अपने खोए हुए मुसलिम वोटों को बटोरने के चक्कर में मुसलिम मतदाताओं को छेड़ना पसंद नहीं किया। इसलिए इस विस्फोट

कांड को एक चाय बनानेवाले की लापरवाही से जनित एक मामूली सिलेंडर का विस्फोट कहकर जाँच की इतिश्री कर डाली गई। पुलिस ने कुछ दिनों तक चायवाले को परेशान किया और बाद में छोड़ दिया।

यह तो मार्च 2006 में जब भारतीय मुजाहिदीन ने फिर से वाराणसी पर हमला किया, तब उत्तर प्रदेश पुलिस के महानिदेशक यशपाल सिंह ने तसदीक किया, दशाश्वमेध घाट पर जो हमला हुआ था, वह दरअसल में आतंकवादियों का हमला था और वे पुलिस अधिकारी जिन पर जाँच-पड़ताल में घपला करने का आरोप साबित होगा, उनके खिलाफ काररवाई की जाएगी। डायरेक्टर जनरल सिंह ने कहा कि दशाश्वमेध विस्फोट के पीछे लश्कर-ए-तय्यबा का हाथ है। यह वही तकिया कलाम था, जो सुरक्षा एजेंसियाँ विस्फोट से संबंधित अनसुलझे केसों के लिए इस्तेमाल करती थीं। पाँच वर्ष बाद भी ड्यूटी में कोताही बरतने या जाँच में घपला करने के लिए किसी भी पुलिस कर्मचारी के खिलाफ कोई काररवाई नहीं की गई। वाराणसी पुलिस तो आज तक यह भी नहीं जानती कि आई.ई.डी. में केवल अमोनियम नाइट्रेट या आई.डी.एक्स. का इस्तेमाल किया गया था। उत्तर प्रदेश में इतने गए-बीते माहौल तथा तत्कालीन पथभ्रष्ट केंद्रीय खुफिया एजेंसियों की वजह से यह केस दुबारा खुल नहीं पाया है। पूर्व केंद्रीय गृहमंत्री शिवराज पाटिल ने केंद्रीय एजेंसियों को स्पष्ट कर दिया था कि भारतीय संविधान के संघीय ढाँचे के अंतर्गत कानून और प्रशासन की जिम्मेदारी संबंधित राज्य सरकारों में निहित है, इसलिए इस केस की जाँच-पड़ताल का जिम्मा राज्य सरकार पर है। गृहमंत्री पाटिल के कार्यकाल में ही सभी भारतीय मुजाहिदीन के हमले हुए। 26/11 को मुंबई में आतंकी हमले के बाद मनमोहन सिंह सरकार ने उन्हें सरकार से निकाल दिया। लेकिन नेहरू-गांधी परिवार के वफादार पाटिल को जनवरी 2010 में ही पंजाब का राज्यपाल बना दिया गया। आजमगढ़ के जिहादी सरगना डर रहे थे कि केस खुलेगा तो प्रचार और प्रसार से उनकी पहचान बढ़ेगी, लेकिन दशाश्वमेध घाट के विस्फोट में पुलिस के रुख को देखकर उनके हौसले बढ़ गए और पाँच महीने बाद ही उन्होंने अगले हमले का प्लान बना लिया। इस बार आजमगढ़ के पास ट्रेन को निशाना बनाया, जिसमें कई लोगों की जान गई। यह तो इंजन ड्राइवर की सूझबूझ थी कि धमाके के बाद उसने फौरन ट्रेन में ब्रेक लगा दिए, अन्यथा मरनेवालों की संख्या बहुत ज्यादा होती।

जौनपुर के निकट श्रमजीवी एक्सप्रेस विस्फोट, 28 जुलाई, 2005

जुलाई 28, 2005 को राजगीर से नई दिल्ली जानेवाली श्रमजीवी एक्सप्रेस जौनपुर (उत्तर प्रदेश) से चली तो सिर्फ आधा घंटा लेट थी। हथकरघा के लिए मशहूर जौनपुर आजमगढ़ के सराय मीर से सिर्फ एक घंटे की दूरी पर स्थित है। उस शाम को करीब सवा

पाँच बजे ट्रेन जब हरपालपुर और कोईरीपुर के बीच रफ्तार पकड़ रही थी, तब इंजन के पास वाले दो डिब्बेवाले जनरल कंपार्टमेंट में भयानक बम विस्फोट हुआ, जिसमें तेरह लोग मारे गए और बावन गंभीर रूप से घायल हुए। रेल मंत्रालय ने पहले दावा किया कि विस्फोट लीक करनेवाले गैस सिलेंडर से हुआ, जिसे कोई यात्री गैरकानूनी तरीके से ले जा रहा था, जबकि पीड़ित यात्रियों का कहना था कि जौनपुर में जींस पहने हुए दो युवक एक सफेद सूटकेस लेकर गाड़ी में चढ़े थे। यह विस्फोट उस सूटकेस में हुआ। पीड़ितों ने यह भी कहा कि जब दूसरे यात्रियों ने उन युवकों को चेन खींचने से रोका तो वे चलती ट्रेन से कूद गए। जौनपुर बम केस अभी चल रहा है। उत्तर प्रदेश पुलिस के अनुसार विस्फोट के मुख्य आरोपियों को पहचान लिया गया है। ये हैं बँगलादेशी नागरिक ओबेद-उर-रहमान बाबूभाई, मोहम्मद हिलालुद्दीन, मोहम्मद आलमगीर तथा एक दिल्लीवासी नैफकुल विश्वास। इसके पीछे 'हूजी' का हाथ माना जाता है। आई.ई.डी. में इस्तेमाल हुआ विस्फोटक अमोनियम नाइट्रेट-फ्यूल ऑयल (एनफो) तथा टाइमर था।

यह कहानी तब तक चलती रही, जब तक कि भारतीय मुजाहिदीन के सादिक शेख ने खुलासा नहीं किया था। सादिक शेख ने पूछताछ के दौरान यह बताया कि श्रमजीवी एक्सप्रेस में बम विस्फोट उसके ग्रुप ने किया। चूँकि पकड़े गए किसी और मुजाहिदीन ने बम विस्फोट करने का कोई जिम्मा नहीं लिया, इसलिए सादिक शेख का चौंकानेवाला बयान ठंडे बस्ते में डाल दिया गया। हालाँकि, भारतीय सुरक्षा एजेंसियाँ आज स्वीकार करती हैं कि विस्फोट की प्लानिंग, उसे चलाने का काम आतिफ अमीन के आजमगढ़ मॉड्यूल ने किया था और ट्रेन में शेख सादिक के साथ खुद उसने जनरल कंपार्टमेंट में जाकर बम रखा था। यह तो इंजन ड्राइवर की सूझबूझ थी, जो उसने विस्फोट होते ही गाड़ी रोकने के लिए ब्रेक लगा दिया। इससे मरनेवालों की संख्या बढ़ नहीं पाई, अन्यथा प्लान तो यह था कि विस्फोट के बाद ट्रेन पटरी से उतर जाए और मरनेवालों की गिनती बढ़ जाए। सुरक्षा एजेंसियों का विश्वास है कि ट्रेन में बम रखनेवाले आरोपी केवल दो थे बाबूभाई और उसका साथी हिलालुद्दीन। ये दोनों ही स्मगलर थे, जो विस्फोटक सामान की तस्करी करते थे। शुरू में यह अनुमान लगाया कि बम बनाने में 'एनफो' का प्रयोग किया गया है, लेकिन विस्फोट के व्यापक प्रभाव को देखते हुए यह माना गया कि बम में बहुत गहन प्रभाववाले आर.डी.एक्स. का इस्तेमाल किया गया था। जाँच एजेंसियों ने सफेद सूटकेस की बात से इनकार किया है। उनका विश्वास है कि इस बार भी बम प्रेशर कुकर में ही रखा गया था, जिसे कपड़े के थेले में रखकर भीड़ भरी जनरल बोगी के एक कोने में चुपचाप छोड़ दिया गया था। यह काम जौनपुर स्टेशन में किया गया था। यह वही आर.डी.एक्स. था, जिसे बाबूभाई ने आमिर रजा खान के कहने पर लश्कर और 'हूजी' की मदद से भारतीय मुजाहिदीन को पहुँचाया था।

इस भ्रम का कुल मिलाकर फायदा आतिफ अमीन-सादिक ग्रुप को हुआ और वे श्रमजीवी विस्फोट के मामले में साफ बच गए, क्योंकि पुलिस ने आरोप बँगलादेश के 'हूजी' नेटवर्क पर लगाया। उस समय आजमगढ़ के जिहादियों पर किसी को शक नहीं हुआ। यहाँ तक केंद्रीय सुरक्षा एजेंसियों को भी अपनी गलती सुधारने में टाइम लग गया। उस समय के केंद्रीय रेलमंत्री लालू प्रसाद यादव, गृहमंत्री शिवराज पाटिल तथा उत्तर प्रदेश के मुख्यमंत्री मुलायम सिंह यादव थे। ये तीनों चूँकि अपनी धर्मनिरपेक्षवाली राजनीतिक छवि को महफूज रखना चाहते थे, इसलिए उन्होंने विस्फोट की जाँच-पड़ताल में अधिक रुचि न दिखाकर मृतकों के संबंधियों को दी जानेवाली राशि तथा घायलों के निःशुल्क इलाज पर ज्यादा ध्यान दिया। इस विस्फोट में जाँच-पड़ताल में कोताही करने का नतीजा पूरे देश को खासतौर पर नई दिल्लीवालों को भुगतना पड़ा।

नई दिल्ली में दीवाली पर विस्फोटों का सिलसिला, 29 अक्तूबर, 2005

दिल्ली में त्योहारों का मौसम था। दीवाली और ईद कुछ ही दिनों के 'गैप' में मनाए जानेवाले थे। बाजार लोगों की भीड़ से भरे पड़े थे। गहनों, बरतन, कपड़ों की खरीद-फरोख्त से बाजारों में गहमा-गहमी थी। पर्व-त्योहार की अगवानी की खुशी में लोग 2005 की झुलसती गरमियों के बाद आए खुशगवार मौसम का मजा ले रहे थे कि धनतेरस के दिन 29 अक्तूबर, 2005 को केंद्रीय दिल्ली के पहाड़गंज की भीड़ भरी मार्केट के बारा टूटी चौक पर खड़ा एक स्कूटर बम के धमाके से उड़ गया। इसके 22 मिनट बाद ठीक 6 बजे दक्षिणी दिल्ली के कालकाजी की भीड़ भरी मार्केट गोविंदपुरी में एक डी.टी.सी. बस के कंडक्टर ने बस से एक काला बैग फेंका, जिसमें विस्फोट हुआ। तीसरा विस्फोट दक्षिणी दिल्ली की सबसे बड़ी मार्केट सरोजिनी नगर में 6 बजकर पाँच मिनट पर हुआ, जब वहाँ खड़ी एक मारुति वैन धमाके से चकनाचूर हो गई। इन तीनों विस्फोटों में कुल मिलाकर 67 लोग मारे गए, 225 घायल हुए तथा 6 लापता हो गए। अकेले सरोजिनी नगर विस्फोट में 43 लोग मारे गए, क्योंकि विस्फोट से पैदा हुई तेज गरमी के ताप से जूस और ठेलों में लगे सिलेंडरों में आग लग गई, जिसमें पाँच दुकानें जलकर राख हो गईं। दुर्घटना के एक दिन बाद एक संदिग्ध संस्था इसलामी इनकलाबी मुहाज (इसलामी क्रांतिकारी मोरचा) ने जम्मू कश्मीर के श्रीनगर स्थित कश्मीर न्यूज एजेंसी के कार्यालय में फोन करके इन विस्फोटों का जिम्मा अपने ऊपर लिया।

पाँच साल से दिल्ली बम विस्फोट केस चल रहा है। दिल्ली पुलिस ने इन आतंकी हमलों के लिए जिन लोगों पर चार्ज लगाया है, वे हैं—कश्मीरी तारिक अहमद दर, मोहम्मद हुसैन फजली, मोहम्मद रफीक शाह, गुलाम अहमद खान, फारूक अहमद तथा पाकिस्तानी भगोड़े मंसूर अली और सज्जाद सल्फी। दिल्ली पुलिस ने तारिक अहमद दर

को (जो मल्टीनेशनल कंपनी जॉनसन ऐंड जॉनसन में सेल प्रतिनिधि था) 10 नवंबर, 2005 को लश्कर-ए-तय्यबा के पाकिस्तान अधिकृत कश्मीर में स्थित टॉप कमांडर अबू अलकामा से आपराधिक बातचीत के आरोप में गिरफ्तार किया। पाकिस्तानी भगोड़े विस्फोटों के बाद अपने देश पाकिस्तान भाग गए। दिल्ली पुलिस की चार्जशीट के अनुसार विस्फोटों का षड्यंत्र इस प्रकार था, 'थुराया' सेटैलाइट फोन 008821621523999 की एक कॉल ने, जो जम्मू-कश्मीर में एक एयरटेल नंबर पर की गई थी, तारिक अनवर दर को गिरफ्तार करा दिया। पुलिस अधिकारियों के अनुसार कॉल करनेवाला व्यक्ति मुजफ्फराबाद स्थित जम्मू-कश्मीर में लश्कर-ए-तय्यबा का कमांडर अबू अलकामा था। फोन पर हुई बातचीत का ट्रांसक्रिप्शन कोर्ट में सीलबंद है, उसके कुछ अंशों का वर्णन पुलिस की चार्जशीट पर किया गया है। एक अंश में तारिक को विस्फोट की सफलता की शेखी मारते हुए वर्णित किया गया है, 'दिल्ली में कुछ बाजार ऐसे होते हैं, जहाँ कैमरे नहीं हैं। एक अन्य भाग में स्पीकर दावा कर रहा है कि चारों वापस आ गए हैं और फिर वही काम कर सकते हैं, पुलिस 'ग्रेटर कश्मीर' में प्रकाशित रिपोर्ट का हवाला देते हुए कह रही है कि उसका जिक्र भी फोन की बातचीत में आया है।'

दीवाली विस्फोट के प्रमुख आरोपी से पूछताछ की रिपोर्ट के अनुसार, तारिक की लश्कर के सरगना अबू ओफेजा से मुलाकात उस दौरान हुई, जब वह श्रीनगर की एक मैगजीन का रिपोर्टर था। ओफेजा ने तारिक का इस्तेमाल लश्कर-ए-तय्यबा के प्रवक्ता के रूप में किया और उसे 'हज' के लिए सऊदी अरब भी भेजा, जहाँ एक डॉ. आरिफ मोहम्मद ने उसे 70,000 सऊदी रियाल दिए। ये रियाल और एक हथगोला 2005 में तलाशी में पुलिस ने जब्त करके उसे गिरफ्तार किया। बाद में वह जमानत पर छूट गया।

2005 में रमजान के पहले सप्ताह में अल ओफेजा के आदेश पर श्रीनगर के तलबल में एक घर में गया, जहाँ ओफेजा, पाकिस्तानी नागरिक मंसूर, रशीद व सज्जाद सल्फी और श्रीनगर यूनिवर्सिटी का छात्र मोहम्मद रफीक शाह मौजूद थे। ओफेजा ने उस मीटिंग में कहा कि पाकिस्तान दिल्ली में कुछ करने का दबाव डाल रहा है। तारिक ने, जो उस समय जॉनसन ऐंड जॉनसन में मेडिकल रिप्रजेंटेटिव था, मार्केट्स में बम विस्फोटों का सुझाव दिया।

4 अक्तूबर, 2005 को तारिक अपनी कंपनी के काम के सिलसिले में दिल्ली गया। वापस आने पर उसने दिल्ली पर हमले के लिए दीवाली का समय फायदेमंद बताया। अबू अलकामा ने आर.डी.एक्स. सीमा पार से लाने की व्यवस्था कर दी।

29 अक्तूबर, 2005 को पाकिस्तानी नागरिक मंसूर ने पहाड़गंज में आई.ई.डी. को रखा। उधर सज्जाद सल्फी ने यही काम सरोजिनी नगर मार्केट के श्याम जूस कॉर्नर में किया और मोहम्मद रफीक ने बम को कालकाजी में डी.टी.सी. बस में रखा। अपना

काम करके तीनों एक ट्रक से श्रीनगर चले गए। उसके बाद तारिक ने अबू ओफेजा के नाम पर कश्मीर न्यूज एजेंसी को फोन करके इन विस्फोटों में लश्कर-ए-तय्यबा के हाथ होने से इनकार कर दिया।

कुछ दिनों बाद तारिक की अलकामा की बातचीत 'इंटरसेप्ट' की गई और 10 नवंबर, 2005 को भारत के कश्मीर में पंपोर हाइवे पर मारुति में सफर करते हुए उसे गिरफ्तार कर लिया गया। कुछ दिन बाद 22 नवंबर को पुलिस ने मोहम्मद हुसैन फज्ली को, जिसका सेलफोन आई.एम.ई.आई. नवंबर अबू-अल कामा की बातचीत के दौरान ट्रेस किया गया था, गिरफ्तार कर लिया। पुलिस का दावा है कि फज्ली रफीक शाह के साथ पाकिस्तान गया था। रफीक शाह भी, जिसके प्रोफेसरों ने एक 'एफिडेविट' में गवाही दी थी कि वह विस्फोट के दिन यूनिवर्सिटी में क्लास में मौजूद था, बाद में गिरफ्तार कर लिया गया।

दिल्ली लाजपत नगर के एक कश्मीरी व्यापारी गुलाम अहमद खान के साथ श्रीनगर का फारूक अहमद को भी अपने बैंक खाते से तारिक दर के बैंक खाते में रुपए ट्रांसफर करने के आरोप में गिरफ्तार कर लिया गया। दिल्ली पुलिस के अनुसार, अबू अल कामा, जिसके निदेर्शों से इतने सारे लोग मौत के मुँह में चले गए, आज भी पुलिस की गिरफ्त में नहीं आया है। 16 जनवरी, 2006 को भारतीय पुलिस तथा सुरक्षा सेनाओं ने अबू ओफोजा को भारतीय कश्मीर के बारामूला में एक मुठभेड़ में मार गिराया, लेकिन मंसूर घायलावस्था में भागने में कामयाब हो गया। तारिक दर और अन्य आरोपियों के केस दिल्ली न्यायालयों में विस्फोट के पाँच वर्ष से अब तक चल रहे हैं।

जो भी हो, जून 2006 में गिरफ्तार हुए बाबूभाई और 2008 में पकड़े गए भारतीय मुजाहिदीन के आतंकियों के बयानों ने दिल्ली पुलिस की विस्फोट 'थ्योरी' की हवा निकाल दी है। सबसे बड़ा झटका भारतीय मुजाहिदीन के कमांडर मोहम्मद सादिक शेख का मुंबई पुलिस को दिया गया वह बयान था, जिसमें उसने कहा था कि दिल्ली के सभी विस्फोट विशेष रूप से गोविंदपुरी में बस धमाका आजमगढ़ मॉड्यूल ने किए थे। उत्तर प्रदेश में बाबूभाई ने भी अपने बयान में स्वीकार किया कि 2005 में रमजान से दस दिन पहले उसने दस पैकेट आर.डी.एक्स. के रॉकी नामक एक व्यक्ति को दिल्ली की जामा मसजिद के बाहर दिए थे। इसलिए आश्चर्य नहीं कि विस्फोटों में बड़े पैमाने पर आर.डी.एक्स. का प्रयोग किया गया था। यह तथ्य केमिकल जाँच और पीड़ितों के जले घावों की जाँच में सत्यापित भी हो गया। भारतीय मुजाहिदीन के आजमगढ़ मॉड्यूल के सरगना के बयानों के अनुसार पुलिस को यह विश्वास हो गया कि रॉकी और कोई नहीं, बल्कि भारतीय मुजाहिदीन का कमांडर मोहम्मद आतिफ अमीन था।

आज यह पूरा केस कानूनी एजेंसियों की गोपनीयता के भारी परदों में दबा हुआ

है। कोई भी एजेंसी इस केस के बारे में कोर्ट में दाखिल की गई चार्जशीट से हटकर बात करना नहीं चाहती। केस में आतिफ अमीन के आजमगढ़ी मॉड्यूल की भूमिका, दिल्ली विस्फोटों से कुछ ही दिन पहले उसे मिली आर.डी.एक्स. की खेप और सादिक शेख का 2008 में दिया गया बयान, जिसमें उसने इस विध्वंस की जिम्मेदारी ली थी, एक दूसरी ही कहानी कहते हैं। उस समय पुलिस और सुरक्षा एजेंसियाँ राजधानी के बाहरी इलाके में स्थित डाबरी मसजिद के मौलवी द्वारा विस्फोट करनेवालों को शरण देने की भूमिका की जाँच कर रहे थे। ये हमलावर संभवत: आजमगढ़ी सरगना थे, जिनके आका आतिफ अमीन और सादिक शेख ही थे। लेकिन जब पुलिस डाबरी मसजिद के मौलवी से पूछताछ करने पहुँची तो डाबरी में भयानक सांप्रदायिक दंगा हो गया। इसके परिणामस्वरूप पुलिस ने केस की इतनी महत्त्वपूर्ण कड़ी की जाँच-पड़ताल छोड़ दी। तत्कालीन कम्युनिस्ट पार्टी समर्थित केंद्र सरकार के अल्पसंख्यक समुदाय के प्रति नम्रता के रवैए और जाँच-पड़ताल करनेवालों की पूर्ण अक्षमता की वजह से दीवाली विस्फोटों का केस आनन-फानन में फाइल कर दिया गया और विस्फोटों के लिए दोष लश्कर-ए-तय्यबा पर मढ़ दिया गया। भारतीय युवकों की अपने ही देश पर आतंकी हमला करने के लिए ठीक से जाँच-पड़ताल नहीं की गई। जैसे कि 2004-05 में पुलिस और सुरक्षा एजेंसियों को सपने में भी यह सच्चाई उजागर नहीं हुई कि मालेगाँव, अजमेर शरीफ और मक्का मसजिद, हैदराबाद के बम विस्फोटों में हिंदू उग्रवादियों का दल हो सकता है, वैसे ही वे यहाँ भी नहीं सोच पाए कि मुसलिम युवक भी उग्रवादी होकर भारत में विस्फोट कर सकते हैं।

पुलिस को बाद तक भ्रमित पाकर तथा दशाश्वमेध घाट, श्रमजीवी एक्सप्रेस और दीवाली विस्फोटों के सुराग को पकड़ने की उलझन में पड़े देखकर भारतीय मुजाहिदीन ने नए सिरे से हमला करने का साहस जुटा लिया और चार महीने बाद ही उन्होंने धार्मिक नगरी वाराणसी में एक दूसरा हमला कर दिया।

वाराणसी में सिलसिलेवार विस्फोट, 7 मार्च, 2006

बनारस यूनिवर्सिटी के पास स्थित संकटमोचन मंदिर में शाम को इकट्ठी हुई भीड़ सूर्यास्त की प्रतीक्षा में बढ़ती ही जा रही थी। इंतजार था कि सूर्यास्त हो और कब शाम की आरती शुरू हो। गंगातट पर स्थित यह संकटमोचन मंदिर लोकप्रियता में विश्वनाथ मंदिर के बाद दूसरा स्थान रखता है। पवनपुत्र हनुमान को फूलों तथा मिठाइयों से अंजलि देने के लिए श्रद्धालुओं की लंबी लाइन लगी हुई थी। वहीं अनेक वृद्ध श्रद्धालु मंदिर के आँगन में पीपल के नीचे दीवारों पर टेक लगाए बैठे थे। ठीक 6 बजकर 20 मिनट पर पीपल के पेड़ से लटके एक कपड़े के थैले में धमाका हुआ, जिसमें छह लोगों की मौत

हुई और 46 लोग गंभीर रूप से घायल हुए। इसके कुछ ही मिनटों बाद वाराणसी के कैंट स्टेशन के वेटिंग-रूम में बम विस्फोट हुआ, जिसमें 6 लोगों की मृत्यु हुई, 49 लोग घायल हुए। एक तीसरा बम दशाश्वमेध घाट के निकट गौदोलिया मार्केट में काले थैले में लिपटा हुआ पाया गया, जो फट नहीं पाया, अन्यथा बड़े पैमाने पर लोग मारे जाते। इन दो विस्फोटों में कुल मिलाकर 28 लोग मारे गए और 101 घायल हुए।

बमों के ये विस्फोट इस उद्देश्य से किए गए थे कि बहुसंख्यक धार्मिक समुदाय को दंगों के लिए उकसाया जा सके, क्योंकि मंदिर में शत-प्रतिशत लोग उसी समुदाय के थे। इनमें स्थानीय लोगों के साथ-साथ बड़े पैमाने पर दूसरे प्रदेशों से आए हुए श्रद्धालु भी थे, लेकिन दंगे जैसा कुछ नहीं हुआ। श्रद्धालुओं ने मन का क्रोध और रक्त के छीटों को धो डाला। सामूहिक रूप से धोने की काररवाई की गई, फिर बाद में उतने ही जोश में आरती पूरी की गई। घटना के दो दिन बाद लश्कर-ए-तय्यबा के प्रवक्ता अब्दुल्ला जब्बार ने कश्मीर के श्रीनगर की स्थानीय न्यूज एजेंसी को फोन करके विस्फोट का जिम्मा लेते हुए धमकी दी थी कि कश्मीर में युवकों के ऊपर सुरक्षा सेनाओं के अत्याचार नहीं बंद हुए तो और भी शहरों में ऐसे विस्फोट किए जाएँगे। बाद में यह अनुमान लगाया गया कि यह धमकी जाँच-एजेंसियों का ध्यान बँटाने के उद्देश्य से दी गई है। जिस बम में विस्फोट नहीं हो पाया था, उसकी जाँच से पता चला कि उसमें ऊँचे दर्जे का आर.डी.एक्स., अमोनियम नाइट्रेट और एल्युमीनियम के साथ 'समय' क्लॉक टाइमर इस्तेमाल किया गया था। प्रेशर कुकर, समय क्लॉक टाइमर, अमोनियम नाइट्रेट तथा काले कपड़े का थैला एक प्रकार से भारतीय मुजाहिदीन का पर्याय बन गया। जैसा कि होता आया था, वैसे ही उत्तर प्रदेश पुलिस ने इन हमलों का दोष पाकिस्तान और लश्कर-ए-तय्यबा पर मढ़ते हुए फूलपुर के मौलवी वलीउल्ला, बँगलादेशी मुस्तफीज, जकरिया और बशीर तथा उत्तर प्रदेश के रहनेवाले जुबैर और शमीम को वाराणसी विस्फोटों का दोषी करार दिया। जुबैर 9 मई, 2006 में भारतीय कश्मीर में हुई एक मुठभेड़ में मारा गया। वलीउल्ला, जो कि उत्तर प्रदेश के देवबंद की दारूल उलूम सेमीनेरी का था, अपने दोष के लिए अपराधी घोषित कर दिया गया। बँगलादेशी नागरिकों के बारे में काफी जाँच-पड़ताल करने के बावजूद सुरक्षा एजेंसियों को उनका कोई अता-पता नहीं लग पाया और चार्जशीट में केवल उनका नाम ही दर्ज रह गया। हालाँकि वलीउल्ला ने अपने बयान में यह बताया था कि वे तीनों बँगलादेशी सहारनपुर की दारूल उलूम सेमिनेरी में पढ़े थे। वलीउल्ला ने मुस्तफीज को बँगलादेश के जिला नटौर का वासी बताया था, लेकिन जकरिया और बशीर के बारे में पता नहीं था। जब स्थानीय पुलिस ने सेमीनेरी से जकरिया के बारे में पूछा तो उसने बताया कि जकरिया अमीन पासपोर्ट नं. 907857 नाम का कोई छात्र 1994-95 के सेशन में नहीं था, लेकिन मोहम्मद जकरिया, पासपोर्ट

नं. 231438, सेमीनार के 1992 के सेशन में जरूर पढ़ा था, जो बँगलादेश के चाँदपुर का रहनेवाला था। जाहिर है, मोहम्मद जकरिया वह आदमी नहीं था, जिसकी जरूरत थी। वाराणसी पुलिस ने पश्चिम बंगाल के बहरामपुर स्थित 'सेंट्रल करेक्शन होम' में बाबूभाई के पास भी उन तीन युवकों के बारे में पूछताछ करने के लिए एक पुलिस टीम भेजी थी, लेकिन बाबूभाई ने जानकारी से इनकार कर दिया। इन तीनों बँगलादेशी अभियुक्तों ने वलीउल्ला के साथ रहकर वाराणसी में विस्फोटों के स्थानों की रेकी करने में साथ दिया। इसके बाद केंद्रीय गृह सचिव मधुकर गुप्ता ने भी अपने स्तर पर ढाका के गृह सचिव से इन तीनों बँगलादेशी आरोपियों का पता लगाने के लिए कहा था।

इस सबके बावजूद भारतीय मुजाहिदीन के कमांडर सादिक इसरार शेख ने 2008 में पुलिस को बताया कि संकटमोचन बम विस्फोट आजमगढ़ के मॉड्यूल द्वारा किए गए थे। नवंबर 2007 में उत्तर प्रदेश में हुए कोर्ट विस्फोट के बाद भारतीय मुजाहिदीन द्वारा वाराणसी पुलिस को भेजे गए अपने इ-मेल में भारतीय पुलिस को वाराणसी के बम ब्लास्ट में झूठे ही सीधे-सादे मौलवी वलीउल्ला को पकड़ने के लिए कोसा था। उत्तर प्रदेश पुलिस इस दावे को मानने के लिए तैयार नहीं थी, लेकिन सुरक्षा एजेंसियाँ गुप्त रूप से जो खोजबीन कर रही थीं, उसमें उन्हें यह पता लग गया कि वाराणसी के विस्फोटों में जिन लोगों का हाथ था, वे और कोई नहीं, बल्कि सादिक शेख, डॉ. शाहनवाज (मोहम्मद सैफ का बड़ा भाई) और एक दूसरा आजमगढ़ का नया रिकरूट शरीफुद्दीन आदि थे। शेख ने ही आतिफ अमीन और शरीफुद्दीन को हथियारों के प्रशिक्षण के लिए पाकिस्तान भेजा था। विस्फोटों में इस्तेमाल हुए आर.डी.एक्स. को लानेवाला बाबूभाई था और आजमगढ़ी सरगनों ने डिवाइसों को जोड़ने का काम किया था। यह विस्फोट कांड बड़ी आपाधापी में पूरा हुआ था। एक बार स्थानों की रेकी होने के बाद सब काम भागा-दौड़ी में पूरे हुए। बम बनानेवाले आजमगढ़ से अपने साथ प्रेशर कुकर लाए थे, जिनमें बैटरी और टाइमर पहले से ही घड़ी से जोड़ दिए गए थे। वे विस्फोट होने से पहले ही पहुँचे थे। जाँच फिर भी वहीं रह गई। स्थानीय पुलिस जाँच-पड़ताल और सारी खोजबीन के बाद भी अंधकार में भटक रही थी और केंद्रीय सुरक्षा एजेंसियाँ आतंकियों को सीमा के उस पार पाकिस्तान और बँगलादेश में ढूँढ़ने में मशगूल थीं, जबकि वाराणसी से केवल 100 किलोमीटर दूर भारतीय मुजाहिदीन बचने में कामयाब होकर नए हमले की तैयारी में जुट गए।

मुंबई सिलसिलेवार ट्रेन विस्फोट, 7 जुलाई, 2006

ग्यारह मिनट में सबकुछ हो गया। मुंबई में चर्चगेट से चलनेवाली लोकल ट्रेन के सात फर्स्ट क्लास के डिब्बों को आर.डी.एक्स. से बने बमों से उड़ा दिया गया। पहले

बम का विस्फोट शाम 6:24 पर माटुंगा रोड स्टेशन के निकट हुआ। लोकल ट्रेनों में शाम के समय सबसे अधिक भीड़ होती है, क्योंकि नौकरीपेशा लोगों के घर लौटने के साथ-साथ दूसरे लोग भी सफर में होते हैं। इसलिए विस्फोटों से मरनेवालों की संख्या भी 209 हो गई, जबकि 714 लोग गंभीर रूप से घायल हुए। पहले विस्फोट के बाद विस्फोट माहिम, बांद्रा, खाररोड, जोगेश्वरी, बोरीवली और भायंदर स्टेशनों के आस-पास हुए। अंतिम विस्फोट बोरीवली में 6:35 पर हुआ। इन बम विस्फोटों ने मुंबई के हृदय को चीरकर रख दिया।

भारत की प्रतिक्रिया जानी-पहचानी थी, मुंबई पुलिस और सुरक्षा एजेंसियों ने बम विस्फोटों का दोष लश्कर-ए-तय्यबा और उसके गुर्गों पर मढ़ दिया और किसी दूसरे ग्रुप के शामिल होने की बात को न केवल मानने, बल्कि विचार करने से भी इनकार कर दिया। कुछ ही दिनों बाद नेशनल सिक्योरिटी एडवाजर एम.के. नारायण ने अपने वक्तव्य में विस्फोट में पाकिस्तानी आतंकियों के होने का संकेत दिया, किंतु मुंबई पुलिस अपना दारोमदार सोडियम पेंथॉल नामक उस दवा पर टिकाए बैठी थी, जिसे खिलाकर अपराधियों का नार्को एनालिसिस टेस्ट किया जाता है, यानी अपराधी सच्चाई से सबकुछ उगल देता है। यह टेस्ट उन तेरह आरोपियों पर किया गया, जो विस्फोट के दौरान पुलिस की गिरफ्त में आए थे। दरअसल मुंबई पुलिस और सुरक्षा एजेंसियाँ देश की आंतरिक सुरक्षा और आतंकियों को पकड़ने से ज्यादा नार्को टेस्ट की दवा पर आस लगाए बैठी थीं। मुंबई ए.टी.एस. ने जो चार्जशीट 30 नवंबर, 2006 फाइल की थी, उसमें काफी जानकारियाँ दर्ज थीं। सुरक्षा एजेंसियों के पास इनका कोई जवाब नहीं था। ले-देकर उन्होंने जिन आतंकियों के नाम दिए, वे आठ थे, जबकि विस्फोट में 11 पाकिस्तानी थे। इन आठों के भी सिर्फ पहला नाम दर्ज था, पता था, दूसरी कोई जानकारी नहीं थी। पुलिस के अनुसार विस्फोट का एक आतंकी पाकिस्तानी सोहेल सलीम विस्फोट में मारा गया, क्योंकि वह ट्रेन से कूद नहीं पाया था। दूसरा पाकिस्तानी अबू कामा 22 अगस्त, 2006 एनटॉम हिल में हुई मुठभेड़ में मारा गया। पुलिस के अनुसार अबू ओसामा ने जिस बम को लगाया था, उसका विस्फोट बांद्रा स्टेशन पर हुआ। फूहड़ छानबीन के आधार पर जिन लोगों को मुख्य आरोपी दर्ज किया था, वे इस प्रकार हैं—मुंबई का लश्कर प्रमुख फैसल अता-उर-रहमान शेख, जिसने लश्कर के गुरु आजम ओसामा के साथ काम किया, उसने अपने भाई डॉ. तनवीर अंसारी, सोहेल शेख और जमीर शेख की हथियारों की ट्रेनिंग के लिए तेहरान होकर पाकिस्तान जाने में मदद की। रेल-विस्फोट के लिए उसके पास भगोड़े आरोपी रिजवान दवारे और रहैल शेख की मार्फत हवाला से पैसा आया। उसने ट्रेन-विस्फोट का षड्यंत्र अपने बांद्रा स्थित घर पर रचा। अपने घर में पाकिस्तानी आतंकी सलीम, सोहेल शेख, अब्दुल रजाक और अबू उमेद को रखा और मोहम्मद अली के घर पर बम बनाए। उसने

जो बम रखा, वह जोगेश्वरी स्टेशन पर विस्फोट हुआ।

आसिफ खान बशीर खान ने, जो षड्यंत्र में शामिल था, पाकिस्तानी आतंकियों को अपने मीरा रोड स्थित घर में पनाह दी। उसने बम बनाने और उन्हें ले जाने के लिए फॉक्स लेदर बैग, प्रेशर कुकर, अमोनियम नाइट्रेट तथा डेटोनेटर्स का इंतजाम किया। खान ने मोहम्मद अली के घर में बम बनाने में सहयोग किया। उसका रखा बम बोरीवली स्टेशन पर फूटा। मोहम्मद अली 'सिमी' का सरगना है, जिसने आई.ई.डी. बनाने की ट्रेनिंग पाकिस्तान में पाई। उसके घर में बमों का निर्माण किया गया।

कोलकाता का मजीद मोहम्मद शफी पाकिस्तानी आतंकियों—सबीर, अबू बक्र, कासम अली, अम्मू जान, एहसानुल्ल और अबू हसन को बँगलादेशी सीमा पार कराकर भारत लाया। अहसानुल्ला आर.डी.एक्स. मुंबई से लाया, जिसका प्रयोग विस्फोटों में हुआ।

साजिद मरगब अंसारी, जो मीरा रोड में सेलफोन मरम्मत की दुकान चलाता है, सिमी का कार्यकर्ता है। उसने बम के लिए टाइमरों का इंतजाम किया, बम बनाने में मदद की और अपने यहाँ पाकिस्तानी आतंकियों असलम व हफीजुल्ला को शरण दी।

बिहार में मधुबनी जिले के कमाल अंसारी ने अपनी ट्रेनिंग पाकिस्तान में ली और पाकिस्तानी आतंकी असलम और हफीजुल्ला को भारत-नेपाल सीमा के जरिए भारत लाया। 'सिमी' की मुंबई यूनिट के पूर्व सचिव एतेशाम सिद्दीकी ने बम बनानेवालों अम्मू जान, साबिर, अबू बक्र, कासम अली और अबू हसन को थाने के पास मुंब्रा स्थित अपने घर में शरण दी। यह घर अब्दुल वहीद दिन शेख ने किराए पर लिया। एहतशाम सिद्दीकी ने लोकल ट्रेनों की रेकी की और मुहम्मद अली के घर में बम बनाने में मदद की, जिसका विस्फोट मीरा रोड-भायंदर रूट में हुआ था।

फैसल का भाई कंप्यूटर इंजीनियर मुजम्मिल शेख पाकिस्तान में प्रशिक्षित है। लोकल ट्रेनों पर हमले के लिए उसने ट्रेनों की रेकी की। पुणे वासी और सिमी सरगना सोहैल ने पाकिस्तान में हथियारों की ट्रेनिंग ली। ट्रेनों की रेकी करने में शामिल था। डॉ. तनवीर अंसारी, वैकल्पिक डॉक्टर, पाकिस्तान के आतंकी शिविरों में प्रशिक्षित, रेकी करनेवालों में शामिल था। फैजल शेख का हैदराबादी दोस्त नावीद हुसैन, मोहम्मद अली के घर में बम बनाने में शामिल था। उसका रखा बम बांद्रा स्टेशन में विस्फोट हुआ।

पाँच साल बाद जब भारतीय मुजाहिदीन के 2008 में नष्ट हो जाने पर मुंबई ट्रेन विस्फोट के अपराधियों पर सरकार की भी धारणा बदल गई है, तब यह जरूरी हो गया है कि नए सिरे से प्रमुख अपराधियों की सूची बनाई जाए। पहले की सूची में दर्ज अपराधी हालाँकि लश्कर के प्रशिक्षित सरगना थे, लेकिन वे मुंबई बम ब्लास्ट में प्रत्यक्ष रूप से शामिल नहीं थे। चार्जशीट दाखिल होने के बाद मुंबई पुलिस ने जो छानबीन

की, उसपर कई सवालिया निशान लगाए गए, क्योंकि वे आरोप लगभग पूर्णतः नार्को टेस्ट पर आधारित थे। हालाँकि पुलिस ने देश की जनता को विश्वास में लेने के लिए भरसक कोशिश की; लेकिन जाँच-पड़ताल में अनेक खामियाँ उजागर हो गईं, जैसे बम विस्फोट करनेवालों की असली पहचान नहीं हो पाई। इसी प्रकार विस्फोटक सप्लाई करनेवालों की भी जानकारी नहीं मिली। इसके अलावा लश्कर और सिमी आरोपियों दुकानों, जहाँ से प्रेशर कुकर खरीदे गए थे और विस्फोटों के अंतरराष्ट्रीय सरगना के बीच के संपर्क सूत्र नहीं मिल पाए।

ऐसा नहीं कि चार्जशीट में दर्ज कुछ आरोपी गुनाहगार नहीं हैं, बल्कि सच्चाई यह है कि ये सभी आतंकी हैं, किंतु ट्रेन विस्फोट में इनका कोई प्रत्यक्ष हाथ नहीं था। केंद्रीय पुलिस एजेंसियाँ मुंबई पुलिस की साख बनाए रखने के लिए मुंबई विस्फोट की चर्चा तक करने से कतराती हैं। लेकिन अब यह जगजाहिर हो चुका है कि मुंबई विस्फोट के अपराधी दरअसल कोई और थे। 25 फरवरी, 2010 को भारतीय विदेश सचिव ने अपने समानांतर पाकिस्तानी विदेश सचिव को जो 'डोजियर' सौंपा है, वह मुंबई पुलिस के झूठ को उजागर करता है। उसके अनुसार ट्रेन बम विस्फोट का षड्यंत्र बनानेवाला इकबाल भटकल था और 35 किग्रा. बारूद, जो उसमें इस्तेमाल हुआ, वह उसके भाई रियाज ने लाकर दिया। गिरफ्तार भारतीय मुजाहिदीन कमांडर मोहम्मद सादिक शेख ने 2008 में मुंबई पुलिस और सुरक्षा एजेंसियों को बताया था कि विस्फोट उसके ग्रुप ने किया था। भारतीय मुजाहिदीन के शामिल होने की बात शहजाद अजमद ने तस्दीक की थी। शहजाद प्रसिद्ध बटला एनकाउंटर का भगोड़ा था, जिसे उत्तर प्रदेश पुलिस ने फरवरी, 2010 को गिरफ्तार किया था। उसने स्वीकार किया कि मोहम्मद साजिद ने उसे बताया था कि आतिफ और उसने मिलकर 7/11 के लिए विस्फोटक भरे भारी बैग पहुँचाए थे। शहजाद के अनुसार आतिफ ने उसको बताया था कि चलती ट्रेन में विस्फोट के लिए प्रेशर कुकर्स बहुत उपयोगी होते हैं। यह भी बताया कि मोहम्मद सैफ का बड़ा भाई डॉ. शाहनवाज आलम भी बम विस्फोट में शामिल था। जाँच करनेवाले अब विश्वास करते हैं कि जो आर.डी.एक्स. विस्फोट के लिए इस्तेमाल किया गया था, वह बाबूभाई द्वारा रवि को पहुँचाए गए 40 किलोग्राम आर.डी.एक्स. का ही भाग था और यह रवि और कोई नहीं, बल्कि रियाज भटकल था, जिसने बाबूभाई से यह विस्फोटक सामग्री जून-जुलाई 2004 में छत्रपति शिवाजी टर्मिनस पर ली थी।

मुंबई पुलिस हालाँकि आज भी भारतीय मुजाहिदीन के जगजाहिर रोल पर आँख मूँदे बैठी है और केंद्रीय एजेंसियों में इस बारे में कुछ कहने या करने से भी कतरा रही हैं, लेकिन यह स्पष्ट हो चुका है कि मुंबई ट्रेन विस्फोट का कर्णधार लश्कर-ए-तय्यबा का सरगना आजम चीमा था, जो उस समय अपने आई.एस.आई. के आकाओं के

'कुछ करने' के दबाव में था, ताकि अयोध्या में 5 जुलाई, 2005 अस्थायी राम मंदिर पर जश-ए-मोहम्मद द्वारा विस्फोट की सरगरमियों से सुरक्षा एजेंसियों का ध्यान हट सके। आरिफ बद्र, रियाज भटकल, सादिक शेख तथा आतिफ अमीन ने अपनी कुशल कारीगरी से आई.ई.डी. तैयार किए और वे ट्रेन की फर्स्ट क्लास बोगियों की ऊपरी बर्थ में जमाए। मंशा यह थी कि चूँकि फर्स्ट क्लास के मुसाफिर अमीर और बड़े उद्योगपति होते हैं, इसलिए उनको नुकसान पहुँचाने से मुंबई को आर्थिक घाटा हो सकता है तथा सांप्रदायिक दंगे भी भड़क सकते हैं। प्रेशर कुकरों में रखे बमों से बोगी नष्ट होने के साथ-साथ पटरी से भी उतर गई। 2006 में बाबूभाई की गिरफ्तारी और सीरियल ट्रेन ब्लास्ट भारतीय आतंकवाद के इतिहास की महत्त्वपूर्ण घटनाएँ हैं, क्योंकि इसके बाद ही भारतीय एजेंसियाँ आतंकी सरगना और स्लीपर सेलों के पीछे हाथ धोकर पड़ गईं।

मुंबई रेल विस्फोट की प्रतिक्रिया स्वरूप महाराष्ट्र के अल्पसंख्यक बहुल स्थान मालेगाँव में एक बम विस्फोट हुआ। 8 सितंबर, 2006 को हुआ यह विस्फोट 'शब-ए-बारात' के त्योहार पर हुआ, जिसमें 30 लोग मारे गए और 127 घायल हुए। दिग्भ्रमित मुंबई पुलिस ने विस्फोट का दोष फिर से 'हूजी' पर मढ़ दिया। तर्क यह था कट्टरवादी सलाफी इसलामिक विचाराधारा पर चलनेवाले आतंकी ग्रुप ने मालेगाँव के अल्पसंख्यक प्रवासियों पर इसलिए हमला किया, क्योंकि वे 'शब-ए-बारात' की मुखालफत करते हैं। यद्यपि इंटेलिजेंस ब्यूरो का एक धड़ा चाहता था कि इसके लिए हिंदू उग्रवादी ग्रुपों की भूमिका पर भी जाँच की जानी चाहिए, किंतु कोई सबूत न होने के कारण तथा इस विश्वास पर कि हिंदू उग्रवादी ग्रुपों में ऐसे विस्फोट करने की क्षमता का अभाव है, आई.बी. के प्रस्ताव को ठंडे बस्ते में डाल दिया गया। परिणाम यह हुआ कि पुलिस ने पिछले ट्रेन विस्फोट की तरह आरोपियों को गिरफ्तार कर लिया। यह तो हिंदू उग्रवादी असीमानंद द्वारा कोर्ट में दिए गए बयान के बाद (जिसमें उसने स्वीकार किया कि मालेगाँव विस्फोट के पीछे अभिनव भारती कार्यकर्ता एवं पूर्व आर.एस.एस. के सदस्य सुनील जोशी का हाथ है) का निर्णय था, जिसमें एन.आई.ए. से कहा गया कि वह 2006 में हुए मालेगाँव विस्फोट की फिर से जाँच करे। असीमानंद के अनुसार मालेगाँव को विस्फोट के लिए इसलिए चुना गया, क्योंकि यहाँ अल्पसंख्यकों की संख्या अधिक है।

मुंबई रेल विस्फोट के बाद पाकिस्तान पर लश्कर-ए-तय्यबा तथा जश-ए-मोहम्मद के खिलाफ काररवाई करने का दबाव बढ़ने लगा। इसका नतीजा यह हुआ कि भारतीय मुजाहिदीन को पाकिस्तान से आनेवाली आर.डी.एक्स. की सप्लाई बंद हो गई। उसने तब स्थानीय रूप से प्राप्त अमोनियम नाइट्रेट का इस्तेमाल शुरू कर दिया। पाकिस्तान पर दबाव और भारतीय सुरक्षा एजेंसियों की पकड़-धकड़ के कारण महाराष्ट्र में लश्कर के स्लीपर सेलों को भी काफी नुकसान पहुँचा। इन्हीं कारणों से कुछ समय के लिए देश को

आतंकी हमलों से राहत मिली थी। लेकिन जिस फूहड़पन से भारतीय सुरक्षा एजेंसियों ने विस्फोटों की पड़ताल की थी, उसका सीधा फायदा भारतीय मुजाहिदीन को मिला, क्योंकि वह अब भी पूर्णतः सुरक्षित और पूरी तरह से तैयार बना रहा।

लगभग यही स्थिति मालेगाँव तथा अजमेर शरीफ व मक्का मसजिद पर हिंदू उग्रवादी ग्रुपों अभिनव भारती और जय वंदेमातरम् द्वारा विस्फोटक हमलों की थी। सुरक्षा एजेंसियाँ हिंदू उग्रवादी गुटों के खिलाफ पर्याप्त सबूत न होने के कारण जाँच-पड़ताल करने के लिए तैयार नहीं थीं। इसका फायदा उठाकर इन हिंदू उग्रवादी ग्रुपों ने हैदराबाद की ऐतिहासिक मक्का मसजिद पर 18 मई, 2007 को दुबारा विस्फोटक हमला किया। यह विस्फोट सेलफोन के जरिए किया गया था। इस घटना में दस लोग मारे गए। इसके अतिरिक्त चार लोग बाद में मारे गए, जब पुलिस ने हिंसक भीड़ को तितर-बितर करने के लिए गोली चलाई। पुलिस मक्का मसजिद विस्फोट के लिए 'हूजी' को जिम्मेदार ठहरा रही थी, जबकि हिंदू और मुसलिम उग्रवादी जानते थे कि इसके पीछे किसका हाथ है। बाद में रियाज भटकल ने मक्का मसजिद का बदला पुणे में लिया। भारतीय मुजाहिदीन के आजमगढ़ी अड्डे ने दूसरे हमले की जगह हिंदू उग्रवादियों को सबक सिखाने के लिए गोरखपुर के पास ही गोरखधाम मंदिर पर एक बड़ा विस्फोटक हमला किया।

गोरखपुर में सिलसिलेवार विस्फोट, 22 मई, 2007

योजना जितनी आसान थी, उतनी ही भयानक थी। लक्ष्य था ज्यादा-से-ज्यादा लोग मारे जाएँ। भारत में आमतौर पर दूधिए दूध लाने-ले जाने के लिए एक खास तरह का डोल इस्तेमाल करते हैं। इस बात का फायदा उठाकर आतिफ अमीन ने उन डिब्बों के तीन आई.ई.डी. बम बनाए, ताकि लोगों की नजर में वे दूध के डिब्बे लगें।

2005 तक आतिफ भारतीय मुजाहिदीन के आजमगढ़ी अड्डे का महत्त्वपूर्ण सरगना बन गया था। तीनों आई.ई.डी. बहुत बड़े थे। उनमें लगभग 5 से 6 किग्रा. अमोनियम नाइट्रेट भरा गया था। साथ में फ्यूल ऑयल, काँच और लोहे के टुकड़ों के अतिरिक्त टाइमर लगाकर उनके ढक्कनों को स्वाभाविक रूप से बंद कर दिया गया था। मुँह को कॉपर वेल्डिंग से बंद इसलिए नहीं किया गया था, ताकि उन्हें देखकर किसी को शक न हो। गोरखपुर शहर की 'रेकी' करके आतिफ अमीन और मोहम्मद सैफ ने तीन बमों की अलग-अलग सेटिंग करके चुनी हुई जगहों पर लगा दिया।

सलमान, आतिफ, शादाब, आरिफ का एक नया रिक्रूट तथा मोहम्मद सैफ सुबह 11 बजे राज्य ट्रांसपोर्ट की बस से आजमगढ़ से चलकर दोपहर में गोरखपुर पहुँचे। वे अपने साथ दूधियों के तीन डोल लिये हुए थे, जिन्हें अलग-अलग जूट के बड़े थैलों में रखा गया था। प्लान के अनुसार उन्होंने गोलघर मार्केट में अलग-अलग दुकानों से तीन

साइकिलें खरीदीं। सलमान ने अपनी साइकिल पर एक थैला टाँग लिया और साइकिल पर सवार होकर गोलघर मार्केट पहुँचा। वहाँ उसने मंदिर जानेवाली सड़क पर इलेक्ट्रिक ट्रांसफॉर्मर के पास उस थैला लगी साइकिल को छोड़ दिया। बम के ध्वंस होने पर मारकाट मचेगी और लोग सुरक्षा के लिए मार्केट से बाहर की तरफ भागेंगे। उस मौके पर सैफ द्वारा लगाया गया दूध का डिब्बा फूटेगा, जो उसने मार्केट से बाहर जानेवाले रास्ते पर लगाया था। उसके बाद तीसरा साइकिल बम, जिसे शादाब ने पेट्रोल पंप के पास मेन इलेक्ट्रिकल ट्रांसफॉर्मर के बगल में लगाया था, फूटेगा। लक्ष्य यह था कि इन विस्फोटों में न केवल ज्यादा-से-ज्यादा लोग मारे जाएँ, बल्कि शहर की बत्ती भी गुल हो जाने की वजह से मारकाट भयानक रूप ले ले और सांप्रदायिक हिंसा भड़क उठे।

विस्फोट के बाद चारों आतंकी गोरखपुर बस स्टैंड पर मिले और आज़मगढ़ के लिए चल दिए। वापस आने पर उन्होंने संजारपुर गाँव पहुँचकर टेलीविजन देखा। देश में सभी चैनलों में विस्फोट के समाचार तो आ रहे हैं, लेकिन कहा यह जा रहा है कि उनसे जान-माल का कोई नुकसान नहीं हुआ है। कुछ ही दिनों बाद स्टेट एस.टी.एफ. और सुरक्षा एजेंसियों को समझ में आया कि गोरखपुर भाग्यशाली था कि उस दिन तीनों आई.ई.डी. बम कुछ कमी की वजह से उतनी गहनता से नहीं फूट पाए, जितनी आतंकियों को उम्मीद थी। कारण यह था दूध के डिब्बों को सील बंद करने की बजाय उन्हें जिस प्रकार खुला ही रखा गया था, उससे बारूद का धमाका गहनता से नहीं हो पाया। ढक्कन सील बंद न होने के कारण धमाके में उड़ गया और धमाके की ताकत चारों ओर फैलने की बजाय ऊपर उड़ गई। नुकसान के रूप में सिर्फ चार लोग ही घायल हुए। सुरक्षा एजेंसियों ने तीनों साइकिलों की दुकानों का पता लगा लिया, पर उनका आजमगढ़ से कोई नाता नहीं जोड़ पाए, क्योंकि वे साइकिल की खरीद को सीमा पार से आए सेलफोन कॉल के हस्ताक्षरों से मिलाने की कवायद में ही लगे रहे। जाँच-पड़ताल सेलफोन से संबंधित सुरागों तक सीमित रह जाने के कारण आतिफ अमीन और उसके गुर्गे बचने में कामयाब हो गए। उन्हें इत्मीनान यह भी रहा कि नुकसान ज्यादा नहीं हुआ। सिर्फ चार ही घायल हुए, क्योंकि उनकी उम्मीद के हिसाब से यदि विस्फोट होता तो उनका बचना इतना आसान नहीं था।

लेकिन रियाज भटकल और उसके पुणे के सरगनों के लिए गोरखपुर कुछ भी नहीं था, इसलिए उन्होंने अगला निशाना हैदराबाद के बहुसंख्यक समुदाय के स्थलों को बनाया।

हैदराबाद में सिलसिलेवार विस्फोट, 25 अगस्त, 2007

हमले के षड्यंत्र की शुरुआत अगस्त, 2007 में हुई, जब रियाज भटकल ने अनिक

सैयाद को हैदराबाद जाने का आदेश दिया। उसने अनिक को 12,000 रुपए दिए, जिससे उसने भारतीय मुजाहिदीन के सदस्य फारूक तरकश के रिश्तेदार नावेद ताजुद्दीन की मदद से हैदराबाद के संभ्रांत इलाके विवेकानंद नगर में बंजारा नीलम अपार्टमेंट में तीसरे तले पर एक फ्लैट किराए पर ले लिया। विवेकानंद नगर बहुसंख्यक संप्रदाय बहुल इलाका है। अनिक के हैदराबाद पहुँचने के चार दिन बाद रियाज ने अकबर चौधरी को उसकी मदद के लिए भेज दिया। हिंदू महाराष्ट्रीय इलाके में रहने के कारण चौधरी और अनिक ने हिंदू नामों विनोद पाटिल और सतीश गायकवाड़ बनकर रहना शुरू कर दिया। दोनों ने अमीरपेट व्यावसायिक क्षेत्र में धूम कंप्यूटर्स में हार्डवेयर नेटवर्किंग कोर्स में दाखिला ले लिया। रियाज भटकल ने कोर्स में दाखिले के लिए शुरुआती फीस के रूप में 6000 रुपए भेजे। दोनों ने कंप्यूटर कोर्स के विद्यार्थी के रूप में नावेद के साथ शहर की रेकी करके चुने हुए स्थानों की सूची रियाज को दे दी। भारतीय मुजाहिदीन का कमांडर अगस्त के दूसरे सप्ताह में हैदराबाद आया और तीनों ने मिलकर दिलसुखनगर, कोठी, लुंबिनी पार्क, अमीरपेट, एल.वी. नगर, एन.टी.आर. गार्डन और गोकुल चाट भंडार को विस्फोट के लिए चुना। लुंबिनी पार्क, अपन लेक, पार्क थियेटर और सैलानियों की भीड़ के कारण विस्फोट के लिए महत्त्वपूर्ण स्थल माना गया।

कुछ दिनों में रियाज वापस पुणे चला गया और कहता गया कि वह उनके लिए एक विशेष पार्सल भेजेगा। रियाज के आदेश पर अनिक और अकबर अफजलगंज बस अड्डे पार्सल लेने गए। जो आदमी 20 किग्रा. का पार्सल लेकर आया था, उसने पार्सल को उनके फ्लैट में पहुँचा दिया। 24 अगस्त को रियाज दुबारा हैदराबाद एक बैग लेकर आया, जिसमें 6-9 वॉल्ट बैटरीज, छह ए.ए. मीटर, एक मल्टी मीटर, तीन कार्टेज टाइमर घड़ियाँ तथा छह डिटोनेटर्स थे। उसने पार्सल खोलकर 'एनफो' से पैक किए तीन आई.ई.डी. दिए। बम बनाने के बाद रियाज ने अकबर और अनिक के साथ अंतिम रूप से स्थानों का सर्वे किया और विस्फोटों के लिए लुंबिनी पार्क, गोकुल चाट भंडार, एक प्रसिद्ध फूड स्टोर तथा दिलसुख नगर को चुना।

विस्फोट के दिन 25 अगस्त, 2007 को रियाज ने टाइमर्स को 7 बजे का टाइम लगाकर आई.ई.डी. और डिटोनेटर्स के साथ फिटकर दिया। उसके बाद सभी आई.ई.डी. को 'गिफ्ट पेपर' में बाँधकर अलग-अलग कपड़े के थैलों में रखा गया। अकबर ने दिलसुख नगर पार्क में बम को 6:45 के लिए फिट करके एक कपड़े के थैले में रखा और पास में खड़ी मोटर साइकिल के हैंडल में लटका दिया। लेकिन बैटरी के गलत जगह लगे होने के कारण बम फूट ही नहीं पाया। बहुत लोग शायद यह नहीं जानते कि पुलिस ने उसके बाद क्या बेवकूफी का नाटक किया। बजाय इसके कि बम को डिफ्यूज करनेवाले दल को बुलाते, वहाँ उपस्थित एक सब इंस्पेक्टर ने बम को गाड़ी उठानेवाली

क्रेन के कुंदे से उठवा लिया और रास्ते में बम फूट जाने के खतरे के बावजूद उसे क्रेन के जरिए दिलसुख नगर पुलिस स्टेशन ले गया। पुलिस स्टेशन जाकर 'बम डिस्पोजल स्क्वैड' द्वारा बम को डिफ्यूज करवाया। पुलिस कमिश्नर ने सब इंस्पेक्टर को उसकी इस करतूत के लिए झाड़ पिलाई। अकबर जब विवेकानंद फ्लैट में लौटा तो उसने देखा कि अनिक और रियाज वहाँ पहले ही मौजूद हैं और टी.वी. पर सीरियल बम विस्फोट की खबर देख रहे हैं। अनिक ने अपने बम को लुंबिनी पार्क के भीड़ भरे 'लेजर शो' में एक सीट के नीचे रख दिया था, जबकि रियाज ने गोकुल चाट भंडार के एक 'सोडा डिस्पेंसर' पर रखा था।

कुल मिलाकर 42 लोग मारे गए, जिनमें बड़ी संख्या में गुजरात से आए सैलानी थे। 54 लोग गंभीर रूप से घायल हुए। फिल्मी देश में लश्कर-ए-तय्यबा और आई.एस.आई. की सक्रिय सहायता से स्थापित भारतीय मुजाहिदीन को विस्फोटक हमलों का श्रेय नहीं मिला पाया और यह भी तब, जबकि 2005 से होनेवाले सभी हमलों में उसकी मुख्य भूमिका रहती आई थी। मोहम्मद सैफ जब पकड़ा गया तो उसने पुलिस को केवल यही बताया कि उसके दिल में यही ख्वाहिश थी कि अखबारों में 'इंडियाज मोस्ट वॉन्टेड' के रूप में उसकी फोटो छपे। और सुरक्षा एजेंसियों ने उसके इस बयान को रजिस्टर करके इतिश्री कर ली। ऐसी स्थिति में भारतीय पुलिस के पास हमलों का दोष पाकिस्तान सरकार पर मढ़ने के अलावा और कोई चारा भी नहीं था। भारतीय सुरक्षा एजेंसियों की अक्षमता से शह पाकर भारतीय मुजाहिदीन के हौसले इतने बढ़ गए कि उसने भारत के एक साथ तीन-तीन शहरों में विस्फोट करने का फैसला कर लिया और इसकी शुरुआत उसने 23 नवंबर, 2007 को करके उसके लिए अपनी जिम्मेदारी भी इ-मेल के जरिए घोषित कर दी।

लखनऊ , वाराणसी और फैजाबाद विस्फोट, 23 नवंबर, 2007

इंटेलिजेंस ब्यूरो ने 16 नवंबर, 2007 को पाकिस्तानी नागरिक मोहम्मद आबिद, यूसुफ फैजल और मिर्जा रशीद बेग को उत्तर प्रदेश एस.टी.एफ. को सौंप दिया और पुलिस ने उन्हें बाकायदा गिरफ्तार कर लिया। पुलिस ने उन तीनों के आतंकी विस्फोटों शामिल होने की बात पर परदा डाले रखा, लेकिन सच्चाई यह थी कि वे तीनों नेहरू-गांधी परिवार के राजकुमार राहुल गांधी को मारने के लिए 'सुसाइड बम' बनकर निकले थे। ये तीनों राहुल गांधी के कार्यक्रमों पर बहुत बारीकी से नजर रख रहे थे। उन्होंने न केवल राहुल गांधी की उत्तर प्रदेश में हुई सभी रैलियों की वीडियो फोटोग्राफी की थी, बल्कि इस बात का अंदाजा कर लिया था कि रैलियों में किस समय उसकी निजी सुरक्षा ढीली पड़ जाती है। जब आतंकवादियों को उत्तर प्रदेश पुलिस ने लखनऊ सेशन कोर्ट

में पेश किया तो वहाँ मौजूद वकीलों ने नेहरू-गांधी के राजकुमार पर हमला करने के प्रयास के लिए उन्हें पीट दिया। हमले का फल यह हुआ कि 2006 में वाराणसी में हुए सीरियल ब्लास्ट के आरोपी मोहम्मद वलीउल्ला को मदद करने के लिए उत्तर प्रदेश बार एसोसिएशन के वकीलों ने इनकार कर दिया।

जश-ए-मोहम्मद की गिरफ्तारियों के एक सप्ताह बाद ही आतंकियों ने वाराणसी, लखनऊ और फैजाबाद के सिविल कोर्टों में विस्फोट किया। उनके निशाने पर वकील समुदाय था। पहला आई.डी.डी. बम विस्फोट वाराणसी सिविल कोर्ट में दोपहर एक बजकर पाँच मिनट पर हुआ। यह बम कपड़े के थैले में एक साइकिल पर लटका था। एक बजकर पंद्रह मिनट पर फैजाबाद के कोर्ट में दो विस्फोट हुए, जबकि लखनऊ कोर्ट में लगाए गए दो आई.ई.डी. बमों से एक में विस्फोट हुआ। अठारह लोगों की जानें गईं और इक्यासी लोग घायल हुए। ये सभी बम प्रेशर कुकर में 'एनफो' के साथ बॉल बियरिंग और काँच-लोहे के टुकड़ों को जोड़कर बनाए गए थे।

विस्फोटों के पाँच मिनट पहले दिल्ली के लक्ष्मीनगर, डी-132/6 स्थित राजधानी साइबर कैफे द्वारा हनतन की तरफ से प्राइवेट टी.वी. चैनलों को एक इ-मेल भेजा गया, जिसकी शुरुआत कुरान की उस आयत से की गई, जिसमें मजहबी लोगों से काफिरों से लड़ने का आह्वान करते हुए यह दावा किया गया कि इन विस्फोटों के पीछे भारतीय मुजाहिदीन है और भारत में इसलामी आतंकवाद को उचित ठहराया गया। इसमें कहा गया कि कोर्ट को विस्फोटों का निशाना इसलिए बनाया गया, क्योंकि उत्तर प्रदेश पुलिस ने दो मासूम ग्रुपों पर झूठे इलजाम लगाए और इन कोर्ट के वकीलों ने उन ग्रुपों के मासूम सदस्यों की पिटाई की। सिलसिलेवार बम विस्फोटों को इसलामी जिहाद बताते हुए मेल में मुख्य रूप से मुसलमानों पर हिंदू-उग्रवादियों के हमलों की चर्चा की गई। मेल में 1992-93 के दौरान मुंबई में हुए दंगों तथा 2002 में गुजरात कांड का हवाला देते हुए कहा गया कि इस अन्याय तथा 'भारत में मूर्ति पूजकों द्वारा किए गए अत्याचारों के खिलाफ मजबूरन यह कदम उठाया गया है।' मेल में यह दावा किया गया 'भारतीय मुजाहिदीन कोई विदेशी मुजाहिदीन नहीं है और न ही हमारा किसी पड़ोसी मुल्क से संबंधित आई.एस.आई., लश्कर-ए-तय्यबा तथा हूजी जैसी एजेंसियों से कोई रिश्ता है।'

लक्ष्मीनगर साइबर कैफे से ग्यारह कंप्यूटर्स जब्त किए गए और यह पाया गया कि इ-मेल भेजनेवाले ने 'डॉक्यूमेंट' 'modify.doc' को अपलोड करने के लिए पेन ड्राइव का इस्तेमाल किया और मेल भेजने के एक दिन पहले एकाउंट खोलकर दस मिनट के अंदर भारत और पाकिस्तान के सभी इलेक्ट्रॉनिक और प्रिंट मीडिया को ट्रांसमिट कर दिया। मेल भेजनेवाले ने इस दौरान कोई और साइट नहीं खोला और न ही कोई मेल भेजी। इसके अलावा उसने कंप्यूटर घड़ी को भी बदल दिया था, ताकि बाद में 'लॉग्स'

को 'एनालाइज' न किया जा सके। जैसा कि अकसर होता आया था, उत्तर प्रदेश पुलिस और सुरक्षा एजेंसियों ने दोष 'हूजी' सरगनाओं पर मढ़ दिया और इ-मेल को महज पुलिस की छानबीन को गुमराह करने के प्रयास के रूप में रफा-दफा कर दिया। यह तो भारतीय मुजाहिदीन के सरगना, खास तौर पर मोहम्मद सादिक शेख, मंसूर असगर पीरभॉय तथा सलमान की 2008 में हुई गिरफ्तारी के बाद पता चला कि रियाज भटकल का छद्म नाम है और वह विस्फोट भारतीय मुजाहिदीन के आजमगढ़ी अड्डे ने किया था।

गोरखपुर सीरियल ब्लास्ट के बाद आतिफ अमीन ने सलमान को आरिज खान से मिलवाया। सलमान इंजीनियरिंग का छात्र था तथा आजमगढ़ का रहनेवाला था। विस्फोटक कार्यक्रम की पूरी रूपरेखा तथा उसको अंजाम देनेवाले आतिफ और सैफ तथा आरिज व सलमान थे, जिन्होंने वाराणसी, फैजाबाद और लखनऊ के न्यायालयों में बम रखे और उसके बाद वापस आजमगढ़ अपने घर माता-पिता के पास लौट आए, जो यह समझते रहे कि उनके बेटे अपना भविष्य बनाने के लिए खूब पढ़ाई कर रहे हैं। लेकिन उनकी उड़ान वहीं तक सीमित नहीं थी। आतिफ अमीन और रियाज भटकल के उकसाने और उनकी सहायता से उन्होंने 2008 को आजाद भारत के इतिहास को आंतरिक सुरक्षा की दृष्टि से 'महा विध्वंसक' वर्ष के रूप में दर्ज करा दिया।

जयपुर में सिलसिलेवार विस्फोट, 13 मई, 2008

13 मई, 2008 को भटकल भाई पुणे के कमलदीप अपार्टमेंट में अकबर की चचेरी बहन यासीन की मोहसिन चौधरी से मँगनी की पार्टी मना रहे थे। मँगनी की यह तारीख भटकल भाइयों से बातचीत करके ही तय की गई थी। तारीख तय करने के बाद भटकल भाई मई के पहले सप्ताह में पुणे से बाहर चले गए थे। एकाएक टी.वी. न्यूज चैनलों ने जयपुर में हुए विस्फोटों की खबरें प्रसारित करना शुरू कर दिया। पुणे अड्डे के सरगना ने भटकल भाइयों को संदेह भरी नजरों से देखा तो उसके जवाब में इकबाल के मुँह पर एक द्वेष भरी मुसकान तैर गई। अपनी एक और सफलता की खुशी में भटकल भाइयों ने रात भर पार्टी में जश्न मनाया।

मंगलवार, 13 मई, 2008 की शाम लगभग 7 बजकर 10 मिनट को शुरू हुए इस भयानक विध्वंस में जयपुर के शहरी इलाके में लगातार नौ बम धमाके हुए और जब तक 7 बजकर 35 मिनट पर नौवाँ बम फूटा, तब तक 80 लोग जान से मारे जा चुके थे और 216 लोग जख्मी हो गए थे। आई.ई.डी. बमों को इस प्रकार बनाया गया था कि उनसे ज्यादा-से-ज्यादा जान और माल का नुकसान हो। पहले दो विस्फोट माणक चौक पर हुए। विस्फोट के बाद लोग जौहरी बाजार की तरफ भागे, लेकिन जैसे ही भीड़ का रेला आया, नेशनल हैंडलूम सेंटर में लगाए गए एक-एक करके दो बमों का विस्फोट हुआ।

भीड़ का रेला चाँदपोल और त्रिपोलिया बाजार की तरफ दौड़ा, जहाँ हनुमान मंदिर में लगे एक-एक करके छह बमों के विस्फोटों में अधिक-से-अधिक लोग जान से मारे गए और जख्मी हुए। दूसरे दिन एक इ-मेल भारत और पाकिस्तान टी.वी. और अखबारों के दफ्तरों में भेजा गया, जिसमें भारतीय मुजाहिदीन ने जयपुर विस्फोटों का जिम्मा लिया। मेल उत्तर प्रदेश के साहिबाबाद स्थित एक साइबर कैफे से भेजा गया था। मेल में कहा गया कि दशाश्वमेध घाट से न्यायालयों में हुए सभी विस्फोट गुरु ने ही किए हैं। मेल में बताया गया कि भारतीय मुजाहिदीन तीन अंगों में विभक्त है। शाहबुद्दीन गौरी ग्रुप, जो दक्षिण भारत में हमले करता है। महमूद गजनवी ग्रुप, जो उत्तर भारत में विस्फोटों को अंजाम देता है और शहीद अल जरकवी ग्रुप, जो मानव-बमों से हमले करता है। मीडिया ग्रुप अहमदाबाद सीरियल ब्लास्ट के बाद बनाया गया, जब मंसूर पीरभॉय ने विस्फोटों के बाद मीडिया को मेल भेजना शुरू किया। मेल में कुरान की गलत व्याख्या करके भारत के खिलाफ जिहाद को न्यायोचित बताया गया और यह माँग की गई कि भारत अंतरराष्ट्रीय मामलों में अमरीका की सहायता करना बंद करे। मेल में गुजरात दंगों के लिए तत्कालीन मुख्यमंत्री नरेंद्र मोदी की तथा बाबरी मसजिद पर हमले और अन्य सांप्रदायिक विषयों के लिए बी.जे.पी. नेता लालकृष्ण आडवाणी की निंदा की गई। इ-मेल के साथ एक वीडियो भेजा गया, जिसमें उस साइकिल का नंबर 129489 दिखाया गया, जिसे छोटी चौपड़ के निकट कोतवाली के पास खड़ा किया गया था। मेल द्वारा विस्फोटों की जिम्मेदारी लेने के बावजूद स्थानीय पुलिस और सुरक्षा एजेंसियों ने 'हूजी' को ही दोषी ठहराया, क्योंकि राज्य की भाजपा सरकार की मुख्यमंत्री वसुंधरा राजे ने राजस्थान में गैर-कानूनी ढंग से रह रहे बँगलादेशियों को वापस बँगलादेश भेजना शुरू कर दिया था।

मई, 2008 के प्रथम सप्ताह में सलमान, मोहम्मद सैफ और छोटा साजिद आजमगढ़ से कैफियत एक्सप्रेस से नई दिल्ली आए और आतिफ अमीन के ओखला विहार स्थित किराए के मकान में टिके। वहाँ उनकी मुलाकात बाबा साजिद, मोहम्मद खालिद, मिर्जा शादाब बेग, आरिफ खान, मोहम्मद सखर और सैफूर रहमान से हुई, जो पहले से अमीन के घर में मौजूद थे। अगले कुछ दिनों में भटकल भाइयों के आदेश पर बड़ा साजिद और आतिफ अमीन ने जयपुर विस्फोटों का प्लान बनाया। दोनों जयपुर गए और वहाँ सभी स्थानों की रेकी करके निशाने के स्थानों को चुना। उसके बाद आतिफ अमीन और आरिज खान आई.ई.डी. विस्फोट के लिए अमोनियम नाइट्रेट लाने कर्नाटक के उडूपी चले गए। अमीन और अजीज बम की जरूरी सामग्री लेकर 10 मई, 2008 को नई दिल्ली लौट आए।

एक दिन बाद 11 मई, 2008 को आतिफ अमीन खान, खालिद, मिर्जा शादाब बेग,

सखर और सैफूर रहमान ने बीकानेर हाऊस से चलनेवाली वॉल्वो बस से हिंदू फर्जी नामों से सफर किया और दोपहर दो बजे जयपुर पहुँचे। यहाँ शहर की 'रेकी' करने तथा साइकिलों की दुकानों का पता लगाने के लिए पूरा ग्रुप छोटे दलों में बँट गया। उसी दिन काम पूरा करके पूरा गुट दिल्ली लौट आया।

अगले दिन आतिफ अमीन और आरिज खान ने नौ आई.ई.डी. बमों में 'एनफो चार्ज' को एक नाव की शक्ल की प्लेट में रखा। उस पर खूब सारे बॉल वियरिंग को बिछा करके लाल टेप से चारों ओर से बाँधा और बम में रख दिया। डेटोनेटर लगाने के बाद उसे टाइम क्लॉक से जोड़ दिया। नाव की आकार वाला यह डिजाएन बहुत प्रभावी था, क्योंकि इसकी मार नाव के मुँह की ओर ज्यादा रहती है। इसी डिजाइन का प्रयोग अहमदाबाद, सूरत और दिल्ली के विस्फोटों में किया गया था। 13 मई को पूरे ग्रुप ने जयपुर के लिए बीकानेर हाऊस से उसी वॉल्वो को बस को पकड़ा, अलग-अलग दुकानों से साइकिलें खरीदीं और शताब्दी एक्सप्रेस से लौटने के पहले सभी चुने गए स्थलों पर बम रख दिए। बाद में भारतीय रेलवे और राजस्थान रोडवेज ने टिकटों और रिजर्वेशन स्लिप की मूल प्रति के आधार पर इन यात्राओं की तसदीक की।

जयपुर विस्फोट के तांडव में जलता रहा और उधर पुणे के अमरदीप अपार्टमेंट में ये लोग समारोह मनाते रहे। उसके बाद आतिफ अमीन और उसके गुर्गे बड़े इत्मिनान से एक और विस्फोट की तैयारी के लिए दिल्ली लौट आए।

बेंगलुरु सिलसिलेवार विस्फोट, 25 जुलाई, 2008

बेंगलुरु का यह हमला तकनीकी रूप से लश्कर-ए-तय्यबा के दूसरे ग्रुप जाम-ए-यथुल अंसारूल मुसलीमीन (जिएमा) का काम था। केरल में कन्नूर के ओमेर हाजी की सदारत में चलनेवाले इस गुट को लश्कर का कमांडर रशीद रेहन अब्दुल्ला सरफराज नवाज के साथ मिलकर मदद देता है। गुट का केंद्र-स्थल केरल है और यह भारतीय मुजाहिदीन के रियाज भटकल से सीधा संपर्क रखता है। इसने अहमदाबाद विस्फोट में मदद भी की थी। लेकिन सभी व्यावहारिक मामलों में यह मॉड्यूल भारतीय मुजाहिदीन का शहाबुद्दीन गौरी का ही ग्रुप कहलाता है। 25 जुलाई, 2008 को बेंगलुरु में दोपहर डेढ़ से दो बजे के बीच आठ हलके बमों का विस्फोट हुआ, जिसमें दो लोग मारे गए तथा आठ घायल हुए। अगले दिन जब अहमदाबाद में बम विस्फोट हो रहे थे, तब बेंगलुरु में एक और बम पाया गया, जिसे फौरन डिफ्यूज कर दिया गया। कर्नाटक पुलिस को विस्फोट स्थलों से बड़ी तादात में विस्फोटक सामग्री मिली, जिसमें 9 वॉल्ट पावर सेल ब्रांड बैटरी, बिजली के तार, बड़े-बड़े नट और बोल्ट, कंकरीट सीमेंट के ढेले, स्टील व प्लास्टिक कंटेनर, इलेक्ट्रॉनिक सर्किट के टुकड़े, इंसुलेशन टेप और अमोनियम

नाइट्रेट शामिल हैं।

पुलिस ने इन विस्फोटों में दस केस दर्ज किए और अब तक 28 आरोपियों को गिरफ्तार किया है, जबकि 6 भागने में कामयाब हो गए। इन केसों की आखिरी गिरफ्तारी कर्नाटक में अक्तूबर, 2010 में हुई, जिसमें उमेर फारूक अजमेर शरीफ में और इब्राहीम मौलवी, ज़िसे कसरगोड में पकड़ा गया। चार आरोपी, जिनका विस्फोटों में सीधा हाथ था, अक्तूबर, 2008 में पाकिस्तानी सीमा में घुसने के प्रयास में भारतीय सुरक्षा सेना द्वारा मारे गए।

बेंगलुरु विस्फोटों ने न सिर्फ भारत में आतंकवाद की व्यापकता को उजागर किया, बल्कि यह भी स्पष्ट कर दिया कि भारत में लश्कर के सभी गुटों में यद्यपि एक-दूसरे से संपर्क और एकता दिखती है, किंतु उनके कमांडरों के बीच जबरदस्त स्पर्धा और खींचतान है। कराची प्रोजेक्ट का मुखिया अब्दुल रहमान सईद भारतीय मुजाहिदीन के जरिए भारत में आतंकी हमले करने में सफलता हासिल कर रहा था, जबकि रशीद अब्दुल्ला ने भारतीय मुजाहिदीन से आगे बढ़ने के लिए दक्षिण भारत में आतंकी हमले करने के लिए अपना गुट बना लिया था। यही नहीं, उसने बँगलादेश में लश्कर-ए-तय्यबा जैसा एक नया नेटवर्क भी स्थापित कर लिया।

उसने विद्रोही ग्रुपों को पैसा देनेवाले सरगना मुबाशिर शाहिद को भी अपने पाले में ले लिया और सरफराज नवाज की मदद से बेंगलुरु विस्फोटों की तैयारी और उन्हें पूरा करने के लिए पैसों का भी जुगाड़ किया। जैसा कि पहले चर्चा की जा चुकी है कि बेंगलुरु विस्फोट करने का निर्णय जनवरी 2008 में किया गया, जब सरफराज चार महीनों की छुट्टी पर ओमान से आया था। ओमेर हाजी ने बेंगलुरु में स्थलों की 'रेकी' तब की थी, जब वह सरफराज और उसके परिवार के साथ वहाँ आया था। विस्फोटों के लिए 2 लाख रुपए की रकम की व्यवस्था उसने सरफराज के जरिए की थी। इस काम में मालापुरम् के अब्दुल रहीम और अब्दुल सत्तार का दामाद भी शामिल था। सरफराज के ओमान चले जाने के बाद ओमेर हाजी, रहीम, मुनाफ और अन्य तीन सरगनों ने मिलकर पेरंमबवूर की एक दुकान में घुसकर बम बनाने की सामग्री चुराई थी। इसमें 250 के.जी. अमोनियम नाइट्रेट, चार डेटोनेटर्स व जेलाटिन स्टिकें शामिल थीं। इस सामग्री को उलसूर रोड स्थित एक किराए के मकान में रखा गया। स्पर्धा की शुरुआत यहीं से शुरू हुई। अप्रैल 2008 में रियाज भटकल ने अब्दुल सत्तार से संपर्क करके उसे कालीकट आने को कहा। अब्दुल सत्तार इलेक्ट्रीकल सर्किट और टाइमर बनाने में सिद्धहस्त था। यही समय था, जब सरफराज ने हाजी को दो लाख रुपए दिए थे, लेकिन हाजी की उलझन यह थी कि वह आई.ई.डी. खासतौर पर टाइमर बनाना नहीं जानता था। इसलिए उसने अब्दुल सत्तार से संपर्क किया। 22 जून, 2008 को रियाज भटकल जब

कुट्टीपुरम् में हाजी, अब्दुल सत्तार और रहीम से मिला, तब रियाज ने सत्तार से चालीस टाइमर बनाने और जिहादी गतिविधियों के लिए लोगों को तैयार करने को कहा। रहीम ने सत्तार के लिए 40 टाइमर बनाए, लेकिन उसमें पंद्रह टाइमर उसने हाजी को बेंगलुरु विस्फोट के लिए पार कर दिए। नतीजा यह हुआ कि रियाज को सूरत के लिए टाइमर कम पड़ गए। जो भी हो, परिणाम यह हुआ कि बेंगलुरु और सूरत के बम धमाकों में उतना दम नहीं था।

15 जुलाई, 2008 को दुबई स्थित सरगना सुहैद, जिसने अब्दुल सत्तार का नंबर रियाज भटकल, उमेर फारूक फैज, अब्दुल जब्बार और हाजी को दिया था, बेंगलुरु के कन्नूर स्थित उलसूर रोड के मकान में आया। ग्रुप ने रहीम की मदद से 15 आई.ई.डी. खरीदे, जिनमें दो बड़े मेटल कंटेनर के साथ तीन मीडियम साइज गोल पाइप और शेष 10 बकट बक्से थे। जब्बार और पी. मुजीब को छोड़कर पूरा ग्रुप वापस कन्नूर चला गया। 23 जुलाई को ओमेर हाजी, अब्दुल जब्बार, शोएब, अब्दुल रहीम, मोहम्मद फैयाज, सलीम और मुनाफ ने नीली स्कॉर्पियो एस.यू.वी. (रजिस्ट्रेशन नंबर 95900) कन्नूर में ली और बेंगलुरु हमले के अपने मिशन पर निकल गए। 120 किलोमीटर दूर श्रीरंगपटनम् में, जहाँ कभी टीपू सुल्तान की ब्रिटिश हुकूमत से अंतिम लड़ाई हुई थी, उनकी गाड़ी खराब हो गई, जिसकी वजह से हाजी के ग्रुप को मजबूरन यहाँ रुकना पड़ा। अगली सुबह बेंगलुरु के मंडीवाला क्षेत्र में यदि ट्रैफिक पुलिस का सिपाही उनसे आइडेंटिटी प्रूफ या लाइसेंस माँग लेता तो बेंगलुरु का विस्फोट कभी होता ही नहीं। लेकिन हाजी और ग्रुप 100 रुपए की रिश्वत देकर साफ बच गए, क्योंकि सिपाही ने उनसे कुछ माँगा ही नहीं। 24 जुलाई को हाजी और उसके सरगने एक-दूसरे कन्नूर निवासी पी. मुजीब के बेंगलुरु स्थित घर आए। मुजीब ने रहीम द्वारा खरीदे गए टाइमरों को आई.ई.डी. में फिट करके उन्हें स्कोर्पिओ में रख दिया। पंद्रह में से तीन बम ठीक से काम नहीं कर रहे थे, इसलिए उन्हें जब्बार और फैज अलग बैग में रखकर कन्नूर ले गए। मुनाफ, सलीम, शोएब, रहीम और हाजी ने आई.ई.डी. बमों को दस स्थानों पर रख दिया, जिनमें दो बड़े मेटल कंटेनरवाले बमों में से एक को मैसूर जानेवाली सड़क पर तथा दूसरे को मैसूर के पास सामरिक महत्त्व के स्थानों पर रख दिया। इसके बाद सभी कन्नूर वापस आ गए। दुर्भाग्य से बमों के निर्माण में खामी रह जाने के कारण बमों का प्रभाव बहुत कम हुआ और मरनेवालों की संख्या दो तक सीमित रह गई। कुल मिलाकर 8 लोग घायल हुए। लेकिन इस कमी को भारतीय मुजाहिदीन ने अगले ही दिन 'दुश्मन' के घर गुजरात में जबरदस्त बम विस्फोटों से पूरा कर लिया और साथ ही तत्कालीन मुख्यमंत्री नरेंद्र मोदी को अपने आने का संदेश भी दे दिया।

अहमदाबाद में सिलसिलेवार विस्फोट, 26 जुलाई, 2008

अहमदाबाद में 26 जुलाई, 2008 की शाम 6 बजकर 15 मिनट पर हुए विस्फोट के बाद हिंसा, खून और आतंक को जो नंगा नाच हुआ, वह अगले तीन दिनों तक चलता रहा और गुजरात पुलिस व केंद्रीय खुफिया एजेंसियाँ सुराग के अँधेरे में सूरत शहर के चप्पे-चप्पे में अनफूटे बमों की तलाश में धूल फाँकती रहीं। गुजरात का हमला भारतीय मुजाहिदीन तथा पाकिस्तान में बैठे उसके आकाओं की एक बड़ी उपलब्धि मानी जाती है। भारतीय मुजाहिदीन की गुजरात के तत्कालीन मुख्य नरेंद्र मोदी के प्रति नफरत का अंदाजा इसी तथ्य से लगाया जा सकता है कि सीरियल बम धमाकों के एक घंटे बाद ही तेईस वर्ष के नौजवान इमरान इब्राहीम शेख ने उस सिटी हॉस्पिटल ट्रॉमा सेंटर पर बर्बरतापूर्ण हमले करने के लिए भटकल भाइयों को मदद दी, जिसमें एक महीने पहले उसके पिता ने बाईपास सर्जरी कराई थी।

आतंक का यह ड्रामा शाम 6 बजकर 15 मिनट पर शुरू हुआ और अगला पैंतालीस मिनट में पूरे शहर में 20 आई.ई.डी. बमों का विस्फोट हुआ। इसमें मुख्यमंत्री नरेंद्र मोदी चुनावी क्षेत्र मणि नगर शामिल हैं। विस्फोटों के शुरू होने के पाँच मिनट पूर्व ही भारतीय मुजाहिदीन ने इलेक्ट्रोनिक मीडिया को मेल भेजकर गुजरात के दंगों तथा बाबरी मसजिद को ढहाने का बदला लेने की घोषणा की। लेकिन दुर्भाग्यवश यहीं इसका अंत नहीं हुआ था। विस्फोटों के थोड़ी ही देर बाद साढ़े सात बजे सिटी ट्रामा सेंटर के पास खड़ी मारुति सुजुकी वैगन-आर में भीषण विस्फोट हुआ, जिसमें ज्यादातर वे लोग मारे गए, जो पहले विस्फोटों में जख्मी हो गए थे। कार बम बाकायदा 'एनफो' विस्फोटक तथा एल.पी.जी. सिलेंडर से लैस थी। इसलिए जान-माल का काफी नुकसान हुआ। अगले दिन सूरत में दो और कार बमों को डिफ्यूज किया गया और 29 जुलाई को पुलिस व सुरक्षा एजेंसियों ने तेईस और बमों को न्यूट्रलाइज किया। ये बम अब्दुल रहीम द्वारा लगाए फॉल्टी टाइमर के कारण फूट नहीं पाए थे। इतने बड़े पैमाने पर विध्वंस को देखकर पूरा देश जहाँ स्तब्ध रह गया था, वहाँ रियाज और इकबाल भटकल अपने अशोक फ्लैट में सफलता का जश्न मना रहे थे, जबकि आजमगढ़ी सरगना ने इत्मिनान के साथ राजधानी एक्सप्रेस पकड़ी और सुरक्षित दिल्ली पहुँच गए।

गुजरात पुलिस ने सीरियल ब्लास्ट के लिए इक्यासी लोगों के खिलाफ चार्जशीट दर्ज की। इसमें छत्तीस प्रमुख आरोपी पाए गए और इकसठ वे लोग, जिन्होंने इस षड्यंत्र में भाग लिया, जबकि तीन आरोपियों की जाँच-पड़ताल के दौरान मौत हो गई। इनमें 'सिमी' के सदस्यों के रूप में इक्कीस आरोपी थे, जिन्हें इस तथ्य पर आरोपी पाया गया कि इन्होंने 9 से 11 दिसंबर, 2007 में केरल के वेगामन में इस पूरे षड्यंत्र की योजना बनाई और 13 से 15 जनवरी तक वडोदरा के निकट हलोल में ट्रेनिंग कैंप लगाया। अहमदाबाद और सूरत में हुए विस्फोट की प्लानिंग और उन्हें अंजाम देने का काम

भारतीय मुजाहिदीन के केरल, दिल्ली और पुणे के अड्डों ने पूरा किया। ओमेर हाजी अब्दुल सत्तार ग्रुप ने टाइमर बनाए, आतिफ अमीन गुट ने बमों का निर्माण किया, हमलों के स्थलों को चुना और बमों को प्लांट किया, जबकि भटकल भाइयों ने पूरे षड्यंत्र की देखरेख के अलावा पुणे से इ-मेल भेजा। विस्फोटों में इस्तेमाल हुआ 'एनफो' को रियाज ने खुद मुहैया कराया, जबकि इकबाल ने इ-मेल द्वारा भेजे गए संदेश को कंप्यूटर विशेषज्ञ तथा जिहादी मंसूरी पीरभॉय को लिखवाया।

अहमदाबाद के विस्फोटों के षड्यंत्र को समझने के लिए हमें यह देखना होगा कि मुजाहिदीन के इन तीनों अड्डों में क्या हो रहा था और इसमें 'सिमी' की क्या भूमिका थी?

हालाँकि मुजाहिदीन के पाकिस्तानी आका 2002 के सांप्रदायिक दंगों के बाद से ही भारत से खार खाए बैठे थे। विस्फोटों की योजना ने रूप लेना तब शुरू किया, जब 27 मार्च को 'सिमी' के पूर्व महासचिव सफदर नागौरी अपने अन्य वरिष्ठ सदस्यों के साथ इंदौर पुलिस की गिरफ्त में आया। इस घटना से 'सिमी' के लगभग सभी सदस्य सलाखों के पीछे पहुँच चुके थे। इस हालत में अब्दुल सुभान कुरैशी और कयामुद्दीन कापड़िया ने 'सिमी' का नेतृत्व सँभालते हुए रियाज भटकल से नागौरी की गिरफ्तारी का बदला लेने और जिहादियों के हौसले बढ़ाने के वास्ते भारत के शहरों में हमलों के लिए छोटे हथियारों और 'गोला-बारूद' की माँग की, लेकिन रियाज ने माँग पूरी करने के बाद उसे आतिफ अमीन से मिलवाया और अहमदाबाद में एक बड़ा विस्फोट करने का आश्वासन दिया।

सिलसिलेवार विस्फोट की उल्टी गिनती जून 2008 के पहले सप्ताह से शुरू हो गई, जब बम बनानेवाले सलमान और आरिफ बद्र ने दिल्ली जाने के लिए आजमगढ़ छोड़ा। दिल्ली में वे आतिफ अमीन के पास जाकिर नगर में रहे। आतिफ से योजना पर चर्चा करने के बाद आरिफ अपने दोस्त भारतीय मुजाहिदीन के सहसंस्थापक सादिक इसरार शेख के साथ मुंबई पहुँचा, जहाँ से वह पुणे जाकर अशोक न्यूज फ्लैट में रुका। उसके पहुँचते ही फ्लैट में रह रहे गैंग को, जिसमें अकबर चौधरी, अनीक फारूक और यासिर शामिल थे, खेंडवा स्थित कमलदीप अपार्टमेंट में जाने का आदेश दे दिया गया। बम बनानेवालों को इतना ही बताया गया, जितनी जरूरत थी और उन्हें अलग-अलग काम करने का निर्देश दिया गया। एक दिन अकबर रियाज से मिलने के लिए बिना बताए ही अशोक न्यूज पहुँच गया तो उसने देखा कि आरिफ वाट्र्ज टाइम घड़ियों पर काम कर रहा है। वह अहमदाबाद विस्फोट के लिए पचास टाइमर बना रहा था। इकबाल भटकल ने फौरन अकबर को फ्लैट से बाहर जाने का आदेश दिया। जून के दूसरे सप्ताह में रियाज विस्फोटक लाने के लिए बेंगलुरु गया, जबकि आरिफ टाइमर और डिटोनेटर

से भरे दो सूटकेसों को लेकर मुंबई के चीता कैंप स्थित सादिक के घर पहुँचा। दिल्ली, अहमदाबाद, बेंगलुरु तथा पुणे में काम की इस गहमागहमी में भटकल भाइयों ने मंसूर असगर पीरभॉय को मुंबई में किसी असुरक्षित वायरलैस नेटवर्क का पता लगाने का काम दे दिया। पीरभॉय ग्रुप ने लैपटॉप की मदद से मुंबई के सनपाड़ा में गुन्नीना अपार्टमेंट के इर्द-गिर्द एक सुरक्षित नेटवर्क तलाश कर लिया। इकबाल भटकल ने 21 जुलाई को मंसूर पीरभॉय को बताया कि 26 जुलाई, 2008 को अहमदाबाद में विस्फोट किए जाएँगे, जिसके लिए वह एक इ-मेल बनाए। विषय में मुसलमानों पर होनेवाले अत्याचारों का ब्योरा देते हुए कहा गया कि पाँच मिनट के अंदर ही गुजरात में विस्फोट किए जाएँगे। संदेश में कहा गया कि विस्फोटों का जिम्मेदार भारतीय मुजाहिदीन है और पाकिस्तान स्थित आतंकी ग्रुप विशेषकर लश्कर-ए-तय्यबा का उससे कोई लेना-देना नहीं है। संदेश के लिए मुबिन ने भारतीय मुजाहिदीन का 'लोगो' बनाया, जिसमें उसने इंटरनेट से कई इमेज डाउनलोड कीं। रियाज और इकबाल ने संदेश पर क्रमशः गु. अलाहिदी तथा अल अरबी के रूप में हस्ताक्षर किए। संदेश, जो लगभग दस पृष्ठों का था, 25 जुलाई, 2008 को तैयार हो गया। उसे इ-मेल के जरिए इंडिया टी.वी., आज तक तथा हिंदी न्यूज चैनलों के अतिरिक्त महाराष्ट्र ए.टी.एस. को भेज दिया गया। भेजने वाले लैपटॉप का पता मीडिया न्यूज चैनलों को न मिल पाए, इसलिए मीडिया कंट्रोल एड्रेस के 'सोर्स' को बदल दिया गया।

26 जुलाई को मोहसिन चौधरी, मुबिन पीरभॉय अकबर चौधरी की नीली मारुति एस में टीम मुंबई के लिए निकले। उन्हें भटकल का आदेश था कि वे शाम को ठीक 6.40 बजे इ-मेल भेजें। यह ग्रुप नवी मुंबई दो बजे पहुँचा। वहाँ उन्होंने पानपाड़ा के वायरलैस को 'हैक' करके कुछ ही घंटों में पीरभॉय ने 'यू-ट्यूब' में नए एकाउंट बनाए और दोनों का पता एक ही रखा। ठीक 6.40 पर पीरभॉय ने मेल भेजकर वीडियो को 'यू-ट्यूब' पर अपलोड करना चाहा, लेकिन इंटरनेट 'क्रेश' कर गया। इस डर से कि कहीं वे पकड़े न जाएँ, उन्होंने फौरन 'नेटरूटर लॉग' को मिटाया और नवी मुंबई से भाग निकले। पीरभॉय, मुबिन और मोहसिन अलग-अलग रूट पकड़कर रात को अशोक न्यूज फ्लैट पहुँचे, जहाँ पर उन्हें टी.वी. में अहमदाबाद विस्फोट की खबरें दिखाई देने लगीं। लेकिन यह भटकल भाइयों के षड्यंत्र का केवल एक अंश ही था, जो उन्होंने अपने आई.एस.आई. की शह पर रचा था।

रियाज ने जून, 2008 में सूरत और भरूच में किराए पर मकान लेने के लिए मुंबई की अपराधी दुनिया के सहयोगी फजल रहमान मुसद्दीखान ईरानी से सहायता ली। सूरत और भरूच शहर वडोदरा-अहमदाबाद हाईवे द्वारा सीधे एक-दूसरे से जुड़े हुए हैं। उसने फज्ल रहमान को सिलवर वैगन-आर को सूरत से अहमदाबाद ले जाने को कहा, जहाँ

उन्होंने कयामुद्दीन कापड़िया से गाड़ियाँ बदलीं और लाल वैगन-आर लेकर लौटे। वे अपने साथ स्टील के दो टिफिन बॉक्स भी लाए। सूरत और भरूच के मकानों में रियाज, फज्ल, रहमान, अनिक, आसिफ, नौशाद, अबू बक्र, वसीम और अकबर ने अमोनियम नाइट्रेट, वॉल वियरिंग, टाइमर चिप्स और लकड़ी की प्लेटों से बमों का निर्माण किया। सितंबर, 2008 में भारतीय मुजाहिदीन के नेताओं की गिरफ्तारी के बाद भारतीय जाँच-पड़ताल एजेंसियों ने मकान की दीवार पर लाल रंग से बना बम बनाने का चार्ट पाया। रहीम के बनाए हुए माइक्रोचिप-बमों का इस्तेमाल सूरत में किया गया। अहमदाबाद के विस्फोटों में लगे टाइमर बम आरिफ बद्र ने बनाए थे। रियाज और उसकी टीम ने जो बम बनाए थे, उनमें टाइमर 47 घंटों के लिए सेट किए गए थे। सूरत के विभिन्न इलाकों में 25 बम प्लांट किए गए। इतनी बड़ी संख्या में बमों के निर्माण में ज्यादा समय लगते देखकर मोहम्मद सादिक ने सहायता के लिए जाकिर और अबू रशीद को फौरन मुंबई से रवाना किया, इन दोनों को इसलिए वापस भेज दिया गया, क्योंकि अहमदाबाद में बमों के प्लांट करने का पूरा काम दिल्ली के आतिफ अमीन मॉड्यूल को दिया जा चुका था। आतिफ के आदेश पर सलमान, आसिफ, मोहम्मद शकील, छोटे साजिद, बड़े साजिद, आरीफ बद्र, मोहम्मद खालिद, आरिज खान, मिर्जा शादाब बेग और सैफुर-रहमान ने अहमदाबाद के लिए 11 जुलाई, 2008 को पुरानी दिल्ली से आश्रम एक्सप्रेस पकड़ी। इनका काम था सूरत शहर में बम विस्फोटों के स्थलों को चुनना तथा साइकिल दुकानों का पता लगाना। विस्फोट की तारीख पहले 19 जुलाई, 2008 तय की गई थी, किंतु बाद में बदलकर 26 जुलाई, 2008 कर दी गई। बम-स्थलों को चुनने के बाद यह पूरा ग्रुप विस्फोट के दिन 26 जुलाई को आतिफ अमीन के साथ दिल्ली लौट आया। रियाज ने आतिफ को जो आई.ई.डी. दिए थे, उसने उन्हें पूर्व चयनित स्थलों पर लगवा दिए थे। कयामुद्दीन कापड़िया भी आतिफ के साथ राजधानी एक्सप्रेस से दिल्ली आ गया था। आतिफ अमीन ग्रुप के सारे टिकट फर्जी नामों से मोहम्मद सैफ ने बुक किए थे। जाँच एजेंसियों ने बाद में चलकर सैफ के हेंड राइटिंग में भरे गए रिजर्वेशन फार्म की कॉपी बरामद की।

भारतीय मुजाहिदीन के लिए अहमदाबाद बम-विस्फोट उसकी सफलता का चरम बिंदु बनने के साथ-साथ उसके बुरे दिनों की शुरुआत का संकेत भी दे गया, क्योंकि तत्कालीन मुख्यमंत्री नरेंद्र मोदी ने उस विस्फोट को अपने ऊपर लिया और विस्फोट में शामिल अपराधियों के पीछे सरकार व पूरे प्रशासन को लगा दिया। 26 जुलाई से लेकर 16 अगस्त के बीच जब मुख्ती अबू बशहर आजमगढ़ में पकड़ा गया, तब गुजरात पुलिस डिप्टी कमिश्नर अभय चुदस्मा, जॉइंट डिप्टी कमिश्नर आशीष भाटिया तथा वडोदरा कमिश्नर राकेश अस्थाना केंद्रीय खुफिया एजेंसियों से मिलकर दिन-रात अपराधियों को

ढूँढ़ने में जुट गए। 8 अगस्त, 2008 आई.बी. डायरेक्टर पी.सी. हल्दर, जॉइंट डायरेक्टर (ऑपरेशन) डी.पी. सिन्हा और डिप्टी डायरेक्टर तपन डेका, अहमदाबाद आए, जहाँ उन्होंने डी.जी.पी., पी.सी. पांडे के साथ अब तक हुई जाँच-पड़ताल का जायजा लिया। जाँच एजेंसियाँ विशेष सॉफ्टवेयर की मदद से जुलाई-अगस्त में किए लाखों सेलफोन नंबरों को स्कैन करने में लगाई गई। जाँच में एक नंबर छाँटा गया, जो वडोदरा के 'सिमी' सरगना ओसमान अगरबत्तीवाला का था। गुजरात पुलिस 28 जुलाई से ही अगरबत्तीवाला के कामकाज पर नजर रख रही थी। फोन से किए गए नंबरों के 'ट्रेक' करने पर दूसरे 'सिमी' सरगना का नंबर भी मिला। यह नंबर आजमगढ़ के मुक्ती अबुल बशहर का था। 14 अगस्त को गुजरात पुलिस आजमगढ़ पहुँची, लेकिन उस इलाके में सांप्रदायिक तनाव के कारण उत्तर प्रदेश पुलिस ने वहाँ गुजरात पुलिस को कारवाई करने की इजाजत नहीं दी। उसके दो दिन बाद ही मुख्ती बशहर को लखनऊ लाया गया, जहाँ से गुजरात पुलिस द्वारा ट्रांसिट रिमांड पर चार्टर्ड प्लेन से उसे गुजरात लाया गया। उसी दिन पुलिस ने वडोदरा और अहमदाबाद में 'सिमी' कार्यकर्ता जाहिद शेख, यूनुस मंसूरी, जावेद अहमद शेख, शमसुद्दीन शेख, आरिफ कादरी, गयासुद्दीन अंसारी, इमरान शेख, उस्मान अगरबत्तीवाला, इकबाल शेख और साजिद मंसूरी को गिरफ्तार किया। आरोपियों के व्यवहार में पछतावे की कोई भावना नहीं थी। जब साजिद मंसूरी को ऊँचे पुलिस अधिकारियों के पास पूछताछ के लिए ले जाया जा रहा था तो उसने 'वी' साइन दिखाया।

'सिमी' सरगना को, जो इस विस्फोट के आरोपी माने जा रहे थे, पकड़ने का पुलिस का जाल जब बढ़ने लगा तो इकबाल भटकल ने पीरभॉय से कहा कि वह एक दूसरा मेल भेजे, जिसमें वह कहे कि पुलिस गलत रास्ते पर चल रही है और यह कि उसने अबू बशहर और जिन अन्य लोगों को पकड़ा है, उनका सीरियल ब्लास्ट से कोई लेना-देना नहीं है। उसने खुद पूरे मेल को लिखवाया, जिसे मुबिन ने कंप्यूटर में उतारकर उसमें भारतीय मुजाहिदीन का लोगो लगा दिया।

मेल में अहमदाबाद और सूरत में विस्फोटों के बमों और इस्तेमाल आईकार्ड की तस्वीरें भी लगाईं। मेल का शीर्षक था, 'वे करें, जिन्हें तुम्हें बरबाद किया, हिंद देश के भारतीय मुजाहिदीन की सच को उजागर करनेवाली रिपोर्ट।' दूसरे दिन अकबर चौधरी, आसिफ, मुबिन और पीरभॉय एच.सी.एल. के लैपटॉप लेकर अशोक न्यूज से मुंबई के लिए निकले। लैपटॉपों के एम.ए.सी. पते बदल दिए गए, ताकि उनके एम.ए.सी. का पता न लग सके। पूरा ग्रुप शाम साढ़े 6 बजे माटुंगा स्थित खालसा कॉलेज पहुँचा। जहाँ उन्हें असुरक्षित वायरलैस नेटवर्क मिल गया। पीरभॉय नाम से एक इ-मेल एकाउंट बनाया, जिसका पासवर्ड 123 था। पीरभॉय ने इ-मेल एकाउंट बनाते हुए पहला नाम 'इंडियन' और दूसरा नाम मुजाहिदीन का दिया। पते के रूप में मुंबई जनरल पोस्ट ऑफिस रखकर

पिनकोड 400001 दे दिया। चूँकि इकबाल ने इ-मेल करने का कोई समय नहीं बताया था, इसलिए मेल को पुराने पतों पर पहले जैसे 7 बजे भेज दिया गया। मेल भेजने के बाद पीरभॉय ने 'रूटर लॉग' हटा दिए। उसके बाद पूरे ग्रुप ने वह जगह छोड़ दी। आतिफ और मुबिन लैपटॉप सहित बस से अशोका न्यूज लौट जाए, जबकि अकबर चौधरी और पीरभॉय वापस पुणे चले गए।

इ-मेल में पुलिस और सुरक्षा एजेंसियों को ताना मारकर कहा गया था कि भारत के खिलाफ हमले इतने तेज हो जाएँगे कि वह इसलाम और मुसलमानों के प्रति नफरत और द्वेष के लिए 'रोएगा और पछताएगा।' मेल में कहा गया कि अगला हमला इस 'हवाई सच' की धज्जियाँ उड़ा देगा कि अहमदाबाद बम ब्लास्ट के आतंकी मॉड्यूल का खात्मा हो गया है। गुजरात ए.टी.एस. और मुंबई पुलिस को 'मूर्ख और बुजदिल दोगले' करार करते हुए मेल में कहा गया कि अगला हमला 'क्रिटीकल सर्विलेंस और कड़ी सुरक्षा क्षेत्र' में किया जाएगा। मेल में कहा गया, 'भारतीय मुजाहिदीन अपने पूरे अधिकार से ऐलान करता है कि अल्लाह के फजल से हमारे जिन मुजाहिदों ने विस्फोटों में एक तिनका भी उठाया हो, उनमें से एक भी मुजाहिद आज तक गिरफ्तार नहीं हुआ है। आशीष भाटिया (वडोदरा के पुलिस कमिश्नर), पी.सी. पांडे (डी.जी.पी. गुजरात) ने अब तक मुख्ती अब्दुल बशीर, साजिद मंसूरी, जाहिद शेख और उन जैसे ईमानदार बंदों के बारे में बढ़-चढ़कर जो शेखी मारी है, वह उनके अफसोसजनक दिवालियापन का जीता-जागता नमूना है, जिसने इसलाम विरोधी ताकतों को भी शरमिंदा किया है।' मेल में यह भी कहा गया कि 'वह किसी भी सूरत में 'सिमी' से जुड़ा नहीं है। हम बाकायदा खुद-मुख्तार हैं और हमारा ग्रुप अपने बूते पर चलनेवाला ग्रुप है, जिसका हर एक बंदा काफिरों (जो धर्म के विमुख है) से दुश्मनी और मुलसमानों से मुहब्बत के बुनियादी उसूलों पर चलते हुए इसलाम और जिहाद के प्रति कुरबान है।'

हस्ताक्षर से पहले धमकी दी गई, 'सिमी के खिलाफ तुम्हारे गलत और झूठे प्रचार और ए.टी.एस. की तुम्हारी हवाई और बोगस शेखी तुम्हें ऐसे भयानक खून-खराबों की ओर ले जा रही है, जिसे इतिहास ने भी नहीं देखा होगा। अब देखो! बरबादी की उल्टी गिनती शुरू हो चुकी है।'

इस प्रकार एक ओर देश भर में 'सिमी' के सरगनाओं की धर-पकड़ चल रही थी, उधर दूसरी ओर अगले बम-विस्फोटों की जमीन तैयार हो रही थी।

दिल्ली के सिलसिलेवार विस्फोट, 13 सितंबर, 2008

आज हम पीछे देखते हैं तो लगता है कि तत्कालीन राज्य सरकार अपने काम-काज में यदि अपनी कार्यकुशलता और सक्रियता दिखाती तथा केंद्र सरकार अपनी क्षमतानुसार

सामयिक निर्णय लेने में न चूकती तो दिल्ली बम विस्फोटों में मरनेवाले तीस लोग समेत एक सौ तीस घायल लोग आज सही-सलामत होते। उस दौरान मनमोहन सिंह की सरकार की अल्पसंख्यक संप्रदाय के प्रति वोट-बैंक संवेदनशीलता और गृहमंत्री शिवराज पाटिल द्वारा राष्ट्रीय सुरक्षा एजेंसियों पर लगाई गई सीमाएँ इंटेलीजेंस ब्यूरो और दिल्ली पुलिस पर शायद ज्यादा ही भारी पड़ गईं।

गुजरात पुलिस ने दिल्ली विस्फोटों से तेईस दिन पहले, यानी 20 अगस्त, 2008 को ही इंटेलीजेंस ब्यूरो और दिल्ली पुलिस के स्पेशल सेल को सेलफोन नंबर 9811004309 दे दिया था। यह नंबर एक प्रीपेड सिम का था, जो मिर्जा शादाब, 272/2, एस-पथ जाकिर नगर, दिल्ली के नाम से लिया गया था और 1 अप्रैल, 2007 से चल रहा था। यह नंबर 11 अगस्त, 2008 को प्रीपेड से पोस्टपेड में बदलकर मोहम्मद आतिफ अमीन, निवासी, एल-1, टॉप फ्लोर, रूम नंबर 108, बटला हाउस, जामिया नगर, दिल्ली के नाम पर करवा दिया गया। जाँच करनेवालों को तब और आश्चर्य हुआ, जब उन्होंने पाया कि आतिफ अमीन ने अपने नंबर को एक्टीवेट करने के लिए सभी मौलिक कागज पेश किए। दिल्ली पुलिस की विस्फोटों की चार्जशीट बड़े स्पष्ट शब्दों में कहती है—'दिल्ली स्पेशल सेल की एफ.आई.आर. नंबर 26/2007 की जाँच-पड़ताल के दौरान मोबाइल नंबर-97110043009 2 सितंबर, 2008 को इंटर्सेप्शन में लिया गया। इसलिए 11 सितंबर से 14 सितंबर-2008 तक इस नंबर पर कोई इंटर्सेपार्टड कॉल दर्ज नहीं हुई।

2 से 9 सितंबर, 2008 के दौरान इस नंबर पर अनेक काल दर्ज हुईं, लेकिन इस समय उन कालों में बातचीत का इस केस से कोई मतलब नहीं समझा गया। विस्फोटों के बाद जब इन कॉलों पर दुबारा छानबीन की गई तो कुछ बातचीतों के संकेत पाए गए। इन 'कॉलों' की बातचीत से यह भी अनुमान लगाया जा सकता है षड्यंत्रकारियों (98110.4309 नंबर के ग्राहक) को हवाला के जरिए पैसा मिला था। इसी फोन नंबर से बटला हाउस में रुके बारह सदस्यों के लिए डोमिनो पिज्जा तथा अन्य खाद्य-सामग्री का ऑर्डर दिया गया था। 6 सितंबर, 2008 की कॉल में आतिफ अमीन और मोहम्मद शकील के बीच ऑटोरिक्शा में बम रखने की बातचीत पाई गई। जैसा कि शकील के नंबर 9899284784 के सेल-टावर के कनेक्शन ने बताया कि शकील ठीक उसी जगह खड़ा हुआ था, जहाँ ऑटोरिक्शा में 13 सितंबर, 2008 को बम-विस्फोट हुआ था।

इन जिहादियों की जड़ों तक न पहुँच पाने के कारणों की व्याख्या और स्पष्टीकरण अनेक हैं, किंतु इस संभावना से इनकार नहीं किया जा सकता कि यदि पुलिस और सुरक्षा एजेंसियों ने मुस्तैदी दिखाई होती तो भटकल भाइयों को भी हिरासत में लिया जा सकता था। सच तो यह है कि दिल्ली पुलिस की जानकारी से लेकर विस्फोट के दिन तक उसकी सतर्कता और विस्फोटों के बाद उसकी प्रतिक्रिया तथा घटना को जोड़ने व

उनके आकलन में खामियाँ पाई गईं। चार्जशीट के अनुसार, पहले विस्फोट के बाद जो करोल बाग में गफ्फार मार्केट में शाम 5.55 बजे हुआ, उसपर पुलिस की प्रतिक्रिया में 22 मिनट लग गए। इस देरी का कारण 'तकनीकी विलंब' बताया गया। लेकिन मेरा कहना है कि ये सब अब बीती बातें हैं।

इसके बाद अगले 35 मिनट में एक के बाद एक विस्फोट कनॉट प्लेस और ग्रेटर कैलाश के एम.ब्लॉक मार्केट में हुए। ठीक 6 बजकर 27 मिनट पर एक और इ-मेल भारत और पाकिस्तानी समाचार एजेंसियों के अलावा सहारनपुर (उत्तर प्रदेश) के निकट देवबंद सेमीनेरी तथा अन्य सुन्नी मुसलिम संगठनों को भेजा गया। करोल बाग विस्फोट ने ऑटोरिक्शा के चिथड़े तक उड़ा दिए, जबकि कनॉट प्लेस और ग्रेटर कैलाश बमों को डस्टबिन में रखा गया था। आई.ई.डी. भारतीय मुजाहिदीन की तर्ज पर अमोनियम नाइट्रेट कोर चार्ज के रूप में तथा बॉल बियरिंग, डेटोनेटर व टाइमर ब्लॉक को लेकर डिजाएन किए गए थे। गफ्फार मार्केट विस्फोट में पच्चीस व्यक्तियों की जान गई, पर यदि मोहम्मद शकील ने आतिफ अमीन के आदेश माने होते और पहले विस्फोट के बाद ही भागा न होता तो पूर्व नियोजित इस विस्फोट में भीषण बरबादी होती। इस छोटी सी भूल के कारण ही दिल्ली पुलिस चिल्ड्रन पार्क में और कनॉट प्लेस के भीड़ भरे रीगल सिनेमा के बाहर डस्टबिन में लाइव बमों को ढूँढ़ने में कामयाब हुई। इंडिया गेट के पास स्थिल चिल्ड्रन पार्क रोजाना शाम को छोटे बच्चों और उनके माता-पिता से भरा होता है। इस पार्क में बम का विस्फोट होता तो क्या होता? यह अंदाजा लगाना मुश्किल है। ताज्जुब नहीं कि मोहम्मद शकील को गफ्फार मार्केट के बम को 6 बजे से पहले लगाने के लिए आतिफ अमीन और रियाज भटकल की कितनी गालियाँ खानी पड़ी होंगी। शकील ने अपनी दलील में यही कहा कि रोड में ट्रैफिक कम होने की वजह से वह करोल बाग अनुमान से काफी पहले ही पहुँच गया था। जीशन अहमद और मोहम्मद साजिद ने बम को बारहखंभा रोड पर डस्टबिन में रखा। उसी तरह मोहम्मद सैफ और मोहम्मद खाजिद ने रीगल सिनेमा के बाहर, जिआ-उर-रहमान और बड़े साजिद ने कनॉट प्लेस के सेंट्रल पार्क में, मोहम्मद आतिफ और आरिज ने एम ब्लॉक मार्केट, ग्रेटर कैलाश में और मिर्जा शादाब बेग और शहजाद अहमद ने इंडिया गेट के चिल्ड्रन पार्क में बम लगाए। साकिब निसार बटला हाउस फ्लैट में रहा, ताकि बम रखनेवालों के 'फोन कॉल्स' का जवाब दे सके।

दिल्ली सीरियल बम प्लांट की योजना में तीन बातें मुख्य थीं। पैसे का इंतजाम, विस्फोटों को मुहैया कराना और उन्हें लक्ष्यों पर लगाना। रियाज और इकबाल भटकल ने दिल्ली पर हमले का फैसला अहमदाबाद विस्फोटों से पहले ही ले लिया था और उसपर काररवाई 27 जुलाई, 2008 को ही शुरू कर दिया था, जब आतिफअमीन के गुर्गे

कयामुद्दीन कापड़िया के साथ अहमदाबाद से लौटे थे। पहला काम उडूपी (कर्नाटक) से अमोनियम नाइट्रेट लाने का था। मोहम्मद खालिद और मोहम्मद सैफ ने अगस्त 2008 को ए. खान और आर. खान के नामों से टिकट लेकर मंगला एक्सप्रेस पकड़ी। दोनों मणिपाल में होटल न्यू ब्रॉडवे में रुके, जहाँ सैफ ने राहुल शर्मा के नाम से कमरा बुक कर लिया था। दिल्ली से आए जिहादियों को शाहरुख खान ने विस्फोटक दिए, जो पांडेश्वर, मंगलौर का रहनेवाला था और जिस पर अब जर्मन बेकरी विस्फोट के आरोपी भटकल के सिद्दी बापा होने का शक है। 2 सितंबर, 2008 को सैफ और खालिद 7 किलोग्राम पीले अमोनियम नाइट्रेट के दो बैग तथा 10 डेटोनेटरों सहित दिल्ली लौट आए। निजामुद्दीन रेलवे स्टेशन पर उतरने से पहले ही वे फरीदाबाद रेलवे स्टेशन पर उतरे, जहाँ उनकी मदद के लिए आरिफ और आतिफ मौजूद थे। 5 सितंबर को आरिज खान और बड़ा साजिद चाँदनी चौक के लाजपत राय की इलेक्ट्रॉनिक्स मार्केट गए, जहाँ उन्होंने बारह अलार्म घड़ियाँ, दस 9 वोल्ट की बैटरी, बारह 2.5 वोल्ट के बल्ब, सर्किट वायर, एक डिजिटल मल्टीमीटर, एक प्रेशर कुकर व कुछ ए.ए. बैटरियाँ खरीदीं। अगले दिन मोहम्मद हकीम लखनऊ से बॉल बियरिंग के तेरह पैकेट लेकर दिल्ली आया। 7 सितंबर को मोहम्मद सैफ, बड़े साजिद और खालिद ने आई.ई.डी. तैयार किए, जबकि आरिज खान और जेशन अहमद ने प्रेशर कुकर बम तैयार किए। अगला कदम था पैसे का इंतजाम।

3 सितंबर, 2008 को खलीलुल्ला मसजिद में आतिफ को हवाला के जरिए एक फर्जी नाम से डेढ़ लाख रुपए भेजे गए। यह मसजिद बटला हाउस के नजदीक ही है। पुलिस के छानबीन दल के अनुसार, ये रुपए आमिर रजा खान के नेटवर्क ने दुबई के जरिए भेजे थे। उसी दिन आतिफ अपने साथ मोहम्मद शकील और साकिब निसार को लेकर करोल बाग की 'रेकी' करने गया। वहाँ जाकर उन्होंने विस्फोट के लिए गफ्फार मार्केट को इसलिए चुना कि वहाँ भीड़ सबसे ज्यादा होती है। वे चाहते भी थे कि ज्यादा-से-ज्यादा लोग मारे जाएँ। बटला हाउस लौटकर आतिफ ने शकील को बम रखने की प्रक्रिया को समझाते हुए कहा कि उसे बम को लेकर ऑटोरिक्शा से गफ्फार मार्केट जाना है, जहाँ पहुँचकर उसे कुछ खरीदने का बहाना बनाकर ऑटोरिक्शा को रुकवाना है और बम ऑटोरिक्शा में छोड़कर उतरकर भीड़ में गायब हो जाना है। तीन दिन बाद शकील दुबारा गफ्फार खान मार्केट यह अध्ययन करने गया कि वह किस मार्ग से निकलकर अपने घर संगम विहार पहुँच पाएगा, जो वहाँ से कोई 30 किलोमीटर है? वहाँ से लौटने के बाद शकील ने आतिफ को अपना प्लान बता दिया। प्रत्येक 'बॉम्बर' को रंगीन बेसबॉल कैप दिए गए, जिन्हें शहजाद अहमद ने पालिका बाजार से खरीदा। आतिफ अमीन ने सभी बॉम्बरों को विस्तार से उनके कामों को अलग-अलग समझाया।

उस बीच आतिफ अमीन रियाज भटकल के अलावा इ-मेल के जरिए अपने पाकिस्तानी आकाओं से बराबर संपर्क में था। विस्फोट के दिन पूरे ग्रुप ने फ्लैट में नमाज अदा की। शहजाद अहमद ने उस रात ह्विस्की की दो बोतल खरीदीं, जिनमें से एक शकील ले गया। विस्फोट के दिन साकिब, जिआ-उर-रहमान और शकील सुबह-सुबह ही जाकिर नगर फ्लैट में पहुँचे। वे अपने साथ सात से आठ दर्जन केले लाए थे, जिन्हें बम को छिपाने के लिए इस्तेमाल किया जाना था। बमों को रंगीन पॉलीथिन बैगों में रखा गया। आतिफ ने प्रत्येक सदस्य को स्नेक्स और कोल्ड ड्रिंक के लिए पाँच-पाँच सौ रुपए दिए। साबिक निसार ने सभी के सेलफोन अपने पास रख लिये। उसे सभी फोनों की कॉल रिसीव करने को कहा गया, ताकि सभी फोन की 'लोकेशन' बटला हाउस दर्ज हो।

गफ्फार मार्केट के बम का विस्फोट शाम 5.55 बजे हुआ और इ-मेल 6.27 बजे भेजा गया। कुछ ही देर बाद आतिफ ने मंसूर पीरभॉय को बताया, इकबाल भटकल दिल्ली के ग्रीन जोन विस्फोट 'रोक सको तो रोक लो' शीर्षक से एक और इ-मेल भेजना चाहता है। इ-मेल में जिन बातों की चर्चा की गई थी, वे इसलामी दुनिया से जुड़ी हुई थी। 'ग्रीन जोन' का प्रयोग दो घटनाओं से जुड़ा हुआ था। ग्रीन जोन एरिया बगदाद का अमरीकी संयुक्त कमान के हेडक्वार्टर का इलाका था, जिस पर अमरीका ने कब्जा कर रखा था। दूसरा कश्मीर में वह इलाका था, जहाँ 'अमरनाथ श्राइन बोर्ड' द्वारा दी गई अतिरिक्त भूमि के खिलाफ आंदोलनकारियों पर पुलिस ने गोली चलाई थी। पुणे के अशोक न्यूज फ्लैट में मुबिन शेख ने कंप्यूटर के टेस्ट में इमेजों और भारतीय मुजाहिदीन लोगों को अटैच करके वीडियो और पी.डी. फाइल तैयार कर दी। पीरभॉय की एडिटिंग के लिए छोड़ दिया। 13 सितंबर, 2008 को अकबर चौधरी, आसिफ मुबिन और पीरभॉय गाड़ी से मुंबई के चेंबूर आए, जहाँ उन्हें मैसर्स कामरान पावर कंट्रोल प्राइवेट लिमिटेड, 202-203, एरिक हाउस, 16 रोड, चेंबूर के नाम से एक असुरक्षित वायरलैस नेटवर्क मिल गया। गफ्फार मार्केट के विस्फोट के कुछ ही क्षणों बाद पीरभॉय ने इ-मेल एकाउंट बनाया alarbi_delhi@yahoo.com पास वर्ड alhyler123 और इ-मेल प्रिंट और इलेक्ट्रॉनिक मीडिया को भेज दिया। उन्होंने वीडियो को पी.डी. फाइल पर अपलोड कर लॉग्स को डिलीट किया और चेंबूर से रवाना हो गए।

आसिफ हसन और मुबिन ने पुणे के लिए बस पकड़ी, जबकि अकबर और पीरभॉय गाड़ी में वापस आ गए।

इ-मेल का शीर्षक था 'आँख का बदला आँख—लड़ाई कभी खत्म नहीं होगी।' गुजरात दंगों में शिकार हुए व्यक्ति की मशहूर फोटो को मेल पर लगाकर इ-मेल कुरान की आयतों के साथ शुरू हुआ। मेल में धमकी दी गई कि दिल्ली को सिलसिलेवार बम धमाकों से उड़ा दिया जाएगा। विस्फोट इतने जोरदार होंगे, जिससे 'भारत का दिल'

धड़कना बंद हो जाएगा। मेल में कहा गया कि मुसलमानों पर भारतीय अत्याचार बंद नहीं हुए हैं। गुजरात, राजस्थान, महाराष्ट्र, मध्य प्रदेश, उत्तर प्रदेश, राजस्थान, आंध्र प्रदेश तथा कर्नाटक में आतंक-विरोधी दस्तों द्वारा मुसलमान परेशान किए जा रहे हैं। मेल में गुजरात के डी.सी.पी., पी.सी. पांडे को उनके 2002 के गुजरात दंगों में तथाकथित रोल को लेकर गालियाँ दी गईं। दिलचस्प बात यह थी कि मेल में जहाँ मुंबई पुलिस को आनेवाले दिनों में हमलों की चेतावनी दी गई, वहीं आजमगढ़ के मुसलमानों को योगी आदित्यनाथ का विरोध करने के लिए 'सलाम' किया। मेल में भारतीय मीडिया की हिंदू आतंकी हमलों की खबरों को दबाने के लिए भर्त्सना की गई और आर.एस.एस. तथा उसके सहयोगियों को केंद्र सरकार की मदद से हमले करने के लिए कोसा गया। 'हमारा यह हमला भारत के प्रसिद्ध मुजाहिद सैयद अहमद शहीद और शाह इस्माइल शहीद की याद में किया गया है, जिन्होंने इस दिल्ली शहर में ही काफिरों के खिलाफ जिहाद का झंडा लहराया था।' सैयद अहमद और शाह इस्माइल इसलामी क्रांतिकारी थे, जिन्होंने उन्नीसवीं शताब्दी में अफगान-पाक सीमा पर सिखों के खिलाफ जिहाद किया था। ये क्रांतिकारी 'तौहिद' (ईश्वर की एकता) पर यकीन करते थे और पवित्र वहाबी आंदोलन से प्रभावित थे, जो उस समय पूरे उपनिवेश में फैल रहे सूफी आंदोलन का विरोधी था। मेल इस अंतिम वाक्य से समाप्त किया गया था कि जंग अब शुरू हो चुकी है और खत्म कभी नहीं होगी। नीचे हस्ताक्षर के रूप में गुरु अल हिंदी रियाज भटकल और अल अरबी इकबाल भटकल लिखा गया था।

भटकल भाइयों ने हालाँकि और हमलों का वादा किया था, पर दरअसल उनका खात्मा शुरू हो चुका था।

भारतीय मुजाहिदीन का पर्दाफाश और बटला हाउस एनकाउंटर

इंडियन पुलिस ऑफिसर अभय चुदास्मा एक अपराधी और आतंकवादी सोहराबुद्दीन शेख की तथाकथित हत्या के लिए आजकल जेल में है। यह घटना 2005 की है, जब वह वलसाड़ गुजरात में एस.पी. था। सोहराबुद्दीन केस में उसके सवालिया व्यवहार को छोड़ दिया जाए तो 2008 में जब अहमदाबाद और सूरत में बम विस्फोट हुए, तब चुदास्मा अहमदाबाद क्राइम ब्रांच में पुलिस का डिप्टी कमिश्नर था। भारतीय मुजाहिदीन के सेटअप का पूरा पर्दाफाश करनेवाला पहला सुराग चुदास्मा के सूत्र से ही आया। भरूच के एक मकान मालिक ने लाल रंग की वेगन-आर, उन दो गाड़ियों में से एक को, जो विस्फोटों से भरी हुई थी और जिसे सूरत और अस्पताल के बाहरी क्षेत्र में पुनगाँव के पास खड़ा किया गया था, पहचान लिया, जो विस्फोटों के बाद मिली थी। मकान मालिक का कहना था कि उसने जिस युवक को अपना घर किराए पर दिया

था, उसने घर किराए पर लेने के लिए मोबाइल नंबर 971398204 से फोन किया था।

इस सुराग से पुलिस और सुरक्षा एजेंसियों ने अपनी जाँच दो दिशाओं में बाँट दी। पहली दिशा आतिफ अमीन की दिल्ली मॉड्यूल और दूसरी भटकल की मुंबई और पुणे की काररवाइयाँ। लेकिन राज्यों की पुलिस तथा केंद्रीय पुलिस की आपसी स्पर्धा और मनमुटाव तथा सुरक्षा एजेंसियों के ऑपरेशन की फूहड़ तथा लचर प्लानिंग के कारण जाँच-पड़ताल का मार्ग सुगम नहीं था।

अहमदाबाद क्राइम बांच और आई.बी. की टीम द्वारा किए गए विस्तृत कॉल एनालिसिस ने जाँच को सीमित करके पाँच सेल फोन नंबरों पर केंद्रित कर दिया, जिनमें एक पूर्वी उत्तर प्रदेश का और दूसरा जामिया नगर दिल्ली का था। जाँच में पाया गया कि तीन नंबर 9712398204, 9714552899 तथा 9724764190 जुलाई, 14, 2008 को 'एक्टीवेट' किए गए और 26 जुलाई, 2008 को 'स्विच ऑफ' कर दिए गए। इन पर किए गए सभी 'कॉलों' को स्कैन किया गया। लेकिन उनमें से अधिकांश पी.सी.ओ. से किए गए थे। पहला सूत्र तब मिला, जब यह पता चला कि सेलफोन नं. 9714552899, 13 जुलाई, 2008 को दिल्ली में ऑपरेट हो रहा था और 23 जुलाई, 2008 को वापस अहमदाबाद चला गया, लेकिन ऑपरेट जामिया नगर क्षेत्र से होता रहा।

जब कॉल रिकॉर्ड की छानबीन की गई तो यह पाया गया कि बी.एस.एन.एल के उत्तर प्रदेश के नंबर 9415835381 से कई कॉल दिल्ली के 9712398204 और 9811004309 नंबरों पर और दूसरे प्रदेशों में किए गए। पूर्वी उत्तर प्रदेश का 8415835381 नंबर 1 अगस्त, 2009 को स्विच ऑफ पाया गया। 9811004309 नंबर के ग्राहक की विस्तृत जानकारी ली गई तो पता चला कि 1 अप्रैल 2007 से मिर्जा शादाब बेग के प्री-पेड कार्ड पर एक्टिव था। नंबर को पोस्टपेड प्लान में बदलकर मोहम्मद आतिफ अमीन, निवासी एल-18, टॉप फ्लोर, रूम नंबर 108, बटला हाउस, जामिया नगर, दिल्ली के नाम ट्रांसफर कर दिया गया। जाँच में पता लगा कि नंबर 9712398204 रियाज भटकल का था, जिसने फज्ल रहमान मुसद्दीखान दुर्रानी से भरूच में एक घर किराए पर लेने को कहा था। नंबर 9724764196 का इस्तेमाल वडोदरा के कयामुद्दीन कापड़िया ने किया, जिसने अफजल मुतालिब उस्मानी से चुराई गई दो कारें ली थीं, जो अहमदाबाद में विस्फोट हो गईं। नंबर 9714552899 का इस्तेमाल मोहम्मद आतिफ अमीन ने किया। पूर्वी उत्तर प्रदेश का बी.एस.एन.एल. नंबर डॉ. शाहनवाज का था, जो मोहम्मद सैफ का भाई था और आजमगढ़ में समाजवादी पार्टी के जिलाध्यक्ष का बेटा था। गुजरात पुलिस ने यह सारी जानकारी 20 अगस्त, 2008 तक केंद्रीय एजेंसियों तथा अन्य राज्य के पुलिस विभागों को दे दी थी।

जाँच की दूसरी दिशा ने अहमदाबाद और सूरत के कार बमों में प्रयुक्त चोरी की

कारों के बारे में बहुत ही महत्त्वपूर्ण सुराग दिए। भरूच के मकान मालिक की मदद से पुलिस फज्ल रहमान मुसद्दीखान को पकड़ने में कामयाब हो गई, जिसने अफजल मुतालिब उस्मानी और रियाज भटकल के पूरे षड्यंत्र में शामिल होने के बारे में विस्तार से जानकारी दे दी। अफजल उसमानी के लिए 'अलर्ट' संदेश महाराष्ट्र सहित अनेक राज्यों में जारी कर दिया गया। इस सबके बावजूद हेमंत करकरे के नेतृत्व में महाराष्ट्र ए.टी.एस. और मुंबई क्राइम ब्रांच के बीच, जिसके मुखिया राकेश भाटिया थे, आपसी मनमुटाव के कारण जाँच-पड़ताल में काफी ढील देखी गई। भाटिया की टीम ने मुस्तैदी दिखाते हुए अफजल उसमानी के पीछे पड़कर उसे 15 अगस्त को उत्तर प्रदेश में गिरफ्तार कर लिया। उधर करकरे की टीम कार के चोर को पकड़ने के लिए धूल फाँकती रही। लेकिन बजाय इसके कि अपनी जानकारी दूसरी सहयोगी एजेंसियों को बाँटे, मुंबई क्राइम ब्रांच कार चोरी के अपने केसों को लेकर वीले पार्ले, नागपाड़ा और खार पुलिस स्टेशनों के बीच चक्कर काटती रही। उसमानी अभी तक महज कार की चोरी के अपराध में गिरफ्तार किया गया था, लेकिन जब भारतीय मुजाहिदीन का 23 अगस्त, 2008 का इ-मेल विस्फोटों में प्रयुक्त दो कारों (GJIHF5764 और GJ6CD) के फोटो के सहित आया तो क्राइम ब्रांच ने उसमानी से पूछताछ की, जिसमें उसने स्वीकार किया कि दोनों कारें नवी मुंबई से चुराई गई थीं और अहमदाबाद और सूरत विस्फोटों के लिए इस्तेमाल की गईं। 23 सितंबर, 2008 उसमानी को आतंकी षड्यंत्र के आरोप में गिरफ्तार किया गया। इससे पहले एक महीने तक वह सिर्फ कार-चोरी के इल्जाम में गिरफ्तार था। ये फज्ल रहमान और उसमानी थे, जिनके बयानों से आखिरकार भारतीय मुजाहिदीन के पुणे और मुंबई अड्डों का पता लगा और उन्हें खत्म किया जा सका। अफजल उसमानी ने पुलिस को बताया कि उसने इरफान तथा अमीन के साथ 10 जुलाई, 2008 को दोनों कारों को ड्राइव कर सूरत ले जाकर फज्ल रहमान को सौंप दिया। ये कारें नवीं मुंबई से 7 जुलाई, 2008 को चुराई गई थीं। 14 जुलाई को नवी मुंबई से दो और कारें चुराई गईं। रियाज भटकल ने उसमानी और अमीन को आदेश दिया था कि वे कारों को अहमदाबाद में 16 जुलाई, 2008 को कयामुद्दीन कापड़िया और आतिफ अमीन को सौंप दें। कारों के नंबर फर्जी थे। दरअसल में वे नंबर स्कूटर व मोटरसाइकिलों के थे।

लेकिन इससे पहले कि हम अफजल उसमानी की गिरफ्तारी और 23 सितंबर, 2008 के बाद मुंबई और पुणे में बड़े-बड़े मुजाहिदों की धर-पकड़ पर चर्चा करें, मैं दिल्ली पुलिस और आतिफ अमीन के 'एनकाउंटर' की चर्चा करना चाहता हूँ। इस एनकाउंटर ने राजनैतिक उठापटक मचा दी। कांग्रेस और समाजवादी पार्टी ने अल्पसंख्यकों के संरक्षक बनने की होड़ में एक-दूसरे पर लांछन लगाते हुए 'एनकाउंटर' को एक पूर्व नियोजित शो तथा मुठभेड़ की मौतों को गैरकानूनी बताया। यद्यपि ऐसा कुछ

भी नहीं था, पर इतना जरूर सच है कि दिल्ली पुलिस का यह 'एनकाउंटर' 'प्लानिंग' और 'ऑपरेशन' की दृष्टि से बेहद घटिया और लचर था।

हालाँकि गुजरात क्राइम ब्रांच ने दिल्ली पुलिस के स्पेशल सेल तथा केंद्रीय सुरक्षा एजेंसियों को सेलफोन नंबरों की सूचना 20 अगस्त को ही दे दी थी। लेकिन आतीफ अमीन के सेलफोन नंबर 9811100439 को 2 अगस्त, 2008 को सर्वीलेंस में लिया गया। दिल्ली पुलिस की चार्जशीट में कहा गया, 'इस नंबर पर 11 से 14 सितंबर 2008 तक कोई कॉल 'इंटरसेप्ट' नहीं किए गए। 2 से 19 सितंबर, 2008 के दौरान इस नंबर पर अनेक कॉल किए गए, लेकिन उस समय इन कॉलों की बातचीत का संदर्भ समझा नहीं जा सका। दिल्ली में 13 सितंबर, 2008 को हुए विस्फोटों के बाद इन कॉलों को फिर 'एनालाइज' करने के बाद ऐसा संकेत मिला कि कुछ बातचीत में दिल्ली के विस्फोट से संबंधित कोई षड्यंत्र या प्लानिंग सी चल रही है। एक बातचीत से पता चलता है कि षड्यंत्रकारी (मोबाइल नं. 9811004309 का ग्राहक–आतिफ अमीन) को हवाला के जरिए बड़ी रकम प्राप्त हुई।' दिल्ली पुलिस द्वारा फाइल किया गया दस्तावेज कहता है, '18 सितंबर, 2008 को केंद्रीय खुफिया एजेंसियों से सूचना मिली कि एक आतिफ उर्फ बशीर 11 व्यक्तियों के साथ अहमदाबाद आया और उसने अहमदाबाद शहर के एक घर में विस्फोटों के लिए आई.ई.डी. तैयार किए।' दस्तावेज आगे कहता है, 'यह भी जानकारी मिली कि आतिफ उर्फ बशीर एक शख्स रिजवान (कयामुद्दीन कापड़िया सहित) 12 लोगों के साथ 26 जुलाई, 2008 को राजधानी एक्सप्रेस में अहमदाबाद से दिल्ली आ था। इन विशेष जानकारियों के आधार पर नई दिल्ली रेंज पुलिस के स्पेशल सेल की एक टीम मोबाइल नं. 9811004309 के उपभोक्ता का पता लगाने के लिए बटला हाउस के फ्लैट नं. 108, एल–18 में गई।'

इस कहानी में इतनी कमियाँ हैं, जिन्हें पूरा करने पर ही बटला हाउस एनकाउंटर की पूरी तसवीर सामने आ सकती थी, हालाँकि आज यदि देखा जाए तो ये कमियाँ साफ दिखाई देती हैं—जामिया नगर क्षेत्र में जासूसी के द्वारा सूचना एकत्र करने में शिथिलता; फोन कॉल के रिकॉड्र्स का अपर्याप्त एनालिसिस और बटला हाउस रेड के दौरान आनेवाले खतरों का सही अंदाजा लगाने में दिल्ली पुलिस के आला अफसरों की चूक। व्यापक रूप से चर्चित यह 'थ्योरी' कि दिल्ली पुलिस यह विश्वास ही नहीं कर पाई कि एक आतंकी के पास भी रजिस्टर्ड पोस्टपेड नंबर हो सकता है और यह कि जाँच-पड़ताल करने पर यह पाया गया कि अहमदाबाद का बशीर ही दरअसल में आतिफ अमीन है, में कोई दम नहीं लगता, क्योंकि सच्चाई यह है कि दिल्ली पुलिस और केंद्रीय एजेंसियाँ यह जान गई थीं कि फ्लैट 108-2/18 के बाशिंदे कुछ खुराफात करने जा रहे हैं। यह बात विस्फोट के चार दिन बाद 17 सितंबर को सामने आई, जब

भारतीय मुजाहिदीन के गुरु अबू बशर ने अहमदाबाद क्राइम ब्रांच के इंस्पेक्टर जंकट तथा टी.एस. पटेल को बटला हाउस 'हाइडआउट' के बारे में बता दिया था। इसके अलावा उस दिन आतिफ अमीन का सेलफोन दिल्ली के चार अलग-अलग स्थानों से ट्रेस किया जा रहा था, जिसमें बटला हाउस भी शामिल था।

'एनकाउंटर' से एक दिन पहले यह स्पष्ट हो गया था कि फ्लैट में कम-से-कम 12 व्यक्ति मौजूद हैं, क्योंकि रात 11 बजे बारह व्यक्तियों के खाने का ऑर्डर दिया गया था। रेड से एक दिन पूर्व दिल्ली पुलिस और केंद्रीय खुफिया एजेंसियों के आला अफसर शाम को दिल्ली में मिले और उन्होंने बटला हाउस में रेड करने का फैसला किया। आंतरिक सुरक्षा प्रतिष्ठान के कुछ हलकों का यह मानना था 19 सितंबर, 2008 की दिल्ली पुलिस की काररवाई यह प्रमाणित करने का प्रयास था कि आतिफ और बशीर क्या एक ही व्यक्ति है ? जबकि अन्य लोगों का यह कहना है कि सुरक्षा एजेंसियाँ दिल्ली की अल्पसंख्यक वोट-बैंक संवेदना ग्रस्त सरकार को देखते हुए भयग्रस्त थीं कि उनसे कोई गलती न हो जाए। यहाँ यह याद रखनेवाली बात है कि दोनों केंद्र की यू.पी.ए. एवं राज्य सरकारें 2008 में फिर से चुने जाने की कवायद में लगी हुई थीं और यह कि 2009 के चुनावों का 'काउंटडाउन' शुरू हो चुका था। लिहाजा, आंतरिक सुरक्षा की जरूरतों पर राजनैतिक मूल्यांकन हावी हो गया और सतर्कता का मानदंड विकल्प के रूप में चुना गया। बावजूद इसके कि देश 2005 से आतंकी हमलों से बरबादी के कगार पर पहुँच रहा था। अत: 19 सितंबर, 2008 की सुबह साढ़े दस बजे जब दिल्ली पुलिस स्पेशल सेल के सीनियर इंस्पेक्टर मोहन चंद शर्मा ने अपने बीस लोगों की टीम के साथ बटला हाउस को घेरा, तब उन्हें यह भनक भी नहीं थी कि रियाज भटकल और उसके पाकिस्तानी आकाओं ने आतिफ अमीन को सुसाइड ग्रुप 'शहीद अल-जरकवी बिग्रेड' का मुखिया इस लक्ष्य के साथ नियुक्त कर दिया है कि वह भारत के वी.वी.आई.पी. को शूटिंग तथा सुसाइड हमलों का निशाना बनाए।

लगभग 11 बजे इंस्पेक्टर शर्मा, एक अन्य इंस्पेक्टर, तीन सब इंस्पेक्टर और तीन हेड कांस्टेबल के साथ एल-18, बटला हाउस में घुसे, जबकि टीम के अन्य सदस्य तीन मंजली इमारत में चारों ओर फैल गए। इंस्पेक्टर शर्मा ने पहले सादे कपड़ों में आतिफ अमीन के फोन के नंबर को 'वेरीफाई' करने आए वोडाफोन के प्रतिनिधि के रूप में फ्लैट में घुसने का प्रयास किया। आवाज सुनकर फ्लैट में सन्नाटा छा गया, पर कोई जवाब नहीं आया। इसके बाद टीम ने अपनी पहचान बताते हुए दरवाजे को धक्का देना शुरू किया, पर सफलता नहीं मिली। तब इंस्पेक्टर शर्मा और हेड कांस्टेबल बलवंत सिंह फ्लैट के साइड डोर से, जो खुला हुआ था, फ्लैट में घुसे। आतंकियों ने फौरन गोली चलाना शुरू कर दिया और दोनों ओर की गोलीबारी में मोहम्मद आतिफ अमीन और

मोहम्मद साजिद के साथ-साथ इंस्पेक्टर शर्मा और बलवंत सिंह घायल हो गए। अमीन और साजिद मौके पर मारे गए, जबकि इंस्पेक्टर शर्मा की जख्मों के कारण शाम को मृत्यु हो गई। उस कमरे से 9 एम.एम.पिस्तौल के कोई 35 कारतूस तथा तीन 7.62 ए.एम. बुलेट के, ए.के. सिरीज राइफिल व कारतूस बरामद हुए। इसके अलावा 30 बोर की दो पिस्तौल, एक ए.के. सिरीज राइफिल, दो मैगजीनें और 60 बुलेट भी कमरे से बरामद हुए। मोहम्मद सैफ अपने को फ्लैट के बाथरूम में बंद कर लिया था, समर्पण करने के बाद बताया कि उसके दो साथी आरिज खान और शहजाद भाग सकने में कामयाब हो गए। पूरी दिल्ली में पुलिस का पहरा बढ़ा दिया गया और रात साढ़े दस बजे तक जीशन अहमद को गिरफ्तार कर लिया गया। दो दिन बाद मोहम्मद शकील, जिआ-उर-रहमान और साकिब निसार पकड़े गए। बटला हाउस को लेकर राजनीतिक हलकों में काफी हंगामा हुआ और मीडिया में छपी खबरों में आरोप लगाया गया कि दिल्ली पुलिस ने जाकिर नगर में मासूम लोगों की बर्बरतापूर्ण हत्या की है। विरोध करनेवाले कांग्रेसी नेता थे, जिनमें केंद्रीय विज्ञान और तकनीक मंत्री कपिल सिब्बल सबसे आगे थे, जिनका चुनावी क्षेत्र चाँदनी चौक था और जो दिल्ली पुलिस के साथ-साथ खुद अपनी सरकार पर सवालिया निशान लगा रहे थे। बाद में कोर्ट और मानव अधिकार संगठन, दोनों ने दिल्ली पुलिस को मुठभेड़ में सभी आरोपों से बरी कर दिया, जबकि सिब्बल को शांत करने के लिए प्रधानमंत्री मनमोहन सिंह को उन्हें बुलाकर टेलीफोन बातचीत के ट्रांसक्रिप्शन तक सुनाने पड़े, जिनसे साबित होता था कि वे मासूम नहीं, बल्कि खूँखार आतंकी थे। मोहम्मद आतिफ अमीन, जो उत्तर प्रदेश की फर्जी डिग्री के आधार पर दिल्ली की जामिआ मिलिया इसलामिया यूनिवर्सिटी में मानव अधिकार का कोर्स कर रहा था, एक खूँखार आतंकी था। यह उसके सेलफोन के 'कंटेंट' से साबित हुआ है, जिसमें बमों/आई.ई.डी. और इस्तेमाल में लाई गई कारों के वीडियो क्लिपिंग के अलावा जिहाद से संबंधित गाने, स्लाइड्स और वीडियो क्लिपिंग हैं। पुलिस की चार्जशीट के अनुसार फोन में चिल्ड्रन पार्क, इंडिया गेट, एम. ब्लॉक मार्केट के डस्टबिन, आतंकियों के भाषण, जिसमें उनके महागुरु ओसामा बिन लादेन भी शामिल हैं, के वीडियो क्लिपिंग भी थे।

बटला हाउस एनकाउंटर और अफजल मुतालिब उसमानी की गिरफ्तारी ने भारतीय मुजाहिदीन की रीढ़ तोड़ दी। भारत भर में बड़े पैमाने पर गिरफ्तारियाँ हुईं। लेकिन रियाज भटकल सितंबर के आखिरी सप्ताह में मैसूर में हुए आई.बी. ऑपरेशन टीम की पकड़ से बाल-बल बच गया, जबकि 'सिमी' का फ्रंटलाइन लीडर अब्दुल सुभान तीन महीनों तक राँची में छिपे रहने के बाद नेपाल भाग सकने में कामयाब हो गया। उसका सहयोगी कयामुद्दीन कापड़िया भी 29 नवंबर, 2008 को गिरफ्तार कर लिया गया।

भारतीय मुजाहिदीन के जिन नेताओं को गिरफ्तार किया गया, वे हैं—

— अफजल मुतालिब उसमानी
— मोहम्मद सदिक इसरार शेख
— मोहम्मद जाकिर अब्दुल हक शेख
— अनसार अहमद बादशाह शेख
— आसिफ बशीर शेख
— मोहम्मद मंसूर असगर पीरभॉय
— मुबिन शेख
— मोहम्मद आतिक मोहम्मद इकबाल
— दस्तगिर फिरोज मुजावर
— मोहम्मद अकबर इस्माइल चौधरी
— अनिक शफीक सायेद
— मजीद अखतर शेख
— यासिर अनीस सैयद
— फारूक शरीफुद्दीन तर्कश
— फज्ल रहमान मुसद्दीखान दुर्रानी
— अहमद बावा अबू बढ़कर
— मोहम्मद अली अहमद
— जावेद मोहम्मद अली
— सैयद मोहम्मद नौशाद
— मोहम्मद रफीक
— फकीर बावा
— मोहम्मद आरिफ
— अब्दुल रज्जाक
— मौलाना शबीर
— मोहम्मद सैफ
— मोहम्मद शकील
— मोहम्मद आरिफ
— जिआ-उर-रहमान
— साकिब निसार
— जीशन अहमद
— मोहम्मद हकीम
— डॉ. अनवर अली बगवान

— मोहम्मद सखर
— सैफुर रहमान
— शहजाद
— सलमान

सलमान 5 मार्च, 2010 को पकड़ा गया। इसी बीच 'जियम' के 28 जिहादियों को, जिनमें भारतीय मुजाहिदीन की शाहबुद्दीन बिग्रेड भी शामिल है, भी पकड़ लिया गया। उमेर फारूक और इब्राहिम मौलवी, जो बेंगलुरु विस्फोट के आरोपी थे, आखिरी आतंकी थे, जो 16 अक्तूबर, 2010 को गिरफ्तार हुए। दक्षिण भारत के ये बड़े आतंकी गिरफ्तार हुए—

— ओमेर हाजी
— अब्दुल सफार
— सरफराज नवाज
— ई.टी. शरीफुद्दीन

मोहम्मद सादिक इसरार शेख को छोड़कर भारतीय मुजाहिदीन के सभी टॉप कमांडर पुलिस की पकड़ से भाग सकने में कामयाब हो गए। इनमें भटकल भाई, यासीन सिद्दीबापा, डॉ. शाहनवाज और आरिज खान भी शामिल है। ये सभी आज आई.एस.आई. के संरक्षण में कराची में छिपे बैठे हैं। जो भी हो, यह कराची ही था, जहाँ आई.एस.आई. और लश्कर-ए-तय्यबा की संयुक्त योजना के रूप में भारतीय मुजाहिदीन का जन्म हुआ था।

□

भारतीय मुजाहिदीन, मुंबई आतंकी हमले और आई.एस.आई-लश्कर का संयुक्त अभियान

26 नवंबर, 2008 दिल्ली के दिल में लुटियन में स्थित इंटेलिजेंस ब्यूरो (आई.बी.) के ऑपरेशन रूम की गहमागहमी के बीच रात नौ बजे मोबाइल नंबर 9910719424 बज उठा। काउंटर टेररिज्म सेक्शन की लगातार मॉनिटरिंग के बाद यह नंबर दक्षिण मुंबई में एक्टीवेट हुआ था। सर्विस प्रोवाइडर अभी उपभोक्ता को 'वेलकम टू एयरटेल' का संदेश भेज ही रहा था कि ऑपरेशन चीफ कंट्रोल रूम में भागा और उसके बाद अगले साठ घंटों में जो हुआ, वह अब इतिहास बन चुका है। लश्कर के दस भारतीय हथियारों से लैस पाकिस्तानी बंदूकधारियों ने बमों तथा गोलियों से 166 लोगों को मौत के घाट उतार दिया और 304 लोगों को गंभीर रूप से घायल कर दिया। 9/11 के हमले के बाद इतिहास का यह सबसे भीषण आतंकी हमला था। इस हमले की योजना और अंजाम देने का काम लश्कर और आई.एस.आई. ने किया। उनका लक्ष्य था, भारत की वाणिज्यिक राजधानी को तहस-नहस कर देना। अपनी कोशिश में वे एक हद तक सफल भी हुए।

तेज अनुभवी कमांडो की तरह काम करते हुए लश्कर के जिहादी मोहम्मद-अजमल कसाब, इस्माइल खान, इमरान बाबर, नासिर उमर, नजीर अहमद, उमेर, हाफिज, अरशद, अब्दुल रहमान, फहादुल्ला, जावेद अली और अबू शोएब ने गेट-वे-ऑफ इंडिया स्थित प्रसिद्ध ताजमहल होटल, नरीमन पॉइंट स्थिति ऑबेराय ट्राइडेंट, कोलाबा स्थित छबड़ हाउस और छत्रपति शिवाजी टर्मिनस पर राइफलों, हथगोलों और आई.ई.डी. बमों से हमला कर दिया। मैराइन कमांडों की ट्रेनिंग से प्रशिक्षित दस आतंकी कराची बंदरगाह से 21 नवंबर, 2009 को लश्कर-ए-तय्यबा की नौका 'अल हुसैनी' पर 21 नवंबर, 2008 को सवार हुए और मुंबई के लिए चले। 23 नवंबर को गुजरात समुद्र तट से कुछ दूर जखऊ में इन्होंने एक भारतीय मछली पकड़नेवाली नौका, 'एम.वी. कुबेर' पर कब्जा

कर लिया; हालाँकि वह भारतीय सामुद्रिक सीमा में ही थी। इन्होंने 'कुबेर' के चार जहाजियों को 'अल हुसैनी' में अपने कब्जे में ले लिया और कुबेर के कप्तान अमरसिंह सोलंकी और नेवीगेटर टंडेल से बंदूक की नोक पर आगे चलकर मुंबई का रास्ता दिखाने को कहा। ट्रॉलर कुबेर 26 नवंबर को 4 बजे उस स्थल पर पहुँचा, जहाँ से मुंबई पाँच नॉटिकल माइल दूर रह गया था। यहाँ लश्करी आतंकियों ने कुबेर के सभी जहाजियों, कप्तान और नेवीगेटर को गला काटकर समुद्र में फेंक दिया और अपने को दो-दो की जोड़ी में बाँटकर मुंबई के तट की ओर चल दिए। जिहादियों का ग्रुप लगभग साढ़े आठ बजे कफ परेड के बधवार पार्क के ठीक सामने भाई भंडारकर मच्छीमार कॉलोनी के तट पर पहुँचे। यहीं पर हाफिज अरशद ने वह सेल फोन नंबर एक्टीवेट किया। हाफिज अरशद उस टीम का सदस्य था, जिसने ताजमहल होटल पर हमला किया। यह नंबर उन 35 सिम कार्डों में से एक था, जिन्हें जम्मू और कश्मीर पुलिस के सिपाही मुख्तार अहमद ने नवंबर 2008 में कोलकाता और दिल्ली से खरीदे थे। ये मोबाइल कार्ड जम्मू-कश्मीर पुलिस ने लश्कर-ए-तय्यबा में घुसपैठ बनाकर उनकी गतिविधियों को जानने के लिए खरीदे थे। इन नंबर की जानकारी आई.बी. को दे दी गई थी। ये सभी नंबर बंद ही पड़े रहे, किंतु भाग्य से यही नंबर निकला, जो एक्टीवेट हुआ और वह भी तब, जब हम आतंकी हमले के इतने निकट पहुँच चुके थे। दुर्भाग्यवश केवल यही गलती नहीं हुई, क्योंकि भारतीय नेवी और इंडियन कोस्ट गार्ड अमरीकी खुफिया द्वारा 18 नवंबर को भेजे गए अलर्ट के बावजूद 'अल हुसैनी' को इंटरसेप्ट नहीं कर पाए। लश्कर-आई.एस.आई. का मुंबई हमला पूरी तरह कामयाब होता, अगर उनके ऑपरेशन में तीन भयंकर भूलें न होतीं—

—लश्कर-आई.एस.आई. के इस षड्यंत्र से पूरा नकाब तब उठ गया, जब आई.बी. ने कराची में कंट्रोल रूम में आतंकियों और उनके आकाओं के बीच हुई बातों का एक-एक शब्द सुन लिया। यह मुख्तार अहमद की सफलता थी।

—आतंकी कुबेर को समुद्र में डुबाना भूल गए और उस ट्रॉलर में अपना एक गारमिन जी.पी.एस. छोड़ आए। एफ.बी.आई. ने जब उसे 'डिकोड' किया तो उसमें उनका पूरा ट्रेवल प्लान मिल गया।

—असिस्टेंट सब इंस्पेक्टर तुकाराम आड़बले की असाधारण बहादुरी के परिणामस्वरूप ही मोहम्मद अजमल कसाब चौपाटी में गिरगाम पुलिस की पकड़ में आ पाया। कसाब ने पूछताछ के दौरान हमले में पाकिस्तानी हाथ के साथ लश्कर के प्लान का पूरा ब्योरा पुलिस को दे दिया। भारत की सुरक्षा एजेंसियों का रिकॉर्ड तो और भी अफसोसजनक था। यह हमले के बाद दिल्ली में हुई उच्च स्तरीय मीटिंग में देखने को मिलता है। भारत के नव नियुक्त गृहमंत्री पलानियप्पन चिदंबरम ने 26/11

हमले के बाद मीटिंग बुलाई थी, जिसमें सरकार के आला अफसरों के अलावा खुफिया एजेंसियों के शीर्ष अधिकारियों के साथ सेना के कमांडर शामिल थे। मीटिंग महत्त्वपूर्ण थी, क्योंकि गृहमंत्री को मुंबई हमले को लेकर 11 दिसंबर, 2008 को संसद् में बयान देना था। मामला बहुत ही नाजुक था, क्योंकि इससे पूर्व तत्कालीन गृहमंत्री आर.आर. पाटिल को हमले के दौरान उनकी अक्षमता के कारण बरखास्त किया जा चुका था। मीटिंग में नेवल स्टाफ के चीफ एडरिल सुरीश मेहता को भी बुलाया गया था, जिसकी फोर्स को 18 नवंबर, 2008 को 'अल हुसैनी' के बारे में अलर्ट कर दिया गया था। इस नौका तथा उसमें बैठे आतंकियों के बारे में दिल्ली स्थित अमरीका खुफिया एजेंसी सी.आई.ए. के संपर्क अधिकारी ने यह जानकारी अपने समानांतर प्रतिष्ठान 'रॉ' को दी थी, जिसने आई.बी. के मल्टी एजेंसी सेंटर को अलर्ट कर दिया।

आई.बी. ने तुरंत यह इंडियन नेवी हेडक्वार्टर की नेवल इंटेलीजेंस तथा इंडियन कोस्टगार्ड के डायरेक्टर जनरल को अलर्ट कर दिया। मीटिंग में चिदंबरम ने जब एडमिरल मेहता से इंटेलिजेंस अलर्ट की प्रतिक्रिया के बारे में पूछा तो उत्तर देते समय पहले तो झिझके, फिर बोले कि इंटेलिजेंस अलर्ट काररवाई योग्य नहीं समझा गया, क्योंकि आतंकी पाकिस्तान के सामुद्रिक क्षेत्र में थे। अपने उत्तर में नेवल चीफ ने यह जोड़ने की अवहेलना की, 17 से 21 नवंबर, 2008 तक गुजरात के समुद्री तट पर 'वार गेमिंग' होने के बावजूद इंडियन नेवी न केवल 'अल हुसैनी' को इंटरसेप्ट कर पाई, बल्कि भारतीय मछली पकड़नेवाले ट्रॉलर एम.वी. कुबेर की हिफाजत भी न कर पाई, जिस पर 23 नवंबर, 2008 की शाम 3 बजे भारतीय सामुद्रिक क्षेत्र के बाहर कब्जा कर लिया गया। मीटिंग में मौजूद आला अधिकारियों ने बाद में मुझे बताया कि चिदंबरम ने इस चूक के लिए भारतीय नेवी को लताड़ा था। केवल एडमिरल मेहता (जिसे आश्चर्यजनक रूप से रिटायरमेंट के बाद पुरस्कार स्वरूप राजनैतिक नियुक्ति देकर मीडिया और जनता की आँखों से दूर न्यूजीलैंड भेज दिया गया) ही नहीं था, जिसने गुड़ गोबर किया था, बल्कि मुंबई हमले से पहले भारत की पूरी सुरक्षा प्रणाली चौपट हो गई थी।

यों तो 26/11 के हमले पर बहुत कुछ लिखा जा सकता है, लेकिन हमारे लक्ष्य का केंद्र बिंदु लश्कर-आई.एस.आई. तथा भारतीय मुजाहिदीन के आपसी संबंधों तथा कार्यक्षेत्र का अध्ययन करना है। हालाँकि 26/11 में भारतीय मुजाहिदीन की भूमिका नगण्य मानी जाएगी, लेकिन सच्चाई यह भी है कि मुंबई के हमले की जाँच-पड़ताल में ही भारतीय मुजाहिदीन के जन्म और उसकी बढ़त के साथ-साथ उसके जन्म के पीछे पाकिस्तानी हाथ का पता लगाया जा सका। यदि पहले वर्णित भूलें न होतीं तो निश्चित रूप से मुंबई हमले को भी भारतीय मुजाहिदीन के मोहम्मद गौरी बिग्रेड के माथे पर मढ़ दिया जाता। मुंबई हमले के सभी आतंकी अरुणोदय डिग्री ऐंड पोस्ट ग्रैजुएट

कॉलेज, वेड्रे कॉम्प्लेक्स, दिलसुख नगर, हैदराबाद के जाली आइडेंटिटी कार्ड लिये हुए थे। कसाब बेंगलुरु का एमीट दिनेश चौधरी, इस्माइल खान हैदराबाद का नरेश विलास वर्मा, इमरान बाबर हैदराबाद का अर्जुन कुमार, नसीर उमर हैदराबाद का दिनेश कुमार, हाफिज अर्शद अहमदाबाद का रघुवीर सिंह और फहादुल्ला हैदराबाद का रोहित पाटिल था। यही नहीं, हमले के दौरान तथाकथित मुजाहिदीन के हैदराबाद डेकन ग्रुप की ओर से एक विद्वेषपूर्ण इ-मेल टी.वी. न्यूज चैनल्स और मीडिया को भेजा गया। शुद्ध हिंदी में लिखे गए इ-मेल में मुसलमानों की दुर्दशा की चर्चा करते हुए कहा गया कि 'मुंबई हमला सांप्रदायिक दंगों और हिंदू उग्रवादियों द्वारा बाबरी मसजिद के विध्वंस का बदला है।' यदि कुबेर को डुबो दिया गया होता, अजमल खाँ जिंदा पकड़ा गया न होता और फोन के 'इंटसेप्ट्स' न होते तो भारत के लिए पाकिस्तानी हाथ को साबित करना बहुत ही मुश्किल था।

जैसा कि 26/11 के हमले में हुआ, वैसे ही अमरीका की खुफिया एजेंसी की जाँच-पड़ताल ही थी, जिसके माध्यम से इसलामी आतंकियों द्वारा किए गए भारत के हमले में उनकी चूकों का पता लग सका। यह भी स्पष्ट हो गया कि लश्कर-ए-तय्यबा और जश-ए-मोहम्मद जैसे इस्लामी जिहादी ग्रुप पाकिस्तान की भारत के खिलाफ की जा रही बड़ी साजिश का ही एक भाग हैं। 3 फरवरी, 2010 में अमरीकी राष्ट्रीय खुफिया एजेंसी के पूर्व डायरेक्टर एडमिरल डेनिस गलेअर ने अमरीकी सीनेट कमेटी के समक्ष कहा कि पाकस्तान की सारी साजिश यह है कि वह लड़ाकू जिहादियों के हमलों से भारत की सैन्य शक्ति और आर्थिक प्रगति को निष्क्रिय करता रहे। यह तथ्य पाकिस्तान स्थित अमरीकी राजदूत एने पीटरसन के भेजे गए उस गुप्त संदेश से भी प्रमाणित होता है, जो उसने सितंबर, 2009 में भेजा था (जिसे विकीलीक्स ने दिसंबर, 2010 में जारी किया)। इसमें कहा गया था कि अमरीका उस देश की चाहे कितनी भी मदद करता रहे, इसलामाबाद लश्कर को समाप्त नहीं करेगा। यदि लश्कर और आई.एस.आई. भारत के खिलाफ जिहादी आतंकी गठजोड़ का प्रमुख हिस्सा है तो भारतीय मुजाहिदीन उसी का एक दूसरा रूप है, जिसका नियंत्रण पाकिस्तान के हाथ में है। भारतीय मुजाहिदीन और उसके वास्तविक आकाओं का उद्गम का पता तब चला, जब अमरीकी खुफिया एजेंसी एफ.बी.आई. ने 3 अक्तूबर, 2009 को डेविड कोलमेन हेडली नामक पाकिस्तान में पैदा हुए एक अमेरिकन नागरिक को गिरफ्तार किया। इसका पहला नाम दाऊद सैयद गिलानी था। पहला व्यक्ति डेविड हेडले था, जिसने 26/11 के कराची स्थित कंट्रोल रूम में अलकामा, साजिद मजीद उर्फ वसी भाई और अबू कहवा की आवाजों को पहचाना। जैसा कि अजमल कसाब ने बताया कि कंट्रोल रूम में चौथा व्यक्ति, जिसने दस बंदूकधारियों को निर्देश दिए, वह संभवत: जिंदल भाई नाम का एक भारतीय था,

जबकि गिरफ्तार आतंकी अमजद ख्वाजा का कहना है कि चौथी आवाज महाराष्ट्र के सैयद जबीउद्दीन अंसारी की थी।

दूसरों का कहना है कि यह आवाज मोहम्मद अब्दुल अजीज उर्फ अशरफ उर्फ गिद्दा की हो सकती है, जो एक उग्रवादी इसलामी जिहादी है और जो बोसनिया और चेचन्या के जिहाद में लड़ा था और आजकल आई.एस.आई. का काम करता है। 1990 में जबीउद्दीन अंसारी और गिद्दा 'सिमी' के सदस्य थे। भारत को पाकिस्तानी आरोपियों की आवाजों के नमूने अभी तक नहीं मिले हैं। इसलिए चौथी आवाज, चूँकि हेडली उसे नहीं पहचान पाया, भारतीय की ही मानी जा रही है। भारतीय खुफिया एजेंसियों के साथ-साथ 'इमीग्रेशन' अधिकारी भी सोते हुए पकड़े गए, क्योंकि उनके रहते सितंबर 2006 से लेकर मार्च 2009 के दौरान हेडली लश्कर की मदद करने के लिए नौ बार भारत आया। इन यात्राओं में उसने मुंबई, दिल्ली, पुणे, जयपुर और अन्य शहरों का दौरा किया और लश्कर के लिए विस्फोटों के स्थलों को चुनने में मदद की। हेडली एफ.बी.आई. द्वारा गिरफ्तार किया गया, जिसकी खबर एम.आई.-6 ने यह बताते हुए दी कि वह पाकिस्तान जाते समय शिकागो के 'ओ' हेयर अंतरराष्ट्रीय एयरपोर्ट यूरोप में अलकायदा के प्रतिनिधि से मिला था। हेडले की यात्रा एक 'ग्लोबल षड्यंत्र' के तहत आयोजित की गई, जिसका उद्देश्य डेनमार्क के समाचार-पत्र 'मोर्गनविजेन जईलेंड्स-पोस्टेन' को लक्ष्य बनाकर उसपर हमला करना था, क्योंकि सितंबर 2005 में पैगंबर मोहम्मद के कार्टून प्रकाशित करके मुसलिम जगत् से दुश्मनी मोल ले ली थी। डेनिश समाचार-पत्र के कर्मचारियों तथा प्रेस आदि पर हमला करने के षड्यंत्र (जिसे मिकी माउस प्रोजेक्ट का नाम दिया गया) के पाकिस्तान स्थित दो आला दर्जे के आतंकी थे : सैयद मोहम्मद अब्दुर रहमान हाशमी उर्फ अब्दुर रहमान सैयद उर्फ पाशा और इलियास कश्मीरी। भारतीय मुजाहिदीन के जन्म में लश्कर-आई.एस.आई. के हाथ का खुलासा जब पहली बार हेडले ने किया, उस समय सईद तथा कश्मीरी भारत के खिलाफ इसलामी जिहाद के प्रमुख अधिकारी थे। हूजी के मशहूर सरगना कश्मीरी आमेर सैयद शेख के साथ 1994 से ही भारत के खिलाफ जिहाद में शामिल था। हेडले के अनुसार अब्दुर रहमान सैयद कराची प्रोजेक्ट का मुखिया था। लेकिन इससे पहले कि हम हेडले के कराची प्रोजेक्ट के खुलासे में विस्तार से जाएँ, इलियास कश्मीरी को समझना जरूरी है, क्योंकि वह इस सच्चाई को उजागर करता है कि जिहाद में भले ही ग्रुप वफादारी या काम करने के लक्ष्य, निर्धारित क्षेत्र अलग-अलग हों, पर जहाँ तक इन सभी के मुखिया का सवाल आता है, वह एक ही होता है। यानी एक ही व्यक्ति के पास सारे कामों की कमान होती है।

पाकिस्तान को 25 फरवरी, 2010 को सौंपे गए भारतीय 'डोसियर' के अनुसार, इलियास कश्मीरी ने अक्तूबर 1994 में नई दिल्ली के पहाड़गंज एरिया से चार विदेशी

नागरिकों, तीन ब्रिटिश तथा एक अमरीकी का इस उम्मीद से अपहरण किया कि फिरौती के रूप में मौलाना मसूद अजहर सहित हरकत-उल-अंसार के नेताओं की आजादी माँगी जाएगी। कश्मीरी तब दिल्ली, सहारनपुर तथा गाजियाबाद के छिपे ठिकानों से काम करता था। 31 अक्तूबर, 1994 को उत्तर प्रदेश पुलिस ने मसूरी (गाजियाबाद) के छिपे ठिकाने के छापे में उसके साथी ओमेर सईद शेख को पकड़ा, लेकिन कश्मीरी उस शाम निजामुद्दीन रेलवे स्टेशन पर आई.बी. की टीम को चकमा देकर नेपाल भाग गया, जहाँ से वह पाकिस्तान चला गया। ओमेरे सईद शेख ने पुलिस को बताया कि कश्मीरी पाक अधिकृत कश्मीर का रहनेवाला है और पहले पाकिस्तानी सेना के स्पेशल सर्विस ग्रुप में काम करता था। स्पेशल फोर्स छोड़ने के बाद कश्मीरी 'हूजी' में शामिल हो गया। 'हूजी' 1980 अफगानिस्तान में रूसी कब्जे के खिलाफ आई.एस.आई. और अमरीकी मदद से लड़ी थी। इलियास कश्मीरी के आदेश पर एक जलालुद्दीन हाजी ने (जो 1 फरवरी, 2002 को दिल्ली में पकड़ा गया) अनेक पाकिस्तानी हूजी आतंकियों को भारत-बँगलादेश सीमा पार कराने में सहायता की थी। हूजी के इन पाकिस्तानी सरगना ने भारतीय मुजाहिदीन के कमांडर आमिर रजा खान को भारतीय नौजवानों को गुजरात और बाबरी मसजिद के नाम पर जिहाद में शामिल करने के अभियान में बराबर सहयोग किया था। इलियास कश्मीरी का नाम मुंबई हमले के दौरान लश्कर आतंकियों की 313 बिग्रेड को लेकर बातचीत में भी आया था, जो उन्होंने कराची के आकाओं से की थी। 313 बिग्रेड अब इलियास कश्मीरी के नेतृत्व में चल रही है। यह बिग्रेड अलकायदा का ही एक भाग है, जिसने डेनिश समाचार-पत्र षड्यंत्र में भी भाग लिया था।

डेविड कोलमेन हेडले केस के अमरीकी कागजात के अनुसार, षड्यंत्र यह था कि डेनिश अखबार के कर्मचारियों को पहले बंदी बनाया जाए, फिर उनके सिरों को काटकर खिड़की से बाहर फेंका जाए। इसमें कश्मीरी का खास सहयोगी अब्दुल रहमान सैयद था, जो मुंबई हमले के बाद लश्कर से हटकर कश्मीरी की 313 बिग्रेड से जुड़ गया था। शिकागों कोर्ट में अब्दुर रहमान के खिलाफ दर्ज अपराधी रिपोर्ट के अनुसार, 2009 में वह हेडली को पाकिस्तान के कानून रहित आदिवासी इलाके (फाटा) में कश्मीरी से मिलने और उससे डेनिश अखबार-षड्यंत्र में भाग लेने की रजामंदी माँगने के लिए ले गया था। हेडले जब शिकागो एयरपोर्ट पर पकड़ा गया तो उसके लगेज में टेलीफोन नंबरों की एक सूची प्राप्त हुई, जिसमें पाकिस्तानी नंबर भी थे। हेडली ने बताया कि वह अब्दुर रहमान से संपर्क रखता था, लेकिन अब्दुर रहमान का प्रमुख लक्ष्य भारत पर हमला करना था और इसके लिए उसने हेडली को पैसा भी दिया, ताकि वह भारत जाकर बम विस्फोटों के लिए शहरों की 'रेकी' करे। इसमें दिल्ली स्थित नेशनल डिफेंस कॉलेज

और भारत स्थित 'चबड़ हाउस' भी थे। हेडली का अब्दुर रहमान के बारे में बयान, लश्कर के आकाओं की फेहरिस्त तथा आई.सी.आई. की भूमिका का खुलासा, ये सब मिलकर भारत के खिलाफ जिहाद की एक बड़ी तसवीर सामने रखते हैं।

हेडली के खुलासे और जूँद-उल-फिदा अर्थात् फियादीनों की सेना

डेविड कोलमेन हेडली 18 मार्च, 2010 को शिकागो कोर्ट में 26/11 के मुंबई हमलों और डेनिश अखबार षड्यंत्र में दोषी पाया गया। एफ.बी.आई. के 'विटनेस प्रोटेक्शन कार्यक्रम' के तहत लश्कर के साथी तहाव्वुर राना की गवाही के बाद 2010 में तीन से नौ जून तक एन.आई.टी. ने हेडली के वकील तथा एफ.बी.आई. की टीम की उपस्थिति में 50 वर्षीय हेडली से बिना रिकॉर्ड किए पूछताछ की। हेडली ने खालिस उर्दू में साफ तौर पर अमरीका पर आक्षेप लगाते हुए अपने वर्तमान पारिवारिक सदस्यों से संबद्ध सवालों को छोड़कर सभी सवालों का जवाब दिया। यह पूरी पूछताछ अलग-अलग दिनों में कुल मिलाकर 34 घंटे चली। हेडली के खुलासों ने भारतीय प्रश्नकर्ताओं की आँखें खोल दीं, लेकिन जिस खुलासे ने उन्हें चौंका दिया, वह था—लश्कर-ए-तय्यबा। उन्हें यह पता लगा कि लश्कर वास्तव में पाकिस्तान सरकार का अंग है, जिसका नियंत्रण आई.सी.आई. करती है।

नेशनल इंटेलिजेंस एजेंसी (एन.आई.ए.) की पूछताछ पर आधारित 'समरी' : पूछताछ के दौरान उसने लश्कर-ए-तय्यबा के विभिन्न जिहादियों की भूमिकाओं का जिक्र किया, जिसमें लश्कर का प्रमुख आका हाफिज सईद, लश्कर का चीफ मिलिटरी कमांडर, जकी-उर-रहमान लखवी तथा मध्य स्तर कमांडर साजिद मजीद, मुजब्मिल बट, अब्दुर रहमान, अबू अल कामा, अबू कहवा, अबू अनस, रशीद रेहन अब्दुल्ला उर्फ अब्दुल अजीज उर्फ वाली, अबू हमजा और याकूब शामिल हैं। उसने स्पष्ट रूप से आई.सी.आई. के अधिकारियों का रोल बताया, जिनका लश्कर के सदर आकाओं पर प्रभाव और पूरा नियंत्रण है। उसने यह भी बताया कि वह मुंबई की प्रत्येक यात्रा की रिपोर्ट सभी कमांडरों को देता था तथा आई.एस.आई. के कहने पर कुछ विशिष्ट 'रेकी' के काम भी किए थे।

मुंबई हमलों में वैसे तो इन सभी लश्करी कमांडरों की भूमिकाएँ थीं, लेकिन हमारी चर्चा के केंद्रबिंदु भारतीय मुजाहिदीन के संदर्भ में अब्दुर रहमान और अब्दुल अजीज रहेंगे। हेडली ने यह स्वीकार किया था कि मुंबई हमले के बाद वह अलकायदा की इ-बिग्रेड के इलियास कश्मीरी और रहमान के निकट आ गया था, जो 26/11 के बाद लश्कर से हट गया था। हेडली ने भी स्वीकार किया कि उसने मुंबई के पाँच स्थलों की 'रेकी' के जो वीडियो बनाए थे, वे लश्करी मिशन की सफलता के लिए बहुत ही जरूरी

थे। उसने यह भी बताया कि उसने मुंबई के प्रसिद्ध सिद्धि विनायक मंदिर के अलावा दिल्ली, पुणे, गोवा, पुष्कर के जो वीडियो बनाए, उनका इस्तेमाल लश्कर का 313 बिग्रेड भारत पर बड़े हमले के दौरान जरूर करेगा। इन सारी बातों की तसदीक इलियास कश्मीरी ने अपने इंटरव्यू में की, जिसे सैयद सलीम शहजाद ने लिया था और जो 'एशिया टाइम्स' ने 15 अक्तूबर, 2009 को प्रकाशित किया। इलियास कश्मीरी से जब यह पूछा गया कि क्या दुनिया मुंबई जैसे और हमलों का इंतजार करे ? तो इलियास ने कहा, 'हमने भविष्य के लिए जो प्लानिंग की है, उसके मुकाबले यह तो कुछ भी नहीं है।'

हेडली ने अपने तक साजिद मजीद अब्दुर रहमान और अबू कामा के फोटोग्राफ पहचान लिये और यह स्पष्ट कर दिया कि 26/11 के हमलों की प्लानिंग, उन्हें पूरा करने तथा उसके लिए पैसों का इंतजाम करने के काम आई.एस.आई. ने किया। लश्कर का प्रत्येक महत्त्वपूर्ण सदस्य आई.एस.आई. के एक या एक से अधिकारी के नियंत्रण में काम करता है। उसके नियंत्रक मेजर इकबाल और मेजर सबीर अली थे। अब्दुल रहमान कर्नल शाह के नियंत्रण में था। इसी प्रकार उसे मालूम है जकी-उर-रहमान लखवी मुजफ्फराबाद के ब्रिगेडियर रियाज के नियंत्रण में काम करता है। मुंबई हमले के बाद जकी-उर-रहमान गिरफ्तार करके रावलपिंडी के अडियाल जेल में रखा गया। एन.आई.ए. के अनुसार, आई.एस.आई. के डायरेक्टर जनरल लेफ्टनेंट जनरल शुजा पाशा और अब्दुल रहमान ने मुंबई षड्यंत्र को समझने के लिए उससे अलग-अलग मुलाकात की। हेडली ने मुंबई हमले को विस्तार से वर्णन करने के साथ कराची प्रोजेक्ट पर भी प्रकाश डाला।

अब्दुर रहमान सैयद ने पाकिस्तान सेना से बलूच रेजीमेंट की छठी बटालियन के मेजर के रूप में समय से पूर्व रिटायरमेंट ले लिया। उसका अंतिम टेलीफोन नंबर 00322-4092180 और इ-मेल आई.डी. rawal@hotmail.com था। अब्दुल रहमान की शादी अड़बरीन सैयद से हुई और उसके तीन बच्चे हैं, जो इसलामाबाद में रहते हैं। अब्दुर रहमान का जन्म 1968 में मेजर अब्दुल घनी के यहाँ हुआ, जो खुद भी छठी बलूच रेजीमेंट के थे। पाकिस्तान सेना को छोड़ने से पहले उसकी पोस्टिंग तोरा बोरा पहाड़ों के पाकिस्तानी क्षेत्र में थी, जो अफगान पाक सीमा क्षेत्र में पड़ता था और जहाँ 9/11 के बाद से ओसाम बिन लादेन छिपा बैठा था। अब्दुर रहमान को अपने कमाडिंग अफसर की नाराजगी झेलनी पड़ी थी, क्योंकि उसने तालिबान से लड़ने से इनकार कर दिया था। उसे सजा के रूप में 'डिमोट' कर कैप्टन कर दिया गया, लेकिन बाद में फिर मेजर बन गया। सेना को छोड़ने के बाद रहमान पंजाब रेजीमेंट के मेजर हारून-उल-इस्लाम तथा उसके भाई बलूच कैप्टन खुर्रम के साथ मिलकर लश्कर-ए-तय्यबा में शामिल हो गया और आतंकियों को प्रशिक्षण देने लगा। रहमान और मेजर हारून को हमलावर

तथा आत्मघाती जिहादी तैयार करने का काम सौंपा गया और जब डेविड हेडली 2003 में लश्कर के दौरा-ए-खास की ट्रेनिंग ले रहा था, तब रहमान पाक अधिकृत कश्मीर के मुजफ्फराबाद में भारत पर हमला करने के लिए आत्मघाती दल को ट्रेनिंग दे रहा था। हेडली ने याद करके बताया कि 2004 में श्रीनगर में प्रधानमंत्री मनमोहन सिंह की जनसभा में जिन आत्मघाती हमलावरों ने हमला किया था, उनमें से एक को अब्दुर रहमान ने ट्रेंड किया था। रहमान, जो लाहौर गवर्नमेंट कॉलेज और पाकिस्तान मिलिटरी एकेडमी में पढ़ा था, पहली बार डेविड कोलमेन हेडली से लाहौर की कदीसिया मसजिद में मिला था, जो हाफिज सईद और जकी-उर-रहमान लखवी जैसे लश्करी लीडरों का नमाज और प्रशिक्षण का अड्डा था। हेडली के बयानों से यह स्पष्ट पता चलता है कि हेडली के दिल में रहमान के लिए उसकी जिहाद के प्रति निष्ठा का बहुत सम्मान था, जिसे वह भारत और पाकिस्तान में आयोजित करता था।

लश्कर के मुजम्मिल बट के अधीन जाँबाज जिहादी अब्दुर रहमान भारत के खिलाफ पहले उतने ही खूँखार साजिद मीर उर्फ साजिद मजीद उर्फ वसी भाई उर्फ इब्राहीम उर्फ मसीद के साथ काम करता था। मुजम्मिल दायाँ हाथ, जिसे हेडली लखवी का लकी कहता है, वही शख्स था, जिसने अमरीकी राष्ट्रपति बिल किलंटन की भारत की यात्रा से पूर्व मार्च 2000 में दक्षिणी कश्मीर के चफीसिंघपोरा गाँव में 36 कश्मीरी सिखों की हत्या कर दी थी। छह फुट चार इंच ऊँचा 36 वर्षीय मुजम्मिल पंजाब के गुजराँवाला का रहनेवाला है। मई 2002 में हुआ जम्मू का कालूचक सैनिक कैंप हत्याकांड भी उसके कारनामों में शामिल है। दरअसल साजिद मीर और रहमान मुजम्मिल और लखवी के शागिर्द थे और अप्रैल 2005 में भारत-पाक क्रिकेट को देखने के बहाने भारत आए थे। मैच पंजाब के मोहाली में हुआ था, जिसके बाद ये दोनों हमले की जगहों की रेकी करने दिल्ली आए थे। उस समय अब्दुर रहमान ने दिल्ली के नेशनल डिफेंस कॉलेज की विस्तार से रेकी की थी और इंडियन मिलिटरी एकेडमी की रेकी करने शायद वह देहरादून भी गया था। लेकिन बाद में रहमान और साजिद मीर एक-दूसरे के विरोधी हो गए और मीर लश्कर में ही रह गया, जबकि रहमान अलकायदा और इलियास कश्मीरी की 313 ब्रिगेड से जा मिला।

हेडली ने बताया कि जिहाद में एक धड़ा ऐसे लोगों का है, जिनके भाई या परिवार के सदस्य कश्मीर में लड़ते हुए मारे गए। उसने बताया कि प्रत्येक धड़े के लोग अपने मातहत काम करने के लिए अपने ही लोगों की बहाली करते हैं और हर धड़े को उसक ा कार्यक्षेत्र दे दिया जाता है। रहमान का कराची प्रोजेक्ट में अपना स्वतंत्र धड़ा था। हेडली के अनुसार, अब्दुर रहमान, सैयद पाशा, खुर्रम और हारून का बाद में लश्कर से मतभेद हो गया, क्योंकि वे ऐसा जिहाद नहीं चाहते थे, जो आई.एस.आई. या लश्कर के

आकाओं की मरजी पर चले। रहमान 2008 में लश्कर से अलग हो गया, इसलिए उसे 26/11 से ही मुंबई हमलों से अलग रखा गया, जबकि लश्कर को छोड़नेवाले पहले लोग मेजर हारून और कैप्टन खुर्रम थे, जिन्होंने रहमान से मिलकर 2003 में तालिबान सेना से मिलकर लड़ाई की थी। कैप्टन खुर्रम मार्च, 2007 अफगानिस्तान के कंधार में कैनेडियन सेना से लड़ते हुए ड्रोन हमले में मारा गया। मेजर हारून ने इलियास कश्मीरी के साथ काम करना 2008 में शुरू किया। रहमान अब पाकिस्तान के लाहौर में स्थित है। उसे मुंबई हमले की योजना बनानेवाले सभी षड्यंत्रकारियों की पूरी जानकारी है, क्योंकि हेडली भारत की प्रत्येक यात्रा तथा मुजफ्फराबाद में लश्कर की प्रत्येक मीटिंग में भाग लेने के बाद रहमान को अपनी रिपोर्ट देता था।

भारतीय प्रतिष्ठानों के एक दल का कहना है कि कराची प्रोजेक्ट की शुरुआत 2003 में रहमान के बागडोर सँभालने से हुई, लेकिन जहाँ तक उसके उद्गम का प्रश्न है, वह 9/11 के हमलों के मलबे में हुआ और जहाँ तक भारत का सवाल है, इसकी शुरुआत 13 दिसंबर, 2001 में भारतीय संसद् पर हुए जैश-ए-मोहम्मद के हमले से हुई। हालाँकि पाकिस्तान भी परमाणु शक्तिवाला देश था, फिर भी 2002 में दो बार, जनवरी और मई में उसे भारत से युद्ध के कगार पर आना पड़ा। भारत की युद्ध-स्तर की तैयारी को देखते हुए अमरीका ने दखल देकर भारत को विश्वास दिलाया कि पाकिस्तान भविष्य में जिहादी हमलावरों को भारत में भेजना बंद कर देगा, तब कहीं पाक-भारत ने अपनी सेनाओं को सीमा से हटाया। नेपाल में 6 जनवरी, 2002 में हुए सार्क के क्षेत्रीय शिखर सम्मेलन में राष्ट्रपति परवेज मुशर्रफ का प्रधानमंत्री अटल बिहारी वाजपेयी से हाथ मिलाना और 12 जनवरी, 2002 परवेज मुशर्रफ का जिहाद और आतंक विरोधी भाषण अमरीका के दबाव का ही नतीजा था। पाकिस्तान ने अंतरराष्ट्रीय जगत् को खुश करने के लिए जैश-ए-मोहम्मद और लश्कर-ए-तय्यबा पर प्रतिबंध लगाने की झूठी घोषणाएँ कीं, ताकि दुनिया के देश भारत पर सेना को सीमा से वापस बुलाने के लिए दबाव बनाएँ। मुशर्रफ का भारत और विश्व को खुश करने के लिए यह कोरा बयान ही था, क्योंकि सचाई यह थी कि आई.सी.आई. पाकिस्तान ने अधिकृत कश्मीर से भारत पर हमले के तामझाम को कभी नष्ट किया ही नहीं, बल्कि उसने अपने सामरिक मोरचे को बदलकर हमलों को इनकार करके यह कहना शुरू कर दिया कि ये हमले भारत के ही मुसलिम युवक गुजरात के 2002 के दंगों का बदला लेने के लिए कर रहे हैं। दाऊद इब्राहीम जैसे भारतीय अपराधियों को आधार बनाकर आई.एस.आई. ने भारतीय मुसलमानों के असंतुष्ट नौजवान को बहाल करना शुरू कर दिया। यह काम बहुत आसान था। बहाल करो, बरगलाओ, ट्रेंड करो और पैसा देकर भारत भेजो। दुर्भाग्य यह है कि भारत इसलामाबाद के सार्क सम्मेलन में मुशर्रफ के बयान से खुश हो रहा था कि

पाकिस्तान अब अपनी सीमा से आतंकी हमलों की इजाजत नहीं देगा, उधर मुशर्रफ के वफादार मातहत आई.एस.आई. जनरल एहसान-उल-हक भारत पर हमले की जमीन के रूप में 'कराची प्रोजेक्ट' बैठा रहा था, जो भारत में आतंक का एक स्वावलंबी देसी आंदोलन बनने वाला था।

2001 के बाद के आतंकी हमलों का यदि विश्लेषण किया जाए तो एक दूसरा ही रूप सामने आता है, जो भारतीय मुजाहिदीन की उस घोषणा के अनुरूप है, जो उसने 2007 में उत्तर प्रदेश के कोर्ट-विस्फोटों के बाद की थी। इसका पहला संयुक्त काररवाई का चरण 2002 में कोलकाता में हुए अमरीकी सेंटर पर हमले में दिखाई देता है, जिसमें भारतीय और पाकिस्तान जिहादियों ने सुरक्षा कर्मचारियों की हत्या की थी। दूसरे चरण में बाबूभाई जैसे 'हूजी' सरगना को भारत में आर.डी.एक्स. जैसे विस्फोटक भेजने तथा भारतीय युवकों को पैसे और मध्य-पूर्व देशों में नौकरी का लालच देकर फुसलाने के कामों में इस्तेमाल करना शामिल है। यह तथ्य स्पष्ट हो चुका है कि 11 जुलाई, 2006 के मुंबई ट्रेन बम विस्फोटों के पहले लश्कर के आजाम चीमा जैसे पाकिस्तानी नागरिक आर.डी.एक्स. से बम बनाने का काम अपनी देखरेख में करते थे। उद्देश्य यह था कि बमों में कोई कमी न रह जाए और उनसे ज्यादा-से-ज्यादा जान-माल की बरबादी हो सके। 2007 में जाकर भटकल भाई और आरिफ अमीन जैसे जिहादी सामने आए, जिन्होंने भारतीय आतंकी नेतृत्व की डोर को सँभाला। लेकिन भारतीय मुजाहिदीन के इन हमलों में और लश्कर की सदारत में पाकिस्तानियों द्वारा किए गए दूसरे हमलों के पीछे भी इन तीन महत्त्वपूर्ण जिहादियों का हाथ था। दरअसल भारतीय सुरक्षा संगठनों को गुमराह करना था, क्योंकि पाकिस्तानी हमला अपने में ही बदनाम था। भारतीय मुजाहिदीन का कंट्रोलर मेजर अब्दुर रहमान सैयद था, जबकि 26/11 के हमलों का कंट्रोलर मेजर साजिद माजिद मीर उर्फ वसी भाई था, जिसने हमलों के दौरान चवड़ हाउस के मासूम यहूदियों को सीधे गोली से उड़ा देने का आदेश दिया था। हालाँकि अब्दुर रहमान और अमीर रजा खान, रियाज और इकबाल भटकल तथा आतिक अमीन से कामकाजी संपर्क सूत्रों का खुलासा अभी तक नहीं हो पाया है, फिर भी जाँच करनेवालों का कहना है कि रहमान साजिद मीर जैसा बड़ा जिहादी आई.एस.आई. की आड़ लेकर भारतीय मुजाहिदीन को भेजे जानेवाले अपने आदेश किसी तीसरे व्यक्ति की मारफत भेज रहा है।

हेडली ने पूछताछ के दौरान साजिद मीर और अब्दुर रहमान के बीच मनमुटाव और लश्कर में चलनेवाली राजनीति का जिक्र किया, लेकिन भारतीय मुजाहिदीन के किसी नेता का नाम नहीं लिया। इसकी वजह शायद यह थी कि उसकी बातचीत लश्कर और 313 ब्रिगेड जैसे जिहादी संगठनों के सिर्फ नेताओं से ही होती थी। हेडली के खुलासों के बाद भारतीय पर्यवेक्षकों का यह अनुमान है कि अब्दुर रहमान ने अब तक भारतीय

मुजाहिदीन से भारत पर हमले कराने के बाद जो जबरदस्त सफलता हासिल की है, उसके जवाब में ही साजिद मीर ने 26/11 के हमलों को अंजाम दिया।

हेडली की रिपोर्ट में अब्दुर रहमान और साजिद मीर की दुश्मनी के अलावा भारत में आतंकी हमलों के लिए हथियारों और विस्फोटकों की तस्करी में ड्रग माफिया की भागीदारी पर भी प्रकाश डाला गया है। हेडली ने रहमान से फाटा में खैबर एजेंसी ले जाने को कहा, क्योंकि वह अपने पुराने संपर्कों को ताजा करके उन्हें भारत में हथियारों की तस्करी करने के लिए कह सके। 1980 में हेडली का वहाँ पुराने संपर्क के रूप में जेब शाह नामक व्यक्ति था, जो खैबर एजेंसी के निहमत शाह का पिता था। दो दशकों तक हेडली ने अफगान-पाक सीमा पर स्थित शेख मल खेल के निहमत शाह से संपर्क बनाए रखा था। जैसे ही रहमान और हेडली बाग-ए-खैबर पहुँचे, उन्हें आदिवासी सिपाही ने रोक लिया और खार पुलिस स्टेशन ले गए। रहमान और हेडली के पहचान-पत्रों क्रमश: आर्मी आइडेंटी कार्ड और पाकिस्तानी आइडेंटी कार्ड के बावजूद उनकी पहचान हो जाने तक उन्हें लेंडीकोटल जेल में भेज दिया गया। अंतत: हेडली की निहमत शाह से जान-पहचान काम आई और दोनों को खैबर राइफल्स ऑफिस में मेजर अली के पास ले जाया गया। मेजर पुराना आई.एस.आई. सरगना था। हेडली के कहने पर कि वह लश्कर के मिशन पर भारत गया था, मेजर ने भी भारत की अपनी जासूसी यात्राओं का जिक्र किया। बातचीत के दौरान मेजर अली रहमान को 'सर' करके बुलाता रहा, क्योंकि कोर्स करने के दौरान रहमान सीनियर था, जिसने लाहौर में उनके भारत-मिशन के लिए संपर्क भी मुहैया कराए थे। निहमत शाह के फोन करने पर रहमान और हेडली जेल से छूटे थे। मीटिंग समाप्त होने पर शाह भारत में जम्मू, राजस्थान और गुजरात के जरिए हथियार के साथ-साथ 'हेरोइन' की खेप भेजने को तैयार हो गया। वापस आने पर हेडली ने रहमान के साथ अपनी खैबर यात्रा के बारे में साजिद को बताया, लेकिन पाशा से दुश्मनी के कारण उसने कोई दिलचस्पी नहीं दिखाई। एक साल बाद रहमान से एक कदम आगे होने के लिए साजिद मुजम्मिल बट को लेकर निहमत शाह से मिला और उसे पाकिस्तानी मुद्रा में साढ़े आठ लाख रुपए भारत में हथियारों की तस्करी के लिए दिए। रहमान और साजिद की दुश्मनी का असर 2007 में नेपाल से भारत विरोधी मिशन के दौरान पूर्व मेजर और जकी-उर-रहमान लखवी के आपसी मनमुटाव में दिखाई दिया। यह दुश्मनी उस समय और भी उजागर हो गई, जब 2007 में रहमान, हेडली, मेजर हारून और कैप्टन खुर्रम ने तालिबान विरोधी आंदोलन को सहयोग देने के लिए जनरल परवेज मुशर्रफ को मार देने के बारे में बातचीत कर रहे थे। जब लखवी ने हेडले से इसके बारे में सुना तो उसने ऐसी बातों के लिए उसे फटकार लगाई। लश्कर के आका लोग चूँकि पाकिस्तान सरकार, उसके निर्देशों के अनुयायी थे, इसलिए मेजर हारून, कैप्टन खुर्रम

ने लखवी का न सिर्फ विरोध किया, बल्कि उसके खिलाफ विद्रोह का झंडा उठा दिया।

रहमान और मेजर हारून जैसे लश्करी कमांडरों के बीच टकराव और अमरीकी नेतृत्व के अधीन संयुक्त सेना के खिलाफ तालिबान का साथ देने के उनके सुझाव ने लखवी को झटका दे दिया, क्योंकि वह चाहता था कि वे भारत के खिलाफ लड़ें। हेडली ने अपने पर्यवेक्षकों को बताया कि हमले ने तीन काम किए : पाकिस्तान में लश्कर जैसे आतंकी दलों में आपसी तकरार को रोक दिया, जिहादियों में उपलब्धि की भावना को जगाया और पाकिस्तान की जमीन से हिंसा के केंद्र को दुश्मन की जमीन पर ले जाने में तेजी लाना। दरअसल, लश्कर में चल रही यह आपसी तकरार ही थी, जिसकी वजह से मुंबई के ताजमहल पर होनेवाले एक सीमित हमले ने मुंबई विस्फोटों का इतना विशाल रूप ले लिया। योजना थी कि ताजमहल होटल में होनेवाले सॉफ्टवेयर कर्मियों के वार्षिक सम्मेलन पर हमला किया जाए, लेकिन आपसी खींचातानी की वजह से इस सीमित हमले ने पूरी मुंबई को निगल लिया।

मेरा मानना है कि आई.एस.आई. इस दबाव में था कि कश्मीरी जिहादी संगठन और तालिबान आधारित ग्रुप एक न होने पाएँ। अलग-अलग ही रहें। यह उसके हित में ही था कि दोनों के बीच की दूरी कम न होने पाए। इसलिए जकी (लश्कर को कश्मीर उन्मुख करके) आई.एस.आई. की सरकारी नीति पर ही चल रहा था। हेडली के बयान से यह स्पष्ट होता है कि आई.एस.आई. उसकी भारत में 'रेकी यात्राओं' की खबर रख रही थी और मेजर इकबाल के पास लश्कर के हमले के प्लानों को कार्मिक दलों और बाहरी दलों की ओर से पुख्ता किया जा रहा था। जून के तीसरे सप्ताह में हेडली ने अपनी आठवीं यात्रा में जब मुंबई के यहूदी प्रार्थना स्थल तथा 'ब्लू साइनागॉग' की रेकी कर ली, तब मुंबई हमले का फैसला किया गया।

लश्कर का समुद्र के रास्ते हमला सितंबर 2008 में विफल हो चुका था, क्योंकि किराए पर ली गई नौका कराची तट पर एक चट्टान से टकराकर डूब गई थी। हेडली ने जब यह रहमान को बताया तो उसने कहा कि यह अल्लाह का इशारा है कि वह लश्कर से खुश नहीं है। दूसरा हमला 7 नवंबर, 2008 को किया गया था, लेकिन हमलावर समुद्र में भारतीय नौका को हथिया नहीं पाए और दोनों ओर से गोलियाँ चलीं। उसी मौके पर साजिद और रहमान ने स्वतंत्र रूप से डेनिश समाचार-पत्र पर हमले के बारे में बातचीत की, क्योंकि कार्यकर्ताओं में इन दो विफलताओं के कारण निराशा बढ़ती जा रही थी। जो भी हो, तीसरा हमला 26 नवंबर, 2008 को हुआ। यह हमला सफल था। साजिद ने हेडली को एस.एम.एस. भेजकर उसे टी.वी. पर मुंबई में हुई मारकाट देखने को कहा।

हेडली के बयान से यह साबित होता है, रहमान और साजिद, दोनों ने खास लक्ष्यों की रेकी के लिए उसका उपयोग किया। इसके साथ-साथ उन्होंने भारतीय मुजाहिदीन

को यह छूट दे दी कि वे अपनी सुविधानुसार जब चाहें, जिसे चाहें भारत में निशाना बना सकते हैं। उदाहरणस्वरूप, वाराणसी और हैदराबाद के हमले भारतीय मुजाहिदीन ने खुद तय किए, जो उनके हिसाब से उनका हिंदू उग्रवादियों को जवाब था, जबकि दिल्ली, मुंबई, जयपुर और पुणे के विस्फोटों का चुनाव लश्कर के हाफिज सईद और जकी-उर-रहमान लखवी के नियंत्रण में किया गया था।

एन.आई.ए. की रिपोर्ट के अनुसार, 'लश्कर का कोई बड़ा काम हाफिज सईद के अनुमोदन के बाद होता है। हेडली का कहना है कि हाफिज सईद को मुंबई हमले की पूरी जानकारी थी और वह उसके अनुमोदन के बाद ही किया गया था। हेडली कहता है कि हाफिज सईद दुनिया के सामने कभी स्वीकार नहीं करता, लेकिन भीतर से वह लश्कर के हर कदम की निगरानी करता है।' रिपोर्ट में हाफिज सईद की हिंदू उग्रवादियों के लिए नफरत का भी जिक्र आता है। अपनी मीटिंग में हाफिज सईद ने बाल ठाकरे (शिवसेना के नेता) का भी जिक्र किया और बताया कि उसने मुसलिम उडमा (राष्ट्र) का कितना नुकसान किया है। हेडली के अनुसार, इससे जाहिर होता है कि वह इस मामले में कोई कदम उठाना चाहता था। एक तीसरा लश्करी जिहादी, जो भारत बँगलादेश, नेपाल, मालदीव और यू.ए.ई. के माध्यम से भारत की खिलाफत करता रहा है, वह है रशीद अब्दुल्ला। पाकिस्तान में 18 अक्तूबर, 1977 को जनमा अब्दुल्ला इस समय गुलिस्तान कॉलोनी, फैजलाबाद, पाकिस्तान में रह रहा है। अब्दुल्ला बेंगलुरु, मुंबई विस्फोटों के अलावा फईम अरशद अंसारी के बीच का संपर्क सूत्र है। फईम अंसारी मुंबई का रहनेवाला है और लश्कर ने उसे शहर की 'रेकी' करने के लिए बहाल किया था। अंसारी को 10 फरवरी, 2008 को उत्तर प्रदेश में रामपुर पुलिस फोर्स पर हमला करने के लिए गिरफ्तार किया। किंतु 26/11 केस में मुंबई कोर्ट ने बरी कर दिया गया।

अब यह पूर्णतः स्पष्ट हो गया है कि 26/11 से पहले हाफिज सईद और नकवी-उर-रहमान आई.एस.आई. से मिलकर भारत के खिलाफ तीन अलग-अलग मोरचे खोले हुए थे, जिसके मुखिया अब्दुर रहमान, साजिद माजिद और रशीद रेहन अब्दुल अजीज थे। हेडली की पूछताछ के अनुसार, कराची प्रोजेक्ट का मुखिया रहमान है, जो एक अनुभवी भारत विरोधी जिहादी है। इन संगठनों का काम है, भारतीय मुसलमानों में असंतुष्ट नौजवानों को पकड़ना, उन्हें बरगलाकर आतंकवादी बनाना और फिर उन्हें भारत के विरोध में ही इस्तेमाल करना। हेडली रिपोर्ट कहती है। रहमान पहले भी भारत विरोधी हमलों में शामिल रहा है। जुलाई, 2006 में जब हेडली अमरीका में था, तब उसने टी.वी. में मुंबई के ट्रेन विस्फोटों को देखा था। वापस पाकिस्तान आने पर उसने साजिद और रहमान से उन हमलों के बारे में पूछा तो रहमान ने बताया कि उसे मालूम है कि उसमें जिनका हाथ है, वे स्थानीय लोग ही थे। रहमान के 'कराची प्रतिष्ठान' को

आई.एस.आई. का पूरा सहयोग प्राप्त था। कराची प्रोजेक्ट में आई.एस.आई. का कर्नल शाह, जो रहमान का भी बॉस था, पूरी तरह शामिल था। प्रोजेक्ट की मदद करनेवाला साजिद माजिद का ग्रुप है, जो गुजरात और महाराष्ट्र से रिक्रूट हुए नौजवानों को ट्रेनिंग के बाद समुद्री मार्ग से वापस पाकिस्तानी या भारत के मछली पकड़नेवाले के मछुआरों माध्यम से भेजता है। हेडली ने अबू याकूब को पहचानकर बताया कि वह लश्कर की टेबल यूनिट का सदर था और अपने कामों के लिए साजिद मीर को रिपोर्ट करता था। इससे साफ जाहिर है कि साजिद लश्कर का टॉप कमांडर था। वह हाफिज सईद के बेटे अब्दुल रहमान मक्की का व्यक्तिगत सहायक भी था। मुंबई हमले की नींव अप्रैल 2005 में रखी गई थी, जब मीर भारत आया था और 15 फरवरी, 2005 को हेडली ने अमरीका के फिलाडेल्फिया में अपना नाम दाऊद गिलानी से बदलकर हेडली रखा और उसी वर्ष मुंबई की 'रेकी' करने भारत आया। इसका अब लिखित सबूत मौजूद है कि 2002 से 2009 तक हेडली लाहौर में अब्दुल रहमान और साजिद माजिद की शार्गिदी में रहा, अलबत्ता बीच-बीच में उसने अमरीका की यात्रा की। हेडली ने भारत आकर रहमान और साजिद के लिए काम करने के साथ-साथ रहमान की यूनिट के लिए दिल्ली में नेशनल डिफेंस कॉलेज, रक्षा भवन, भारत के उपराष्ट्रपति का आवास, इंडिया गेट एवं पहाड़गंज और मुंबई में सी.बी.आई. तथा ऐई-अल-इजरायल एयरलाइंस के कार्यालयों की भी विस्तार से 'रेकी' की थी।

हेडली के अनुसार नेशनल डिफेंस कॉलेज, जहाँ अनेक विदेशी सैन्य अधिकारियों की ट्रेनिंग होती है, पर आतंकी हमले की योजना रहमान यूनिट ने 2009 में बनाई थी। रहमान न केवल भारत में आतंक फैलाता था, बल्कि अंतरराष्ट्रीय जगत् में भी आतंकी हमले करता था। डेनिश समाचार-पत्र का षड्यंत्र इसका उदाहरण है। अब्दुर रहमान अलकायदा के टॉप कमांडरों से सीधा संपर्क रखता था। उसका संपर्क इलियास कश्मीरी से भी था, जिसका ग्रुप पाकिस्तान में खूँखार ग्रुप माना जाता था। एन.आई.ए. की रिपोर्ट में कहा गया है कि 'अब्दुल रहमान कई बार ओसामा से मिल चुका है। उसने एक बार हेडली को बताया कि ओसामा-बिन-लादेन ने खुद उसके कराची प्रतिष्ठान को 'जेद-उल-फिदा' (फिदायीनों की सेना) का नाम दिया है', हेडली ने यह भी बताया कि अब्दुल रहमान ने उन आतंकियों में से एक को ट्रेनिंग दी, जिन्होंने अप्रैल 2004 में कश्मीर के श्रीनगर में शांति जनसभा पर हमला किया था। रहमान की पहुँच का अंदाजा उस बात से लगाया जा सकता है कि 2009 की गरमियों में वह मुंबई हमले के लिए गिरफ्तार किया गया और कुछ समय बाद छोड़ दिया गया। तब से वह भूमिगत है और सरकार के परदे के पीछे छुपा बैठा है।

पाकिस्तान बार-बार एफ.बी.आई. को रहमान से पूछताछ करने के लिए इनकार

करता रहा है। एफ.बी.आई. रहमान से अंतरराष्ट्रीय जिहाद और मुंबई हमलों में उसके रोल के बारे में उससे पूछताछ करना चाहती है। अंतरराष्ट्रीय दबाव के बावजूद पाकिस्तान का कहना है कि एफ.बी.आई. पूछताछ करने के बजाय प्रश्नों को लिखकर भेज दे तो वह रहमान के जवाब उसे वापस भेज देगा। सच तो यह है कि पाकिस्तान की लश्कर-ए-तय्यबा को बचाने की कोशिश का अब खुलेआम पर्दाफाश हो गया है, क्योंकि इसलामाबाद ने एफ.बी.आई. को पाकिस्तान आकर 26/11 के हमलों के सिलसिले में प्रतिबंधित ग्रुप के नेताओं (जिसमें हाफिज सईद, जकी लखवी और साजिद मीर शामिल हैं) की आवाजों के नमूने लेने तथा उनसे पूछताछ करने की इजाजत देने से इनकार कर दिया है। आवाज के नमूनों को लेकर पाकिस्तान की जिद, भारत की हताशा तब और उजागर हो गई, जब अमरीका की होमलैंड सुरक्षा की डिप्टी सेक्रेटरी जेन ल्यूट ने 12 जनवरी, 2011 को तत्कालीन गृहमंत्री चिदंबरम से मुलाकात की। मीटिंग के बाद जब वे चलने लगीं तो उन्होंने चिदंबरम से मजाक में पूछा कि पाकिस्तान से उसे मिलेगा क्या ? तो चिदंबरम का विनम्र जवाब था—आवाज के नमूने ! इसलामाबाद की प्रतिक्रिया को तब समझा जा सकता है, जब हम पाकिस्तान में लश्कर के काम-काज के विस्तार तथा उसके महत्त्व पर नजर डालें और देखें कि सैन्य बल पर चलनेवाली पाकिस्तान सरकार उसे कितना महत्त्व देती है। 'मूरीदके' में स्थिति आधारभूत प्रतिष्ठान जमात-उद-दवा और उसकी शाखाएँ, 'लश्कर-ए-तय्यबा' का पाकिस्तानी समाज में विनम्र रूप भी हैं। इन रूपों के माध्यम से वे समाज-सेवा करते भी नजर आते हैं। उदाहरणस्वरूप, पाकिस्तान में 8 अक्तूबर, 2005 में आए भूकंप के दौरान इन ग्रुपों को भूकंप के बाद घायलों की सेवा करते देखा गया था। लेकिन सेवाकार्य पूरा हो जाने पर वे बड़ी सफाई से जनता की नजरों से गायब हो गए। जिन अन्य विषयों पर पाकिस्तानी लोग खास तौर पर प्रभावशाली पंजाबी तबका हाफिज सईद और लश्कर के जिहाद पर निर्भर करते हैं, उनमें 'कश्मीर' की आजादी है, जिसके लिए वे चाहते हैं कि पाकिस्तानी जिहादी भारतीय सशस्त्र सेनाओं के मोरचे बनाए रखें। इन सब बातों को देखते हुए यह कोई आश्चर्य नहीं कि पाकिस्तानी राजनीतिज्ञ तथा जनरल परवेज मुशर्रफ जैसे डिक्टेटर भी खुलेआम यह स्वीकार करते पाए गए हैं कि 'लश्कर-ए-तय्यबा' के लिए पाकिस्तानी अवाम में जो सद्भावना है, उसे देखते हुए उनके खिलाफ काररवाई करना कठिन है।

मुंबई हमलों की जाँच-पड़ताल से यह तथ्य सामने आया है कि लश्कर-ए-तय्यबा ओसामा बिन लादेन के अलकायदा जैसा ही अंतरराष्ट्रीय सुरक्षा के लिए बड़ा खतरा है। आज अफगानिस्तान सीमा पर संयुक्त सेनाओं और अफगानिस्तान सेना से लड़ाई में लश्कर के जिहादी बराबर अलकायदा से संपर्क रख रहे हैं। लश्कर आज भी पंजाबी राष्ट्रवाद का सिरमौर के रूप में अमरीका, भारत और इजरायल की तथा बाधित

जिओनिस्ट ताकतों के खिलाफ इसलाम का अटूट गढ़ माना जाता है और यह भी सच्चाई है कि वे लश्कर के ही जिहादी थे, जिन्होंने 19 नवंबर, 2008 को पाकिस्तानी सेना के स्पेशल सर्विस ग्रुप के पूर्व अध्यक्ष मेजर जनरल अबीर फैसल अल्वी की हत्या कर दी थी, क्योंकि उसने वजीरस्तान के अंगूर अड्डे में आतंक विरोधी कारस्वाई में तालिबान और विदेशी भड़ैतियों के सफाए का अभियान चलाया था। इस केस में मेजर हारून, उसका छोटा भाई कैप्टन खुर्रम और 313 ब्रिगेड का इलियास कश्मीरी प्रमुख आरोपी थे। दिलचस्प बात यह है कि ये तीनों पूर्व एस.एस.जी. अधिकारी थे। इलियास कश्मीरी तो अक्तूबर, 2005 में पाकिस्तानी प्रेसीडेंट परवेज मुशर्रफ की हत्या करने में संभावित अपराधी माना जाता है।

जिहादी ग्रुपों के बीच संपर्क तो और भी पेचीदा हो जाते हैं, जब हम पाते हैं कि हेडली, उसका शिकागो का दोस्त तहव्वुर राना, मेजर हारून, कैप्टन खुर्रम और मेजर साजिद मीर–सभी पंजाब में अटोक स्थित प्रसिद्ध हसन अबदन कैडेट कॉलेज के सहपाठी थे और याहू के 'अडालियंस' नामक सोशल ग्रुप में इसलाम के जिहादी सदस्य हैं। जिहादियों के इस अंतरराष्ट्रीय जाल की एक झलक भारत के एक प्रमुख सीरियल बम–विस्फोट में दिखाई दी थी। 2006 में हुए मुंबई ट्रेन विस्फोट की जाँच में पता चला कि इसमें अलकायदा, कराची के व्यापारियों तथा माफिया–आकाओं का हाथ है। जो भी हो, एक विस्फोट अब भी रह गया है, जिसका सुराग नहीं मिल पाया है। जाँच–पड़ताल में पहले अंतरराष्ट्रीय जिहादी आंदोलन का हाथ माना गया, पर बाद में दिसंबर 2010 में असीमानंद के सी.बी.आई. कोर्ट में दिए गए बयानों से शक की सूई अब हिंदू उग्रवादी ग्रुप पर टिक गई, लेकिन अभी तक यह नहीं पता चल पाया है कि समझौता एक्सप्रेस में किसने विस्फोट किया था?

18 फरवरी, 2009 को समझौता एक्सप्रेस, जो नई दिल्ली से लाहौर सप्ताह के दिन चलती है, में पानीपत के दिवाना स्टेशन के निकट रात 11.53 बजे सिलसिलेवार बम विस्फोट हुए। अड़सठ लोग, जिसमें अधिकांश पाकिस्तानी नागरिक थे, मारे गए। ट्रेन लाहौर जा रही थी। तीन बम रखे गए थे, जिनमें दो में विस्फोट हुए। एक बम रेलवे लाइन पर मिला, जिसे डिफ्यूज किया गया। बमों को बनाने में इस्तेमाल हुए सूटकेस पाइप इंदौर के कोठारी मार्केट से 14 फरवरी, 2007 को खरीदे गए थे, टाइमर क्लॉक आदि चाँदनी चौक की होलसेल मार्केट से खरीदी गईं और प्लास्टिक बोतलें, जिन कागजों में लपेटी गई थीं, वे अलीगढ़ से निकलनेवाले हिंदी अखबार के पन्ने थे। कुछ दिनों तक जाँच दलों को कोई अनुमान नहीं मिल पाया कि बम बनानेवाले ट्रेन पकड़ने के लिए पुरानी दिल्ली तक किस मार्ग से पहुँचे या बम कहाँ बनाए गए थे? पकड़े गए भारतीय मुजाहिदीन के आतंकियों ने जब समझौता एक्सप्रेस में विस्फोट के बारे में कोई

जानकारी नहीं दी तो भारतीय पुलिस और सुरक्षा एजेंसियों ने अभिनव भारत और वंदे मातरम् जैसे हिंदू ग्रुपों पर ध्यान केंद्रित किया। 23 अक्तूबर, 2010 को राजस्थान पुलिस ने 11 अक्तूबर, 2007 को अजमेर दरगाह में हुए बम विस्फोट के लिए अभिनव भारत के खिलाफ चार्जशीट दाखिल की और उसे 18 मई, 2007 में हुए मक्का मसजिद विस्फोट से जोड़ दिया। यह तो असीमानंद की स्वीकारोक्ति थी, जिसके बाद सुरक्षा एजेंसियों ने समझौता एक्सप्रेस के विस्फोट के लिए हिंदू ग्रुप पर ध्यान देना शुरू किया। असीमानंद ने बताया कि षड्यंत्रकारियों में से एक सुनील जोशी ने बम विस्फोट के बाद बताया कि बम विस्फोट में उसका ग्रुप शामिल था। असीमानंद का हिंदी में दिया गया बयान कहता है, 'लेकिन मैंने उससे (सुनील जोशी) कहा कि यह (समझौता एक्सप्रेस बम विस्फोट) काम तो पाकिस्तान और आई.एस.आई. का लगता है। सुनील ने कहा मुसलमान दूसरे मुसलमान को कैसे मार सकता है।' जिनके जवाब मैंने कहा, 'लेकिन यह पाकिस्तान में तो रोज ही हो रहा है।' सुनील ने जवाब नहीं दिया।

मालेगाँव (2008) और अजमेर (2007) तथा मक्का मसजिद को अभिनव भारत से जोड़ने के संपर्क सूत्र तो मिले हैं, लेकिन उसके समझौता एक्सप्रेस हमले में शामिल होने के सबूत बहुत ही कमजोर हैं। मामला और भी उलझ गया, जब प्रमुख षड्यंत्रकारी सुनील जोशी, जो संघ का पूर्व सदस्य है, को 29 दिसंबर, 2007 को मध्य प्रदेश के देवास शहर में मार दिया गया और एक अन्य षड्यंत्रकारी टामजी कलसंगरा तब से गायब हो गया। मार्च 2011 में म.प्र. पुलिस ने वंदे मातरम् ग्रुप की मुखिया प्रज्ञा सिंह पर सुनील जोशी की हत्या का चार्ज लगाया। जो भी हुआ हो, आंतरिक सुरक्षा प्रतिष्ठान के एक विभाग ने समझौता एक्सप्रेस तथा 2006 के मुंबई ट्रेन विस्फोट के पीछे एक बड़े षड्यंत्र के होने से इनकार नहीं किया है और यह शक की सूई लश्कर को छोड़कर दूसरे ही लोगों पर इशारा करती है। दिल्ली स्थित अमरीकी दूतावास में आर्थिक मामलों के उपमंत्री जॉन फेनर्टी द्वारा भारत के मंत्रालय में के.जी. कृष्णन को 16 जनवरी 2009 को लिखे गए पत्र तो केस को और भी गूढ़ बना देता है। इस पत्र में जॉन फेनर्टी ने बताया कि अमरीकी सरकार संयुक्त राष्ट्र की सुरक्षा परिषद् की 1267 सेंगशस कमेटी से निवेदन करने जा रही है कि वह ओसामा बिन लादेन, तालिबान और अलकायदा से जुड़े हुए लोगों की सूची में पाँच नाम और जोड़ने जा रही है। ये पाँच नाम हैं—आरिफ कसमानी, हाफिज अब्दुल रहमान मक्की, नासिर जावेद, मोहम्मद याह्या मुजाहिद और फजील शेख अबू मोहम्मद अमीन अल पेशावरी। इनमें भारतीय सुरक्षा एजेंसियों की विशेष दिलचस्पी कसमानी में है, क्योंकि कराची के रहनेवाले इस करोड़पति का नाम 2006 में हुए मुंबई ट्रेन विस्फोट, 2007 के समझौता एक्सप्रेस के विस्फोट तथा 26/11 को हुए मुंबई हमले में मुख्य आर्थिक मददगार के रूप में सामने आया है। गृह मंत्रालय के माध्यम से आई.बी. ने अमरीका से

इसके सूत्रों की पुष्टि करने को कहा है, पर अभी तक जवाब का इंतजार है। इन तथ्यों को देखते हुए समझौता एक्सप्रेस के जाँचकर्ताओं ने अमरीकी जानकारी पर भरोसा करके असीमानंद की स्वीकारोक्ति के बाद जाँच के मार्ग में परिवर्तन कर दिया। पत्र में एक बैक ग्राउंड नोट भेजते हुए कहा गया है कि कसमानी लश्कर के बाहरी संगठनों से सौदेबाजी का प्रमुख 'कोआर्डीनेट' है। उसने लश्कर की आतंकी काररवाइयों में बड़े पैमाने पर मदद की है। कसमानी ने स्वीकार किया कि उसने नवंबर 2008 के हमलों में रोल अदा किया। उसने विशेष रूप से जिहादियों की बहाली और उनके प्रयोग करने में सहायता की। नोट में कहा गया, 'कसमानी ने आतंकी हमलों में लश्कर का साथ दिया। इनमें मुंबई 2006 ट्रेन बम विस्फोट तथा पानीपत में समझौता एक्सप्रेस बम विस्फोट शामिल है।' कसमानी ने दाऊद इब्राहीम से पैसा लेकर मुंबई विस्फोटों को अंजाम दिया और 2005 लश्कर के नाम पर पैसों की उगाही की। नोट में यह भी कहा गया कि कसमानी ने अलकायदा को भी पैसा दिया, ताकि 2006 में विस्फोटों के बाद विदेशी भड़ेतों का उनके अपने देश जाने का इंतजाम हो सके। 2004 और 2006 के बीच कसमानी ने अफगानिस्तान में लड़ाकुओं के रसद और हथियारों को मुहैया कराया। कसमानी की सहायता के लिए अलकायदा ने उसे जुलाई 2006 में रेल विस्फोटों तथा फरवरी 2007 में समझौता एक्सप्रेस के बम विस्फोटों के लिए जिहादियों का इंतजाम करके मदद की।

नई दिल्ली को दाऊद इब्राहीम का 2006 के मुंबई ट्रेन कांड में का हाथ है या नहीं, इसका सबूत अब तक भले ही न मिल पाया हो, लेकिन पैंसठ वर्षीय आरिफ कसमानी के बारे में काफी जानकारी है, क्योंकि 2005 से उसकी नजर कसमानी पर रही है। कसमानी मेमन समुदाय का गुजराती नागरिक है। कराची की टीपू सुल्तान रोड स्थित के.डी.ए. स्कीम में रहता है। उसने लश्कर और अलकायदा को एक-दूसरे से जोड़ने में काफी पैसा खर्च किया। लेकिन जब उसने लश्कर को भारत विरोधी आंदोलन जैसे प्रमुख उद्देश्य से हटाने के प्रयास किए तो आई.एस.आई. ने इसका विरोध किया। लिहाजा कसमानी ने 'खैरट-ए-उन्नस' नाम से एक नया संगठन बनाया, जिसका काम भारत के विरोध में हमले करने के साथ-साथ अफगानिस्तान और मध्य-पूर्वी देशों में अपनी मुहिम चलाना था। लेकिन उसका यह प्रयास विफल रहा। कसमानी के कराची स्थित संगठन का पूरा ब्योरा निजामाबाद के मोहम्मद अब्दुल रजाक ने दिल्ली पुलिस और सुरक्षा एजेंसियों को दिए बयान में किया। मोहम्मद रजाक को हैदराबाद में इसलामी जिहादियों ने बहाल किया। उसे जम्मू-कश्मीर तथा पाकिस्तान में प्रशिक्षित किया और कुछ समय के लिए अलकायदा के अफगानिस्तान की लड़ाई में इस्तेमाल किया। 2001 में रजाक आरिफ कसमानी के दफ्तर में काम करता था। कसमानी तालिबान आंदोलन के संस्थापक सदस्य विनोरी मदरसा के मुख्ती निजामुद्दीन शमजई के संपर्क में था।

चूँकि लश्कर ओसामा-बिन-लादेन की 1998 की घोषणा पर हस्ताक्षर करनेवाला सदस्य था, इसलिए उसने कसमानी की मदद से अफगानिस्तान में बड़े पैमाने पर हथियारों और जिहादियों को भेजना शुरू कर दिया। रजाक ने भारतीय पुलिस को बताया कि पाकिस्तान की पाक-अफगान सीमा पर स्थित तालिबान यूनिट को जानेवाली रसद के साथ वह भी गया था और वहाँ उसने एक महीने की ट्रेनिंग भी ली थी। 9/11 के हमले के बाद जब अमरीकी सेना अफगानिस्तान में घुसी, आई.एस.आई. ने सभी लश्करी जिहादियों को वहाँ से हटाकर भारत की ओर भेज दिया। यह काररवाई मुंबई हमले के बाद मुशर्रफ की चौसर की चालाक काररवाई थी। 2002 में गोधरा कांड के बाद गुजरात दंगों को देखते हुए रजाक वापस दुबई चला गया। यह पता नहीं चल पाया कि रजाक ने भारत के विरोध में काम करने से इनकार क्यों किया, पर इतना जरूर हुआ कि उसने लश्कर से अपना नाता तोड़ लिया और इराक में अमरीकी सेना के खिलाफ लड़ने चला गया। इराक पुलिस ने उसे ईरान-इराक सीमा पार करते समय पकड़कर भारतीय सुरक्षा एजेंसियों के हवाले कर दिया।

रजाक की कहानी से अंदाजा लगाया जा सकता है कि लश्कर की पहुँच लगभग पूरी दूनिया में थी और इसका श्रेय उसके रशीद अब्दुल अजीज रहमान अब्दुल्ला जैसे वरिष्ठ कमांडरों को है, जो बँगलादेश, नेपाल, मालदीव और यू.ए.ई. में उस प्रतिबंधित दल की काररवाइयों को सफलतापूर्वक अंजाम देता है। वह साजिद मीर की तरह ही मुजम्मिल बट को रिपोर्ट करता है। लश्कर के इस व्यापक चक्र के संपर्क सूत्रों को जानने के लिए हमें रेहन अब्दुल्ला के शार्गिद अरशद अंसारी की यात्राओं पर नजर डालनी होगी, जिसे 26/11 के मुंबई विस्फोट कांड से कोर्ट ने बरी कर दिया। 10 फरवरी, 2008 को उ.प्र. पुलिस द्वारा पकड़े जाने तक अंसारी ने अब्दुल्ला के आदेश पर मुंबई के मशहूर स्थलों की विस्तार से 'रेकी' कर ली थी।

भारत का डेविड कोलमेन हेडली

फहीम का जन्म 6 सितंबर, 1973 को मुंबई गोरेगाँव (पश्चिम) स्थित चाल नं. 303 में हुआ। उसके माँ-बाप मोहम्मद और सालेहा यूसुफ अंसारी थे। फहीम ने मैट्रिक की परीक्षा पास करके अपने बड़े भाई की कागज के 'एनवलप' बनानेवाली फैक्टरी में 4000 रुपए के वेतन पर काम करना शुरू किया। लेकिन जल्दी ही उसे छोड़कर उसने 'कॉल सेंटर' के ड्राइवर का काम पकड़ा। उसका मन दुबई जाकर पैसा कमाने पर लगा हुआ था, क्योंकि उसका बड़ा भाई वहाँ अल्बहद प्रिंटिंग प्रेस में काम करता था। उसकी मदद से फहीम जून 2005 को भारतीय पासपोर्ट पर 'गल्फ' पहुँच गया। उसी प्रेस में उसे 1200 दिरहाम के वेतन पर नौकरी मिल गई, जहाँ उसकी पाकिस्तान, बँगलादेश और

ईरान से आए लोगों से मुलाकात हुई। उसने दिसंबर 2006 तक प्रेस में काम किया और जल्दी ही उसपर ओसामा बिन लादेन का भूत सवार हो गया, जो मुसलमानों के एक धड़े के लिए अमरीका जैसे ताकतवर देश पर 9/11 को हमला करनेवाला एक 'हीरो' बन गया था। उसके रोमांस में फहीम इतना पागल हो गया कि खुद उसके जैसी दाढ़ी रखने लगा।

फहीम के भारतीय दौरों में से एक के दौरान उसके एक रिश्तेदार इमरान शेख ने उसकी भेंट सामी अहमद से करवाई, जिसे 2006 में कर्नाटक पुलिस ने गोरेगाँव के होटल में पकड़ा था। हैदराबाद का रहनेवाला सामी पाकिस्तान प्रशिक्षित लश्कर का जिहादी था। इसे जिहाद का रोमांस कहें या 'गल्फ' के सलाफी का प्रभाव, फहीम ने पाकिस्तान में ट्रेनिंग लेने की इच्छा जताई और सामी को अपने दुबई के भाई का नंबर देकर आगे बात करने को कहा। सामी अहमद ने फहीम से अपनी नौकरी तब तक जारी रखने को कहा, जब तक कि जिहादी ट्रेनिंग के लिए उसका पाकिस्तान जाने का प्रोग्राम नहीं बन जाता। 2006 की फरवरी में फहीम अंसारी को पाकिस्तान से कॉल मिला। कॉल करनेवाले ने अपना नाम लश्कर का रेहम अब्दुल अजीज बताया। उसने फहीम से जिहाद के बारे में उसकी दिलचस्पी संबंधी पूछताछ की। अजीज ने फहीम का पूरा ब्योरा लिया और उससे मिलने दुबई पहुँचा। फहीम की कहानी और उसके परिवार की आर्थिक स्थिति जान लेने के बाद उसने फहीम से वायदा किया कि वह अगले दस दिनों के भीतर ही उसे दुबई से बुला लेगा और उसके परिवार की आर्थिक सहायता भी करेगा। अजीज ने फहीम को कराची स्थित अपने लश्करी सहयोगी का नंबर दिया, जिसका नाम जसीम था, जिससे बाद में उसके संपर्क बने रहे। बाद में 2008 के बेंगलुरु सीरियम ब्लास्ट के आरोपी सरफराज नवाब ने खुलासा किया कि लश्कर का 'इसरो' के शीर्ष अधिकारी माधवन नायर सहित चार अंतरिक्ष वैज्ञानिकों पर हमले का जो प्लान था, उसके पीछे जसीम का हाथ था।

दिसंबर 2006 फहीम को जसीम का पाकिस्तान जाने का निर्देश मिला। दूसरे भारतीय असंतुष्ट युवकों की तरह वह अधिकृत पाकिस्तान भागने की जल्दी में लाहौर या कराची हवाई जहाज से नहीं गया, बल्कि उसने लश्कर के यू.ए.ई., ओमान और इरान स्थित सरगनों की मदद एक लग्जरी बस से मकरान कोस्टल हाईवे होता हुआ कराची पहुँचा और उसे अपने लक्ष्य मुजफ्फराबाद के बैतूल मुजाहिदीन कैंप पहुँचने में उसे तीन महीने लग गए। कैंप में कच्चे-पक्के रूप में ऑफिस, मसजिद, होस्टल, एकाउंट्स डिपार्टमेंट, अस्पताल और शस्त्रालय हैं। कैंप में मुजम्मिल बट्ट और अबू कहवा ने उसकी पृष्ठभूमि की जानकारी विस्तार में ली, ताकि भारत में उसे तसदीक किया जा सके कि वह सब सही है। कैंप में अन्य लश्करी नेताओं में जकी-उर-रहमान, अबू अल कामा, अबू तल्हा और फहीम को भरती करनेवाला अब्दुल अजीज मौजूद थे। अधिकांश प्रशिक्षण केंद्र घने जंगलों में स्थित थे, जिनके नाम थे—अक्सा, उमल कुरा, अब्दुल्ला बिन मसूद और शहीद

गली। अगले छह महीनों नवंबर 2007 तक फहीम ने जो बुनियादी ट्रेनिंग प्राप्त की, वे हैं—दौरा-ए-आम, एडवास ट्रेनिंग, दौरा-ए-खास, और दौरा-ए-रिबत, जिसमें प्रोपेगैंडा, जासूसी एकत्रीकरण, बहाली और एजेंट्स को सँभालना, तोड़-फोड़, 'रेकी' करना, खबर देना और एजेंटों को खबरों से महरूम करना, गुप्त मीटिंग का रिकॉर्ड रखना, नियमित संचार और विस्फोटकों की जानकारी। वह कमांडो ट्रेनिंग की कठोरता सह नहीं पाया, इसलिए उसे छोड़कर उसने लश्कर के विस्फोटकों के काबिल नेता अबू कहवा के तहत देसी बम, जिसमें लीड एजाइड, सिलवर एजाइड, मरकरी, फल्मीनेट और हैक्सामिन पेरोक्साइड जैसे स्थानीय रूप उपलब्ध होनेवाले केमिकल्स इस्तेमाल होते हैं, बनाना सीख लिया। एसाल्ट राइफिल 'पीका गन' और विस्फोटक ग्रेनेड की ट्रेनिंग के साथ-साथ नए रिक्रूटों को जिहाद की मजहबी घुट्टी पिलाकर जिहाद को तफसील से समझाया जाता था। 26/11 के हमले के बाद फहीम ने पुलिस को बताया कि हाफिज सईद ने कैंप में आकर रिक्रूटों को जिहाद के महत्त्व पर भाषण दिया था। ट्रेनिंग का स्तर पाकिस्तानी सेना को दिए जानेवाले स्तर के बराबर था। इसमें कमांडो को जिंदा रहने की ट्रेनिंग शामिल थी। ट्रेनिंग देनेवाले सादी पोशाक में पाकिस्तानी सेना के अफसर थे।

ट्रेनिंग की समाप्ति के बाद उसे अबू अजर का कोड नाम दिया गया और आगे के आदेश के लिए उसे मुजम्मिल बट्ट और अबू कहवा के पास भेज दिया गया। कहवा ने 'गूगल अर्थ एप्लीकेशन' के बाद मुंबई का नक्शा खोल दिया और फहीम से मुंबई के स्थलों में प्रमुख स्थलों को बताने के लिए कहा। ये स्थल थे—पुलिस कमिश्नर और डी.जी.पी. का ऑफिस, गेट वे ऑफ इंडिया, ताजमहल होटल (मुख्यमंत्री का कार्यालय), बॉम्बे स्टॉक एक्सचेंज, सहर और सांटाक्रूज हवाई अड्डे, रिलायंस एनर्जी बिल्डिंग, ट्रांबे स्थित भाभा एटोमिक रिसर्च सेंटर। मीटिंग के दौरान फहीम से सहर अंतरराष्ट्रीय अड्डे की दीवार की ऊँचाई इस उद्देश्य से पूछी गई कि क्या उतरते-चढ़ते जहाज पर किसी नजदीकी बिल्डिंग से हमला किया जा सकता है ? जाहिर था कि 2008 की मुंबई हमले की तैयारी जोर-शोर से शुरू हो चुकी थी। इसी सिलसिले में अनेक जिहादियों को शहर के अनेक लक्ष्यों की 'रेकी' के लिए भेजा जा रहा था।

फहीम के भारत जाने से पहले मुजम्मिल बट्ट उससे मिला और उसे मुंबई के एक सर्बन में खड़ी सादी वैन में रखे हथियारों की डिलीवरी लेने का आदेश दिया। अबू हमजा ने फहीम के लिए हमद हसन, पुत्र बशीर हसन, निवासी रावलपिंडी के फर्जी नाम पर साहिल पावस्कर के नाम से विजिटिंग कार्ड बनवाया, जिसमें लिखा था—स्टोर असिस्टेंट, थार्मिस मेडीकेअर, हरिद्वार और दूसरा था—स्टोर असिस्टेंट, नावेल्टी एक्सपोर्ट ऐंड इंपोर्ट्स, न्यू लिंक रोड, मुंबई। फहीम ने 14 नवंबर, 2007 को कराची से लाहौर जानेवाली फ्लाइट पकड़ी और दूसरे दिन वहाँ से काठमांडू (नेपाल) पहुँच गया। वहाँ वह काठमांडू के

हिप्पियों से भरे क्षेत्र थमेल स्थित एक होटल में रुका, जहाँ उसने पाकिस्तानी आइडेंटिटी को नष्ट कर और साहिल पावस्कर बनकर नेपाल के रूपेनदेही जिले में भैरावाहा से सुनौली होते हुए सीमा पार कर गोरखपुर पहुँचा, पर इस डर से कहीं स्थानीय पुलिस को पता न लगा हो, वह वापस नेपाल भाग गया। वहाँ उसने अबू हमजा से बात की, जिसने अपने लोकल कॉण्टेक्ट से फहीम की मदद करने को कहा। यह कॉण्टेक्ट सबाउद्दीन अहमद था, जो नेपाल में लश्कर का प्रमुख था और जो 1 जनवरी, 2008 में उत्तर प्रदेश के रामपुर के सी.आर.पी.एफ. तथा शस्त्रागार के हमले का प्रमुख आरोपी था। इस हमले में लश्कर-ए-तय्यबा के भारी हथियारों से लैस आतंकियों ने हमला किया था, जिसमें आठ सुरक्षा सैनिक मारे गए थे। फहीम ने सबाउद्दीन थुराया के सेटैलाइट फोन के जरिए मुजम्मिल बट्ट से बात की तो उसे आदेश मिला कि वह बिहार में रक्सौल-बीरगंज सीमा से भारत में प्रवेश करे। बट्ट ने फहीम को नया दुबई नंबर तथा इ-मेल आई.डी. दिया, ताकि वह उससे संपर्क में रह सके।

फहीम 24 नवंबर, 2007 को पटना पहुँचा और दो दिन बाद मुंबई के लिए रवाना हो गया। जैसा कि मुजम्मिल बट्ट ने आदेश दिया, उसने रहने के लिए साहिल पावस्कर के नाम से दो आवास किराए पर लिये, एक मुंबई के सर्बन में और दूसरा दक्षिणी मुंबई में। उसने दो मोबाइल नंबरों के अलावा अपने नाम का एक नया इ-मेल अकाउंट भी खोल लिया। उसने भिंडी बाजार स्थित एक ड्राइविंग लाइसेंस स्कूल के मालिक से समीर शेख के नाम से फर्जी कागजात के आधार पर फोर व्हीलर ड्राइविंग लाइसेंस भी बनवा लिया। उसे यह लाइसेंस तीन ए.के.-47 राइफल, पंद्रह मैगजीन और पंद्रह हैंड ग्रेनेड को लेने के लिए चाहिए था और यह सामान उसे ग्रांट रोड स्थित फहीम की चाल में रखना था। हथियारों की यह डिलीवरी कभी हो नहीं पाई और फहीम ने कंप्यूटर सीखने के लिए मुंबई के कोर्ट एरिया स्थित 'सोक्ट प्रो' में दाखिला ले लिया। बट्ट के आदेशों के अनुसार फहीम हमले के संभावित इलाकों का बराबर रेकी करता रहा। ये इलाके थे—हाजी अली मसजिद, महालक्ष्मी रेस कोर्स, रेलवे स्टेशन, ब्रीच कैंडी अस्पताल, अमरीकी कॉन्सुलेट, सी.एस.टी., ताजमहल होटल। फहीम ने इन तमाम जगहों के विस्तृत नक्शे तैयार किए थे, जिसमें इनके पास के इलाके में जाने और निकलने के रास्ते दिखाए गए थे।

8 जनवरी, 2008 को हुए सी.आर.पी.एफ. हमले के बाद गोविंदी में एक बुद्धिस्ट मॉन्क की हत्या के परिणामस्वरूप पुलिस ने ग्रांट रोड इलाके में पुलिस जाँच-पड़ताल शुरू कर दी। फहीम इसी इलाके में रहता था। दूसरे ही दिन फहीम को मुंबई को तुरंत छोड़ने और नेपाल जाकर सबाउद्दीन से मिलने को कहा गया। फहीम अवध एक्सप्रेस पकड़कर गोरखपुर पहुँचा, जहाँ से उसने भारत-नेपाल सीमा पार की और 13 जनवरी, 2008 को काठमांडू पहुँच गया। वहाँ उसे सबाउद्दीन मिला, जिसने उसे सेटैलाइट फोन

के माध्यम से मुजम्मिल बट्ट से संपर्क कराया। बट्ट ने शस्त्रों की डिलीवरी के लिए फहीम से सबाउद्दीन से संपर्क बनाए रखने को कहा और आदेश दिया कि अब वह मुंबई में हमले की शुरुआत करे। लेकिन उनकी इस बातचीत को भारतीय जासूसी एजेंसी ने इंटरसेप्ट कर लिया और नेपाल इंटेलिजेंस की मदद से सबाउद्दीन और फहीम दोनों को सीमा पार करके भारत लाया गया और गिरफ्तार कर लिया गया। पूछताछ के दौरान सबाउद्दीन ने जानकारियों का पिटारा ही खोल दिया, जिसमें उसने रामपुर हमले में अपनी भागीदारी के अलावा लश्कर-ए-तय्यबा के जिहादियों के नेपाल के जरिए भारत में घुसने के प्लान को स्वीकार किया।

लेकिन विडंबना यह देखिए कि महाराष्ट्र पुलिस ने कोई भी दिलचस्पी नहीं दिखाई। होना तो यह चाहिए था कि महाराष्ट्र पुलिस उन्हें हिरासत में लेकर उनसे मुंबई 'मिशन' के बारे में कड़ी पूछताछ करती, लेकिन उसने दोनों लश्करी आतंकियों से पूछताछ तक नहीं की। महाराष्ट्र पुलिस की उदासीनता इसी तथ्य से पता चलती है कि फहीम ने अपना पहला बयान 18 दिसंबर, 2008 को दिया, जब 26/11 के हमले में 166 मासूम लोग अपनी जान गँवा चुके थे। सबाउद्दीन का बयान भी मुंबई पुलिस ने 20 दिसंबर, 2008 को लिया। बाद में पुलिस ने दोनों को 26/11 हमले के लिए 'चार्ज' किया, लेकिन बाद में कोर्ट ने उन्हें छोड़ दिया। फहीम की कहानी अभी खत्म नहीं हुई है, क्योंकि पाकिस्तान सरकार ने अब भारत पर सवाल उठाया है कि फहीम से पूछताछ इस उद्देश्य से की गई, ताकि यह साबित किया जा सके कि 26/11 के हमले के दौरान जिहादियों को हाफिज सईद के आदमियों के अलावा स्थानीय सहयोग भी था। सबाउद्दीन ने भी फहीम द्वारा दिए गए पाकिस्तान में भारत विरोधी काररवाइयों से मुफालिक बयान को तसदीक किया। हाफिज सईद पर बनाए गए भारतीय डोसियर के अनुसार सबाउद्दीन को पाकिस्तान के लाहौर इसलामाबाद हाईवे पर स्थित मुरदिके के लश्कर-ए-तय्यबा के मुख्यालय ले जाया गया, जहाँ वह करीब साढ़े तीन महीने तक सुरक्षित घर में मार्च 2003 के मध्य तक रहा। डोजियर के अनुसार, जब हाफिज सईद को 'हाउस एरेस्ट' (भारतीय संसद् पर 13 दिसंबर, 2001 के हमले में लश्कर तथा उसके शामिल होने के कारण) से रिहा किया तो उसने लाहौर के मोरी दरवाजा पर विशेष नमाज अदा की। सबाउद्दीन ने वहाँ हाफिज सईद को पहली बार देखा था और मिलने के बाद उसने बताया कि वह उसके उपदेशों से बहुत प्रभावित हुआ।

पाकिस्तान सुप्रीम कोर्ट ने 25 मई, 2010 में लाहौर हाई कोर्ट के फैसले को बरकरार रखते हुए जमाद-उद-दवा के प्रमुख नेता हाफिज सईद को 26/11 के हमलों में पर्याप्त सबूत न होने के कारण 'हाउस अरेस्ट' से आजाद कर दिया। इसलामाबाद हाफिज सईद और उसके लश्करी कमांडरों से पूछताछ करने की भारत की माँग को लगातार रद्द करता रहा है। पाकिस्तानी सेना और आई.एस.आई. के अलावा पाकिस्तान के पंजाब जैसे समृद्ध

सूबे पर उसके प्रभाव और रुतबे देखते हुए पाकिस्तान की इस हरकत से कोई आश्चर्य नहीं होना चाहिए। हाफिज सईद को कोई खतरा है तो वह तहरीक-ए-तालिबान (टी.टी.पी.) से है, जिसने हाफिज पर पिछले वर्ष मुजफ्फराबाद में आत्मघाती हमला भी किया था। वक्त से पहले ही इस हमले की खबर लग गई और हमले में वे ही लोग मारे गए, जो उसे मारने आए थे। इस हमले के बाद ही हाफिज सईद ने पाकिस्तान में आत्मघाती हमलों के खिलाफ फतवा जारी कर दिया। सईद लाहौर की सुरक्षा में रहता है, क्योंकि उसे सबसे ज्यादा डर टी.टी.पी. से ही लगता है। हाफिज की शैतानी करतूतों को देखते हुए होना तो यह चाहिए था कि पाकिस्तान में उसे शैतान का दर्जा देकर उसका बहिष्कार किया जाता, किंतु उसके विपरीत पाकिस्तान में उसे एक समाज-सेवी और राष्ट्रवादी के रूप में देखा जाता है। उसकी पुष्टि इस तथ्य से उजागर होती है कि 14 मई, 2010 को रावलपिंडी आर्मी कोट एक सैनिक समारोह में सेना के नए जनरल ऑफिसर कमांडिग ले. जनरल खालिद नवाज की नियुक्ति पर उसे सम्मानित करने के लिए हाफिज सईद को बुलाया गया था। पूरे समारोह में एक वही गैर फौजी आदमी था, जिससे मिलने के लिए सभी लोग आतुर थे। हाफिज ने इस मौके पर जनरल नवाज और जनरल नदीम ताज के साथ काफी समय गुजारा। नदीम ताज आई.एस.आई. का पूर्व अध्यक्ष तथा एक समय में जनरल परवेज मुशर्रफ का विश्वासी सहयोगी था।

रावलपिंडी आर्मी कोर के मातहत पाकिस्तान अधिकृत कश्मीर और पंजाब आता है। हाफिज सईद प्रधानमंत्री नवाज शरीफ तथा उसके भाई शहबाज शरीफ से अच्छे संबंध रखता है। 14-15 जून, 2010 में वह पाकिस्तान के पूर्व प्रधानमंत्री नवाज शरीफ और उसके भाई के यहाँ मेहमान रह चुका है। पंजाब को बाँटकर सेराकी सूबा बनाने के विरोध में वह नवाज शरीफ का साथ देता है। दरअसल, सेराकी सूबा बनाने के पीछे पी.पी.पी. के नेता आसिफ अली सरदारी का हाथ है। पी.एम.एल.एन. और जे.यू.डी. प्रतीकस्वरूप एक परिवार है, क्योंकि जे.यू.डी. का हाफिज सईद और पी.एम.एल.एन. नवाज शरीफ को प्रधानमंत्री बनाने की मुहिम एक साथ चलाते रहे हैं। सईद के प्रभाव का असर केवल भारत पर ही नहीं पड़ा है, बल्कि उसका रुतबा जलालुद्दीन हक्कावी नेटवर्क और आई.एस.आई. को उस प्रयास में भी जोड़ता है, जिसके अंतर्गत अफगानिस्तान में पाकिस्तानी हाथ से हमेशा इनकार किया जाता है। 26/11 के बाद की अफरा-तफरी में भी सईद को नाम के लिए साडियाला जेल में रखा गया और पाकिस्तान को उसके ग्रुप जे.यू.डी. को जो गैर-कानूनी घोषित करना था, वह केवल बात ही रह गई, नोटिफिकेशन कभी निकला ही नहीं।

□

13 फरवरी, 2010 का जर्मन बेकरी बम विस्फोट और भारतीय मुजाहिदीन की वापसी

24 मई, 2010 को दुबई से मंगलौर आनेवाली एयर इंडिया की फ्लाइट चूँकि दो घंटे विलंब से चल रही थी, इसलिए फ्लाइट के यात्री अब्दुल सईद मोहम्मद जरार सिद्धीबापा ने भारत में अपने चाचा याकूब शमसुद्दीन को सुबह 4.30 बजे ही फोन करके बता दिया, ताकि उसे वाजपे एयरपोर्ट पर व्यर्थ में रुकना न पड़े। लेकिन सुबह 11.30 बजे जब फ्लाइट मंगलौर के वाजपे हवाई अड्डे पर उतरी तो शमसुद्दीन ने अपने 22 वर्षीय भतीजे को ढूँढ़ता ही रह गया। उसका कोई अता-पता ही नहीं था। शमसुद्दीन चिंता में पड़ गया। कर्नाटक पुलिस पहले से ही अब्दुल समद के बड़े भाई यासीन अहमद जरार सिद्दीबापा को लेकर उससे पूछताछ करती आ रही थी, क्योंकि पुलिस को उसके आतंकी गतिविधियों में शामिल होने का संदेह था। कई घंटे बाद भटकल में रह रही अब्दुल समद की माँ रेहाना के पास मुंबई से फोन आया, जिसमें कहा गया कि उसके बेटे को पुणे स्थित जर्मन बेकरी बम कांड के संदिग्ध प्रमुख आरोपी के रूप में महाराष्ट्र ए.टी.एस. ने हिरासत में ले लिया है।

13 फरवरी, 2010 की शाम 6.50 बजे जर्मन बेकरी नामक एक रेस्तराँ में विस्फोट हुआ। रेस्तराँ में भारतीयों के साथ विदेशी नागरिक भी थे। विस्फोट में सत्रह लोग मारे गए, जिसमें पाँच विदेशी थे। छप्पन गंभीर रूप से घायलों में दस विदेशी थे। विस्फोट का उद्देश्य भारत में आनेवाले विदेशी सैलानियों को संदेश देना था कि भारत सुरक्षित देश नहीं है। एक घंटे तक पुणे पुलिस इस विस्फोट को सिलेंडर का विस्फोट मानती रही और सारे सुरागों को उड़ानेवाली ही थी कि दिल्ली से प्राप्त एक आदेश ने उसे फटकार लगाकर इस बेवकूफी से रोक दिया। बाद की जाँच-पड़ताल के दौरान कैमरे के फुटेज में पाया गया कि एक दाढ़ीवाला शख्स पीठ पर हैवरसैक लेकर अंदर आया और जाते समय उसके पास वह बैग नहीं था। आई.बी. और महाराष्ट्र ए.टी.एस. के अनुसार उस शख्स की शक्ल अब्दुल समद से मिलती-जुलती थी। बेंगलुरु गवर्नमेंट कॉलेज में

शिक्षित अब्दुल समद दुबई में, जहाँ वह 25 मई, 2010 को समाप्त होनेवाले तीन महीने के वीजा पर रह रहा था, 'रॉ' की नजर से बच नहीं पाया और जैसे ही 24 मई, 2010 को मंगलौर हवाई अड्डे पर जहाज से उतरा, वैसे ही सुरक्षा एजेंसियों ने उसे हिरासत में ले लिया। हालाँकि समद ने अपने को मासूम बताया, महाराष्ट्र के डी.जी.पी. अनामी राय को बताया गया कि गृहमंत्री पी. चिदंबरम चाहते हैं कि संदिग्ध को जाँच-पड़ताल के लिए दिल्ली लाया जाए। इसलिए एक घंटे के अंदर ही समद को 'रॉ' के चार्टर प्लेन से दिल्ली लाया गया। समद की कहानी जितनी नाटकीय है, उतनी ही मासूम भी है, क्योंकि वह उन गिने-चुने लोगों में है, जिसे गिरफ्तारी के चौबीस घंटे में मुंबई कोर्ट में पेश करने से पूछताछ के लिए दिल्ली ले जाया गया। समद को चार्टर प्लेन में ले जानेवालों में महाराष्ट्र पुलिस के डी.आई.जी. के अलावा आई.बी.और रॉ. के एजेंट थे। समद के देर रात में दिल्ली पहुँचते ही उसे गृह मंत्रालय के नॉर्थ ब्लॉक में पूछताछ के लिए ले जाया गया।

जर्मन बेकरी विस्फोट 26/11 के हमले के बाद भारत के खिलाफ पहला बड़ा हमला था। यह इस बात का इशारा था कि भारतीय मुजाहिदीन का कराची-शारजाह स्थित कोर ग्रुप एक बदले की भावना से फिर से उठ गया है। अब्दुल समद से रात भर आई.बी. और रॉ के अधिकारियों ने पूछताछ की, जबकि महाराष्ट्र ए.टी.एस. धैर्यपूर्वक अपनी बारी का इंतजार करता रहा। हालाँकि अब्दुल समद ने दावा किया कि विस्फोट के दिन वह मंगलौर में एक रिश्तेदार के घर पर था, पूछताछ करनेवालों को विश्वास था कि कैमरा फुटेज में जिस शख्स की शक्ल है, वह अब्दुल समद ही है। अगले दिन सुबह को उसे वापस महाराष्ट्र लाया गया, कोर्ट में पेश किया गया। गृह मंत्रालय ने महाराष्ट्र पुलिस को जर्मन बेकरी विस्फोट कांड सुलझाने के लिए बधाई भी दी।

लगभग एक महीने चली पूछताछ के बाद समद को 14 जून को बेल पर छोड़ दिया, क्योंकि पुणे बम विस्फोट से उसका कोई संबंध नहीं था। अब्दुल समद और उस जैसे मासूम लोगों को, जो तकलीफ और हैरानी घटिया दर्जे के जाँच अधिकारियों के कारण झेलनी पड़ती है, वह आमतौर पर भुलाई जाती रही है, लेकिन जो लोग उसे भोगते हैं, उसका असर उनके जहन पर हमेशा के लिए नासूर बनकर रह जाता है। अब्दुल समद का अपराध केवल इतना था कि उसकी शक्ल भटकल में उसके भाई यासीन मोहम्मद जरार सिद्दीबापा से मिलती थी, जिसका पुणे बमकांड में हाथ था।

8 सितंबर, 2010 को महाराष्ट्र ए.टी.एस. ने पुणे बमकांड में 10 प्रमुख संदिग्ध आरोपियों के रूप में सिमी के पूर्व मददगार मिर्जा हिमायत इनायत बेग और नासिक के बिलाल को गिरफ्तार किया। हिमायत बेग का इस केस में शामिल होना यह बताता है कि भारतीय मुजाहिदीन और सिमी आई.एस.आई. द्वारा नियंत्रित लश्कर-ए-तय्यबा के ही

दो हिस्से हैं। महाराष्ट्र ए.टी.एस. ने 4 दिसंबर, 2010 को जर्मन बेकरी बम हत्या कांड का चार्ज जिन लोगों पर लगाया, वे हैं—मिर्जा हिमायत इनायत बेग, यासीन, भटकल, मोहसिन चौधरी, रियाज भटकल, इकबाल भटकल, फैयाज, जुल्फिकार कागजी और सैयद जबीबुद्दीन जकीउद्दीन अंसारी। इस चार्जशीट में खास बात यह है कि ये अब्दुल रहमान सैयद के कराची प्रोजेक्ट को भटकल भाइयों से सीधे जोड़ देती है। फयाज कागजी और जबीउद्दीन अंसारी दोनों सिमी के सदस्य थे और 2006 से ही औरंगाबाद के शस्त्र एकत्र कांड के भागीदार रहे हैं। कागजी और जैबीउद्दीन फरवरी, 2006 के अहमदाबाद रेल स्टेशन बम कांड के भी आरोपी रहे हैं। भारतीय डोसियर के अनुसार कागजी 2006 के शुरू में ही ईरान भाग गया और इस समय भारत के खिलाफ आई.एस.आई. गतिविधियों को बढ़ावा दे रहा है। जैबीउद्दीन अब्दुल अजीज और शेख अब्दुल खाजा जैसे बँगलादेशी लश्करी कमांडरों की मदद से बँगलादेश होकर पाकिस्तान भाग सकने में कामयाब हो गया। जबी इस समय कराची में है और सक्रिय लश्करी आतंकी के रूप में काम कर रहा है। पुलिस की जाँच से पता चला है कि कागजी, जबीउद्दीन और हिमायत बेग तब से दोस्त हैं, जब वे महाराष्ट्र के बीड में रहा करते थे। तीनों सिमी के सदस्य हैं और लश्कर से संपर्क रखते हैं। कागजी और जेबीउद्दीन पाकिस्तान भाग गए, जबकि हिमायत पुलिस के जाल से बचकर 2006 में बीड से भाग गया। ये दोनों आज भी मोहसिन चौधरी, यासीन सिद्दी बापा, रियाज और इकबाल भटकल से नजदीकी संबंध रखते आए हैं। ये तीनों लोग भारतीय मुजाहिदीन के पुणे, मुंबई, दिल्ली और आजमगढ़ मॉड्यूल के सदस्य हैं। उसके बाद बटला हाउस एनकाउंटर के बाद कागजी, जबीउद्दीन और हिमायत पाकिस्तान भाग गए। 2008 के बाद हिमायत बेग पाकिस्तान में बैठे उसके हिमायती और भारत में बचे कुचे स्लीपर मॉड्यूल को फिर से सक्रिय करके भारतीय मुजाहिदीन को दुबारा स्वरूप देने के काम में लग गया।

नेपाल और बँगलादेश में नई सरकारों के आ जाने के बाद से सुरक्षा व्यवस्था दोनों ही देशों में चुस्त हो गई। इसी कारणवश लश्कर-ए-तय्यबा ने अब श्रीलंका और मालदीव को भारत के खिलाफ हमलों के लिए आतंकियों के अड्डे बना लिये। मार्च, 2008 में बेग ने अगली काररवाई की प्लानिंग के लिए कोलंबो की यात्रा की। वहाँ उसने कागजी और जबी से मुलाकात की, जिन्होंने उसे आई.ई.डी. बम बनाने की ट्रेनिंग दी, जिसमें स्टैंडर्ड क्वाट्र्स क्लॉक के बजाय मोबाइल फोन टाइमर का प्रयोग समझाया। उन दोनों ने बेग को ट्रेनिंग के साथ-साथ पैसा भी दिया, ताकि वह विस्फोटक खरीद सके और भारतीय नवयुवकों को पाकिस्तान में ट्रेनिंग के लिए बहाल कर सके। बेग ने भारत आकर यूसुफ और हसन के नाम से फर्जी पहचान बनवाकर कर्नाटक के छोटे से कस्बे 'उडगिर' में अपना अड्डा बनाया। लश्कर के आदेशों के अनुसार हिमायत बेग ने रुपए

के ट्रांसफर के लिए अपने एक दोस्त रेहन (रेहन अब्दुल अजीज नहीं) के नाम से बैंक खाता खुलवाया। अपनी फर्जी पहचान की पक्की आईडेंटिटी के लिए बेग ने जाली कागज बनाकर खय्यूम अयून शेख और इमामुद्दीन शेख के नाम से बोगस इलेक्शन कार्ड बनवा लिये। उसने अपंग आईडेंटिटी कार्ड भी बनवाया। इसके बाद बेग ने पच्चीस अलग-अलग इ-मेल खोलकर ग्लोबल इंटरनेट केफ के नाम से एक दुकान खोल ली। जनवरी 2010 में यासीन भटकल और मोहसिन चौधरी पुणे की जर्मन बेकरी बम विस्फोट की योजना बनाने के लिए बेग से मिला। जर्मन बेकरी उसके नजदीक स्थित ओशो आश्रम और चबड़ हाउस में आनेवाले विदेशी नागरिकों के लिए एक प्रमुख रेस्तराँ है। बेग ने 31 जनवरी, 2010 को पुणे जाकर बेकरी की 'रेकी' करके विस्फोट को समय आदि तय किया। यह देखा कि किस-किस समय बेकरी में अधिक-से-अधिक भीड़ रहती है। कुछ दिन बाद ही यासीन भटकल और मोहसिन चौधरी बेग से दुबारा मिले और पुणे विस्फोट को अंतिम रूप दे दिया।

लश्कर के स्लीपिंग मॉडयूल अब सक्रिय हो गए थे। आई.एस.आई. का भी दाऊद इब्राहीम की मार्फत से मुंबई के अपराधी जगत् पर पूरा वर्चस्व हो गया था। ऐसे में मोहसिन, यासीन और बेग ने मुंबई जाकर विस्फोटक सामग्री, नोकिया 1100 और एक हैवरसैक खरीदने का कार्यक्रम बनाया। मुंबई से लौटने के बाद सभी लोग ग्लोबल इंटरनेट केफे में एकत्र हुए। बेग ने अपना फोन औरंगाबाद के व्यक्ति के पास छोड़ दिया, ताकि पुलिस उसकी लोकेशन न पा सके। 13 फरवरी, 2010 यासीन भटकल और बेग आई.ई.डी.बम लेकर उडगिर से प्राइवेट बस से लातूर पहुँचे, जहाँ से पुणे तक का सफर उन्होंने राज्य ट्रांसपोर्ट से पूरा किया। पूलगूट बस स्टैंड से पुणे रेलवे स्टेशन तक वे एक ऑटोरिक्शा में गए। उसके बाद सेंट्रल मॉल जाने के लिए अलग-अलग ऑटोरिक्शा लिये। सेंट्रल मार्केट से यासीन भटकल बम को हैवर सेक में रखकर जर्मन बेकरी के लिए चला और रेस्तराँ में शाम पाँच बजे पहुँचा। बम का रिमोर्ट कंट्रोल नोकिया फोन से किया गया और समय 6.50 बजे का लगाया गया। आई.ई.डी. जो अमोनिया नाइट्रेट और आर.डी.एक्स के समिश्रण से बनाया गया था, अपने निर्धारित समय पर फूटा, जिससे बड़े पैमाने पर जान-माल का नुकसान हुआ। लेकिन इस बार भारतीय मुजाहिदीन की ओर से विस्फोट की जिम्मेदारी लेने का कोई इ-मेल नहीं आया। हो सकता है, यह उनका प्लान हो, ताकि पुलिस इसे हिंदू उग्रवादी ग्रुप द्वारा किए गए विस्फोटों की ही कड़ी मान ले।

महाराष्ट्र पुलिस का यह विश्वास है कि हमला भले ही जर्मन बेकरी पर किया गया हो, पर वास्तव में लक्ष्य उसके पास स्थित चबड़ हाउस था, जिसकी 'रेकी' डेविड हेडली ने लश्कर के लिए 2008 और 2009 में की थी। आला पुलिस अफसरों का कहना है कि 26/11 हमले में नरीमन हाउस में रह रहे 'रबि' परिवार की हत्या के बाद 'चबड़

हाउस' के इर्द-गिर्द सुरक्षा का इंतजाम ज्यादा था, इसीलिए लक्ष्य को बदलकर जर्मन बेकरी कर दिया गया था। फरवरी 2010 के बाद से भारतीय मुजाहिदीन के जितने हमले हुए, उनका संबंध, उनका समय जर्मन बेकरी केस की घटनाओं से कहीं-न-कहीं जुड़ा पाया गया। महाराष्ट्र ए.टी.एस. ने जिस दिन हिमायत बेग और बिलाल की गिरफ्तारी की घोषणा की। ठीक उसके दस दिन बाद भारतीय मुजाहिदीन ने दिल्ली में जामा मसजिद के पास विस्फोट किया और चार्जशीट फाइल होने के तीन दिन बाद वाराणसी के दशाश्वमेध घाट पर बम विस्फोट किया।

जामा मसजिद की गोलाबारी, 19 दिसंबर, 2010

पुरानी दिल्ली का क्षेत्र राजधानी का सघन आबादी, सर्वाधिक भीड़ भरा और सुरक्षित क्षेत्र है, जहाँ पुलिस की गश्त भी सबसे ज्यादा है। बाबरी मसजिद के ढहाए जाने के बाद से जामा मसजिद क्षेत्र में छिटपुट रूप में सांप्रदायिक झगड़े होते ही रहे हैं। 11 अप्रैल, 2006 को मसजिद में दो हलके विस्फोट किए गए, जिसमें तेरह व्यक्ति घायल हुए। यह केस अभी तक सुलझा नहीं है, लेकिन पुलिस ने एहतियाती कदम के रूप में मसजिद के निकट अपनी एक चेक पोस्ट स्थापित करके मसजिद की दीवारों पर बीस कैमरे लगा दिए हैं। लेकिन 19 सितंबर, 2010 को जब आतंकियों ने हमला किया तो पुलिस की चेकपोस्ट और वे बीस कैमरे कुछ काम नहीं आए और यह तब हुआ जब पूरी दिल्ली में 'कॉमन वेल्थ गेम्स' के आगमन को लेकर 'हाई अलर्ट' था।

दिन के ठीक 11:22 बजे मसजिद के गेट नंबर तीन के सामने एक टूरिस्ट बस आकर रुकी। उसमें से दो ताइवानी नागरिक कूचिआंग और कू जीवेई उतरे। वे मुगल जहाँपनाह शाहजहाँ द्वारा बनाई गई जामा मसजिद को देखने आए थे। जैसे ही वे बस से उतरे, दो मोटरसाइकिल सवार व्यक्तियों ने अपनी मोटरसाइकिल रोककर उन पर 9 एम.एम. पिस्तौल से आठ गोलियाँ चलाईं और चावड़ी बाजार की भीड़ में खो गए। एक गोली कूचिआंग की कनपटी को चीरती निकल गई और दो गोली जेवई के पेट में लगी। दोनों को अस्पताल में भरती कराया गया। इसके बाद 11:37 का समय था, जब 2008 में बटला हाउस में गोली चलानी शुरू हुई थी। गेट के पास खड़ी मारुति 800 में आग लग गई। बताया गया कि यह कार चोरी की थी, जिसका मालिक जे.के. शर्मा था, जो दरियागंज स्थित एक पब्लिशिंग हाउस में काम करता था। कार में आई.ई.डी. बम लगाया गया था, लेकिन वह फूट नहीं पाया। प्रेशर कुकर में बना बम फूटने के स्थान पर उसने चमक पैदा की और प्रेशर कुकर को गला दिया। इससे गाड़ी में आग लग गई। यदि बम फूटता तो बड़े पैमाने पर विध्वंस होता।

घटना के बाद भारतीय मुजाहिदीन ने इ-मेल भेजा, जिस पर हस्ताक्षर करनेवाला

'अल अरबी' (इकबाल भटकल) था। पवित्र कुरान की आयतों से शुरू हुए मेल में 'बटला एनकाउंटर' के जिहादी शहीदों आतिफ अमीन और मोहम्मद साजिद को उनकी शहादत के लिए सलाम किया गया था। उसके बाद कश्मीर घाटी के आंदोलन में सैकड़ों लोगों के मरने की चर्चा की गई। यह पहला अवसर था कि भारतीय मुजाहिदीन ने कश्मीर मसले को उठाया, जिसमें 27 अक्तूबर, 1947 को प्रधानमंत्री जवाहरलाल नेहरू और प्रधानमंत्री लियाकत अली के बीच हुई बातचीत की चर्चा की गई। भारतीय मुजाहिदीन के इ-मेल में कश्मीर के मुसलमानों की चर्चा को उसके भारत के दूसरे भागों में रहनेवाले मुसलमानों को कश्मीर से जोड़ने का प्लान समझा गया, क्योंकि यदि ऐतिहासिक दृष्टिकोण से देखा जाए तो दोनों की राजनैतिक और वैश्विक विचारधाराएँ अलग रही हैं। इ-मेल में यह स्पष्ट रूप से परिभाषित किया गया कि भारतीय मुजाहिदीन कश्मीर में मरनेवाले मुसलमानों को मुसलिम जगत् 'उल्माह' का एक अविभाज्य अंग मानता है और अत्याचारी भारत से इसका बदला लेना अपनी जिम्मेदारी मानता है। इ-मेल में कहा गया, 'ओ कश्मीर के मुसलमानो! हम तुम्हें इस मुसीबत की घड़ी में अकेला नहीं छोड़ेंगे। हमारा तुमसे वादा है कि भारतीय मुजाहिदीन हिंदुओं के जुल्म और अत्याचारों का बदला लेने में तुम्हारे साथ रहेगा। शैतान के खिलाफ लड़ने की बहादुरी दिखाने के लिए तुम्हें सलाम!' इ-मेल में महाराष्ट्र पुलिस द्वारा जर्मन बेकरी बम कांड में 'मासूमों' की गिरफ्तारी का मजाक उड़ाते हुए कहा गया, 'सावधान! अगर तुमने रास्ता नहीं बदला तो हम एक बार फिर मुंबई पर हमला बोलेंगे।' इ-मेल में 26/11 पर भी धमकी दी गई।

यह मेल मुंबई के बोरीवली से एक टाटा डोकोमो डाटा कार्ड इस्तेमाल करके भेजा गया था। कार्ड भारतीय मुजाहिदीन द्वारा बनाए गए जालीनाम 'पूर्वा शिंदे' के नाम जारी किया गया था। इ-मेल आई.डी. alarbi999123@gmail.com मेल भेजने से कुछ मिनट पहले बनाया गया और उसे भारत और पाकिस्तान के प्रमुख मीडिया प्रतिष्ठानों को भेजा गया।

जामा मसजिद के हमले में भारतीय मुजाहिदीन ने हमले का जो तरीका बदला, उससे जाँच एजेंसियों को उसकी मक्कारी का अंदाज हो गया, क्योंकि इसमें उन्होंने बम की जगह हथियारों का प्रयोग किया था। दिल्ली पुलिस का मानना है कि जामा मसजिद की गोलीबारी में किसी स्थानीय ग्रुप का हाथ था। भटकल के जिहादियों का नहीं, क्योंकि कुल मिलाकर हमला नौसिखियों का काम दिखाई दिया। कोई खास असर भी नहीं छोड़ पाया। लेकिन देश के आतंक विरोधी संगठन का विश्वास है कि मुजाहिदीन ने हलका हमला भारत में पुनर्स्थापित करने के उद्देश्य से ही किया था, क्योंकि 2008 में भारत में एक प्रकार से उसका सफाया हो चुका था। गोलीबारी ने केवल यह साबित किया कि दिल्ली और मुंबई में अब भी मुजाहिदीन जिंदा है, बल्कि भारतीय मुजाहिदीन का पुनर्जन्म

हो गया है और यदि उसकी वापसी में कोई शक रह भी गया था तो बाबरी मसजिद के ढहाने की अठारहवीं वर्षगाँठ पर वाराणसी में हुए बम विस्फोटों ने उसे दूर कर दिया।

दशाश्वमेध घाट बम विस्फोट, 7 दिसंबर, 2010

उत्तर प्रदेश पुलिस ने जब भारतीय मुजाहिदीन के आतंकी शहजाद अहमद को 2 फरवरी, 2010 को आजमगढ़ के ग्राम खलीसपुर में पकड़ा, तब वह पंद्रह महीनों से छिपता रहा था। 2008 के बटला हाउस कांड के बाद वह आरिज खान के साथ भाग गया था। इससे पहले नई दिल्ली के चिल्ड्रन पार्क में भी उसने बम रखा था। शहजाद को जिहाद में शामिल होने के लिए उसके स्कूल के साथी शादान बेग ने उकसाया था। मिर्जा शादाब बेग का बड़ा भाई था। शादाब बेग ने ही शहजाद को अगस्त 2006 में आतिफ अमीन से मिलवाया था। शहजाद ने पुलिस को बताया कि आतिफ के प्रोत्साहन पर उसने पवित्र कुरान के नाम पर जिहाद की कसम खाई थी। आतिफ ने उसे यह भी बताया कि वह अलकायदा के संपर्क में है और 2000 में आजमगढ़ के खालिद खारेबा के माध्यम से अफगानिस्तान भी जा चुका है। हालाँकि पुलिस शहजाद के बयान को तसदीक नहीं कर पाई है, फिर भी 'सिमी' सदस्य खालिद खारेबा का जिक्र भारतीय मुजाहिदीन के मजहबी प्रशिक्षक मुक्ती अबू बशर के बयानों में मिलता है।

जो भी हो, भारतीय पुलिस अथवा सुरक्षा एजेंसियाँ अभी तक आजमगढ़ के इस खालिद खारेबा को नहीं ढूँढ़ पाई है। शहजाद ने पुलिस को न सिर्फ दिल्ली विस्फोट के बारे में बताया, बल्कि उसने अपने भविष्य की योजनाओं का भी ब्योरा दे दिया। उसने कहा, आतिफ अमीन ने मोहम्मद खालिद को कानपुर आई.आई.टी. के काउंसलिंग सेशन और मोहम्मद सैफ को वाराणसी में अक्तूबर-नवंबर में होनेवाले दशहरा मेले पर हमला करने के निर्देश दिए हैं। आई.बी. ने उत्तर प्रदेश पुलिस को 25 फरवरी, 2010 को इन हमलों के बारे में बता दिया। इसके आठ महीनों बाद बाबरी मसजिद विध्वंस की उन्नीसवीं वर्षगाँठ के एक दिन बाद भारतीय मुजाहिदीन ने पुलिस की शिथिलता का फायदा उठाकर शीतला घाट की भीड़ से भरी गंगा आरती में बम विस्फोट कर दिया, जिसमें दो लोग मारे गए। इनमें एक दो साल की बच्ची भी थी और सैंतीस लोग घायल हुए। धमाका इतना जोरदार था कि उसकी आवाज 2 किलोमीटर दूर तक सुनाई दी। बम विस्फोट शाम साढ़े 6 बजे शीतला घाट पर किया गया, जो दशाश्वमेध घाट के निकट है। धमाके के बाद भारतीय मुजाहिदीन ने इ-मेल भेजा, जो वशी, मुंबई से भेजा गया था। बम को एक पॉलीथिन बैग में रखकर घाट की एक टूटी सीढ़ी के बीच पैदा हुए 'क्रेक' में रखा गया था। बम अमोनियम नाइट्रेट, पोटैशियम नाइट्रेट और अलूमिना पाउडर से बनाया गया था। इसका प्रभाव इतना जोरदार था कि 20 किलोमीटर की चट्टान उड़ गई

और उसके टुकड़ों ने जान-माल का भारी नुकसान पहुँचाया।

हालाँकि सुरक्षा एजेंसियाँ केस को सुलझाने के लिए अभी तक सुराग ढूँढ़ने में लगी हुई हैं, पर इस विस्फोट ने यह तो स्थापित कर दिया कि भारतीय मुजाहिदीन का पुनर्जन्म हो गया है। इसमें दो राय नहीं है कि इस विस्फोट को अंजाम देनेवालों में बचे-खुचे आतंकी हैं, जिनके नाम हैं—डॉ. शाहनवाज खान, मोहम्मद खालिद, अबू रशीद, असादुल्ला अख्तर, मोहम्मद साजिद कुरेशी, बड़ा साजिद और आरिज खान, जो बटला हाउस के बाद पाकिस्तान भाग गया था। सलमान (जो इस ग्रुप के साथ ही भागा था और जनवरी 2010 में नेपाल में पकड़ा गया था) के अनुसार डॉ. शाहनवाज खान, जो लखनऊ के एक प्राइवेट अस्पताल में काम करता था, भारतीय मुजाहिदीन का आतिफ अमीन और भटकल भाइयों के स्थान पर नया 'अमीर' था, जबकि आमिर रजा खान शारजाह और कराची में रहकर आतंकी हमले करवाता था। हालाँकि जामा मसजिद और वाराणसी कांडों के अपराधी अभी तक पकड़े नहीं जा सके हैं, लेकिन सुरक्षा एजेंसियाँ अब तक यह गुत्थी सुलझा नहीं पा रही हैं कि दोनों जगह आतंकियों के पास भारी बम विस्फोट करने के अवसर मौजूद थे, फिर भी ये कांड इतने मामूली क्यों रखे गए? वाराणसी के बम में बाल बियरिंग बगैरह का प्रयोग क्यों नहीं किया, जिससे जान-माल का खतरा चौगुना हो सकता था?

सुरक्षा एजेंसियों के कुछ लोगों का मानना है कि ये दो विस्फोटों को छोटा रखने का उद्देश्य शायद यह रहा हो कि जनता का पूरा ध्यान इसके बाद भेजे जानेवाले इ-मेल पर पड़े, हालाँकि इन दो घटनाओं को भयानक रूप देने के लिए पर्याप्त साधन मौजूद थे। इ-मेल 6 दिसंबर, 2010 को भेजा गया। इससे पता चलता है कि घटना के एक दिन बाद किया गया। पिछले इ-मेलों की तरह यह मेल लक्ष्यों के बारे में न कहकर प्रचार सामग्री जैसा लगता है। इ-मेल, जिस पर अल अरबी के हस्ताक्षर हैं, कहता है, 'हम हिंदू मंदिरों को तब तक निशाना बनाते रहेंगे, जब तक हिंदुस्तान की तमाम मसजिदें हमें सम्मान के साथ लौटा नहीं दी जातीं।' भारतीय संसद् और न्याय प्रणाली को 'तघुत' (फरेबी आदर्श) करार करते हुए इ-मेल बाबरी मसजिद और राम जन्मभूमि विवाद पर 30 सितंबर को दिए गए हाईकोर्ट के निर्णय की आलोचना की गई और उसे हिंदुओं के लाभ के लिए प्रेरित बताया है। इलाहाबाद हाईकोर्ट का आस्था पर आधारित निर्णय न्याय प्रक्रिया द्वारा तथ्यों की अनदेखी और पक्षपाती रवैए का उदाहरण है, जबकि राम सिर्फ एक काल्पनिक छवि है। सुप्रीम कोर्ट, हाई कोर्ट, निचले कोर्ट तथा सभी कमिश्नर मुसलमानों के मामलों में पक्षपात रहित भूमिका निभाने में पूरी तरह से असफल हुए हैं।

इ-मेल से पता चलता है कि यह वह दिसंबर 2010 को या उसके बाद लिखा गया, क्योंकि उसमें अखबार में छपी इस खबर का जिक्र है कि सुप्रीम कोर्ट द्वारा नियुक्त

स्पेशल टीम ने चीफ मिनिस्टर नरेंद्र मोदी को 2002 के गुजरात दंगों से संबंधित सभी आरोपों से मुक्त कर दिया है। सूत्रों द्वारा उद्धृत खबर में कहा गया कि नरेंद्र मोदी को इस आरोप से कि उन्होंने 2002 के सांप्रदायिक दंगों के खिलाफ तुरंत कारवाई करने की अपनी संवैधानिक नहीं निभाई, बरी कर दिया गया। इ-मेल में कहा गया, 'नरेंद्र मोदी को, जिसकी सदारत में गुजरात में मुसलमानों की हत्या की गई, बरी कर दिया गया, जबकि उस घटना से पीड़ित भटक रहे हैं। यहाँ तक कि 92 मुंबई के अपराधी सरकारी सुरक्षा में आजादी से घूम रहे हैं। सभी मुसलिम विरोधी दंगे, लूट, बलात्कार, जान और माल की बरबादी अभी तक न्याय होने का इंतजार कर रही है।' नफरत पैदा करने और सांप्रदायिक दंगों को भड़काने के उद्देश्य से मेल में कहा गया कि कश्मीर में अलगाववादी नेताओं को हिंदू उग्रवादी और कश्मीरी पंडित शरणार्थी को कश्मीर से बाहर निकाल रहे हैं। भारत में मुसलमानों के नेता के रूप में भारतीय मुजाहिदीन ने मेल में कहा कि वह बाबरी मसजिद की जमीन पर मंदिर कभी नहीं बनाने देगी। इ-मेल में हिंदू आर.एस.एस. और मुसलिम बाबरी मसजिद एक्शन कमेटी दोनों को कहा गया कि दोनों अलग होने की बजाय एक होकर समझौते के अनुसार अयोध्या की जमीन को मंदिर या मसजिद के लिए किसी एक को सौंपने की माँग करें।

जामा मसजिद और वाराणसी के बम कांडों के अपराधियों की खोज बराबर जारी है, फिर भी ऐसा लगता है कि भारतीय मुजाहिदीन के अपराधियों को पकड़ने में काफी समय लग जाएगा, क्योंकि अब यह स्पष्ट हो गया है कि उन्हें भारत और विदेशों में शरण देनेवालों की कमी नहीं है। उत्तर प्रदेश ए.टी.एस. और सुरक्षा एजेंसियाँ इन अपराधियों को पकड़ने में आजमगढ़ी अड्डे पर एक बार फिर से जाँच करना चाह रहे हैं, पर वोटबैंक राजनीति के कारण उन्हें अपने काम में सफलता मिलनी मुश्किल लग रही है। कारण है, बहुजन समाज पार्टी, समाजवादी पार्टी तथा कांग्रेस तीनों राजनीतिक दल आनेवाले चुनावों को देखते हुए मुसलिम समुदाय को नाराज करने के लिए तैयार नहीं, क्योंकि उनमें उन्हें वोटों की राजनीति साफ नजर आ रही है। बटला हाउस मुठभेड़ के बाद तत्कालीन बहुजन समाज पार्टी किसी हद तक आजमगढ़ में मुजाहिदीन के शुभचिंतक सूत्रों को अलग करने के लिए तैयार भी हो गई थी, किंतु उसके गठबंधन की पार्टी कांग्रेस के विरोध पर उसने अपने हाथ खींच लिये। 2009 के लोक सभा चुनाव में तो कांग्रेस के वरिष्ठतम जनरल सेक्रेटरी तथा मध्य प्रदेश के भूतपूर्व मुख्यमंत्री दिग्विजय सिंह ने दिल्ली पुलिस पर बटला हाउस कांड में आदमियों की हत्या करने का आरोप लगाया था। दिग्विजय सिंह के इस आरोप का समर्थन तत्कालीन मनमोहन सिंह सरकार और कांग्रेस के अनेक प्रभावशील लोगों द्वारा भी किया गया, जिनमें अल्पसंख्यक मामलों के मंत्री ए.आर. अंतुले तथा पूर्व जामिया नगर एम.एल.ए. तथा राज्यसभा सदस्य परवेज

हाशमी भी शामिल थे, जिन्होंने दबी जबान में बटला हाउस एनकाउंटर की निंदा की थी। तत्कालीन गृहमंत्री शिवराज पाटिल, जो उस दिन दिल्ली पुलिस हेडक्वार्टर गए हुए थे, इस मामले पर एकदम चुप्पी लगा गए।

भारतीय मुजाहिदीन के विकास में भारत में मौजूद अनेक विरोधाभासों ने अपने-अपने तरीकों से मदद दी है। प्रमुख रूप से जिन मसलों ने इसे बढ़ावा दिया गया, खास तौर पर वह राजनैतिक नेतृत्व है, जिसका हमेशा रुख इन मामलों में अस्पष्ट रहा है। दूसरा गंभीर कारण राज्य सरकारों की फूहड़ और घटिया स्तर की जाँच-पड़ताल है और तीसरी वजह भारतीय आबादी के मध्यम वर्ग की ऊँची उड़ान है, जिसमें वह सिर्फ अपने ही स्वार्थ की परवाह करता है। वाराणसी विस्फोट के बाद गृह मंत्रालय ने सभी राज्यों के पास भारतीय मुजाहिदीन के इक्कीस 'मोस्ट वांटेड' आतंकियों की सूची भेजी है। यह सूची गल्फ देशों, यू.ए.ई. ओमान, कतार जैसे देशों को भी भेजी गई है। इनमें अधिकांश के पाकिस्तानी पासपोर्ट पर पश्चिम एशियाई देशों में होने का संदेह है। इनमें से उन्नीस भारतीय मुजाहिदीन के हैं और शेष उसके दक्षिण भारतीय सहयोगी संगठन, जश-ए-मोहम्मद के सदस्य हैं। महत्त्व की बात यह है कि उत्तर प्रदेश के आठों आतंकी आजमगढ़ जिले के रहनेवाले हैं। इसी प्रकार केरल के छहों आतंकी कन्नूर जिले के हैं, जिससे यह पता चलता है कि इसलामी जिहादियों की जड़ें इन दो क्षेत्रों में कितनी गहरी हैं।

इक्कीस भगोड़े इन संदिग्ध आतंकियों की सूची इस प्रकार है—

कर्नाटक

1. रियाज भटकल
2. इकबाल भटकल
3. यासीन महमद मोहम्मद जरार सिद्दीबापा
4. मुदास्सिर यासीन

गुजरात

5. मुजीब
6. आलमजेब अफरीदी

झारखंड

7. दानिश
8. मनजर इमामुद्दीन खान

केरल (जश-ए-मोहम्मद)

9. के.पी. सबीर
10. मोहम्मद अजहर
11. पी.पी. यूसुफ
12. शफीक
13. रायसल पी.ए.
14. मोहम्मद शबीर फबनेस्ट

कर्नाटक (जश-ए-मोहम्मद)

15. मोहम्मद हुसैन फरहान
16. मौलाना सुल्तान शाह
17. आजम
18. जासिम
19. सामिर सलीम खान
20. वसीम

उत्तर प्रदेश

21. आरिब खान
22. मिर्जा शादाब बेग
23. मोहम्मद साजिद
24. मोहम्मद खालिद
25. डॉ. शाहनवाज खान
26. असादुल्ला अख्तर
27. अबू रशीद
28. शरीफुद्दीन

महाराष्ट्र

29. अब्दुल सुभान कुरैशी
30. अबू फैसल
31. मोहसिन चौधरी

पुणे बम विस्फोट के लिए जब गलती से अब्दुल समद पकड़ा गया, तब भारत

सरकार ने यू.ए.ई. सरकार को भारतीय मुजाहिदीन के तीन आतंकियों के शारजाह फोन नंबर और पते यह कर दिए थे कि उनके खिलाफ उचित काररवाई करे। यू.ए.ई. सरकार ने भारतीय इंटेलिजेंस को बताया कि इन तीनों पर वे नजर रखेंगे और उचित समय पर गिरफ्तार किए जाएँगे। लेकिन गल्फ देशों और पश्चिम एशियाई देशों के जासूसी विभागों में आई.एस.आई. के रुतबे और पहुँच के कारण वे तीनों पाकिस्तान भाग जाने में सफल हो गए।

भारत और पाकिस्तान के बल पर नाचनेवाले भारतीय मुजाहिदीन का यह चूहे-बिल्ली का खेल तो चलता ही रहेगा, लेकिन यह निहायत जरूरी है कि ऐसे कदम उठाए जाएँ, जो यह सुनिश्चित कर सकें कि इसलामी और उग्रवादी हिंदू धर्म के नाम पर और युवकों को बहाल न कर पाएँ। भारतीय मुजाहिदीन और पाकिस्तान द्वारा प्रायोजित अन्य आतंकी ग्रुप के प्रति भारत को ऐसी बहुआयामी सामरिक नीति अपनानी होगी, जिसमें अल्पसंख्यकों की संवेदनशीलता और आंतरिक सुरक्षा संगठनों की काम-काजी जरूरतों का सटीक तालमेल हो। इसके लिए सरकार को भारतीय मुसलमानों के आर्थिक विकास कर उन्हें देश की प्रमुख धारा में शामिल करने के प्रयास करने चाहिए। उद्देश्य यह नहीं होना चाहिए कि हम यही कहते रहें कि भारत की मुसलिम आबादी बिल्कुल ठीक है और किसी भी सूरत में देश की मुख्य धारा से अलग नहीं है, बल्कि हमें उनकी वास्तविक समस्याओं पर ध्यान देकर उन्हें उठाने का प्रयास करना चाहिए, क्योंकि जैसी उनकी स्थिति इस देश में देखने को मिलती है, वह किसी और देश में दिखाई नहीं देती।

भारत का मुसलमान, सिमी जैसे संगठनों द्वारा कुछ प्रदेश में फैलाए गए असंतोष के बावजूद भारतीय लोकतंत्र के बढ़ते विकास में अपनी आवाज की गूँज सुन पाता है। भारत के चहुँमुखी विकास और बढ़ते अर्थतंत्र ने पिछले दशक में प्रगति और विकास की जो धारा बहाई है, उसके परिणाम अल्पसंख्यकों सहित देश के निम्न स्तर तक पहुँचने लगे हैं। भारत के नौजवान खुशहाली के लिए अब गल्फ देशों को न देखकर अपने ही देश को देखने लगे हैं।

अगले पृष्ठों में हम भारतीय मुजाहिदीन के समानांतर देश में पैदा हुई चुनौतियों व अवसरों पर चर्चा करेंगे और देश के अंदर तथा सीमा पार से आनेवाले खूँखार जिहादियों से सुलटने के लिए देश के अल्पसंख्यक नौजवानों को साथ लेकर एक कठोर आंतरिक सुरक्षा नीति के तहत उपयोगी मार्गों की तलाश पर विचार करेंगे।

□

उपसंहार

जनवरी 2010 से लेकर दिसंबर 2010 तक लगभग नौ वर्षों में भारत में बर्बरतापूर्ण हमलों में कोई 563 भारतीय और विदेशी नागरिक मारे जा चुके हैं, जिसका इल्जाम भारतीय मुजाहिदीन पर लगाया गया है। इन हमलों की शुरुआत 22 जनवरी, 2002 को कोलकाता के अमरीकन सेंटर पर हुई गोलीबारी से हुई और 7 दिसंबर, 2010 को वाराणसी के दशाश्वमेध घाट पर हुए बम विस्फोट से अंत हुआ। भारत की आतंक से लड़ाई में वर्ष 2008 बहुत ही खतरनाक साबित हुआ। देश भर में इंफाल से लेकर गुवाहाटी और गुवाहाटी से लेकर महाराष्ट्र के मालेगाँव तक 400 लोग आतंकी हमलों के शिकार हुए। इसी वर्ष दिल्ली सीरियल ब्लास्ट के बाद भारतीय मुजाहिदीन ग्रुप का सफाया हुआ, हिंदू आतंकवाद के उदय के साथ-साथ 26/11 के मुंबई में आई.एस.आई. और लश्कर-ए-तय्यबा के होने के पक्के सबूत भी मिल गए। इस विस्फोट में मरनेवाले विदेशी नागरिकों में अमरीकी, ब्रिटिश, इजरायली, जर्मन, कनाडियन, बेल्जियमवासी, मलेशियाई, ओमानी, ऑस्ट्रेलियन, थाईलैंडवासी, पोलिश, मॉरीशियस, स्पेनिश और इटालवी शामिल थे। परिणामस्वरूप अंतरराष्ट्रीय समुदाय ने अपना क्रोध पाकिस्तान सरकार पर केंद्रित किया। अंतरराष्ट्रीय समुदाय के दबाव के साथ भारत में भारतीय मुजाहिदीन तथा हिंदू आतंकवादियों की जड़ें उखड़ने के परिणामस्वरूप अगले दो वर्षों, यानी दिसंबर, 2010 तक देश में शांति रही। वाराणसी का बमकांड 7 दिसंबर, 2010 में हुआ।

इन नौ वर्षों के दौरान विशेष तौर पर 2005 के बाद हुए आतंकी हमलों और खून-खराबे में वस्तुत: कमजोर आंतरिक सुरक्षा तंत्र में कुछ विशिष्ट बिंदुओं पर ध्यान देने की जरूरत है। इस संबंध में एक सही और उपयोगी दृष्टिकोण अपनाने के लिए हमें 1999 के कारगिल युद्ध के बाद की आंतरिक सुरक्षा और जम्मू-कश्मीर की अशांति पर एक नजर डालनी होगी और मुसलिम आबादी खास तौर पर कश्मीर की मुसलिम आबादी की मानसिक अवस्था को समझना होगा। 1999 से लेकर 2002 तक जम्मू व कश्मीर में पचपन फियादीन (आत्मघाती) हमले हुए। इनमें से उन्नीस केवल 2001 में

हुए। 19 अप्रैल, 2002 को श्रीनगर के खनियार के एक सत्रह साल के कश्मीरी लड़के अफाक अहमद शाह ने गोला-बारूद से भरी कार को चलाते हुए बादामी बाग छावनी के सुरक्षित गेट में टक्कर मारकर जिहादी शहीदों में अपना नाम लिखा लिया। उसका लक्ष्य था, भारतीय सेना का चिनार कोर, जो कश्मीर में आतंक विरोधी ऑपरेशन के साथ-साथ 30 किलोमीटर लंबी एल.ओ.सी. की प्रतिरक्षा की कमान सँभालता था। एक स्कूल टीचर का बेटा अफाक जीवन में एक डॉक्टर बनना चाहता था, लेकिन उसके अरमानों पर पानी फिर गया, जब दो बार की कोशिश में भी बारहवीं कक्षा पास नहीं कर पाया। मन में उदासी लिये वह शांति के लिए मसजिद जाने लगा। यही वह कमजोर घड़ी थी, जब इसलामी जिहादियों ने उसके दिमाग में इसलामी जिहाद भरना शुरू किया। उसे 'जन्नत' का भरोसा दिया और मरने के बाद 72 हूरों के मिलने का लालच देकर उसे 'सुसाइट बाँम्बर' बना दिया। कुछ ही महीनों बाद 7 दिसंबर, 2000 को जम्मू-कश्मीर पुलिस के एक पूर्व अफसर मोहम्मद असलम ने श्रीनगर में स्पेशल ऑपरेशंस ग्रुप कांपेक्स के सामने पाकिस्तानी फिदायीन के साथ अपने को बम से उड़ाकर ग्यारह लोगों को मौत के घाट उतार दिया।

पिछले दस वर्षों में ये दो कश्मीरी ही भारतीय मुसलमान थे, जो जिहाद के नाम पर आत्मघाती हमलावर बने। पिछले दस वर्षों में यही दो कश्मीरी भारतीय मुसलमान निकले, जो जिहाद के नाम 'सुसाइड बॉम्बर' बने। यह गिनती ब्रिटेन, अमरीका, यूरोप, मिस्र, फिलिस्तीन, इराक, इरान, अफगानिस्तान और पाकिस्तान में उनके नागरिक बननेवाले 'सुसाइड बॉम्बर' की गिनती से बहुत कम है। भारतीय मुजाहिदीन के आतिफ अमीन ने 2008 को जो 'एसाल्ट राइफिलें' खरीदी थीं, वे शायद आजमगढ़ के आतंकियों को फिदायीन बनाने के लिए थीं, पर बटला हाउस की फायरिंग में वह मारा गया। 2008 तक भारतीय मुजाहिदीन रिमोट बम विस्फोट की तकनीक अपनाता आया था। उसमें सिर्फ दो बार कलकत्ता और दिल्ली के जामा मसजिद में 'शूट आउट' तकनीक इस्तेमाल की थी। अन्य हमले, जिनमें लोकल ट्रेन, खास तौर पर प्रथम श्रेणी कंपार्टमेंट, एंफी थियेटर, अस्पताल, स्नेक्स के काउंटर शामिल हैं, इस उद्देश्य से किए गए थे कि उनमें जान-माल का ज्यादा-से-ज्यादा नुकसान हो।

इस पुस्तक में हम बड़े विस्तार से भारतीय मुजाहिदीन के हमलों पर चर्चा कर चुके हैं और यह भी देख चुके हैं कि उसकी सफलता में भारतीय इंटेलीजेंस संगठनों की भारी विफलताओं का हाथ है। न सिर्फ ये, बल्कि अयोग्य और राजनीति से ग्रस्त राज्यों की पुलिस व्यवस्था ने भी इन्हें पनपने में बहुत मदद की है। अपने ही देश में आतंकी संगठनों को ढूँढ़ने और पाकिस्तान प्रायोजित हमलों का आकलन करना बुनियादी रूप से देश की इंटेलिजेंस एजेंसियों का काम है और इस बुनियादी काम में हमारी एजेंसियों

का रिकॉर्ड शर्मनाक रहा है। इसमें यदि राज्य पुलिस की फूहड़ कार्यप्रणाली (जिसमें वह किसी भी संदिग्ध से 'थर्ड डिग्री' व्यवहार करने में नहीं हिचकती) को जोड़ दिया जाए तो ताज्जुब नहीं कि समाज में और मुसलिम नौजवान के विश्वास में विघटन होना शुरू हो जाए और हमारे देश में यही हुआ है।

इंटेलीजेंस की विफलता, जिम्मेदारी का अभाव और वैज्ञानिक तकनीक से दूर लचर जाँच-पड़ताल

भारतीय मुजाहिदीन कलकत्ता के हमले के बाद से ही सक्रिय हुई थी। 2005 में जब यू.पी.ए. की कांग्रेसी नेतृत्व की सरकार आई, तब से उसकी चुस्ती देखने में आई। इससे पहले बी.जे.पी. के नेतृत्ववाली सरकार थी। हालाँकि उसके हौसलों में बुलंदी नेहरू-गांधी परिवार के वफादार शिवराज पाटिल के समय से देखी जा रही थी, जब वे गृह मंत्रालय के मंत्री थे, तथापि मंत्रालय के आंतरिक सुरक्षा के प्रतिष्ठान को वास्तव में चलानेवाले राष्ट्रीय सुरक्षा सलाहकार ज्योतिंद्र नाथ 'मणि' नाथ दीक्षित थे और अतिरिक्त आई.बी. के डायरेक्टर अजीत डोभाल तथा एक्सटर्नल इंटेलिजेंस 'रॉ' के डायरेक्टर सी.डी. सहाय उनका साथ दे रहे थे। 3 जनवरी, 2005 को पूर्व विदेश सचिव दीक्षित का असामयिक निधन हो गया, जिसकी वजह से सुरक्षा प्रणाली का स्तर गिरना शुरू हो गया। उसी महीने में अजीत डोभाल और सी.डी. सहाय भी रिटायर हो गए। सहाय आतंक विरोधी मुठभेड़ों और अफगानिस्तान-पाकिस्तान क्षेत्र के विशेषज्ञ माने जाते थे। उधर कांग्रेस अल्पसंख्यकों के वोट बैंक को फिर से जीतने के प्रयास में लगी हुई थी। इसलिए नीति निर्धारण में प्राथमिकताएँ बदली जाने लगीं और जैसे ही नई सरकार में नेहरू-गांधी परिवार के वफादार एम.के. नारायण ने राष्ट्रीय सुरक्षा सलाहकार पद सँभाला, परिवर्तन की रफ्तार तेज हो गई। नारायण के पूर्व स्टाफ अफसर ई.एस.एफ. नरसिंहन, आई.बी. डायरेक्टर बना दिए गए और हार्मिस थरकन 'रॉ' के सचिव बन गए। स्थिति को समझने के लिए व्यक्तियों की तुलना पर ध्यान देना जरूरी है। दीक्षित और डोभाल पाकिस्तान द्वारा प्रायोजित जिहादियों से आंतरिक सुरक्षा को महफूज रखने के लिए उनके खिलाफ मोरचा खुला रखते थे, जबकि नारायण और नरसिंहन पार्टी के सुझाव पर निर्भर रहते हुए यू.पी.ए. की सुरक्षा पर ध्यान देते थे। सी.डी. सहाय 1999 के दौरान कंधार में हुए विमान की हाइजेकिंग में प्रमुख निगोशिएटर थे। थरकन उस समय नेपाल स्थित 'रॉ' के प्रमुख थे। नारायणन, नरसिंहन और थरकन तीनों केरल के रहनेवाले थे और यह पहली बार ही हुआ था कि इन दोनों को दो वर्ष के 'फिक्स्ड टेन्योर' पर नियुक्त किया गया। फरवरी 2005 से लेकर 26 नवंबर, 2008 तक केंद्र का आंतरिक सुरक्षा प्रतिष्ठान भारत में जिहादी आतंकियों को उखाड़ फेंकने के बजाय राजनैतिक सुरक्षा को एकत्र

करने में लगा रहा। नारायणन के कहने पर नरसिंहन और थरकन के स्थानों पर क्रमशः पूर्वोत्तर के विशेषज्ञ जी.सी. हल्दर और अशोक चतुर्वेदी को लगाया गया। 26/11 के मुंबई हमले के बाद एम.के. नारायणन और शिवराज पाटिल को पुरस्कारस्वरूप क्रमशः पंजाब व पश्चिमी बंगाल का राज्यपाल बना दिया गया।

2007 के विधानसभा के चुनावों में अल्पसंख्यक समर्थित उ.प्र. की समाजवादी सरकार से उत्तर प्रदेश को पुनः जीत लेने के उद्देश्य से केंद्रीय सरकार का स्पष्ट संदेश था कि बढ़ते हुए इसलामी कट्टरवाद के खिलाफ कोई सक्रियात्मक काररवाई न की जाए। कुछ लोगों ने इसे कारगिल युद्ध के बाद पिछली एन.डी.ए. सरकार के अल्पसंख्यकों के प्रति कठोर रवैए का प्रतिदान समझा। 2002 में यू.पी.ए. सरकार ने अक्तूबर, 2004 में 'पोटा' को वापस लेने की जो घोषणा की। उसने भी स्पष्ट संकेत दे दिया कि नई सरकार में आतंकवाद कोई प्राथमिक मुद्दा नहीं रह गया है। यह और बात है कि 'पोटा' की अनेक धाराओं को, जिन्हें गलत रूप में प्रयोग करके राज्य पुलिस स्थानीय मुसलिम युवकों के प्रति अपनी खुन्नस निकाला करती थी, वर्तमान गैरकानूनी (प्रतिबंध) ऐक्ट में शामिल कर लिया गया। कुछ अन्य घटक थे, जिन्होंने स्थिति को और भी डाँवाँडोल बना दिया—गृहमंत्री शिवराज पाटिल का आई.एस.आई. की शक्तियों के बारे जो ज्ञान था, वह रूमानी ज्यादा था, आधारभूत जीरो था। कम्युनिस्ट पार्टी बाबरी मसजिद और गुजरात दंगों को हथियार बनाकर बी.जे.पी. पर हल्ला बोल रही थी और प्रधानमंत्री मनमोहन सिंह देश की विघटित होती हुई आंतरिक सुरक्षा की स्थिति पर ध्यान देने के बजाय अमरीका से होनेवाले परमाणु ऊर्जा समझौते के सपने को साकार करने और देश आर्थिक स्थिति के उद्धार में ज्यादा तवज्जो दे रहे थे।

केंद्र में अनमेल पार्टियों के छद्म संघटक की सरकार, अतिशय उग्रवादी दक्षिण पंथी विरोधी दल और एक कैबिनेट मंत्रियों के सहयोग विहीन प्रधानमंत्री का सीधा अर्थ था निर्णय लेने में शिथिलता। परिणामस्वरूप सरकार का प्रशासकीय ढाँचा भी लचर हो गया। वस्तुस्थिति यह थी कि बी.जे.पी. मुख्यमंत्री नरेंद्र मोदी के अधीन गुजरात पुलिस ने जहाँ सिमी-भारतीय मुजाहिदीन के गठजोड़ का पर्दाफाश करके अहमदाबाद बम कांड को सुलझाया, वहीं केंद्र सरकार 2005 से अब तक हुए बम विस्फोटों के लिए सामान्य तौर पर पाकिस्तान या बँगलादेश पर इलजाम लगाती रही और इन हमलों में देश के भीतर मिले सहयोग को पहचानने में पूर्णतः विफल रही। इसका एक बड़ा कारण यह था कि वह समय से परखी मानवीय जासूसी पर विश्वास न करके टेलीकम्युनिकेशन इंटरसेप्ट-प्रणाली पर ही केंद्रित रह गई और चूँकि भारतीय मुजाहिदीन ने 2005 से 2008 के बीच फोन के प्रयोग पर बहुत एहतियात बरता, इसलिए भटकल, अमीन और सादिक शेख जैसे मुजाहिदीन के नेता कभी सुरक्षा एजेंसियों के फोन के 'रडार' पर आए ही नहीं।

समस्या राज्य स्तर पर की जानेवाली घटिया जाँच-पड़तालों के कारण और भी गंभीर हो जाती है। इसका परिणाम हमें 2005 में हुए दशाश्वमेध घाट बम विस्फोट में देखने को मिलता है, जिसे घटना स्थल पर मिले आर.डी.एक्स. के बावजूद सिलेंडर विस्फोट कहकर इतिश्री कर ली गई थी। जौनपुर में हुए श्रमजीवी एक्सप्रेस बम कांड का दोष हूजी ग्रुप के मत्थे मढ़ दिया गया, जबकि भारतीय मुजाहिदीन के सदस्यों के बयानों में इसकी जिम्मेदारी को तसदीक किया गया। सबूत भी मौजूद थे। 2006 में दिल्ली हुए सिलसिलेवार बम विस्फोटों का इल्जाम लश्कर के सरगने तारीक दर पर लगा दिया गया, जो शायद अपने पाकिस्तानी आकाओं को मूर्ख बनाकर दिल्ली बमकांड कर देने के एवज में कुछ पैसा हड़पने के चक्कर में था। 2006 में वाराणसी के संकट मोचन मंदिर बम ब्लास्ट के लिए तीन बेनाम बँगलादेशी बॉम्बरों पर इल्जाम लगाया गया और मुंबई के ट्रेन बम कांड के लिए सिमी आतंकियों, स्थानीय अपराधियों के साथ लश्कर के जिहादियों के एक गुट को जिम्मेदार ठहरा दिया गया। 2007 में हुए गोरखपुर बम कांड को ऐसे ही टरका दिया गया, क्योंकि उसमें केवल चार लोग घायल हुए थे। वहीं हैदराबाद के गोकुल चाट भंडार और लुंबिनी पार्क के बम कांडों का दोष शाहिद बिलाल नेटवर्क पर लगा दिया गया।

पुलिस जाँच-पड़ताल की दयनीय पराकाष्ठा का उदाहरण हैदराबाद में 18 मई, 2007 में हुए मक्का मसजिद बम कांड है। आंध्र प्रदेश की गृहमंत्री सविता इंद्रा रेड्डी ने विधान सभा को बताया कि मक्का मसजिद बम-कांड में रजिस्टर हुए 38 केसों में से अधिकांश अल्पसंख्यक समुदाय के खिलाफ हैं। पुलिस का यह मानना है कि इसे 'हूजी' जिहादियों ने आपसी झगड़ों के कारण किया है। कुल मिलाकर 107 लोगों से पुलिस ने पूछताछ की, जिनमें से 58 लोग गिरफ्तार कर लिये गए। शेष को सबूत न होने के कारण छोड़ दिया गया। अंत में जाकर जब खुलासा हुआ तो पता चला कि मक्का मसजिद बम कांड के पीछे हिंदू गुट 'अभिनव भारत' का हाथ है और इसके सूत्र मालेगाँव और अजमेर शरीफ के बमकांडों से जुड़े हुए हैं। उसके बाद आंध्र प्रदेश सरकार ने राज्य विधान सभा में माफी माँगते हुए कहा कि जिन लोगों को महज धर्म के कारण पुलिस के हाथों जेल जाना पड़ा अथवा परेशानी झेलनी पड़ी, उसकी क्षतिपूर्ति करेगी। इसी प्रकार पुलिस का गैर-जिम्मेदाराना रुख 2007 को हुए हैदराबाद बम कांड में देखने को मिलता है, जब पुलिस द्वारा बम-कांड का आरोप पाकिस्तानी ग्रुप पर लगाने के बावजूद सुरक्षा एजेंसियों ने दोषियों की तलाश में पुराने शहर की आबादी को तहस-नहस कर दिया था।

कारगिल युद्ध में भारतीय इंटेलिजेंस की विफलता के परिणामस्वरूप तत्कालीन सरकार के उप प्रधानमंत्री एल.के. आडवाणी के मातहत मंत्रियों के ग्रुप ने आंतरिक सुरक्षा प्रणाली में आमूल-चूल परिवर्तन का सुझाव दिया। इसका परिणाम यह हुआ कि

इंटेलिजेंस के ऊपर एक संयुक्त टास्क फोर्स का गठन हो गया, जिसे एम.ए.सी. सहित राष्ट्रीय स्तर पर गृह मंत्रालय के मातहत इंटेलिजेंस ब्यूरो (आई.बी.) के अंतर्गत नियुक्त कर दिया गया। इस परिवर्तन का उद्देश्य था कि सभी प्रकार की 'इंटेलिजेंस' को राष्ट्रीय स्तर पर एकत्र करके उसपर अध्ययन और अनुसंधान के बाद उपभोक्ताओं को, जिनमें राज्यों की पुलिस भी शामिल है, उचित काररवाई के लिए भेजा जाए। वरिष्ठ ज्वॉइंट डायरेक्टर के नेतृत्व में कार्य करनेवाले आई.बी. के तहत एम.ए.सी. का काम राष्ट्रीय स्तर पर एकत्रित इंटेलिजेंस को समुचित अध्ययन और अनुसंधान के बाद उपभोक्ताओं के बीच वितरित करना था। 26/11 हमले के परिणामस्वरूप जब तक इन संगठनों को समुचित शक्तियाँ नहीं दी गई थीं, तब तक इन संगठनों की परवाह तक नहीं की जाती थी। लेकिन सारा दोष पुलिस पर मढ़ना भी न्यायोचित नहीं है, क्योंकि उनके पास जो इंटेलिजेंस की सूचनाएँ आती थीं, वे नितांत साधारण स्तर की होती थीं, किसी बिंदु पर सही खुलासा न होने के कारण काररवाई योग्य नहीं होती थीं। फिर संगठनों में आपसी स्पर्धा के कारण भी विलंब होता था, क्योंकि हर संगठन अगली काररवाई से पूर्व अपने संगठन के नेतृत्व के पास भेजता था। परिणामस्वरूप संगठनों के आपसी विचार-विमर्श में विलंब होना स्वाभाविक था। ऐसी हालत में 'इंटेलिजेंस' पर तुरंत काररवाई का लचर होना स्वाभाविक है। लगभग यही स्थिति कुछ अपवादों को छोड़कर सभी राज्य सरकारों की थी। अपवाद में वे राज्य सरकारें थीं, जिनके मुख्यमंत्री केंद्र सरकार के विरोधी दल के थे। अकसर वे केंद्र सरकार द्वारा भेजे गए 'अलर्ट' को राजनीति की नजर से देखते थे। वस्तुत: गठबंधन की केंद्र सरकार और राज्य स्तर पर दफ्तरों में काम करनेवाले कर्मचारी आतंकियों को ढूँढ़ने के बजाय एक-दूसरे की जासूसी में ज्यादा दिलचस्पी लेते थे। इंटेलिजेंस की दयनीय स्थिति का बड़ा कारण 1990 के दशक में ढूँढ़ा जा सकता है, जब आनन-फानन में बनी यूनाइटेड फ्रंट सरकार में आई.के. गुजराल प्रधानमंत्री बन गए। चुनाव राजनीति से पूरी तरह महरूम गुजराल बौद्धिक क्षेत्र से परिवर्तित होकर राजनैतिक क्षेत्र में आए थे। उनका एकमात्र उद्देश्य पड़ोसी देशों, खास तौर पर पाकिस्तान से संबंध सुधारना था और इस प्रयास में उन्होंने विदेशी इंटेलिजेंस की एकमात्र जिम्मेदार एजेंसी 'रॉ' की लगभग सभी शक्तियों को वस्तुत: निष्प्राण कर दिया। इसका नतीजा यह हुआ भारतीय इंटेलिजेंस के पास अफगान-पाक क्षेत्र में कार्यरत जिहादी ग्रुपों की सूचना एकत्र करने के विशिष्ट सूत्रों का अभाव हो गया और केंद्र सरकार को इस विशिष्ट कार्य के लिए सी.आई.ए. तथा अन्य यूरोपीय एजेंसियों जैसे विदेशी संगठनों का मुँह ताकने के लिए मजबूर होना पड़ा। तीनों 'इंटेलिजेंस अलर्ट' जिसमें 'अल हुसैनी एलर्ट' भी शामिल है, अमेरिका से प्राप्त हुए और कराची प्रोजेक्ट के बारे में डेविड हेडली के पाशा से बात करने से पहले भारत सरकार को कराची प्रोजेक्ट का अता-पता तक नहीं था। आज भी

केंद्र सरकार पाशा के पास और भारतीय मुजाहिदीन के बीच वास्तविक संबंधों के बारे में कोई जानकारी नहीं है, जो कुछ भी उसके पास है, वह हेडली और सरफराज नवाज के पुलिस को दिए बयानों पर ही आधारित है। यदि चर्चा भारत की आतंक विरोधी इंटेलिजेंस के 'निम्न स्तर' के विषय पर की जाए तो यह दोष पूरी तरह से तत्कालीन सरकारों पर मढ़ा जा सकता है, क्योंकि वे एक के बाद एक अपनी विफलताओं को बट्टे खाते में डालती रही हैं। जिम्मेदारी की भावना का पूर्ण अभाव था। भारी विध्वंस और जान-माल के नुकसान के बावजूद किसी भी एजेंसी या व्यक्ति पर कभी कोई आक्षेप नहीं लगाया गया। प्रमुख घटनाओं, जैसे कारगिल (1999), विमान हाइजेक (1999), भारतीय संसद् पर हमला (2001), मुंबई ट्रेन बम कांड (2006) और 26/11 का मुंबई बम विस्फोट (2008) को 'सिस्टम फेल्योर' का तमगा देकर दफन कर दिया गया। यह तो मुंबई हमले के बाद पैदा हुआ जन आक्रोश था कि सरकार को शिवराज पाटिल, चीफ मिनिस्टर विलास राव देशमुख और राज्य के गृहमंत्री आर.आर. पाटिल को घर का रास्ता दिखाना पड़ा। लेकिन प्रधानमंत्री मनमोहन सिंह को राष्ट्रीय सुरक्षा सलाहकार एम.के. नारायणन को हटाकर पश्चिम बंगाल भेजने में एक वर्ष लग गया। फिर भी, 2006 के मुंबई ट्रेन बम कांड में 209 तथा 2008 में 173 लोगों के मरने के बावजूद किसी भी अफसर या एजेंसी के मुखिया को जिम्मेदार नहीं ठहराया गया। इसका कारण यह है कि ई.एस.एल. नरसिंहन, पी.सी. हलदर, पी.के. हॉर्मिस, थरकन तथा अशोक चतुर्वेदी सभी एम.के. नारायणन द्वारा नियुक्त किए गए थे। इसी प्रकार जब 'रॉ' जैसी खुफिया एजेंसी कारगिल में पाकिस्तानी सेना की घुसपैठ के बारे में 'अलर्ट' तक नहीं दे पाई तो उसके मुखिया अरविंद दवे को अरुणाचल का राज्यपाल बनाकर भेज दिया गया। उसके बाद मुंबई हमले में लश्करी नौका 'अलहुसैनी' से संबद्ध सूचना पर लापरवाही बरतने के जिम्मेदार एडमिरल सुरीश मेहता को न्यूजीलैंड में भारतीय राजदूत बनाकर भेज दिया गया।

अयोग्य इंटेलिजेंस, जिम्मेदारी का अभाव उसके ऊपर जाँच-पड़ताल में अवैज्ञानिक तकनीकों का प्रयोग, जिसमें सबूतों की मजबूती तक को अनदेखा किया जाता हो, ऐसे आंतरिक सुरक्षा संगठन से क्या उम्मीद की जा सकती है? उदाहरण के लिए 2006 में जब भारतीय मुजाहिदीन ने वाराणसी के संकटमोचन पर बम विस्फोट किया तो घटना स्थल को, जो प्रतिमा से केवल 25 फुट की दूरी पर ही था, प्राथमिक जाँच और लाशों को उठाए जाने के बाद पानी से धो दिया गया। बिल्कुल उसी तरह जैसे 2005 में हुए दशाश्वमेध घाट के बम विस्फोट में हुआ, जिसे सिलेंडर ब्लास्ट बताकर केस को फाइल कर दिया गया। विस्फोट स्थल पर पाए जानेवाले सूत्रों की संभावना को पानी से धोकर साफ कर दिया गया और घटना-स्थल पर राजनेताओं, जिनमें प्रधानमंत्री, गृहमंत्री, राज्य

के मुख्यमंत्री, पार्टी अध्यक्ष तथा मीडिया के लिए खुला छोड़ दिया गया, ताकि बचे-खुचे सबूत के सूत्र यदि रह भी गए हों तो वे भी नष्ट हो जाएँ। बाद का इतिहास गवाह है कि भारतीय सुरक्षा एजेंसियों और पुलिस ने पिछली गलतियों से सीखने की कोशिश तक नहीं की, क्योंकि जर्मन बेकरी केस में भी वे घटना-स्थल को साफ करना चाह रहे थे, किंतु भाग्यवश तत्कालीन गृहमंत्री ने उन्हें ऐसा करने से रोक दिया। इन गंभीर गलतियों का असर 'फोरेंसिक साइंस लेबोरेटरीज' की खोजबीन के परिणामों पर पड़ा, क्योंकि अधिकांश केसों में वे बता नहीं पाई कि बम के निर्माण में किस विस्फोटक सामग्री का उपयोग हुआ, क्योंकि यह जानने के लिए उन्हें घटनास्थल रह गए फूटे बम के डिवाइस चाहिए थे।

सुरक्षा एजेंसियों की आतंकी हमले में शामिल अपराधियों को चुनने में जरूरत से ज्यादा जल्दी और बिना किसी पुख्ता सबूत के हमले का इल्जाम पाकिस्तानी ग्रुप पर लगानेवाली उनकी प्रवृत्ति का फायदा असली अपराधियों को मिल जाता है। वे तो भाग सकने में कामयाब हो जाते हैं, जबकि मासूम लोग पकड़ लिये जाते हैं। यही सबसे बड़ा कारण है, जिसकी वजह से भारतीय सुरक्षा एजेंसियों को यह पता करने में 2002 से लेकर 2008, यानी 6 वर्ष लग गए कि 2002 के कलकत्ता के अमरीकन सेंटर 'शूट आउट' का अपराधी सदाकत ही क्या भारतीय मुजाहिदीन का सहसंस्थापक सादिक इसरार शेख है? प्रत्येक आतंकी हमले के बाद पुलिस बिना किसी पुख्ता सबूत के हमले के पीछे किसी नए 'मास्टर माइंड' की घोषणा कर देती है। जयपुर बम कांड के बाद राजस्थान पुलिस ने शुरू में 'हूजी' जिहादी शाहिद बिलाल को संदिग्ध घोषित कर दिया। हालाँकि अनिश्चित खबरों में कहा जा रहा था कि वह कराची बम कांड में मारा गया। अधूरी और फूहड़ जाँच-पड़ताल और अधिकारियों की केस सुलझाने की जल्दी ने ऐसी हास्यास्पद स्थिति पैदा कर दी है कि हिरासत में रह रहे भारतीय मुजाहिदीन के आतंकी जब हमले में अपनी भूमिका को स्वीकार कर लेते हैं तो पुलिस को समझ में नहीं आता, जिन लोगों पर वह पहले इल्जाम लगा चुकी है, उनका वह क्या करे? इस स्थिति के लिए पुलिस को खुद अपने को दोष देना होगा, क्योंकि उन्होंने अपना विश्वास 'नार्को एनालिसिस' पर जमा लिया है, जिसका प्रयोग वह अपराध की जड़ तक जाने के लिए तथाकथित आरोपियों पर करती रहती है।

सच्चाई या झूठ का पुलिंदा

सोडियम पेंटोथल तेज प्रभाववाला वार्बीटूटेट एसिड है। साधारण शब्दों में सुरक्षा एजेंसियों की वह जादुई दवा है, जिसको पिलाते ही वह कठोरतम अपराधी की इच्छाशक्ति को मोम की तरह गला देती है और वह पूछताछ का विरोध करना छोड़ देता है। सुप्रीम

कोर्ट द्वारा इसे असंवैधानिक घोषित करके रोक लगाने से पहले 'सोडियम पेंटोथल' सुरक्षा एजेंसियों का लोकप्रिय हथियार था। 5 मई, 2010 में सुप्रीम कोर्ट ने संविधान के अनुच्छेद 21 के अंतर्गत संदिग्ध आरोपियों पर 'नार्को एनालिसिस', ब्रेन मेपिंग और पॉलिग्राफ टेस्ट करने को 'असंवैधानिक' घोषित करते हुए कहा, 'हमारा सोचा-समझा मत है कि किसी भी व्यक्ति पर इस तकनीक को बिना उसकी इजाजत के थोपा नहीं जा सकता, क्योंकि ऐसा करना व्यक्तिगत स्वतंत्रता पर अवांछनीय हस्तक्षेप है।' उस समय चीफ जस्टिस के.जी. बालकृष्णन थे, जिन्होंने यह आदेश दिया था। सुप्रीम कोर्ट ने अपने आदेश में कहा कि बिना रजामंदी किसी आरोपी संदिग्ध या गवाह पर इस टेस्ट का प्रयोग करना भारतीय संविधान के अनुच्छेद 20 (3) का उल्लंघन है, जो व्यक्ति की स्वयंदोष से रक्षा करता है। आदेश में यह भी कहा गया कि ऐसी तकनीक से जाँच-पड़ताल प्रक्रिया प्रणाली को भंग किया जाता है और अगर इसके लिए यदि कोई आरोपी रजामंद हो जाता है तो भी ऐसा सबूत मान्य नहीं माना जाएगा।

पहली बार 1995 में विकसित यह 'नार्को एनालिसिस टेस्ट' 2002 के गोधरा के दंगों से लोकप्रिय बन गया। पुलिस के 'थर्ड मेथ्ड ट्रीटमेंट' पर अब मानवीय अधिकारों से जुड़े संगठनों की नजर रहने के कारण यह तकनीक पुलिस के लिए पूर्णत: सुरक्षित और लोकप्रिय अस्त्र बन गई। इन सबके बावजूद इस तकनीक से एकत्र सबूत अकसर अधूरे ही रहे हैं। दूसरी यह भी कहा गया कि सुरक्षा एजेंसियाँ सुझावोन्मुख प्रश्न करके इस तकनीक का दुरुपयोग भी कर सकती हैं। हालाँकि भारतीय पुलिस विभिन्न केसों में नार्को एनालिसिस टेस्ट करती है, लेकिन इस पुस्तक में हम केवल आतंकी हमलों तक उसकी चर्चा करेंगे।

भारतीय मुजाहिदीन ने जब 11 जुलाई, 2006 को मुंबई रेल विस्फोट किया तो नगर पुलिस पर काररवाई करने का भारी दबाव पड़ने लगा। उसने तुरंत काररवाई पर संदिग्धों को खास तौर पर अल्पसंख्यकों को पूछताछ के लिए हिरासत में लेना शुरू कर दिया। जैसे-जैसे दबाव बढ़ता गया, वैसे-वैसे संदिग्धों के प्रति पुलिस का रवैया कड़ा होने लगा। इससे परेशान होकर अल्पसंख्यक समुदाय के नेताओं ने पुलिस के अल्पसंख्यकों के प्रति कड़े रुख की शिकायत दिल्ली तक शुरू कर दी। केंद्र सरकार को उस समय चाहिए था कि वह राजनीति को आंतरिक सुरक्षा से अलग रखकर पुलिस को अपना रुख बदलने का आदेश देती, लेकिन हुआ यह कि उसके दबाव में आकर राज्य पुलिस ने पूछताछ का तरीका ही बदल दिया, अर्थात् उसने नार्को टेस्ट को पूछताछ का अस्त्र बना लिया। उसका परिणाम यह हुआ पुलिस ने आरोपियों के दल को, जिसमें आठ पाकिस्तानी बॉम्बर भी थे, केवल उनके पहले नाम के आधार पर चार्ज लगा दिए। पहला नाम इसलिए, क्योंकि 'नार्को टेस्ट' में आरोपियों ने न तो पहचान दी और न ही पता। इसके अतिरिक्त

बम ब्लास्ट के लिए किसने आर.डी.एक्स. अमोनियम नाइट्रेट और डिटोनेटर्स पहुँचाए? भारत में लश्कर और सिमी के बीच संपर्क सूत्र कौन था? प्रेशर कुकर्स कहाँ से खरीदे गए थे? और बम विस्फोट में कौन से अंतरराष्ट्रीय संपर्क सूत्र थे? जैसे महत्त्वपूर्ण पूछताछ का चार्जशीट में कोई जिक्र ही नहीं था। इस लंबी-चौड़ी चार्जशीट के प्रमुख आरोपी फैसल शेख, उसका भाई मुजम्मिल, सोहेल और तनवीर अंसारी 2002 से 2004 के दौरान लश्कर के नेता आजम चीमा की देखरेख में पाकिस्तान में ट्रेनिंग ले चुके हैं। लेकिन पूरे कांड को अब तक नहीं सुलझाया जा सका है।

यह भी पता नहीं लग पाया है कि कांड में सिमी का जनरल सेक्रेटरी एहतशाम सिद्दीकी इसमें शामिल था भी या नहीं, क्योंकि न तो वह ट्रेनिंग के लिए पाकिस्तान गया और न ही उसे बम बनाना आता था। अब केंद्र सरकार खुद स्वीकार कर रही है कि मुंबई बम कांड के पीछे रियाज भटकल, इकबाल भटकल थे, जिन्होंने मुंबई मॉड्यूल के नेता मोहम्मद सादिक इसरार शेख की पहल से इस हमले को अंजाम दिया। 7/11 से संबंधित तमाम जाँच-पड़ताल और इसे माले गाँव हमले से जोड़ने की प्रक्रिया से समूचे प्रशासन पर सवालिया निशान लग गए हैं, क्योंकि हमले के प्रमुख आरोपी मोहम्मद अली को, जिसके शिवाजी नगर स्थित मकान में बम बनाए गए थे, मालेगाँव बम ब्लास्ट में भी आरोपी बनाया गया है, जबकि मालेगाँव का बमकांड 7/11 हमले के दो महीने बाद हुआ। इसी प्रकार 2005 के दीवाली बम कांड में दिल्ली पुलिस ने कश्मीरी तारिक दर को फँसाने के लिए उसका और उसके साथियों का नार्को टेस्ट करवाया; हालाँकि सुरक्षा एजेंसियाँ जानती थीं कि वह कश्मीर घाटी में लश्कर का प्रवक्ता है, जिस पर उनकी नजर हमेशा रही। फिर भी दिल्ली हमले के लिए उस पर नार्को टेस्ट करना महज नाटक है।

इस तमाम चर्चा के बाद यह ताज्जुब नहीं कि जनता की नजर में और विशेष रूप से अल्पसंख्यकों की नजर में पुलिस की साख गिरी है। खास तौर पर उत्तर प्रदेश, राजस्थान और गुजरात जैसे राज्यों में तो स्थिति और भी नाजुक है। इस सब से यह स्पष्ट हो गया है कि सुरक्षा एजेंसियों और पुलिस प्रशासन को अपने तरीकों में आमूल-चूल परिवर्तन करने होंगे, ताकि देश और समाज को न्याय मिले और निर्दोषों को बिना वजह परेशानी न झेलनी पड़े।

भविष्य का रास्ता

भारत के इतिहास में 2008 को भारत में आतंक से साक्षात्कार का वर्ष माना जाएगा। इस वर्ष कुछ ऐसे बम विस्फोट हुए, जिसमें पहली बार हिंदू आतंकवाद की जानकारी मिली। वहीं 26/11 के मुंबई बम विस्फोटों में पाकिस्तानी हाथ का रहस्योद्‌घाटन हुआ और इसी वर्ष भारतीय मुजाहिदीन का विघटन भी शुरू हुआ। पाकिस्तान में जिस प्रकार

सेना और आई.एस.आई. का वर्चस्व है, उससे आश्चर्य नहीं कि पाकिस्तान में राजनैतिक नेतृत्व केवल नाममात्र का है। इसलिए लश्कर-ए-तय्यबा जैसे दलों द्वारा प्रायोजित हमलों का खतरा कम होनेवाला नहीं है, बल्कि भविष्य में उसके बढ़ने की आशंका से इनकार नहीं किया जा सकता।

आने वाले वर्ष भारत के लिए कठिन साबित हो सकते हैं, क्योंकि अमरीका यदि अफगानिस्तान में तालिबान को खत्म किए बिना अपनी सेनाएँ हटाता है तो उसका प्रभाव भारत और पाकिस्तान दोनों पर पड़नेवाला है। हालाँकि पाकिस्तान आतंक को लेकर खुद परेशान है, तथापि उसके भारत विरोधी लक्ष्यों में कभी आनेवाली नहीं है। बहुत हुआ तो हमलों की रफ्तार में कमी आ सकती है। वह भी तब, जब अंतरराष्ट्रीय स्तर पर विशेष रूप से अमरीका, रूस और यूरोपीय देशों का पाकिस्तान पर दबाव पड़ता है। जहाँ तक चीन का संबंध है, वह पाकिस्तान का 'सदाबहार' मित्र है, क्योंकि पाकिस्तान बलूचिस्तान स्थित 'ग्वादर' बंदरगाह के जरिए चीन को इंडियन ओशियन और गल्फ की खाड़ी तक सीधा मार्ग मुहैया करा रहा है। इसके अलावा चीन पाकिस्तान की मदद भारत को आंतरिक फसादों में उलझाए रखने में चाहता है, ताकि भारत प्रगति न कर पाए। इसलिए जब तक विश्व की ताकतों में कोई फेर-बदल नहीं होता या मुंबई जैसे बड़े हमले के बाद भी भारत की नीति में महत्त्वपूर्ण परिवर्तन नहीं हो जाता, तब तक भारत पाकिस्तान के लिए (हालाँकि वह आर्थिक रूप से भारत से बहुत कमजोर है) भारत विध्वंस का लक्ष्य बना रहेगा।

उसकी योजना स्पष्टत: भारत में देसी जिहादी ग्रुप बनाने की है। भारतीय मुजाहिदीन इसी योजना का एक भाग था। इसके विरोध में भारत को एक नई दृढ नीति का निर्माण करना होगा। यह सुनने में एक जटिल काम लगता है, पर उम्मीद की किरण यह है कि अधिकांश मुसलमान को उग्रवाद से कोई लेना-देना नहीं है और भारत की मुख्य विकास धारा से जुड़े हुए हैं। भारत के विकासोन्मुख अर्थतंत्र को देखते हुए आर्थिक रूप से मजबूत भारतीय मुसलिम नौजवान शायद अब मर्यादित इसलाम के नेता बनें। भारत को अब आंतरिक सुरक्षा को मजबूत करने के लिए एक बेहफार आतंक-विरोधी सामरिक नीति बनानी होगी, ताकि नेपाल, बँगलादेश, म्याँमार और श्रीलंका की सीमाओं से प्रशिक्षण प्राप्त जिहादियों की घुसपैठ को पूरी तरह से खत्म किया जा सके। इसके साथ-साथ भारत को हिंदू उग्रवाद, जो भारतीय धर्मनिरपेक्षता के लिए उतना ही खतरनाक है, को जड़ से उखाड़ फेंकना चाहिए। ये दोनों संगठन इन जिहादियों के हाथों में कठपुतली बने हुए हैं, जो देश में हजारों गोधरा कांडों के जरिए देश में सांप्रदायिक दंगे भड़काने की फिराक में हैं। मुंबई हमले के बाद भारत सरकार में एक नया सुरक्षा संगठन बनाने के लिए गंभीर चिंतन की शुरुआत हुई है।

भारत के लिए एक नया सुरक्षा कवच

इक्कीसवीं शताब्दी में भारत में आतंक विरोधी नीति की जो शुरुआत हुई, उसकी नींव की जड़ें 1999 के भारत-पाकिस्तान कारगिल युद्ध और हरकत-उल-मुजाहिदीन द्वारा इंडियन एयरलाइंस की आई.सी.-814 फ्लाइट की हाइजेकिंग में गुँथी हुई है। दोनों ही घटनाओं में भारतीय इंटेलिजेंस एजेंसियाँ सोती हुई पकड़ी गईं। उसकी प्रतिक्रिया भी इतनी फूहड़ थी, जिसकी वजह से भारी नुकसान हुआ। परिणामस्वरूप सरकार ने राष्ट्रीय सुरक्षा प्रणाली में सुधार के लिए गृहमंत्री की अध्यक्षता में मंत्रियों का एक दल नियुक्त किया। इस दल ने आतंक-विरोधी प्रतिक्रिया को और मजबूत बनाने के लिए जो सिफारिशें दीं, उनमें से एक इंटेलिजेंस ब्यूरो के अंतर्गत एक एम.ए.सी. (मल्टी एजेंसी सेंटर) की स्थापना थी।

इस कमेटी को स्थापित करने की आवश्यकता 9/11 के हमले के बाद महसूस की गई और 6 दिसंबर, 2001 को इसको बाकायदा स्थापित कर दिया गया। कमेटी का लक्ष्य था, देश भर की इंटेलिजेंस को एकत्र करके उसमें से उपयोगी सूचनाओं को अध्ययन के पश्चात् उन्हें समूचे देश के काम करनेवाली एजेंसियों को 'तुरंत काररवाई' के लिए प्रेषित करना, सूचनाओं के आधार पर एक 'मेमोरी बैंक' का निर्माण करना, दिन-रात चलनेवाले एक ऐसे सूचना-तंत्र की स्थापना करना, जिसमें सभी केंद्रीय सुरक्षा एजेंसियाँ और राज्यों की पुलिस की सहायता से इंटेलिजेंस की चेतावनी को अति द्रुतगामी माध्यम से प्रेषित किया जा सके और माध्यमों, सूत्रों, व्यक्तियों, तकनीकी यंत्रों और जासूसों के जरिए उन्हें समन्वित कर 'तुरंत काररवाई' के लायक बनाया जा सके। लेकिन जैसा कि देखा गया, इसका कोई फायदा मुंबई के 26/11 के हमले में नहीं मिलता। सरकार ने खुद स्वीकार किया कि मुंबई हमले में 'मल्टी एक्शन कमेटी' अपने वादे पर टिक नहीं सकी। कोई 'डाटा बेस' नहीं बना और न ही हमले के संबंध में केंद्रीय और राज्य सुरक्षा एजेंसियों से कोई डाटा मिला। इसी बीच 'द्वितीय एडमिनिस्ट्रेटिव रिफार्म कमीशन' ने जिसे वर्तमान सरकार ने नियुक्त किया था, अपनी जून, 2008 की रिपोर्ट 'कॉम्बेटिंग टेररिज्म' में निम्नलिखित सिफारिश की, विभिन्न इंटेलिजेंस और सुरक्षा एजेंसियों से कर्मियों को शामिल करके 'मल्टी एजेंसी सेंटर' को 'नेशनल काउंटर टेररिज्म सेंटर' में परिवर्तित कर दिया जाए। इसके अलावा इसको सभी एजेंसियों से प्राप्त सूचनाओं को एक सूत्र में बाँधने और उन्हें कार्यरूप देनेवाली 'नोडल' एजेंसी भी बना दिया जाए। मल्टी एजेंसी सेंटर को यही भूमिका राज्यों के स्तर पर करनी चाहिए।

सरकार द्वारा ए.ओ.सी. के गठन की मंजूरी पर 1 जनवरी, 2009 को 'मल्टी एजेंसी सेंटर (फंक्शन, पावर्स और ड्यूटीज) आदेश, 2008' लागू कर दिया गया। इसकी कार्य सूची इस प्रकार थी—आतंक, आतंकी खतरों तथा आतंकी अपराधों से संबद्ध आवश्यक

सूचना/जानकारी को एकत्र करना, समन्वित करना, स्टोर करना, अनुसंधान करना, आपस में वितरित करना तथा प्रेषित करना।

- आतंक और आतंकी खतरों का मुकाबला करने के लिए सरकार की क्षमता को विकसित करना, सुधार कर उसे और बढ़ाना।
- आतंक, आतंकी खतरों और आतंकी अपराधों का मुकाबला करने के लिए सामरिक और युक्तिपूर्व तंत्र विकसित करना।

आदेश में कहा गया कि भारत की सैनिक और असैनिक प्राधिकरण एम.ए.सी. की सहायता करेंगे। एम.ए.सी. की शाखाएँ राज्य की राजधानियों में खोली जाएँगी, जिनमें राज्य स्तर पर कार्य करनेवाले सभी संगठनों, विशेष रूप से राज्य पुलिस की विशेष शाखा का प्रतिनिधित्व होगा। गृहमंत्री पी. चिदंबरम ने अमरीकी एन.सी.टी.सी. की गतिविधियों का अध्ययन करने के लिए अमरीका का दौरा किया। ए.आर.सी. की पृष्ठभूमि के तहत चिदंबरम ने 23 दिसंबर, 2009 को वार्षिक इंटेलिजेंस ब्यूरो ऐंडोमेंट लैक्चर में नई सुरक्षा ढाँचे का सूत्रपात किया। अपने भाषण में चिदंबरम ने एन.सी.टी.सी. की कार्यसूची की चर्चा करते हुए कहा कि वह आतंकी हमले को रोकने और उसके बदले में आतंकियों पर प्रहार करके उन्हें नष्ट करने का काम करेगा। बुनियादी रूप से एन.सी.टी.सी. का कार्य इंटेलिजेंस से संबंधित होगा, जिसमें जाँच-पड़ताल और काररवाई प्रमुख लक्ष्य होंगे। प्रस्ताव के महत्त्वपूर्ण बिंदु ये हैं—

- एक नेशनल ग्रिड (नेटग्रिड) की स्थापना, जो इक्कीस 'डाटा बेस' का संपर्क सूत्र होगा, जिसमें क्रिमिनल ट्रेकिंग नेटवर्क (सी.सी.टी.एन.) शामिल होगा। लक्ष्य यह होगा कि इंटेलिजेंस और एनफोर्समेंट एजेंसियों के लिए वांछित सूचनाओं को सुरक्षित व द्रुतगामी माध्यमों से उपलब्ध किया जा सके।
- एम.ए.सी. अपनी कार्यसूची सहित एन.सी.टी.सी. में विलीन हो जाएगी।
- नवगठित एन.आई.ए. अपनी जाँच-पड़ताल संगठन सहित नेशनल काउंटर टेररिज्म सेंटर (एन.सी.टी.टी.) के मातहत कार्य करेगा।
- एन.सी.टी.सी. को पूर्ण आतंक विरोधी क्षमता प्रदान करने के लिए एन.सी.टी.सी. को एक ऑपरेशंस विंग बनाया जाएगा।
- एन.सी.टी.सी. में सभी इंटेलिजेंस एजेंसियों का प्रतिनिधित्व होगा, जिनमें नेशनल टेक्निकल रिकोंसाँ ऑर्गेनाइजेशन (एन.टी.आर.ओ.), ज्वॉइंट इंटेलिजेंस कमेटी, नार्कोटिक्स कंट्रोल बोर्ड तथा नेशनल सिक्योरिटी गार्ड (एन.सी.जी.) भी शामिल है।
- 'रॉ' की भूमिका, उसके 'एयर सर्वीलेंस विंग', एविएशन रिसर्च सेंटर और सी.बी.आई. का परीक्षण किया जाएगा और उसके आतंक से संबंधित कार्य-

कलापों को एन.सी.टी.सी. के मातहत लाया जाएगा।

- एम.सी.टी.सी. केंद्रीय गृह मंत्रालय के अधीन रहेगा और अपने कार्यकलापों के लिए उसे भारतीय संसद् को जवाब देना होगा।

भारतीय एन.सी.टी.सी. का प्रस्ताव यद्यपि अमरीकी तर्ज पर आधारित है, तथापि उससे एक कदम आगे है, क्योंकि अमरीका में वह आतंक विरोधी ऑपरेशंस के लिए केवल भूमिका और उत्तरदायित्व निर्धारित करता है और अपने को केवल 'ऑपरेशनल प्लानिंग' तक सीमित रखता है। यही अतिरिक्त है, कदम जिसने भारतीय सुरक्षा प्रतिष्ठान में गंभीर विवाद पैदा कर दिया है, क्योंकि यह कदम एन.सी.टी.सी. को एक सक्षम शीर्ष एजेंसी का रूप प्रदान कर देता है, जिसको सभी इंटेलिजेंस एजेंसियों को रिपोर्ट करना है। प्रधानमंत्री के पूर्व राष्ट्रीय सुरक्षा एडवाइजर एम.के. नारायण ने गृहमंत्री के एन.सी.टी.सी. प्रस्ताव का अन्वेषण करके अपनी सहमति तो दी है, किंतु इंटेलिजेंस एजेंसियों, विशेष रूप से एम.ए.सी. को छोड़ देने को कहा है। उन्होंने अपनी लिखित दलील में एम.ए.सी. को एन.सी.टी.सी. में शामिल करने का विरोध करते हुए कहा कि काउंटर-टेरर आउटफिट की प्रस्तावित कार्यक्षमताओं को भारतीय इंटेलिजेंस एजेंसियों की ऑपरेशनल इकाइयों को दबाकर नहीं बनाना चाहिए। केवल नारायण ही नहीं, जिसने एन.सी.टी.सी.के बुनियादी ढाँचे का विरोध किया, इंडियन इंटेलिजेंस के प्रमुख का भी कहना है कि अमरीकी एन.सी.टी.सी. की तरह आई.बी.और 'रॉ' को अपने प्रतिनिधियों को प्रस्तावित सेंटर में उन सूचनाओं को लेकर भेजना चाहिए, जिन्हें वे साझा करना चाहते हैं, न कि वे एन.सी.टी.सी.के बॉस को रिपोर्ट करें और संसद् को जवाब दें। विरोध करनेवालों के हौसले उस घटना से और बढ़ गए, जब अमरीका का एन.सी.टी. सी. पर्याप्त इंटेलिजेंस होने के बावजूद नाइजेरिया के उमर फारूक अब्दुलमुखलब द्वारा किए गए 'क्रिसमिस डे' बमकांड को रोक नहीं पाया। अमरीकी राष्ट्रीय इंटेलिजेंस के डायरेक्टर डेनिस ब्लेअर ने 20 जनवरी, 2010 को सिनेट इंटेलिजेंस कमेटी को संबोधित करते हुए कहा, 'कांउंटर टेररिज्म सिस्टम फेल हो गया। हमने राष्ट्रपति से कहा कि हम बेहतर काम करने के लिए दृढ प्रतिज्ञ हैं।'

यद्यपि किसी भी नए विचार की अपनी खूबी और कमियाँ होती हैं, एन.सी.टी.सी. की कांटरटेरर ढाँचे की बुनियादी समस्या इसके काम करने की कार्य प्रणाली है। एन.सी.टी.के. के मुखिया को नियुक्त करना और उसको ढेर सारी शक्तियाँ प्रदान करके उसका लक्ष्य तय कर देना बड़ा आसान है; लेकिन बड़ा सवाल यह है कि ऑपरेटिंग काउंटर टेररिज्म टीमों को प्रशिक्षित कौन करेगा? मान लीजिए कि भारत जैसे विशाल और विभिन्नताओं के देश में इसे आतंक ग्रस्त परिस्थिति को सँभालने भेजा जाता है तो उसे लॉजिस्टिक्स और दूसरी सहायता कौन करेगा? बढ़ती हुई आशंका यह है कि पहले

ऐसे गठित कई संगठनों की तरह यह भी व्यर्थ साबित न हो। एन.सी.टी.सी. के विरोध में अन्य तर्कों में यह भी कहा जा रहा है कि क्यों न मौजूदा भारतीय इंटेलिजेंस एजेंसियों को उनके कार्यकारी इकाइयों सहित और मजबूत बनाया जाए। 7/7 बमकांड की ब्रिटिश प्रतिक्रिया एम.आई.–5 और एम.आई.–6 एजेंसियों की क्षमता बढ़ाने की थी, न कि एक नया संगठन बनाने की थी। संभवत: भारतीय जरूरतों का उत्तर एक नए संगठन बनाने में न होकर पारदर्शी प्रक्रिया तथा गुणवत्ता आधारित क्षमताओं के माध्यम से मौजूदा तंत्र की मजबूती में निहित है। भारत में इसकी शुरुआत बुनियादी स्तर से होनी चाहिए, क्योंकि भारत में पुलिसकर्मियों की भारी कमी है। गृह मंत्रालय के अनुसार, 2006 में भारत में पुलिस कर्मियों की कुल संख्या 16, 32, 691 थी, जिसको यदि विभाजित किया जाए तो एक लाख की आबादी के लिए मात्र 145.2 पुलिसकर्मी आते हैं। इन आँकड़ों की तुलना यदि इटली और नेपाल जैसे छोटे देशों से की जाए तो पता लगेगा भारत की दशा कितनी दयनीय है। इटली में यह आँकड़ा एक लाख की आबादी पर 559 पुलिसकर्मी तथा नेपाल में एक लाख पर 192.7 प्रतिशत पुलिसकर्मी हैं।

इससे भी अधिक चिंता का विषय यह है कि 2006 में जितने पुलिसकर्मियों को बहाल करने की स्वीकृति मिली थी, उसमें केवल 117.09 प्रतिशत की ही भरती हो पाई, जबकि होनी थी 145.25 प्रतिशत, क्योंकि पुलिस भरती को अब तक गंभीरता से नहीं लिया जाता। उत्तर प्रदेश और बिहार जैसे घनी आबादीवाले प्रदेशों में पुलिस भरतियाँ अकसर भ्रष्टाचार की भेंट चढ़ जाती हैं। कारण है कि सरकारें पुलिस की भरती में अपने जाति के आधार पर दलालों को भरती हैं, जो उन्हें चुनावों में सहायता देते हैं। इंटेलिजेंस एजेंसियाँ भी लगभग इसी समस्या से ग्रस्त हैं। उन्हें भी या तो आतंकी अड्डों पर काम करने लायक पर्याप्त कर्मी नहीं मिलते या उनकी प्राथमिकताएँ बदल दी जाती हैं और फोकस राजनैतिक इंटेलिजेंस पर हो जाता है। इसका सीधा और स्वाभाविक असर एजेंसियों के काम–काज पर पड़ता है। वे मानवीय इंटेलिजेंस से अधिक तकनीक आधारित माध्यमों, जैसे 'कम्यूनिकेशन इंटरसेप्ट' और 'मोबाइल फोन ट्रैकिंग' तथा 'कॉल मैचिंग' पर निर्भर रहते हैं, जिसमें जमीनी तसदीक का नितांत अभाव होता है। इसलिए पुलिस तथा इंटेलिजेंस के काम–काज को बेहतर बनाने के लिए जरूरत इस बात की है कि इनमें आधारभूत भरती को बढ़ाया जाए और साथ–साथ में प्रशिक्षित किया जाए, ताकि अल्प समय में तुरंत काररवाई की जा सके। यहाँ 'नोट' करने की बात यह कि मुंबई के 26/11 के हमले के दौरान वैयक्तिक या एकल बहादुरी के किस्सों को यदि छोड़ दिया जाए तो मुंबई पुलिस और एन.एस.जी. काउंटर टेररिस्ट फोर्स की भूलचूकों पर अनेक सवालिया निशान लगाए जा सकते हैं। हमला होने के बाद जैसे ही राज्य का राजनैतिक नेतृत्व डाँवाँडोल हुआ, तब केंद्र सरकार को स्थिति सँभालनी पड़ी। फौरन एन.एस.जी.

कमांडो को लगाया गया। लेकिन एन.एस.जी. कमांडो की टीम खुद भीतरी तकरार से ग्रस्त थी। कारण यह था कि उसके मुखिया का अपने ऑपरेशनल चीफ से तालमेल नहीं था। मुखिया पुलिस अफसर था और ऑपरेशनल चीफ सेना का एक दिलजला इन्फैंट्री अफसर था, जो प्रमोशन में 'ओवरलुफ' कर दिया था। इसका परिणाम यह था कि लश्करी बंदूकधारियों के मारे जाने से पहले 163 लोग मार दिए गए। यदि हमारा आतंक विरोधी मुकाबला मजबूत होता तो न केवल मरनेवालों की संख्या कम होती, बल्कि लश्कर-ए-तय्यबा और आई.एस.आई. के आकाओं पर भी लगाम लगती, जो कराची में टी.वी. देखकर आतंकियों को निर्देश दे रहे थे।

सितंबर 2010 में दिल्ली की जामा मसजिद पर हुए कायरतापूर्ण हमले में भी भारतीय पुलिस की भूमिका पर सवाल उठे थे, जब भारतीय मुजाहिदीन ने दो विदेशी नागरिकों पर गोली चलाई थी। यह बेहद जरूरी है कि पुलिसकर्मियों को आतंकी-चालाकियों और व्यूह-रचना का प्रशिक्षण दिया जाए, पर इस सबसे ऊपर राजनीतिक नेतृत्व में आतंक के विरुद्ध निष्ठा और दृढ प्रतिज्ञा का होना जरूरी है, अन्यथा सारे विकास के प्रयास निरर्थक रहेंगे। यह बहुत आवश्यक है कि आतंक को हर हालत में राजनीति और वोट बैंक से अलग रखा जाए, क्योंकि यह न केवल कानून लागू करने की प्रक्रिया को प्रभावित करता है, बल्कि अवांछनीय षड्यंत्र के सिद्धांतों को और बढ़ावा देता है। कांग्रेस के महासचिव दिग्विजय सिंह ने एक अखबार के इंटरव्यू में कहा कि उन्होंने मुंबई के ए.टी.एस. चीफ हेमंत करकरे, जो 26/11 हमले में मारे गए, को हमले से दो घंटे पहले ही चेतावनी दे दी थी, जिस पर करकरे ने कहा था कि उसे उग्रवादी हिंदू ग्रुप की धमकी मिली है, जो 2008 के मालेगाँव हमले में शामिल था। यह अब पता चला है कि कांग्रेसी नेता ने ए.टी.एस. चीफ करकरे से बात तो की थी, लेकिन बातचीत क्या हुई, इसका सबूत नहीं है। स्वर्गीय करकरे की पत्नी ने भी अब एक सार्वजनिक बयान में कहा है कि राजनीतिकों के ऐसे वक्तव्यों से आतंकियों और उनके आकाओं को ही बढ़ावा मिलता है। भारतीय जनता दल के नेताओं ने भी मालेगाँव बम कांड में साध्वी प्रज्ञा ठाकुर तथा कर्नल पुरोहित जैसे अभिनव भारत के सदस्यों की गिरफ्तारी की निंदा करने में जल्दबाजी दिखाई दी। ऐसे बेतुकी और अटपटी बयानबाजी ने बहुसंख्यक तथा अल्पसंख्यक दोनों ही समुदायों में शक का वातावरण पैदा कर दिया है और वे सोचते हैं कि राजनीतिक नेतृत्व की शह पर पुलिस उनके खिलाफ अथवा उनके समर्थन में काम कर रही है। अल्पसंख्यकों के बड़े खेमे का अब भी मानना है कि भारतीय मुजाहिदीन का आतिफ अमीन एक मासूम छात्र था, जिसको बिना वजह मार दिया गया। यह तब है, जबकि यह साबित हो चुका है कि उसकी कॉलेज की डिग्रियाँ फर्जी थीं और वह पाकिस्तान प्रशिक्षित आतंकी था, जो नई दिल्ली के बच्चों के पार्क को भी बम से उड़ाना

चाहता था। बहुत लोग ऐसे भी हैं, जो भारतीय राजनयिकों के लंबे-चौड़े दावों को सुनकर आज भी मानते हैं कि भारतीय मुजाहिदीन आई.बी. का ही आविष्कार है। आतंक से राजनीति करना, खास तौर पर भारत में खतरनाक रहा है, क्योंकि यहाँ सरकारें राजनीति और आतंक को अलग रखने में अक्षम रही हैं।

वापस आजमगढ़ की ओर

देश में पैदा हुए जिहादियों की जड़ों को समझने के लिए हमें एक बार फिर आजमगढ़ जाना होगा, क्योंकि कई मायनों में यह जिला 'विष का कुआँ' है, जिसकी वजह से ही सबकुछ बिगड़ा और जिस पर इससे पहले कि स्थिति नियंत्रण से बाहर हो जाए, फौरन ध्यान देने की जरूरत है। भारतीय मुजाहिदीन को जन्म देने में जो सार्वभौमिक रोल आई.एस.आई. और लश्कर-ए-तय्यबा ने किया, यदि इसे छोड़ दिया जाए तो राजनीतिक प्रशासन भी ऐसी स्थितियों को बनाने के लिए उतना ही जिम्मेदार है, जिनसे कुछ नगर जिहादियों के अड्डे बन गए।

बाबरी मसजिद के ढहाए जाने के बाद भारत में जो सांप्रदायिक दंगे हुए, उनसे देश के अल्पसंख्यक और बहुसंख्यक दोनों समुदायों की आबादी को लेकर एक परिवर्तन आ गया। दोनों संप्रदायों ने सुरक्षा के लिए खेमे बनाने शुरू कर दिए। आजमगढ़ से लखनऊ को जोड़नेवाले राज्य पथ पर बसे सराय मीर, संजारपुर, फरिआ और फूलपुर जैसे गाँव प्रशासन के अभाव में ऐसे ही अड्डों में तब्दील हो गए। लचर और संवेदनरहित पुलिस, दोनों समुदायों में आपसी विश्वास की कमी और ग्रामीण भारत में रोजगार के अवसरों का अभाव, ये ज्वलंत कारण थे, जिनकी वजह से युवकों ने, विशेष रूप से अल्पसंख्यक समुदाय के युवकों ने रोजी-रोटी की तलाश में सऊदी अरब, यमन, ओमान और यू.ए.ई. जैसे परंपरावादी, किंतु आर्थिक रूप से विकसित देशों में पलायन शुरू कर दिया। आजमगढ़ी नौजवान के लिए मुंबई जाने का कैफियत एक्सप्रेस का टिकट कई मायनों में आर्थिक स्वतंत्रता का पहला कदम बन गया। वहाँ पहुँचकर जैसे भारतीय मुसलमान को आर्थिक और सामाजिक सुरक्षा का अहसास हुआ, उसने इन इलाकों में प्रचलित 'सलाफी' आंदोलन में शामिल होकर अपने को उग्रवादी 'उन्माद' से जोड़ लिया। यही वह जगह थी, जहाँ पाकिस्तान आधारित लश्कर-ए-तय्यबा जैसे 'तकफिरी' ग्रुपों के विद्रोही प्रभाव ने अपना काम शुरू कर दिया। तकफिरी ग्रुप 'विशुद्ध इसलाम' के नाम पर अपने मुसलिम भाई की हत्या को भी न्यायोचित मानते हैं। इन ग्रुपों को पहले 'सऊदी राजशाही' से आर्थिक और नैतिक सहयोग मिलता रहा है और ये ग्रुप गल्फ देशों में अपना काफी प्रभाव रखते हैं।

पाकिस्तानी संगठन ने, जो हमेशा से भारत के खतरे से भयभीत रहता आया है,

भारतीय मुसलमान को जिहादी बनाने के इस मौके को लपक लिया, क्योंकि उसे लगा कि वह इसे अपने भारत के खिलाफ बड़े षड्यंत्र के रूप में उपयोग कर सकेगा। यहाँ यह नोट करनेवाली बात है कि जिहादी बनने के लिए थोड़े युवक ही तैयार हुए थे, लेकिन उन्होंने अपनी नई आर्थिक आजादी के प्रति आकर्षित करके अपने परिवार के सदस्यों को भी जिहाद का समर्थक बना दिया। भारतीय समाज के परिवार का गठन विशेष रूप से ग्रामीण इलाकों में परिवार का, संयुक्त परिवार का हिस्सा होना आम बात है। ऐसे में परिवार यदि जिहादी हो जाता है तो संयुक्त परिवारों के सदस्यों को उससे अछूता रखना कठिन हो जाता है। यही हुआ। जिहाद के नए रिक्रूटों को तलाशना मुश्किल नहीं रहा। कुल मिलाकर यही वह 'फीडर स्टाक' था, जिसे पाकिस्तान अधिकृत कश्मीर में चलनेवाली जिहादी फैक्टरी में ट्रेनिंग के लिए भेजा जाता था।

जिहाद के लिए रंगरूटों के जाने पर रोक लगाने का एक कारगर तरीका है कि भारतीय समाज को और उदार बनाकर समावेशी बनाया जाए। कांग्रेस प्रेसीडेंट सोनिया गांधी की पहल पर यू.पी.ए. पुनगर्ठित सांप्रदायिक हिंसा (निवाकरण, नियंत्रण और पुनर्वास) बिल को संसद् में पेश किया। यह बिल भारतीय उपमहाद्वीप में इस विकृत स्थिति के विरोध में कदम उठाने के लिए लाया गया है। इस बिल में भारतीय राजनीतिक ढाँचे में सुधार लाने के लिहाज से यह व्यवस्था है कि यदि केंद्र सरकार को ऐसा लगे कि संबद्ध राज्य सरकार यदि सांप्रदायिक दंगे को रोकने में रुचि नहीं दिखा रही तो केंद्र सरकार सीधी काररवाई कर सकेगी, लेकिन इसमें एक खटका है, क्योंकि राज्य में कानून और व्यवस्था की जिम्मेदारी राज्य सरकार की होती है। ऐसी स्थिति में विरोधी पार्टी की राज्य सरकार केंद्र का अनधिकार हस्तक्षेप मान, उसका विरोध कर सकती है। इसके बावजूद बिल केंद्र की सरकार को यह अधिकार देता है कि वह राज्य के किसी क्षेत्र को 'सांप्रदायिक रूप से बाधित' क्षेत्र घोषित कर सकती है। इससे यह होगा कि राज्य सरकार को उसपर नजर रखनी ही होगी। बिल के अन्य अनुच्छेद में दफा 144 का उल्लंघन करने पर तीन वर्ष कैद की व्यवस्था है। दूसरे अनुच्छेद में बिल केंद्र सरकार को सांप्रदायिक देश के क्षेत्र में राज्यपाल की सिफारिश पर पैरा मिलिटरी फोर्स भेजने की स्वतंत्रता प्रदान करता है। हालाँकि बिल पर विरोधी दल द्वारा विरोध करने की गुंजाइश नहीं है; चूँकि बिल का उद्गम ही 2005 में हुआ था, फिर भी सांप्रदायिक दंगों और आतंकवाद को रोकने के लिए सख्त कानून की जरूरत है। साथ ही ऐसे राजनयिकों और पुलिस अधिकारियों पर भी रोक लगाई जानी चाहिए, जो इस कानून का दुरुपयोग करते हैं।

यदि भारत इक्कीसवीं शताब्दी के विश्व का एक शक्तिशाली देश बनना चाहता है, तो देश की आबादी के एक हिस्से की 'असंतुष्ट' और 'शत्रु देश के हथियार' के रूप में नहीं छोड़ा जा सकता। आज के जमाने में जहाँ संचार साधनों की भरमार है और

विद्रोह एवं जिहादी प्रशिक्षण इंटरनेट के जरिए घर-घर पहुँच रहा है, देश की आबादी के किसी असंतुष्ट भाग को देश की मुख्य धारा में जोड़ना आसान काम नहीं है। पहला कदम यह होना चाहिए कि सरकार ऐसे कदम उठाए, जिसमें भारतीय मुसलिम नौजवान भारतीय वातावरण में एक सुरक्षित, आरामदायक और खुशहाल जीवन जी सकें। यह कदम मुसलिम नौजवानों के इस पलायन को रोक सकता है। एक आतंक विरोधी समाज के लिए सांप्रदायिक हिंसा को रोककर सुरक्षा प्रदान करना पहला कदम है। इसके साथ-साथ रोजगार के अवसर और देश के विकास में उनकी समान भागीदारी बहुत जरूरी है, ताकि वे पथभ्रष्ट न होने पाएँ। गल्फ देशों के मुकाबले भारतीय अर्थतंत्र में हो रहे तेज विकास के परिणामस्वरूप भारतीय नौजवानों ने अपनी खुशहाली के अवसर देश में ही तलाशने शुरू कर दिए हैं।

यह गौर करनेवाली बात है कि भारतीय मुजाहिदीन के अधिकांश सदस्य, भटकल भाइयों और मंसूर असगर पीरभॉय को छोड़कर, अभावग्रस्त परिवारों से आए हैं, जो रोजगार की तलाश में भटकते रहे हैं। ऐसे नौजवानों को पाकिस्तान आधारित जिहादी दलों ने अपने प्रभाव में लेकर उनके बाबरी मसजिद, मुंबई और गुजरात दंगों के दु:खों को बदले की भावना में बदला और उन्हें भारतीय समाज, विशेष रूप बहुसंख्यक समुदाय के खिलाफ विद्रोही बना दिया। इस तब्दीली में कुछ नौजवानों को छोड़कर धर्म की कोई भूमिका नहीं है, क्योंकि मुजाहिदों में कुछ ही हैं, जिन्होंने मदरसों में पढ़ाई की है। जो भी हो, एक बार मुजाहिदीन के सदस्य बन जाने के बाद उन्हें कुरान की कुछ खास आयतों की व्याख्या करके उनके मस्तिष्क को बरगलाकर जिहादी बना दिया गया। यह समझ लेना जरूरी है कि भारतीय मुसलमान पर मौलवियों और उलेमाओं से ज्यादा व्यक्तियों का असर ज्यादा है। इसका उदाहरण भारत के स्वतंत्रता संग्राम में मिलता है। उत्तर प्रदेश में विशेष रूप से अलीगढ़ में मुसलमानों ने मोहम्मद अली जिन्ना के साथ पाकिस्तान जाना पसंद किया, हालाँकि मुसलमानों को डेढ़ सौ वर्ष पुरानी देवबंद स्थित मजहबी दारूल उलूम सेमीनेरी ने देश के विभाजन की खिलाफत की थी। खास बात यह है कि देवबंद सेमीनेरी एक विश्व प्रसिद्ध मजहबी चर्चा-केंद्र माना जाता है, जिसका प्रभाव न केवल भारत में, बल्कि पूरे महाद्वीप के मुसलमानों पर कायम है। अपने सिद्धांतों के लिए अत्यंत रूढ़िवादी और कट्टर मानी जानेवाली इस सेमीनेरी का तालिबान आंदोलन पर काफी प्रभाव है, क्योंकि तालिबान के अधिकांश नेताओं की तालीम पाकिस्तान के देवबंदी स्कूलों में हुई है। यह सब होने के बावजूद जून 2008 में देवबंद की दारूल ऊलूम ने आतंक के खिलाफ एक इनकलाबी फतवा जारी करके 'आतंक को मानवता के खिलाफ जुर्म' घोषित किया। इतना ही नहीं, जमाते उलेमा-ए-हिंद ने इस 'फतवे' के समर्थन में देश भर में उलेमाओं को लेकर जन-रैलियाँ और सभाएँ आयोजित कीं।

प्रधान मुख्ती हबीबुल रहमान के हस्ताक्षर से जारी फतवे में कहा गया, 'इसलाम सभी प्रकार की हिंसा, अमन को तोड़ने की कोशिश, खून-खराबे, हत्या, लूटपाट को अस्वीकार करके उसे बढ़ने देने की खिलाफत करता है। इसलाम का बुनियादी सिद्धांत है कि तुम एक-दूसरे के साथ मिलकर एक नेक और अच्छे उद्देश्य के लिए काम करो और उससे दूर रहो, जो गुनाह या अत्याचार करता हो। कुरान शरीफ के निर्देशों में स्पष्ट है कि इसलाम एक अमन पसंद मजहब है। उसपर आतंक का इलजाम लगाना सरासर झूठ है, क्योंकि दरअसल इसलाम का जन्म ही सभी प्रकार के आतंकवाद को खत्म करके दुनिया में अमन-चैन का संदेश देने के लिए हुआ था।' इस तथ्य को देखते हुए कि अधिकांश सुन्नी मुसलमान देवबंदी हैं, यह जरूरी है कि इस फतवे के आतंक विरोधी संदेश को देश की छोटी-छोटी इसलामी सेमिनेरियों में प्रचारित किया जाए, जो देवबंदी सेमीनेरी को अपना पथ प्रदर्शक मानती हैं। फतवा में यह स्पष्ट तौर पर कहा कि 'इसलाम' अमन और भाईचारे का मजहब है। इसलाम दुनिया के किसी भी हिस्से में समाज में झगड़ा-फसाद या कानून का उल्लंघन, शांति को भंग करना, लूट-पाट, खून-खराबा, मासूमों की हत्या को इनसानियत के खिलाफ जुर्म मानता है।

यहाँ यह तथ्य भी जान लेना जरूरी है कि अधिकांश हिंदू हमेशा से आतंक के खिलाफ रहे हैं और समाज के कुछेक कट्टरवादियों से अपने को दूर रखते हैं। जब से इन कट्टरवादियों के आतंकवादी दृष्टांतों में भागीदारी साबित हुई है, भारतीय जनता पार्टी और आर.एस.एस. ने भी इन कट्टरवादियों से दूरियाँ बना ली हैं। अलबत्ता, यह जरूर है कि बी.जे.पी. और संघ के कुछ नेताओं ने मालेगाँव बम कांड में उग्रवादी संगठन 'अभिनव भारत' की भागीदारी का शुरू में विरोध किया था। आज सभी राजनीतिक दल कहते हैं कि आतंकवादी का कोई धर्म नहीं होता। 2010 के बिहार विधान सभा चुनाव में 'हिंदुत्व' और इसलामी कट्टरवाद का कोई प्रभाव नहीं पाया गया, हालाँकि बिहार में मुसलिम आबादी का प्रतिशत भारत में सर्वाधिक है। जिस तरह से मुसलिम मतदाता ने बहुसंख्यक मतदाताओं का साथ देकर संयुक्त जनता दल बी.जे.पी सरकार को बहुमत प्रदान किया, वह भारतीय राजनयिकों के लिए सबक था कि भारतीय मतदाता देश में विकास और बेहतर शासन चाहता है। यह केवल बिहार में ही नहीं, बल्कि उड़ीसा, मध्य प्रदेश, छत्तीसगढ़, दिल्ली तथा गुजरात जैसे राज्यों में यही संदेश पाया गया।

भारत के उत्सुक और आशावादी युवा वर्ग को उग्रवाद से दूर रखने के लिए उपयोगी और उन्नतशील अवसरों को स्थापित करना चाहिए, ताकि उनके मस्तिष्कों और ऊर्जा का सही प्रयोग हो सके। यह कदम भारतीय अल्प समुदाय, विशेषकर मुसलिम समुदाय के लिए तो और भी जरूरी है, क्योंकि बहुसंख्यक समुदाय के मुकाबले वे सामाजिक, आर्थिक और शैक्षिक रूप से उनसे पिछड़े हुए हैं। यह तथ्य सज्जार कमेटी

ने अपनी रिपोर्ट में साफ तौर पर रखा है, जो पूर्व न्यायाधीश रजिंदर सिंह सच्चर नवंबर, 2006 में प्रधानमंत्री मनमोहन सिंह को सौंपी थी। कमेटी ने 2001 में मुसलिम आबादी में साक्षरता की दर 59.1 प्रतिशत पाई, जबकि राष्ट्रीय साक्षरता दर 65.1 प्रतिशत थी। स्कूल छोड़नेवाले विद्यार्थी की संख्या भी दूसरे सामाजिक और धार्मिक समुदायों के मुकाबले ज्यादा थी और पाया गया कि केवल तीन प्रतिशत बच्चे मदरसे तक पहुँच पाते हैं। यह समुदाय न केवल शैक्षिक संस्थानों के दाखिलों में पिछड़ा है, बल्कि आई.ए.एस. (3 प्रतिशत), आई.एफ.एस. (1.8 प्रतिशत) और इंडियन पुलिस सर्विस (4 प्रतिशत) जैसी अखिल भारतीय नौकरियों में उनकी भागीदारी नगण्य है। रंगनाथ कमीशन ने, जिसे अल्पसंख्यकों की दशा पर अध्ययन के लिए नियुक्त किया गया था, अपनी 21 मई, 2007 को प्रस्तुत रिपोर्ट में सिफारिश की है कि सरकारी नौकरियों में मुसलमानों को दस प्रतिशत तथा अन्य समुदायों को पाँच प्रतिशत आरक्षण दिया जाए। कमेटी ने सिफारिश में कहा है कि सभी धर्मों के दलितों को अनुसूचित जाति का दर्जा दिया जाना चाहिए।

मुसलमानों के आर्थिक व सामाजिक विकास की जिम्मेदारी जितनी सरकार की है, उतनी ही समुदाय के नेताओं की है। उन्हें अलगाव के मार्ग को छोड़कर समुदाय को मजहब के नाम पर दमन करने की कोशिश छोड़ देनी चाहिए। देवबंद सेमीनेरी के नव-नियुक्त वाइस चांसलर मौलाना गुलाम मोहम्मद वस्तनवी ने क्रांतिकारी कदम उठाया है। 10 जनवरी, 2011 को दारूल यूनियन के मोहतमिन के रूप में नियुक्त वस्तनवी ने गुजरात और महाराष्ट्र में देवबंद द्वारा परिचालित संस्थानों में मेडीसिन और इंजीनियरिंग की पढ़ाई शुरू कर दी। गुजरात में हुए दंगों की वीभत्सता को देखकर वाइस चांसलर वस्तनवी ने एक अंग्रेजी अखबार के इंटरव्यू में कहा कि नरेंद्र मोदी की सरकार में गुजरात के सभी समुदाय फल-फूल रहे हैं और जहाँ तक राज्य के विकास का प्रश्न है, यहाँ अल्पसंख्यक समुदाय के साथ किसी प्रकार का भेदभाव नहीं है। फिर भी उसने मोदी सरकार को गुजरात दंगों के लिए पूर्णत: दोष मुक्त नहीं किया, क्योंकि उनसे भारत की छवि खराब हुई। वस्तनवी के इस बयान से काफी विवाद पैदा हुआ। खास तौर पर उत्तर प्रदेश और बिहार के मुसलमानों ने वस्तनवी को नरेंद्र मोदी का पिट्ठू बताया। बाद में वस्तनवी ने सफाई देते हुए कहा कि उनके विचारों को तोड़-मरोड़कर प्रकाशित किया गया है। यहाँ तक कि उसने अपने पद से इस्तीफा देने का प्रस्ताव किया और अपने विरोधियों के दबाव में आकर मोदी के खिलाफ काफी कुछ कहा। जो भी हो, देवबंद की मजलिस-ए-शूरा (परिषद्) वस्तनवी के बयान और उस पर उठे विवाद की जाँच-पड़ताल कर रही है और फिलहाल उसे वाइस चांसलर के पद पर बने रहने को कहा गया है। वस्तनवी के बयान और चर्चित विषय का प्रभाव देश के प्रबुद्ध मुसलिम समाज पर पड़ा है, क्योंकि वह सभी समुदायों की प्रगति की चर्चा करता है और ऐसा करके उसने

एक कदम आगे बढ़ने का साहस दिखाया है। देश का विकास जिस तेजी से बढ़ रहा है, अर्थात् जी.डी.पी. जो प्रतिवर्ष 8 से 9 प्रतिशत बढ़ रहा है, उसे देखते हुए वह दिन अब दूर नहीं है कि चर्चित बयान एक सचाई में बदल जाएगा और देश के हर नागरिक, जिसमें मुसलमान भी शामिल हैं, के जीवन में खुशहाली आ जाएगी।

अब ऐसा लगने लगा है कि वैश्विक शक्ति और आर्थिक उन्नति का केंद्र इक्कीसवीं सदी में यूरोप और अमरीका से स्थानांतरित होकर एशिया बनने जा रहा है। इसी आधार पर विश्व-पटल पर भारत और इसके नागरिकों की साख बढ़ेगी। भारत के राजनीतिक नेतृत्व के सामने यही सुनहरा अवसर है कि वे मुसलिम युवा वर्ग को बिना किसी भेदभाव के भारतीय समाज की मुख्यधारा में आत्मसात् करें। इस प्रयास का मूल मंत्र यह दिया जाना चाहिए कि मुसलमान युवक अपनी पहचान एक भारतीय के रूप में बनाए न कि धर्म के नाम पर, जैसा जिहादी चाहते हैं। भारत को विकास के पथ पर आगे बढ़ने के लिए भारतीय मुसलिम समुदाय, विशेष रूप से उसकी नई पीढ़ी, जो शांति और धर्म निरपेक्षता में यकीन रखती है, को हर हाल में अपने साथ लेना होगा। मुसलिम युवकों को खुला अधिकार होना चाहिए कि वे बिना पुलिस के भय के तत्कालीन सरकार की आलोचना कर सकें और अपने को बढ़ते भारत का अंग महसूस कर सकें। यह तभी संभव है, जब अल्पसंख्यक समुदाय के सामने सरकारी नौकरियों के दरवाजे और खोले जाएँ और उनकी आवाज की गूँज संसद् तक सुनाई देने लगे, तभी जाकर वे राजनैतिक और आर्थिक रूप से सशक्त माने जाएँगे। हमें न सिर्फ आजमगढ़, जामिया नगर, चारमीनार, भटकल, मुम्ब्रा और कन्नूर को बंद रखनेवाली दीवारों को गिराकर उन्हें अपने में मिलाकर आत्मसात् करना है, बल्कि उन्हें और कमजोर और असुरक्षित रखनेवाली ताकतों को नष्ट कर देना है, अन्यथा भारतीय मुजाहिदीन का डर हमेशा बना रहेगा और निकट भविष्य में बढ़ता ही जाएगा।,

आभार और संदर्भ

भारतीय मुजाहिदीन जैसे आकारहीन जिहादी ग्रुप के सभी रूपों की खोज-खबर और तलाश अपने आप में एक दुसाध्य और उबाऊ काम है; हालाँकि उसका भविष्य क्या होगा, यह कहना अभी मुश्किल है? इस पुस्तक के अधिकांश भाग का चुनाव कोर्ट एफीडेविट, पुलिस चार्जशीट, पृष्ठभूमि, कागजात, पूछताछ-रिपोर्ट तथा इंटरव्यू से लिया गया है। शेष भाग के लिए मैंने पुस्तकों, लेखों और सार्वजनिक रूप से उपलब्ध विश्लेषणों का उपयोग किया है, ताकि यह पुस्तक देश में ही पनपे जिहादी तामझाम का एक विश्वासप्रद विश्लेषण बन सके। मैंने कुछ महत्त्वपूर्ण संदर्भ चिह्नित किए हैं, जिनका प्रयोग करके मैंने आतंकवादी ग्रुप और उनके नेताओं पर एक नई रोशनी डाली है। अपने

अनुमानों को आधार देने के लिए मैंने सूचीबद्ध लेखों, पुस्तकों और समाचार रिपोर्टों का इस्तेमाल किया है, जबकि अन्य सामग्री जमीनी सच्चाई को एक आधार प्रदान करती है। मैंने अपने उन नोट्स का भी इस्तेमाल किया है, जो पिछले दशक में बम ब्लास्ट या आरोपी की गिरफ्तारियों को कवर करने के दौरान मैं बनाता रहा हूँ।

□

संदर्भ सूची

प्रस्तावना : आजमगढ़ जानेवाली सड़क

— 2008 दिल्ली बम ब्लास्ट : फाइनल रिपोर्ट फार्म (सेक्शन 173 सी.आर.पी.सी.) कोर्ट : चीफ मेट्रोपोलिटन मजिस्ट्रेट कावेरी बावेजा, 17-18 दिसंबर, 2008

— 2008 दिल्ली बम ब्लास्ट : फाइनल रिपोर्ट (सेक्शन 173 सी.आर.पी.सी.) कोर्ट : मिस संतोष स्नेही मन्न, ए.एस.जे. तीस हजारी कोर्ट, दिल्ली सप्लीमेंटरी चार्जशीट, 13 जनवरी 2009, असीमानंद की स्वीकारोक्ति : मक्का मसजिद बम कांड, टाइम्स ऑफ इंडिया, 8 जनवरी, 2011

— सी.बी.आई. वर्सिस संदीप डाँगे व अन्य। रिकॉर्डिंग कन्फेशनल स्टेटमेंट अंडर सेक्शन 164. नव कुमार सरकार उर्फ स्वामी असीमानंद, 12 दिसंबर, 2010

— चार्ज फाइल्ड अगेंस्ट 11 एंयूज्ड ऑफ मालेगाँव ब्लास्ट http/www.rediff.com 20 जनवरी, 2009

— कोर्ट की अबू सलेम को आजमगढ़ में अपने गाँव जाने की आज्ञा : एडवोकेट डी.एन.ए., 9 फरवरी, 2011

— के. सुब्रमण्यम, कारगिल कमेटी रिपोर्ट : 'सरप्राइज टू रेकनिंग'।

— मालेगाँव ब्लास्ट : ले. कर्नल पुरोहित गिरफ्तार, इकोनॉमिक टाइम्स, 5 नवंबर, 2008

— मालेगाँव ब्लास्ट : ए.टी.एस. की अभिनव भारत के प्रमुख से पूछताछ, इंडियन एक्सप्रेस, 27 दिसंबर, 2008

— मंत्री के दल की सिफारिशें : रिफॉर्मिंग दि नेशनल सिक्यूरिटी सिस्टम, फरवरी, 2001

— सेबेस्टियन रोटेला, मुंबई टेरर एटेक्स : मुंबई केस ऑफर्स रेयर पिक्चर ऑफ टाइज बिट्वीन पाकिस्तान इंटेलिजेंस सर्विस ऐंड मिलीटेन्ट्स http://www.propilalica.org

— टॉक ऑफ दि टाउन, क्राइम, आजमगढ़, इंडिया टूडे, 7 अक्तूबर, 2002

— टोल्ड देम कांट टेक इटलॉइग डाउन मस्ट रिप्लाई, बॉम्ब-फर बॉम्ब', इंडियन एक्सप्रेस, 10 जनवरी, 2011

— योगिंदर सिकंद 'सिमी स्टोरी' http// www.countercurrents. org, 15 जुलाई, 2006

बाबरी विस्फोट और सिमी अग्निबम (टिंडर बॉक्स)

— अबू आला मउदूदी, जिहाद इन इसलाम, दि होली कुरान पब्लिशिंग हाउस, लेबनान, एड्रेस डिलीवर्ड ऑन इकबाल डे, 13 अप्रैल, 1939, टाउन हॉल, लाहौर, पाकिस्तान।

— एडीशनल एवीडेंस बाई वे ऑफ एफीडेविट ऑफ सत्येंद्र सिंह राणावत, एडीशनल एस.पी., ए.टी.एस., जयपुर राजस्थान, 2 जून, 2010

— बी. रमन, जिहादी टेररिज्म इन इंडिया, दि सऊदी कनेक्शन, पेपर नं., 624, इंटरनेशनल टेररिज्म मॉनीटर

— बिफोर दि अनलॉफुल एक्टीविटीज 'प्रिवेंशन', ट्रिब्यूनल, दिल्ली हाई कोर्ट, एफीडेविट बाई वे ऑफ एबिडेंस ऑफ दि नोडल अफसर ऑन बिहाफ ऑफ दि स्टेट ऑफ वेस्ट बंगाल, 11 मई, 2010

— बिफोर दि अनलॉफुल एक्टीविटीज (प्रिवेंशन) ट्रिब्यूनल, नई दिल्ली, बैन ऑन सिमी, एवीडेंस बाई वे ऑफ एफीडेविट ऑफ के.आर. कन्नन, इन्वेस्टिगेशन अफसर, 22 अप्रैल, 2010

— बिफोर दि ऑनरेबल जस्टिस संजीव खन्ना, अनलॉफुल एक्टीविटीज (प्रिवेंशन) ट्रिब्यूनल, दिल्ली हाई कोर्ट इन सिमी मैटर। रिप्लाई/स्टेटमेंट ऑफ ऑगजेशन ऐंड रिटन स्टेटमेंट अंडर सेक्शन 4 (2) ऑफ दि अनलॉफुल एक्टीविटीज (प्रिवेंशन) ऐक्ट 1967 बाई ह्यूमन अहमद सिद्दीकी और मिस बाहुल इसलाम, 10 मई, 2010

— चार्ल्स एलेन, गॉडस टेररिस्ट्स : दि वहाबी कल्ट ऐंड दि हिडन रूट्स ऑफ मॉडर्न जिहाद, अबेकस, 2006

— क्रिस्टो जाफ्रेलॉट : 'अयोध्या, दि बाबरी मसजिद ऐंड दि रामजन्मभूमि डिसप्यूट' हिंदू नेशलिज्म : ए. रीडर, परमानेंट ब्लैक, 2007

— स्टूडेंट्स इसलामिक मूवमेंट ऑफ इंडिया का संविधान

— एवीडेंस बाई वे ऑफ एफीडेविट ऑफ मनीष अग्रवाल, एडीशनल एस.पी., जोधपुर, राजस्थान, 12 मई, 2010

— आई एम वैरी बिटर एबाउट बींग एन इंडियन : सफदर निगोटी का इंटरव्यू, इंडिया टूडे, 2 अप्रैल, 2010

— इरफान अहमद, इसलामिज्म ऐंड डेमोक्रेसी इन इंडिया : दि ट्रांसफार्मेशन ऑफ जमात-ए- इसलामी, परमानेंट ब्लैक, 2009

— कमाल सैयद, अहमदाबाद ब्लास्ट्स टेररिस्ट वर ब्रेनवॉश्ड विद इराक, बाबरी ऐंड गुजरात रॉइट्स, इंडियन एक्सप्रेस, 12 फरवरी, 2009

— नितिन यशवंत राव, 'गवर्नमेंट मस्ट हैव टॉब्स विद मुसलिम यूथ', टाइगर्स ऑफ इंडिया, 23 मई, 2003

— नोटिफिकेशन न. 260 (ई) 5 फरवरी, 2010, स्टूडेंट्स इसलामिक मूवमेंट ऑफ इंडिया, विफोर दि अनलॉफुल एक्टीविटीज (प्रिवेंशन) ट्रिब्यूनल, नई दिल्ली :

एवीडेंस बाई वे ऑफ एफीडेविट ऑफ एल.एन.राव, ए.एस.पी., पुलिस, स्पेशल सेल, साउदर्न रेंज, न्यू फ्रेंड्स कॉलोनी, नई दिल्ली।
— प्रवीण स्वामी, दि जिहाद इन गॉड्स, कंट्री, ऑन दि हिंदू, 9 मार्च, 2008
— पी. स्वामी 'दि लिबरेशन ऑफ हैदराबाद', फ्रंटलाइन, वॉल्यूम-17, अंक-10, 13-28 मई, 2000
— रिपोर्ट ऑफ दि अनलॉफुल एक्टीविटीज (प्रिवेंशन), अध्यक्षता : जस्टिस गीता मिफाल, नई दिल्ली, 5 मई, 2008
— गजेट ऑफ इंडिया एक्स्ट्रा ऑर्डीनेट्री, इंडियन मुजाहिदीन, आल इट्स फॉर्मेशन ऐंड फ्रंट ऑर्गेनाइजेशंस, डेजिगनेटिर एज टेररिस्ट ऑर्गेनाइजेशन अंडर अनलॉफुल एक्टीविटीज (प्रिवेंशन) ऐक्ट, 2 जून, 2010
— विश्व मोहन, 'दाऊद' फंडिंग सिमीज इसलामिक टेरर कैंपेन इन इंडिया, सेज इंटेलिजेंस, टाइम्स ऑफ इंडिया, 12 अगस्त, 2008
— वी.ऑफ फेसिंग कांग्रेस टेररिज्म : सिमी चीफ : इंटरव्यू विद डॉ. शाहिद बद्र फलाही, http//www.rediff.com 8 फरवरी, 2010
— विल्सन जॉन : 'नाऊ जिहाद विद साउदर्न स्पाइस' दि पॉयनियर , 8 सितंबर, 2010

अखिल-इसलामी जिहादियों के लिए विद्रोहियों से सोद्देश्य घातक रूपांतरण

— बँगलादेश हैंड्स ओवर टॉप लश्कर-ए-तय्यबा ऑपरेटिव टू इंडिया http://www.rediff.com, 29 नवंबर, 2009
— चंदन हेगुंडे : वी आर शैटर्ड : पीरभॉयज फैमिली, इंडियन एक्सप्रेस, 9 अक्तूबर, 2008
— चार्जशीट फाइल्ड इन सीरियल ब्लास्ट्स केस, दि हिंदू, 21 मई, 2009
— कनफेशनल स्टेटमेंट ऑफ मोहम्मद सादिक इसरार अहमद शेख अंडर सेक्शन 18 ऑफ एम.सी.ओ.सी. ऐक्ट 1999 बिफोर चीफ मेट्रोपोलिटन मजिस्ट्रेट, एसप्लानेड, मुंबई 18-20 अक्तूबर, 2008
— डोसीयर्स ऑन टेररिस्ट्स बेस्ड इन पाकिस्तान इन्वॉल्वड इन केसस इन इंडिया, इंडो पाक फॉरन सेक्रेटरी लेवल टॉक्स, 25 फरवरी, 2010
— हैंग हिम इफ गिल्टी मदर आस्कस तौकीर टू सरेंडर, इंडियन एक्सप्रेस, 18 सितंबर, 2008
— हेमंत कश्यप, बेंगलुरु ब्लास्ट में नौ गिरफ्तार, बेंगलुरु मिरर, 8 फरवरी, 2008
— इंडियन मुजाहिदीन स्ट्राइक्स डीप, इंडियन एक्सप्रेस, 22 फरवरी, 2010
— इंडियन मुजाहिदीन्स मीडिया सेल बस्टिड, http://www.rediff.com, 7 अक्तूबर, 2008

- जिहादी हेल्ड इन आंध्र, दि टेलीग्राफ, 22 जनवरी, 2009
- लश्कर 'होली' मेन अनलीश्ड जिहाद इन ट्रेंक्विल कर्नाटक, डेकन क्रॉनिकल, 3 जनवरी, 2010
- मानस दास गुप्ता, ब्रेन बिहाइंड दि अहमदाबाद ब्लास्ट हेल्ड, दि हिंदू, 17 अगस्त, 2008
- एम.जी. राधाकृष्णन, 'एम.एच.ए. कंफर्म्स एरेस्ट ऑफ लश्कर्स साउदर्न कमांडर नजीर', इंडिया टूडे, 3 दिसंबर, 2009
- ए.आई.ए. चार्जशीट अंडर सेक्शन 173 सी.आर.पी.सी. बिफोर स्पेशल जज एन.आई.ए. एर्नाकुलम, 18 अगस्त, 2010
- पी. स्वामी : इसलामिज्म, मॉर्डनिटी ऐंड इंडियन मुजाहिदीन, दि हिंदू, 22 मार्च, 2010
- पी. स्वामी : पॉलिटिक्स ऑफ हेट गिव्ज बर्थ टू टॉप टेरर कमांडर, दि हिंदू, 23 फरवरी, 2009
- पी. स्वामी : दि हंट फॉर दि मुजाहिदीन्स 'अल अरबी', दि हिंदू, 13 सितंबर, 2008
- पी. स्वामी : टू बेंगलोर विद हेट, दि हिंदू 22 अप्रैल, 2010
- पी. स्वामी : वाइट कॉलर जिहादिस्ट्स ए कॉज ऑफ ग्रोइंग कन्सर्न, दि हिंदू, 7 अक्तूबर, 2008
- सगनिक चौधरी : भटकल गेट्स ए न्यू टेरर टैग, वूंड्स मोर देन ए डिकेड डीप, दि इंडियन एक्सप्रेस, 30 अक्तूबर, 2008
- एस. चौधरी : मक्का मसजिद ब्लास्ट गिल्यू 'पीरभॉयज माइंड', इंडियन एक्सप्रेस, 26 नवंबर, 2008
- शिशिर गुप्ता : बॉयज गॉन एस्ट्रे, मिनिस्टर, इंडियन एक्सप्रेस, 13 जुलाई, 2006
- एस. गुप्ता ऐंड संजय सिंह : बँगला टेरर ग्रुप्स फिंगरप्रिंटस वर हैंडिड ओवर टू ढाका बट नो वर्ड येट, इंडियन एक्सप्रेस, 31 अगस्त, 2007
- एस. गुप्ता : बशीर सैद कॉज जस्ट, शोड नो रिर्मोस : उ.प्र. पुलिस, इंडियन एक्सप्रेस, 18 अगस्त, 2008
- स्टेट वर्सस नजीर थडीयनतविदत ऐंड अदर्स, चार्जशीट इन दि कोर्ट ऑफ स्पेशल जज फॉर एन.आई.ए. केसस, एर्नाकुलम, 22 जनवरी, 2010
- स्टेट वर्सस पी.ए. शेडुली ऐंड अदर्स : चार्जशीट इन दि कोर्ट ऑफ स्पेशल जफ्फार एन.आई.ए., एर्नाकुलम, 21 जनवरी, 2010
- सप्लीमेंटरी चार्जशीट इन दि कोर्ट ऑफ जज, एन.आई.ए., कोचि, केरल, 21 जनवरी, 2010
- उदय महुरकर : 'दि न्यू टेरर', इंडिया टूडे, 10 सितंबर, 2008
- वाराणसी ब्लास्ट 'मास्टर माइंड वलीउल्ला अरेस्टेड', हिंदुस्तान टाइम्स, 6 अप्रैल, 2006

— वाराणसी ब्लास्ट : 'वली उल्ला गेट्स टेन ईयर इन जेल', इंडियन एक्सप्रेस, 27 अगस्त, 2008
— विकी नानजप्पा : हाऊ प्लेसिड भटकल बिकेम ए कम्युनल हॉटस्पॉट, http://www.rediff.com, 22 जून, 2010

सिमी सरगना, तस्कर, माफिया, देशद्रोही और जिहादी कारखाना

— अंसारी गेट्स लाइफर इन खादिम किडनेप केस http://www.news.oneindia.in 21 मई, 2009
— कन्फेशनल स्टेटमेंट ऑफ मोहम्मद अकबर इस्माइल चौधरी उर्फ सैयद अंडर सेक्शन-18 ऑफ दि एम.सी.ओ.सी. ऐक्ट, 1999 बिफोर चीफ मेट्रोपोलिटन मजिस्ट्रेट, 24 अक्तूबर और 5 नवंबर, 2008
— डोजियर ऑन इलियास कश्मीरी, इंडो-पाक फॉरेन सेक्रेटरी लेवल टॉक्स, 25 फरवरी, 2007
— हैदराबाद ब्लास्ट्स ब्रेन बिलाल किल्ड, इकोनॉमिक टाइम्स, 17 सितंबर, 2007
— के.बी. सुब्रमण्य : अरेस्टेड यूथ इज सन ऑफ एक्यूज्ड इन पंड्या मर्डर, दि हिंदू, 27 जनवरी, 2008
— पी. स्वामी : दिन कॉन्वेंट स्कूल बॉय हू टर्न्ड टेरर कमांडर, दि हिंदू, 19 जनवरी, 2010
— एस.गुप्ता : टेरर्स न्यू फेस : बाबूभाई सिटस इन यू.पी. जेल, जॉइन डॉट्स फ्रॉम ढाका टू हैदराबाद वाया दिल्ली, इंडियन एक्सप्रेस, 28 अगस्त, 2007
— एस. गुप्ता : दि सेकंड हाईजेक, इंडियन एक्सप्रेस, 1 सितंबर, 2006
— सुमित मित्रा ऐंड सत्यन चक्रवर्ती : जिहाद्स डर्टी मनी, इंडिया टुडे, 14 जनवरी, 2002
— टेरर लिंक्स, फ्रंटलाइन, वॉल्यूम 17, अंक 1, 8-21, जनवरी, 2000

सीधी काररवाई : भारतीय मुजाहिदीन का हमला

— टेन किल्ड इन दिल्ली बाउंड श्रमजीवी एक्सप्रेस ब्लास्ट, टाइम्स ऑफ इंडिया, 28 जुलाई, 2005
— 17 ब्लास्ट रॉक अहमदाबाद, दि हिंदू, 27 जुलाई, 2008
— 2008 दिल्ली बम ब्लास्ट : फाइनल रिपोर्ट फॉर्म अंडर सेक्शन 173 सी.आर.पी.सी. इन दि कोर्ट ऑफ चीफ मेट्रोपोलिटन मजिस्ट्रेट कावेरी बावेजा, 17-18 दिसंबर, 2008
— 2008 दिल्ली बम ब्लास्ट : फाइनल रिपोर्ट फॉर्म अंडर सेक्शन 173 सी.आर.पी.सी. इन दिन कोर्ट ऑफ मिस स्नेही मना, ए.एस.जी., तीस हजारी कोर्ट, दिल्ली, सप्लीमेंटरी चार्जशीट, 13 जनवरी, 2009

— 80 किल्ड 150 वूण्डिड इन जयपुर ब्लास्ट, टाइम्स ऑफ इंडिया, 14 मई, 2008
— अभिषेक शरण, 10,000 पेज चार्जशीट फाइल्ड इन ट्रेन ब्लास्ट केस, हिंदुस्तान टाइम्स, 30 नवंबर, 2006
— आफताब अंसारी गेट्स ए लाइफ टर्म फॉर किडनेपिंग खादिल्स ऑनर पी.आर. बर्मन, http://www.indiasever.com 21 मई, 2009
— आफताब अंसारी, 6 अदर्स कनविक्टिड, दि हिंदू, 27 अप्रैल, 2005
— अहमदाबाद ब्लास्ट चार्जशीट इन एस.आई.आर. नं. 236/08, 26 जुलाई, 2008
— अंसारी चार्जशीटेड इन अमेरिकन सेंटर केस, पी.टी.आई, 10 जनवरी, 2003
— आसिफ रेजा कमांडो फोर्स/ अदर्स टेरर आउटफिट्स, athttp://www.satp.org
— बेंगलुरु सीरियल ब्लास्ट केस क्रेड, http://www.rediff.com 7 फरवरी, 2009
— बॉम्ब ब्लास्ट रॉक्स वाराणसी, 21 किल्ड, दि हिंदू, 8 मार्च, 2006
— चार्जशीट इन औरंगाबाद आर्ब्स हॉल केस, अक्तूबर, 2008
— चार्जशीट इन डी.सी.बी., सी.आई.डी., सी.आर. नं. 152/2008 माटूँगा पुलिस सटेशन सी.आर. नं. 314/08 ऐंड सी.आर. नं. 162/2008 चेंबूर पुलिस स्टेशन सी.आर. नं. 375/08
— कन्फेशनल स्टेटमेंट ऑफ मोहम्मद सादिक इसरार अहमद शेख अंडर सेक्शन 18 ऑफ एम.सी.ओ.सी. एक्ट, 1999 बिफोर चीफ मेट्रोपोलिटन मजिस्ट्रेट एसप्लानेड, मुंबई, 18-20 अक्तूबर, 2008
— कन्फेशनल स्टेटमेंट ऑफ मोहम्मद अकबर चौधरी उर्फ सैयद अंडर सेक्शन 18 ऑफ एम.सी.ओ.सी. ऐक्ट 1999 बिफॉर चीफ मेट्रोपोलिटन मजिस्ट्रेट 24 अक्तूबर ऐंड 5 नवंबर, 2008
— कन्फेशनल स्टेटमेंट ऑफ मोहम्मद मंसूर असगर पीरभॉय अंडर सेक्शन-18 ऑफ एम.सी.ओ.सी. ऐक्ट, 1999
— दलीप सिंह : एक्सप्लोसिव कैस : आफताब अंसारी चार्जशीटेड, इंडियन एक्सप्रेस, 25 मई, 2002
— डोजियर्स ऑन टेररिस्ट्स बेड इन पाकिस्तान इनवॉल्व्ड इन केसिस इन इंडिया, इंडो-पाक फॉरेन सेक्रेटरी लेबल टॉब्स, 25 फरवरी, 2010
— एक्सटर्नल फोर्सिस बिहाइंड हैदराबाद ब्लास्ट, दि हिंदू, 27 अगस्त, 2007
— होम मिनिस्टरी रिव्यूज सिक्यूरिटी सिचुएशन इन वेक ऑफ गोरखपुर http://www.news.oneindia.in 22 मई, 2007
— हैदराबाद : 42 किल्ड, 50 इंजर्ड इन ट्विन ब्लास्ट, http:// www.rediff.com 25 अगस्त, 2007
— इंडियन मुजाहिदीन इ-मेल्स लिस्टेड इन बम ब्लास्ट चार्जशीट्स
— जॉनसन टी.ए., दि. अदर हैदराबाद अटैक : 2 बम, 3 प्रोब्स, बोथ हैंड्स टाइड,

इंडियन एक्सप्रेस, 29 अगस्त, 2007

— लिस्ट ऑफ इंडिया मुजाहिदीन एसकांडर्स athttp://www.mha.nic.in
— मनीष साहू, विटनेस ऑन रिट्रेक्ट मोड इन श्रमजीवी ब्लास्ट केस, इंडियन एक्सप्रेस, 24 दिसंबर, 2009
— पी. स्वामी, बिहाइंड दि बटला हाउस शूट आउट, दि हिंदू 10 अक्तूबर, 2008
— संजय पांडे, आजमगढ़ लिंक टू वाराणसी ब्लास्ट फाउंड डेक्कन हेराल्ड, 9 अप्रैल, 2011
— सीरियल ब्लास्ट रेट्ल बेंगलुरु : वुमन किल्ड, दि हिंदू, 26 जुलाई, 2008
— सीरियल ब्लास्ट् रॉक्स दिल्ली : 30 डेड, 90 इंजर्ड, टाइम्स ऑफ इंडिया, 14 सितंबर, 2008
— एस. गुप्ता, 'दि ट्रूथ विदआउट सेरम', इंडियन एक्सप्रेस, 22 जुलाई, 2007
— एस. गुप्ता ऐंड अनुभूति विश्नोई, 'हाऊ इंपोर्टटेंट इस ए मार्केट इन इंदौर' 2 सेट्स ऑफ इन्वेस्टीगेटर्स फाइट ओवर क्लूज, इंडियन एक्सप्रेस, 31 अगस्त, 2007
— एस. गुप्ता ऐंड संजय सिंह, बँगला टेरर ग्रुप्स फिंगरप्रिंटस बट हेंडिड ओवर टू ढाका बर नॉट नो वर्ड येट, इंडियन एक्सप्रेस, 31 अगस्त, 2007
— एस. गुप्ता ऐंड अमनदीप शुक्ला, 'ए कश्मीर लिंक ऑन पेपर ऐंड नाऊ ए बँगलादेश होल', इंडियन एक्सप्रेस, 1 सितंबर, 2007
— स्तवन देसाई, 'फॉलो अप ऑन एरेस्ट्स इन दिल्ली कुड हैव प्रिवेंटिड 7/11', इंडियन एक्सप्रेस, 2 सितंबर, 2007
— एस. देसाई 'मालेगाँव लिंक्ड टू 7/11 : देट्स ऑल कॉप्स एबल टू से', इंडियन एक्सप्रेस, 3 सितंबर, 2007
— ट्रिपल बम ब्लास्ट्स इन गोरखपुर, टाइम्स ऑफ इंडिया, 22 मई, 2007
— तुषार श्रीवास्तव : सीरियल ब्लास्ट्स रॉक्स यू.पी. कोर्ट्स : 15 किल्ड, हिंदुस्तान टाइम्स, 23 नवंबर, 2007
— विद टेन अरेस्टेड, पुलिस क्रैम्स अहमदाबाद सीरियल ब्लास्ट केस, http://www.zeenews.com 16 अगस्त, 2008

भारतीय मुजाहिदीन, मुंबई आतंकी हमले और आई.एस.आई-लश्कर का संयुक्त अभियान

— 26/11 चार्जशीट फाइल्ड : 35 आउट ऑफ 38 अक्यूज्ड एट लार्ज, टाइम्स ऑफ इंडिया, 26 फरवरी, 2008
— शिकागो रेसीडेंट डेविड कोलमेन हेडली प्लीड्स गिल्टी टू रोल इन ऐंड डेनमार्क टेररिज्म कॉन्सपिरेंसीज, यू.एस. डिपार्टमेंट ऑफ जस्टिस प्रेस रिलीज, 18 मार्च, 2008
— शिकागोगिएन चार्ज्ड विद कॉन्सपिरेंसीज इन 2008 मुंबई एटेज्स इन एडीशन टू फारेन

टेरर प्लाट इन डेनमार्क यू.एस. डिपार्टमेंट ऑफ जस्टिस, ऑफिस ऑफ पब्लिक अफेयर्स, 7 दिसंबर, 2009

— डोसियर ऑन इलियास कश्मीरी, इंडोपाक, फॉरेन सेक्रेटरी लेवल टॉक्स, 25 फरवरी, 2010

— हरिंदर बबेजा : मोर एवीडेंस ऑफ लश्कर रोल, मोर एवीडेंस ऑफ आवर बंगलिंग, तहलका मैगजीन, वॉल्यूम 6, अंक–2, 17 जनवरी, 2008

— इंटेरोगेशन रिपोर्ट ऑफ डेविड कोलमेन हेडली इन्वेस्टीगेशन एजेंसी

— मुंबई एटैक्स चार्जशीट : फाइनल रिपोर्ट अंडर 173 सी.आर.पी.सी. इन कोर्ट ऑफ एडीशनल चीफ मेट्रोपोलिटन मजिस्ट्रेट, 37वाँ कोर्ट, एसप्लेनेड, मुंबई

— एस. गुप्ता 'कोस्ट गार्ड मूव्ड ऑन लश्कर अलर्ट बट वॉज ऑल एट सी', इंडियन एक्सप्रेस, 11 दिसंबर, 2008

— एस. गुप्ता : लश्कर शिप अलर्ट रीच्ड नेवी हेडक्वार्टर्स, वाज नॉट सेंट ऑन टू वेस्टर्न कमांड, इंडियन एक्सप्रेस, 15 दिसंबर, 2008

— एस. गुप्ता : मुंबई अंडर सीज : ए मैसिव इंटेलिजेंस फेल्यर, इंडियन एक्सप्रेस, 27 नवंबर, 2008

— एस. गुप्ता : वॉट वेंट रॉन्ग : दि इनसाइड स्टोरी, इंडियन एक्सप्रेस, 26 दिसंबर, 2008

13 फरवरी, 2010 का जर्मन बेकरी बम विस्फोट और भारतीय मुजाहिदीन की वापसी

— पी. स्वामी : दि रिबर्थ ऑफ इंडियन मुजाहिदीन, दि हिंदू, 19 अप्रैल, 2010

— पुणे बेकरी ब्लास्ट चार्जशीट फाइल्ड बाई विनोद दामोदर सतव, ए.एस.पी., ए.टी.एस., पुणे

— रंगनाथ मिश्र कमीशन रिपोर्ट, नेशनल कमीशन फॉर रिलीजियस ऐंड लिंग्विस्टिक माइनॉरिटीज http://www.mtrd.org

— सच्चर कमेटी रिपोर्ट, मिनिस्टरी ऑफ माइनॉरिटी, भारत सरकार

□□□